# 今昔物語集

## 震旦篇

全現代語訳

国東文麿

JN054098

講談社学術文庫

# 目次



## 巻六

# 巻七

## 巻十

# 凡例

一、原文（本書では割愛）は底本として、基本的には実践女子大学蔵本（黒川家旧蔵）を用いている。

一、語釈について――同種の説話には同じ固有名詞や語彙が繰り返し出てくる。それらの語意を各説話ごとに記すのは煩瑣《はんさ》であるが、またいちいち前の説話の語釈について探索するのも厄介である。そこで煩瑣ではあるが一説話単位に必要と思われるものに限り繰り返し取りあげて略記した。

一、一説話の文の長いものは適当に区切り、一区切りごとに語釈を加えた。

一、実践女子大学蔵本をかつて披見させていただくに当たり、山岸徳平博士・三谷栄一博士から多大のご便宜を得た。

## 「語」の訓《よ》みを「ものがたり」と改めたことについて

本集所収全話の表題はすべて「……語」となっている。この「語」の訓《よ》みを、第一冊（巻一）から第五冊（巻五）まで（注・『今昔物語集 天竺篇 全現代語訳』）は、「こと」としてきた。近時一般にそう訓《よ》むことが行なわれているようであるから、それに従ったのであるが、かねてからこれに疑問を抱いていたので、簡単にその点を述べて改めることにした。

「語」を「こと」と訓むべきだとはっきり打ち出したのは「日本古典文学大系」中の『今昔物語集』（五冊）であり、その第一冊（初版、昭和三十四年三月）の補注に理由が述べられているが、以来多くの研究者はそれに従って来た。これを要約していえば、「語」は「言」と同意であり、ともに古くから「こと」と訓んでいるが、「言」は国語学上の「言事未分不二」の思想からいって、その意においても「事《こと》」に通じるから、「語」もまた「事」に通じるものとして、「こと」と訓むべきだとするのである。

すなわち、「……語」は「……事」と同じであり、本集の表題は、『宇治拾遺物語』をはじめ多くの説話集中の説話表題「……事」と同じと見るのである。この主張はいわば、わが国中世以降の説話集の説話表題に多い「事」に引かれて立てられたものといってよかろう。

本集説話の本文中には「語」を「こと」と訓んでしかるべきものも散見する。しかしその場合はすべて「言（ことば）」の意を主にして用いているのであって、「事」の意で使っているものはない。たとえ表題だけとはいえ、「語」を「事」の意に用いて「こと」と訓むのはいささか無理であろう。「語」は古辞書『類聚名義抄』（観智院本）に名詞訓として「コト」「コトバ」「モノガタリ」が出ている。この「コト」は「コトバ」とともに「言」の意のもので、「事」の意は含んでいないと思う。

それはともかく、「語」には「ものがたり」の訓みがあるが、ふつうは「物語」と書くこの「ものがたり」が、表題中の「語」の訓みとして妥当であるように思われる。巻三十第十四話「人の妻、化して弓と成り、後、鳥と成りて飛び失する語」は相愛の夫婦の悲しい別離を語る古伝説であるが、この話の末尾に、「亦此《またこの》語り奥恋《おくゆかし》く、現《あらは》に思《おぼ》えぬ事なれども……」とあり、ここに見える「語り」は「かたり」とよめないこともないが、「ものがたり」とよむほうがよさそうであって、ここに「語」を「ものがたり」と訓む例が見いだせるのである。

古くは、『竹取物語』『源氏物語』『堤中納言物語』のような長、短篇の作り物語（虚構作品）も、説話集中の短篇諸話（主として伝承された事実談として語られる話）も、すべて「ものがたり（物語）」と称していた。『宇治拾遺物語』などでは、その中の短篇の各「物語」がなんらかの興味ある「でき事」を語っているものとして、「……事」という表題をつけたのであり、本集は所収話が「ものがたり」と称せられるものであるという面から「……語《ものがたり》」としたものと思われる。そしてその「ものがたり」、すなわち「今昔（今は昔）」という冒頭語をもつ「ものがたり（物語・語）」を集めた作品ということで、『今昔物語集』という名をつけたのであろう。「今昔語集」とせずに「今昔物語集」としたのは一般の用字に従ったものと思う。

以上はきわめて結論的な説明で意を尽くし得ていないが、このような理由から、巻六以降の表題中の「語」の訓みは「ものがたり」に改めることにした。前記『大系本』補注で、「今日、いわば常識的ともなっているモノガタリの訓は、意外に近い時代の所産、或は明治以後ではないかとも推せられる」といって「ものがたり」を斥《しりぞ》け、「こと」を主張して、以来これが一般化したが、本集撰者は「ものがたり」と訓ませるつもりであったように思われるのである。

# 今昔物語集　震旦篇　全現代語訳

# 巻六

## 震旦《しんだん》の秦《しん》の始皇《しこう》の時、天竺《てんじく》の僧渡れる語《ものがたり》、第一

今は昔、震旦の秦《しん》の始皇帝《しこうてい》の代に、天竺《てんじく》から一人の僧がやって来た。その名を釈利《しゃくのり》房《ぼう》という。彼は十八人の賢者《けんじゃ》をいっしょにつれて来たが、そのほかに仏法に関わるさまざまな書籍を持ってきた。

国王はこれを見て「おまえはいったいどういう者だ。どこの国から来たのか。見たところじつに奇怪な姿をしている。頭髪はなく丸坊主で、着ているものも人と違っているな」とお尋ねになる。利房は答えた、「西方の国に大王がおられました。浄飯王《じょうぼんおう》と申しあげます。その王に一人の太子がおられ、悉達《しつだ》太子と申しました。その太子はこの世を厭《いと》い、家を出て山に入り、六年間苦行に努めて無上道《むじょうどう》（悟り）を得《え》なさいました。これを釈迦牟尼仏《しゃかむにぶつ》と申します。この仏は四十余年の間、一切衆生《いっさいしゅじょう》のために種々の教えをお説きになりました。衆生はその機根に応じて仏の教化《きょうけ》を受けましたが、仏はついに八十歳で入滅なさいました。だが、その入滅後、四部《しぶ》の弟子□一つです。しかし、私は仏の説いて置かれた教えを伝えようがためにこの国にやって来たのです」。

国王はこれを聞き「おまえは仏の弟子と称しているが、わしはまだ仏という者を知らないし、比丘《びく》という者も知らない。だがその姿を見ればじつに不快である。即刻追放すべきだが、ただ追い返すわけにはゆかぬ。牢獄にぶち込んで厳重に処罰すべきである。今後かよう

な奇怪なことを口にする連中の見せしめにしようがためだ」とおっしゃって、即座に牢役人を召してお命じになり、牢獄に監禁なさった。牢役人は勅命に従って、とくに重罪の者を収容する牢に入れ、扉《とびら》に多くの錠を掛けた。

**〈語釈〉**

○**震旦**《しんだん》　中国の異称。中国では古来、建国の王がみずから国号を設けたので、世代によって秦《しん》・漢・唐・宋などその称を異にするが、各代に通じる称としてはみずから中国・神州、あるいは中華・中夏と呼んでいた。だが、秦の始皇帝《しこうてい》が中国を統一して国威が四方に広がり、インドで秦をチーナ・スターナと呼んだことにより、震旦・真丹・振丹、または支那の名称が生じるようになった。「旦」はふつう「たん」、『平家正節《まぶし》』など「だん」（大系本補注）。

○**秦**《しん》　中国古代史上はじめて出現した統一帝国（前二二一～前二〇六）。首府は咸陽《かんよう》（陝西《せんせい》省西安市の北西、渭水《いすい》の北岸）。

○**始皇帝**《しこうてい》　戦国の七雄（韓・魏《ぎ》・趙《ちょう》・燕《えん》・斉《せい》・楚《そ》・秦の七国を指す）の一である秦の王（名は政）が六国を滅ぼし天下を統一し、みずから徳は三皇を兼ね功は五帝を過ぎるといって皇帝の称号を用いたが、それを一世から万世に伝えようとして自分を初代の皇帝という意味で始皇帝と称した。きびしい中央集権的専制政治を行ない、万里長城を築いたが、始皇帝の統一政策は急激かつ苛酷であったため、彼の死後まもなく反乱がおこり、秦は統一後わずか三代十五年で倒れた。その治世および滅亡のことは巻十第一話に見える。

○**天竺**《てんじく》　古代インドのこと。

○**釈《しやく》 利《のり》房《ぼう》**　伝未詳。唐の法琳《ほうりん》著『破《は》邪《じや》論』に「外国沙門釈利房」とあるが、西晋皇甫《こうほ》謐《ひつ》の『帝王世紀』（現存しない）には「西域沙門宝利房」、宋の志磐撰『仏祖《ぶつそ》統紀《とうき》』は「西域沙門室利房」（『朱士行経録』に依るとする）、隋《ずい》の費長房《ひちようぼう》著『歴代三宝紀』、唐の道世著『法苑珠林《ほうおんじゆりん》』は「沙門釈利防」とする。

○**賢者《けんじや》**　善道を修してはいるが、いまだ煩悩を断じ尽くせず、深く悟りに達していない者。

○**浄飯王《じようぼんおう》**　天竺の迦毘羅衛国《かびらえこく》（今のネパール、タライ地方にあった）の国王で、釈尊の父。

○**悉達《しつだ》太子**　釈尊の幼名。

○**無上道《むじようどう》**　無上の菩提の意で、仏果（涅槃《ねはん》）のこと。仏所得の菩提（さとり）は無上であるからこう名付ける。

○**釈迦牟尼仏《しやかむにぶつ》**　釈迦如来。「釈迦牟尼」とは釈迦氏の聖者という意。

○**一切衆生《いつさいしゆじよう》**　すべての生物。生きとし生けるもの。

○**機根に応じて**　機根は教法を受くべき機（本来自分の心の中にあるが、教法によって激発されて活動する心の働き）と教法を聞いて修行しうべき能力とをいう。根機に同じ。

○**教化《きようけ》**　勧化ともいう。人を教えて悪を善に化すること。

○**四部《しぶ》の弟子**　四部の衆・四衆ともいう。比丘《びく》（僧）・比丘尼《びくに》（尼僧）・優婆塞《うばそく》（受戒した在家の男）・優婆夷《うばい》（受戒した在家の女）。

○□　底本は約一行二字分空格にしており、その内容は不明であるが、巻四第一話と関係あるものであろう。その話は釈尊入滅後の経典結集《けつじゆう》にかかわるもので、結集は釈尊一代の説法を仏弟子たちが集って正しく集成する事業である。この空格の箇所は前後の文から、結集が行なわれたことを記すはずの所であったと推測される。そして巻四第一話中に見える「仏の在世時にも入滅後にもかならず四部《しぶ》の衆がおります。……」の文とこの空格の前の「入滅後、四部の弟子」との類似からみて、巻四第一話を座右にして結集のことを記そうとしながらうまくできなかったか、または書かれたものが適切な文でないため除去したかであろう。
○**比丘**《びく》　僧。出家得度《とくど》して具足戒《ぐそくかい》を受けた男をいう。

　こんな目にあって利房《りぼう》は嘆き悲しみ、「私は仏の教えを伝えようと、はるかこの国にやって来たのだ。だが、ここの悪王はまだ仏法を知らないために、私は重罪をこうむることになった。なんと悲しいことだろう。わが大師、釈迦《しゃか》牟尼《むに》如来《にょらい》よ、大師は入滅されてのち長い年月がたちましたが、神通力《じんずうりき》によって私のこの苦難をよく見ておられることでしょう。どうか私のこの苦しみをお助けください」と祈念して横たわっていると、夜になって釈迦如来が丈六《じょうろく》のお姿をして紫磨《しま》黄金《おうごん》の光を放ち、虚空から飛んで来られて、この牢の扉を踏み破り、中にお入りになるや利房を取って去って行かれた。そのとき十八人の賢者もともに逃げ去った。この騒ぎにまぎれて同じ牢に捕われていた多くの罪人たちも、牢が壊れると同時に思い思い諸方に逃げ去った。

　この出来事が起こったとき、一人の牢役人が空中で鳴り響く大きな音を聞いた。不思議に思い出て見ると、金の色をした身の丈《たけ》一丈余りの人が、金色の光を放って虚空から飛び来たり、牢の扉を踏み破って中に入〔り、捕えられている天竺の僧を取って去って行くところであった。そこでこのことを国王に申しあげると、国王はひどく〕恐れなさった。

このことによって、そのとき天竺から渡来しようとしていた仏法は沙汰《さた》やみになって、渡来せずに終った。その後、後漢《ごかん》の明帝の時に渡来したのである。その昔、周の代に仏典がこの国に渡来した。また、阿育王の造った塔がこの国にある。秦の始皇帝は多くの書物を焼いたが、仏典もみな焼かれてしまった。このように語り伝えているということだ。

〈語釈〉

○**大師**　仏の尊称。大導師の意。
○**釈迦牟尼如来**《しゃかむににょらい》　釈迦牟尼仏に同じ。「如来」は仏の十号の一。
○**神通力**《じんずうりき》　神力《じんりき》・通力ともいう。神変《じんぺん》不思議で無礙《むげ》自在な力や働き。これに五種があり、天眼《てんげん》・天《てん》耳《に》・宿命《しゅくみょう》・他心《たしん》・神足《じんそく》の五。
○**丈六**《じょうろく》　一丈六尺。
○**紫磨黄金**《しまおうごん》　紫色を帯びた精良な黄金。紫磨金《ごん》。閻浮檀金《えんぶだんこん》。
○**後漢**《ごかん》　王莽《おうもう》によって倒された漢（前漢、前二〇二～八）を復興して後漢と呼ぶ。光武帝～献帝（二五～二二〇）に至る十四代一九六年。首府は洛陽《らくよう》。
○**明帝**　二代皇帝（二八～七五）。
○**周**　殷《いん》の次、秦の前にあった中国古代王朝（前十二世紀ごろ～前二四九）。武王より恵公に至る。
○**阿育王**　前三世紀ごろ、インド摩竭陀国《まかだこく》に君臨したマウリア王朝第三世の王。全インドを統一し、仏教を保護宣布、世界的宗教とし、膨大な領土内に八万四千の大寺と八万四千の宝塔を建て、第三回仏典結集を行なったという。『破邪論』の利房記事の前に、「滅後一百一十六年、東天竺国ニ有リ阿《あ》育《いく》王一、収メテ二仏舎利《ぶつしやり》ヲ一使二役《しえき》シ鬼兵ヲ一、散二起シ八万四千ノ宝塔ヲ一、遍シ二閻浮提《えんぶだい》ニ一、我《わ》ガ此ノ漢地九州之内ニモ並ビニ有リ二宝塔一、建塔之時ハ当ル二此ノ周ノ敬王ノ二十六年丁未《ていび》ノ歳ニ一也、経テ二十二王ヲ一至リ二秦ノ始皇ノ三十四年ニ一焚《ふん》二焼《ぜう》ス典籍ヲ一、育王ノ諸塔由リテ此《これ》ニ隠亡シ、仏家ノ経伝靡《な》シ知ル二所在ヲ一」、とあり、この記事の原拠とされるものがもうすこし詳細な内容で、『歴代三宝紀』に載せられている。

**○多くの書物を焼いた**　始皇帝の焚書《ふんしよ》をさす。始皇帝は思想の統制を行ない、政治を批判する学者や思想に弾圧を加えた。前二一三年には焚書の律を定め、易・医学・農業以外の本を焼き払い、翌年、政治を批判した儒家の学者を虐殺した。いわゆる焚書坑儒《こうじゆ》で、このことは巻十第一話にも見える。

## 震旦《しんだん》の後漢《ごかん》の明帝の時、仏法渡れる語《ものがたり》、第二

今は昔、震旦《しんだん》の後漢の明帝の時、この帝《みかど》が夢で、金色の、身の丈一丈余りの人がやって来る、と見た。夢覚めてのち、知恵のある大臣を召して、この夢についてお尋ねになると、大臣は、「それは他国から尊い聖人がやって来るというお告げです」とお答えした。帝はこれをお聞きになり、心にとめて待っておられると、天竺から僧がやって来た。一人は摩騰迦《まとうが》といい、一人は竺法蘭《じくほうらん》という。仏舎利《ぶつしやり》および経典を多数持参して来たが、それらをそっくり帝

に献上した。帝はこの僧が期待どおりやって来たことを心から喜んで、このうえなく深く帰依《きえ》なさった。

だが、このことを承服できない大臣・公卿《くぎょう》が多くいた。まして、あまたいる五岳《ごがく》の道士《どうじ》といわれる連中は、「わが奉ずるこの道教を、国王をはじめ人民に至るまで、国内の上中下の人ことごとくが尊いものとして、昔から今に及ぶまで国をあげて尊んできたのに、突如外国からやって来た、容貌《ようぼう》も衣服も異なる、わけのわからない者がつまらぬ書物を持って来たのを、帝が尊ばれるとは、じつにおもしろくないことだ」と嘆き合った。世間一般もまたこのことを非難したようである。しかし、帝はこの摩騰法師《まとうほうし》を深く尊び、帰依なさって、たちどころに新たに寺を建てられた。その寺の名を白馬寺《はくばじ》

付けられたのである。

帝はこの寺を建てて仏舎利および経典をお納めになり、摩騰法師をその寺に住まわせてひたすら帰依なさろうとしたところ、かの道士がこれを見て、なんとも不愉快で癪《しゃく》にさわることだと思い、帝に対して、「外国からけったいな坊主頭の奴《やつ》がつまらぬことをごたごた書き綴った書物や仙人の骸骨などを持って渡来したのを、このように尊ばれるとは、じつに奇怪なことに存じます。かの坊主頭めはどれほどのこともありますまい。われらの奉じております道教は、過去・未来のことをよく占い知り、人の容貌を見て将来身の上に起こるべき善悪のことを相し、その誤りないことは神のごとき教えであります。それゆえ、昔から今に至るまで、帝をはじめとし、国の上中下の者はこの教えを尊いものとして崇《あが》めて来られたのです

が、今まさにこれが廃棄されようとしているかに見受けられますので、ここでこの坊主頭と対決して力量競《くら》べをし、勝ったほうを尊び、負けたほうを廃棄したらよろしかろうと存じます」と奏上した。

帝はこれをお聞きになり、胸もふさがれるようなつらい思いに打たれなさった。「この道士の奉じる道教は、天のことについても地のことについても、よく占い出して知ることのできる教えである。外国からやって来た僧は、まだその力量の優劣がわからないから、はなはだ心もとない。術競べをして、もし天竺の僧が負けでもしたらまことに悲しいことであろう」とお思いになる。そこで、「さっそく術競べを行なえ」とは仰せられず、まず摩騰《まとう》法師を召し出して、「この国で古くから崇められている五岳の道士という者が嫉妬《しっと》心を起こして、このように申しておる。いかがいたしたらよかろう」と仰せられた。摩騰法師は、「私の信仰するところの仏法は、昔から術競べをして人にあがめられてきました。さればこの際対決して、勝ち負けのほどをご覧になるがよろしかろうと存じます」と申しあげ、このことをこのうえなく喜ぶ。これを聞いて、帝もまたお喜びになった。

〈語釈〉

○**後漢・明帝**　明帝が夢に金人が来ると見たのは、『歴代三宝紀』『仏祖統紀《ぶっそとうき》』などは永平七年（六四）、『歴代法宝記』『法苑珠林《ほうおんじゅりん》』などは永平三年（六〇）とする。

○**知恵のある大臣**　この大臣については、その名を「傅毅《ふき》」（『法苑珠林』巻五五、『浄土三部経音義集』、『資治通鑑』巻四五、『袁宏漢記』）、「通人傅毅《ふき》」（『集古今仏道論衡』、『法苑珠林』巻一二、『高

僧伝』、『神僧伝』、『仏祖歴代通載』、『歴代三宝紀』、『弘明集』、『唐鏡』など)、「太史傳毅」(『歴代法宝記』)、「太学聞人傳毅」(『釈氏稽古略』)、「臣傳訖」(『三国伝記』)とする。

○**摩騰迦**《まとうが》　摩騰・迦葉(摂)摩騰・摂摩騰ともいう。中《ちゅう》天竺の人、後《ご》漢《かん》明帝永平十年(六七)に竺《じく》法蘭《ほうらん》とともに中国に渡来した。

○**竺法蘭**《じくほうらん》　中天竺の人。前項の摩騰迦とともに中国洛陽に来り、正法弘通《しょうぼうぐつう》につとめ、『四十二章経』を共訳したとされており、これを中国における訳経のはじめとする。摩騰迦没後はとくに訳経に力をそそぎ、『仏本行経《ぶつほんぎょうきょう》』五巻、『十地断結経』四巻、『法海蔵経』三巻、『仏本生経』一巻、『二百六十巻合異』二巻の五部十六巻を翻訳したという。のち洛陽で寂《じゃく》した。年六十有余。

○**仏舎利**《ぶつしゃり》　仏陀の遺骨。

○**五岳**《ごがく》**の道士**　「五岳」は中国道教信仰上の五つの霊山。戦国時代、五行思想の影響により生じたもので、泰山(東岳)・霍《かく》山(南岳)・華山(西岳)・恒《こう》山(北岳)・嵩《すう》山(中岳)をいう。「道士」は道教を修めた人。道教の僧。道人。道教は老荘一派の学説に、不老不死の神仙思想などを取り入れて形成された、中国固有の民間宗教。教団宗教として成立したのは後漢の末、のち仏教の教義をとり入れ、主として民間に強い支配力をもった。経典は「道蔵」として集大成されている。福(子孫の繁栄)・禄(地位や財産)・寿(長生き)などの個人的な幸福を求めることを説く。

○**摩騰**《まとう》**法師**　摩騰迦のこと。

○**白馬**《はくば》**寺**　中国の洛陽城西雍門外に建て、摩騰迦・竺法蘭を居らしめた。中国の寺院の最初とされ、以後白馬と称する寺院が各地に建立されるようになった。名称の由来に二伝あり、その一は、この寺はじめ招提《しょうだい》寺といわれたが、外国の国王がかつて諸寺を破壊した折、この寺だけまだ破壊の手が及ばずにいたある夜、一頭の白馬が塔を巡って悲しげに鳴いた。それを知った王は招提を白馬と改めたという伝え（『法苑珠林』『阿娑縛抄《あさばしょう》』など）。その二は、摩騰迦・竺法蘭が月氏《がっし》国《こく》から仏舎利や『四十二章経』などを白馬に乗せて来たので、それを安置した寺の名を白馬寺と称したという伝え（『三国伝記』『唐鏡』など）。

○□底本は一行分空格。この前後を『打聞《うちぎき》集』についてみると、「サレド王《みか》ド此麼等（摩騰）ヲイミジキ物ニ思《おぼ》シテ、別寺ヲ俄《にはか》ニ立テラル。名ヲバ白縁寺ト付《つけ》ラル」とあり、本話の空格に該当する文はない。必要のない空格と思われるが、あるいはここに寺名の由来を記す意図があったのかもしれない。

日を決め、さっそく摩騰《まとう》法師と道士とが御殿の前の庭で術競べを行なうようにとの勅命が（下された）。当日になると、国じゅうの上中下の者たちが大挙してやって来て見物する。東のほうには錦《にしき》の幔幕《まんまく》を長々と引きめぐらし、その中に主《おも》だった道士たちが二千人ほど並び座している。貴げな老人たちもあり、あるいは若く血気盛んな者どももいる。それらはおのおののその道の学識を十分に磨き抜き、昔の達人に恥じぬ者たちである。大臣や公卿たちもまた百官を引き連れて、みな道士の席のほうに寄り集まった。というのは、道士たちが道教の文書によって占い出すことが、すべて過去・現在・未来の三世のことをまさに間違いなく知るように思わせたからである。摩騰法師のほうにはただ一人の大臣が寄っただけである。それ以外はまったく寄る者もない。だが、摩騰法師はひそかに帝を心頼みにしておいでになった。

さて、道士のほうには玉の箱に道教の文書どもを入れ、美しく飾った台に置き並べてある。いっぽう、西の方には錦《にしき》の幔幕《まんまく》を張って、その中に摩騰法師一人と大臣一人がいる。そこにも瑠璃《るり》の壺《つぼ》に仏舎利《ぶっしゃり》がお入れしてあり、また美しく飾ったいくつかの箱の中に持参してきた経典をお入れしてあるが、それはわずか二、三百巻ほどのものである。このようにして双方で術をしかける時を待っていたが、やがて道士の方で、「まず摩騰法師のほうから道士のほうの教典に火を付けてみよ」という。そこで言われるままに、摩騰法師の方から弟子が一人出て来て、火打ち石を打って道士の方の教典に火を付けた。一方、道士の方からも一人の道士が出て来て摩騰法師の方の経典に火を付ける。そこで双方ともに燃え出した。盛んな焔とともに、黒煙が空高く舞いあがった。

と見るうち、摩騰法師の方の仏舎利が光を放って空にお昇りになる。経典も同じように仏舎利について空にお昇りになり、虚空にお止まりなさった。摩騰法師は香炉を手にしたまま、しばらくもそれから目を放たずにいる。道士のほうの教典はあっという間にみな焼けおわり、灰となってしまった。それを見た多くの道士たちのうちには、あるいは舌を噛み切って(死ぬ者)もあり、あるいは目から血の涙を出す者、鼻血を出す者、気絶してしまう者、席を立って走り出す者、摩騰法師のほうにやって来て弟子となる者、さては地上に倒れてもだえ苦しみ正気を失う者など、このような不吉な状態が現出した。これをご覧になった帝は涙を流し、席から立ち上って摩騰法師を礼拝なさった。

その後、諸経典が漢の地に広まり、仏法は今に至るまで栄えている、とこう語り伝えているということだ。

〈語釈〉

○瑠璃《るり》　七宝の一。青色の美しい宝石。

## 震旦《しんだん》の梁《りよう》の武帝の時、達磨《だるま》渡れる語《ものがたり》、第三

今は昔、南天竺《てんじく》に達磨《だるま》和尚《かしよう》という聖人がおいでになった。その弟子に仏陀耶舎《ぶつだやしや》という比丘《びく》がいた。達磨はこの仏陀耶舎に向かって、「そなたはただちに震旦《しんだん》の国に行き、わが奉ずる仏法を伝えよ」とおっしゃる。耶舎は師のお言葉に従い、船に乗って震旦に渡った。そしてその仏法を広めようとしたが、この国にはすでに数千人の比丘がいて、おのおの独自の勤行《ごんぎよう》をしており、この耶舎の説く仏法を聞いても、一人として信じようとする者がない。ついには耶舎を追い立てて、盧山《ろさん》の東林寺という所に追いやった。

ところで、その盧山には遠大師《おんだいし》という尊い聖人がおられた。その方がこの耶舎の来たのを見て部屋に招き入れ、「あなたは西の国からやって来たが、いったいどのような仏法をこの地に広めようとして、そのように追い払われるのですか」と尋ねた。それに対して耶舎は言葉で答えることはせず、わが手を握り、開く。そしてそのあとで、「このことがすぐおわかりか。いかがじゃ」という。遠大師は即座に、「手を握るは煩悩《ぼんのう》、開くは菩提《ぼだい》である」と悟

り、煩悩と菩提は一つであると了知した。その後、耶舎《やしゃ》はこの地で命を終えた。その時、大師の達磨ははるか天竺にいて、弟子の耶舎が震旦で死去したことをそらに知りなされて、みずから船に乗り震旦に渡って来られた。その時は梁《りょう》の武帝の代である。

〈語釈〉

○**南天竺**《てんじく》　五天竺（天竺を東・西・南・北・中の五つに分けた総称）の一。

○**達磨和尚**《だるまかしょう》　菩提達磨《ぼだいだるま》。南天竺の人で、インド諸地を教化《きょうけ》し、のち中国に渡り梁《りょう》の武帝に謁したが、去って北魏《ほくぎ》に赴き、嵩山《すうざん》（河南省）の少林寺でひたすら座禅生活を送ったが、のち禹門《うもん》の千聖寺で寂《じゃく》した。永安元年（五二八）。中国禅宗の初祖として尊ばれる。巻四第九話には天竺巡錫《じゅんしゃく》中の体験談が述べられている。

○**仏陀耶舎**《ぶつだやしゃ》　梵語 Buddhayaśas 覚名・覚明と訳す。罽賓《けいひん》国の人。婆羅門《ばらもん》種で外道《げどう》に仕えていたが、十三歳のとき仏門に入り大小乗経を誦し、二十七歳にして具足戒を受け、つねに読誦を務めとしていた。のち沙勒《しゃろく》国に至り、その国の太子達磨弗多《だるまふった》に重んじられて宮中に供養を受け、当時この国にいた鳩摩羅什《くまらじゅう》について阿毘曇《あびどん》・十誦律《じゅうじゅりつ》を学んだ。その後、羅什が中国に行ったことを聞き、耶舎もまた長安に来て逍遥園の新省に住み、羅什が『十住経』を訳出する時ともに疑義を徴決して辞理を定めた。弘始（三九九〜四一六）のころ、『四分律《しぶんりつ》』『長阿含《ちょうあごん》経』『四分僧戒本』を訳出し、義熙八年（四一二）廬山に入って白蓮社《びゃくれんしゃ》に加わった。のち辞して罽賓に帰り、『虚空蔵菩薩経』を得てこれを賈客に託して中国涼州の諸僧に伝与した。その後のことは不詳。

なお、本話で耶舎は達磨の弟子とあるが、沙勒国の太子達磨弗多に重んじられたことが混同されたものか。『内証仏法相承血脈譜』（『伝教大師全集』巻二所収）には「達磨大師謂《い》ヒテ二弟子仏陀耶舎ニ一云ク、汝可《べ》シト下往キテ二振旦《しんだん》国ニ一、伝ヘ二法眼《ほふげん》ヲ一、看《み》ル中彼ノ国信ズルヤ二如キノレ此ノ事ヲ一否ヤ上。弟子耶舎奉ジ二師ノ付嘱ヲ一、便《すなは》チ附シテレ舶ニ来ル二此ノ土《ところ》ニ一」とある。

○**比丘**《びく》　僧。

○**廬山**《ろさん》　中国江西省九江市南にある名山で東晋時代（三一七～四二〇）より仏教と深い関係をもち、現在なお東林寺・西林寺・千仏寺・開先寺・万杉寺・廬山寺などをはじめ、その他の草廬が七、八十ある。また景勝の地で奇峰すこぶる多く、紫霄・双剣・上霄・鉄船・五老・香炉（李白の詩で知られる）などの四十余峰がそびえ立ち、白楽天の「草堂」で知られる遺愛寺《いあいじ》、李渤の白鹿洞書院などもここにあり、陶淵明《とうえんめい》・周続之・雷次宗なども乱世をさけてこの地に来住した。

この山はもと南障山と称したが、周の武王の時匡続《きょうぞく》という人がここに廬《いおり》を結んで住み、のち威烈《いれつ》王の時迎えられて朝廷に至ったため、のちには廬だけが残存していたので廬山または匡山《きょうざん》と称するようになったという。仏教と関係を持つに至ったのは、東晋孝武帝の太元九年（三八四）、慧遠《えおん》がこの山に入って白蓮社《びゃくれんしゃ》を結成し念仏を修してより後で、以来ここに念仏行者《ぎょうじゃ》が多く集まり、その念仏門は廬山流と称せられた。

慧遠は念仏を修するとともに、また僧伽提婆《そうがだいば》など多くの西域沙門を招いて仏典の訳出に従事し、あるいはみずから西域の地に使いをやって経論を求めたりしたので、廬山は当時南地における仏典訳出の一道場の観を呈した。隆安五年（四〇一）、鳩摩羅什《くまらじゅう》が長安に来るや慧遠はしばしば使いをやって法義を問答し、また羅什と親交ある仏陀跋陀羅《ぶつだばつだら》を廬山に迎えた。南北朝に入り南地の仏教はますます盛行し、各地より来ってこの山で研学する者が絶えなかった。唐朝に入り禅宗の勃興とともに禅僧のここに住む者多く、宋代、黄竜慧南は山西帰宗寺にいて盛んに禅風を挙揚した。唐代の念仏門もまた広く南北の地に栄えたが、南岳・五台とともに念仏の行者は多くここに集った。

○**東林寺**　東晋孝武帝の太元十一年、刺史《しし》桓伊が檀越《だんおつ》となって慧遠のために建立した寺。慧遠と同学の慧永の開いた西林寺とともに廬山の二林と称せられる。慧遠みずからここに般若・仏影の二台を創設し、謝霊運が流池を三ヵ所造った。のち、梁代孝元帝は重閣を造営し寺観を改めた。智顗《ちぎ》は書を晋王広《こう》に寄せて峰頂寺と合わせて二寺の檀越となることを請うたこともある。宋代、醇枢密《じゅんすうみつ》はこれを禅苑とし照覚禅師常総《しょうがくぜんじじょうそう》をもって第一祖とし、以後禅宗の一道場として禅僧が住む所となっている。

○**遠大師**《おんだいし》　慧遠《えおん》。中国東晋時代の僧。廬山白蓮社の祖。雁門楼煩《がんもんろうはん》（山西省代州崞県東北）の出身で、俗姓は賈《こ》氏。十三歳にしてすでに六経を究《きわ》め、ことに老荘の学に長じていた。二十一歳のとき、道安を太行恒山に訪ねて練磨修行したが、前秦建元九年（三七三）、秦将苻丕《ふひ》が襄陽《じょうよう》を攻め、道安をともない帰るや、慧遠は弟子数十人とともに南方の荊州《けいしゅう》に行き、上明寺に住んだ。のち、羅浮《らふ》山《ざん》に行こうとし潯陽《じんよう》に至って廬山の清寂に心惹かれ、ついにここに止まって竜泉寺に住んだ。時に同学の慧永がすでに廬山の西林にいたが、慧遠のために刺史桓伊にすすめ、東林に房舎を建てさせてここに居らせた。この間、慧遠の徳を慕い来る者百二十三人とともに白蓮社を始めて念仏を修した。

その後三十年を廬山に送ったが、法浄・法領などを遣わして遠く梵本を求めさせ、罽賓《けいひん》沙門僧伽《そうが》提婆《だいば》に請うて『阿毘曇心論《あびどんしんろん》』『三法度論』を重訳し、また曇摩流支《どんまるし》に請うて、不備の『十誦律』を完訳させるなど大いに学界に貢献したが、晋の義熙十三年（四一七）病を得て寂《じゃく》した。年八十三。唐宣宗は弁覚大師、宋太宗はさらに円悟大師の諡号《しごう》を賜うた。著書に『大智度論要略《だいちどろん》』二十巻、『問大乗中深義十八科』三巻、『沙門不敬王者論』『法性論』二巻、『沙門祖服論』一巻などがある。

○**わが手を握り、開く**　いわゆる禅問答的な問いの形。巻四第九話にも達磨（陀楼摩）に関係する類似の話がある。仏陀耶舎は実際は中国禅宗の初祖である達磨の弟子ではないが、本話では弟子ととらえてこのような禅問答形式をとらせたものであろう。

○**煩悩《ぼんのう》**　衆生の身心を悩乱し、迷界につなぎとめる一切《いっさい》の妄念。迷いの心。

○**菩提《ぼだい》**　煩悩を断じ、不生・不滅の真如の理を悟って得る仏果。仏の正覚の知恵。覚。道。真如。智。さとり。

○**煩悩と菩提は一つ**　「煩悩即《そく》菩提」の意。煩悩がそのまま菩提であるということ。「生死即涅槃《しょうじそくねはん》」と連用される語である。われわれの迷見をもってすれば、迷妄（まよい）の主体である煩悩と覚悟（さとり）の主体である菩提とは全然別であるが、悟眼をもって照見すれば両者はそのまま一であり差別がない。この両者を一と説き無差別と説く立脚地に二種がある。

(一)『涅槃経』等にあらわれる消極的諸法実相論よりする説では、一切諸法（あらゆる現象）は皆空であるから、煩悩も菩提もともに空なもので、われわれの捕捉しえないものである。ゆえに煩悩ととらうべきものもなければ、菩提ととらうべきものもない、すなわち迷見で執着する煩悩・菩提は等しく空であると説くもの。三論宗・禅宗ではこの立脚地よりわれわれの執着を払い去って空寂無相の境地に入ることを教える。

(二)天台の積極的諸法実相論や華厳の法界縁起論よりする説では、これらにおいては迷妄の現実の他に、別に覚悟の実在することを認めないから、煩悩の当相においてただちに菩提であると談じるのである。すなわち煩悩が実相であり法界（宇宙の本体）の実徳であるからこれを菩提と称するので、煩悩を破壊することなくしてそのままに菩提と了達するのである。『摩訶止観』巻一に「煩《ぼん》悩即菩提《なうそくぼだい》、菩提即煩悩」、また「生死即涅槃《しやうじそくねはん》、一色《しき》一香皆是《みなこれ》中道」とあり、『法華玄義』巻九には「生死即涅槃と体するを名づけて定《ぢやう》となし、煩悩即菩提と達するを名づけて慧《けい》となす」といっている。前掲『血脈譜』「遠大師便《すなは》チ悟ル、将《まさ》ニ知ル煩悩ハ与《と》菩提、本性不二ナルコトヲ也」。

○**大師の達磨《だるま》**　「大師」は大導師の意。仏の尊称としても用いられる。

○**梁《りよう》**　高祖武帝が南斉を滅ぼして国を興し、四世敬帝方智に至って陳に滅ぼされた。その間五十六年（五〇二〜五五七）。都は建業《けんぎよう》、今の南京。

○**武帝**　名は蕭衍《しようえん》。孝慈恭倹かつ博学能文であった。はじめ政務につとめ、身を持すること勤倹で民政に意を用いたので、在位四十八年間は江南はよく治まったが、極端に仏教を信じ、みずから三宝の奴《やつこ》と称して仏寺に入りびたるようになり、姦吏が権を専断し民衆を侵害した。時に侯景の乱がおこり憂憤のうちに病を得て死んだ。

その頃、武帝は大伽藍《がらん》を建立《こんりゆう》し、数体の仏像を鋳造《ちゆうぞう》し、塔を建て、数部の経巻を書写するなどして、心中に、「わしはすばらしい功徳を行なった。このことを知恵のある僧に見せて賞賛され尊敬を受けよう」と思い、「この国で近年知恵の勝れた尊い聖人といえばだれであろう」とおさがしになっていると、ある者が、「最近天竺から渡来した聖人がおり、名を達《だる》磨《ま》といいますが、これは知恵も勝れ尊い聖人であります」と奏上した。武帝はこれを聞いて喜び、「その聖人を召し出して、伽藍や経典の様子を見せて賞賛されよう。また、尊い功徳とはいかなるものであるかを聞いて、わしはいっそうすばらしい善根《ぜんごん》を行なったのだと思うことにしよう」とお思いになって、達磨和尚を呼びにやった。和尚はお召しによって即座に参内なさる。武帝はこの伽藍に迎え入れ、堂塔や経典などを見せてから達磨に向かい、「わしは堂塔を造り、人を救済し、経巻を書写し、仏像を鋳造した。これにどのような功徳があるか」とお尋ねになる。達磨大師は答えられた、「これは功徳ではありません」。

これを聞いた武帝は、和尚がこの伽藍の様子を見たならかならず賛嘆し尊敬の念を抱くであろうと思っていたのに、まったくつまらなそうな顔付きをしてこのように答えるとはまことに意外なことだとお思いになって、さらにこう仰せられた、「しからば、なにゆえに功徳でないとわかるのか」。達磨大師はお答えになる、「かように寺塔を造って、自分はすばらしい善根を行なったと思うのは誤りです。これらはすべて迷いの俗事に過ぎず、まことの功徳の行ないではありません。まことの功徳の行ないというのは、わが身の内に備わる菩提（悟り）の種は清浄の仏でおわしますのだということを体現なさることをまことの功徳の行ないというのです。これに比べれば、あなたのなされたことは功徳の数にも入りません」。武帝はこの言葉をお聞きになってわが意にかなわず思われ、「こやつめ、何を言うか。わしはこのうえない功徳を作ったと思っているが、それをこのようにあしざまにいうのは、なにか下心あってのことにちがいあるまい」と悪く勘ぐられて、大師を追放してしまわれた。

〈語釈〉

○**功徳** 神仏からよい報いを得るような善行。

○**善根《ぜんごん》** 善い果報を招くべき善因。また諸善を生み出す根本である無貪《むとん》・無瞋《むしん》・無痴《むち》の三をもいう。ここでは前者。

大師は追放されて、錫《しやく》杖《じよう》を杖について〔嵩《すう》〕山《ざん》という所まで歩いて来られた。この地で会《え》可《か》禅《ぜん》師《じ》という人に会い、この人にわが仏法をすべてお授けになった。その後、達磨《だるま》大師はこの地でお亡くなりになった。そこで宗門の僧たちが達磨を棺に入れて墓に持って行き、そこに置いた。

それから十四日経ったころ、宗雲《そううん》という者が朝廷の使者として遠く旅をしている途中、葱《そう》嶺《れい》の上で一人の胡人の僧に出会った。片足には草鞋《わらじ》を履《は》き、もう一方の足ははだしである。その胡人の僧が宗雲に、「そなたに知らせてあげるが、国王が今日死去なされたよ」と告げた。宗雲はこれを聞き、紙を取り出してその日の月日を記しとどめた。

宗雲は数ヵ月後都に帰って来て、「帝はすでに何月何日崩御なさった」ということを聞いた。その時、記録しておいた月日を思い出してみると、まさにぴたりと合っていた。そこで、かの葱嶺の上でこのことを告げた胡人の僧はいったいだれだったろうと考えてみたところ、あれは達磨和尚だったと思いつき、朝廷の役人たちおよび達磨の宗門の僧たちともどもいっしょになって、それが事実か否かを確かめようと、かの達磨の墓に行き棺を開けてみると、達磨のお体はなくなっていて、棺の中にはただ草鞋《わらじ》の片足だけが残っていた。これを見て、「葱嶺の上で出会った胡人の僧は、間違いなく達磨大師だった。大師は草鞋を片足だけ履いて天竺に帰って行かれたのだ。片方の草鞋を捨てておいたのは、震旦《しんだん》の人にこのことを知らせようがためだったのだ」と人々はみな合点した。

されば、国じゅうの者が偉大な聖人であると知ってこのうえなく尊んだ。この達磨和尚は南天竺の大婆羅門国の国王の第三子である、とこう語り伝えているということだ。

〈語釈〉

○**錫杖《しやくじよう》**　僧侶・修行者のもつ杖《つえ》。

○**〔嵩《すう》〕山《ざん》**　カッコ内欠字。底本には空格はない。前掲『血脈譜』に「大師杖《つ》キレ錫《しやく》ヲ、行キテ至ル二嵩山一ニ。逢二見シテ慧《え》可《か》一ニ志二求スルニ勝法一ヲ、遂ニ及《すなは》チ付二嘱《ぞく》ス仏法一ヲ」とあるによって補った。嵩山《すうざん》は五岳の一。河南省登封《とうほう》県の北にある。中岳、崧山《すうざん》、崇山。

○**会可禅師《えかぜんじ》**　「会可」は正しくは「慧可」。禅宗第二祖。中国南北朝時代の僧で、洛陽虎牢《ころう》（河南省、鄭州市の西方）の人。俗姓は姫氏、幼名を神光という。洛陽竜門の香山に行き出家し、諸方に遊んで仏・儒の学を修め、三十二歳、香山に帰って来て座禅すること八年、四十歳のとき、菩提達《ぼだいだる》磨《ま》を嵩山《すうざん》の少林寺にたずね、雪中端座して教えを乞うたが許されず、ついに左臂《ひじ》を切断して志操の堅固であることを示し、面謁することを得て大悟徹底したという（慧可断臂《えかだんぴ》）。北斉《ほくせい》天保三年（五五二）弟子僧璨《そうさん》に法を授け、鄴都《ぎようと》（河北省臨漳《りんしよう》）に止まること三十四年、のち、管城《かんじよう》県の匡救寺において『涅槃経』を講じたが、衆望を得るに及んで僧弁和《そうべんわ》の譖《ざん》にあい、翟仲侃《てきちゅうかん》のために酷刑に処せられて寂した。時に隋の開皇十三年（五九三）、百七歳であった。唐太祖は正宗普覚大師の諡号《しごう》を贈った。

○**宗雲**《そううん》　敦煌《とんこう》の人。北魏、孝明帝の時に洛陽に住んでいたが、霊太后が仏教信仰に篤《あつ》く、太后の命により神亀元年（五一八）十一月、崇立寺《そうりゅうじ》沙門恵生《えしょう》とともに西域に使いした。タクラマカン沙漠を過ぎ西域諸国を訪れ、さらに北インド烏長《うちょう》国に至り、正光元年（五二〇）四月、健駄羅《けんだら》国において国王にあい、王城に入って迦膩色迦《かにしか》王の建立した雀離浮図《じゃくりふと》を礼し、さらに西の那竭《なか》城に至って仏頂骨を拝した。ここから帰途につき、経論百七十部を得て、正光二年（五二一）二月、洛陽に帰りついたという。宋雲。

本話では、宗雲は達磨の死後「二七日を経て」西域に旅立ったとするが、達磨の死は北魏の永安元年（五二八）とされているので年時的に合わず、そのあとの記事とも矛盾する。この前後の記事は前掲『血脈譜』によって書かれたものであろう。該書の「後魏達磨和上」の条に「又付法箇子ニ云フ、達磨大師、葬リテ経テ二七日ヲ、後魏ノ聘国使《へいこくし》宗雲、於テ葱嶺《そうれい》ノ上ニ逢フ一ノ胡僧ト、一脚ハ著《つ》ケ履《くつ》ヲ、一脚ハ跣足《せんそく》ナリ。語リテ宗雲ニ曰ク、汝ノ漢地ノ天子、今日無常《むじやう》スト。宗雲紙筆ヲモッテ記ス之カ日月ヲ、宗雲帰リ至レバ、帝已ニ崩《ほう》ズ。所ノ記スル日月験スルニ之ヲ、一モ無シ差別。宗雲ト与《と》朝庭ノ百官並ニ達磨門徒等、共ニ発《あば》キテ墓ヲ開クニ棺、不見師ノ身ヲ。唯見ルノミ棺中ニ有ルヲ一隻履。挙国知ル聖ナルコトヲ矣」。なお文中、「朝廷」の「廷」が本話と同じであるのは、この文が本話の出典となっていることを証拠づけるものといえよう。

○**葱嶺**《そうれい》　中央アジア、パミール高原の中国名。その名称は、山中に生える一種の葱《ねぎ》に由来するという。中国から西方諸国（西域）に通じる交通路。

**○胡人の僧**　異国人の僧侶。胡は中国で夷狄《いてき》をいい、秦漢時代には匈奴《きょうど》、唐代には広く西域民族をさした。
**○国王**　北魏《ほくぎ》の孝明帝をさすか、または梁の武帝をさすか。孝明帝は孝昌四年（五二八）の死、武帝は太清四年（五五〇）の死であるから、いずれも前記宗雲の帰国の年と合わない。
**○南天竺の……**　前記「宗雲」の〈語釈〉に引いた『血脈譜』「後魏達磨和上」の条の冒頭部に「謹ミテ案ズルニ四行観ノ序ニ云《いは》ク、法師ハ者西域南天竺ノ大婆羅門《だいばらもん》国王ノ第三之子也」とある。これを話末に持って来たもの。

## 康僧会《こうそうえ》三蔵《さんぞう》、胡国《ごこく》に至《いた》りて仏舎利《ぶっしゃり》を行《ぎょう》じ出《いだ》す語《ものがたり》、第四

　今は昔、天竺《てんじく》に康僧会《こうそうえ》三蔵《さんぞう》と申す聖人がおいでになった。仏法を広めようと震旦《しんだん》に渡り、呉《ご》の国にやって来た。その国の王はまだ三宝《さんぼう》（仏・法・僧）についてなにも知らなかったので、三蔵を見て怪しみ、「そなたはいったい何者じゃ」とお聞きになる。三蔵は、「わたくしは西の国の釈迦仏の御弟子です。その仏の教えを伝えようがために震旦に渡り、ここにやって来たのです」と答えられた。王は、「その釈迦仏は今もおいでになるのか」とおっしゃる。「釈迦仏は多くの衆生のために教えを説き置かれたうえ、すでにご入滅になりました」と三蔵はお答えになった。

　すると王は、「そなたは釈迦仏の弟子と称したが、その仏はすでに入滅されたというでは

ないか。とすれば、そなたはだれを師と仰いでいるのじゃ」とおっしゃる。それに対し、三蔵は、「釈迦仏はすでに入滅なさったとはいえ、舎利（遺骨）を残して、それにより衆生を導いておられます」とお答えなさった。国王は、「それならばその舎利をお持ちしておるか」とお尋ねになる。「舎利は天竺においでです。私はお持ち申しておりません」。

三蔵がこう答えなさると、国王は、「お前のいうことはどれもこれも納得しえぬことばかりじゃ。わしには信じられぬぞ。そういう舎利が有るかどうか、どうしたらわかるというのだ」と追及された。三蔵は、「たとえ舎利をお持ち申さずとも祈念し奉ったならばおのずと出現なさるはずです」とお答えする。王は、「ならばそなた、この場で舎利を祈り出してみよ」とお命じになった。三蔵は祈り出し申すことを承知なさった。王は、「そなたがもし舎利を祈り出すことができないときはいかがするぞ」とおっしゃる。三蔵は、「舎利を祈り出し申すことができなければ、この首をお取りになるがよろしかろう」とご返答なさった。そこでその日からはじめて七日を期限に祈るがよかろうという勅命が下って開始された。

〈語釈〉

○胡国《ごこく》（表題中）　本来は、中国の北方や西方に住む遊牧民族の国（匈奴《きょうど》の国や西域諸国）をいうが、ここは「呉国」の表記誤りである。『打聞集』は「護国」としているがこれも誤りで、この話がもともと、「ごこく」と記され、または語られていたのを、「胡国」「護国」と誤記したか、あるいは本話が出典としたもの（『打聞集』話に類するもの）に「護国」とあり、それを「胡国」に改めたかであろう。呉国は後漢の末、孫権が立てた国で、今の江蘇《こうそ》・浙江《せっこう》両省のあたりを保有して、北の魏や西の蜀とともに天下を三分し、いわゆる三国時代を現出した。四代五十九年続いたが、二八〇年晋《しん》に滅ぼされた。

○**康僧会**《こうそうえ》　先祖は康居《こうきょ》国（キルギス）の人であり、代々インドにいたが、父の代に商売のため交趾《こうち》（今のベトナム中央部）に移った。康僧会はこの交趾で生まれ、十余歳で両親を失って出家したが、大いに学問に励み、深く三蔵（経・律・論）に通じ広く六経を究めた。つとに東遊して呉《ご》の地に仏教を興隆しようと思い、呉の赤烏《せきう》十年（二四七）建業《けんぎょう》（今の南京）におもむいたが、呉王孫権は彼のために呉地にはじめて寺を建て建初《こんしょ》寺と号した。この寺にあって翻訳の業に従い、『阿難念弥陀経』『鏡面王察微玉梵皇経』および『小品経』『六度集経』『雑譬喩経』等を訳出し、また『安般守意経』『法鏡経』『道樹経』の三経を注し、あるいは泥洹唄声《ないおんばいせい》を伝えて一代の模式となった。呉の天紀四年（二八〇）九月寂。享年不詳。後世、超化禅師と号した。『打聞集』は「好恵三蔵」と記す。

○**三蔵**《さんぞう》　仏教典籍の一大集成である大蔵経の三部門、経蔵・律蔵・論蔵を三蔵といい、その三蔵の内容によく通じている僧をもいう。後に転じて、経・律・論の翻訳僧にも名づけた。玄奘《げんじょう》・羅什《らじゅう》・善無畏《ぜんむい》・金剛智・不空《ふくう》等。なお経蔵は仏の説法を納めた部類の典籍、律蔵は仏が制定し、日常信奉すべき規則を説いた典籍の集成、論蔵は経に説いた義理を解明し論述した典籍の集成をいう。

○**その国の王**　史実上は呉王孫権に当たるが、本話では「胡国」の王ととらえているのであろう。孫権は呉大帝ともいわれた。一八二～二五二。在位二二二～二五二。

○**三宝**《さんぼう》　仏宝・法宝・僧宝の総称。ここでは仏教をいう。

三蔵は紺瑠璃《こんるり》の壺を机上に置き、花を散らし香《こう》を薫《た》いてお祈りなさっているうち、七日が過ぎた。国王が、「舎利は出現なされたか、どうじゃ」とお尋ねになる。三蔵が、「もう七日延長していただきたい」と申されたので、期限が七日延ばされ、さらに祈り続けられたが、またその七日が満ちても舎利は出現なさらない。国王がまた、「いかがじゃ」とお尋ねになる。三蔵はさらに七日延期していただきたいと申し出られた。その申し出のままに七日延長された。

そこで三蔵は心をこめて深々と礼拝しつつ祈っておられるうち、六日めの暁に瑠璃の壺の底に大きな舎利が一粒出現なさった。壺の中から光を放っている。さっそく三蔵は、舎利が出現なさったことを国王に報告された。国王は驚いてその場に行きご覧になると、まことに瑠璃の壺の底に丸く白い玉があり、壺の中から白い光を放っている。国王はこれを見て、「そなたが祈り出した舎利は本物かどうかわからぬぞ。どうしたら本物の舎利だとわかるか」とおっしゃる。

三蔵は、「ほんとうの仏舎利は劫焼《こうしょう》の火でも焼かれず、金剛杵《こんごうしょ》でも砕きえません」とお答えした。「ではこの舎利を試《ため》してみよう。どうじゃ」と国王がいわれると、三蔵は、「さっそく試されるがよろしいでしょう」とおっしゃって、舎利に向かい、「わが大師、釈迦如来よ、入滅なされて久しくなりますが、かねて滅後の衆生に利益《りやく》を与えようとお誓いおきくださいました。なにとぞ威力を発揮して広く霊験をお示しください」と祈念する。

さて国王は舎利を瑠璃の壺から取り出して鉄床《かなとこ》の上に置き、強力の人を選んで、金づちで打たせた。ところが、鉄床や金づちはともにくぼんでしまったが、舎利は塵ほどの傷もつかない。国王はこれを見て心から信服し、舎利に向かって深く礼拝なさった。その後、三蔵に向かい、「これはほんとうの仏舎利であった。わしは愚かなためたびたびお疑い申した。ただちに心をこめて敬い供養申しあげよう。ところで、これをどのように安置し奉ったらよいか」とお尋ねなさる。三蔵は、「一寺を建立してこの舎利を安置なさるがよろしかろうと思います」とお答えなさった。

国王は三蔵のお言葉に従い、即座に寺を建て舎利を安置し奉られた。その寺の名を建初《こんしょ》寺と付けた。この国で初めて建てた寺であるから、このように名付けたのである。なお、これ以来この国の仏法がはじまった、とこう語り伝えているということだ。

〈語釈〉

○**紺瑠璃**《こんるり》　紺色の瑠璃。

○**劫焼**《こうしょう》**の火**　三千大千世界の破壊する時の大火災（『法華経』「見宝塔品十一」に見える）。

○**金剛杵**《こんごうしょ》　もとインドの武器。密教で煩悩を破摧し菩提心を表わす金属性の法具。細長く手に握れるほどの大きさで、中ほどがくびれ両端は太く手杵に似る。両端が尖って分かれるものを独鈷《とっこ》、三叉のものを三鈷、五叉のものを五鈷という。金剛は梵語 vajra、金属中最も剛《かた》いものの意で、ここではそれで作った杵のこと。『高僧伝』「康僧会」の条に「会（康僧会）進ミテ而言ヒテ曰ク、舎利威神豈《あ》ニ直《ただち》ニ光相而已《のみ》ナランヤ。乃《すなは》チ劫焼之火不レ能ハレ焚クヤ、金剛之杵不レ能ハレ砕ク。権（孫権）命ジテ令ムレ試ミレ之ヲ。会更ニ誓ヒテ曰ク、法雲方《まさ》ニ被ヒ二蒼生《さうせい》ヲ一仰グレ沢ヲ、願クハ更ニ垂レ二神迹ヲ一以テ広ク示サンコトヲ二威霊ヲ一。乃《すなは》チ置キ二舎利ヲ於鉄ノ砧磓《ちんつい》ノ上、使《し》力者撃《う》之。於是《ここ》砧磓俱《とも》陥《くぼ》、舎利無損」と見える（『神僧伝』『歴代三宝紀』も同文記事がある）。

○**大師**　大導師の意。仏の尊称としても用いる。

○**利益**《りやく》　仏が人に利福を授ける。利生《りしょう》。

○**建初**《こんしょ》**寺**　呉王孫権が康僧会のために建立した寺。中国の建業（今の南京）にある。呉王は康僧会のために建立し、この地を仏陀里《ぶつだり》と名づけた（『高僧伝』「即為建塔。以始有仏寺故号建初寺。因《よ》名其地為仏陀里。由《よ》是《これ》江左大法遂《つひ》興《おこ》」）。孫皓が即位し仏寺を排毀《はいき》したため仏罰をこうむり、満身大腫を痛み、懺悔受戒し、寺を天子寺と号して修飾を加えた。天紀四年康僧会卒《しゅっ》し、西晋永嘉六年、西域僧帛尸梨蜜多羅《はくしりみったら》来り住し、『孔雀《くじゃく》王経』等を訳して盛んに密教をひろめた。

晋の成帝の咸和年中、蘇峻《そしゅん》が乱を起こし康僧会の建てた塔を焼いたが司空《しくう》が修復した。晋の孝武帝の初、沙門支曇籥《しどんやく》が勅を奉じて建初寺にとどまり梵唄《ぼんばい》を伝えた。唐に入り寺を長慶寺と改め、南唐には奉先寺と改めた。宋にはさらに天禧《てんき》と名づけ、明の永楽のはじめ寺を改造して大報恩寺と名づけた。明の成祖は有名な磁製塔を寄付したが、塔は八角八稜九層あり、五彩燦爛《さんらん》として人目をくらますほどであったという。だが長髪賊の乱にことごとく灰燼に帰し、今はわずかに遺墟をとどめるのみという。『打聞集』は「五者寺」と記しているが、これは「呉国」を「護国」と記したと同様の当て字である。

# 鳩摩羅焔《くまらえん》、仏を盗み奉りて震旦《しんだん》に伝えたる語《ものがたり》、第五

今は昔、天竺《てんじく》でのことであるが、仏がその母摩耶夫人《まやぶにん》を教化《きょうけ》しようと忉利天《とうりてん》にお昇りになり、九十日間そこにおとどまりになっている間、優填《うでん》王が仏を恋い慕われて、毗首羯摩《びしゅかつま》天を工匠《たくみ》とし、赤栴檀《しゃくせんだん》の木でお造り申した仏像があった。ところで、仏が九十日経って忉利天から閻浮提《えんぶだい》におりて来られようとしたが、その途中には金・銀・水精《すいしょう》の三つの階段があり、それを踏んでおりて来られると、この栴檀の仏が階段の下に進み寄ってお迎えし、腰をかがめてほんとうの仏を敬いなさったので、これを見た世の人々はこのうえなく尊び申しあげた。まして仏が入滅されてのちは、この栴檀の仏を世を挙げて敬い供養し奉った。

さて、鳩摩羅焔《くまらえん》と申す聖人がおられた。聖人は心中で、「天竺は仏が出現なさった所であるから、この栴檀の仏がおいでにならずとも、多くの教えが存在していて、衆生がその利益《りやく》を受けること少なくあるまい。ここから東のほうに震旦《しんだん》という国があるが、この国にはまだ仏法がなく、衆生はみな暗《くら》やみの中にいるようなものである。それゆえ、この仏を盗んでこの震旦にお連れ申し、広く衆生に利益を与えよう」と思った。そこでこれを盗み取り、お連れして旅立った。人が追いかけてきて引きとめられはしないかと思い、昼夜ぶっ通しで堪え難く険しい道中を命も惜しまず盗んだ仏とともに歩き続けるのであった。

〈語釈〉

○**摩耶夫人**《まやぶにん》　釈尊の生母。迦毘羅衛国《かびらえこく》の浄飯《じょうぼん》王妃。なお、釈尊が摩耶夫人を教化するため忉利天《とうりてん》に昇った話は巻二第二話に見え、釈尊入滅後、仏弟子阿難《あなん》が忉利天に昇って摩耶夫人に釈尊の入滅を告げる話が巻三第三十三話に見える。

○**忉利天**《とうりてん》　六欲天の第二天。帝釈の居城がある。

○**九十日**　ふつう、夏安居《げあんご》の期間が九十日である。僧は夏の雨期九旬（四月十五日から七月十五日）の間、乞食《こつじき》修行をやめて一所にとどまり静かに修行する。雨安居《うあんご》・夏座《げざ》・夏行《げぎょう》・夏籠《げごもり》。

○**優塡**《うでん》**王**　梵語 Udayana 嗢陀演那《うだえんな》・鄔陀衍那・優陀延《うだえん》とも音訳し、出愛・日子と訳す。憍賞弥国《きょうしょうみこく》（拘睒弥《くせんみ》国、中天竺にあり、十六大国の一である跋沙《ばしゃ》に相当）の王で仏教の外護者。『大宝積経』巻九七、『大乗日子王所問経』『法句譬喩経』巻四等に事蹟がある。また、王は仏が三十三天に昇り久しく降《くだ》って来ないことを憂えて重病にかかったので、群臣が仏の形像を牛頭《ごず》（赤《しゃく》）栴檀《せんだん》の木に彫った。これが、仏像のはじめといい、奝然《ちょうねん》によってわが国に将来された、嵯峨《さが》清涼寺の釈迦像はその第二の作が中国に伝わったものの模像だとされている。なお、巻三第二十五話に、はじめ仏法を信じなかったが、后の教化により仏道に入った大王の話があるが、その大王がこれである。

○**毘首羯摩天**《びしゅかつま》　毘湿縛羯摩《びしつばかつま》・毘守羯磨《びしゅかつま》とも書き、工作と訳す。帝釈天の臣下の一で工作をつかさどる神。インドの工業者は多くこの天を祭るという。

○**工匠**《たくみ》　細工師。職人。大工。

○**赤栴檀**《しゃくせんだん》　牛頭《ごず》栴檀のこと。インド摩羅耶《まらや》山（牛頭山）に産する香樹の名。赤銅《しゃくどう》色で栴檀中もっとも香気あるもの。その香気は長時間にわたって失せないので、古来この樹をもって仏像・殿堂・器具などを造り、また粉末は医薬の料として使用され、その油は香水の原料に供せられる。

○**閻浮提**《えんぶだい》　人間世界。須弥《しゅみ》四州の一。

○**水精**《すいしょう》　水晶。『宝物集』には「地蔵菩薩の、金・銀・水精の三の橋を渡し給へりしに」、『保元物語』（金刀比羅本）には「持地菩薩、金・銀・水精の三の橋を中天竺より忉利天にわたし給へりき」とある。本集巻二第二話では、釈尊が忉利天から閻浮提に下りて来る時、帝釈天が造った三道を「中央の道は閻浮檀金《えんぶだんごん》、左の道は瑠璃《るり》、右の道は瑪瑙《めのう》をもってそれぞれ飾る」とする。

○**鳩摩羅焔**《くまらえん》　鳩摩羅什《くまらじゅう》の父。代々インドの宰相家の出身。その父達多《だった》はとくに人にぬきんでてすぐれた人物で、国中に重んじられていたが、彼もまた聡明であった。だが父の地位を継ぐことを辞して出家し、葱嶺《そうれい》（パミール高原）を越えて亀茲《きじ》国に行き、国王の請により国師となった。

仏はこれを哀れみ、昼は鳩摩羅焔《くまらえん》が仏を背負い奉って行くが、夜は仏が鳩摩羅焔を背負いなさって行く。こうして行くうち、亀茲国《きじこく》という国までやって来た。この国は天竺と震旦《しんだん》との中間にあり、その双方からはるか遠く離れた国である。思えば、歩いて来た道ははるかかなたに去り、これからの行く先もまだ遠い。ここまで来れば、もはや追って来る者もなかろう。しばらくこの国で休息しよう、と思って、国王である能尊《のうそん》王のもとを訪れた。能尊王は鳩摩羅焔を引見して、事の次第をお尋ねになる。聖人はわが意図について詳しくお語りになった。これを聞いた王はこのうえなく尊ばれた。

だが、王がお思いになるには、「この聖人は見たところひどく年をとっている。これまでの道中の苦しさに体も疲れ衰弱しきっているだろう。しかも行く先の道のりははるかに遠い。その願いはまことに尊いとはいえ、所期のごとくこの仏を震旦に到着させ申すことはきわめてむずかしい」。そこで王は思いつかれた、「この聖人にわが娘を嫁がせて子を産ませ、その子によって父の思いどおり、この仏を震旦に伝えよう」。このことを聖人にお話しになると、聖人は、「王の仰せはごもっともではありますが、それは永久に断《た》とうと私が心に決めたことなのです」といって承知しない。

そのとき、王は泣く泣く聖人に向かい、「聖人の念願は尊いものとはいいながら、きわめて愚痴《ぐち》でおありです。たとえ戒を破って地獄に堕《お》ちるにせよ、仏法をはるか遠くに伝えるということこそ菩薩行というべきでしょう。自分一身のことだけ考えるのは菩薩行ではありません」とおっしゃって熱心におすすめになると、聖人は、王のいうことはまことであると思われたのか、このことを承知なさった。

〈語釈〉

○**亀茲国《きじこく》**　西域の一国。丘茲・帰茲・屈支・屈茨・拘夷とも書く。中国甘粛省の西、新疆ウイグル自治区の北部にあった国の名。すなわち、東トルキスタンの庫車《くちゃ》に当たる。北は天山山脈を負い、南は塔里木河（タリム川）を隔ててタクラマカン砂漠に接する。両漢時代、西域北道の要衝で、古来南方の于闐《うてん》国とともに仏教が栄えた。

また、この国から中国におもむき訳経に従事する者も多く、後秦の鳩摩羅什《くまらじゅう》以後、三国時代の白延、東晋の帛尸梨蜜多羅《はくしりみったら》などがある（この国の者は白を姓とする者が多く、名に白・帛を冠する）。

南斉時代の法恵はこの国で研学し、隋時代南天竺の達摩笈多《だるまごうた》も東行の途中ここに二年間とどまり、唐初、玄奘《げんじょう》はインドに向かう途中この国に六十日滞留している。寺院も数多くあったが、この国は古来伎楽が盛んであり、また、北方山中から黄金・銅・鉄・石炭の類を産出し、鋳冶の業が進歩していた。唐末、回教徒に征服され仏教は滅亡したが、近代に至り、土中や洞窟から古代の遺物が発掘されている。『打聞集』は「キウシ国」とする。

○**能尊王《のうそん》**　『宝物集』（吉田本）は「もうそん王」「濛遜王」、『壒嚢抄《あいのう》』（巻一二）は「蒙孫王」、『清涼寺縁起』（第三）は「白純王」とする。

○**愚痴《ぐち》**　愚かなこと。三毒の一。

○**戒を破って**　ここの戒は邪淫戒（五戒の一）である。

○**菩薩行**　仏となることを目的として修する自利（自己のためにする修行）と利他（他人の利益《りやく》を目的とする行為）の円満した大行。すなわち、六度（六波羅蜜、布施・持戒・忍辱《にんにく》・精進・禅定・智恵）等の行業をいう。

　王には娘が一人いた。容姿の美しいこと天女さながらで、王はたとえようもないほど可愛がっておられた。だが、仏法を広めようという志の深さから、泣く泣くこの聖人に嫁がせることにしたのである。

　さて、聖人はこの娘を妻にしてのち懐妊するのを待っていたが、その気配もない。王は不思議に思ってそっと娘を呼び、「聖人はそなたと枕を交わすとき、どんな具合か」とお尋ねになった。娘は、「なにか口で唱えています」と答える。王はこれを聞いて、「これからは聖人の口を塞いで、なにも唱えさせぬようにせよ」とお命じになった。そこで娘は王のお言いつけどおり、枕を交わすとき、聖人が唱えようとする口を塞いでさまたげた。するとその後懐妊した。聖人はやがてどれほどもたたぬうちに亡くなられた。この聖人は王の言葉の正しさゆえに娘と枕を交わしたものの、本心が失《う》せずに無常の偈文《げもん》を唱えていたのであった。その偈文は、

世界に処《お》りて虚空のごとく　蓮花《れんげ》の水に着《じゃく》せざるがごとく　心清浄にして彼に超《こ》えたり
稽首《けいしゅ》して無上尊に礼《らい》せん

であり、これによって懐妊しなかったのを、口を塞がれて唱えられなかったため懐妊したのである。

さて、男子が出生した。その男の子はしだいに成長して、名を鳩摩羅什《くまらじゅう》といったが、父の素志を聞いてこの仏を震旦《しんだん》にお持ちした。震旦の国王もまたこの仏を受け取って深く敬い供養なさるとともに、国を挙げてこのうえなくあがめ奉った。

鳩摩羅什のことを、以来一般に羅什三蔵と申しあげる。聡明で知恵の深いことは仏のごとくである。父の素志をまっとうしてこのように仏を震旦にお持ちし、多くの衆生に利益《りやく》を与え、また『法華経《ほけきょう》』の結集《けつじゅう》ばかりでなく、多くの経論を訳して世に伝えなさったのは、この三蔵の業蹟である。されば、末世に至るまで仏教経典を学びうるのは、ひとえにこの三蔵のおかげである、とこう語り伝えているということだ。

〈語釈〉

○**無常の偈文《げもん》**　「無常」は物・心諸現象は刹那の間にも生滅変化し、常住の相のないこと。「無常の偈文」は普通は「四句偈」「雪山偈《せつせん》」ともいわれる「諸行無常、是生滅法《ぜしやうめつぽふ》、生滅滅已《い》、寂滅為楽《じやくめつゐらく》」をいうが、ここではあとにある偈文をさす。

○**世界に処《お》りて虚空のごとく……**　意は、「この世界にあっても無碍《むげ》自在な大空のごとく、泥中の蓮《れん》華《げ》が泥に染まることなく清らかなごとく、心清浄にして濁世を超越した無上の仏を、頭を垂れて礼拝する」である。『法華伝記』は「王親シク問フレ妹ニ、汝ガ夫何ノ術カアル。答ヘテ云ク、行フレ欲ヲ之時誦《じゆ》シテ二一偈《いちげ》ヲ一云ク、処《を》リテ二世界ニ一如ク二虚空ノ一、如シ二蓮華《れんげ》不ルガレ著《ぢやく》セレ水ニ一。若《も》シクハ是レ此ノ偈ノ力歟《か》」とあり、偈の三、四句はない。『法華懺法《せんぼう》』には、「処世界如虚空、如蓮華不著水、心清浄超於彼、稽首《けいしゆ》礼無上尊」とあって本話と同じである。しかし、本話については、三、四句まで入れる必要はないので、女犯《によぼん》の戒は破っても心は欲望にとらわれず、虚空や蓮華のごとくであろうという、という願いをもって二句の偈を誦したのである。だからこの偈を「無常の文」とするのは当たらない。『法華伝記』にはただ「一偈」としている。『三国伝記』（巻六、第二六「羅什三蔵事」）には羅什が秦王姚公《ようこう》から十人の官女を押しつけられ四人の子を生んだとする話の末尾に、「豈《あ》ニ是ヲ犯戒《ぼんかい》ノ人ト云《いふ》ベケンヤ。此レ伝戒ノ和尚也。『処リテ二世界ニ一如ク二虚空ノ一、如シ二蓮花《れんげ》ノ不《ざ》ルガレ着セレ水ニ一』ノ理《ことわり》、還《かへり》テ可キレ貴ブ也」と記している。

○**鳩摩羅什《くまらじゆう》**　梵語 Kumārajiva 究摩羅什・鳩摩羅時婆・拘摩羅耆婆とも書き、略して羅什また什といい、童寿と訳す。インドの人鳩摩羅焔（炎・琰）を父とし、亀茲《きじ》国王の妹耆婆《ぎば》（本話では娘）を母として亀茲に生まれ、父母の名を合わせてその名とした。七歳にして出家、師に従って経を学んだが非凡、九歳にして母とともに信度河《しんど》（インダス川。インド西北部を流れる）をわたり諸方を遊歴して罽賓国《けいひん》に至り、槃頭達多《ばんずだった》より小乗教を学び、名声を挙げて国王の信を得、宮中において外道《げどう》論師と論戦し、これをくじいた。十二歳のとき、母とともにふたたび亀茲に帰る。

やがてまた母とともに月氏の北山に出で、進んで沙勒国《しゃろく》に至り、とどまること一年、須梨耶跋《すりやばっ》陀《だ》・須梨耶蘇摩《すりやそま》の兄弟の沙門より大乗経を学び、また亀茲に帰って卑摩羅叉《ひまらしゃ》より律を学び、ここにとどまって主として大乗教を宣布した。建元十九年（三八三）、秦主苻堅《ふけん》が呂光《ろこう》をして亀茲を討たせ、呂光は羅什を得て涼州に来たが、苻堅の敗死を聞いて自立した。

その後呂光が死に、新たに興った後秦の姚興《ようこう》が涼を伐ち、隆安五年（四〇一）羅什を連れて長安に入った。彼は国賓として羅什を遇し、請うて西明閣および逍遥園において諸経を訳出させた。『成実論』『十誦律』『大品般若』『妙法蓮華』『阿弥陀』『中論』『十住毘婆沙論《びばしゃ》』等の経律論およそ七十四部三百八十余巻に上り、すこぶる多方面にわたっているが、とくに羅什が力を注いだものは三論中観の仏教宣揚で、後世羅什を三論宗の祖師としている。その弟子三千人のうち、道生《どうしょう》・僧肇《そうちょう》・道《どう》融《ゆう》・僧叡《そうえい》を什門の四哲という。後秦弘始十五年（四一三）八月、長安大寺に寂、年七十四。

○**法華経**《ほけきょう》　『妙法蓮華経』。釈尊が王舎城耆闍崛山《ぎしゃくっせん》における八年間の説法を結集《けつじゅう》したものという。天台宗は本経を中心経典として重んじており、わが国では平安期において朝野に深く信仰された。

○**結集**《けつじゅう》　釈尊入滅後、その遺法の散逸を防ぐため、多くの仏弟子が各自釈尊から聞いたところを誦し合って正誤をただし、記憶を新たにして正法を集成した事業を「結集」といい、これは数次にわたって行なわれた。羅什の業は翻訳であって結集とするのは当たらないようであるが、すでに羅什以前にも行なわれていた『法華経』の訳出を羅什は弟子僧叡ら八百余人を集め長安大寺において諸経とともに訳出した（七巻二十七品）。このような大事業の一環としての『法華経』翻訳であるから、これを「結集」としたのであろう。この羅什本に、斉代武帝のとき法献《ほうけん》が高昌国からもたらした提婆達多品《だいばだったほん》が加えられて二十八品となり、さらに隋代の闍那崛多《じゃなくった》が普門品《ふもんほん》の重頌二十六偈《げ》を加えたという。

## 玄奘三蔵《げんじょうさんぞう》、天竺《てんじく》に渡りて法を伝え帰り来る語《ものがたり》、第六

今は昔、震旦《しんだん》の、唐の玄宗の代に、玄奘《げんじょう》法師と申す聖人がおいでになった。天竺《てんじく》におでかけになる途中、はるか遠く広々とした野を通っておられるとき、日が暮れてしまった。どこといって宿をとる所もないので、たどるたどる足の向くままに歩いていると、はるか遠くから多くの続松《たいまつ》に火を燃した者が五百人ほどやって来る。人に会った、と喜んで近寄ってご覧になると、なんとそれは人ではなく、異様な姿をした、なんとも恐ろしげな者どもが歩いているのであった。法師はこれを見て、どうするすべもなく、声をあげて『般若心経《はんにゃしんぎょう》』を唱えなさった。この経の声を聞いて、鬼どもは四方八方にいちもくさんに逃げ去った。そこで法師は鬼の難を免れて通って行かれた。

この『心経』は法師が天竺に行かれる途中、授けられた経典である。というのは、それより前、法師が果て知らぬ深山を通っているとき、いつしか人跡絶えた所に踏み込んだ。鳥獣さえもやって来ない。するとにわかに臭い匂いがただよってきた。どうにも堪え難いほどの

臭さである。思わず鼻を押さえて後ずさりしたが、この匂いが並のものでないので、匂いの発する場所にそっと近寄ってあたりを見ると、草木も枯れ鳥や獣の姿もない。思い切ってさらに近づいて見ると、死体が一つ横たわっていた。これが匂いのもとなのだと思いながらよく見ると、死体が動いているようだ。

さては生きているのかと思い、事情を聞いてみようとそばに寄って、「そなたはいったいどういう人です。どんな病気にかかってこのように倒れ伏しているのですか」と声をお掛けになると、病人は、「私は女ですが、瘡《かさ》の病にかかり、頭から足の裏まですき間なく瘡ができて全身がただれ、堪え難いほどの生臭い匂いを発するので、父母もいやがってこのような深山に私を捨てました。けれども寿命が尽きず、こうして息も絶えずにいるのです」という。

法師はこれを聞いて心から同情し、重ねて「そなたが家にいてこの病にかかったとき、だれも薬を教えてくれなかったのですか」とお聞きになると、「私は家で病気の治療に努めたのですが、どうにも治りませんでした。だが、ひとりの医者が、『頭から足の裏まで、膿汁を舐《な》め吸ってもらえば即座に治るだろう』といいました。といっても、堪え難い臭さのため私のそばに近寄る者はありません。まして舐め吸うなんてあろうはずもありません」と答えた。

これを聞いて法師は涙を流し、「そなたの身はまさに不浄のものとなっている。私の身は、見たところ不浄ではないが、思えばこれも不浄なのです。それゆえ、同様に不浄の身である私が、自分だけは清浄な身と思い、他の者を汚がるのはきわめて愚かなことです。だから、私があなたの体を舐め吸ってその病を治してあげましょう」とおっしゃった。病人はこれを聞いて手をすり合わせて喜び、法師にわが身を任せた。

**〈語釈〉**

○**唐**　隋《ずい》の次の王朝。高祖から哀帝に至る二十代二百九十年（六一八～九〇七）。内には制度を定めて文物をおこし、外には領土を広げて国威を張り、唐文化は東アジア全域に強い影響を与えた。都は長安。

○**玄奘《げんじょう》法師**　唐の大慈恩寺の玄奘三蔵。幼にして出家し精励したが、教義に疑問を抱いて、太宗の貞観《じょうがん》三年（六二九）八月、二十九歳の時ついにインドに向かう。途中、西域諸国を経てインドに至り、諸地の碩学《せきがく》を訪ね学び、王舎城では那爛陀《ならんだ》寺にとどまって戒賢論師より瑜伽唯識《ゆがゆいしき》の学を受け、さらに全インドを遊歴し、この地にあること十年にして貞観十九年（六四五）に帰国。持ち帰った経文は六百五十余部に達し、ただちに弟子の道宣らとともに訳経につとめた。『大般若経』（六百巻）の翻訳は高宗の顕慶五年から竜朔三年（四年間）。インド遊歴十七年、その旅行の始終を述べたものが『大唐西域記』である。

○**般若心経《はんにゃしんぎょう》**　『般若波羅蜜多心経』の略称。また単に『心経』ともいう。一巻。玄奘訳（六四九）。観世音菩薩を中心とする経典で、冒頭を「観自在菩薩行ズル二深《じん》般若波羅蜜多ヲ一時、照見シテ二五蘊《ごうん》皆空ナリト一、度《ど》ス二一切ノ苦厄《くやく》ヲ一」とし、五蘊《ごうん》・三科・十二因縁・四諦《したい》等の法を挙げて諸法皆空《かいくう》の理を述べ、菩薩がこの理を観ずるときは一切《いっさい》の苦厄を免れ涅槃《ねはん》を究竟《くぎょう》して阿耨菩提《あのくぼだい》（悟り）を証すると説き、終わりにこれを要約して掲帝掲帝《ぎやていぎやてい》等の大神呪（陀羅尼《だらに》、真言《しんごん》）を掲げている。全文二百六十余字の小経であるが、『大般若経』の精要を集めたものとして、後世わが国では各宗の間に広く行なわれている。異訳に『摩訶般若波羅蜜大明呪経』（後秦、鳩摩羅什《くまらじゆう》訳）、『般若波羅蜜多那提経』一巻（唐、菩提流支訳）、『般若波羅蜜多心経』一巻（唐、般若・利言等訳）、『普遍智蔵般若波羅蜜多心経』一巻（唐、法日訳）、『般若波羅蜜多心経』一巻（唐、智慧輪訳）、『聖仏母般若波羅蜜多経』一巻（宋、施護訳）の六本がある。この経は西蔵《チベット》にも伝訳されて流行し、またその梵本は古くよりわが国にも伝えられた。

そこで法師は病人に近寄り、まず胸のあたりをお舐《な》めになる。膚はまるで泥のようで、その臭さは例えようもない。はらわたがひっくり返り、息も絶えてしまいそうである。だが、深い慈悲の心から、それを臭いともお思いにならず、膿《う》んだところはその膿汁を吸って吐き捨てる。このようにして、首の下から腰のあたりまで舐めおろしなさると、その舌の跡がつぎつぎと普通の膚になってゆき、瘡《かさ》は治ってしまった。法師の喜びはいいようもない。

そのとき、にわかに栴檀《せんだん》か沈水《じんすい》などのえもいわれぬかおりがただよってくるとともに、朝日のさし出たような光が輝きわたった。法師は驚き怪しみ、あとじさりして見ると、この病人はとたんに身を変じて観自在菩薩《かんじざいぼさつ》となっておられた。法師は思わず膝《ひざ》を地に着け、掌《たなごころ》を合わせて拝み奉ると、菩薩は即座に身を起こしなさって法師に向かい、「そなたはまことの清浄・誠実な聖人ではある。わしはそなたの心を試そうがために病人の姿で現われたのである。そなたはじつに尊い。されば、わしには日ごろ信奉している経があるが、それをいまそなたに譲り与えよう。これを受け取ってはるか後の世まで広め、衆生《しゆじよう》を導くがよい」とおっしゃって、経をお授けになるや、かき消すようにお姿が見えなくなった。鬼に出会って読み掛けなさった『心経』というのがこの経である。それゆえ霊験あらたかなのである。

さて、法師は摩訶陀国《まかだこく》にお着きになって、世無厭寺《せむえん》という寺にお入りになった。この寺におられた戒賢論師《かいげんろんし》と申す方は正法蔵《しようぼうぞう》と称せられているが、この方に謁《えつ》して弟子となり、その教えをお受けになる。

正法蔵は法師を見るや涙を流しながらこうおっしゃった、「わしは長年持病のためひどく苦しんできた。そこでいっそこの身を捨ててしまおうかと思ったとき、その夜の夢に三人の天人が現われた。一人は黄金《こがね》の色、一人は瑠璃《るり》の色、一人は白銀《しろがね》の色をしている。三人ともその姿のうるわしいこと想像もつかぬほどである。その天人がわしに向かって、『そなたの病気は過去の世にそなたが国王であった時、多くの人民を苦しませたことにより、いまその報いとして生じたものである。すみやかに昔の罪を思って懺悔《さんげ》をしたならば、その罪を除いてやろう』という。わしはその言葉を聞き終るや、礼拝して罪を懺悔した。

すると金色の天人が瑠璃《るり》の天人を指して、私に、『そなたはこの天人を知っているか、どうじゃ。これは観自在菩薩《かんじざいぼさつ》であるぞ』といい、つぎに白銀の天人を指して、『これは慈氏《じし》（弥勒《みろく》）菩薩であるぞ』という。それを聞いてわしは白銀の天人を礼拝し、『私はつねづね兜率天《とそつてん》に生まれたいと願っています。すぐにもその天に生まれ慈氏を礼拝し奉ろうと思いますが、いかがでしょうか』とお尋ねすると、白銀の天人は、『そなたは仏法を広く伝えたのちに生まれることができよう』とお答えになった。

そして金色の天人はみずから、『このわしは文殊《もんじゅ》である。わしらはそなたにこのことを教えてやるために現われたのである。そなたは病気を悲しんではならぬ。やがて支那の国の僧が来てそなたの弟子となり、仏法を習おうとするだろう。そなたはすみやかに授けてやるがよい』とおっしゃって、三人ともかき消すようにお姿が見えなくなった。その後、病気がすっかり治り、待っていたところ、いま支那の国から法師がやって来た。かの夢を思い出してみると、それとまったく同じである。さればそなたに仏法を授けてやろう」とおっしゃって、瓶《かめ》の水を移し替えるようにすっかりお授けになった。

〈語釈〉

○**栴檀**《せんだん》　香木の一種。

○**沈水**《じんすい》　沈香《じんこう》。香木の一種。

○**観自在菩薩**《かんじざいぼさつ》　観音。観世音。

○**摩訶陀国**《まかだこく》　今のインド、ビハール州南部にあった国。前六、七世紀頃から栄え、頻婆娑羅《びんばしゃら》王および子の阿闍世《あじゃせ》王がこの地を占め、仏教・ジャイナ教の中心をなし、のち阿育《あいく》王がこの国を中心とする全インド統一王国を建設した。都城は王舎城《おうしゃじょう》、のち華氏城《けしじょう》。

○**世無厭寺**《せむえんじ》　施無厭寺とも書く。那爛《ならん》（蘭）陀《だ》寺のこと。「那爛陀」は梵語の音訳、「施無厭」は意訳。「世」は「施」の借字。中天竺摩竭陀《まかだ》国王舎城の北にあった寺院。四〇五年以後の建造で、七世紀の初め、玄奘《げんじょう》がインドを遊歴したころはインド仏教の中心地であった。この寺より多くの高僧を輩出し、密教を中国に伝えた善無畏《ぜんむい》（第七話）・金剛智《こんごうち》（第八話）はともにこの寺において修学し、また北宋の初め（九八〇）、中国に来た法賢《ほうけん》・補陀吃多《ほだきった》等もこの寺の僧である。『三宝感応要略録』（『要略録』、巻下）に「玄奘法師、至リ二摩訶陀《まかだ》国一ニ、入リ二世無厭寺一ニ。値二遇ス戒賢一ニ。衆号シテ為ス二正法蔵一ト」とあり、「世」と記す点に本話の、この部分が『要略録』に拠《よ》っていることを知りうる。

○**戒賢論師**《かいげんろんし》　梵名、尸羅跋陀羅《しらばっだら》。東天竺三摩呾吒《さんまたんた》国の王族で、若くして学を好み、摩竭陀国那爛陀寺に入って護法に師事し、中国太宗の貞観十年（六三六）玄奘が来訪の際はすでに百六歳の高齢で、那爛陀寺の長老として大衆の尊崇を受け、正法蔵の名をもって呼ばれていたという。

○**瑠璃**《るり》　七宝の一。青色の美しい宝石。

○**懺悔**《さんげ》　過去の罪悪を仏または人に告げること。

○**兜率天**《とそつてん》　六欲天（天上界）の第四天で、ここに内・外の二院があり、内院を弥勒の浄土とする。

○**文殊**《もんじゅ》　文殊師利《しり》。文殊菩薩。知恵をつかさどる菩薩で釈迦仏の脇士《わきじ》である。

○**支那の国**　中国のこと。震旦《しんだん》に同じ。本集ではおおむね「震旦」とするが、『慈恩伝』『要略録』の該当個所に、「有リ二支那国僧一。楽《ねが》ヒ二通ゼンコトヲ大法一ニ欲ス二就キテ汝一ニ学バント。汝可シ二待チテ教フ一レ之ニ」とある。

○**瓶**《かめ》**の水を移し替える**　瓶の水を他の瓶に一滴もこぼさずに移す。仏法を正確かつ完全に伝えることにたとえる。

法師はそこを出てから、尊い霊場をつぎつぎ礼拝し終わり、さらに他の国に行こうとして恒伽河《ごうがが》（ガンジス川）のほとりに来られ、そこから八十人余りの人とともに船に乗って川を下って行かれた。川の両岸は鬱蒼《うつそう》とした林で、草木が茂りに茂っている。と見ると、林の中からだしぬけに十余艘《そう》の船が現われた。はじめは何の船かわからなかったが、なんと盗賊船であった。その船から数人の盗賊が法師の乗っておいでになる船に乗り移り、乗客をなぐりつけ、衣服を剝《は》ぎ、珍宝を探す。ところで、この盗賊はもともと突伽天神《とつかてんじん》に仕え、毎年秋ごとに一人の容貌《ようぼう》美麗な人間をさがし求めてこれを殺し、その肉と血を取って天神を祭り、福を祈ることをする。それが、この法師のご容貌の美しいのを見て大いに喜び、「おれたちの天神を祭る時期がまさに過ぎようとしているのに、思うような人間がなかなか手に入らないでいたが、いまこの美男の坊主をつかまえた。こいつを殺して祭ろう。どうだいい考えだろう」と叫ぶ。

法師はこれをお聞きになり、盗賊に向かって、「わが身は汚れ醜いものであるから、殺されてもけっして惜しいとは思わぬ。だが、わしが遠くからやって来た本意は、菩提樹《ぼだいじゅ》のお姿や耆闍崛山《ぎしやくつせん》（霊鷲山《りようじゆせん》）を拝むとともに経を習い、仏法について問いただすことである、その本意はまだ果していない。これを殺そうとするのは善いことではあるまい」とおっしゃると、これを聞いた船客たちはみな、いっせいに、「この坊さんを助けてやってくれ」と命乞いをした。しかし盗賊は耳を貸そうともせず、すぐさま人をやって水を汲んで来させ、林の中で泥と交ぜ合わせて土壇を築く。その後、二人の賊が刀を抜いて近づき、法師を引き立てて土壇に上らせ、有無をいわさず斬り殺そうとした。だが、法師はいささかも恐れる様子をお見せにならない。賊どもはこれを見てみな不思議に思った。

法師はまさに刀を振り下ろそうとする盗賊に向かって、「どうかすこし時間をくれ。そのあいだ刀をひかえていてほしい」とおっしゃる。盗賊は承知した。すると法師は一心に兜率《とそつ》天《てん》の慈氏《じし》菩薩《ぼさつ》を祈念し、「私はいまこの場で殺され、即座に兜率天に生まれて菩薩を礼拝供養し奉り、その教えを聞いてまた娑婆《しゃば》世界に返り下り、この盗賊どもを教化しようと思います」と誓って十方の諸仏を礼拝し奉り、心をこめて慈氏菩薩を祈念し奉っている間、心中では須弥山《しゅみせん》を経て兜率天に昇り、慈氏菩薩が妙宝台《みょうほうだい》にお座りになって天人たちにとりまかれておいでになるさまを見ていた。そのあいだは歓喜《かんぎ》に満ち、自分が土壇の上にいることも忘れ、そばに盗賊がいることさえ念頭になく、ただ眠っているかのようである。これを見た船客たちはみなもろともに大声をあげて泣いた。

**〈語釈〉**

○**恒伽河**《ごうがが》　ガンジス川。『大唐大慈恩寺三蔵法師伝』（『慈恩伝』）巻三「法師自《よ》リ二阿踰陀国《あゆだこく》一礼シ二聖跡ヲ一順《したが》フ二殑伽河《ごうがが》一」。

○**突伽天神**《とつかてんじん》　婆羅門《ばらもん》教の一派神妃派で厚く尊崇される女神烏摩《うま》のこと。摩醯首羅《まけいしゅら》（大自在天）の妃で、毘那夜迦《びなやか》の母。胎蔵界曼荼羅外金剛部《たいぞうかいまんだらげこんごうぶ》院の西方にこれを画く。一名をパールバチーという。降《ごう》三世《さんぜ》明王は左足に自在天を踏み、右足にこの烏摩妃を踏んでいる。『慈恩伝』に「然ルニ彼ノ群賊素ヨリ事《つか》フ二突伽天神ニ一」とある。

○**菩提樹**《ぼだいじゅ》　畢波羅樹《ひっぱらじゅ》。釈尊がこの木の下で成道《じょうどう》したので菩提樹という。なお、釈尊成道の地は、中天竺摩竭陀《まかだ》国伽耶《がや》城の南方、尼連禅河《にれんぜんが》の西岸、優楼頻螺聚楽《うるびんらじゆらく》で、ここを仏陀伽耶《ぶつだがや》と称する。『慈恩伝』には「但《ただ》シ以テ遠ク来ルノ意ハ者欲下スルナリ礼ニシ菩提樹像・耆闍崛山一ヲ并ニ請中問《しやうもん》セント経法《きやうぼふ》上ヲ」とある。

○**耆闍崛山《ぎしやくつせん》**　摩竭陀《まかだ》国王舎《おうしや》城の東北にある山。今のチャタ山。釈尊説法の地として著名。霊鷲山《りようじゆせん》・霊山《りようぜん》・鷲峰《じゆほう》ともいう。

○**十方の諸仏**　十方は東・南・西・北・四維《しい》（四隅）・上・下。仏教では、仏は十方に遍満《へんまん》しているとみる。

○**須弥山《しゆみせん》**　仏教世界観で、世界の中央にそびえ立つという高山。頂上は忉利天《とうりてん》で帝釈《たいしやく》が住む。

○**妙宝台《みようほうだい》**　『慈恩伝』に「見下ル覩史多《とした》宮（都率天《とそつてん》の宮殿）慈氏菩薩処ニリ妙宝台ニ天衆囲繞《ゐねう》上ヲ」とある。

と見るうち、突如まっ黒な風が四方から吹いてきて、あたりの木をことごとく吹き折り、川の水が高く逆立って、船が漂流しはじめた。盗賊たちはこれを見て仰天《ぎようてん》し、船客をつかまえ、「この僧はどこから来た者だ。名は何というか」と聞く。「支那の国から仏法を求めに来た人です。この人をもしも殺すようなことがあれば、たいへんな罪を得ましょう。ちょっとこの風や波の様子を見なさい。これはまさに天人が激怒したためです」。これを聞いた盗賊はたちまち後悔の念を生じ、手で法師の体をゆるがすと、法師は目を開き、「殺される時が来たのか」とおっしゃる。盗賊は、「殺しはいたしません。なにとぞわれわれの懺悔をお受けください」といって礼拝した。

法師はそれに対し、「殺生や盗みの行為は無間《むけん》地獄の苦しみを受けるであろう。そなたたちは朝の露に似たはかない身を持ちながら、なにゆえ永遠の苦しみのもととなる行為をするのか」とおっしゃる。盗賊たちはこれを聞いて頭を叩いて悔い悲しみ、「われわれは今日からこのような悪行をきっぱりやめます。師よ、なにとぞこれをご確認ください」といって、奪った衣服や財宝をことごとく返し、五戒を受けた。とたんに風波はおさまってもとの静けさをとりもどした。

法師はそれからまた諸所の霊場に参詣《さんけい》し、その後帰国なさろうとすると、天竺の戒日《かいにち》王が法師に帰依しておられて、数々の財宝をお与えになった。その中に一個の鍋《なべ》があり、その鍋は中に入っている物をいくら取っても尽きることがない。また、入っている物を食べた人は病気にかからない。王家に代々伝わった財宝であったが、法師の高徳を尊んでお与えになったのである。法師はこれをいただいて帰って来る途中、信度河《しんどが》（インダス川）という川を渡っておられるとき、川の真ん中で船が傾き、多くの経典がことごとく水中に没しようとした。そのとき、法師は大願を立てて祈念なさったがその験《しる》しも現われない。

そこで法師は「この船が傾くのは、さだめしなにかわけがあるのだろう。もしやこの船に竜王の欲しがる物があるのか。それならばその証拠が見たい」とおっしゃると、たちまち川の中から翁が首をさし出し、この鍋が欲しいという。法師は多くの経典を沈めるよりはこの鍋を与えようとお思いになって、川に鍋を投げ入れなさった。すると無事にお渡りになることができた。さて、（わが国の道昭《どうしょう》和尚は）この法師に仏法を受け習い、このうえなく帰依なさった。この法師がいわゆる玄奘三蔵《げんじょうさんぞう》と申しあげる方である。

この方によって伝えられた法相《ほっそう》大乗宗の教えはいまだ絶えることなく栄えている、とこう語り伝えているということだ。

〈語釈〉

○**無間《むけん》地獄**　阿鼻《あび》地獄ともいう。八熱（大）地獄のうち最下底にあって最もはなはだしい苦痛を受ける地獄。

○**朝の露**　『慈恩伝』「何為《なんすれぞ》電光朝露少時之身、作ル二阿《あ》僧企耶《そうぎや》長時苦種ヲ一」。『往生要集』に「止観にいふ、無常の刹鬼《せつき》は貴人賢人を選ばず、威勢ありといへどもこの身危く脆《もろ》ければ、朝顔の露、水の泡、あだにたのもしからぬなり」とあり、『方丈記』には「その主と栖《すみか》と無常を争ふさま、いはば朝顔の露に異ならず」とみえる。『漢書《かんじょ》』蘇武伝「人生如シ二朝露ノ一何ゾ久シク自《みづか》ラ苦シムコト如キカレ此ノ」。『古今注』「人生如シ二朝露之易《やす》キガレ晞《かわ》キ」。『新古今集』（二〇）「何か思ふ何かは嘆く世の中はただ朝顔の花の上の露」。

○**五戒**　出家・在家を問わず、仏教徒すべての守るべき五つの戒律。不殺生・不偸盗《ちゅうとう》・不邪淫・不妄語《もうご》・不飲酒《おんじゅ》の戒。

○**戒日《かいにち》王**　尸羅阿佚多《しらあしった》ともいう。中天竺羯者鞠若《かつじやきくにや》国の王でおおいに仏教を保護し、文学を奨励し、また玄奘を優遇したことで有名（『続高僧伝』）。伝えるところによれば、戒日王第一世は西暦五五〇年ごろの人で、ついで光増王は同五八〇年ごろ在位し、つぎにその子王増王が位についたが、王は東インド金耳《こんじ》国の設賞迦《せつしょうか》王に欺き殺されたために、その弟喜増王が戒日王第二世と称せられる。王はわずか六年の間に全インドを征服するほどの武力を持ち、また一方では熱心な仏教徒であって、王五年ごとに無遮大会《むしゃだいえ》を挙行し、かねてまた婆羅門《ばらもん》をも尊敬した。なお、王は文学を奨励してみずから仏教の戯曲を作り、また Ratnāvalī の著作があると伝えられる。

また戒日と名づけられる王はインドに数人あるが、とくに西暦六〇〇年ごろ在世した摩臘婆《まろうば》国の戒日王はすこぶる有名で、居室のそばに精舎《しょうじゃ》を建て、仏像を作り、無遮大会を開くなどおおいに仏教を保護したと伝えている。『打聞集』には「戒日王」の名は出てこないが、『要略録』（巻下）の前掲「玄奘法師」の条の次に「戒日王子感（観）自在像感応」があり、これによって、ここの王は「戒日王」としたか。その「戒日王」は右記の「第二世」である。

○**鍋**《なべ》　昔、物を煮たり温めたりするのに用いた、今のカマのようなもの。『打聞集』は「鑊《かなえ》」とし、あとで「鍋」とする。『続日本紀《しょくにほんぎ》』巻一、『扶桑《ふそう》略記』第四、『元亨釈書《げんこうしゃくしょ》』巻一など、「鐺子《とうし》」（火にあてて酒を温めるのに用いる三本あしのなべ。また平底の浅いなべ）とする。

○**法相《ほっそう》大乗宗**　法相《ほっそう》宗。唯識《ゆいしき》宗・応理円実宗・普為乗教宗・唯識中道宗・中道宗ともいう。『解深密《げじんみつ》経《きょう》』を正依《しょうえ》とし、また『成唯識論《じょうゆいしきろん》』『瑜伽師地論《ゆがしじろん》』等によって立てられた宗旨。この宗は宇宙法界《ほっかい》の本体よりも、むしろ現象（相）を細密に分類説明するから法相宗の名がある。また唯識宗の名は、万有はただ識（心）の変現に過ぎぬと説くから名付けた。すなわち本宗の主張は仏教の唯心論であって、万有は阿頼耶識《あらやしき》より縁起したものとする。そして三界（欲界・色界・無色界）唯一心・心外無別法と説く。また、衆生の解脱《げだつ》については五性各別を説いて永久に解脱しえぬ者があると主張し、かつ自宗の三乗教（声聞《しょうもん》・縁覚《えんがく》・菩薩は修行・証果に差違があるとする教え）を真実として他の一乗教（声聞・縁覚・菩薩のおのおのに生死迷界を出ずべき教法があるとする、一仏乗の教え）を仮説（権方便《ごんほうべん》）とする。ゆえに一般に本宗を権大乗《ごんだいじょう》と呼ぶ。

この宗はもとインドにおいては中観派に対立して瑜伽《ゆが》宗と称せられたもので、仏滅後九百年（四一五）のころ、弥勒《みろく》が中インドに降って『瑜伽師地《ゆがしじ》』『分別瑜伽《ふんべつゆが》』『大荘厳《だいしょうごん》』『弁中辺《べんちゅうへん》』『金剛般若《こんごうはんにゃ》』の五部の論を説き、無着《むじゃく》・世親《せしん》がこれを承け、『摂大乗論《せつだいじょうろん》』『唯識《ゆいしき》三十頌《じゅ》』等を著わしてその教義を発揮し、護法《ごほう》等の十大論師はまた世親の『唯識三十頌』を註釈して盛んに唯識の理を談じた。護法の門下に戒賢《かいげん》があり、戒賢は当時中国から来た玄奘にその法を伝え、玄奘は帰唐ののち十大論師の釈によって『成唯識論』を著わし、その弟子窺基《きき》はこれに就いて『成唯識論述記』『唯識論枢要』を著わし本宗の教義を大成した。

日本では白雉《はくち》四年（六五三）道昭《どうしょう》が入唐《にっとう》して玄奘に学び、帰朝ののち元興寺《がんごうじ》に住して本宗の弘通《ぐつう》に努めたのがそのはじめで、また斉明帝の四年（六五八）智通・智達の二師もまた入唐して玄奘から伝えた（第二伝）。のち大宝三年（七〇三）智鳳《ちほう》・智鸞《ちらん》・智雄《ちゆう》の三師も入唐し、智周に本宗を学んで帰朝ののちこれを広め（第三伝）、霊亀《れいき》二年（七一六）智鳳の法孫玄昉《げんぼう》もまた入唐し智周に会って宗義をきわめ、天平七年（七三五）帰朝して興福寺《こうぶくじ》に弘教した。

以上四伝のうち、第一・第二を合わせて南寺伝または元興寺《がんごうじ》伝・飛鳥伝といい、第三・第四を合わせて北寺伝または興福寺伝・御笠伝という。のち南寺伝には行基《ぎょうき》が出、北寺伝には義淵《ぎえん》があり、行基はまた教えを義淵に受けた。奈良時代における本宗の教勢は義淵によりいよいよ興隆し、門下に玄昉・宣教・良敏・行達・隆尊《りゅうそん》・良弁《ろうべん》・行基の七上足を出した。その後碩学《せきがく》があい次いで法燈を継承したが、明治維新の時、衰えて真言宗の所管となった。明治十五年独立し、興福寺・法隆寺・薬師寺を大本山としている。なお、興福寺は藤原氏の氏寺として長く権勢を誇っていたのは周知のことである。

# 善無畏《ぜんむい》三蔵、胎蔵界曼陀羅《たいぞうかいまんだら》を震旦《しんだん》に渡す語《ものがたり》、第七

今は昔、大日如来《だいにちにょらい》は一切衆生《いっさいしゅじょう》を救い護りなさろうがために、胎蔵《たいぞう》界の曼陀羅《まんだら》の大法をお説きになり、それを金剛手菩薩《こんごうしゅぼさつ》にお授けになった。その後、数百年経って、金剛手は中天竺《ちゅうてんじく》世《せ》無厭《むえん》寺の達磨掬多《だるまきくた》にお授けになる。達磨はこれを受けて世に広め、斛飯《こくぼん》王の五十二代目の子孫、善無畏《ぜんむい》に授けた。

その後、震旦《しんだん》の開元七年に、善無畏は天竺から胎蔵界曼陀羅の図を震旦に持って来て、震旦にお広めになった。その時の王である唐の玄宗皇帝は、善無畏を国師として仏典を翻訳させ、ふたたび大曼陀羅図を描き、それを安置する大壇場《だいだんじょう》を設けた。その時、曼陀羅の諸尊が光を放ち、天からいいようもなく美しい花が降りそそいで供養をした。

これを見た国王はじめ大臣・百官はうやうやしく礼拝し、このうえなく尊んだ。それ以来、国を挙げて善無畏に帰依し奉るようになった。胎蔵界の霊験はこれ一つにとどまらない。

**〈語釈〉**

○**大日如来《だいにちにょらい》**　真言宗の本尊。梵名、摩訶毘盧遮那《まかびるしゃな》。摩訶は大、毘盧遮那《びるしゃな》は日の別名であるから大日という。古来、学者が梵名摩訶毘盧遮那《まかびるしゃな》を大日と訳するについて三の理由がある。1除闇遍明、2能成衆務、3光無生滅の三義で、これは太陽の持つ三つの大きな属性を現わすものであるが、いま

この如来の性徳が太陽にすこし類似するから、ここに大の字を加えて大日という。

1除闇遍明とは、如来の智慧の徳をいい、その光明は昼夜・方処・内外等の区別なく常に一切処に遍満し、衆生の迷闇を照破することをいい、

2能成衆務とは、如来の慈悲の徳を示し、その慈光はあまねく一切衆生を平等に照らして、衆生が本来具有する性徳（仏性）を発揮せしめることをいい、

3光無生滅とは、如来の本有常住の徳を指し、法身如来の身は竪に三世、横に十方に遍満し、時間的にも空間的にも永劫に滅することなく、常恒不断《じょうごうふだん》に衆生に対し説法することを示したもの。

このように三義を有し一切世間の所依であり、一切に遍在し時間・空間・因果の制約を離れた大日は無始無終の仏身で、主観的にいえば一切に内在する仏身であり、客観的にいえばすべてを超越する絶対平等の仏身である。両界曼荼羅《まんだら》ではともに中央に大日を置き、金剛界では白色で智拳印《ちけんいん》を結び、胎蔵界では黄金色で五智の宝冠を戴き、法界定印《ほっかいじょういん》を結んで赤色の蓮華《れんげ》に座している。

**○一切衆生《いっさいしゅじょう》**　すべての生物。生きとし生けるもの。

**○胎蔵界《たいぞうかい》の曼陀羅《まんだら》**　「陀」は「茶」とも書く。胎蔵界曼荼羅は両界曼荼羅（金剛・胎蔵）の一。『大日経』を本処として画かれ、衆生が本来法爾《ほうに》（天然・自然）として、如来の理性を含蔵し摂持《しょじ》するさまを図画をもってあらわしたものであり、因曼荼羅とも理曼荼羅ともいい、東方を発因の位とするをもって東曼荼羅、理性清浄の意を蓮華《れんげ》をもって喩顕《ゆけん》する意味で蓮華曼荼羅ともいう。灌頂《かんじょう》に際し奉安される絵画である。一般に流布するものを現図曼荼羅（恵果阿闍梨が経に説く曼荼羅と所伝の曼荼羅とを根拠にして唐朝に仕えた画工に命じ図絵させたもの）といい、十三大院四百十四尊が画かれている。

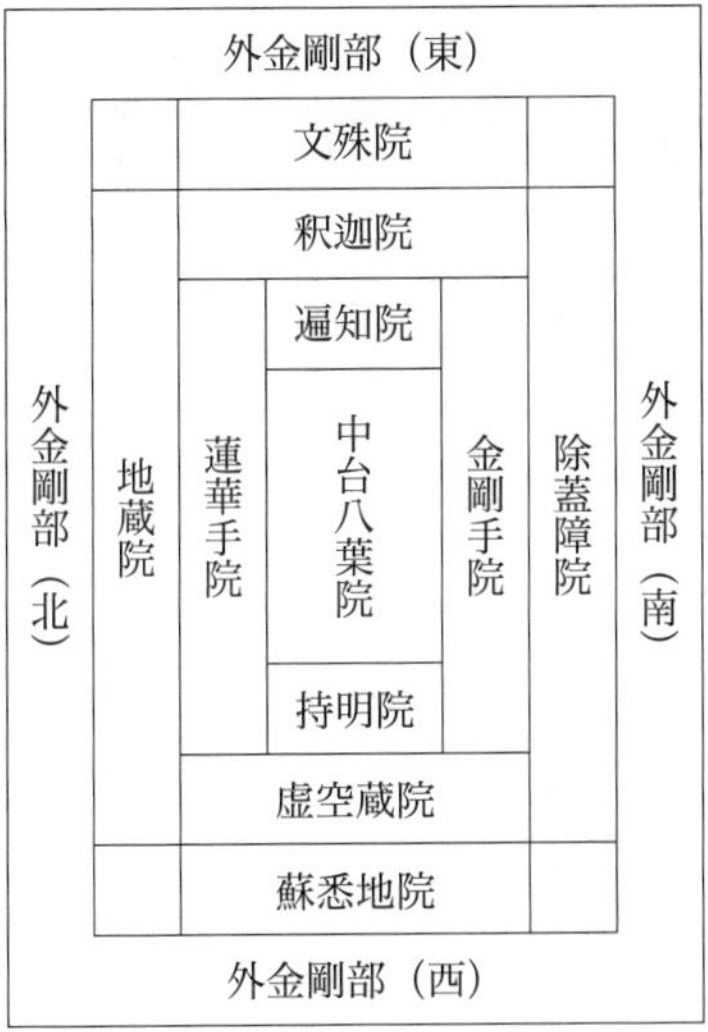


中央に大日如来を画き、その別徳を四仏・四菩薩に象徴して周囲に配列する。

**○金剛手菩薩《こんごうしゅぼさつ》**　金剛薩埵《さった》・執金剛秘密主《しつこんごうひみつしゅ》・持金剛具慧者《じこんごうぐえしゃ》・金剛上首《こんごうじょうしゅ》・一切如来普賢《ふげん》・大楽金剛・普賢薩埵《ふげんさった》ともいう。密教付法の第二祖。本尊大日如来が法身の自内証を説かれたのを、上首のこの金剛薩埵がこれを結集《けつじゅう》編纂して南天竺の鉄塔中に置き、のちに竜樹がこの塔を開くに及んで金・胎両部の秘訣を授けたと伝える。また、金剛薩埵は金剛界曼荼羅においては、阿閦《あしゅく》如来四近親の一と現じ、一切衆生をして普賢行《ふげんぎょう》を満足せしめ、一切菩薩をして三摩地《さんまじ》智を受用せしめる。理趣会《りしゅえ》においては欲・触・愛・慢の四煩悩《ぼんのう》をもって別徳となし、煩悩即《そく》浄菩提心の妙趣を示しており、胎蔵界曼荼羅においては金剛手院の主尊である。形像は右手に五股杵《ごこしょ》を持ち胸に当て、左手に金剛鈴を持って腰に当てている。密号は真如金剛または大勇金剛である。

○**中天竺**　五天竺（天竺を東・南・西・北・中に分ける）の一。

○**達磨《だるま》掬多《きくた》**　達磨《だるま》笈多《ごうた》。法密・法蔵・法護ともいう。南天竺羅囉《らら》国の人。隋《ずい》の文帝、開皇十年（五九〇）に中国長安に来て、『添品《てんぼん》妙法蓮華経』七巻、『摂大乗釈論《せつだいじょうしゃくろん》』十巻等の経・論七部三十二巻を訳し、唐高祖の武徳二年（六一九）寂《じゃく》。

○**斛飯《こくぼん》王**　釈尊の父浄飯《じょうぼん》王の弟。迦毘羅衛《かびらえ》国主師子頬《しきょう》王の第三王子。

○**善無畏《ぜんむい》**　梵名、戍婆羯羅僧訶《じゅばからそうか》・輸婆迦羅《ゆばから》。浄師子と訳す。善無畏は義訳である。中天竺摩竭陀《まかだ》国の人で、父を仏手王という。十三歳で王位を継ぎ、よく民意を得たが感ずるところあって位を兄に譲って出家し、諸国を遊歴して仏学を修め、那爛陀《ならんだ》寺に入り達磨掬多《だるまきくた》に師事して密教の秘奥をうけ、密乗の法燈を継いで三蔵と称した。のち師のすすめにより中国に布教しようとして西域を経て唐土に入り、開元四年（七一六）梵経を持って長安に至った。玄宗皇帝は、つとに彼の名声を聞いて歓迎し、内道場を開いて無畏を教主とし、勅によって菩提院を翻訳場となし、もっぱら訳経に従事させた。ここで『虚空蔵求聞持法《こくうぞうぐもんじほう》』一巻を訳した。同八年、金剛智三蔵が来朝するや、ともに力を合わせて密教の宣伝に努め、同十三年には密教の根本聖典『大日経』七巻を訳出し、その綱要を講じて足らぬ所を補い、弟子一行禅師をして筆録させた。

　これが『大日経疏』二十巻であり、密教の組織的解釈の権威となっている。その他『蘇婆呼童子《そばこどうじ》経《きょう》』『蘇《そ》悉地《しつじ》羯羅経《かつらきょう》』等の密部の要点を訳し、開元二十三年（七三五）寂、年九十九。のちに鴻臚卿《こうろきょう》を贈られ、竜門西山広紀寺に葬られた。『真言伝』によれば、善無畏は養老元年に『大日経』をもってわが国に渡来し、東大寺の西南に住み、さらに大和の久米寺《くめでら》の近くに移り住んだとしている。

○**開元七年**　唐の玄宗皇帝の治世。西暦七一九年。ただし、善無畏が唐の都長安に入ったのは開元四年とされている。

○**玄宗皇帝**　唐の第六代の帝。六八五〜七六二（在位は七一二〜七五六）。はじめは善政を行ない、開元の治といわれたが、楊貴妃《ようきひ》を愛して政治を怠り、安禄山《あんろくざん》の乱をまねいた。乱後、位を子の粛宗にゆずり太上皇帝と呼ばれた。

○**国師**　帝王に仏法を教える法師。

○**大曼陀羅図**　四種曼荼（陀）羅（大・三昧耶《さんまや》・法・羯磨《かつま》）の一。また尊形《そんぎょう》曼荼羅ともいう。諸尊の形体、および形体に彩色を施して画いたものをもいう。大とは殊勝の義、円満の義で、五大《ごだい》（地・水・火・風・空）の標示である五色がたがいに交錯するから大という。

○**大壇場《だいだんじょう》**　密教の中心となる本尊を安置する場所。「壇」は梵語Maṇḍala曼荼羅と音訳する。木・土などをもって高く築いた祭場。その形状によって地輪壇（四角）・水輪壇（円形）・火輪壇（三角）・風輪壇（半月形）の別があり、また土を盛って造ったものを地壇、水を流すがごとく何処へも自由に持って行けるように木で小さく造ったものを水壇、護摩を焚くのに用いるものを火壇、随所本尊とするのを風壇という。

# 金剛智《こんごうち》三蔵、金剛界曼陀羅を震旦《しんだん》に渡す語《ものがたり》、第八

今は昔、大日如来は一切衆生《いっさいしゅじょう》に利益《りやく》を与えようがために、金剛界《こんごうかい》の曼陀羅《まんだら》の大法をお説きになり、それを金剛薩埵《こんごうさった》にお授けになった。金剛薩埵はこれを受け、数百年の後、竜猛菩薩《りゅうみょうぼさつ》に伝えた。竜猛菩薩はまた数百年の後、竜智《りゅうち》菩薩に伝えた。竜智は謹んでこれを受けたもつこと、瓶《かめ》の水を容器に移し替えるごとくで、さらに金剛智に伝えた。

金剛智は南天竺の摩頼耶《まらや》国《こく》の人である。この人は慈悲深く、なにかの縁さえあればどこへでも思いのままに出かけて行き、どんな場所であろうと行った所で衆生に利益《りやく》を与える。このため、国じゅうの者が帰依《きえ》したが、「震旦《しんだん》では仏法が栄え、勝れた教えを尊ぶ」とお聞きになり、ついに船に乗って海を渡り、震旦の開元八年、震旦に渡って行った。当時の国王である玄宗皇帝はこのうえなく金剛智に帰依なさった。そこで、あまねく教えを広め、曼陀羅《まんだら》を安置したところ、その霊験には顕著なものがあった。

〈語釈〉

○**一切衆生《いっさいしゅじょう》**　すべての生物。生きとし生けるもの。

○**金剛界《こんごうかい》の曼陀羅《まんだら》**　金剛界曼荼羅。両部曼荼羅（金剛界・胎蔵界）の一。現図の曼荼羅では九会《くえ》で組織されるから九会《くえ》曼荼羅または九種《くしゅ》曼荼羅ともいう。法身如来の深甚な知恵の世界を金剛の譬喩《ひゆ》をもって象徴化したのがこの曼荼羅で、五相三密の修行によって仏身を成ずる従因向果（向上門）

の次第と、衆生教化《きょうけ》すなわち従果向因（向下門）の次第との二がある。

| | | |
|---|---|---|
| 七、理趣会　十七尊 | 八、降三世羯磨会　七十七尊 | 九、降三世三昧耶会　七十三尊 |
| 六、一印会　一尊 | 一、羯磨会　千六十一尊 | 二、三昧耶会　七十三尊 |
| 五、四印会　十三尊 | 四、大供養会　七十三尊 | 三、微細会　七十三尊 |

1 羯磨会《かつまえ》は化他《けた》（衆生教化）の事業を示す意で、向下門より名付けたものであり、九会の中心にあって、大日如来が五相（通達菩提心・修菩提心・成金剛心・証金剛心・仏心円満）をそなえて現に悟りを開き、そうして後に金剛三摩地《こんごうさんまじ》（内証の智）から三十七尊をはじめ、外金剛部の諸衆を出して衆生を済度するさまを示したもので、向上門よりすれば成身会《じょうしんえ》、九会の根本である点よりすれば根本会《こんぽんえ》という。

2 三昧耶会《さんまやえ》は成身会の諸尊が各自の本誓《ほんぜい》に従い三摩耶身（器杖・印契等）を現じて衆生を誘う方便を示したもので、この意味から羯磨会《かつまえ》ともいう。

3 微細会《みさいえ》は、仏が微細な智恵で衆生を済度する五智等を標示し、

4 大供養会《だいくようえ》は、諸尊が各自に宝冠・華鬘《けまん》等を大日如来に献供するさまを示す。以上の四会は順次に四種曼荼羅すなわち大曼荼羅（形体）・三昧耶曼荼羅（標幟）・法曼荼羅（名字）・羯磨曼荼羅（威儀・事業）を示したもの。

5 四印会《しいんえ》は、四曼すなわち四方四仏で、四仏はまた四智であるから、ここに一会に集めて四曼の不離を表示したもの。

6 一印会は、智拳印《ちけんいん》を結ぶ大日如来を描くが、これは前会で四曼別体となっているが、四仏四智は

結局大日の智拳一印に帰すことを示したもの。
7理趣会は、大日如来が金剛薩埵《こんごうさった》の身と現出して衆生教化する相を表示したもので、金剛薩埵を中心に、欲《よく》・触《そく》・愛《あい》・慢《まん》の四煩悩を浄化した四菩薩を周囲に配して生仏一体迷悟不二の理趣を示し、
8降三世羯磨会《ごうさんぜかつまえ》は、金剛薩埵が忿怒《ふんぬ》形である降三世明王《ごうさんぜみょうおう》となり、魔王等の済度し難い者を教化する相を示し、
9降三世三昧耶会は、降三世明王の三摩耶形《さんまやぎょう》(標幟)である弓箭《ゆみや》をつらね、正しく明王の心活動を表示している。もしこれを逆にすれば、真言行者が煩悩を断ち自己の心地を開発する次第となるのである。

○**金剛薩埵**《こんごうさった》　前話〈語釈〉の「金剛手菩薩」に同じ。

○**竜猛菩薩**《りゅうみょうぼさつ》　竜樹菩薩のこと。二、三世紀ごろ南天竺に生まれた。日本・中国における顕密八宗の祖といわれる。『大智度論《だいちどろん》』『十住毘婆沙《びばしゃ》論』『中論』『十二門論』等多くの著書がある。『要略録』「後数百歳、伝於竜猛菩薩」。

○**竜智菩薩**《りゅうちぼさつ》　真言宗付法第四祖。竜樹(猛)の弟子で、金剛智の師。三世紀ごろの錫崙《せいろん》(スリランカ)の人。竜樹の密宗を伝えた。七百歳をこえて面貌《めんぼう》は壮者のごとくであったという。玄奘《げんじょう》三蔵は親しく彼について『中観論』『百論』等を学んだ。

○**金剛智**　梵名、跋日羅菩提《ばじゅらぼだい》。中天竺の人。インド四姓《ししょう》中の刹帝利《クシャトリヤ》(王族・武族)、あるいは南天竺摩頼耶《まらや》国の婆羅門《ばらもん》の出身という。幼時、那爛陀《ならんだ》寺の寂静智《じゃくせいち》に従って出家し、声明論《しょうみょうろん》・法称論《ほっしょうろん》を学び、二十歳の時具足戒《ぐそくかい》を受け、六年間大小乗律および『空宗般若燈論《くうしゅうはんにゃとうろん》』『百論』『十二門論』を学び、中天竺迦毘羅衛《かびらえ》城において勝賢論師《しょうけんろんし》に瑜伽《ゆが》・唯識《ゆいしき》を聞き、ついで南天竺の竜智に従って学ぶこ

と七年、五部の灌頂《かんじょう》を受け秘教の奥旨を極めた。のち、波斯国《はし》（ペルシャ）の商船に乗り師子国《しし》（スリランカ）を発して中国に向かい、玄宗の開元八年（七二〇）洛陽に入り、勅により大慈恩寺にとどまっておおいに密教を広めた。

　のち、薦福寺《せんぷくじ》に移り、至る所に壇を結んで灌頂の道場とし、一行《いちぎょう》・不空《ふくう》みなこれに師事した。開元十一年翻訳の事業を起こし、長安資聖寺ならびに薦福寺において『七倶胝仏母准提大明陀羅尼《しちぐていぶつもじゅんていだいみょうだらに》経《きょう》』等の八部十一巻の秘密経典を翻訳し、開元二十九年（七四一）インドに帰ろうとしたが、たまたま病にかかり、八月十五日洛陽広福寺で寂した。年七十一。永泰元年（七六五）大弘教三蔵《だいぐきょうさんぞう》の諡《し》号《ごう》を勅賜された。中国密教の初祖とされ、その用いた七条《しちじょう》褐色紬袈裟《つむぎけさ》一領はわが国に伝わり、光明皇后から東大寺に納付されたが、今も正倉院に蔵せられている。

○**南天竺**　五天竺（天竺を東・南・西・北・中に分ける）の一。

○**摩頼耶国**《まらやこく》　位置は明らかでないが、インド南方のマイゾル・コイバトル・サレムなどのあたりかという。

○**開元八年**　唐玄宗の治世西暦七二〇年。

## 不空《ふくう》三蔵、仁王呪《にんのうじゅ》を誦《じゅ》して験《げん》を現《あらわ》す語《ものがたり》、第九

　今は昔、不空三蔵という方がおいでになったが、この方は南天竺《てんじく》の人である。幼少のとき、金剛智に従って天竺から震旦《しんだん》に渡り、震旦で出家して金剛智から瑜伽《ゆが》無上《むじょう》秘密の教えを

受けて世に広め、衆生に利益《りやく》を与えた。当時震旦の国王であった玄宗皇帝は、不空を敬って国師とした。

さて、天宝元年 壬子《みずのえね》の年、西蕃《さいばん》の大国・石国・康国など五ヵ国の軍勢が安西城に来攻した。その年の二月十一日になって、この城から（出兵の要請があり、）「大・石・康等五ヵ国の軍勢がこの城に来攻しました。されば軍勢をさしむけていただき、防御しようと思います」といってきた。玄宗はこれを聞いておおいに驚き、勅命を下して軍勢を進発させた。その数二万有余。軍勢は数日ののち安西城の近くに到着した。そのとき、一人の大臣が王に対し、「この際、不空三蔵をお召し出しになり、このたびのことについてお考えを伺われるのがよろしかろうと存じます」と奏上した。そこで玄宗は三蔵を宮廷に招き入れなさって、みずから香炉を取り心に深く念じながら、三蔵に向かい、「大師よ、なにとぞ毘沙門天《びしゃもんてん》をお招きくだされて、この危難をお救いくださない」とお願いなさった。

そのとき、三蔵は仁王護国経《にんのうごこくきょう》の陀羅尼《だらに》を十四遍《へん》お唱えになる。するとたちまち、玄宗の目前に気高く威風に満ちた人々が現われた。その数は五百人ほどである。それらがおのおの鎧《よろい》を着け鉾《ほこ》を手にして宮殿の前に居並ぶ。玄宗はこれを見て驚き怪しみ、不空に向かって、「私の目の前にいるのはいったい何者ですか」とお尋ねになった。不空は、「これは毘沙門天《びしゃもんてん》の第二子である独健《どっこん》が多くの武人を引き連れて来て、陛下の味方についたのです。しかもこれらはかの安西城に行きその危難を救おうとしてやって来たのです。王よ、ただちに食膳を整えてこれらの前にお出しください」とおっしゃる。

こうして四月になった。安西城から国王にこう奏上された、「去んぬる二月十一日以後のこと、城の東北三十里よりこちらが雲霧に閉ざされてまっ暗になり、その中に多数の人がいましたが、身の丈《たけ》一丈有余でみな黄金の鎧を着けていました。酉《とり》の時（午後六時）になると、それらが鼓を打ち角笛《つの》を吹き鳴らしました。その声は三百余里に振るいわたり、大地は動き山も響くばかりで、二日間続きました。このため、大・石・康などの五国の軍勢はみなちりぢりに逃げ去りました。また、敵陣の几帳《きちよう》や幕の内に金色の鼠《ねずみ》が突如として現われ、弓弦を食い切って弓を反《そら》し、その他道具といわず武器といわずことごとく使用不可能にしてしまいました。この間に城楼の上に光が輝きました。人々が不思議に思って見ていると、毘沙門天がお姿を現わしました。城中でこれを見ぬ者はありませんでした。そこで謹み敬ってこの天王の姿を写し、国王に奉ります」。

王はこれを聞いてこのうえなくお喜びになり、勅命を下して道の辻々とか、もしくは各州庁所在地の城廓の西北隅におのおの毘沙門天の（像）を安置して供養させた。また、諸寺に対し、「寺院ごとに天王の像を安置し奉り、毎月一日《ついたち》、州庁所在地の者はそろって香華・飲食物を捧げ歌舞を奏して、十分に供養申しあげるようにせよ」との勅命を下された。以後、みな争ってこのことを勤めた。

それで、諸城の門に毘沙門天の像を安置し奉ることはこれから始まった、とこう語り伝えているということだ。

〈語釈〉

**○不空三蔵**　真言宗付法第六祖。梵名、阿目佉跋折羅《あもぎゃばきら》。不空金剛と訳す。不空は略称。師子国《しし》（スリランカ）の人。一説に、北天竺婆羅門《ばらもん》の子ともいう。幼にして父を失い、叔父に従って南洋諸国に遊び、闍婆国《じゃば》（ジャワ）で金剛智三蔵の弟子となり、開元八年（七二〇）十六歳のとき、師に従って中国に入った。同十二年広福寺の戒壇に登って有部律《うぶりつ》を受け、以後つねに三蔵の左右に侍して訳経の業を助け密学を修め、ついに両部曼荼羅の大法・秘法の奥義を相承して付法の祖となった。開元二十九年金剛智の寂したのち、師の遺志をついで大本の『金剛頂経』を得るため中国を発してインドに入り、訶陵国《かりょう》を経て師子国に達し、国王の厚遇を得て仏牙寺《ぶつげじ》に住し、普賢阿闍梨《ふげんあじゃり》について重ねて秘密の大法を相伝し、天宝五年（七四六）諸種の経・論を持って中国に帰った。玄宗皇帝は厚く帰依し、宮中に壇場を築いてその灌頂《かんじょう》を受け、勅して浄影寺《じょうようじ》に居らしめた。

このの ち涼州の長元寺・長安の大興善寺《たいこうぜんじ》・終南山の智炬寺《ちこじ》等諸所に転住して密教を宣伝し経論の翻訳に従事した。代宗の永泰元年（七六五）勅によって鴻臚卿《こうろきょう》となり広智三蔵と号した。ついで大暦六年（七七一）翻訳の経七十七部を奏進し、勅によってこれが大蔵経中に編入された。大暦九年寂《じゃく》、年七十。帝は廃朝三日、司空の官を追贈し、諡《おくりな》して大弁正広智不空三蔵和上《わじょう》と賜うた。中国の密教は不空により大成され、密部の訳経はなはだ多く、門下もあまた輩出して各地に布教し、中国密教は隆盛の極に達した。

**○南天竺《てんじく》の人**　不空は師子国（スリランカ）出身との説もあるので、それに従ったか。『宋高僧伝』等は「北天竺婆羅門《ばらもん》族」とする。

**○瑜伽《ゆが》無上秘密の教え**　真言密教の教え。瑜伽（yoga）は相応と訳し、相順一致するの意。一切の境・行《ぎょう》・果等の諸法をいう。境は心に相応し、行は理に相応し、果は諸功徳に相応するからこう名付ける。また、心（主観）と境（客観）と相応融合した処をいう。これによって定力《じょうりき》自在を得る。密教は三密（身・口・意）の瑜伽（相応）を宗とする宗旨であるから瑜伽教という。

○**国師**　帝王に仏法を教える法師。

○**天宝元年**　玄宗皇帝の治世。西暦七四二年。『三宝感応要略録』「天宝元年壬子《みずのえね》」。ただし、インドに求法の旅に出た不空が中国に帰着したのは天宝五年とされている。『宋高僧伝』は「天宝中」と記す。

○**西蕃**《さいばん》　中国西方の異民族の国。西域。葱嶺《そうれい》（パミール高原）の東西に存在した国々を総称して西域という。嶺東は今の新疆《しんきょう》（東トルキスタン）地方をいい、中央にタクラマカン沙漠をおいて、高《こう》昌《しょう》・亀茲《きじ》（クチャ）・疏勒《そろく》（佉沙《きゃしゃ》、カシュガル）・莎車《しゃしゃ》（渠車《こしゃ》、ヤルカンド）・于闐《うてん》などの国々が有名である。嶺西は今の中央アジアで赭時《しゃじ》（今のタシュケント）・颯秣建《さまけん》（今のサマルカンド市）・都貨《とか》羅《ら》（今のオキサス地方）などを包括する。

○**大国・石国・康国**　大国は大食《タージ》（アラビア地方）・大夏《だいか》・大月氏《だいげつし》などの略か。石国は赭時《しゃじ》（タシュケント）、康国は颯秣建《さまけん》（サマルカンド）。『要略録』に「西蕃太石康五国」とあるが、『高僧伝』『真言伝』には「三国」とする。

○**安西城**　甘粛《かんしゅく》省定西県の北にある。『要略録』に「来侵安西国」とある。『宋高僧伝』『真言伝』は「西涼府」。

○**大師**　大導師のこと。ここでは不空の尊称。

○**毘沙門天**《びしゃもんてん》　四天王の一。多聞天に同じ。甲冑《かっちゅう》をつけ、夜叉《やしゃ》・羅刹《らせつ》の二鬼を従えて北方を守護する。

○**仁王護国経**《にんのうごこくきょう》　正しくは『仁王護国般若波羅蜜多経』二巻（不空訳）。これを読誦すれば悪賊など国のもろもろの難を滅し万民を豊かにすると説く。『法華経』『金光明経』とともに「護国三部経」として尊ばれた。
○**陀羅尼**《だらに》　真言・密呪・神呪に同じ。梵文を翻訳せずそのまま音写し読誦されるものをいう。翻訳しないのは、原文の全意が限定されるのを避けるためと、密語として他に秘する意味とである。これを誦する者は無量の文を聞持《もんじ》して忘れず、無辺の義理を会得して学解《がくげ》を助け、一切の障礙《しょうげ》を除き、無量の福徳を得る等の広大な功徳があるとされる。通常、梵文の短句であるものを真言《しんごん》または呪《じゅ》といい、長句であるものを陀羅尼《だらに》または大呪と称している。
○**独健**《どっこん》　『要略録』は「毘沙門第二太子触健」とする。毘沙門の眷属《けんぞく》としては、胎蔵界曼陀羅の外金《げこん》剛部院《ごうぶいん》に成就仙《じょうじゅせん》および成就仙女が並ぶが、また八兄弟と祖母がいるとされる。八兄弟は夜叉《やしゃ》八大将で、摩尼跋陀羅《まにばだら》・布嚕那跋陀羅《ふるなばだら》・半只迦《はんしか》・娑多祁哩《さたぎり》・醯摩嚩多《けまばた》・毘灑迦《びしゃか》・阿咤嚩迦《あたばか》・半遮羅《はんしゃら》の八人。毘沙門の子については不詳。『宋高僧伝』などは「毘沙門天王子」とし、『真言伝』は「毘沙門天王ノ太子独健」とする。

## 仏陀波利《ぶつだはり》、尊勝真言《そんしょうしんごん》を震旦《しんだん》に渡す語《ものがたり》、第十

今は昔、北天竺《てんじく》の罽賓国《けいひんこく》に仏陀波利《ぶつだはり》という聖人がいた。唐ではその名を覚護《かくご》という。この人が志を立てて仏道を求めようとした。さて、文殊菩薩《もんじゅぼさつ》が清涼山《しょうりょうせん》においでになるとはるか

に伝え聞いて、そこまではとてもたやすく行きつけるような道程ではないと知りながら、沙漠を越えて震旦《しんだん》にやって来た。清涼山に参詣《さんけい》し、うやうやしく礼拝して、「文殊のほんとうのお姿を拝見させていただきとうございます」とお願いした。

そのとき、山中から一人の老翁が出て来て、仏陀波利に向かい、「法師よ、かの天竺から仏頂尊勝陀羅尼《ぶつちようそんしようだらに》を持って来たか、どうじゃ。この地の衆生は多くさまざまの罪を造っている。出家した連中にもまた罪を犯す者が多い。仏頂尊勝真言《ぶつちようそんしようしんごん》はもろもろの罪を除く秘法である。法師がもしその経を持たずに来たのなら、ここに来てもなんの益《やく》にも立たぬ。たとえ文殊のお姿を見たところで、どうしてよく悟りうることができようぞ。法師よ、すみやかに西国（天竺）に帰り、その経を持って出なおしたうえ、それをこの地に流布するがよい」といった。

仏陀波利はこの言葉を聞き終わるや喜んで、尊勝真言はお持ちしなかった次第を答えようと思ったとたん、老翁はかき消すように見えなくなった。仏陀波利は驚き恐れ、すぐさま本国に帰った。そしてその経を持って、道中は遠く堪え難いほど苦しいものであったが、素志を遂げようがためについにまた震旦にもどり着いて五台山（清涼山）に入った。それ以来そこから出ることはなかった。

それゆえ、山中での様子を語り伝える人はない。震旦に始めて渡った尊勝真言がこれである、とこう語り伝えているということだ。

〈語釈〉

○**北天竺**《てんじく》　五天竺（天竺を東・南・西・北・中に分ける）の一。

○**罽賓国**《けいひんこく》　劫賓・羯賓とも書く。インド西北部の一国、迦濕弥羅《かしみら》国（カシミール）の旧称とするが、唐中期以後は迦濕弥羅ではなく、その西の迦畢試《かひつし》、すなわち今のカブール地方とする。かつて大国で仏教が栄え、東晋（三一七～四二〇）以後この国から中国に渡来するもの多く、小乗に属する経典を伝えた。

○**仏陀波利**《ぶつだはり》　Buddhapālita 覚護と訳す。諸国を遍歴し、清涼山《しょうりょうせん》に文殊菩薩《もんじゅぼさつ》を拝しようと中国に渡ったのは唐の高宗の儀鳳《ぎほう》元年（六七六）。老翁に仏頂尊勝陀羅尼《ぶっちょうそんしょうだらに》を求められていったん帰国し、経を持って再度長安に来た。帝《みかど》はその誠意を賞し、鴻臚寺典客令杜行顗《こうろじてんかくれいとこうぎ》および日照三蔵（中天竺の人、訳経三蔵）に命じて翻訳させ、梵本訳本ともに宮中にとどめた（儀鳳四年）。波利《はり》は訳本を流行させようと帝に請い、梵本を賜って西明寺《さいみょうじ》の順貞らとともにこれを訳し、『仏頂尊勝陀羅尼経』とした。のち梵本をたずさえて清涼山《しょうりょうせん》に入ったが、以後のことは不明。

○**文殊菩薩**《もんじゅぼさつ》　文殊師利。知恵をつかさどる菩薩で、普賢菩薩とともに釈迦の脇士《わきじ》である。五台山（清涼山）をその浄土とする。

○**清涼山**《しょうりょうせん》　山西省五台県の東北方にある五台山の別称。五岳がそびえ、頂上が台のようになっているので五台山の名があり、また盛夏も炎暑を感じないので清涼山と称せられる。後漢の明帝、永平十年（六七）、摩騰迦《まとうが》・竺法蘭《じくほうらん》がインドから来て仏法を伝えここに庵《いおり》を結んだという。普賢《ふげん》の峨眉《がび》山《せん》、観音の補陀落山《ふだらくせん》とともに文殊の浄土として三大霊山の一といわれている。わが国の円仁（慈覚大師）や成尋《じょうじん》など多くの僧がここを訪れた。

○**仏頂尊勝陀羅尼《ぶっちょうそんしょうだらに》**　尊勝仏頂尊の陀羅尼のこと。この陀羅尼を誦持すれば寿命を増し無病息災で心身ともに安楽であるという。これを訳したものが『仏頂尊勝陀羅尼経』一巻で、これに仏陀波利訳、杜行顗《とこうぎ》訳、義浄訳などがある。この経は、釈尊が舎衛《しゃえ》国の祇樹給孤独園《ぎじゅぎっこどくおん》（祇園精舎）にあったとき、善住天子《ぜんじゅうてんし》のために攘災延命の妙法として読誦《どくじゅ》することをすすめた陀羅尼経である。なお、尊勝仏頂尊は仏頂尊勝とも除障仏頂ともいい、尊勝陀羅尼の本尊。釈迦如来の仏頂より現出した輪王形で、仏頂尊中の最高であるから尊勝仏頂といい、またよく一切《いっさい》の煩悩の障を除くから除障仏頂ともいう。

○**仏頂尊勝真言《ぶっちょうそんしょうしんごん》**　仏頂尊勝陀羅尼に同じ。

## 震旦《しんだん》の唐の虞《ぐ》の安良《あんりょう》が兄、釈迦《しゃか》の像を造《つく》るに依《よ》りて活《よみがえ》るを得《う》る語《ものがたり》、第十一

今は昔、震旦《しんだん》の唐の時代、幽州の漢県という所に、虞安良《ぐあんりょう》という人がいた。字《あざな》は族。この人は長年鳥獣の殺生《せっしょう》を仕事としていたが、今までに殺した生き物の数は莫大《ばくだい》で数え切れぬほどであった。そのうえ、善行らしいことは一つもしていない。こうして、安良が三十七歳になったある日、狩をするため山野に行き、見付けた鹿を射ようとしたとたん、思わず馬から転落し、気を失ってそのまま息絶えた。親族たちがとりすがって嘆いているうち、半日ほどたって生き返った。安良は起き直り、泣き悲しみながら大地に体をたたきつけるようにしてわが犯した罪を後悔する。

親族たちがそのわけを聞くが、泣いて答えない。しばらくして話しはじめた、「おれが最初落馬して気を失ったと思うや、たちまち馬の頭をした鬼、牛の頭をした鬼が大きな車をひいてやって来た。なんの車かと思っていると、おれをつかんでその車に投げ入れた。車の中は猛火が燃えさかっていておれの体を焼く。その熱さといったらとてもがまんができない。すぐに閻魔《えんま》王の所にひいて行かれた。すると突然そこに一人の尊げな僧が出て来られた。だれだかわからない。

閻魔王はこの僧をご覧になると即座に急いで階段を下り、僧に向かってうやうやしく手を合わせ、『なにゆえにここにおいでになったのですか』とお尋ねになる。僧は、『この罪人はじつはわしの信者である。わしはこの罪人の命をしばらくの間もらい受けようと思って来たのだ』とお答えになった。閻魔王は、『この男はひじょうに罪の重い罪人であります。放免はでき難いところでありますが、大師がわざわざここにおいでくださったからは返し惜しみするわけにもまいりません』といって放免した。

そこで僧はおれを連れてお帰りになる。おれは歓喜しながらも心中不思議でならず、僧に向かって、『私をお助けくださったあなた様はいったいどなたでいらっしゃいますか』とお尋ねした。すると僧は、『そなたは知らぬか、わしはそなたの兄の安道が信仰心を起こして釈迦如来の像をお造りしたが、その釈迦如来であるぞ。そなたは弟として銭三十枚を出してその像の造立に力を貸した。そなたは別に信仰心を起こしたわけではないが、兄に助力しようとして、わずかな銭を投じてわしの像を造らせたことにより、わしはいまここに来てそなたを救ったのだ。そなたはわしの衣裳をよく見ておき、わしの言ったことがほんとうかどうか知るがよい』とおっしゃってたちまち掻き消すようにお姿が見えなくなった、と思うと同時におれは生き返ったのだ。だから、こういうわけで体を大地に投げ出して長年の殺生の罪を悲しみ後悔しているのだ」。

安良はその後兄の安道の家に行き、例の釈迦像を拝見したところ、冥途《めいど》で見申しあげた衣裳とまったく同じである。これを拝見し、とめどなく涙を流して帰っていった。そして自分もまた心をこめて釈迦如来の像をお造り申し上げ、尊び供養し奉った。

このことから思うに、自分で仏像をお造り申さずとも、他人のお造りした像にわずかの助力をしただけで、その功徳《くどく》は計り知れぬものがあろう。そういう者にも仏は同じ利益《りやく》をお与えになった、とこう語り伝えているということだ。

〈語釈〉

○**幽州**　中国古代の九州の一。今の河北省・山東省の一部と遼寧省に相当する。ちなみに、「九州」は全国をわけて九つの州にしたもの。『周礼』では冀《き》（黄河《こうが》以北・遼河《りようが》以西）・兗《えん》（山東・河北）・青《せい》（山東と、今の東北地区の遼河以東）・揚《よう》（揚子江下流）・予《よ》（河南）・雍《よう》（黄河中流以西）・荊《けい》（揚子江中流とその以南）・幽《ゆう》（東北）・并《へい》（冀の西部）とするが、他に異説も多い。なお、本集では「州」を「洲」と記すのは『冥報記』にならったか。「州」・「洲」は同義。

○**漢県**　『要略録』は「漁陽県」、『三国伝記』は「漢陽県」とする。漁陽県は今の薊《けい》県のあたり。唐の玄宗の時、安禄山《あんろくざん》が乱を起こしたところとして知られる。

○**虞安良**《ぐあんりよう》　伝未詳。

○**字**《あざな》　中国で、成年男子が実名以外につけた別名。

○**殺生**　生類を殺害すること。五悪（五戒に反する殺生・偸盗《ちゆうとう》・邪淫《じやいん》・妄語《もうご》・飲酒《おんじゆ》）の一。

○**馬の頭をした鬼、牛の頭をした鬼**　いわゆる牛頭《ごず》・馬頭《めず》のこと。地獄の獄卒で、馬頭人身のものと牛頭人身のもの。『地蔵菩薩発心《ほつしん》因縁十王経《じゆうおうきよう》』（『十王経』）に「路を引く牛頭は肩に棒を挟《はさ》み、行を催す馬頭は腰に叉《しや》を擎《か》く、牛を苦しめ牛を食へば牛頭来り、馬に乗り馬を苦しむれば馬頭多し」とある。

○**閻魔**《えんま》**王**　死後の幽冥界を支配し、衆生の罪を監視する王。ふつうには地獄の王として十八の将官と八万の獄卒を従え、王庁の法廷において地獄におちる人間の生前の善悪を審判するという。梵語、Yama-rāja 燄摩王・琰摩王・琰魔王・閻羅《えんら》王・閻摩羅《えんまら》王・閻摩羅闍《えんまらじや》などと書き、双世《そうぜ》・双王《そうおう》・平等王《びようどうおう》・遮止《しやし》・静息《じようそく》・可怖畏《かふい》等と訳す。密教でいう、護世《ごせい》十二天中の南方の天である焔摩天《えんまてん》の変化したもの。起原はインドの古代神話に基づく。

すなわち吠陀《べいだ》（婆羅門《ばらもん》教の根本聖典）では閻魔は死者を光り輝く昊天《こうてん》（大空）にある無究の楽土に連れて行き、諸天や故人に会わせ、福徳を与えるものとする。しかし人間の死を恐れる観念は閻魔に世界を巡って人間に死をもたらす怖畏《ふい》すべき面を想像し、さらには善悪を行なった人間の死後の裁判官、または悪人が苦を受ける地獄の王者とするようになった。そこで、あらゆる死者の霊魂は閻魔王庁に引き出され罪悪の軽重を秤量《ひようりよう》され、記録官である質咀羅笈多《しつたらぐぷた》と対決することになる。この記録官は後世の太山府君《たいざんふくん》もしくは倶生神《ぐしようじん》に相当する。これが法廷において譜簿《ふぼ》に拠って罪業の軽重をあげつらい業果を決める。

中国の唐宋の頃、十王の説が起こるに及んで、六朝以来道教などで尊ばれた太山五道大神など閻魔王に類似する諸神十位を配列し、閻魔王をその第五位に置くようになった。この王の本地《ほんじ》は地蔵菩薩とされ、人間の死後五七日（三十五日）にはこの王庁に至り罪業の軽重を調べられるという。『十王経』の説によると、ここには光明院《こうみょういん》・善名《ぜんみょう》称院《しょういん》の二院があって、前者は中央に業鏡《ごうきょう》（浄頗黎《じょうはり》鏡《きょう》）があり、亡者がその前に行くと、生前の業がことごとく現われ、倶生神《ぐしょうじん》がこれによって業果を決める。後者には微妙《みみょう》の荘厳《しょうごん》があり、地蔵菩薩が眷属《けんぞく》を率いてここに住んでいるとする。このほか閻魔王に関しては多くの説が存在する。

○**大師**　大導師の意で、ここでは「僧」（あとの釈迦如来）に対する尊称。

○**体を大地に投げ出して**　五体投地。両膝《ひざ》・両肘《ひじ》・頭を地につけて人の足下を拝すること。最敬礼の形。

○**冥途《めいど》**　死後の世界のこと。冥土または冥界《みょうかい》ともいい、わが国で「よみじ」ともいう。幽冥の国土の意である。閻魔の庁を冥府《みょうふ》という。

## 震旦《しんだん》の疑《ぎ》観寺《かんじ》の法慶《ほうきょう》、釈迦《しゃか》像《ぞう》を造《つく》るに依《よ》りて活《よみがえ》るを得《う》る語《ものがたり》、第十二

今は昔、震旦《しんだん》に疑《ぎ》観寺《かんじ》という寺があった。その寺に法慶《ほうきょう》という僧が住んでいた。開皇《かいこう》三年、その法慶が乾漆《かんしつ》の釈迦の立像を造った。高さは一丈六尺。まだ造り終わらぬうちに法慶は急死した。同じ日にまた法昌寺《ほうしょうじ》という寺に住む大智《だいち》という僧が死んだ。

大智は三日後蘇生して他の寺僧に向かい、「わしは死んで閻魔《えんま》王の御前に行ったところ、そこに疑観寺の法慶がいた。法慶はひじょうに悲しい顔つきをしていた。するとまた尊げな僧が一人王の御前に現われなさった。その僧が王に、『この法慶はわが像を造ったが、まだ造り終えていない。なにゆえこれを死なせたのか』とおっしゃる。すると王はそばの人に向かって、『法慶は死んだが、まだ寿命はあるか』とお尋ねになった。その人が、『法慶はまだ寿命が終わらないのに食い物がなくなったのです』とお答えすると、王は、『さっそく蓮の葉を法慶に与えるがよい。これによって彼の善業をまっとうさせよう』とおっしゃる。と同時に、にわかに法慶の姿が見えなくなった」。蘇生した大智がこのように寺の僧たちに語ったので、これを聞いた僧たちは、そのことが事実か否かを確かめようと疑観寺に行ってみると、法慶は生き返っていた。まさに大智が言ったとおりであった。

法慶は蘇生後、つねに蓮の葉を食物とし、これを好物にして他の食い物はあとにまわした。その後、この釈迦像を造り終わり、数年して法慶は死んだ。その釈迦像は相好《そうごう》が円満で、光を放っておいでになった。それは今もかの疑観寺に安置されている、とこう語り伝えているということだ。

〈語釈〉

○**疑観寺**《ぎかんじ》　未詳。『要略録』「凝観寺」、『法苑珠林』は「雍州凝観寺」とする。雍州は三国の魏が長安に置いた州の名で、今の陝西《せんせい》省長安県の北西。

○**法慶**《ほうきょう》　未詳。

○**開皇三年**《かいこう》　隋《ずい》の文帝の治世。西暦五八三年。
○**乾漆**《かんしつ》　古く西域地方に始まり中国に伝えられたという。漆《うるし》の液を久しく貯蔵して塊状となったものをいうが、乾漆像には木心乾漆像と脱活乾漆像があり、前者は心木を作り、その上に木屑《くず》と漆の液とをこね合わせたものを盛りあげ麻布《あさぬの》を薄く用いる。後者は塑土《そど》で原型を作り、その上に麻布を漆液で貼《は》り固め、乾燥したのち内部の塑土を取り除く。
○**法昌寺**《ほうしょうじ》　未詳。『要略録』「宝昌寺」。
○**大智**《だいち》　未詳。
○**相好**《そうごう》　容貌《ようぼう》形相。「相」は身体の著明な部分につき、「好」はその「相」中の細部についていう。相・好ともに完全で一として欠けることのないのを仏身とし、仏身には三十二相八十種好があるという。

## 震旦《しんだん》の李《り》の大安《だいあん》、仏《ほとけ》の助《たすけ》に依《よ》り害せられて活《よみがえ》るを得る語《ものがたり》、第十三

今は昔、震旦の隴西《ろうさい》に李《り》大安《だいあん》という人がいた。工部尚書大亮《しょうしょだいりょう》という人の兄である。唐の武徳年間に、弟の大亮は越州の総官に任じられた。兄の大安が京《みやこ》から故郷の隴西に帰ることになったとき、弟の大亮は従者数十人を兄の供人に付け送らせた。大安は穀州の鹿橋《ろくきょう》まで来て宿をとった。

ところが、その従者の中に、大安を殺そうと思い、夜になってから眠りをうかがう者がい

た。大安はこれに気づかず眠っていると、かの従者はそっと忍びよって、刀を抜いて大安の首を刺し貫き、きっ先が床を突きとおして引き抜けず、そのままにして逃げ去った。その時、大安ははっと目をさまし従者を呼んだ。従者がかけ寄り、刀を引き抜こうとしたが、抜けば死んでしまう。そこで従者はとりあえず紙と筆を取ってきて、大安に、事の次第を記して県の役人に訴えるよう進言した。大安は文を書いて県の役所に送ると、役人が即刻やって来てこの状況を見、刀を引き抜いて傷口を洗い薬をつけたが、大安はそのまま死んでしまった。

大安は夢を見ているかのようであった。なにかわからないものが一つ見える。長さ一尺余り、平たくて厚さは四、五寸、赤い色をして形は肉に似ている。それが地上二尺ほど浮いたまま、外から入って来て床の前に止まる。そしてその中から声が出て、「いますぐおれの肉を返せ」という。大安は、「わしは赤い肉など絶対食っていない。なにゆえにお前はわしのしわざだというのか」と答えた。その時、門外で、「いや間違いだった。この男ではない」という声がした。すると、このえたいの知れぬものは引き返して門から出ていった。

このあと、大安が庭前に出て見ると、そこに清らかな池があった。水は澄んで浅い。じつにきれいである。この池の西の岸の上に黄金の仏像が立っておられた。高さは五寸。それが見る見る大きくなって、僧の姿にお変わりになった。新しく清らかな緑の袈裟《けさ》を着けておいでになる。この僧が大安に向かい「そなたの体はすでに傷つけられた。わしはいまそなたのために痛みをすっかり取り去ってやろう」とおっしゃったうえ、さらに、「そなたは傷がなおったら家に帰り、ただちに仏を念じ善根を積むようにせよ」とおっしゃって、その手で首の傷をなでて去って行かれた。大安は僧のお姿を覚えておこうとしたが、僧の背中を見ると、紅《くれない》色の縑《かとり》の布でつづった袈裟《けさ》を着けておられた。綴られた布の大きさは一寸四方ほどで、紅色がひじょうにあざやかであった。

その後大安は蘇生したが、傷口も痛まず、起き上がって座り、ふつうに食事をとった。こうしてその宿に十日いた。そのうち京にいる息子や弟および親族の者たちがそろって迎えに来て、家に連れもどった。大安は家に帰ってから、従者のために傷を受けたこと、また、夢に僧が現われなさったことなどを妻子・親族にくわしく語った。

その時、傍らに一人の召使い女がいて、大安の語る言葉を聞き、「ご主人様がお出かけになってのち、ご主人様のために奥様が私を仏師のもとに使いに出して、仏像をお造らせになりました。造り終わり、お衣《ころも》を彩色する段になって、朱筆の一滴が誤って仏のお背中についてしまいました。これを（持ち帰って）また仏師のもとに持って行き、朱の染《し》みを消させようとしましたが、仏師は受けつけず、消してくれませんでした。ですからいまでもその朱の染みが仏のお背中についています。これを、いまのご主人様のお言葉と考え合わせてみますと、こんどのことはひとえにこのみ仏がお助けくださったに違いないと思います」という。大安はこれを聞いて、妻子や家の者たちとともに仏像のある所にいってみると、夢に見た僧のお姿と同じである。その背中の袈裟についた朱の染みはあざやかであって、つづり合わせた所も違っていない。

そこで大安は仏をうやうやしく礼拝し奉り、以後深く仏法を信じて善根を積んだ、とこう語り伝えているということだ。

〈語釈〉

○**隴西**《ろうさい》　今の甘粛《かんしゅく》省と陝西《せんせい》省の境にある隴山《ろうざん》の西。また、昔の郡県名にもあり、今の甘粛省南東部に置かれた。

○**李大安**《りだいあん》　伝未詳。

○**工部尚書**《こうぶしょうしょ》　工部は、六部《りくぶ》（唐代では中央行政官庁である尚書省の、吏・戸・礼・兵・刑・工の六部局）の一。営繕・工事に関することをつかさどる。『唐書』「工部ハ掌《つかさど》ル二山沢・屯田《とんでん》・工匠・諸司公《く》廨《げ》・紙筆墨之事ヲ一」。尚書は六部の長官。

○**大亮**《だいりよう》　『冥報記』（前田家本・高山寺本）では「大高」、『要略録』は「太高」。京兆《けいちょう》（長安、いまの西安から華県までの間）涇陽《けいよう》の人。

○**武徳**　唐の高祖の治世（六一八～六二六）。

○**越州**　今の浙江省紹興県。

○**総官**　『冥報記』は「総管」。辺要の地に置かれた司令官（『唐書百官志注』）。

○**穀州**　河南省新安県。

○**鹿橋**《ろくきょう》　河南省洛寧《らくねい》県の東にある。

○**繒**《かとり》　細かく固く織った絹布。「かたおり」の略。縑《かとり》。

○**仏師**　仏像または仏画を造る人。ここは前者。

## 震旦《しんだん》の幽洲の都《と》督《とく》張亮《ちょうりょう》、雷《いかずち》に値《あ》い仏《ほとけ》の助《たすけ》に依《よ》りて命を存《なが》らうる語《ものがたり》、第十四

今は昔、震旦の□の時代、幽州《ゆうしゅう》の都《と》督《とく》に□の張亮《ちょうりょう》という人がいた。府の長史であって仏法を尊び信仰心が厚かった。この人が、昔、ある寺に行き仏像の身の丈を測ったところ、自分の身長と同じであられたのを見て、これにご供養申しあげるようになった。ある時、寺に参詣《さんけい》して仏の御前に座っている間、連れて来た二人の従者は床に立っていた。

その時、突如雷がとどろいた。張亮は雷の音を聞くと恐れる性質があるので、この自分と身長の等しい仏に向かって、心をこめてお祈りした。この時、雷が轟然《ごうぜん》と鳴り響いて寺の柱を震《ふる》い動かす。従者の一人は走って外に飛び出し、階段の所まで行って即死した。雷が震《ふる》わせた柱は裂け散って張亮の額《ひたい》に当った。張亮は額が破れたと思ったのにまったく痛みを感じない。すぐに人を呼んで見させると、木が飛び散って当った所に赤い傷跡がついていた。だが、痛くはない。柱を見ると、その木の半分は地に裂け落ちており、人が斧《おの》でわざと裂き割ったような様子である。

そこで張亮は仏の御前に行き、仏を見奉ると、仏の額に大きな傷跡がついていた。それはまさに張亮の傷跡の箇所に当たっており、すこしの狂いもない。張亮はこれを見て、仏が私の危難を救うために私の身代わりになってくださったのだと思い、いいようもない深い感動に打たれた。この寺のすべての僧たちも、仏のお姿を見てこのうえなく尊び感激した。張亮

は家に帰ってきて、このことを多くの人に語り、前にもまして仏を信じ奉るようになった。幽州の人々もみなこのことを見聞きして尊び、この寺に参詣《さんけい》して仏の御傷跡を見、うやうやしく礼拝し奉った、とこう語り伝えているということだ。

〈語釈〉

○**□の時代**　底本二字分空格。あとの「張亮」から推せば「唐」が当たるか。出典と見られる『冥報記』にはこれに当たるものはない。

○**都督**《ととく》　三国時代には地方の軍事をつかさどり、ときには刺史《しし》（地方長官）を兼ねた。唐代には節《せつ》度使《どし》に代って民政をもつかさどった。明《みん》代には専門の武官となった。

○**□の張亮**《ちょうりょう》　□は張亮の姓のつもりで空格にしたものだが、「張」は姓、「亮」は名であるから□は不要である。これを入れたのは本話訳者の認識不足。『冥報記』（前田家本）は「張高」。『法苑珠林』は「唐逆人張亮」とする。鄭《てい》州滎陽の人で、隋《ずい》末から唐の高祖に仕え功績があったが、養子の陰謀により叛逆者として斬罪されたという（『新唐書《とうじょ》』九四）。

○**府**　唐代から清《しん》代にかけての行政区画の一。州の上位に位置し、州・県を統轄する。

○**長吏**　王公府や刺史《しし》（地方長官）の属官。

## 震旦《しんだん》の悟真寺《ごしんじ》の恵鏡《えきょう》、弥陀《みだ》の像《ぞう》を造りて極楽《ごくらく》に生《うま》るる語《ものがたり》、第十五

今は昔、震旦の都に悟真寺《ごしんじ》という寺があった。その寺に恵鏡《えきょう》という僧が住んでいた。もと

は溜州の人である。出家後はつねに粗食に甘んじて熱心に修行に励んでいた。この人はまた彫刻の才能があり、みずから釈迦・阿弥陀《あみだ》二仏の像を造ってご供養申していた。とくに浄土往生を願う心が深く、つねにこの二仏の像をこのうえなく敬い礼拝し奉った。

ところが、恵鏡が六十七歳の年の正月十五日の夜、夢に一人の僧が現われた。身の色は金《こん》色《じき》で光を放っている。この僧が恵鏡に向かい、「そなたは浄土が見たいか、どうじゃ」という。恵鏡が、「ぜひとも見とう存じます」というと、僧は重ねて、「仏のお姿を見たいか、どうじゃ」と聞く。恵鏡は、「心から仏のお姿を見たいと思います」と答えた。すると僧は一つの鉢を恵鏡に授け、「そなた、この鉢の中を見るがよい」という。

恵鏡はすぐに鉢の中を見た。ただ鉢の中だと思ったところ、はるかに広い世界であった。それは仏の浄土ではないか。大地はすべて黄金であり、宮殿楼閣が幾重にも重なり、それらがみなさまざまな宝玉をもって飾られている。まことに想像を絶し目もくらむばかりである。多くの天人童子は遊び戯れ、菩薩《ぼさつ》・声聞《しょうもん》は仏を中に前後をとり巻いておられる。さきの僧も仏の御前においでになる。恵鏡はその僧の後ろについてそろそろ仏の御前に進んで行く、と見るうち、僧はたちまち姿を消して見えなくなってしまわれた。恵鏡は手を合わせて仏に向かい、「私をここに導いてくださった僧はいったいどなたでございましょう」とお尋ねした。仏は、「そなたが造った釈迦の像がそれじゃ」とお答えになる。

恵鏡がさらに、「いままたそのようにお教えくださる仏はどなたでいらっしゃいますか」とお尋ねすると、仏は、「わたしはそなたが造った阿弥陀《あみだ》の像であるぞ。釈迦は父のようなもの、わしは母のようなものじゃ。娑婆《しゃば》世界の衆生《しゅじょう》は赤子《あかご》のようなものである。例えていえば、父母に多くの子がいて、それらがまだ幼く物心もつかぬ時、深い泥の中に落ち込んだとしよう。父は深い泥の中に入って行き、その子を抱いて高い岸に助け上げる。母はそれのめんどうを見てやり、あれこれよく教えて二度と泥に落ちないようにさせる。わしらはこのようなものであるのだ。釈迦仏は穢《けが》れた娑婆《しゃば》世界にいる愚かで無知の衆生を教化して導いてやろうがために、この浄土への道を示してやる。わしは浄土におってそれらを受け取り、二度と娑婆世界に帰らせぬようにするのだ」とおっしゃった。

恵鏡はこれを聞いて歓喜した、と思ったとたんその浄土は消え失せ、夢がさめた。その後は前にもまして心をこめてこのうえなく二仏の像を尊び礼拝し奉った。するとまた、夢に前の僧が現われて、恵鏡に対し、「そなたは今から十二年後にかならず浄土に生まれるであろう」とお告げになる、と見て目がさめた。これを聞いたのち、恵鏡は昼夜、身心ともに怠ることなく二仏の像を敬い供養し奉った。そして生年七十九に及んで死んだ。臨終のとき、隣の僧房に住む僧が夢に、百千の菩薩・聖衆《しょうじゅ》が西の空から恵鏡の僧房に来て、恵鏡を迎えて西方に去っていった、と見た。その時、えもいわれぬ音楽が空に聞こえ、香ばしい匂いが部屋に満ちた。この空の音楽を聞いた人は他にも多くいた、とこう語り伝えているということだ。

〈語釈〉

○**都**　長安の都。今の西安市一帯。

○**悟真寺**《ごしんじ》　陝西《せんせい》省藍田県の東方、覆車山《ふくしゃざん》にある。すなわち、終南山（南山・秦山・秦嶺ともいう）の一部。隋の開皇年間、浄影寺慧遠《えおん》の門弟浄業《じょうごう》の草創。寺は幽谷にあり、多くの信者の喜捨によりこの山寺を険阻の地に建てた。寺の南に華厳台があってはなはだ幽邃《ゆうすい》の趣があり、奇観を呈している。『新修浄土往生伝』によると、善導《ぜんどう》はかつてこの寺に幽棲《ゆうせい》して般修三昧《はんじゆうさんまい》を修し、宝閣・瑤池《ようち》・金座が目前に現じたという。

○**恵鏡**《えきょう》　伝不詳。

○**溜州**　「溜」は「淄《し》」の誤記であろう。『要略録』「本淄州人」。淄州《ししゅう》は山東省にある。

○**浄土**《じょうど》　ここは極楽浄土のこと。

○**菩薩**《ぼさつ》　上は、みずから菩提を求め、下は一切衆生を化益《けやく》し、多くの修行を重ねて仏と成るもの。

○**声聞**《しょうもん》　四聖（声聞・縁覚・菩薩・仏）の一。もとの意は釈尊の音声を聞いた仏弟子をいうが、縁覚《えんがく》（他の教えによらず独り覚る者）と菩薩に対する意では、釈尊の直弟子に限定せず、仏の教法により三生《さんしょう》六十劫《ろくじゅうごう》の間、四諦《したい》の理を観じ、みずから阿羅漢となるのを理想とする仏道修行者をいう。

○**娑婆**《しゃば》**世界**　人間世界。

○**聖衆**《しょうじゅ》　本仏（ここでは阿弥陀仏）に随従する多数の聖者たち。阿弥陀仏を中心に観音・勢至の二菩薩のほか多くの菩薩・天人が迎えに来るのを「聖衆来迎」という。『要略録』「百千聖衆、自リレ西来リテ迎ヘ二恵鏡ヲ一去ル」。

## 震旦《しんだん》の安楽寺の恵海《えかい》、弥陀《みだ》の像《ぞう》を画きて極楽《ごくらく》に生る語《ものがたり》、第十六

今は昔、震旦《しんだん》の隋《ずい》の時代、江都《ごうと》に安楽寺という寺があった。その寺に恵海《えかい》という僧が住んでいた。もとは清河武城《せいかぶじょう》の人である。出家してからは熱心に経論を学び、もっぱら浄土往生の修行に努めた。

そのころ、斉《せい》州の僧、道領《どうりょう》という者が阿弥陀《あみだ》仏の絵像を持って恵海を訪れ、「じつにこの像は、天竺の鶏頭摩《けいずま》寺の五通《ごつう》の菩薩が神通力によって空を飛び、極楽世界に行って阿弥陀仏のお姿を拝見し、それを描き奉ったものです」という。恵海はこの像を手にして長年にわたる願いがかなえられた思いがし、このうえなく喜んで、すぐに仏像を拝見すると、まさしく光り輝いておいでになる。恵海は驚異と感嘆の念に打たれ、即座にこの極楽世界に生まれたいと思った。

そのうち夜になって、恵海は急に床から起きなおり、この絵像の前に西向きに座って礼拝し、一心不乱に祈念し続けた。やがて暁に及ぶころ、きちんと座して手を合わせ、口で仏の御名を唱えながら息絶えた。人がそばに寄ってその様子を見たが、恵海の姿は生きているときとすこしも変わっていない。世間の人はこれを見聞きして、恵海はかならず極楽に生まれたに違いないといって尊んだ、とこう語り伝えているということだ。

〈語釈〉

○**隋**《ずい》　楊堅《ようけん》（文帝）が六朝時代の末、長い間分裂していた中国を統一して建て、恭帝に至るまでの四代三十八年間の王朝。二代目の煬帝《ようだい》はしきりに外征を行ない、大土木工事を起こしたため各地に農民暴動が起こり、やがて群雄割拠の形勢をまねき滅亡した。国号ははじめは「隨」と書いた。五八一〜六一八。

○**江都**《ごうと》　江蘇省にある。

○**安楽寺**　北周、静帝の大象二年（五八〇）、恵海の創建。

○**恵海**《えかい》　清河武城《せいがぶじょう》の人。姓は張氏。幼時出家し、鄴都《ぎょうと》広国寺の冏《けい》法師に師事、涅槃《ねはん》・楞伽《りょうが》の講筵《こうえん》に連なる。ついで青州に行き、大業寺《たいごうじ》の道猷《どうゆう》法師に従って摩訶衍《まかえん》・毘曇《びどん》等を受けた。北周の大象二年、儀濤浦《ぎとうほ》に来り安楽寺を創建した。つねに浄土を所期し精励して怠ることがなかった。時に斉州《せいしゅう》の僧、道詮《どうせん》が無量寿仏（阿弥陀仏）の画像をもたらして、「これは天竺鶏頭摩寺《けいずまじ》の五通菩薩《ごつうぼさつ》が空を飛んで安楽世界（極楽浄土）に行くのを図写したものだ」という。恵海はそれを模写してねんごろに往生を願った。隋の大業五年（六〇九）五月寂《じゃく》。年六十九（『続高僧伝』巻一二、『釈氏六帖』巻一〇、『往生集』巻一、『浄土聖賢録』巻二、『法華持験』巻上、『法苑珠林』巻一五）。

○**清河**《せいか》　漢代に今の河北省におかれた郡の名。

○**経論**　経（釈尊の説法を納めた典籍）と論（経に説かれた義理を解明し論述した典籍）と。

○**斉**《せい》**州**　山東省歴城県にある。

○**道領**《どうりよう》　『要略録』では「道鈴」、『続高僧伝』『法苑珠林』『往生集』等は「道詮」とする。

○**鶏頭摩寺**《けいずまじ》　屈屈吒阿濫摩僧伽藍《くくたあらんまそうがらん》。鶏園僧伽藍《けいえんそうがらん》・鶏頭末寺《けいずまじ》・雞寺《けいじ》・雞園《けいえん》などと訳し、あるいは阿育《あいく》僧伽藍《そうがらん》と称する。中天竺摩竭陀国波吒釐子《まかだこくはたりし》城にあった寺。前三世紀ごろ君臨した阿育《あいく》王の創建した寺で、当時大徳耶舎《だいとくやしや》がここに住し、また大衆部の僧摩訶提婆《まかだいば》はこの寺において出家した。阿育王の没後、その孫弗沙蜜多羅《ふつしゃみったら》はひどく仏教をきらい、大滅法を行ない、四兵をもって当寺を攻め、これを破壊し、玄奘《げんじょう》がこの地に遊歴した時はただその礎石だけが残っていたという。経典の第三結集《けつじゅう》はこの寺で行なわれた。

○**五通《ごつう》** 五神通《ごじんずう》・五神変《ごじんぺん》ともいう。不可思議自在の力で、これに五種ある。天眼《てんげん》通・天耳《てんじ》通・他心《たしん》通・宿命《しゅくみょう》通・如意《にょい》通（神足《じんそく》通）の五。意のままに飛行《ひぎょう》するのは如意通に当たる。なおこれに漏尽《ろじん》通を加えて六通という。

## 震旦《しんだん》の開覚寺《かいかくじ》の道喩《どうゆ》、弥陀《みだ》の像《ぞう》を造りて極楽《ごくらく》に生るる語《ものがたり》、第十七

今は昔、震旦《しんだん》の隋《ずい》の時代に、開覚寺という寺があった。その寺に道喩という僧が住んでいた。長年阿弥陀仏を祈念し奉り、それ以外のことはまったく考えず、栴檀《せんだん》で三寸の阿弥陀の像を造った。その後、道喩は急死したが、七日間葬らずにおいたところ、七日目に生き返り、「私は死ぬと同時に一人の尊く気高い人が七宝の池のほとりを歩いているのを見ました。この人は池の蓮花《れんげ》のまわりを三度回る。と見るや花がみな開きました。この人は池に入って花の上に座る。このあと、私もまたこの人のように花のまわりを回りましたが、花は開かない。そこで手で花を取ると、花はみなしぼんで落ちてしまいました。

その時、阿弥陀仏《あみだぶつ》がそこにおいでになって、私にこうお告げになった、『そなたはしばら

くもとの国に帰り、心をこめてさまざまな罪を懺悔するがよい。また、身に香湯を浴びよ。そうすれば、やがて明星《みようじよう》が空に上る時になって、わしはそなたを迎えに行ってやろう。ところで、そなたはわしの像を造ったが、なにゆえかように小さいのか。だが、心が大きければ像は大きく、心が小さければ像は小さいものであるぞ』。このお言葉が終わるやいなや、この像が大空いっぱいに広がりなさいました」と語った。

その後、道喩は仏の教えどおりに香湯を身に浴び、専心にもろもろの罪を懺悔してから、人々に対し、「あなた方は私を救うために念仏を唱えてください」と頼んで、念仏を唱えさせた。すると、明星が出る時になって、化仏《けぶつ》が道喩の所に現われなさった。人々はみなこれを見た。その後、道喩は死んだ。こういうことから、道喩が極楽に生まれたのは疑いないことだといって人々は尊んだ、とこう語り伝えているということだ。

〈語釈〉

○**開覚寺《かいかくじ》・道喩《どうゆ》**　不詳。

○**七宝の池**　『阿弥陀経』「極楽国土ニハ有リ二七宝ノ池一、八功徳水充二満ス其ノ中一ニ、池底ハ純《もは》ラ以テ二金沙一ヲ布《し》クレ地ニ、四辺ノ階道ハ金《こん》銀《ごん》瑠《る》璃《り》玻《は》瓈《り》ヲモテ合成セリ、上ニハ有リ二楼閣《ろうかく》一亦タ以テ二金銀瑠璃玻璃硨磲《しやこ》赤珠碼碯《しやくしゆめなう》一ヲ、而モ厳《ごん》二飾《じき》スレ之ヲ、池中蓮華ハ大ナルコト如ク二車輪一ノ、青色《しやうじき》ニハ青光《しやうくわう》アリ、黄色《わうじき》ニハ黄光《わうくわう》アリ、赤色《しやくじき》ニハ赤光《しやくくわう》アリ、白色《びやくしき》ニハ白光《びやくくわう》アリ、微妙香潔《みめうかうけつ》ナリ」。

○**香湯**　丁字香《ちようじ》を煮出した湯。

○**明星**　「金星」の俗称。

○**化仏**《けぶつ》　変化仏ともいう。変化の仏の意で、応身または変化身と同義。すなわち衆生の器（素質）に応じ種々に形を変えて現われる仏身をいう。
○**道喩は死んだ**　『要略録』では開皇八年（隋の文帝の治世、五八八年）死亡とする。

## 震旦《しんだん》の并洲《へいしゅう》の張の元寿《げんじゅ》、弥陀《みだ》の像《ぞう》を造《つく》りて極楽《ごくらく》に生《うま》るる語《ものがたり》、第十八

今は昔、震旦の并州《へいしゅう》に張元寿《ちょうげんじゅ》という人がいた。この男には善根を積もうという心がありながら、その家はもともと殺生を仕事にしていた。だが、父母が死んだのち、元寿はすっかり殺生の仕事をやめて、ひたすら阿弥陀仏《あみだぶつ》を祈念し、父母の後世《ごせ》を救おうと、心をこめて阿弥陀仏の三尺の立像をお造りし、家の中に安置し奉って、香を薫《た》き花を散らし、燈明をかかげて供養礼拝し申しあげていた。

すると、ある夜夢を見た。空が急に光り輝く。その光の中に、蓮の台に乗った人が二十人余り見える。その中の二人が庭の上に近づいてきて元寿を呼ぶ。元寿が、「私を呼んでいるのはいったいどなたですか」というと、「お前を呼んでいるのはお前の父と母だよ。わたしらは生前、念仏三昧《ざんまい》を身につけたとはいえ、酒肉の飲食を好み、多くの魚や鳥などを殺したため、叫喚地獄《きょうかんじごく》に堕《お》ちはしたが、念仏を唱えた功徳により、地獄の熱鉄は清涼の水に変わった。ところが、昨日一人の僧がやって来られた。背丈は三尺。この僧が説法をなさったが、わたしらと同じ殺生の罪で地獄に堕《お》ちた連中二十余人がこの説法を聞いてみな地獄の罪を免

れ、浄土に生まれることになった。わたしらはこのことをぜひともお前に知らせようと思ってやって来たのだ。あの空の中にいるのは、地獄にいた同じ罪人たちだ」と答え、いい終るやすぐさま西を指して去っていった、と夢に見て目がさめた。

その後、元寿は一人の僧に会って、この夢で見たことを語った。すると僧は、「それは間違いなく、そなたがお造り申した三尺の阿弥陀像が地獄に行かれて、そなたの父母をお救いになろうとした時、同罪の連中も説法を聞いたがために地獄を脱れて浄土に生まれたということだ」といった。

元寿はそれ以来、前にもましてこの三尺の像を敬い礼拝し奉った、とこう語り伝えているということだ。

〈語釈〉

○**并《へい》州** 現在の山西省にあたる。

○**張元寿《ちょうげんじゅ》** 未詳。

○**善根** 善い果報を招くべき善因。また諸善を生み出す根本である無貪・無瞋・無痴の三をもいう。

○**念仏三昧《ざんまい》** 一心に念仏を行なうこと。三昧は梵語 Samādhi の音訳。三摩提《まだい》・三摩地・三摩帝とも書き、定・禅定《ぜんじょう》・等持《とうじ》・正受・調直定・正心行処等と意訳する。散乱心を一境にとどめて動揺を防ぎ、心を正しくして妄念雑慮から離れることをいう。念仏には仏の相好《そうごう》をつぶさに観察し、その功徳を憶想する観念念仏と口に阿弥陀仏の名号を称える称（唱）念念仏がある。善導《ぜんどう》（六一三～六八一）以後、念仏の語は多くこの意味に用いられる。『要略録』は「雖《いへど》モレ解スト二念仏三昧ヲ一」とある。

○**叫喚地獄**《きようかんじごく》　八大（熱）地獄の第四。殺盗・邪淫・飲酒をしたものが、熱湯や猛火の鉄室に入れられ、呵責《かしやく》の苦しみに堪えられず、号泣・叫喚する。

○**熱鉄**　『要略録』「熱鉄融銅如二涼水一」。

○**浄土**　極楽浄土。

## 震旦《しんだん》の弁洲《へいしゅう》の道如《どうにょ》、弥陀《みだ》の像《ぞう》を造る語《ものがたり》、第十九

今は昔、震旦《しんだん》の弁《へい》州に道如《どうにょ》という僧がいた。もとは巫陽《ふよう》の人である。道綽《どうしやく》法師の遠い孫弟子に当たる。道如は慈悲の心が深く、多くの人に哀れみをかけた。みずから浄土往生の修行に勤めはしても、まず他人を救おうと願いを起こし、ひたすら三途《さんず》（地獄道・餓鬼《がき》道・畜生道）に堕《お》ちた衆生の苦しみを救おうがために、丈六《じようろく》の阿弥陀仏《あみだぶつ》の金色の像をお造り申した。貧しいために三年かかってやっと造り終え、心をこめてご供養し、その後、このうえなく敬い礼拝申しあげた。

あるとき、道如はこの像の御前で夢を見た。一人の冥官《みようかん》が金の紙に書かれた通達書を持って現われ、道如に対し、「これは閻魔《えんま》法王がそなたの願いを深く喜ばれ、そなたにお与えになった通達書である」と告げる。道如がこれを開いて見ると、その文書には、「道如法師は三途《さんず》で苦しむ衆生を救おうがために、阿弥陀仏の像を造った。いまその像が地獄の中に入り、苦しんでいる衆生を教化しておられるが、そのお姿は生身《なまみ》のみ仏とすこしも違わず、ま

た光を放ってお説きになるみ教えは心も及ばぬほど尊いものである。地獄の衆生はこのみ教えを聞いてみな苦しみを離れ楽しみを得ることになった」と書いてあった。

夢さめてのち、道如は前にもまして信仰心を深め、うやうやしく礼拝申していると、この仏のみ胸から明らかに光をお放ちになった。近くにいた者十人中五、六人はこの光を見たが、見た者は驚嘆の念に打たれた。ところが、またある人が夢で道如が金色の身となり、人々に法を説き教化していると見た。このような霊験はひじょうに多いが、一つ一つは書き記さない。これらによって、ひたすらな願いはむなしく終わることのないものだということがよくわかる。

されば、誠の求《ぐ》道《どう》心を起こした人は、このように、わが身の救済を考えることはしばらく後回しにし、まず他の者に利《り》益《やく》を与えようと思うべきである。これを仏は菩薩行であると説いておられる、とこう語り伝えているということだ。

〈語釈〉

○**道如**《どうにょ》　未詳。第三十七話にも見える。

○**巫陽**《ふよう》　『要略録』に「晋陽人也」とある。「晋陽」は山西省太原県にある。

○**道綽**《どうしゃく》　幷州（いまの山西省）汶水《もんすい》の人。姓は衛氏。十四歳で出家、広く経論を学び、とくに『大涅《ね》槃《はん》経』を究め、これを講じること二十四遍に及んだ。のち慧讃《えさん》に師事したが、大業《だいぎょう》（隋の煬帝《ようだい》の治世、六〇五～六一七）のころ、たまたま汶水石壁谷の玄忠寺に至り、曇鸞《どんらん》（四七六～五四二）の碑文を見て感ずる所あり、ついに涅槃宗を捨てて浄土門に帰入した。以後、日々阿弥陀の名号を唱えること七万遍、『観無量寿経《かんむりょうじゅきょう》』を講じること二百遍、晋陽・太原・汶水等の地を教化し、貞観十九年（唐の太宗の治世、六四五）、玄忠寺に寂。年八十四。その居である玄忠寺は西河の汶水にあったから、後世彼を西河禅師という。中国浄土教五祖（曇鸞・道綽・善導・懐感《えかん》・少康《しょうこう》）の第二祖。『安楽集』（二巻）の著がある。

○**三途《さんず》**　三途とも書く。亡者の行くべき三つの道。猛火に焼かれる所、すなわち火途（地獄道）と、たがいに相食《は》む所、すなわち血途（畜生道）と、刀・剣・杖などで強迫される所、すなわち刀途（修羅道）と。三悪道。

○**丈六《じょうろく》**　一丈六尺。

○**冥官《みょうかん》**　冥界の役人。冥土の裁判官。すなわち閻魔《えんま》王の臣下で、閻魔王庁（冥府）にいて五道（地獄道・餓鬼道・畜生道・人道・天道）の衆生の善悪を裁判する役人。

○**閻魔《えんま》法王**　閻魔王。

○**生身《なまみ》のみ仏**　仏や菩薩が衆生済度のために、父母に託して胎生する肉身。

## 江陵《こうりょう》の僧亮《そうりょう》、弥陀《みだ》の像《ぞう》を鋳《い》る語《ものがたり》、第二十

今は昔、震旦《しんだん》の□の時代に、江陵《こうりょう》に一人の僧がいた。名を僧亮《そうりょう》という。この人は極楽往生を願う心が深く、阿弥陀仏《あみだぶつ》の丈六《じょうろく》の像をお造りしようと思った。だが、その経費がひじょうに高いので、何年たっても完成できそうにない。

そこで僧亮はこう思った、「聞くところによると、湘州《しょう》の銅渓山の廟《びょう》には銅器がひじょうに多くあるらしい。それをみな鬼神がわが手に収め、人に渡そうとしないということだ。だがわしはそこに行って銅器を取り、それで阿弥陀仏の像を鋳造し奉ることにより、わが願いをも遂げ、またかの鬼神をも救ってやろう」。そこでその州の長官である張邵《ちょうしょう》という人にこのことを話し、多くの船と（血気盛んな男）百人の貸与を申し出た。これで海を渡って行こうというのである。張邵は、「その廟は霊験あらたかで、廟を犯す者があるとたちどころに死んでしまうし、また蛮族が廟を護っていて、だれも近付けないというぞ。じつに危険ではないか」という。僧亮は、「おっしゃることはまことにごもっともです。しかし私はぜひともこの願いを遂げ、それによる福の報いをあなたに譲って私は死のうと思います」といった。

張邵はこの言葉に感じ、言うとおりに船と人数を与えた。僧亮はこれを手に入れて喜んで船に乗り、多くの人を引き連れてかの銅渓山に出かけた。そこに到着して一夜もたたぬうちに、神はすでにこれに気付き、そのため大風が吹き荒れ、雲が空を覆ってまっ暗になり、鳥獣がしきりに騒ぐ。まだ廟にも行き着かぬ二十歩余り手前に銅の釜が二つあった。二つともひじょうに大きく、優に数百石も入る程である。見れば、長さ十余丈の大蛇がその釜の中からはい出し、道をふさぐように横たわった。百人の従者たちはこれを見て恐れ、蜘蛛《くも》の子を散らすように逃げ去った。

その時、僧亮は身じまいを正して進み寄り、錫杖《しゃくじょう》を振り立てて大蛇に向かい、「そなたは前世に重罪を犯したため、いま大蛇の身と生まれ、いまだ三宝（仏・法・僧）の名を聞いておらぬ。わしは丈六《じょうろく》の阿弥陀仏の像を鋳造しようと思い、この地に銅器があると聞いて遠路はるばるやって来たのである。なにとぞ道を開けてほしい。なおこの志を遂げてそなたたちを救ってやろうと思う」という。蛇はこの言葉を聞くや頭をもたげて僧亮を見、身を引いて去っていった。

そこで僧亮は逃げ散った多くの人を呼び集め、それらを率いて銅器を取っていると、林のそばに一個の壺があった。四升入るほどの大きさのものである。その中に二尺あまりのいもりがいて、飛び出したり入ったりしている。僧亮はこれを見て恐れおののいた。このほかにもこのような銅器がたくさんあったが、大きなものは重いので一つも取らず、最も小さいものだけ取って船いっぱい積み、帰っていった。廟の番人はこれをまったく妨げようとしなかった。そこで僧亮は都に帰り着き、願いどおりに丈六の阿弥陀仏の像を鋳造し奉って、元寿九年に完成した。廟の神もこれをとがめることなく、像は神々しく光を放っておいでになる、とこう語り伝えているということだ。

〈語釈〉

○□　底本二字分空格。出典である『要略録』には「宋江陵長沙寺沙門僧高」とあるから「宋」が該当するが、後世の「宋」との混同を考慮してあえて欠字にしたか。ここの「宋」は中国南北朝時代の宋である（四二〇～四七九）。後世の「宋」は唐のあと五代ののちに立てられた王朝（九六〇～一二七九）。本集成立期はこの宋の時代に当たる。

○**江陵**　湖北省荊州府江陵県。
○**僧亮**《そうりよう》　未詳。出典の『要略録』には「僧高」とあるが、『梁高僧伝』『法苑珠林』は「僧亮」とし、本巻底本の冒頭目録は「僧高」とする。あるいは目録だけ『要略録』に従い、本文は他の二書のいずれかによって改めたか、本文に「亮」とある『要略録』があったかであろう。なお、『要略録』などに僧高（亮）を「長沙寺沙門」とするその寺は東晋穆帝《ぼくてい》の永和二年長沙の太守滕含之《とうがんし》が江陵の邸宅を喜捨して一寺を建立し、長沙寺と名付けた。
　襄陽檀渓寺《じょうようだんけいじ》の道安の弟子曇翼《どんよく》が師命によりこの寺に住し、のち、孝武帝の時に道安の弟子法遇《ほうぐう》がこの寺に入ってから、おおいに栄えた。宋代には曇摩蜜多《どんまみった》が来住し、玄暢《げんちょう》はこの寺で『念仏三昧経』等を翻訳した。梁代に荊州が旱魃《かんばつ》した際、本寺の法聡《ほうそう》は雨を祈って霊験があった。隋代、天台大師は十七歳にして本寺の霊像（阿育王像）を拝して出家を誓ったという。ついで唐代中期、伝明《でんみょう》大師が本寺に住し布教に従った。
○**湘**《しょう》**州**　湖南省長沙県。
○**廟**《びょう》　やしろ。みたまや。『高僧伝』は「伍子胥廟」とする。
○**張邵**《ちょうしょう》　未詳。
○**錫杖**《しゃくじょう》　僧侶・修行者のもつ杖《つえ》。
○**元寿九年**　『要略録』に同じ。『法苑珠林』は「宋元嘉九年」とする。史実的にはこのほうが正しい。四三二年。

## 震旦《しんだん》の溜洲《るしゅう》の司馬《しば》、薬師仏《やくしぶつ》を造りて活《よみがえ》るを得る語《ものがたり》、第廿一

今は昔、震旦の□の時代に、溜州に一人の司馬《しば》がいたが、重い病気にかかり、いつまでたっても治る気配もなく、もはや死ぬばかりだと悲嘆にくれていた。親戚や使用人などみな家にやって来てこのうえなく泣き悲しみ嘆きあう。そうしているうち、司馬はついに死んでしまった。死んで一日がたったが、家に来ているこの親戚や使用人たちは司馬の死を惜しんで、なんとかして生き返らせようと、一日のうちに薬師仏の像を七体お造りし、作法どおりの供養をして、「仏のお誓い言に誤りがないならば、この人を生き返らせてくださいまし」と祈念した。すると二日目になって司馬は蘇生した。家にいる親戚や使用人たちはいいようもなく喜び合った。

蘇生するや司馬はこう語った、「わしが死ぬと同時に三人の冥官《みょうかん》がやって来て、わしを縛って連行した。たいそう暗い道を通っていったが、わしについて来る者は一人もいない。やがてある城の中に入った。見れば、高々とした座席があって、玉の冠をつけた神たちがずらりと居並んでいる。その前面の庭には数千の人がいて、どれも首かせ、足かせがつけられていた。わしはわしを連行した冥官に向かって、『あそこにおいでになるのはいったいどなたですか』と尋ねた。すると冥官は、『あれは閻魔《えんま》王でいらっしゃるぞ』と答えた。その時、王はわしを見て、『お前は善根を行なったことがあるか』とおっしゃる。わしは、『まだ善根

を行なわぬうちに死んでしまったのです』とお答えした。すると王は、『お前の悪業は計り知れぬものがある。絶対に地獄は逃れられぬぞ』とおっしゃった。その時、突然光が射し、わしの身を照らした。王はこれを見て、わしに、『お前の親戚の者や下僕・下女らが家ですぐさま七仏の像を造った。ためにお前の寿命は延びることになった。お前はただちに人間界に帰るがよい』とお告げになった」。

親戚や下僕・下女らは司馬がこのように語るのを聞き、喜びかつ尊んで、この七仏の像を心から敬い礼拝し申しあげた、とこう語り伝えているということだ。

**〈語釈〉**

○**□□**　底本二字分空格。出典である『要略録』に該当する語はない。

○**溜州**　『要略録』は「温州」。温州は浙江《せっこう》省永嘉県。

○**司馬**《しば》　周代には六卿《りくけい》の一で軍事をつかさどった。唐代には州の刺史《しし》（長官）を補佐して軍事をつかさどった。

○**薬師仏**　薬師如来。衆生の病やわざわいを除き、衣服・飲食などを満足させるという仏。

○**七体**　ここでは七仏薬師・薬師七仏のこと。薬師如来を主体とする七仏。善称名吉祥王如来《ぜんしょうみょうきちじょうおうにょらい》・宝月智厳光音自在王《ほうげっちごんこうおんじざいおう》如来・金色宝光妙行成就《こんじきほうこうみょうぎょうじょうじゅ》如来・無憂最勝吉祥《むゆうさいしょうきちじょう》如来・法海雷音《ほっかいらいおん》如来・法海勝慧《ほっかいしょうえ》遊戯神通《ゆげじんずう》如来・薬師瑠璃光《やくしるりこう》如来（薬師如来）。

○**仏のお誓い言**　諸仏が過去世の本生すなわち仏たらんと志していた時（因位）立てた、かならずこの目的を達成しようという誓いごと。諸仏菩薩にはかならずこれがあり、本願・本誓などという。それに総・別の二種があり、総の誓願（総願）とは四弘誓願《ぐぜいがん》で、諸仏・菩薩を通じて起こすもの（衆生無辺誓願度《しゆじようむへんせいがんど》・煩悩《ぼんのう》無辺誓願断・法門無尽誓願学〈知〉・仏道無上誓願成〈証〉の四つ）。別の総願（別願）は弥陀の四十八願・薬師の十二大願のごとく、一仏のみに限る誓願である。薬師十二大願は、

1 自他の身が光明熾盛《しじよう》であろう、
2 威徳巍々《いとくぎぎ》として衆生をみな開暁《かいぎよう》せしめよう、
3 衆生をしてその欲するところを飽満《ほうまん》せしめ、乏しいことを少なからしめよう、
4 一切の衆生をして大乗の教えに定立せしめよう、
5 一切の衆生をして清浄業を行なわしめ、三聚戒《さんじゆかい》を具足せしめよう、
6 一切の不具者をして諸根を完具せしめよう、
7 身心安楽にして無上菩提を証得せしめよう、
8 一切の女をして男たらしめよう、
9 天魔外道《げどう》の悪見を除き、仏の正見に引摂《いんじよう》せしめよう、
10 悪王・劫賊《こうぞく》等の苦難から一切衆生を救済しよう、
11 一切衆生の飢渇《けかつ》を医し飽満せしめよう、
12 貧乏で衣服のない者に妙衣を得させよう、の十二の誓願である。

# 震旦《しんだん》の貧女、銭を薬師《やくし》の像《ぞう》に供養《くよう》して富《とみ》を得《う》る語《ものがたり》、第廿二

今は昔、震旦《しんだん》の片田舎に一人の貧しい女がいた。貧しいうえに独り身であって、家にはすこしの蓄えもなく、ただ一文《もん》の銅銭があるだけであった。この女が心中で、「この銭一文では私の一生の生活を支えることはできない。だから、この銭で仏像を供養し奉るのがいちばんいい」と思い、すぐさま寺に参詣《さんけい》して、霊験あらたかな薬師仏の御前にこの銭をご供養し、家に帰った。

その後、七日過ぎて、隣の村に住む金持ちの妻が頓死した。そこで、その夫は新たに妻を迎えようとした。だが、思いどおりの女が見つからない。このため夫はかの薬師仏の霊像のもとにお詣《まい》りしてこのことを祈願すると、その夜の夢に僧が現われ、「こうこういう村に一人の貧しい女がいる。そなたはすぐにそこに行き、その女を妻とするがよい」とお告げになった。夢さめてのち、その貧しい女を捜してその家に行き、「結婚してほしい」というと、女は、「私は家が貧しいので、お言葉に従いかねます」と答えたが、男はかの仏のお告げがあった次第を話して聞かせ、ついに結婚して妻とした。以後、年月を経たが裕福な生活は衰えることなく、三男二女をもうけた。これはみな、この霊像のご利益《りやく》によるものである。

であるから、薬師仏の御誓いに誤りはないものである、とこう語り伝えているということだ。

## 震旦《しんだん》の溜洲の女、薬師仏《やくしぶつ》の助《たすけ》に依《よ》りて平らかに産するを得る語《ものがたり》、第廿三

今は昔、震旦《しんだん》の溜州に一人の女がいた。懐妊して十二ヵ月たったが出産しえず、全身が腫《は》れあがって、その苦痛はいいようもないほどである。そこで、大声をあげて泣き叫ぶ。

これを知った邁公《まいこう》という僧が、この女の所に来て、女に、「そなたがこの苦痛から逃れようと思うなら、ぜひとも薬師仏《やくしぶつ》のみ名を唱え奉るべきである」と教えた。女は僧の教えに従って、心をこめて薬師仏のみ名を唱えた。するとその夜の夢に、仏おんみずから女の所においでになって、その苦痛をお救いくださる、と見た。夢さめてのち、ますます深い信仰心を起こして、怠ることなく薬師仏のみ名を唱え奉った。唱えるに従ってしだいに苦痛は薄らいでゆき、ついに男子を出産した。人々はこれを見て、「なんと不思議なことだろう」といった。これはひとえに仏のご利益《りやく》である。

仏の御誓いに違背はまったくない。まことに尊いことである、とこう語り伝えているということだ。

〈語釈〉

○**邁公《まいこう》**　未詳。第四十七話にも薬師仏に関して同じ名が出ている。

○**仏の御誓い**　薬師仏の誓願。薬師十二大願の第五がこれに当たる。

# 震旦《しんだん》の夏《か》の侯均《こうきん》、薬師《やくし》の像《ぞう》を造りて活《よみがえ》るを得る語《ものがたり》、第廿四

今は昔、震旦《しんだん》の唐の時代、勇州に夏侯均《かこうきん》という人がいた。顕慶《けんけい》二年、重病にかかり、四十日余りのたうつように苦しんだあげく、ついに悶《もだ》え死にをした。

死後、冥途《めいど》に行ったが、そこで生前の罪が裁かれ、牛の身にされようとした。そのとき夏侯均は、「私は昔、師僧のもとで戒を受けました。また、薬師経を信仰し続けるとともに、薬師仏の像をお造り申しました。この私が罪もないのに、どうして牛の身となって苦を受けるのでしょう」と訴えた。このような陳述を二十四日にわたってし続けたが、その後あらためて調べたところ、侯均《こうきん》の陳述はみな事実でありいつわりでないことがわかった。

そこで罪をゆるし帰された。侯均は二十四日たって生き返り、このことを人に語って聞かせた、とこう語り伝えているということだ。

〈語釈〉

○**勇州**　『要略録』「勇州」。『法苑珠林』「冀州阜《き》城《ふ》」。冀州は河北省冀県。

○**夏侯均**《かこうきん》　未詳。

○**顕慶**《けんけい》**二年**　唐、第三代皇帝高宗の治世（六五七）。

○**冥途**《めいど》　ここでは閻魔王庁である。

○**牛の身に……**　畜生道におちたのである。畜生道におちて牛の身となる罪は殺生などであろう。

○**戒**　戒には種々あるが、ここでは五戒・八戒・十戒などの在家戒であろう。

○**薬師経**　『薬師如来本願経』一巻。略して『薬師経』という。隋《ずい》の大業十一年（六一五）、達磨笈多《だるまごうた》の訳。薬師如来が東方に仏国を開いて浄瑠璃国と名づけ、みずからその国の教主となり、十二カ条の大願を立てて一切衆生の病をなおし、さらに無明《むみょう》の痼疾《こしつ》をも治することを誓ったことを説いているもの。『薬師瑠璃光如来本願功徳経《るりこうにょらい》』一巻（唐の玄奘訳）等種々の異訳がある。

○**薬師仏の像**　薬師仏の姿をした像。形像は大蓮華《れんげ》の上に座して、左手に薬壺《やくこ》を持ち、右手に施無畏《せむい》の印《いん》を結ぶ。また右手を上げ、左手を垂れるなど種々がある。

## 震旦《しんだん》の雋恵《せんえ》、阿閦仏《あしゅくぶつ》を造《つく》りて歓喜国《かんぎこく》に生《うま》るる語《ものがたり》、第廿五

今は昔、震旦《しんだん》の隋《ずい》の開皇年代に、雋恵《せんえ》という僧がいた。どこの出身かはわからないが、一生の間に不退転の境地に達しようと、阿閦仏《あしゅくぶつ》の絵像一千体を描くとともに、同じ仏の立像十二体をお造り申した。それは身の丈三尺である。

その後雋恵の夢に二人の僧が現われた。二人とも名前があり、一人を日光《にっこう》といい、一人を喜辟《きびやく》という。この二人が雋恵に向かい、「そなたは阿閦仏の絵像をお造り申しあげたが、この仏の本願を知っているか、どうじゃ」という。雋恵が、「ほぼ知っています」と答えると、二人の僧はおおいに喜んで、「すばらしいことだ。そなたはこの穢《けが》れた悪世にあってとくに阿閦如来に帰依申しあげている。それにより、そなたは一生の間に不退転の境地に達

し、ついには歓喜《かんぎ》国《こく》に生まれることができよう」といった。この夢がさめてのちはますます阿閦仏を祈念し、このうえなく敬い礼拝し奉った。

さて命が終わる時に臨んで多くの人々に対し、「私は長年阿閦仏を祈念し奉っていたことにより、いま歓喜国に生まれることになりました」と告げた。そこで人々は、「願いがあるならばそれによってみな浄土には生まれうるのである」ということがわかった、とこう語り伝えているということだ。

**〈語釈〉**

○**開皇**　文帝の治世（五八一～六〇〇）。

○**雋恵**《せんえ》　未詳。『要略録』一本、「雋恵」。

○**不退転**　不退転は阿鞞跋致《あびばっち》・阿惟越致《あいおっち》ともいい、いったん到達した修行の階梯または境地より退くことのないのをいう。すなわち、修行した功徳善根がますます増進し、けっして退失したり転変したりしないこと。略して不退ともいう。

○**阿閦仏**《あしゅくぶつ》　梵語 Akṣobhya 阿閦鞞《あしゅくび》・阿閦婆《あしゅくば》・阿芻鞞耶《あしゅびや》・噁乞蒭毘也《あくしゅびや》と音訳し、不動・無動・無怒仏と訳する。昔、この土から東方千仏国を経て阿比羅提《あびらだい》国があり、その主仏を大目如来といった。阿閦はそこにおいて無瞋恚《むしんに》の願《がん》を発し、修行が完成して阿比羅提国において現に説法しつつある仏である。なお、阿閦の浄土を善快・歓喜・妙楽・妙喜というのは阿比羅提の訳だという。密教では金剛界曼荼羅《まんだら》八葉蓮台の、東方月輪《がちりん》の主尊である。

『法華経』（化城喩品《けじょうゆぼん》）には、大通智勝《だいつうちしょう》仏に十六王子があって、その第一の智積《ちしゃく》は沙弥《しゃみ》となり、東方に作仏《さぶつ》して阿閦と名づけ、歓喜国にいるといい、『悲華経』（第四）には、無諍念王《むじょうねんおう》（弥陀の前身）に千子があって、その九番目の子密蘇《みつそ》は発心修行して、この土を去る東方千仏世界にある妙楽世界に成仏し、阿閦如来と号するとし、『阿弥陀経』の六方段には釈尊と同じく弥陀《みだ》を讃歎証誠《さんだんしょうじょう》するとして、「東方亦有《やくう》阿《あ》閦鞞《しゅくび》仏、須弥《しゅみ》相《そう》仏」といっている。また『維摩詰所説経《ゆいまきつしょせつきょう》』（巻下、見阿閦仏国《けんあしゅくぶっこく》品《ぼん》）には維摩詰をもって阿閦国から来た者とし、「国あり妙喜と号す。仏を無動と号す。是《こ》の維摩詰は彼の国に没して、来りて此《ここ》に生ぜり」と述べている。

○**日光《にっこう》・喜辟《きびやく》**　ともに不詳。後者については『要略録』は「喜辟」、『三国伝記』『日本古典文学大系』はともに「喜臂」とする。

○**仏の本願**　阿閦仏《あしゅくぶつ》の誓願。『阿閦仏国経』によると、阿閦菩薩は過去因地《いんじ》（仏になるための修行中）において、大目如来の会座《えざ》にあって六度《ろくど》無極《むごく》の教えを説くのを聞き、即座に大誓願を立てて、無瞋恚《むしんい》・無覚意《むかくい》・無婬欲等を行じ、多劫《たこう》修行ののち遂に七宝樹下において成道し、今現に東方妙喜世界に住んでおり、この世界に生まれようと願うものは、六度（六波羅蜜）の行および意願を発すべきことを勧める。

○**歓喜国《かんぎこく》**　阿閦仏の住む世界。

○**浄土**　ここでは歓喜国をさす。

## 震旦《しんだん》の国子《こくし》祭酒《せいしゅ》粛璟《しょうけい》、多宝《たほう》を得る語《ものがたり》、第廿六

今は昔、震旦《しんだん》の唐の時代に、国子《こくし》祭酒《せいしゅ》という役にあった粛璟《しょうけい》という人がいた。梁《りょう》の武帝の子孫に当たる。梁の代が滅ぼされ隋《ずい》の代になった時、この人の姉を隋の陽帝《ようだい》の后にしている。

この粛璟は成人してのち、深く仏法を尊び、大業年代《だいぎょう》にはみずから『法華経』を読誦《どくじゅ》し奉っていた。そして経文を深く信じ、多宝仏塔をお造り申した。高さは三尺ほどで、さまざまな栴檀《せんだん》の香木をもって造った。また栴檀の木で多宝仏の像を造り、塔に安置し奉ろうと考えていたが、いつしか数年たってしまった。

ところで、この人の兄に一人の子がいて、名を鯨鈴という。これが自分の家にいたが、朝起きて粛璟の家に行こうとして、邸《やしき》の中庭を通っていると、草の中に一基の栴檀の塔を見つけた。塔の屋根の下に真鍮《しんちゅう》の仏像をお見受けした。造られたお姿を見ると中国風ではなく、顔かたちは胡国《ごこく》のものに似ている。御眼には銀が入り、中央の黒い瞳は清らかに光り輝いて日の光のようである。

鯨鈴はこれを見て怪しみ驚き、走って行って叔父の粛璟《しょうけい》にこのことを告げた。粛璟はすぐにその場に行き、これを見て喜んで家に持ち帰り、自分の造った塔の中に安置し奉ったところ、ぴたりとおさまって、もともとここに安置するためにお造りしたもののようである。粛璟はこのうえなく喜び、自分が真心こめて仏像をお造り申そうとしていたことにより、この仏像を手に入れたのだと思った。

〈語釈〉

○**国子祭酒**《こくしせいしゅ》　国子学《こくしがく》（晋《しん》代にたてられ、貴族の子弟や全国の秀才を教育した学校。隋以後は国子監《こくしかん》とも呼ばれた）の学長。わが国の国立大学の学長と文部大臣とを兼ねた性格のもの。

○**粛璟**《しょうけい》　蘭陵《らんりょう》（あるいは粛陵）の人。父は後梁の世宗孝明帝（巋）。隋代には朝議大夫《たいう》、衛尉卿《えいいけい》秘書監、唐代には左僕射《ぼくや》宋国公。唐太宗の貞観二十二年（六四八）玉華宮に没。『太平広記』は「蕭瑀」とする。

○**隋**《ずい》　梁は陳に滅ぼされ、陳は隋の文帝（楊堅）に滅ぼされ（五八九）、隋が南北朝を統一した。

○**この人の姉**　武帝の孫で後梁二代目の世宗孝明帝の娘。隋の二代皇帝煬帝《ようだい》の后となり蕭皇后といわれた。三、四代皇帝の父である元徳太子を生んだ。

○**陽帝**《ようだい》　『冥報記』前田家本は「楊帝」とし、高山寺本は「賜帝」とするが、正しくは「煬帝」。隋の二代皇帝で、在位六〇五～六一六。兄の勇を失脚させ、父の文帝を殺して即位した。はじめ善政を布いたが、のち、外征や土木事業を行ない、ことに大運河を開くために農民の生活を圧迫したため農民暴動をひきおこし、やがて群雄割拠の形勢となって、ついにその臣宇文化及《うぶんかきゅう》に殺された。

○**大業年代**《だいぎょう》　煬帝の治世（六〇五～六一六）。

○**経文**　『法華経』巻四「見宝塔品」の経文をさす。

○**多宝仏塔**　ふつう、多宝塔という。『法華経』「見宝塔品」に見える多宝仏の舎利《しゃり》を安置した宝塔のことである。多宝仏は多宝如来ともいい、東方宝浄世界の教主。「見宝塔品」によれば、この仏はかつて菩薩であった時、われ成仏滅度の後、十方の世界に『法華経』を説く所があればそこにわれ宝塔を湧出し、もってその説法を証明しようと誓った。そして、また釈尊が霊鷲山《りょうじゅせん》で『法華経』を説いた時、多宝如来の全身の舎利《しゃり》を安置した一の宝塔が地下から現われ、その塔中から声を発して釈尊の説法を賛嘆し説明したと説かれている。

寺院建造物としての多宝塔は屋蓋《おくがい》の下に裳層《もこし》を付した単層の塔。古くは三層より成り、下層に釈迦・多宝の二仏を安置したが、後世は単層にして円形の宝塔の周囲に裳層を設け、根本の宝塔の上に屋蓋を置いたものを指す。中国では開元二十年（七三二）、鄮県《ぼうけん》の東南に初めて造立され、わが国では空海（七七四〜八三五）が高野山に造ったものをはじめとする。

○**鋺鈴**　未詳。『冥報記』『法華伝記』は「銓」とする。

○**胡国《ごこく》**　西域民族。

また、この仏像が入っていた塔の中に、仏舎利《ぶっしゃり》が百粒余り入っていた。粛璟《しょうけい》の家に幼い女の子がいたが、この子がこの舎利について疑いをもち、「胡国《ごこく》の僧は日ごろ舎利を金槌《かなづち》でたたき、砕けないときはそれが本物だとしている。そっと試してみよう」と思い、舎利三十粒を取って石の上に置き、斧《おの》をもってたたいたところ、舎利は忽然《こつぜん》と消えてしまわれた。

女の子は不思議に思い、地面に落ちてしまわれたのかと思って、あわてて捜し求めたが、ただ三、四粒ほどは見つかったものの、残りはなくなってお見えにならない。女の子は恐ろしくなって、父の粛璟にこのことを告げた。粛璟は驚いて塔の中を見ると、舎利はみなもとのようにそこに入っておられ、失われてはいない。そこで粛璟は前にもましてこのうえなく尊びあがめるのであった。そしてこの日から、多宝仏塔の前で『法華経』一部を読誦《どくじゅ》しはじめることになった。

その後、貞観《じょうがん》十一年、粛璟は病床に臥した。姉の后や親類縁者がみな見舞に来た。各自香を薫《た》かせて帰って行く。ただ、粛璟の弟の瑀《う》という人と粛璟の娘で尼となっている者の二人だけがとどまり、なおも香を薫かせて経を読んでいた。しばらくして、粛璟が娘の尼に、

「わしはもうすぐ死ぬだろう。普賢菩薩《ふげんぼさつ》がわしを迎えに来られた。東院においでの某法師をお迎えしてこい」という。

娘の尼は粛璟のいうままに、法師を迎えに行ったが、まだ帰って来ないうちに、粛璟が、

「ここは不浄な場所だから法師はけっして来ないだろう。わしのほうから行こう。お前たちはぜひここにとどまっておれ」といって、弟の瑀《う》をそこにとどめて出ていった。そして東院に行き、その法師の前に進み出てひざまずき、掌《たなごころ》を合わせて正しく西に向かっていたが、しばらくして倒れ伏し、そのまま息絶えた、とこう語り伝えているということだ。


**〈語釈〉**
○**仏舎利**《ぶつしゃり》　仏の遺骨。「百粒余り」は『冥報記』「百余枚」。ここは多宝仏の全身の舎利である。
○**貞観**《じょうがん》**十一年**　唐の太宗の治世（六三七）。
○**姉の后**　『冥報記』「蕭后及弟姪」。
○**瑀**《う》　『冥報記』「唯《た》ダ留《とど》メ二弟宋公瑀《う》及ビ女ノ為《な》ルレ尼ト者ヲ一」『太平広記』では、瑀と璟は同一人とされている。
○**普賢菩薩**《ふげんぼさつ》　文殊《もんじゅ》菩薩とともに釈迦如来の脇士《わきじ》として知られている菩薩で、文殊が如来の左方に侍

して一切《いっさい》諸仏の智徳・証徳をつかさどるのに対し、普賢は右方に侍して理徳・定《じょう》徳・行《ぎょう》徳をつかさどり、また文殊とともに一切菩薩の上首となり、つねに如来の化導摂益《けどうしょうやく》のことを助け宣揚するという。またこの菩薩は衆生の命を延ばさせる徳を持っているといわれる。故に、普賢延命菩薩、あるいは、たんに延命菩薩とも称せられる。

形像には種々あるが、大別すれば白象に乗るものと蓮台に座すものとの二種がある。多くは前者。なお、この菩薩に関して『普賢観経』(『観普賢経』ともいう)があり、釈尊が『法華経』を説いたのち、阿難《あなん》等の問いに答えて、仏滅後の諸衆生は観普賢行を修し法華《ほっけ》三昧《ざんまい》を証得すべきことを説いた経典である。これは『法華経』の「普賢菩薩勧発品《かんぼっぽん》」を解説したものであって、これを『法華経』の結経《けっきょう》としている。

## 震旦《しんだん》の并洲《へいしゅう》の常愍《じょうみん》、天竺《てんじく》に渡りて盧舎那《るしゃな》を礼《らい》する語《ものがたり》、第廿七

今は昔、震旦《しんだん》の并州《へいしゅう》に、常愍《じょうみん》という僧がいた。この僧は願《がん》を立て、聖地を巡礼しようがために天竺に渡った。そしていつしか中天竺の鞞索迦国《ひさくかこく》までやって来た。この国の王城の南にあたって、道の左右に寺院が建っている。高さは二十余丈。寺には毘盧舎那仏《びるしゃなぶつ》の像が安置されていた。霊験あらたかな仏像で、なにか願いごとのある者がこの像に祈請すると、その願いはそのまま満足し、困ったことのある者がこの像を礼拝すると、かならずそれが除かれる。そこで、国を挙げてこのうえなくあがめ尊んだ。

ところで、この仏像の縁起を聞くと、このような伝えがある。「昔、この国に鬼神がいて人民を悩ました。そのため国は荒廃した。そのとき、一人の尼乾子《にけんし》がいた。いろいろなことを上手に占う者である。国王がこの尼乾子に国の荒廃した理由をお尋ねになった。尼乾子は算木《さんぎ》で地上に印を作り、『それは荒神《こうじん》がやたらと災厄を起こしているのです。ぜひとも大《おお》なる神に帰依《きえ》するべきです。そうすれば災厄を脱れ平穏無事になるでしょう』と占った。王はこれをお聞きになり、もともと聡明な方だったので、『大なる神に帰依するより、仏陀《ぶっだ》の加護を頼むに越したことはない』とお思いになり、即座にこの毘盧舎那仏《びるしゃなぶつ》の像を左右の寺院に安置なさった。左の寺には黄金で彫造した像、右の寺には白銀で造った像を立てた。高さはそれぞれ二十丈である。日々これを供養し敬った。すると、表衣の夜叉《やしゃ》童子が現われ、多くの荒神の鬼神を駆り立てて国外に追い払い、もろもろの災厄をなくしてしまった」。

この縁起は常愍《じょうみん》が語り伝えたということである。

〈語釈〉

○**常愍《じょうみん》** 唐代、并州の人。みずから剃髪《ていはつ》して念誦を怠らなかった。大誓願をおこして浄土往生を願いもっぱら浄土の業を修めたが、のち都長安に行きさらにこの修行に努め霊験を得た。そして発願して『般若経《はんにゃぎょう》』万巻を書写した。貞観年中、天竺《てんじく》に行き釈尊の聖跡を拝し、この善業によって浄土に往生しようと思い、船に乗って訶陵国《かりょうこく》（今のジャワ島）から末羅瑜国《まらゆこく》（インド南方）に至り、そこから中天竺に行こうとして風波にあい進むことができず、船が沈没しようとする時、身を捨てて人を救うのは大士（仏・菩薩）の行《ぎょう》であるといって合掌し仏名を唱え、みずから船とともに水に没して他の者を避難させた。年五十有余。(『西域求法高僧伝』巻上。『浄土聖賢録』巻二)。

○**中天竺**　五天竺（天竺を東・南・西・北・中に分ける）の一。

○**鞞索迦《ひさくか》国《こく》**　中天竺の国名。阿踰遮・阿踰闍・阿踰陀とも書き、難勝城・不可戦国と意訳する。『法顕伝』『西域記』には沙相多《しやそうた》・鞞索迦《ひさくか》ともいい、インド古代文明の中心地であって、仏陀出現以後は霊地として多くの僧徒が来集した所。今のオウド市の対岸、ゴグラ河畔のファイザバードはその旧跡という。

○**毘盧舎那《びるしやな》**　大日如来のこと。

○**縁起《えんぎ》**　寺社・仏像などに関する由来。

○**尼乾子《にけんし》**　インド外道《げどう》の一派。尼犍子・尼乾陀子などとも書く。また大薩遮尼乾子《だいさつしやにけんし》ともいい、異名を若提子《じやくだいし》という。勒沙婆《ろくしやば》（苦行仙）を開祖とし、裸体で恥じることがないから無慚外道《むざんげどう》ともいわれる。後世に至ってジャイナ教と称せられるものの一派で、現在もなおその経典と教徒がある。説くところは、吠陀《べいだ》の教権を否定し、その祭儀を禁じ、殺生を戒めるのは仏教と類するが、苦行を勧め四姓の区別を認めるのは婆羅門《ばらもん》教と同じである。また、『西域記』によると、この教徒は占卜《せんぼく》をよく行なっているという。要するに、仏教と婆羅門教との間にあって両者を調和した思想を代表するものと見るべく、現在インドに存する古来の建築物・遺跡についてみても、インド教・ジャイナ教・仏教の三流派があって併立しているのはこの傾向を明示しているといえる。

○**荒神《こうじん》**　前の鬼神をいう。インドにおける夜叉・羅刹《らせつ》などの悪神。のちに仏教の守護神とされる。

○**大《おおき》なる神**　尼乾子《にけんし》の信仰する神のこと。

○**仏陀《ぶつだ》**　ここでは「毘盧舎那」をさす。

○**表衣**　正しくは「青衣」か。『要略録』に「爾《そ》ノ時表衣夜叉童子」とする本と、「爾《そ》ノ時青衣夜叉童子」とする本があるが、後者が正しいものと思われる。青色はけがれのない色として、霊性を持つものが青色の衣を着ることが多い。
○**夜叉《やしゃ》童子**　天童の姿をした夜叉。夜叉は仏法を守護する八部の異類の一。

## 震旦《しんだん》の興善寺《こうぜんじ》の含照《がんしょう》、千仏《せんぶつ》を礼《らい》する語《ものがたり》、第廿八

今は昔、震旦《しんだん》の唐の時代に、興善寺《こうぜんじ》という寺があった。その寺に一人の僧が住んでいたが、名は含照《がんしょう》という。この僧が願《がん》を立て、千仏の絵像を描き奉ろうとしたが、わずかに七仏の像だけは描き奉ったものの、あとの九百九十三仏のお姿や手の印《いん》がわからない。そこで、含照は涙を流しながら罪を懺悔《さんげ》し、真心こめて九百九十三仏のお姿と手の印を教えてほしいと祈請《きしょう》した。すると含照の夢に、九百九十三仏が木の葉の上に現われなさった、と見て目がさめた。

含照は歓喜《かんぎ》し礼拝して千仏の絵像を描き奉り、これを世に流布し伝えた、とこう語り伝えているということだ。

〈**語釈**〉
○**興善寺《こうぜんじ》**　大興善寺ともいう。陝西《せんせい》省西安市にある。隋《ずい》の文帝、開皇二年（五八二）都を竜首山下に起こすや、陟岵寺《ちょくこじ》を移し改めて大興善寺と名づけた。これは大興城と靖善坊《しょうぜんぼう》との名を取ったもの

だという。寺は殿堂崇広で輪奐《りんかん》の美を極め、制度はすべて大廟《たいびよう》を例とし、俗にこれを大興仏殿と称した。四方の高僧の集まるもの三百、霊蔵《れいぞう》をもって寺主とし、僧猛《そうみよう》をして隋国大統に補してここに住まわせ、一国の僧寺を管轄させた。これ以来仏門の中心として講学の僧が集まり、訳経の人も来て、インド将来の梵書を翻訳した。

唐朝に入り、慈恩《じおん》寺・西明《さいみよう》寺・薦福《せんぷく》寺等の諸寺が新たに建立されたが、なお名刹としての声誉を失わず、高僧の止住する者も多かった。中宗の神竜年中、隋の文帝に追贈して鄭王《ていおう》とするに際し、寺名を改めて鄭国寺と称した。のち睿宗《えいそう》の景雲元年（七一〇）また旧名にもどした。玄宗の天宝十五年（七五六）、不空《ふくう》が入寺してから密教宣布の道場となり、のち武宗の会昌《えしよう》五年（八四五）毀仏《きぶつ》の厄にあい、いったん廃せられたがまもなく再興された。降って清朝に至り、順治十八年（一六六一）修復が加えられた。

〇**含照**《がんしよう》　未詳。

〇**千仏**　過去・現在・未来の三劫《こう》に各千仏の出世があるという。ただし、たんに千仏というのは現在賢劫《げんこう》に順次に出現するという拘留孫《くるそん》仏・拘那含牟尼《くなごんむに》仏・迦葉《かしよう》仏・釈迦牟尼《しやかむに》仏・弥勒《みろく》仏等のことで、楼至《るし》仏をもってその最終とする。

〇**手の印**《いん》　梵語 mudrā 母陀羅の訳。印相・相印・密印・契印・印契また単に印ともいう。諸仏・諸菩薩の内証・本誓《ほんぜい》（本願）を標示する手相。また、修行者が手指で結ぶ印をもいう。ここは前者。『大日経疏《だいにちきようしよ》』巻十四では印を標幟《ひようじ》とし、「是《こ》の故に是《かく》の如き等の印は、常に知るべし、仏の信解《しんげ》より生ずるなり。当《まさ》に知るべし、是《かく》の如きの印等は是《こ》れ菩薩の標幟なり。謂《いは》く、この方便を以て如来内証の徳を示す故に標幟と言ふなり」とある。

## 震旦《しんだん》の汴洲《べんしゆう》の女、金剛界《こんごうかい》を礼拝《らいはい》して、活《よみがえ》るを得る語《ものがたり》、第廿九

今は昔、震旦《しんだん》の汴《べん》州に一人の女がいた。この女は愚かであり、不信心者であって、因果の理《ことわり》をわきまえなかった。

やがて五十七歳になって病気にかかり、何日もひどく苦しみ続けたすえ、ついに死んでしまったが、身近な親類縁者などもいないので、死後の世話をしてくれる人もなかった。

六日たって生き返り、涙を雨のように流し、身を大地に投げつけるようにしてわが罪を悔い、みずからその過ちを責める。近所の者がこれを聞いて女の家に行き、「あなたはどういうわけでそのように転げ回って泣くのですか」と聞く。

女は、「私は死んでから不思議な、しかも驚嘆すべきことを見ました。最初、死ぬと同時に私の目の前に鉄の火がほとばしりながら流れ込んでいる地獄が現われました。すると獄卒《ごくそつ》が私を捕えてその地獄に投げ込みましたが、とたんに地獄が蓮花《れんげ》の池に変わってしまい、熱湯は涼しい水のようで、多くの罪人がみな花の上に座っています。獄卒がこれを見て驚嘆し、閻魔王にこのことを申しあげると、王はこれをお聞きになり、一巻の文書を手に取ってお調べになってから、『この女は、昔、誓弘和尚《せいぐかしよう》のもとで、金剛界の大曼陀羅灌頂壇場《まんだらかんじようだんじよう》を礼拝したことがある。その功徳により、この女が地獄に堕《お》ちたということで、こうした奇瑞が生じたのである。女よ、そなたは罪人ではない。すみやかに人間界に帰るがよい』とおっし

やいました。私はこのようなことを見て、生き返ったのです」と答えて、ひたすら泣き続けた。

この話を聞き、信仰心を起こして金剛界の曼陀羅《まんだら》を礼拝し奉る人が多かった、とこう語り伝えているということだ。

〈語釈〉

○**汴《べん》州**　汴州。今の河南省開封市地方。ここに五代から北宋まで都が置かれ、汴京といった。『要略録』「津州ニ有リ二孤ノ女一」。

○**因果**　原因と結果と。原因の中に因（親、直接）と縁（疎、間接、資助）とがあり、倶舎《くしゃ》では四縁・六因・五果を立て、唯識《ゆいしき》では四縁・十因・五果を説いて、一切万象の生成壊滅、迷悟の世界の相状など、一として因果関係によらぬものはないとしている。仏教における宇宙認識の根底におかれるもの。

○**身を大地に投げつけるように**　「五体投地」のこと。

○**獄卒《ごくそつ》**　地獄で亡者を呵責《かしゃく》するという鬼。

○**誓弘《せいぐ》和尚《かしょう》**　未詳。『要略録』は「功言弘和上」とする。

○**灌頂《かんじょう》　壇場《だんじょう》**　灌頂《かんじょう》を行なう祭場。灌頂は香水《こうずい》を人の頭上にそそいで一定の資格を具備したことを証する儀式。受戒または修道昇進の時などに行なう。密教では秘密の法を伝授する時、壇（壇場）を設けて行なう。これを伝法灌頂《でんぽうかんじょう》または授戒灌頂《じゅかいかんじょう》という。この授者を阿闍梨《あじゃり》と称し、他人に灌頂する資格を得るから灌頂師ともいう。また、たんに結縁《けちえん》（仏教と関係を結ぶこと）のために行なうものを結縁灌頂《けちえんかんじょう》という。もと灌頂は水を頂《いただき》に灌《そそ》ぐ意で、インドの帝王の即位式や立太子式の時、海水を頂に灌ぐ儀式であった。また諸仏が大悲の水をもって菩薩の頂上に灌ぐことをもいう。すなわち、等覚《とうがく》（菩薩の最上位）の菩薩が妙覚《みょうがく》（仏果）の位に上る時、仏がこれに灌頂して仏果を証得させるのである。

## 震旦《しんだん》の沙弥《しゃみ》、胎蔵界《たいぞうかい》を念じて難《なん》を遁《のが》るる語《ものがたり》、第三十

今は昔、震旦《しんだん》の大興善寺《だいこうぜんじ》の灌頂《かんじょう》の阿闍梨《あじゃり》に恵応《えおう》という人がいた。この人のもとに一人の沙弥《しゃみ》がいたが、七歳の時から師の阿闍梨に仕え、日夜奉仕に励んでいた。十七歳になった時、事情があってこの沙弥は船に乗り新羅《しらぎ》に渡ったが、海の途中で突然暴風に出会い、船がにわかに転覆して、乗客五十人余りが海中に投げ出された。泳ぎ付くべき陸地も見えず、溺死《できし》寸前というありさまであった。

その折、この沙弥は心をこめて胎蔵界《たいぞうかい》の聖衆《しょうじゅ》を祈念し奉り、「もろもろの海会《かいえ》の聖衆よ、なにとぞ大悲《だいひ》の心をお起こしくだされて、この船のすべての人々の苦難をお救いください」とお願いした。と同時に、あたかも夢を見ているかのごとく、聖衆が大空の星さながらに光を散らした。すると、いつのまにやらこの五十人余りの乗客はみな陸地に上っていた。海に沈みもせず溺《おぼ》れもせずひと所に集まり、たがいに、このうえなく喜びあう。これこそまさに不思議中の不思議というべきである。このうち、二十人余りは聖衆を見たが、残りの者は見

なかった。とっさの危難を救う力はなんと不思議なことではないか。
この話を聞いて、心をこめて胎蔵界の曼陀羅《まんだら》を礼拝する人が多かった、とこう語り伝えているということだ。

〈語釈〉

○**大興善寺**《だいこうぜんじ》　第二十八話の「興善寺」に同じ。『要略録』の前話該当個所には「唐ノ興善寺」とあり、本話のそれには「大興善寺」とあるのでおのおのそれに依ったもの。

○**灌頂**《かんじょう》**の阿闍梨**《あじゃり》　灌頂の儀式を行なう阿闍梨。阿闍梨はĀcārya の音訳。教授・軌範・正行などと訳す。弟子の行為を矯正し、その師範となり指導する高徳の僧をいうが、とくに密教で秘密の法を伝授する（伝法灌頂《でんぽうかんじょう》を行なう）ときの授者をいう。

○**恵応**《えおう》　未詳。

○**沙弥**《しゃみ》　七衆（比丘《びく》・比丘尼《びくに》・沙弥《しゃみ》・沙弥尼《しゃみに》・式叉摩那《しきしゃまな》・優婆塞《うばそく》・優婆夷《うばい》）の一、出家して十戒を保つ年少の男子。二十歳以上になってから、具足戒《ぐそくかい》を受けて比丘になる。

○**新羅**《しらぎ》　朝鮮半島の古国名。東南部慶州の地から起こり、前五七年朴赫居世《ぼくかくきょせい》が建国、第十七代奈忽《なこつ》王《おう》の時、神功皇后《じんぐうこうごう》に征服されて以後、唐の封冊《ほうさく》をうけ、百済《くだら》・高句麗《こうくり》を滅ぼして、六六八年、朝鮮全土を統一した。さらに唐の勢力を駆逐、九三五年、五十六代で高麗《こうらい》の王建に滅ぼされた。

○**胎蔵界**《たいぞうかい》　胎蔵界曼陀羅《まんだら》。それに描かれている十三大院四百十四尊の仏・菩薩が「聖衆《しょうじゅ》」である。五仏（大日《だいにち》如来・開敷華王《かいふけおう》如来・宝幢《ほうどう》如来・天鼓雷音《てんくらいおん》如来・無量寿《むりょうじゅ》如来）・九尊（五仏のほか、普《ふ》賢《げん》・文殊《もんじゅ》・弥勒《みろく》・観音）などをさす。

○**海会《かいえ》** 徳の深さと数の多さを海にたとえたもので、聖衆会合の座をいう。
○**大悲《だいひ》** 他人の苦悩を見てこれをあわれみ救済しようとする心を悲といい、仏・菩薩の悲心は深大であるから大悲という。

## 天竺《てんじく》の迦弥多羅《かみたら》、花厳経《けごんぎょう》を震旦《しんだん》に伝うる語《ものがたり》、第卅一

今は昔、天竺《てんじく》の執師子国《しゅうししこく》に一人の比丘《びく》がいた。名を迦弥多羅《かみたら》といい、第三果（阿那含果《あなごんか》）を得た人である。震旦ではその名を能支《のうし》という。

震旦の〔唐〕代、麟徳《りんとく》年間の初めに震旦《しんだん》に渡来し、聖跡《しょうしゃく》を尋ねながら著名な山々寺々をあまねく参詣《さんけい》して回った。こうしてついに都の西にある太原寺《だいげん》という寺にやって来て、寺の多くの僧に『華厳経《けごんぎょう》』を伝えた。寺の僧たちが、「これはどのような経ですか」と聞く。能支はこのように答えた、「この経というは『大方広仏華厳経』である。この国にもこの経がおありか、いかがじゃ。この経の題目をもしもお聞きする人があれば、その人はけっして四悪趣《あくしゅ》に堕《お》ちることはない。この経の功徳は不思議である。そなたたち聞くがよい、わしがこの経の不思議を語って聞かせよう。

天竺にこういう言い伝えがある。『昔、一人の比丘が『華厳経』を読み奉ろうと思い、まず手を洗うために水を手のひらに受けたところ、その水がこぼれ落ちた所に多くの虫がいた。水が虫の身に触れたことにより、虫はみな死後天上界に生まれることができた』という

ものだ。まして、この経を受持《じゅじ》・読誦《どくじゅ》・解説《げせつ》・書写した人の功徳は想像に余るものがあろう。

このことについては、またこのように聞いている。『昔、憂塡《うでん》国の東南二千余里に一つの国があって、国名を遮《しゃ》拘《く》盤《ばん》という。その国の城の近くに一寺院があり、そこに一人の比丘がいて、『大乗華厳経《だいじょうけごんぎょう》』を読み奉っていた。国王・大臣はこれを供養した。ちょうど夜であったが、突如《とつじょ》大光明が城内をくまなく照らした。王が驚き怪しんでいると、その光明の中に百千の天人が現われ、種々の天衣や多くの宝玉で飾られた瓔珞《ようらく》を王とこの比丘《びく》に与えた。

その時、王と比丘は、『このようなものをくださるのはいったいなんという名の天人ですか、またそれはどういうわけですか』と尋ねた。天人は、『われわれは、じつはこの寺のそばに住んでいた虫です。ある時一人の僧が華厳経を読み奉ろうと思い、手を洗うために水を手のひらに受けたが、その水がこぼれ落ちた所にいた虫です。その水が身に触れたことにより、われわれは死後忉利天《とうりてん》に生まれました。天上界に生まれるとおのずから自分の過去の因縁を知ることができるので、われわれはいまここに下って来て恩に報いるのです』といって、また天に帰り昇った。王は天人の言葉を聞いて感動し喜び、『わが国においてはただ大乗の教えのみを流布させ、小乗の教えは留めてはならぬ』と命じた。

以来、その王は大乗をこのうえなく尊ぶようになった。また、あれこれ異国の僧がこの国に入って来ようとするとき、その僧がもしも小乗を学んでいる者ならば、即座に退去させて絶対国内にとどまらせず、この掟は今もって守られている。そして、王宮内には華厳《けごん》・摩訶《まか》般若《はんにゃ》・大集《だいじゅう》・法華等の経十二部のほか十万偈《げ》があり、王みずからこれらを身辺において信仰している』。こういう話であるが、『華厳経』の功徳についてはこれに類することがひじょうに多い」。このように能支は語って聞かせた。

これを聞いた寺の僧たちはみな深い信仰心を起こして『華厳経』を受持し読誦し解説し書写し奉るようになった、とこう語り伝えているということだ。

**〈語釈〉**

○**執師子国《しゅうししこく》**　獅子州《ししじゅう》（国）・僧迦羅国《そうがらこく》ともいう。インド南端にあるセイロン島、今のスリランカにあたる。僧迦羅国建国由来談が巻五第一話に収められている。

○**迦弥多羅《かみたら》**　『要略録』『華厳経伝記』など「釈迦弥多羅」とする。この「釈」を誤脱したものか。ただし、『言泉集』には「三宝感応録中ニ云フ、執師子国沙門迦弥多羅」とある。なお、あとの「能《のう》支《し》」については『要略録』『華厳経伝記』は「能友」とする。「釈迦」は「能」の意、「弥多羅」は「友」の意があるので、漢訳すれば「能友」が正しく、それを誤記したものと思われるが、『翻訳名義集』には「能支」と記し、『言泉集』は「能叉」としている。

○**第三果**　声聞《しょうもん》四果（須陀洹果《しゅだおんか》・斯陀含果《しだごんか》・阿那含果《あなごんか》・阿羅漢果《あらかんか》）の第三、阿那含果（不還果《ふげんか》ともいう）のこと。種々の煩悩を断じ尽くし、欲界に再生しない位。

○**〔唐〕**　底本は一字分空格。『要略録』等には該当語はない。あとの「麟徳《りんとく》」から考えれば「唐」が該当する。

○**麟徳《りんとく》**　唐の高宗の年号（六六四〜六六五）。

○**聖跡**《しょうしゃく》　仏の遺跡や著名な寺院など。

○**太原**《だいげん》**寺**　唐朝の初、長安・洛陽・太原・荊州・揚州の五ヵ所に置いた寺院。『要略録』に「大原寺」とし、『華厳経伝記』は「太原寺」とする。唐はもと山西省太原から興こったので、これを記念するために以上の五ヵ所に寺塔を建てて太原の名をつけた。長安の太原寺は則天武后《そくてんぶこう》の外氏《がいし》（母の生家）である侍中観国公楊恭仁《じちゅうかんこくこうようきょうじん》の故宅を寺にしたもの。のち寺名を魏《ぎ》国西《こくせい》寺・崇福《すうふく》寺と改めた。位置が唐朝の首都であったため、学問・翻経の沙門の止住する者が多く、訳経がさかんに行なわれた。洛陽の太原寺は魏国東寺・大周東寺と改められ、さらに大福光寺と称した。ここも洛都の名刹として止住する名僧多く、義浄三蔵《ぎじょうさんぞう》が天竺から帰って住し翻訳に従った。善無畏《ぜんむい》・菩提流志《ぼだいるし》等もここで訳経を行なった。太原の太原寺はのちに崇福寺と改めたが、名僧が多く集まり読誦・講演に時人を啓蒙した。荊州・揚州の二寺もまたその地方の名刹として仏教の中心をなした。

○**華厳経**　正しくは『大方広仏華厳経』。別名、『雑華経』。釈尊成道後、第二七日《ふたなのか》（十四日目）に菩提樹下等で文殊《もんじゅ》・普賢《ふげん》の上根を対機として自内証（自己内心のさとり）の法門を説いたものであり、海印三昧《かいいんさんまい》中に炳現《へいげん》した重　々無尽《じゅうじゅうむじん》事々無礙《じむげ》の妙説である。漢訳のおもなものは次の三部である。

(一)東晋時代の訳本、六十巻。後の唐訳と区別して旧訳または六十華厳という。東晋義熙《ぎき》十四年（四一八）、建業《けんぎょう》の道場寺華厳堂において天竺の三蔵仏駄跋陀羅《ぶつだばつだら》が訳出し、法業《ほうごう》・慧厳《えごん》・慧観《えかん》等が筆受。七処《しちしょ》・八会《はちえ》・三十四品《ほん》から成る。

(二)唐の則天武后の時の訳本、八十巻。新訳・大周経または八十華厳という。唐の証聖《しょうしょう》元年（六九五）洛陽大内《だいだい》の遍空寺《へんくうじ》において于闐《うでん》の三蔵実叉難陀《じっしゃなんだ》が訳出し、武后自ら筆削した。菩提流志《ぼだいるし》・義《ぎ》浄《じょう》・恒景《こうけい》・復礼《ふくらい》・法蔵《ほうぞう》等が訳業を助けた。七処・九会《え》・三十九品《ほん》ある。わが国で東大寺が建立され、華厳会《けごんえ》が行なわれた時、講師に請じられた鯖《さば》売りの翁が担っていた鯖が八十華厳経に変じたという伝承が本集巻十二第七話、『宇治拾遺』『古事談』などに見える。

㈢唐の徳宗時代の訳本。四十巻。四十華厳・貞元経・普賢行願品などという。貞元十一年（七九五）、南天竺烏荼《うちゃ》国王の進貢した梵本一万六千七百頌により、罽賓《けいひん》（北天竺）にあって仏教の栄えた国）の三蔵般若《はんにゃ》が訳出し、翌年長安の西明寺《さいみょう》において訳了した。前経の第九会入法界品《にゅうほっかいぼん》に相当し、善財童子《ぜんざいどうじ》が五十余の善知識《ぜんちしき》に歴参することがこの経中にある。

本話の太原寺で伝えたのは年代の上から㈠の六十華厳であろう。

○**四悪趣**《しあくしゅ》　四悪道ともいう。地獄・餓鬼・畜生・修羅の四道。

○**憂填**《うでん》　「于闐」なども書き、また「啒遮那《くつしやな》」などともいう。『要略録』は「于填国」とする。いまの中国新疆《しんきょう》ウイグル自治区和田《ホータン》に当たる。タクラマカン沙漠の南西に位置し、往古は西方の大夏・安息国と中国本土との交通路にあたって貿易仲介地として栄えるとともに仏教も早くから伝わり、多くの大寺院が建てられ、さまざまな梵本経典がここから中国に渡った。前記『八十華厳』を訳出した実叉難陀はこの国の人である。法顕《ほっけん》・宋雲《そううん》・玄奘《げんじょう》などの旅行記にはこの地方についての詳細な見聞を記している。英国のスタイン博士は二度にわたってこのあたりの発掘を試み、東北に当たる沙漠《さばく》中で千数百年間埋没していた多くの寺院、堂塔・仏像・壁画・日用品などを発見した。本派本願寺の大谷光瑞らによって蒐集された新疆《しんきょう》古址の発掘品中にもこの地のものが多い。

○**遮拘盤**《しゃくばん》　六朝時代の末に純大乗教国として伝えられていた遮拘迦《しゃくか》国のことであろう。『要略録』「遮拘槃」。

○**大乗華厳経**《だいじょうけごんきょう》　前項の「華厳経」（大方広仏華厳経）に同じ。『華厳経』は大乗経典であるからこういった。「花厳」の「花」は「華」の俗用。「法花経」とするのも同じ。『要略録』ではすべて「花」としているが、本話は最初と最後のものだけ正しく「華」に改めている。「王宮ノ側《そば》ニ有リ二精舎《しやうじや》一。於レテ中ニ大乗沙門《しやもん》転二読ス花厳ヲ一」。「大乗花厳経」としたのはこれによる。

○**天人**　梵天《ぼんてん》・帝釈《たいしやく》等およそ天部に属する種類の総称。『要略録』「天人」。

○**瓔珞《ようらく》**　インドの上流階級の人々が、頭・首・胸にかける装身具。珠玉・貴金属で作られている。仏像・仏殿の装飾にも用いる。『要略録』「以テ二種種ノ天衣珠宝瓔珞《えうらく》ヲ一、奉二献ス王及ビ沙門ニ一」。

○**忉利天《とうりてん》**　六欲天の第二天。帝釈の居城がある。

○**大乗・小乗**　大乗とは、人を載《の》せて理想（解脱《げだつ》・涅槃《ねはん》・成仏）に到達させる教法（乗）の中で、教理・教説およびその理想に達しようとする修行とその理想目的などがともに大きく深いもの、したがってこれを受けるもの（機）もまた大器であることを要するものをいう。すなわち、菩薩の大機が仏果の大涅槃を得る法門であり、これに権大乗《ごんだいじよう》（法相《ほつそう》・三論《さんろん》等）と実大乗《じつだいじよう》（華厳・天台・真言・浄土等）とがある。小乗は教理・教説・修行および目的などが大乗に比して浅く狭小であり、修行するもの（機）もいく分劣弱であるものをいう。小乗に声聞乗《しようもんじよう》・縁覚乗《えんがくじよう》の二があるが、ともに灰身滅智《けしんめつち》（身心ともに滅無に帰すること）の空寂の涅槃に至るのを最後の目的とする。中国・日本の倶舎宗《くしやしゆう》・成実宗《じようじつしゆう》・律宗《りつしゆう》等をいう。

○**摩訶般若《まかはんにや》**　『摩訶般若波羅蜜経《はらみつきよう》』のこと。二十七巻。後秦鳩摩羅什《くまらじゆう》訳。姚秦《ようしん》の弘始六年（四〇四）の訳出。『大般若波羅蜜多経』（六百巻）の第二分（巻四〇一〜巻四七八）の別訳。一切諸法皆空の理を明かし、大智度または大慧度と訳す。『大智度論』（百巻）は本経を解釈したもの。これを十巻本の『般若経』（鳩摩羅什訳）を『小品般若経《しようぼんはんにやぎよう》』というのに対し、『大品般若経《だいぼんはんにやぎよう》』という。異訳に

『放光般若経』三十巻（西晋、無羅叉訳）『光讃般若経』十巻（西晋、竺法護訳）の二本がある。『大般若波羅蜜多経』（『大般若経』）は唐玄奘訳（六六〇～六六三）。諸法皆空の理を説いた諸部の般若経を集成して一部の経としたもの。大蔵経中で部秩《ぶちつ》の広大なことこの経に及ぶものなく、顕慶五年（六六〇）正月一日玉華寺《ぎょくかじ》においてこの翻訳をはじめ竜朔三年（六六三）十月二十日（二十三日）に至りようやく業を終えた。その間四年。四処十六会《え》に分かれ、各会のはじめに玄則《げんそく》の序があり、八十余科の名数をあげる。

○**大集**《だいじゅう》『大方等大集経《だいほうどうだいじっきょう》』のこと。六十巻。隋《ずい》（五八一～六一八）僧就《そうじゅ》編。ふつう『大集経《だいじっきょう》』と略称し、前部は北涼曇無讖《ほくりょうどんむしん》（三八五～四三三）の訳、後部は隋那《な》連提《れんだい》耶《や》舎《しゃ》（五一五～五八五）等の訳。釈尊成道後十六年目にあたり、今や大衆《だいしゅ》が菩薩の法蔵を受けうる機根となったのを見て、釈尊が欲界と色界との中間に一大道場を開き、十方の仏・菩薩ならびに天竜・鬼神を集め、甚深微妙《じんじんみみょう》の大乗法門を説いた経。

○**十万偈**《げ》「偈」は「頌《じゅ》」と同意。仏徳または教理を賛歎する詩。多く四句よりなる。

## 震旦《しんだん》の僧霊乾《りょうかん》、花厳経《けごんぎょう》を講《こう》ずる語《ものがたり》、第卅二

今は昔、震旦の〔隋の〕時代に一人の僧がいた。名を霊乾《りょうかん》といい、つねに『華厳経』を講じていたが、遠くの者も近くの者もみなやって来てこれを聴聞した。

ところが、開皇十七年、霊乾は重病にかかり急死した。だが、その後蘇生して、「わしは

死後兜率天《とそつてん》に行き、休《きゅう》・遠《おん》の二法師に会ったが、二人は蓮花の台の上に並んで座り、光明を放ちながらわしに対し、『そなたはわしの多くの弟子たちとともにふたたびこの天に生まれることになろう』と教えてくださった」と語った。

その後、同十八年に病気にかかった。霊䡖はつねに『華厳経』を心に掛け、蓮華蔵世界および兜率天宮《とそつてんぐう》を観念しているので、病中でも目を上に向けており、人には長く向き合っていることはない。たまたま、童真という僧が霊䡖の病気見舞に来て、そばに座っていた。すると霊䡖が童真に向かい、「いま青衣《しょうえ》を着た童子がここに来てわしを兜率天に連れていこうとしている。わしが思うには、天上界の楽しみは長くないもので、ついには輪廻《りんね》を免れぬものだ。だからわしはぜひとも蓮華蔵世界に生まれようと思う」という。童真はこれを聞き、しばらくして霊䡖に、「あなたはいまどういう所を見ているか」と尋ねると、霊䡖は、「広々と水がたたえている中に蓮の花があって、それは車輪のようだ。わしはその上に座っており、願いは十分に達成された」といって、やがて息絶えた。

すなわち、開皇十八年正月、寺において命を終えたのである。年は七十八。ただちに終南山の北で火葬に付した、とこう語り伝えているということだ。

〈語釈〉

○〔隋の〕　底本は一字分空格。『要略録』には該当語がないが、『法苑珠林』（巻一六・八九）は「隋西京大禅定道場釈霊幹」とする。

○**霊䡖**《りょうかん》　『要略録』等に「霊幹」とする。俗姓は李氏。金城狄道《きんじょうてきどう》の人。鄴京《ぎょうけい》（河北省）大荘厳寺《だいしょうごんじえん》衍法師の弟子となり、隋《ずい》文帝の開皇三年洛《らく》州浄土寺に入る。同七年、勅により興善寺に住し訳経証義となった。煬帝《ようだい》の大業三年大禅定《ぜんじょう》道場の上座となり、同八年正月卒、年七十八（『華厳経伝記』巻二）。『要略録』を出典とする本話は、その死を開皇十八年とする。

○**開皇十七年**　隋の文帝の治世（五九七）。

○**その後蘇生して**　『要略録』「遇《あ》レヒテ疾ニ悶絶ス。唯ダ心不《ず》レ冷エ。未ニダ敢《あへ》テ蔵殯《ざうひん》一セ。後醒メテ云ク」。

○**兜率天《とそつてん》**　六欲天の第四天。この天に内・外の二院があり、外院は天衆の欲楽処で、内院は弥勒菩薩の浄土とする。

○**休《きゅう》**　『法苑珠林』は霊幹の言葉として「吾与《と》ニ僧休一同ジク生ニズ於此一ニ（兜率天）」とあるが、伝不詳。

○**遠《おん》**　慧遠《えおん》。中国東晋時代の僧。廬山白蓮社《ろざんびゃくれんしゃ》の祖。雁門楼煩《がんもんろうはん》（山西省代県の南）の出身で、俗姓は賈《こ》氏。十三歳にしてすでに六経を究め、ことに老荘の学に長じていた。二十一歳のとき、道安を太行恒山に訪ねて練磨修行したが、前秦建元九年（三七三）秦将苻丕《ふひ》が襄陽《じょうよう》を攻め、道安をともない帰るや、慧遠は弟子数十人とともに南荊州に行き、上明寺《じょうみょうじ》に住んだ。

のち、羅浮《らふ》山に行こうとし、潯陽《じんよう》に至って廬山の清寂に心ひかれ、ついにここにとどまって竜泉寺に住んだ（廬山は江西省北部にある山で、星子県の西北、九江県の南、北は長江に枕し、南は鄱陽湖に裾《すそ》をひき、奇峰翠巒《すいらん》が南北に連なり水に映えて天下の絶景である。連山のうち最も著名なものは香爐《こうろ》峰《ほう》で、李白・白楽天・蘇《そ》東坡《とうば》・陶淵明《とうえんめい》等が詩に詠じている）。時に道友の慧永《えい》がすでに廬山の西林にいたが、慧遠のために刺史桓伊《かんい》にすすめ東林に房舎を建てさせてここに居らせた。

この間、慧遠の徳を慕い来る者百二十三人とともに白蓮社をはじめて念仏を修した。その後三十年を廬山に送ったが、法浄《ほうじょう》・法領《ほうりょう》等をつかわして遠く梵本を求めさせ、罽賓《けいひん》（北天竺）沙門僧伽提《そうがだい》婆《ば》に請うて『阿毘曇心論《あびどんしんろん》』『三法度論《さんほうどろん》』を重訳し、また曇摩流支《どんまるし》に請うて、不備の『十誦律《じゅうじゅりつ》』を完訳させる等、おおいに学界に貢献したが、晋《しん》の義熙十三年（四一七）病を得て寂した。年八十三。唐宣宗は弁覚大師、宋太宗はさらに円悟大師の諡号《しごう》を賜うた。著書に『大智度論要略』二十巻、『問大《もんだい》乗中深義十八科《じょうちゅうしんぎ》』三巻、『沙門不敬王者論《しゃもんふきょうおうしゃろん》』『法性論《ほっしょうろん》』『沙門祖服論《しゃもんたんふくろん》』一巻等多数がある。

○**蓮華蔵世界**　『華厳経』に説かれている蓮華蔵世界のこと。『要略録』「常ニ依リレ本作ス二蓮花蔵世界海観、及弥勒《みろく》天宮観ヲ一」とある。「華（花）」の誤脱か。蓮華蔵世界は十蓮華蔵荘厳《しょうごん》世界海・蓮華蔵荘厳世界海・十蓮華蔵世界・蓮華台蔵世界・華蔵世界・華蔵界ともいう。毘盧遮那仏《びるしゃなぶつ》の住する功徳無量・広大荘厳《しょうごん》の世界をいう。この世界は一大蓮華をなし、その中に一切《いっさい》の国、一切の物をことごとく含蔵するから蓮華蔵世界という。その世界形成については『華厳経』と『梵網経《ぼんもう》』とたがいにその趣を異にしている。

すなわち『華厳経』には、世界の最下に風輪《ふうりん》があり、風輪の上に香水海《こうずいかい》があり、香水海の中に大蓮華が生じる。蓮華蔵世界はその中に存在して四方均平、清浄堅固にして、金剛輪山《こんごうりんざん》がこれを囲繞《いにょう》しているといい、『梵網経《ぼんもう》』には、毘盧遮那仏《びるしゃなぶつ》は千葉《せんよう》の一大蓮華台に座し、その千葉を各一世界とし、毘盧遮那仏より化現《けげん》した千釈迦がその千世界におり、一世界に百億の国があり、一国にまた一釈迦があって、おのおの菩提樹《ぼだいじゅ》下に座すという。これは要するに無尽縁起《むじんえんぎ》（法界縁起《ほっかいえんぎ》）の内在的深理を具象的に説き示したものである。だがまた、毘盧遮那仏の解釈如何によってこの名は広く用いられ、阿弥陀仏の極楽浄土または『大日経』の胎蔵界《たいぞうかい》にも適用されることがある。

○**兜率天宮《とそつてんぐう》**　『華厳経』第二十三品に「昇兜率天宮品」、第二十四品に「兜率宮中偈讃品《げさん》」があり、『要略録』に「弥勒天宮観」とある（前記）ことから、弥勒菩薩の浄土である兜率天の内院のこと。

この内院の荘厳《しょうごん》について、兜率往生（上生）を説く『弥勒上生経《じょうしょうきょう》』に、

この宮に一大神あり、牢度跋提《ろうどばつだい》と名づく。即ち座より起《た》ち偏《あまね》く十方仏を礼《らい》して弘誓願《ぐぜいがん》を発し、若《も》し我が福徳、弥勒菩薩の為に善法堂《ぜんぽうどう》を造るべし、我が額上にして自然《じねん》に珠を出さしむべしと、既に発願《ほつがん》已《おわ》りて額上自然に五百億の宝珠を出し、瑠璃《るり》・波璃《はり》一切の衆色具足せざることなく、紫紺《しこん》摩尼《まに》の表裏映徹《えいてつ》するが如し。此の摩尼光空中に廻旋《かいせん》し、化《け》して四十九重の微妙《みみょう》の宝宮となり、一々の欄楯《らんじゅん》は万億の摩尼宝の共に合成《ごうじょう》する所、諸《もろもろ》の欄楯《らんじゅん》の間に自然に九億の天子、五百億の天女を化生《けしょう》す。

などと述べ、弥勒《みろく》菩薩はここにいて昼夜六時つねに不退の法輪を説いているとする。

○**童真**　未詳。『要略録』「沙門童真」。

○**天上界の楽しみは長くない**　いわゆる「天人五衰」のこと。兜率天《とそつてん》を含め種々の天上界に住む天人はやがてそこでの歓楽が尽き五種の衰相を現わして命を終えるとする。天上界も迷界・苦界である六道の一だからである。

○**輪廻《りんね》**　衆生が天地の開ける前から今に至るまで、ずっと三界（欲界・色界・無色界）・六道（地獄・餓鬼・畜生・修羅・人間・天上）の生死をめぐりめぐりしているということ。車輪がはてしなく回転するのに似ているからこういう。流転に同じ。「輪廻《りんね》を免れぬ」とは、また三界・六道のあちこちで生死をくり返す苦しみの境涯に入ってしまう、ということ。「蓮華蔵世界」は仏の世界であるから、ここに生まれればふたたび三界・六道に帰ることはない。

## 震旦《しんだん》の王氏、花厳経《けごんぎょう》の偈《げ》を誦《じゅ》して活《よみがえ》るを得《う》る語《ものがたり》、第卅三

今は昔、震旦《しんだん》の都長安に一人の男がいた。姓は王というが、戒律を守らず善根を行なおうとはしなかった。

文明元年、王は病気にかかり急死した。ところが、左右の脇《わき》腹が暖かく、三日目に蘇生した。蘇生するや、身を大地に投げつけて泣き悲しみ、傍らにいる者に冥途《めいど》であったことを語る、「私が死ぬと同時に、閻魔《えんま》王庁の使者二人がやって来て、私を追い立てて地獄の門まで連行した。その時、一人の僧が現われ、私に向かい、『わしは地蔵菩薩であるぞ。そなたは都に住んでいた時わしの像一体を造ったことがある。だがまだ供養をせずそのまま放置してある。とはいえ、わが像を造ったその恩に報いてやろうと思う』とおっしゃって、一行の偈《げ》文《もん》を私に教えて唱えさせた。その偈文は、

もし人、三世一切の仏を了知せんと欲せば、まさに是の如く観ずべし。心に諸如来を造す　云々

というものです。僧はこの偈文を教え終わって、『この偈文を唱えれば、地獄の門は閉じ、浄土の門が開くのだ』とおっしゃった。

私はこの偈文を教えてもらって城に入った。するとそこに閻魔王がおいでになり、私を見て、『お前はどのような功徳を行なったか』と尋問された。そこで、『私は愚かなため善根を行なうことなく、戒律も守りませんでした。しかし、四句の偈文をたいせつに身につけております』とお答えすると、王が、『ではいまここで唱えられるか、どうじゃ』といわれる。私は習った偈文を唱えました。とたんに、その声の届く範囲にいる罪人はみな罪を免れることができました。王もまたこの偈文を唱えるのをお聞きになり、尊び敬って、『そなたはいますぐ人間界に帰るがよい』とおっしゃいました。そのため私は蘇生したのです」。王はこう語ったが、その後またこのことを多くの僧たちに語って聞かせた。

されば、『華厳経』の功徳には計り知れないものがある。ただ四句の偈を唱えるのでさえこのようなものである。解説《げせつ》し書写し供養をした人があれば、その人の功徳は想像に余るものがあろう、とこう語り伝えているということだ。

〈語釈〉

○**文明元年**　唐の五代皇帝睿宗《えいそう》（在位六八四〜六九〇、七一〇〜七一二）の治世（六八四）。

○**地蔵菩薩**　地蔵は持地・妙幢・無辺心ともいう。この菩薩は釈迦牟尼《しゃかむに》の付嘱《ふぞく》により、弥勒《みろく》の成道《じょうどう》に至るまでの間（五十六億七千万年）の無仏の世界に住し、声聞形《しょうもんぎょう》（僧の姿）を現じて地獄から天上に至るまでの六道の衆生《しゅじょう》を教化《きょうけ》する大慈大悲の菩薩である。『地蔵本願経』にはこの菩薩の種々の利益《りやく》をあげているが、巻下（地神護法品）に、土地豊穣《とちぶじょう》・家宅永安《かたくようあん》・先亡生天《せんもうしょうてん》・現存益寿《げんぞんやくじゅ》・所求《しょぐ》遂《すい》意《い》・無水火災《むすいかさい》・虚耗辟除《こもうびやくじょ》・杜絶悪夢《とぜつあくむ》・出入神護《しゅつにゅうじんご》・多遇聖因《たぐうしょういん》の十種の利益があげられている。また、

『地蔵十輪《じゅうりん》経』『占察善悪業報《せんざつぜんあくごうほう》経』にもこの菩薩の化益が説かれている。

密教において密号を悲願金剛《ひがんこんごう》・悲愍金剛《ひみんこんごう》・与願金剛《よがんこんごう》といい、金剛界では南方宝生《ほうしょう》如来の幢《どう》菩薩として示現し、胎蔵界では地蔵院中九尊の中尊地蔵薩埵《さった》である。形像は天冠を頂き袈裟《けさ》を着し、左手は蓮花を持ち右手は施無畏印《せむいいん》にする。あるいは左手に蓮花を持ち右手に宝珠を持つ。これらは正式の形像であるが、後世、偽経である『延命地蔵経』が行なわれるに及んで、はじめて錫杖《しゃくじょう》を持った円頂《えんちょう》の形像ができ、またその後、童子を抱いた地蔵、六地蔵、勝軍地蔵等の形像が生じた。

唐末のころ『地蔵十王《じゅうおう》経』が世に出るに及び、十王（秦広王・初江《しょこう》王・宋帝《そうてい》王・五官《ごかん》王・閻羅《えんら》王・変成《へんじょう》王・泰山《たいざん》王・平等《びょうどう》王・都市《とし》王・五道転輪《ごどうてんりん》王）は罪障の衆生を呵責《かしゃく》するのをその任務とするが、地蔵菩薩はこれに反し六道にわたって分身摂化《せっけ》し、衆生を苦悩から免れさせ善趣《ぜんしゅ》に向かわせるものとし、またのちには閻魔王の本地を地蔵とするようになった。地蔵菩薩の信仰がさかんになったのは中国では唐末以降、わが国では平安中期以降であり、『十王経』の出現と浄土信仰の盛行とに関係がある。

○**偈文**《げもん》　仏徳または教理を賛嘆する詩。この偈について、『要略録』は該当話の末尾に、「所レ言フ一偈ハ者、花厳《けごん》第十二巻夜摩天宮《やまてんぐう》無量諸菩薩雲集説法品《ぼん》ノ文也云云」と割注がある。

○**もし人、三世一切の仏を了知せんと欲せば……**　若シ人欲スレバ三了二知セント三世一切仏一ヲ、応二当《まさ》ニシべ一如クレ是ノ観一ズ、心ニ造二スト諸如来一ヲ。もし人が三世すなわち過去・現在・未来の一切の仏を十分に知ろうと思うなら、まさにこのように観ずべきである。自己の心中に諸如来を造り出すように、と。三世一切仏とは過去荘厳劫《しょうごんこう》・現在賢劫《げんごう》・未来星宿劫《しょうしゅくこう》の三大劫において出現するすべての仏で、三千仏ともいう。如来は仏に同じ、仏の十号の一で、真如の理（永久不変・平等無差別な絶対真理）を証得し、迷界に来て衆生を救うもの、の意。

## 震旦《しんだん》の空観寺《くうかんじ》の沙弥《しゃみ》、花蔵世界《けぞうせかい》を観じて活《よみがえ》るを得る語《ものがたり》、第卅四

今は昔、震旦《しんだん》の空観寺《くうかんじ》という寺に一人の沙弥《しゃみ》がいた。名を定生《じょうしょう》という。沙弥といいながら戒律を犯し、経文《きょうもん》を読誦《どくじゅ》することもない。ところが、ある僧が定生に蓮華蔵《れんげぞう》世界の相を説き聞かせた。定生はこれを聞いて歓喜し、以後はつねにこの世界のことを心に掛けてそこに生まれたいと願うようになった。

とはいえ、定生はかって気ままに戒律を犯したものだから、死んでついに紅蓮《ぐれん》地獄に堕《お》ちた。だが定生はこの地獄を見て、これは蓮華蔵世界だと思い、ひじょうに喜んで、「南無《なむ》花《け》蔵妙土《ぞうみょうど》」と唱えた。とたんに地獄は蓮華蔵世界に変じた。また、定生が「華《け》蔵妙土《ぞうみょうど》」と唱える声を聞きえた範囲の罪人はみな蓮花《れんげ》の上に座った。その時、そこにいた獄卒《ごくそつ》がこの不思議な出来事を見て閻魔王にこれをお知らせすると、王は、「これこそ『華厳経』の大不思議の力である」とおっしゃって、即座に偈文《げもん》を唱えられた。

華厳不思議（経）に帰命《きみょう》す。もし人、題名・一四句（の偈を聞かば）、能《よ》く地獄を排し業の縛を解脱《げだつ》し、諸地獄の器は皆（華蔵）と為《な》らん 云々。

沙弥定生は、地獄がみな華蔵世界となり、罪人がことごとく蓮花の上に座った、と見て、一日一夜ののち生き返り、人々にこのことを語った。その後、通力を得たが、また道心を起こして善根を積むようになった。のちにはどこへ行ったかわからない、とこう語り伝えているということだ。

〈語釈〉

○**空観寺**《くうかんじ》　未詳。

○**沙弥**《しゃみ》　七衆の一。出家して十戒を保つ年少の男子。

○**定生**《じょうしょう》　不詳。

○**戒律**　僧として守るべき戒律。ここでは沙弥の十戒（不殺生《ふせっしょう》・不偸盗《ふちゅうとう》・不《ふ》淫《いん》・不《ふ》妄語《もうご》・不《ふ》飲酒《おんじゅ》・不《ふ》塗飾香鬘《としょくこうまん》・不《ふ》歌舞観聴《かぶかんちょう》・不《ふ》坐高広大床《ざこうこうだいしょう》・不《ふ》非時食《ひじじき》・不《ふ》蓄金銀宝《ちくこんごんほう》）。

○**紅蓮**《ぐれん》**地獄**　八寒地獄の一。鉢特摩《はどま》地獄ともいう。厳寒逼迫《ひっぱく》して皮肉紅色となり、破裂して紅蓮華のようになる地獄。

○**蓮華蔵世界だと思い**　『華厳経』に見える蓮華蔵世界は世界最下の風輪の上に香水海《こうずいかい》があり、その中に大蓮華が生じていて、その中に存在するというから、紅蓮華の地獄を蓮華蔵世界かと思ったのである。

○**南無**《なむ》**花**《け》**蔵妙土**《ぞうみょうど》　「南無」は帰命《きみょう》・帰依。「花蔵妙土」は「蓮華蔵世界」。

○**獄卒**《ごくそつ》　地獄で亡者を呵責《かしゃく》するという鬼。

○**偈文**《げもん》　仏徳または教理を賛嘆する詩。

**○華厳不思議（経）に帰命《きみよう》す……**　『要略録』の偈文をすこし誤記し、末尾を欠落させたのであろう。それには「帰《き》二命《みやう》ス華厳　不思議経ニ一　若《も》シ聞カバ二題名ト　一四句偈《いちしくげ》ヲ一トヲ　能《よ》ク排シ二地獄ヲ一　解《げ》二脱《だつ》シ業縛《ごふばく》ヲ一　諸地獄器ハ　皆為《な》リテ二花蔵《けざう》ト一　而皆自《おのづ》カラ見ンレ　坐スヲ二宝蓮花ニ一」とある。意は「華厳不思議経（不思議な功徳のある華厳経）に帰依し奉る。もしこの経の題名と四句の偈を聞いたなら、よく地獄を打ち破り、業《ごう》（罪）の緊縛を解き放ち、もろもろの地獄の責め具はみな華蔵世界のものとなって、すべての者はおのずから宝蓮華の上に座するのを見るであろう」。

**○通力**　神通力。神通力の一つに神足通《じんそく》があり、意のままに飛行する力である。あとの「のちにはどこへ行ったかわからない」と関連をもつ。

## 孫《そん》の宣徳《せんとく》、花厳経《けごんぎよう》を書写《しよしや》する語《ものがたり》、第卅五

今は昔、震旦《しんだん》の唐の時代に、朝散大夫孫宣徳《ちようさんたいふそんせんとく》という人がいた。衣安県の人である。この宣徳がさる動機から願《がん》を起こして『華厳《けごん》経』を書写し奉ろうと思ったが、ことごとに不信心な男であったため、これを忘れてしまった。しかも宣徳はもともと悪業という悪業はし尽くしてきた男である。

ある時、宣徳が狩に出た。そして狩をしているうち落馬して気を失い、そのまま息絶えた。ところが一日たって生き返り、泣き悲しんでわが過去の罪を後悔し、親友である思邈《しまく》にこう語った、「私が死ぬと同時に、閻魔《えんま》王庁の使者が三人やって来て、私を追い立てて大き

な城の前に連行しました。見れば、五道大臣《ごどう》が列席していて、その中央に閻魔王が座っておられる。王は私を責め、『お前はまことに愚かなやつで、悪業ばかり行なった。そのため、お前に殺された鳥獣たちから訴えがあり、それによって急遽《きゆうきよ》お前を召し出したのじゃ』とおっしゃった。そこでまわりの庭を見ると、私が殺した百千万にも及ぶ生きものがいて、王に向かってめいめいでたらめに命を奪われたことを訴える。王はこれを聞いてますますお怒りになった。

その時一人の童子が現われた。みずから『善財童子《ぜんざいどうじ》』と名乗ったその童子は、ただちに王の前に行く。王は童子を見て畏《かしこ》まり、座から下りて合掌して童子に向かわれた。童子は、『すぐに宣徳を放免せよ。彼は華厳経を書き奉ろうという願を立てたが、まだその願を果たしていない』とおっしゃる。王は、『宣徳は願を立てたが、不信心なためその願を忘れてしまった。とうてい放免するわけにはゆきません』とおっしゃったが、童子は、『宣徳は願を立てた時には不信の心はなかった。どうして後に行なった悪業によって前に行なった善根を切り捨てられよう』とおっしゃる。

王はこれを聞いて歓喜《かんぎ》し、『まことにごもっともです。さっそく宣徳を放免して帰しましょう』とおっしゃった。すると童子は私に帰る道を教えてくださった。そのため蘇生することができたのです。『華厳経』の功徳は本当に不可思議というべきです」。このように語って、さきの願を忘れた罪を泣く泣く後悔し、ただちに『華厳経』を書写し奉り、親友に向かって、「すでに『華厳経』を書写し終わりました。私は兜率天上に生まれて弥勒《みろく》菩薩にお仕え申しましょう」といった。そして、ついに八十六歳で死んだ。

『華厳経』の功徳というものはじつに不可思議である、とこう語り伝えているということだ。

〈語釈〉

○**朝散大夫**《ちようさんたいふ》　唐朝の従五品下《じゆごほんのげ》の雅称。徳望ある官吏に賜る職掌のない名誉官。

○**孫宣徳**《そんせんとく》　未詳。

○**衣安県**　『要略録』「雍《よう》州永安県」。雍州は中国古代の九州の一。今の陝西《せんせい》省西北部から青海省にかけての地。

○**思邈**《しまく》　姓は孫。雍州永安県の人。唐高宗の上元《じようげん》・儀鳳《ぎほう》年間（六七四～六七九）長安・万年二県の境に住み、人に勧めて七百五十部の『華厳経』を書写させた。人格高潔であり、著書に医書『孫氏千金方』六十巻がある。

○**五道**《ごどう》**大臣**　五道冥官のことをいう。つねに冥府にいて、五道（地獄道・餓鬼道・畜生道・人道・天道の五、五趣ともいう）の衆生の善悪を裁断する役人。『要略録』「五道大臣、位次叙列ス」。

○**善財童子**《ぜんざいどうじ》　『華厳経』入法界品《にゆうほつかいぼん》に説かれた求道《ぐどう》者であり、四十巻本の『華厳経』（四十華厳）の主人公で、文殊師利《もんじゆしり》（文殊菩薩）が福城の東の林中に住していたころ、福城の長者に五百の童子があって、善財もその一人であった。生まれる時、種々の珍宝がしぜんに涌出《ゆうしゆつ》したので相師が善財と名づけた。のち文殊師利《もんじゆしり》の所に至り発心し、それより漸次南行して五十三の善知識《ぜんちしき》（高徳の師僧）をたずね、最後に普賢《ふげん》菩薩に遇《あ》ってその十大願を聞き西方浄土に往生し入法界《にゆうほつかい》の志願を満たしたという。観世音の脇士でもある。
○**兜率天**　六欲天の第四天。この天の内院を弥勒《みろく》菩薩の浄土とする。
○**弥勒《みろく》菩薩**　兜率天の内院に住しているが、釈尊滅後五十六億七千万年ののち娑婆《しゃば》世界（人間界）に出現して成道《じょうどう》（成仏）し、一切衆生《いっさいしゅじょう》を済度《さいど》する菩薩。

## 新羅《しんら》の僧兪《そうゆ》、阿含《あごん》を受持《じゅじ》する語《ものがたり》、第卅六

今は昔、新羅《しらぎ》国に一人の僧がいた。名を僧兪《そうゆ》という。幼い時出家して以来、戒律を犯すことなく、つねに浄土に思いを寄せていた。そして大乗経典を尊び、小乗経典はあがめようとせず、阿含《あごん》の諸経典を信仰する者を見ると非難してそれを捨てさせた。

ある時、僧兪は夢を見た。自分がいつのまにか極楽の東門に来ている。門を入ろうとすると、無数の天童子が門前に居並び、おのおの宝杖《ほうじょう》を持って自分を追い払い、門内に入れず、自分に向かって、「小乗が滅び失せるのは、すなわち大乗の滅びる相である。小乗は橋であり、それによって大道（大乗）に登るのだ。これがお前の国の方式である。ところが、お前は『阿含経《あごんきょう》』を軽蔑《けいべつ》し捨て去ってあがめようとしない。このゆえにお前は大乗の門に入ってはならぬ」という。こう夢に見て目がさめ、泣き悲しんでわが誤りを後悔した。その後は四阿含経も大乗経典とともに身から離さず信仰して怠ることがなかった。ついに命終る時に臨んで浄土の迎えを得た。

その後、僧俞《そうゆ》の弟子の夢に、僧俞が蓮花の上に座って現われ、「わしは娑婆《しゃば》にいる時、『大乗経』とともに『阿含経』を信仰した。これは本来の方式に従ったことであるから、まず小道（小乗）を身につけて、やがてかならず大道（大乗）に帰り入ることになろう」と告げた、とこう夢に見て目がさめた。弟子はこの夢の告げを信じて『阿含経』を身から離さず信仰し、およそ小乗経典を軽蔑することはなかった、とこう語り伝えているということだ。

〈語釈〉

○**僧俞**《そうゆ》　未詳。
○**浄土**　ここは「極楽浄土」。
○**阿含**《あごん》　『阿含経』。阿含部に属する多数の小乗経典。四諦《したい》・八正道《はっしょうどう》・十二因縁等、仏教の原始的な根本教義を説き、多くの因縁・譬喩談を交えたもの。釈尊が成道して三七日《みなのか》（二十一日）以後鹿野《ろくや》苑に行き、小機の者に対して説法し、その後十二年間十六大国において説いた小乗経をいう。「阿含」には万法ここに帰するの意、無類の妙法の意、所説みなここに帰するの意がある。
○**極楽**　極楽浄土。娑婆世界（人間界）より西方十万億の仏土を過ぎたところにある阿弥陀仏の浄土のこと。
○**天童子**　童形となって人に給侍する護法の諸天をいう。
○**四阿含経**　阿含部に属する多くの小乗経典を四分し、その総称とする。四は『雑阿含経』『中阿含経』『長阿含経』『増一《ぞういつ》阿含経』である。なお、南方仏教（巴利《パーリ》語大蔵経）では五阿含（長・中・僧《ぞう》育《いく》・鴦掘多羅《おうくつたら》・屈他伽《くつたが》）を立てる。

○**娑婆《しゃば》**　娑婆世界。人間界。

## 震旦《しんだん》の并洲《へいしゅう》の道如《どうにょ》、方等《ほうどう》を書写して浄土に生るる語《ものがたり》、第卅七

今は昔、震旦《しんだん》の并州《へい》に一人の僧がいた。名を道如《どうにょ》という。さて、この州の人は七歳以後みな念仏修行に努めるという風習があったが、この道如は念仏修行はせず、戒律を守らず、むしろ犯すことのほうが多かった。

ところで、道如は六十一歳になってにわかに中風《ちゅうぶう》にかかり、一月余りで死んでしまった。だが三日後蘇生し、こう語った、「わしが死ぬと同時にどこからともなく観音・勢至《せいし》が現われておいでになり、わしに向かって、『そなたは浄土往生のための行ないをしなかったが、ただ、大乗方等《だいじょうほうどう》十二部経の名前だけは聞いていた。そのため罪が軽くなったのだよ。このことを知らせてやろうと、われわれは遠くからやって来たのだ。そなたの命はまだ尽きていない。今後十二年して浄土に生まれるであろう』とお教えになった。わしはこれを聞き、合掌して涙ながらに歓喜した、そのとたんわしは生き返ったのだ」。

その後、道如は自分の持っている物すべてを売り払い、その代価をもって『方等大集経《ほうどうだいじっきょう》』を書写しご供養申しあげた。そのうえ念仏修行に努め、ついに夢のお告げにあったように、十二年目の正月十五日に息絶えた。その時、空に音楽が聞こえ、天から花が降った。これを見聞きした人は多かった、とこう語り伝えているということだ。

〈語釈〉

○**并《へい》州** 山西省太原。

○**道如《どうにょ》** 未詳。第十九話にも并州道如の話があるが、それは慈悲深く往生業《ごう》に専心した弥陀《みだ》信仰者であり、これは六十一歳まで念仏を唱えず戒も守らない僧であるから、同一人物とは思われない。

○**この州の人は……** 并州の大巌寺に中国浄土教五祖の第一祖曇鸞《どんらん》（四七六～五四二）がいて遠近の者に浄土業《ごう》をすすめ、その後第二祖道綽《どうしゃく》（五六二～六四五）が并州一帯（晋陽《しんよう》・太原《たいげん》・汶水《もんすい》）に浄土の教えを広めている。

○**念仏** ここでは弥陀念仏である。

○**観音** 観世音。大慈大悲をもって広く衆生を救済することを本誓《ほんぜい》とする菩薩。阿弥陀《あみだ》三尊の一でもあり、阿弥陀仏の慈悲門を表わす菩薩としてその左の脇士《わきじ》とされている。

○**勢至《せいし》** 大勢至菩薩。阿弥陀三尊の一（右の脇士）。梵名は摩訶《まか》薩駄《さった》摩《ま》鉢羅《はつら》鉢跢《はった》。大精進・得大勢とも訳す。阿弥陀仏《あみだぶつ》に慈悲・知恵の二門あるうち、観世音は慈悲門を表わし、大勢至は知恵門を表わしており、この菩薩の知恵の光明はあまねく一切の衆生を照らし、三途《さんず》を離れて無上力を得させるから大勢至といい、またその足を投ずれば三千世界ならびに魔の宮殿が震動するから大勢至という。形像《ぎょうぞう》は頂上に宝瓶《ほうびょう》をいただき弥陀の右に侍し、来迎《らいごう》のときは合掌しているのを通例とする。

○**浄土往生のための行ない** ここでは「念仏」をさす。

○**大乗方等《だいじょうほうどう》十二部経** 十二分経ともいう。一切経をその性質または形式で十二分類したもの。

1修多羅《しゅたら》＝契経《かいきょう》・法本と訳し、散文体の経典。

2祇夜《ぎや》＝重頌《じゅうじゅ》・応頌《おうじゅ》と訳し、散文体の経文の後にその内容を韻文をもって歌ったもの。

3授記《じゆき》＝経中に説く義理を問答解釈し、または弟子の後世の生所を予言したもの。

4伽陀《かだ》＝諷頌《ふうじゆ》・孤起偈《こきげ》と訳し、五言または七言の韻文。

5優陀那《うだな》＝無問自説と訳し、他の請問を待たずに説いたもの。『阿弥陀経』はこれである。

6尼陀那《にだな》＝縁起または因縁と訳す。一経中で仏に遇《あ》い聞法する因縁等を説く箇所をいう。

7阿波陀那《あばだな》＝譬喩《ひゆ》と訳す。一経中、譬喩を用い隠れた教理を明らかにする箇所をいう。

8伊帝目多伽《いてもくたか》＝本事と訳す。仏・菩薩・仏弟子の過去世の因縁を説く箇所。ただし次の闍陀伽《じやたか》を除く。

9闍陀伽《じやたか》＝本生と訳す。仏みずからの過去世に行なった菩薩行《ぎよう》を説く箇所。

10毘仏略《びぶつりやく》＝方広または方等と訳す。方正広大な真理を説く箇所。

11阿浮陀達摩《あぶだだつま》＝未曾《みぞう》有法または希《け》法と訳す。仏が種々の神通力《じんずうりき》不思議を現わすのを説く箇所。経説の興起因縁に不思議の出来事を説くごときものをいう。

12優婆提舎《うばだいしや》＝論議と訳す。教法の義理を論議問答した経文をいう。
○**空に音楽が聞こえ……**　弥陀来迎《らいごう》（聖衆来迎《しようじゆ》）の瑞相である。極楽往生する者の臨終に際し、弥陀が観音・勢至の二菩薩と多くの伎楽の菩薩を従え、紫雲に乗って西方浄土に迎える時のパターンである。

## 震旦《しんだん》の会稽山《かいけいざん》の陰県の書生、維摩経《ゆいまぎよう》を書写《しよしや》して浄土《じようど》に生るる語《ものがたり》、第卅八

今は昔、震旦《しんだん》は会稽《かいけい》の山陰県に一人の書生がいた。姓名はわからない。この書生は病気になったので願《がん》を立てて『維摩経《ゆいまぎよう》』を書写することにした。まずはじめに経の題名を書いたが、その夜、一人の天女が現われてわが身を撫《な》でた、という夢を見た。目がさめると病気はすっかり治っていて、二度と発病することはなかった。その後は前にもまして深い信仰心をもって『維摩経』全巻を書き終わった。

書生はこの霊験を頼みに、死んだ父母の後世《ごせ》を救おうと、また願を立ててこの経全巻の書写を企てた。問疾品《もんしつぽん》を書く時になって書生は夢を見た。雲に乗った天人が経を書いている部屋に来て書生に向かい、「私はおまえの父であるぞ。私は生前の悪業《あくごう》のために黒暗《こくあん》地獄に堕《お》ちた。だがいまおまえは私らのために『維摩経』を書いた。するとたちまち光明が射してきて私の身を照らした。そのため地獄から脱れて、すでに天上界に生まれることができた。私は喜びに堪えず、それを告げようとここにやって来たのだ」という。

書生は、「私の願いもそこにあったのです。ですが、母はどこにおいでになるのですか」と聞くと、天人は、「おまえの母は生前財物に目がくれていたために餓鬼《がき》道に堕《お》ちてしまった。おまえがこの経の仏国品《ぶつこくぼん》を書写する時になって、餓鬼道から脱れて無動国《むどうこく》に生まれることになろう。私もやがてその国に生まれるはずだ。おまえはよくよく心をこめて書写し終わ

るがよい」と答えた、とこのように夢に見たが、目がさめてのち書生は涙を流して泣き悲しみ、いっそう心をこめて、たしかに全巻を書写し終わり、ご供養申しあげた。

その後、書生はまた夢を見た。一人の役人が幡《はた》を捧げ持ってやって来る。その姿はこの国の役人とまったく違っていた。それが書生に、「閻魔王が召喚する文書中におまえの名が書いてある。だが、おまえは『維摩経』を書写しているのでそれを免れた。おまえに命を与える。それは今から二十年である。そしてついには金粟仏土《こんぞくぶつど》に生まれるであろう。おまえはけっして怠け心を起こしてはならぬぞ」と告げた、と夢に見て目がさめた。

その後、いちだんと信仰心を強め、怠ることがなかった。ついに七十九歳で命を終えた。そのとき、書生の体はたちまち金色に変じた。人はみなこれを見て、「これこそ間違いなく金粟《こんぞく》世界に生まれたしるしである」といって尊んだ、とこう語り伝えているということだ。

〈語釈〉

○**会稽《かいけい》の山陰県**　『要略録』「会稽山陰県有一書生」。「会稽」は浙江《せっこう》省中部地方。今の紹興《しょうこう》のあたりで、春秋時代は越《えつ》の国の中心であった。「山陰県」は秦《しん》の時代に置かれ、隋《ずい》時代には廃せられて会稽県に入り、唐時代に復活されたという。「会稽山」は山の名。今の浙江省紹興の南にある。越《えつ》王勾践《こうせん》がここで呉《ご》王夫差《ふさ》に敗れた著名な故事（『史記』）に引かれて誤ったものか。

○**維摩経《ゆいまぎょう》**　天竺《てんじく》毘舎離《びしゃり》城の長者で、在俗でありながら菩薩《ぼさつ》の修行をし、その修する所は高遠で仏弟子も遠く及ばなかったといわれる維摩《ゆいま》詰《きつ》（維摩居士《こじ》・浄名《じょうみょう》居士）の所説を述べた経。現在三訳があるが、鳩摩羅什《くまらじゅう》訳の『維摩《ゆいま》詰所説《きつしょせつ》経』（三巻）が名高い。般若《はんにゃ》の不二法門（相対差別を断ち絶対無差別の理を顕《あら》わす法門）を宣説《せんぜつ》した経典である。経中で無常を譬喩《ひゆ》した「維摩十喩」や、維摩の「方丈」の居室などは著名である。

○**問疾品《もんしつぼん》**　『維摩経』十四品《ほん》中の第五文殊師利《もんじゅしり》問疾品。文殊師利が釈尊の命により病中の維摩を見舞ったとき、維摩が種々の神通《じんずう》を示して不可思議解脱《げだつ》の相を現わしたことを述べる。巻三第一話に収められている。

○**悪業《あくごう》**　悪の結果を招くべき身・口・意による行為・行動。五悪（殺生《せっしょう》・偸盗《ちゅうとう》・邪淫《じゃいん》・妄語《もうご》・飲《おん》酒《じゅ》）・十悪（身三〈殺生・偸盗・邪淫〉・口四〈妄語・綺語《きぎょ》・悪口・両舌〉・意三〈貪欲《とんよく》・瞋恚《しんい》・愚《ぐ》痴《ち》〉）などがある。

○**黒暗《こくあん》地獄**　黒闇地獄。黒山の間の暗黒の所において罪人を苛責《かしゃく》する地獄。仏・法・僧の灯明を盗み、父母・師長・和上《わじょう》の物を盗み、説法師・論議師等を誹謗《ひぼう》する者のおちる所である。『観仏三昧《かんぶつさんまい》経』巻五に出ている。その相状は十八重の黒山、十八重の黒網、十八重の鉄床、十八重の鉄縵《まん》（幕）から成り、一々の山は高さ八万四千由旬《ゆじゅん》、一々の縵は厚さ八万四千由旬、一々の縵の間に十八里の黒鉄囲《こくてっち》山《せん》があって林のごとく立ち、はなはだ陰闇である。

罪人が命終しようとする時、目に激しい電光がたえず入り、黒闇の所を求めようとする思いが生じるが、その思いに応じて獄卒が大鉄床をかかげ大鉄傘を張って来り、しかも形を現わさずに黒闇の所に誘う。罪人はその声を聞くや急ぎそこに行こうとして息絶えこの地獄に入る。入り終わると刀輪が上下してその身を断ち、大鉄鳥がその身をついばむ。罪人は痛みに堪えず、光を求めるが求めえず、またもろもろの黒闇山に頭を打ち、脳漿《のうしょう》流れ、目が飛び出す。このようにして五百万億歳を経、のち人間に生まれるが、眼眸《がんぼう》正しからず、盲目で物が見えず、病にかかり、また人に駆使される。このようにして五百回生まれかわってのち、善知識《ぜんちしき》（師僧）にあって発心するという。
○**餓鬼道**　六道（六趣）の一。五道（地獄・餓鬼・畜生・人間・天上）の一。三悪道（地獄・餓鬼・畜生）の一。餓鬼道については種々の説があるが、総じていえば、貪欲《とんよく》の者がここにおちる。そしてつねに飢餓《きが》に苦しむことからこの名がある。ここにおちた者は皮肉痩せ細り、腹は大きくふくれ、咽喉《のど》は細く針のようで飲食が目の前にあっても飲み食いできない、などの苦にあうとされる。位置は閻浮提《えんぶだい》（地上世界）の下五百由旬《ゆじゅん》にあり、長さ広さは三万六千由旬といわれる。餓鬼は梵語《ぼんご》薜茘多《へいれいた》（閉戻多などとも書く。逝去者のこと）の意訳。中国では死者を鬼という。
○**仏国品**《ぶっこくぼん》　『維摩経《ゆいまぎょう》』十四品中の第十二見阿閦仏国品《けんあしゅくぶっこくぼん》。東方無動如来（阿閦仏）の妙喜世界を見たいという大衆の願いに応じ、維摩が神通力《じんずうりき》によってかの世界の土を取ってきて、この人間界において大衆に見させた。
○**無動国**《むどうこく》　梵語で阿比羅提《あびらだい》といい、前項の無動如来の妙喜国。妙楽国・善快《ぜんけ》国・歓喜《かんぎ》国ともいう。
○**幡**《はた》　下に垂れた旗。
○**金粟仏土**《こんぞくぶつど》　金粟は維摩《ゆいま》居士の前身の名であり、金粟如来ともいうが、それが住して説法をする仏国土を金粟仏土という。前項「無動国（妙喜国）」は維摩の故郷とされる。あとの「金粟《こんぞく》世界」もこれに同じ。

## 震旦《しんだん》の法祖《ほうそ》、閻魔《えんま》王宮《おうぐう》に於て楞《りょうごんぎょう》 厳経を講《こう》ずる 語《ものがたり》、第卌九

今は昔、震旦《しんだん》に一人の僧がいた。名を法祖《ほうそ》といい、もとは河内《かだい》の人である。幼少のころ出家して仏道を修めた。のち長安《ちょうあん》に寺を建て、その寺で『首楞《しゅりょうごんぎょう》 厳経』を講説するのを努めとしていた。

そのころ一人の人がいた。姓は李《り》、名は通《つう》という。この人はいったん死んで生き返り、このように語った。「私は死んで閻魔《えんま》王の所に行きました。するとそこに法祖法師がおいでになり、王のために『首楞厳経』を講じていました。その折、法師が『この経の講説を聞いた者はみな忉利天《とうりてん》に生まれるだろう』と説いたが、講じ終わると同時にその場にいた無数の罪人はみな忉利天に生まれました。法師はさらに、『あの忉利天に生まれた者たちは、この経を講じるのを聞いたがために、みな不退転の功徳を得ることになった』といった」。

これを聞いた人はみな、「法祖法師はまだ命が終わらず、現在の身のまま閻魔《えんま》王宮に行って経を講じ、罪人を救った。これは普通の人ではない」と思った。そこでこの話が世に広まり、すべての人が法祖を尊ぶようになった、とこう語り伝えているということだ。

〈語釈〉

○**法祖**《ほうそ》 帛遠《はくおん》。法祖は字《あざな》。本姓は万氏。西晋時代（二六五〜三一六）の河内《かだい》の人。幼時父に乞うて出家したが、才智人にすぐれ、とくに方等《ほうどう》を研精した。のち、長安において寺院を創建し多くの子

弟を育成した。その後戦乱をさけ隴右《ろうう》に行こうとし、同行した秦州刺史《しし》張輔《ちょうほ》が彼の徳望の高いのを知りわが補佐としようとしたが承知せず、ために捕えられ刑死した。胡漢《こかん》の語に通じ、『菩薩逝《ぼさつせい》経』等十六部十八巻の訳経がある。孫綽《そんしゃく》の『道賢論』には釈氏七賢の一に加え、竹林《ちくりん》の稽康《けいこう》に比している。

○**河内《かだい》**　河南省のうち、黄河以北の地方。以南を河外というのに対する。

○**長安《ちょうあん》**　今の陝西《せんせい》省西安市を含む一帯にあった都の名。漢の恵帝がはじめて都をおき、漢・前趙《ちょう》・前秦・後秦・西魏《ぎ》・北周・隋《ずい》・唐など各王朝の首都となった。洛陽《らくよう》を東都というのに対し西都という。また上都ともいう。

○**首楞厳経《しゅりょうごんぎょう》**　『首楞厳三昧経《しゅりょうごんざんまいきょう》』（二巻）。後秦鳩摩羅什《くまらじゅう》訳。堅意《けんい》菩薩がはやく菩提《ぼだい》を得る三昧を仏に問うたのに対し、仏が首楞厳三昧（勇伏定と訳す。首楞厳は健相・堅固・勇健・健行等の訳があり、三昧は禅定《ぜんじょう》に同じ）を説き、また、舎利弗《しゃりほつ》からこの三昧は魔境を遠離《おんり》するかとの質問に対し、仏は光を放って一切の魔境を現じ、三昧をもってこれを退治してその証明をしたことを説く。『大仏頂首楞厳経』とは別本である。

○**李通《りつう》**　未詳。

○**忉利天《とうりてん》**　六欲天の第二天。須弥山《しゅみせん》の頂上にあり、中央に帝釈の住む喜見城《きけん》がある。

## 震旦《しんだん》の道珍《どうちん》、始めて阿弥陀経《あみだきよう》を読む語《ものがたり》、第四十

今は昔、震旦《しんだん》の梁《りよう》の時代に一人の僧がいた。名を道珍《どうちん》という。この道珍はひたすら念仏修行に努め、水想観を行なった。

ある時、道珍は夢で水面を見た。百人の人が一つ船に乗って西方《さいほう》に行こうとしているので、自分もその船に乗ろうとしたが、船に乗っている連中が許さない。道珍が、「私は一生の間、西方浄土往生の修行に努めてきた。どういうわけで私が船に乗るのを許さないのですか」というと、船の人は、「あなたの西方往生の修行はまだ十分でない。そのわけは、まだ『阿弥陀経《あみだ》』を読んでおらず、また温室《うんしつ》を行なっていない」と答え、あっという間にみな去っていった。

そこで道珍は『阿弥陀経』を読み習いはじめ、また多くの僧を集めて沐浴《もくよく》させた。その後、また夢に一人の人が白銀の台に乗って現われ、道珍に向かって、「そなたの浄土往生の修行はすでに十分になった。かならず西方に生まれるであろう」と告げる、と見て目がさめた。

道珍はこの夢のことを人には語らず、記録して経箱の中に入れておいた。だからこれを知る人はなかった。その後道珍がいよいよ命終える時に当たって、山の頂きにまるで数千の火をともしたような光明が輝き、なんともいえぬよい香りが寺いっぱいに立ちこめた。そこで

人々は、「道珍はきっと極楽に生まれたに違いない」と思った。後になって、弟子たちが師の経箱を開けて見ると、この記録があった。それ以来この話が世に広まって、ますます『阿弥陀経』を信仰するようになった。

されば、『阿弥陀経』はかならず読み奉るべき経である。また、温室の功徳には計りしれないものがある、とこう語り伝えているということだ。

〈語釈〉

○**道珍**《どうちん》　梁《りよう》武帝の天監年中（五〇二～五一九）廬山《ろざん》に来住し、その昔、この地に念仏結社である白《びやく》蓮社《れんしや》を結成した慧《え》遠《おん》や慧《え》持《じ》・曇順《どんじゆん》等の高風を慕い浄土業《ごう》に専心した。

○**念仏**　ここでは観念念仏をさす。念仏には(一)十念（念仏・念法・念僧・念戒・念施・念天・念休《ねんく》息《そく》・念安般《ねんあんぱん》・念身非常・念死）の一である念仏、すなわち、仏の相貌《そうぼう》を観察し、その功徳を憶想する観念念仏と、(二)口に阿弥陀仏の名号《みようごう》を唱える口称念仏（称念）とがある。善導（六一三～六八一）以後、念仏の語は多く(二)の意味に用いられる。

○**水想観**　『観無量寿経』十六観の一。水想ともいう。浄土の大地を観想する方便として行なう観《かん》法《ぼう》。まず清い水を観じ、漸次に進めて極楽浄土の瑠璃《るり》の大地の広大寛平にして高下なく、またその光明の内外に映徹する有様を観ずるに至る観法をいう。

○**阿弥陀**《あみだ》**経**　一巻。『無量寿《むりようじゆ》経』『観無量寿経』（『観経』）とともに浄土三部経の一。『一切諸仏所護念経』ともいい、略して『護念経』『弥陀経』という。『無量寿経』を『大経』というのに対し『小経』、四紙に収まるから『四紙経』ともいう。漢訳に三種があり、1『阿弥陀経』（一巻、鳩摩羅什《くまらじゆう》訳）、2『小無量寿経』（一巻、求那跋陀羅《ぐなばつだら》訳）、3『称讃浄土仏摂受経』（一巻、唐玄奘訳）。うち2は現存しない。本経の内容は、釈尊が祇園精舎において舎利弗を主な相手として阿弥陀仏ならびにその国土である極楽世界の功徳荘厳《しょうごん》を説くとともに、阿弥陀仏の名号を執持《しゅうじ》するものの往生を説き、最後に六方（東・西・南・北・上・下）の多数の仏がこの釈尊の所説が真実であることを説明し、ひとえに往生を勧説する、というもの。

**○温室《うんしつ》**　浴室、湯殿のこと。「行なう」は浴室を開いて僧に浴させる功徳行《くどくぎょう》をいう。『要略録』「師ノ業未ダ下誦スコト二弥陀経ヲ一并ニ営マ中浴室ヲ上」。

## 張《ちょう》の居道《こどう》、四巻経《しかんぎょう》を書写して活《よみがえ》るを得る語《ものがたり》、第四十一

今は昔、震旦《しんだん》に、温《うん》州の治中《じちゅう》という役についている張居道《ちょうこどう》という人がいたが、これがわが妻子を喜ばせるために、猪・羊・鵝《かり》・鴨などを殺した。

その後、まだ十日もたたぬうちに、居道は病気になって死んでしまった。だが三夜たって生き返り、このように語った、「わしが死ぬと同時に四人の人がやって来た。懐《ふところ》から一通の文書を取り出してわしに示し、『これはおまえが殺した猪・羊・鵝・鴨などがいっしょになって提出した訴状である。これには「われわれは前世に罪を造ったため、いま畜生の身に生まれたとはいえ、それなりの寿命をもっている。ところが居道のために理不尽に命を奪われてしまった」と書いてある。それによりお前を召喚したのだ』といって、わしを縛って連行

した。

一筋の道を北に向かって歩いて行くうち、わしを連行するこの使者がわしに対し、『おまえはまだ死ぬべき時が来ていない。生き返るための方法がなにかないか』という。わしは、『実際自分が殺生したことを思うと、どうにも死は免れがたいと思います』と答えた。すると使者は、『お前は多くのものを殺したが、その殺した生き物のために発心して「四巻の『金光明経《こんこうみょう》』を書写し奉ろう」との願《がん》を立てたなら、死を免れることができよう』と教えた。わしはこの教えを聞いて、もう一度使者のいった言葉を唱えた。そのうちついに城の中にやって来た。見れば閻魔《えんま》王庁の前庭に何億という罪人がいて、みな泣き悲しんでいる。その声を聞くと、いいようもない恐怖にうちのめされた。

その時、使者は閻魔王にわしを連行してきた旨《むね》奏上する。王は、この猪・羊・鵝《かり》・鴨などの訴状をわしにお示しになった。そこでわしは、『私がそれらを殺したことは事実です。まったく弁解の余地はありません。ただ私は、殺した猪・羊・鵝・鴨たちのために、願わくば四巻の『金光明経』を書写・供養しようと思っております』といった。そのとたん、この殺された生き物は経の功徳により、それぞれがその所業に応じて姿を変えた。王もまたこの言葉を聞いて歓喜し、わしを蘇生への道に返してくださった。こういう次第でわしは生き返ったのだ」。

その後居道は信仰心を起こしてたちまち四巻の『金光明経』を書写・供養し奉った。これを聞いた百余人の者が殺生をやめ肉食を断った、とこう語り伝えているということだ。

〈語釈〉

○**温州**《うん》　今の浙江《せっこう》省永嘉県。

○**治中**《じちゆう》　刺《し》史《し》（地方長官）の補佐官。

○**張居道**《ちようこどう》　未詳。『懺悔滅罪金光明伝』等は「滄州景城県ノ人」とする。滄州は今の河北省滄州市一帯。

○**鴚**《かり》　音読「ガ」、訓読「カリ・ノセ・ククヒ」（『名義抄』）。雁《かり》を飼いならした鳥。くちばしのつけねのところにこぶがある。がちょう。

○**金光明経**《こんこうみよう》　四巻。北涼曇無讖《ほくりようどんむしん》（三八五〜四三三）訳。釈尊が耆闍崛山《ぎしやくつせん》（霊鷲山《りようじゆせん》）において、信相菩薩のために仏寿の無量を、堅牢地神《けんろうじじん》のために賛嘆の偈《げ》を、その他四天王・大弁天神・功徳天等のためにこの経の微妙で衆経の王たる所以《ゆえん》を説いたもので、古来、鎮護国家の妙典として尊ばれる。内容は序・寿量・懺悔《さんげ》・賛嘆《さんだん》・空・四天王・大弁天神・功徳天・堅牢地神・散脂鬼神《さんしきじん》・正論・善集・鬼神・授記《じゆき》・除病・流水長者《るすいちようじや》・捨身《しやしん》・賛仏・嘱累《しよくるい》の十九品《ほん》よりなる。

　異訳に数種あるが、そのおもなものは北周、耶舎崛多《やしやくつた》訳『金光明更広《こうこう》大弁才陀羅尼経』五巻、梁《りよう》、真諦《しんたい》訳『金光明帝王経』七巻、隋《ずい》、闍那崛多《じやなくつた》訳『金光明銀主陀羅尼経』一巻、隋、宝貴・彦琮・費長房《ひちようぼう》等編『合部金光明経』七巻、唐、義浄訳『金光明最勝《さいしよう》王経』十巻等である。なお本経は中国では北涼の時訳出され、『仁王般若経《にんのうはんにや》』とともに盛んに講説されて以来、陳の武帝・文帝もこれを重んじたが、隋のころ、天台山の智顗《ちぎ》がこの経を講じ、天台宗でこれを重視するようになった。わが国もこの余風を受け、『仁王般若経』『法華経』とともに護国の三経と称し、南都三会《さんえ》のうち、御斎会《ごさいえ》・最勝会《さいしようえ》の講説には新訳の『金光明最勝王経』を用いた。

## 義浄三蔵《ぎじようさんぞう》、最勝王経《さいしようおうぎよう》を訳す語《ものがたり》、第四十二

今は昔、震旦《しんだん》に則天《そくてん》皇后と申す女帝がおいでになった。仏記を受けて深く仏法を信じ、広く衆生を哀れまれた。

そのころ、義浄三蔵《ぎじようさんぞう》と申す聖人がおられた。斉州の人である。姓は張《ちよう》、名を文明《もんみよう》といった。この方は仏法を求めようとする心が深く、天竺《てんじく》に渡って三十余国を遊行《ゆぎよう》し、もとの震旦に帰って来て法を広めた。そして、長安三年十月四日、西明寺《さいみようじ》という寺で『金光明最勝王経《こんこうみようさいしようおうぎよう》』を翻訳し終わった。それには「沙門《しやもん》波崙・恵表・恵治等筆受《ひつじゆ》」としてある。同十五日に同じ寺で供養をした。

則天皇后はこれを尊ばれて、百尺の幡《はた》二口《こう》、四十尺の幡《はた》四十九口、絹百疋、香華《こうげ》・灯明などの供え物を布施なさった。それらはみな七宝をもって飾られていた。供養のとき、紫の雲が寺を覆い、経巻が光を放つとともに、大地がすこし動き、天からえもいわれぬ美しい花が降った。仏記を得た者でなくては、仏滅後五百年のころにだれがこのような霊験をこうむることができよう。

されば、世を挙げてこのうえなく義浄三蔵に帰依した。また、則天皇后はこれを心からあがめなさった、とこう語り伝えているということだ。

〈語釈〉

○**則天《そくてん》皇后**　唐の三代皇帝高宗（在位六四九〜六八三）の后で武氏。則天武后ともいう。他の勢力を倒し、高宗の没後、四代中宗、五代睿《えい》宗（ともに、実子）を廃して実権を握り、みずから位について国号を周（武周）と改め（六九〇）、在位十六年に及んだが、のち中宗が復位した。

○**仏記**　仏の記別。仏が修行者に対し、未来に成仏することをいちいち区別してあらかじめ説くこと。修行者に対する仏の予言。

○**義浄三蔵《ぎじょうさんぞう》**　斉州（山東省済南市）の人。あるいは范陽《はんよう》（北京西南方の涿州《たくしゅう》）の人という。姓は張《ちょう》氏、字《あざな》は文明《ぶんめい》（『要略録』「三蔵法師義浄ハ斉州ノ人。姓ハ張字ハ文明」）。幼時出家し、法顕《ほっけん》・玄奘《げんじょう》の高風を慕って西遊を志していたが、唐の咸亨二年（六七一）三十七歳の時、海路インドに向かい、三十余国を歴遊してみなその国語に通じ、諸所の聖跡を周遊し、那爛陀《ならんだ》寺において大小乗の奥義をきわめ、インドにとどまること二十余年ののち、則天武后の証聖元年（六九五）、梵本経律論の四百部・金剛座真容一舗《ふ》・舎利三百粒を携えて帰り洛陽に入った（一説に聖暦元年・六九八）。武后の崇敬とくに厚く、勅により仏授記寺《ぶつじゅきじ》等に住して訳経に従事し、『華厳経』等およそ五十六部二百三十巻を訳出したが、ことに律部の書が多い。開元元年（七一三）正月寂、年七十九。著書『南海寄帰内法伝』四巻、『大唐西域求法《ぐほう》高僧伝』二巻。

○**遊行《ゆぎょう》**　僧が所を定めず諸所を歩き回ること。行脚《あんぎゃ》。

○**長安三年**　則天武后の治世（七〇三年）。

○**西明寺《さいみょうじ》**　唐の都、長安《ちょうあん》（陝西《せんせい》省西安市）にあった寺。唐の高宗が顕慶《けんけい》三年（六五八）創建し、大《だい》徳《とく》五十人を選び住せしめ、道宣《どうせん》律師を上座、神泰《しんたい》を寺主とし、玄奘に監督させた。のち、おおいに栄え、不空三蔵の門人慧琳《えりん》（七三七〜八二〇）はこの寺に住して『一切経音義』百巻を著わし、義浄はここで『金光明最勝王経』『根本説一切有部毘奈耶雑事《こんぽんせついっさいうぶびなやぞうじ》』『掌中論《しょうちゅうろん》』等およそ二十部を訳出した。会昌《かいしょう》年間（八四一〜八四六）の破仏のとき全焼し、そのまま絶滅した。

○**金光明最勝王経《こんこうみょうさいしょうおうぎょう》**　略して『最勝王経』という。前話の『金光明経』（旧訳）の異訳で十巻三十一品。

○**沙門《しゃもん》波崙・恵表・恵治等筆受《ひつじゅ》**　「彼崙」は「婆崙」「波崙」の誤記か。『要略録』は「於テ二西明寺ニ一訳シ畢ル。沙門婆崙恵表恵治等筆受ス」（一本）とする。『宋高僧伝』（巻一、義浄の条）には「沙門波崙復（後）礼慧表智積等筆二受ス証文ヲ一」とある。波崙・恵表・恵治ともに未詳。筆受は仏典漢訳の訳場で訳主の言を聞き漢語に移す者をいう。

○**幡《はた》**　下に垂れた旗。「二口《こう》」はふたながれ。口は助数詞。

○**七宝**　金《こん》・銀《ごん》・瑠璃《るり》・玻璃《はり》・硨磲《しゃこ》・赤珠《しゃくしゅ》・瑪瑙《めのう》（『阿弥陀経』所説）。

○**大地がすこし動き**　世に祥瑞があるとき、大地が震動する。六種震動。

○**仏滅後五百年**　仏滅後五百歳の意とすれば年数不当（仏滅は前四八六、則天武后の時は七〇〇前後）。正・像・末三時のうちの像法時（証果を得る人はないが教法・修行の二がまだ存する時代）とすれば、正法千年・像法五百年説、正・像各五百年説などがある。

## 震旦《しんだん》の曇鸞《どんらん》、仙経《せんぎょう》を焼きて浄土《じょうど》に生《うま》るる語《ものがたり》、第四十三

今は昔、震旦《しんだん》の斉《せい》の時代に一人の僧がいた。名を曇鸞《どんらん》という。この人は震旦の仙経十巻を伝えられ、これを見て、長生不死の法としてはこれに過ぎたるものはないと思い、人の来ない静かな所に隠れ住んでひたすら仙術を学んだ。

その後、曇鸞は三蔵菩薩《さんぞうぼさつ》に会い、「仏法の中に、この国の仙経に勝《まさ》る長生不死の法を説いたものがありますか、いかがです」と尋ねた。三蔵は驚き、「いったいこの国のどこに長生不死の法があるというのか。たとえ命を延ばすことはできるにせよ、ついには寿命が尽きること疑いない」とおっしゃって、『観無量寿経《かんむりょうじゅきょう》』を曇鸞に授け、「この大仙の法を修行すれば、永遠に生死《しょうじ》の苦を離れて解脱《げだつ》を得るであろう」とおっしゃった。曇鸞はこれを聞いて悔い悲しみ、たちまち仙経を火にくべて焼いてしまった。

その後、みずから命の終わることを知って、香炉を手に、西方に向いて仏を祈念し奉りながら息絶えた。その時、空中に音楽が聞こえ、それが西から近づいて来て、ほんのしばらくして帰っていった。世の人はこのことを聞いて語り伝えたということである。

**〈語釈〉**

○**斉**《せい》　斉は北斉（五五〇年、文宣帝が東魏《ぎ》を滅ぼしてより興る）のことであるが、曇鸞は東魏の人で五四二年寂。『要略録』『往生西方浄土瑞応伝』に「斉朝曇鸞法師」とする。

○**曇鸞**《どんらん》　中国浄土教五祖の第一祖。雁門（山西省）の人で曇巒ともかく。幼時、生家の近くの五台山において出家し、広く内外の典籍を研鑽し、ことに四《し》論（三論に智度論を加える）の仏性義において造詣が深かった。たまたま『大集経』を読み、その註釈を作ろうとしたが、業半ばにして病にかかり、ために、まず長生の法を研究しその後これを作ろうとして、江南の陶隠居を訪い『仙経』十巻を与えられた。その帰途洛陽において菩提流支《ぼだいるし》に会見し、仏教中に長生法の有無を問うて『観無量寿経』一巻を授けられ、即座に『仙経』を破棄して、以来もっぱら浄業を修し、西方浄土往生を願った。

　魏王は深く彼を重んじて神鸞《しんらん》と尊称し、勅して并《へい》州の大巌寺に住せしめた。晩年に汾州の北山石壁の玄中寺に移り、のちまた介山《かいざん》の陰《きた》に行き、徒を集めて浄業にはげんだ。その徳化はあまねく遠近に及び、一度彼に会う者は疑念たちまちに解け深く信心を起こしたという。東魏興和四年（五四二）平遥山《へいようさん》寺に寂、年六十七。後世、浄土教の発展は彼に負うところ甚大である。著書、『大集経疏《しょ》』『往生論註』『讃阿弥陀仏偈《げ》』『略論安楽浄土義』等。

○**仙経**　不老不死・羽化登仙等仙人になることを目的として書かれた道教の聖典。曇鸞はこれを江南の陶隠居から与えられた。

○**三蔵菩薩**《さんぞうぼさつ》　『要略録』は「三蔵菩提」とする、これが正しい。すなわち三蔵（経・律・論の三蔵にくわしい僧、訳経僧）といわれた菩提流支《ぼだいるし》のこと。菩提流支は菩提留支・菩提鶻露支とも書き、道希・覚希と訳す。北天竺の人で、広く三蔵に精通し、北魏の永平元年（五〇八）葱嶺《そうれい》（パミール高原）を越えて中国に至る。宣武帝の勅を受けて永寧寺に入り、七百人の天竺僧の元匠となって、ともに翻訳に従事した。これより天平年中に至る二十余年の間、洛陽及び鄴都《ごうと》に在って訳経に従い、李《り》廓《かく》の『衆経目録』に著録するところ、およそ三十九部一百二十七巻を数える。資性聡敏で魏言・隷書《れいしょ》に通じ、呪術に長《た》けていた。令名は西土にまで聞こえ、西方の人々は彼を羅漢と称した。また曇無最《どんむさい》（洛陽融覚寺に住した高僧）と交遊があり、その著『大乗義章』を見て胡語に転訳し、西域に送った。以来、西方の人は彼を東方の聖人と称した。曇鸞は彼に長生不死の法を尋ねて『観経』を授かり、浄土教を弘通するようになったという（本話）。没年・享寿は不詳。

○**観無量寿経《かんむりょうじゅきょう》**　『(大) 無量寿経』『阿弥陀経』とともに浄土教の根本聖典三部経の一。一巻。南北朝劉宋《りゅうそう》の元嘉元年（四二四）、畺良耶舎《きょうりょうやしゃ》が揚州鐘山《ようしゅうしょうざん》の道林寺において訳出したもの。これ一本のみで梵本を欠いている。『観無量寿仏経』『無量寿観経』『十六観経』ともいい、略して『観経』という。

一部の大要をいえば、釈尊在世当時、摩竭陀《まかだ》国の首都王舎城《おうしゃじょう》において、太子阿闍世《あじゃせ》は父王頻婆娑《びんばしゃ》羅《ら》を幽閉し、実母の韋提希夫人《いだいけぶにん》を殺害しようとしたことに端を発し、夫人ははるかに耆闍崛山《ぎしゃくっせん》（霊《りょう》鷲山《じゅせん》）中の仏陀を礼拝してその教化《きょうけ》を祈願した。釈尊は神通《じんずう》をもってこれを知り、弟子を遣わしみずからも赴いて、神通によって十方浄土を示現《じげん》し、夫人が極楽浄土を選んだのを見て十六観法《かんぼう》に分かって阿弥陀仏と浄土の相状を説き、王妃・侍女をして廓然大悟《かくねんたいご》せしめ、終わりにのぞみ、阿難《あなん》にこの経の流通《るつう》宣伝を依嘱している、というもの。

○**大仙の法**　右項の「十六観法」をいう。神秘的な偉大な功徳がある行法なので、「仙経」になぞらえて大仙の法といったもの。

○**生死《しょうじ》の苦を離れて**　「生死」は衆生の輪廻《りんね》の苦をいう。

○**西方**　西方極楽浄土。

○**空中に音楽**　弥陀《みだ》来迎の瑞相。

# 震旦《しんだん》の僧感、観無量寿経《かんむりようじゆきよう》阿弥陀経《あみだきよう》を持《たも》つ語《ものがたり》、第四十四

今は昔、震旦《しんだん》の幷州《へい》に一人の僧がいた。名を僧感という。この僧感は信仰心を起こし『観《かん》無量寿経《むりようじゆ》』『阿弥陀経《あみだ》』を身から離さず何年もの間つねに読誦《どくじゆ》し続けていたが、ある夜の夢の中で僧感の体に翼が生えた。不思議なことだと思ってよく見ると、左の翼には『観無量寿経』の経文が書いてあり、右の翼には『阿弥陀経』の経文が書いてある。僧感はこの翼で飛ぼうとしたが、体がすこし重すぎてどうしても飛べない、と夢に見て目がさめた。

その後ますます信仰心を強め、この二経を怠ることなく読誦した。そのうち三年たって、また夢で前のような翼が生え、飛ぼうとすると体がすこし軽くなっていた、と見て目がさめた。

それからは前にもまして深い信仰心を起こし、経を読誦し続けること二年、また夢で前と同じ翼が生じたが、体はより軽く、大空に自在に翔《か》け昇ることができた。そこでただちに西方を指して飛んで行き、極楽浄土にやって来た。そこには一仏と二菩薩がおいでになり、僧感に対し、「そなたは心をこめて二つの経を読誦し続けている功徳により、やがてこの世界にやって来るであろう。そなたはいますぐ娑婆《しやば》に帰り、毎日この経四十八巻を読誦するがよい。そうすれば一千日ののち、かならず上品《じようほん》の浄土に生まれるであろう」とお告げになった、とこのように夢に見て目がさめた。

その後、かの夢の教えのように、真心こめて日ごと四十八巻を読誦し、三年たって命を終えた。すると、その僧感の臥《ふ》している所にたちまち九本の蓮花が生じた。それは七日の間萎みもせず落ちもしなかった。人々はこれを見て歓喜し、不思議なことと思った。そしてみな、「僧感は正しく極楽に生まれた」といい合ってほめたたえた、とこう語り伝えているということだ。

〈語釈〉

○**僧感**　未詳。
○**一仏と二菩薩**　極楽浄土の教主阿弥陀仏とその脇士《わきじ》、観世音菩薩《かんぜおんぼさつ》・勢至《せいし》菩薩。
○**娑婆**《しやば》　人間世界。
○**四十八巻**　『観無量寿経』『阿弥陀経』はそれぞれ一巻である。四十八巻というのはあるいは阿弥陀仏の四十八願（『大無量寿経』中に見える弥陀の誓願）の教えによせて言ったものか。
○**上品**《じようほん》　『観無量寿経』で、極楽に往生する者の勝劣について上・中・下の三品《ぼん》に分かち、そのおのおのをさらに上・中・下の三類に分けている。すなわち、上品上生《じようぼんじようしよう》・上品中生・上品下生、中品《ちゆうぼん》上生・中品中生・中品下生、下品《げぼん》上生・下品中生・下品下生《げしよう》の九種類である。これを九品《くぼん》往生というが、ここはその上の三種の上品のこと。
○**九本の蓮花**　九品往生を示している。

# 震旦《しんだん》の梓洲《ししゅう》の鄮《せい》県の姚待《ようたい》、四部《しぶ》の大乗《だいじょう》を写す語《ものがたり》、第四十五

今は昔、震旦《しんだん》の梓《し》州鄮《せい》県に姚待《ようたい》という人がいた。長安四年丁酉《ひのととり》の年に、この姚待は願《がん》を立て、亡き父母のために四部の大乗経を書写し奉った。それは『法華《ほけ》経』『維摩《ゆいま》経』各一部、『薬師《やくし》経』十巻、『金剛般若《こんごうはんにゃ》経』一百巻である。

ところが、午《うま》の時（正午）になって、一頭の鹿が門を突き開けて屋敷内に入り込み、この経机の前に立って、頭を上げてこれを舐《な》める。家には犬がいたが、この鹿を見てもまったく吠え騒ごうとしない。これを見た姚待は床《ゆか》からおりて泣く泣く鹿を抱くと、鹿は恐れたじろぐ様子も見せない。そこで、これはただの鹿ではあるまいと思い、鹿のために三帰《さんき》の法を説き授けたところ、鹿は踊るような様子をし、そのあと足を折り曲げて逃げ去ろうとしない。家の者たちが不思議なことだと思って見ていると、こんどは一人のえとりがやって来て、経机の前に立ち、『金剛般若経』を攫《さら》ってどこかに走り去り、行くえをくらましてしまった。

その後、隣家の人が夢を見た。だれとも知れぬ人が現われて、「かの鹿は姚待《ようたい》の母であり、えとりは姚待の父である。ともに前世の悪業のゆえにそのような身に生まれたのである。だが、姚待が父母のために四部《しぶ》の大乗経を書写し奉ったがために、おのおのがやって来てわが身のありようを示したのである」と告げる、と夢に見て目がさめた。そこでさっそく姚待の家に行き夢のお告げを語る。姚待はこれを聞いて泣き悲しみ、ますます経の威力のあ

らたかなることを信じるようになった、とこう語り伝えているということだ。

〈語釈〉

○**長安四年**　唐の則天武后の治世（七〇四）。

○**丁酉《ひのとどり》の年**　長安四年は甲辰《こうしん》の年で丁酉ではない。『法華伝記』には「甲辰夏」とある。『要略録』は「丁憂《ていゆう》」とする。丁憂は父母の喪の意で、この年が姚待の丁憂に当たるという意味で記したものだが、本話はそれを理解せず同音である丁酉《ていゆう》としたものか。

○**四部《しぶ》の大乗経**　あとにある四経をさす。

○**金剛般若《こんごうはんにゃ》経**　『金剛般若波羅蜜《はらみつ》経』一巻。姚秦《ようしん》鳩摩羅什《くまらじゅう》訳（四〇二）。『金剛経』ともいう。釈尊が舎衛国《しゃえこく》にあって須菩提《しゅぼだい》等のためにはじめて境空《きょうくう》を説き、つぎに慧空《えくう》を示し、後に菩薩空《ぼさつくう》を明かしたもので、すなわちこの経は空慧《くうえ》をもって体とし、一切《いっさい》法無我の理を説くを詮要としている。「一切有《いっさいう》為法《いほう》、如夢《にょむ》幻如泡影《げんにょほうよう》、如露《にょろ》亦如電《やくにょでん》、応作《おうさ》如是《にょぜ》観《かん》」の四句は本経の骨髄を示すものとして知られる。古来この経を講説する者ははなはだ多く、とくに後世にあっては禅宗で重んじられている。異訳には北魏《ほくぎ》、菩提流支《ぼだいるし》訳、陳、真諦《しんたい》訳の同題名のもの、隋《ずい》、達磨笈多《だるまごうた》訳『金剛能断般若波羅蜜経』、唐、玄奘《げんじょう》訳『能断金剛分』、唐、義浄訳『能断金剛般若波羅蜜経』がある。

○**三帰《さんき》の法**　「南無帰依仏、南無帰依法、南無帰依僧」（仏宝に帰依して師となし、法宝に帰依して薬となし、僧宝に帰依して友となす）の文《もん》。仏道にはじめて入る時この文を唱える。

○**えとり**　餌取《えと》り。読みは『名義抄』『字類抄』にある。

## 震旦《しんだん》の張《ちょう》の謝敷《しゃふ》、薬師経《やくしぎょう》の力に依りて病《やまい》を除《のぞ》く語《ものがたり》、第四十六

今は昔、震旦《しんだん》の唐の時代に、張謝敷《ちょうしゃふ》という人がいた。突然重病にかかり、いいようもないほど苦しみもだえた。それを見た妻は、「この病気は絶対人の力ではどうにもならない。だから、ひたすら三宝《さんぼう》（仏・法・僧）に祈るべきだ」と深く心に決めて、家をきれいに掃除し、多くの僧を招き入れ、香を薫《た》き華《はな》を散らして、七日七夜『薬師経』を転読《てんどく》させた。その満願の七日目の夜、謝敷が夢で、多くの僧が現われて経巻をわが身の上に覆う、と見て目がさめた。

その後、病気はすっかり治り、すこしも痛むことがない。謝敷はみずから、「これはひとえに経の威力によって平癒したのだ」と思い、ますます信仰心を起こすようになった。

思うに、経文に、

ひとたび（薬師如来の名号を）耳にせば、もろもろの病はことごとく除かれん

とお説きになっている薬師仏の御誓いそのままであるので、末世において病気になった人はもっぱらこの経を転読すべきである、とこう語り伝えているということだ。

〈語釈〉
○張謝敷《ちょうしゃふ》 『要略録』「唐ノ謝敷姓ハ張氏」。未詳。
○三宝《さんぼう》 仏宝・法宝・僧宝、すなわち仏・法・僧の三。
○転読《てんどく》 二意がある。(一)転はこれより彼に展転し移る意で、祈願などのために大部の経巻を読むこと。(二)真読《しんどく》の対。転経ともいう。経文の字句を逐一《ちくいち》読まず、ただ毎巻の初中後の数行のみを読み、その他はただその経典の紙を繰って、読誦したことに代えること。ここでは(一)の意。

## 震旦《しんだん》の張《ちょう》の李《り》通《つう》、薬師経《やくしぎょう》を書写《しょしゃ》して命を延《の》ぶる語《ものがたり》、第四十七

今は昔、震旦《しんだん》の唐の時代に、張李通《ちょうりつう》という人がいた。生年二十七の時、占い師が李通の人相を見て、「あなたはひじょうに短命だ。三十一歳以上は生きられない」という。李通はこれを聞いてこのうえなく嘆き悲しんだ。

そのころ、邁公《まいこう》という人がいたが、李通はこの人に会って占い師にいわれたことを嘆きながら語った。すると邁公は、「あなたは知らないか、長寿の法があるのだよ。あなたは真心こめてこれを書写し、身を離さずに読誦しなさい」といって、玄奘三蔵《げんじょうさんぞう》が翻訳なさった一巻の『薬師経』を授けた。李通は、「私は世間的な仕事がひじょうに忙しくて、経をつねに読誦することなどとてもできそうにありません。とはいえ、命のことはまことに恐ろしいから、まず書写だけでもいたしましょう」といって経巻を受け取り、心をこめてみずからこれ

を書写した。だが世間的な仕事がたいそう忙しかったので、わずか一巻を書写するにとどまった。

　その時、以前人相を見た占い師が李通を見て、「あなたはどのような功徳を行なったのですか。急に三十年命が延びましたよ。なんとも不思議なことだ」という。李通が、「私は邁公の教えに従ってみずから『薬師経』一巻を書写しました。それ以外の善根《ぜんごん》はまったくしていません」と答えると、占い師はこれを聞き、「これはひとえに経の威力によるものだ」とわかり、そのまま去っていった。

　この話を聞いて『薬師経』に帰依するようになった人が多かった、とこう語り伝えているということだ。


〈語釈〉
○**張李通**《ちょうりつう》　未詳。第三十九話に「李通」という人名があるが、それは姓が李、名が通であるので、ここの人物とは別人である。
○**邁公**《まいこう》　未詳。第二十三話にも名が見える。
○**薬師経**　玄奘《げんじょう》訳のものを『薬師瑠璃光如来本願功徳経』（一巻）という。
○**善根**《ぜんごん》　善い果報を招くべき善因（善行）。

## 震旦《しんだん》の童児、寿命《じゆみよう》経《きよう》を聞きて命《いのち》を延ぶる語《ものがたり》、第四十八

今は昔、震旦《しんだん》の唐の玄宗の時代、開元年間の末に一人の占い師がいた。人の命の長短を誤りなく占うこと、まさに掌《たなごころ》を指すがごとくであった。

ある時、この占い師が資聖寺《ししようじ》という寺の門の内がわにいると、門の外で人の話し声がする。その声は今日一日ほどの命しかないと聞いた。占い師は驚いて急いで門から出て見ると、一人の男の子がいる。たいそうかわいい子だ。占い師はこれを見て、「おまえは、年はいくつだね」と聞くと、男の子は「十三です」と答えた。占い師は心からかわいそうに思ったが、なにもいわずにそのまま門の内に入った。

翌日、その門の近くでこの子に出会った。見れば子の年がすっかり延びて、七十余歳の寿命になっている。占い師は不思議なことだと思い、この子に向かって、「昨日おまえを見た時は、命は昨日かぎりだった。ところが今日見ると、寿命が七十余歳になっている。いったいどのような善根を行なって寿命を延ばしたのか」と聞くと、子は、「私は昨夜僧房に泊りました。その折、一人の僧が『寿命《じゆみよう》経《きよう》』を転読するのを聞きました。その他のことはまったくありません」と答えた。占い師は、「これこそ仏法の不思議の力によるものだ。浅い知恵をもっては計りえないものがある」と賛嘆して去って行った。

思うに、なんの気もなく経の読誦を聞いた功徳でさえ、じつにこのようなものである。ま

して信仰心を起こして書写し、つねに読誦している人の功徳は想像に余るものがある、とこう語り伝えているということだ。

〈語釈〉

○**開元**　玄宗皇帝の治世（七一三〜七四二）。

○**資聖寺**《ししょうじ》　浙江《せっこう》省寧波《ニンポー》の西南にある四明山の一峰雪竇山《せっちょうざん》にある禅寺。近くに阿《あ》育王《いくおう》寺・天童《てんどう》寺・天《てん》寧《ねい》寺・天封《てんぽう》寺・延慶《えんぎょう》寺等の寺がある。

○**寿命経**　『金剛寿命陀羅尼《だらに》経』（一巻。唐、不空訳）、または『仏説一切如寿金剛寿命陀羅尼経』（一巻。唐、金剛智・智蔵共訳）の略称。わが国中世において多く書写された。敦煌《とんこう》からも見出だされたという。大要は、釈尊が多くの比丘《びく》とともに殑伽河《がんがが》（恒河《ごうが》、ガンジス川）の岸におられた時、四天王（持国《じこく》天・増長《ぞうじょう》天・広目《こうもく》天・多聞《たもん》天）が釈尊に向かって、一切《いっさい》衆生には夭死《ようし》・非業《ひごう》の死・病魔などの難があってその苦悩はまことにはなはだしいから、これを除去する法を説いてほしいと願った。そこで釈尊は威神力をもって金剛寿命陀羅尼を説いた。四天王はおのおの仏の教えを受けて一切衆生のために陀羅尼を説いた。もし善男子《ぜんなんし》・善女人が、日々一遍でもこの経を読誦すれば、三悪道におちることなく、また寿命も増長し、夭死《ようし》・非業《ひごう》の死やおそろしい羅刹《らせつ》・鬼神等の恐怖から免れると説かれている。

# 巻七

## 唐の玄宗、初めて大般若経《だいはんにやきよう》を供養《くよう》する語《ものがたり》、第一

今は昔、震旦《しんだん》の唐の玄宗（正しくは高宗）の時代に、玄奘三蔵《げんじようさんぞう》が『大般若経《だいはんにやきよう》』を翻訳なさった。玉華寺《ぎよくけじ》の都維那《ついな》の僧である寂照《じやくしよう》と慶賀はその記述役であった。すでに翻訳し終ったことを皇帝はお聞きになってひじょうにお喜びになり、斎会《さいえ》を設けて供養をなさろうとした。竜朔《りようさく》三年冬、十月三十日を期して嘉寿殿《かじゆでん》を美々しく飾り、宝幢《ほうどう》や幡蓋《ばんがい》など種々の仏具を備え付ける。いずれも言語を絶するほどすばらしく美しいものであった。

当日、『大般若経』をお迎えし、粛成殿《しゆくじようでん》から嘉寿殿に行って盛大な斎会をとり行ない、経を講じ読誦《どくじゆ》して供養をなさった。その儀式はこのうえなくおごそかでいかめしいものであった。そのとき、『大般若経』が光を放って遠く近くを照らし、空から美しい花が降りそそいで、この世のものとも思えぬ香気がただよった。皇帝をはじめ大臣・百官に至るまで、みなこれを見て歓喜《かんぎ》し、おのおのなんと不思議なことよと思った。このとき、玄奘三蔵はわが同門の者に向かって、「これこそ経に説いてあるとおりだ。『四方に大乗の教えを求める者がいて、国王・大臣および四衆《ししゆう》（比丘《びく》・比丘尼《びくに》・優婆塞《うばそく》・優婆夷《うばい》）がこの経を書写し、つねに身を放たず読誦し、流布したならば、それらはみな天上界に生まれて、最後は悟りを開くであろう』と。まさしくこう経文に書かれている。われわれはとうてい口を閉じておし黙ったままではいられない」とおっしゃった。

その後また寂照自身の夢に、千仏が空中においでになって、異口同音に、「般若《はんにゃ》は仏母《ぶつも》深《じん》妙《みょう》の典《でん》、諸経中において最第一とす。もし一経有りてそれを耳にする者は、定めて無上正等《しょうとう》覚《がく》を得ん。書写・誦持・読誦する者、一花一香を供養する者、この人は希有《けう》に霊瑞に遇《あ》い、この人はかならず生死《しょうじ》の際《さい》を尽くさん」とお説きになる、と、このような夢を見て目が覚めた。そののち三蔵にこのことを申しあげると、三蔵は、「そのように経文中に千仏が現われなさると説かれているのだ」とおっしゃった。

さて、以上が『大般若経』を供養し奉った最初である。以後、国を挙げてこの経を供養し、受持・読誦し奉るようになったが、霊験あらたかなことが多く、今もって供養は絶えることなく続いている、とこう語り伝えているということだ。

〈語釈〉

**○震旦**《しんだん》　今の中国。

**○唐**　高祖から哀帝に至る二十代二百九十年（六一八～九〇七）。長安（今の西安）を都としておおいに文化の栄えた時代。

**○玄宗**　唐の第六代の帝（六八五～七六二）。在位は七一二年から七五六年まで。ただし、ここで「玄宗」とするのは誤り。次項の「玄奘」は同時代には生存していない。正しくは第三代の高宗（六二八～六八三）とあるべきところ。本話の出典である『三宝感応要略録』（以下『要略録』と略記する）巻中第四二話「大般若経最初供養感応」の冒頭文は「玉花寺都維那沙門寂照慶二賀シ翻訳ノ功畢《をは》ルヲ一以テ聞ユ二皇帝一ニ、経既《すで》ニ訳シ畢リ設ク二斎会一ヲ」とあって、この話には「皇帝」の名は示されていず、その前の第四一話、玄奘が諸経論を携えて天竺から帰朝した話にも、第四二話、玄奘が『大般若経』を翻訳した話にも年号だけあって皇帝の名は書かれていない。

本話を『要略録』の話によって記述する際、冒頭を定型に整える必要上、皇帝の名を出さざるをえなかったが、史的な知識に欠けていたので「玄宗」とした。それは巻六第六話、玄奘の天竺求法《ぐほう》談の冒頭に「今は昔、震旦の、唐の玄宗の代に、玄奘法師と申す聖人がおいでになった」とある「玄宗」と同じ誤認である。

○**玄奘三蔵**《げんじょうさんぞう》　大慈恩寺《だいじおんじ》の僧（六〇二〜六六四）。唐の貞観《じょうがん》三年（六二九）求法のためインドに向かい、各地で高僧に学び諸経論を集め、貞観十九年（六四五）帰国、以後訳経に努めた。旅行記を『大唐西域記』（『西域記』）という。

○**大般若経**《だいはんにゃきょう》　『大般若波羅蜜多《はらみった》経』（六百巻）。玄奘訳（六六〇〜六六三年の間）。諸法皆空の理を説いた諸部の般若経を集成して一部の経としたもの。大蔵経中最大の経典。

○**玉華寺**《ぎょくけじ》　『要略録』に「玉花寺」とする。陝西《せんせい》省鄜《ふ》州宜君《ぎくん》県にあり、玉華宮寺ともいう。唐二代皇帝太宗が避暑のためここに宮殿を建て玉華宮といった。宮殿はもと秦小竜《しんしょうりょう》の邸宅であったので、時の人は称して小竜出でて大竜入るといった。のち高宗の顕慶《けんぎょう》四年（六五九）春、これを寺として玉華寺と名づけた（一説には貞観二十二年ともいう）。

玄奘三蔵は召に応じてこの宮殿に来て『能断金剛経《のうだんこんごうきょう》』を訳し、顕慶四年十月『大般若経』を訳すべく勅を奉じてこの寺に入った。慧徳《えとく》が寺主となり、寂照が都維那《ついな》となり、窺基《きき》・普光《ふこう》・玄則《げんそく》等が訳場に列して翻訳に従事した。このとき、寺内の粛成殿《しゅくじょうでん》（玄奘が常にいる所）の側に双奈樹があったが、時ならず花を開いた。花はみな六出（花弁が六つ）。六出は六到彼岸《ろくとうひがん》（六波羅蜜《ろくはらみつ》—布施・持戒・忍辱《にんにく》・精進・静慮・智恵）を表わす。

玄奘はしきりに無常を感じ、「玄奘今年六十有五、かならずこの伽藍《がらん》において命を終えるであろう。ただ経部がはなはだ多い、その業の終わらぬのが心配である。人々、いっそう努力し労苦を惜しまぬように」と言った。竜朔《りょうさく》三年（六六三）冬十月二十三日脱稿。合わせて六百巻となった。麟《りん》徳《とく》元年（六六四）、玄奘は翻訳僧・門人に対し、「有為《うい》の法はかならず磨滅に帰す、泡幻《ほうげん》の形質は久しくとどまることはない。われ行年六十五、かならず玉華寺で命を終えよう」といい、二月五日卒した。以後の沿革は明らかでない。

○**都維那**《ついな》　維那《いな》。禅宗では「いのう」という。都は統都《とうと》、維は綱維《こうい》の義。那は梵語羯磨陀那《かつまだな》(Karmadāna)の略で、知事・授事と訳す。寺中の事務をつかさどる役名で三綱《ごう》の一。三綱は中国では上座・寺主・維那、あるいは上座・維那・典座をいい、日本では上座・寺主・都維那という。

○**斎会**《さいえ》　僧および顕冥の一切万霊に供養する法会。

○**竜朔**《りょうさく》**三年**　唐三代皇帝高宗の治世（六六三年）。

○**嘉寿殿**《かじゅでん》　未詳。

○**宝幢**《ほうどう》　仏法の目印の旗をつけた棒。

○**幡蓋**《ばんがい》　旗と天蓋。

○**粛成殿**《しゅくじょうでん》　前記「玉華寺」内の一宮殿。ここを玄奘の居所としていた。本来は東宮に対し講書を行なう御殿。

○**大乗**　小乗に対していう。すべての衆生を救済して仏陀の境地にまで導くことを理想とする仏教の傾向。

○**天上界**　六道《ろくどう》（地獄・餓鬼《がき》・畜生・修羅《しゆら》・人間・天上）の一。欲界・色界・無色界の諸天をいう。この世界もまだ生死流転から脱し得ぬ迷界である。
○**悟り**　涅槃《ねはん》。煩悩・束縛から離脱して自由になること。苦悩を克服して絶対自由の境地に入ること。
○**千仏**　過去・現在・未来の三劫《こう》に各千仏の出世があるという。ただし、たんに千仏という時は、現在賢劫《げんこう》に順次に出現する拘留孫《くるそん》仏・拘那含牟尼《くなごんむに》仏・迦葉《かしよう》仏・釈迦牟尼《しやかむに》仏・弥勒《みろく》仏等のことで、楼《る》至《し》仏をもってその最終とする。
○**般若《はんにや》は仏母《ぶつも》深妙《じんみよう》の典《でん》**　般若は法（それ自身の特性を保持し、軌範となり、他物に一定の了解を起こさせるもの）の実理にかなった知恵をいう。この最上の知恵を得た者がすなわち仏陀であるから、般若は諸仏の母という意で仏母という。この仏母である般若を説いた『般若経』は深妙なる経典である、の意。
○**もし一経有りてそれを耳にする者は**　もしその経を耳にする者があれば、その者は。
○**正等覚《しようとうがく》**　正は邪に対していい、等は偏頗《へんぱ》のないことを示し、覚は一切諸法を覚知する知恵のこと。すなわち、正しく宇宙の一切万法をあまねく知る知恵のこと。仏果。悟り。阿耨多羅三藐三菩提《あのくたらさんみやくさんぼだい》。

## 唐の高宗《こうそう》の代、書生《しよしよう》大般若経《だいはんにやきよう》を書写《しよしや》する語《ものがたり》、第二

今は昔、震旦の唐の高宗の時代、乾封《けんぽう》元年に一人の書生《しょしょう》がいたが、重い病気にかかってたちまち死んでしまった。一日二夜を経て蘇生し、このように語った。「私が死ぬと同時に、赤い衣装を着た冥界の役人がやって来て、文書を示して私を召し出しました。ただちにこの役人に従って行くうち、大きな城の門前に着きました。すると、この使者が、『城内の大王というのは閻魔《えんま》王である。この方《かた》の文書を持参しておまえを召し出したのだ』という。私はこれを聞き、恐怖の念を抱きながらわが身を見ると、右手から大光明を放っている。その光がまっすぐ王の前に射した。光は日月の光に勝る輝きを持っていた。

王はこれを見て驚き怪しみ、座から立ち上がって掌《て》を合わせ、光のもとを尋ね求め、このあたりであろうと門から出て来て私を見つけなさると、『いったいそなたはどのような功徳《くどく》を行なって右手から光を放つようになったのだ』とお尋ねになる。『私はまったく善根《ぜんごん》など修めておりません。また、どうして光を放つのかそのわけもわかりません』とお答えした。王はこれを聞いて城の中に帰って行き、一巻の文書を手にとって調査したうえ、また門から出て来て歓喜の声をあげ、『そなたは高宗の勅命によって『大般若経』十巻を書写している。右の手で書写したがためにその手に光明が生じたのであるぞ』とおっしゃった。

私はそれを聞いてはじめてそのことを思い出した。王は『わしはそなたを放免してやる。ただちに家に帰るがよい』とおっしゃる。そこで私は王に、『ここに来るまでの道をすっかり忘れてしまいました』と申しあげると、王は『そなたは光を道しるべとして帰るがよい』とおっしゃった。そこで、王の指示に従って光を目当てにしながら帰って来ると、いつしかわが家の近くに出た。その途端、光は消え失《う》せ、私は蘇生しえたのです」。書生はこう語って涙を流し泣き悲しむ。その後、自分の持っている全財産を投じて『大般若経』（六）百巻を書写し奉った。

このことから思うに、自分の意志からではなく、国王の仰せによって経典の一部を書いた人の功徳でさえまさにこのようなものである。まして深い信仰心を起こしてその経典全巻を書いた人の功徳は想像に余るものがあろう、とこう語り伝えているということだ。

〈語釈〉

○**高宗** 第三代皇帝（六二八〜六八三）。在位六四九〜六八三。則天武后《そくてんぶこう》の夫。

○**乾封元年**《けんぽう》 六六六年。『要略録』「唐高宗乾封元中」。

○**書生**《しょしょう》 あとに、高宗の勅命で経典を書写した、とあるから、宮廷に勤める書記生であろう。

○**功徳**《くどく》 仏・菩薩からよい報いを得るような善行。

○**善根**《ぜんごん》 善い果報を招くべき善因。

○**一部** 一つの経の全体。ここでは『大般若経』六百巻。

## 震旦《しんだん》の預洲《よしゅう》の神母《じんも》、般若《はんにゃ》を聞きて天に生《しょう》ずる語《ものがたり》、第三

今は昔、震旦の預（予）州に一人の老母がいた。若い時から邪見を持っており、鬼神を尊んで三宝（仏・法・僧）を信じようとしなかった。世間の人はこの女を神母《じんも》と称していた。

三宝をきらっているので、寺や塔のあたりには近づかず、もし道を歩いているときに僧に出会うと、目をふさいで引き返してしまう。

あるとき、一頭の飴牛《あめうし》がどこからともなくやって来て神母の家の門外に立っていた。三日たってもこの牛の持ち主だという者がまったく現われない。そこで神母は、これは自分に神が与えてくださったものだと思い、出ていって牛を門内に引き入れようとしたが、牛の力が強くて引っぱることができない。神母は着ている着物の帯を解き、牛の鼻につないでいるうち牛は身をそらして逃げていった。神母が追いかけていくと、牛は寺に入った。

神母はこの牛と帯が惜しいので、目をふさいで寺に入り、顔をそむけて立っていた。そのとき、寺の僧たちが驚いて出て来て神母の姿を見かけ、神母の横しまな心を哀れに思うがゆえに、おのおの「南無《なむ》大般若波《だいはんにゃは》羅《ら》蜜多経《みったきょう》」と唱えた。神母はこれを聞くや牛を捨てて走って寺から逃げ出した。そして水辺《みずべ》に行って耳を洗い、「わしは今日不吉なことを耳にした。それは『南無大般若波羅蜜多経』というやつだ」と怒りながら三度この言葉を口にして家に帰っていった。牛はどこに行ったか、それっきり姿を消した。

その後、神母は病気にかかって死んだ。実《じつ》の娘がこの母を慕い悲しんでいたが、ある夜の夢に神母が現われ、「わしは死んで閻魔王の御前にやって来た。わしの身には悪業ばかり積み重なっていてすこしの善根もない。ところが、王はわしの前世の所業を書いた札《ふだ》を調べたうえ、ほほ笑みながら、『そなたには般若の御名を聞いたという善根がある。すみやかに人間界に帰り般若を信仰し奉るがよい』とおっしゃった。しかしながら、わしは人間界での寿命がもはや尽きていたので生き返ることができず、忉利《とうり》天《てん》に生まれることになった。おまえはやたらと嘆き悲しんではならない」という。このような夢を見て目がさめた。その後、母のために信仰心を起こして『般若経』を書写し奉った。三百余巻である。

　このことから思うに、憎みながらも般若の名を耳にした功徳というのはこのようなものである。まして深い信仰心をもって書写し、つねに身を離たず読誦《どくじゅ》する人の功徳には量りしれないものがある、とこう語り伝えているということだ。

〈語釈〉

○**預州**　『要略録』は「予（豫）州」とする。「唐ノ予州ニ有リ二一老母一」。「予州」は中国古代九州の一で、今の河南省。

○**邪見**　因果の道理を否定して善の価値を認めず、悪の恐るべきを顧みない誤った考え方。五見（身見・辺見・邪見・見取見・戒禁取見）の一。

○**三宝**　仏宝・法宝・僧宝の三。仏・法・僧を尊んで「宝」とする。

○**飴牛**《あめうし》　飴《あめ》色の牛、すなわち黄赤色の牛。

○**南無**《なむ》**大般若**《だいはんにゃ》**波羅**《はら》**蜜多経**《みったきょう》　「南無」は帰依《きえ》・帰命《きみょう》・頂礼《ちょうらい》の意。

○**般若の御名**　ここでは、『大般若波羅蜜多経』の経名。

○**忉利**《とうり》**天**《てん》　天上界中の六欲天の第二天で須弥《しゅみ》山《せん》の頂上、帝釈《たいしゃく》が住んでいる。

# 震旦の僧智《そうち》、諳《そら》に大般若経《だいはんにゃきょう》二百巻《にひゃくかん》を誦《じゅ》する語《ものがたり》、第四

今は昔、震旦の都に一人の僧がいた。名を僧智という。その母が夢で香炉を飲むと見てのち懐妊して僧智を産んだのである。生まれてのちすぐに『大般若経』の経名を唱えた。人がこれを聞き不思議に思った。十歳になると、『大般若経』の二百巻を暗誦したが、その残りは覚えられず、暗誦できない。出家後は毎日の仕事に一百巻を読誦して怠ることがなかった。だが、僧智は心中で、「おれは『大般若経』の二百巻を暗誦して残りが覚えられないというそのわけがわからない。だから祈念してこのわけを知ろう」と思っていた。

すると、ある夜僧智の夢に一人の僧が現われ、「そなたは前世でつまらぬ牛の身に生まれていた。その牛の持ち主が『大般若経』二百巻を牛に背負わせて寺に持って行った。牛は深い泥の中をつまずきながら歩いて行ったが、この功徳によって、そなたは人間界に生まれ、僧となって『大般若経』二百巻を暗誦することができたのである。残りの諸巻はそなたが結《けち》縁《えん》していなかったため暗誦できないのである。そなたは今の身のまま雷（雲）音仏の国に生まれることになろう」とお告げになる、とこのように夢に見て目がさめた。そこではじめて自分の疑問がはっきり解け、前世の因縁に感謝した。

されば、この世の善悪のことはみな前世における結縁の如何《いかん》によるものであると人がみな知るようになった、とこう語り伝えているということだ。

〈語釈〉
○**僧智**　未詳。
○**残り**　『大般若経』六百巻の中の二百巻の残り、四百巻。
○**結縁**《けちえん》　仏・菩薩が世を救おうがためにまず衆生に関係をつけること、または衆生が未来に仏果・往生を得るために仏・法・僧に縁を結ぶこと。ここは後者。牛が前項の四百巻とは無関係で終わったので、結縁しなかったという。
○**雷（雲）音仏**　『要略録』「将《まさ》ニレ生ル二雷音仏国ニ一」。阿閦《あしゅく》仏の異名。この仏の国土を歓喜《かんぎ》国という。

## 震旦の幷州《へいしゅう》の道俊《どうしゅん》、大般若経《だいはんにゃきょう》を写《うつ》す語《ものがたり》、第五

今は昔、震旦の幷州に一人の僧がいた。名を道俊《どうしゅん》という。出家して以来一生の間、念仏三《ざん》昧《まい》を修行して極楽往生を願い続け、それ以外の修行はまったく心にかけなかった。

そのころ、同じ州に常愍《じょうみん》という僧がおり、深く誓いを立てて極楽に往生しようと願っていた。彼の修行は範囲が広く、その一つ一つは数え尽くせないほどであったが、『大般若経』の書写は一万巻にも及んだ。あるとき、この常愍が道俊に対して、「ぜひとも『大般若経』を書写なされや」と教えた。だが道俊は、「私はひたすら念仏を唱えていて、余分の時間はまったくありません。なんで『大般若経』の書写ができましょう」と答えた。

すると常愍は、「『般若経』というのはまさに菩《ぼ》提《だい》に直接つながる道であり、往生にとって

もっともたいせつな経典です。されば、そなたはぜひこれを書写すべきです」といって勧めたが、道俊はまったくこの勧めに従おうとせず「私は『大般若経』を書写せずとも、おのずから疑いなく浄土に生まれるでしょう」といった。

その夜、道俊が夢の中で海岸に行きかなたを見ていると、海の西の岸にえもいわず美しい宮殿があった。また、六人の天童子が船に棹《さお》さして渚《なぎさ》の近くに浮かんでいる。道俊はその船に乗っている天童子に向かって、「私をその船に乗せてあの西の岸に渡してください」といった。すると天童子は、「そなたは信仰心がない。この船に乗せるわけにはいかない」という。

「なにゆえそのように言われるのです」ときくと、天童子は、「そなた知らぬか、この船は『般若経』であるぞ。もし『般若経』がこの世に存在しなければ、生死《しょうじ》の海を渡ることはかなわぬ。どうしてかの不退《ふたい》の地、極楽浄土に至ることができようぞ。また、たとえそなたが船に乗ることができたにしても、船はたちまち沈んでしまうであろう」という、とこのような夢を見て目がさめた。

その後、驚くとともに後悔し、自分の持っているすべてのものをなげうって『大般若経』を書写し奉り、心をこめて供養した。するとその日、紫雲《しうん》が西方からたなびき、空に音楽が聞こえた。道俊は歓喜《かんぎ》し、限りなく敬い尊んだ。

このことから思うと、成仏は『般若経』の修行を離れては遂げ難いものである、とこう語り伝えているということだ。

〈語釈〉

○幷州《へいしゅう》　古代九州の一。今の山西省太原のあたり。

○道俊《どうしゅん》　唐の荊州碧澗寺《けいしゅうへきかんじ》の僧で江陵の人（『宋高僧伝』巻八）。

○念仏三昧《ざんまい》　一心に仏の相好荘厳《そうごうしょうごん》を観ずること。その観が成熟して法界に周遍している理法身の実相を観ずるに至る。観仏三昧。また浄土門では観仏三昧に対して、弥陀の一仏のみに念を懸け、おもいを余処に散らさず一心に称名することをいう。

○常愍《じょうみん》　唐代幷州の人。熱心に浄土を願い、また『般若経』万巻を書写した。貞観《じょうがん》年中（六二七～六四九）天竺に遊歴、海難にあい、わが身を水に投じて人を救った。

○菩提《ぼだい》　悟り、涅槃《ねはん》、正覚《しょうがく》。

○生死《しょうじ》の海　「生死《しょうじ》」は生死輪廻《りんね》。衆生が未来永恒六道を経巡る苦しみの境涯を海にたとえていう。「海を渡る」はその苦しみを去って悟りの境地、または往生を得ること。

○不退《ふたい》の地　修行した功徳善根《くどくぜんごん》がけっして退失・変転しない境地、また悪道などにおちることのない境地。ここでは極楽浄土をさす。

○紫雲《しうん》が西方から……　極楽往生の瑞相。

○成仏　悟りを得て仏の境地に達することをいうが、ここでは極楽往生と同じものととらえている。ふつう、成仏と極楽往生は異なり、後者は弥陀浄土に生まれ、そこで修行してはじめて成仏することになる。わが国の親鸞《しんらん》は往生即成仏を説いた。

## 震旦の霊運《りょううん》、天竺《てんじく》に渡《わた》りて般若《はんにゃ》の在《まし》ます所を踏む語《ものがたり》、第六

今は昔、震旦に一人の僧がいた。名を霊運《りょううん》といい、生まれは襄《じょう》州の人である。聖跡を巡拝しようと思い、南海の浜を越えて天竺に渡った。彼は天竺では般若提婆《はんにゃだいば》と名乗った。

さて、那爛陀《ならんだ》寺では弥勒菩薩《みろくぼさつ》のお姿と菩提樹《ぼだいじゅ》の絵をかいた。伊爛拏鉢代《いらんなはっだ》国まで来ると、そこに一つの山がある。ここは古くから霊地として知られ、そこの寺はじつにしばしば霊験が現われ、ご利益《りやく》もひじょうに多い。人があるいは七日、あるいは二七日《ふたなのか》（十四日）の間、心をこめて祈願すると、寺の仏像の中から（観自在菩薩《かんじざいぼさつ》が）お姿を現わし、その人の心を慰め、その願いをかなえてくださる。また、その寺の傍らに一つの鉄の塔があり、『大般若経』の二十万偈《げ》をお収めしてある。天竺の人はみな争ってここを訪れ、この像と経をこのうえなく供養し奉っていた。

霊運もこの寺に来て七日のあいだ食を断ち心をこめてわが願いを祈った。その願いは三つある。一つは、かならず三悪道から離れたいこと、二つはかならず故国に帰りついて念願どおり仏法を広めたいこと、三つは仏法を修行して悟りを開きたいこと、この三つである。

すると、像の中から観自在菩薩が御みずからお姿を現わして、霊運に、「そなたの三つの願いはみな成就したぞ。そなたはすみやかに鉄塔に入って『大般若経』を読誦《どくじゅ》し、経のおありになった地を踏んだならば、かならず三悪道に堕《お》ちることをのがれるであろう。もし心を

こめてこの地を踏むことをした者は、その一足ごとに罪を滅して悟りを得るであろう。わしは昔『般若経』の修行をして不退の地、極楽浄土に往生したのである。もし、この経を身から離たず信仰し書写した者には、その願いをことごとく満足させてやろう」と説き聞かせなさって、そのお姿は見えなくなった。

そこで霊運は鉄塔に入り、三七日《みなのか》（二十一日）間こもって経典を読誦し、うやうやしく礼拝したのち、そこから出てきた。その後何年かたって震旦に帰りつき、念願どおり仏法を広め経典の翻訳に従った。

「これもひとえに観音のお助けであり、『大般若経』のお力である」と、霊運が帰国して語ったのを聞いて、こう語り伝えているということだ。

〈語釈〉

○**霊運**《りょううん》　未詳。

○**襄州**《じょう》　『要略録』は「本《もと》襄陽人也」とする。湖北省襄陽県。

○**聖跡**　釈尊の遺跡や著名な寺院など。

○**南海**　現在の東南アジア諸国およびセイロン（スリランカ）・ジャワ・スマトラ等の諸島をさす。

○**天竺**　古代のインドをいう。

○**般若提婆**《はんにゃだいば》　霊運の天竺名だが、般若は恵・明・智恵の意、提婆は天・神の意がある。

○**那爛陀寺**《ならんだじ》　世無厭寺《せむおん》ともいう。中天竺摩竭陀国《まかだ》王舎城《おうしゃ》の北にあった寺院。王舎城は釈尊説法の地であり、仏滅直後、城外で第一次結集《けつじゅう》が行なわれた。近くに霊鷲山《りょうじゅせん》がある。この寺は西暦四五〇年以後の建造で、ここから多くの高僧を輩出した。天竺遊歴の玄奘もここを訪れた。当時は天竺仏教の中心地であった。

○**弥勒菩薩《みろくぼさつ》**　現在は兜率天《とそつてん》の内院にいて諸天人を導いているが、釈尊入滅後、五十六億七千万年を経て娑婆《しゃば》世界（人間界）に出現（下生《げしょう》）し、華林《けりん》園内の竜華樹《りゅうげじゅ》の下で成道して、釈尊の教化《きょうけ》にもれた一切衆生に説法し済度する。

○**菩提樹《ぼだいじゅ》の絵**　菩提樹は畢鉢《ひっぱ》（波）羅樹《らじゅ》・阿説他樹《あせつたじゅ》・覚樹《かくじゅ》ともいう。釈尊は摩竭陀国伽耶《がや》城の南方、尼連禅河《にれんぜんが》の西岸、優楼頻螺《うるびんら》聚落《じゅらく》にあるこの木の下で成道したので、ここを仏教の霊地とし、仏《ぶっ》陀伽耶《だがや》（菩提道場）と称して、その遺物である菩提樹および金剛座を礼拝供養するようになり、それを中心に、阿育王《あいく》により大精舎が建立された。那爛陀寺の大境内中にもこの大精舎と同じものが建てられていたというから、霊運はその菩提樹とその下の金剛座に座す釈尊像を画いたのであろう。

○**伊爛拏《いらんな》鉢代《はつだ》国**　「伊爛拏《いらんな》鉢伐多《はつばた》国」が正しい。『要略録』は「伊爛拏鉢代多国」とするが、「代」は「伐」の誤記。本話はさらに「多」を欠脱した。中天竺摩竭《まか》陀《だ》国の東方、ガンジス川（恒河）の南岸にあった国。黄金山と訳す。首府の旧跡はモンギルといわれる。『西域記』によればここに十余の寺院や多くの僧がいて小乗を学び、また神祠が二十余もあって異教者が雑居していたという。近くに伊爛拏《いらんな》山があり、ここはかつてはカスタラナ山と称せられ、著名なカスタラナ浴場を眺望《ちょうぼう》するのによい位置を占めていた。現在付近の山から温泉が多くわき出している。

○**観自在菩薩《かんじざいぼさつ》**　観世音菩薩。観音菩薩。

○**鉄の塔**　塔は卒都（塔）婆ともいう。遺骨または経巻を埋蔵しておく塔で、二重・三重の屋根があるものをいう。

○**二十万偈**《げ》 「偈」は「頌《じゅ》」と同意。仏徳または教理を賛歎する詩。
○**三悪道** 地獄・餓鬼・畜生の三世界。

## 震旦の比丘《びく》、大品般若《だいほんはんにゃ》を読誦《どくじゅ》して天《てん》の供養《くよう》を得《う》る語《ものがたり》、第七

今は昔、震旦の某州に一つの山寺があった。そこに一人の比丘《びく》が住んでおり、長年にわたって『大品般若経《だいほんはんにやきょう》』を読誦《どくじゅ》し続けていた。

この間《かん》、いつも夜になるとかならず天人がこの比丘の所に来て、天の甘露《かんろ》を降らして供養をする。あるとき比丘はこの甘露を受けて、天人に尋ねた、「天上界には『般若経』がありますか、いかがです」。天人は、「天上界にも『般若経』はあります」と答えた。そこで比丘が、「『般若経』が天上界にあるならば、ではなんのためにやって来て供養するのです」と聞くと、天人は、「仏法を敬うために来たのです。また天上界の『般若経』はもろもろの天人が伝えてきた言葉ですが、人間界の『般若経』はまさに仏のお言葉を正しく述べたものです。こういうわけで私はここに来て供養をするのです」と答えた。

比丘はさらに、「天上界では『般若経』をつねに身を離たず信仰している者はおりますか、いかがです」ときくと、天人は、「天上界の者は楽しみに執着《しゅうじやく》しているために、身に副《そ》えて信仰する者はありませんし、他の洲《くに》（須弥山《しゅみせん》四洲の中の東勝身洲・西牛貨《さいごけ》洲・北倶盧《ほっくる》洲）にもありません。ただこの閻浮《えんぶ》提《だい》（南瞻部《なんせんぶ》洲）の人は大乗の機根が十分に熟しているた

め、よく『般若経』を信仰して苦を離れることができるのです」と答えた。

比丘はまた、「『般若経』を信仰する人を守護する天人はあなたただ一人だけですか」と尋ねる。すると天人は、「『般若経』を信仰する人を守護する天人は八十億あります。それらがみな人間界に下って来て、『般若経』を信仰する人を守護します。わずか一句でも聞く人を敬うことは仏を敬い奉るごとくです。だから、あなたの守護をやめたり怠ったりすることはけっしてありません」と告げた。

こういうわけで、もし人が『般若経』を信仰して身から離たず、読誦したり書写したりするならば、その場所にはかならず天人が来て守護していると知るべきである、とこう語り伝えているということだ。

**〈語釈〉**

○**某州**　本来「何州」として州名を記すべきところであるが、本話の出典である『要略録』の話には州を言っていない。本話では冒頭文の形式を整えるため州名を入れようとしたが、それがわからない場合は「□州」のように空格を設けるのがふつうである。ここはそれがない。書写段階で空格の箇処がつめられてしまったのであろう。

○**比丘**《びく》　僧侶。出家。『要略録』「昔有リ㆓練若《れんにゃ》比丘㆒」。練若比丘は閑所で修行している僧。

○**大品般若経**《だいほんはんにゃきょう》　鳩摩羅什《くまらじゅう》（三三四〜四一三）訳。二十七巻。別称『摩訶般若波羅蜜多経（摩訶般若経）』。『大般若波羅蜜多経（大般若経）』（六百巻）のことも『大品般若経』というが、ここは前者。『要略録』に「読㆓誦ス摩訶般若経ヲ㆒」とある。

○**天の甘露《かんろ》**　天上界の甘露。甘露は天上の霊酒で不死の神薬。梵語阿弭哩多《あにりた》（amrita）の訳語。ソーマの汁という。脂《あぶら》のごとく飴《あめ》のごとく、食えば飢えを充《みた》し、飲めば渇を癒し、薬としては病を治すといわれる。

○**天上界の者は楽しみに……**　天上界の有情《うじょう》である天人は虚空《こくう》を飛行《ひぎょう》し伎楽《ぎがく》をなし、天華《てんげ》を散ずるなど、つねに悦楽の境界にあるが、ついには五衰の苦を受ける。

○**他の洲《くに》**　須弥《しゅみ》四州（世界の中央に聳える須弥山《しゅみせん》の四方にある四つの大州）のうち、南の瞻部州《せんぶ》（閻浮提《えんぶだい》）を除いた他の三州、すなわち、東の勝身州（弗婆提《ふつばだい》）、西の牛貨州《ごけ》（瞿耶尼《くやに》）、北の倶盧州《くる》（鬱単越《うつたんおつ》）。

○**閻浮提《えんぶだい》**　人間世界。

## 震旦の天水郡の志達《しだつ》、般若《はんにゃ》に依《よ》りて命《いのち》を延《の》ぶる語《ものがたり》、第八

今は昔、震旦の某州の天水郡《てんすい》に一人の人がいた。名を張志達《ちょうしだつ》という。この人は若い時から書物に熱中し、道士《どうじ》の教えをたたえてこれを信じていた。仏法のことはまったく知らない。あるとき、志達が親しい友人の家を訪れると、その家の主《あるじ》が『大品般若経《だいほんはんにゃきょう》』を書写していた。志達はこの様子を見て、それが何であるかわからず、きっと『老子経』であろうと思って、書いている人に向かい、「それは『老子経』ですか」と聞くと、その人は冗談《じょうだん》に、「そうですよ」と答えた。志達は『老子経』と聞いて、それを手に取り、三行ほど書写してみる

と、『老子経』には全然似ていない。そこで志達は、「さてはうそを言ったのだな」と気付き、怒ってそれを投げ捨て、立ち上がって出て行った。

志達はその後三年たって重病にかかり、たちまち死んでしまった。だが一夜たって生き返り、涙を流して泣き悲しみながらわが過ちを悔い、かの『大品般若経』を書写していた人の家に行って、涙ながらに、「あなたは私にとって大善知識《だいぜんちしき》です。私はいまあなたのおかげで命をのばし、生き返ることができました」という。家の主はこれを聞いて驚き怪しみ、そのわけを尋ねた。

志達は、「私は死んで閻魔王の御前に参りました。王は私の来たのをごらんになり、『おまえはじつに愚かなやつじゃ。よこしまなことを説く者の教えを信じ仏法を知らない』とおっしゃって即座に一巻の文書を手に取り、それを開いて私の前世の悪業をお調べになったが、二十余枚にわたって悪業が記録されている。それを開き終わり、あとはわずか紙の半分残すだけになった。その時、王は文書を読むのをしばしお止めになり、私を見て笑みを浮かべ、『おまえにはすでに大功徳がある。おまえは親しい友人の家に行って、はからずも『大品般若経』の三行を書写し奉っている。これこそ限りない功徳である。

われわれが昔人間界にいたとき、『般若経』を修行したおかげで、一日を通じて苦を受けることが軽く少なかった。そなたの寿命はすでに尽きているとはいえ、この『大品般若経』の三行をはからずも書写し奉った功徳により、命をのばすことができたのだ。されば放免して人間界に返してやる。おまえはすぐに人間界に帰ってひたすら『般若経』を信仰し、わしが放免してやった恩に報いるがよい』とおっしゃった。私は王のこの言葉を聞くと同時に生き返ったのです。となれば、これはひとえにあなたのご恩ではありませんか」と語った。親しい友人もこれを聞いてこのうえなく喜んだ。

さて、志達はわが家に帰り、持っている財宝のすべてを投じて『大品般若経』八部を書写し、心をこめて供養し奉った。その後、八十三歳に至って、身に病もなく命を終えた。死後、志達の家にとどまっていた人が、志達が書き残しておいた記録を見つけた。それに、「千仏が私を迎えにおいでになった。私は『般若経』を翼《つばさ》として浄土に往生します」と書いてあった。

この話を聞く人はみな心をこめて『般若経』を信仰した、とこう語り伝えているということだ。

〈語釈〉

○**天水郡**《てんすい》 今の甘粛省東南部、天水市。俗称は秦州。歴代軍事上重要拠点とされた。

○**張志達**《ちょうしだつ》 未詳。

○**道士**《どうじ》 道教を修めた人。道教の僧。道人。

○**老子経** 老子の著わした書物。『老子道徳経』ともいう。二巻。宇宙の本体を大または道といい、現象界のものは相対的であり、道は絶対的であるとし、本体を静止的とし、清浄・恬淡《てんたん》・無為・自然に帰すれば乱雑なしと説く。後世の編纂《へんさん》かと考えられる。老子は周代の人。姓は李、名は耳《じ》、字《あざな》は伯陽、おくり名は聃《たん》。孔子に礼を教えたといわれているが、生没不明。道家の祖。

○**大善知識**《だいぜんちしき》　善知識は正法を説き、人を仏道に入らせ、解脱を得させる人、高徳の賢者。『要略録』「至二リ親友ノ家一ニ語リテ曰ク、君大善知識令メ二我ヲシテ延バレ寿ヲ令ム三我ニ得セ二天堂ヲ一」。
○**一巻の文書**　人の生前の善悪業を記録した譜簿《ふぼ》。
○**大功徳**　功徳は善根に同じ。仏からよい報いを得るような善行。
○**『般若経』を翼《つばさ》として**　経典を信仰して西方十万億土の極楽浄土に往生するとき、経典が往生人の翼となる話がしばしば見える。
○**浄土**　極楽浄土。

## 震旦の宝室寺《ほうしつじ》の法蔵、金剛般若《こんごうはんにゃ》を誦持《じゅじ》して活《よみがえ》るを得《う》る語《ものがたり》、第九

今は昔、震旦の鄜州《りしゅう》に宝室《ほうしつ》寺という寺があった。その寺に一人の僧が住んでいた。名を法蔵という。武徳二年閏三月、法蔵は重い病気にかかった。二十日余りたったある日、はからずも青衣《しょうえ》を着て花で美しく飾り、高楼の上に立っている一人の人の姿が目に映った。この人は手に経巻を持ち、法蔵に向かって、「そなたはいま三宝《さんぽう》（仏・法・僧）の物をかって気ままに使って、このうえない罪を犯している。わしが手に持っているこの経は『金剛般若《こんごうはんにゃ》経』であるぞ。もしこの経をみずから一巻でも書写し、心をこめて信仰したならば、一生の間に三宝の物をかって気ままに使った罪を消滅することができよう」と告げた。法蔵はこれを聞くと罪がことごとく消え、即座に病気が治った。

その後、『金剛般若経』百部を書写し、心をこめて信仰し読誦して怠ることがなかった。法蔵はついに命を終えて閻魔王の御前にやって来た。王は法蔵を見て、「師よ、あなたは一生の間どのような福業《ふくごう》をしましたか」とお尋ねになる。法蔵は、「私は仏像を造り、『金剛般若経』百部を書写して、多くの人に転読させました。また、『一切経《いっさいきょう》』八百巻を書写しました。昼も夜も『般若経』を身から離たず読誦していささかも怠ったことはありません」と答えた。

王はこれを聞き、「師の造った功徳はまことに大きく不可思議である」とおっしゃって、すぐさま使者を蔵の中にやり、功徳の箱を取って王の前に持って来させた。王はみずから箱を開いて法蔵のした功徳を調べなさると、法蔵の言ったこととすこしも違わない。そこで王は法蔵をほめ、「師の功徳は不可思議である。即刻師を放免し帰すことにする」とおっしゃった。

法蔵は蘇生してのち、寺にいて多くの人を教化《きょうけ》し、また諸種の『般若経』を読誦した。またそのほかのもろもろの功徳を修めて怠ることがなかった。法蔵は病気にかかることなく長命したが、やがて命の終わるときには十方の浄土に生まれることであろう。

この話は、法蔵が蘇生して人に向かって語ったのをこのように語り伝えているということだ。

〈語釈〉

○鄜州《りしゅう》　河南省内郷県東。『要略録』は「鄜州《ふ》」（陝西省《せんせい》）。

○**宝室《ほうしつ》寺** 未詳。『要略録』は「実室寺」、『法苑珠林』は「宝室寺」。
○**法蔵** 『法苑珠林』によれば、隋開皇《ずいかいこう》十三年(五九三)、洛交県韋《い》川《せん》城に一寺を建て、また大業《だいぎょう》五年(六〇九)に勅により造塔および一切経八百巻の書写などをしている。
○**武徳二年** 唐の高祖の治世。六一九年。
○**青衣《しょうえ》を着て** 青衣はふつう身分の低い者、召使いなどが着るものであるが、「青」は清浄の色で、霊性の者・冥界の者がしばしば青衣を着る。『要略録』「乃《すなは》チ見ル三一人ノ青衣服飾花麗《くわれい》ニシテ在ルヲ二高楼上一ニ」。
○**三宝《さんぼう》(仏・法・僧)の物** 三宝物、すなわち仏物《ぶつもつ》・法物《ほうもつ》・僧物《そうもつ》。これらは神聖な物で俗用にあてることのできないもの。また信者から寄進された信施《しんぜ》物《ぶつ》をもいう。
○**金剛般若《こんごうはんにゃ》経** 『金剛般若波羅蜜多経』。『金剛経』ともいう。一切法無我の理を説く。一巻。
○**師** 師匠である僧。道を教える僧。法蔵をさす。
○**福業《ふくごう》** 三業(福・非福・不動)の一。福楽の果報を招くべき行業。すなわち欲界の善業。
○**転読** 祈願などのために大部分の経巻を読むこと。
○**一切《いっさい》経** 釈尊一代の教説および高徳の僧の著述を集めた一大叢書をいう。大蔵《だいぞう》経・蔵経ともいう。
○**功徳の箱** 人が一生の間に行なった功徳業を書きしるした帳簿(譜簿)を入れておく箱。
○**十方の浄土** 東・南・西・北・四維《い》(東南・西南・東北・西北の四隅)および上・下の十方にまします諸仏の浄土。十方浄土へ生まれることは、十方往生、十方随願《ずいがん》往生といい、『大灌頂《だいかんじょう》神呪《じんじゅ》経《きょう》』『灌頂随願《かんじょうずいがん》往生十方浄土経』に見える。その十方浄土は東方の香林刹《こうりんせつ》(入 精進仏《にゅうしょうじんぶつ》)、東南方の金《こん》林《りん》刹(尽精進仏)、南方の楽林《らくりん》刹(不捨楽仏)、西南方の宝林刹(上精進仏)、西方の華《け》林《りん》刹(習精進仏)、西北方の金剛刹(一乗度仏)、北方の道林刹(行精進仏)、東北方の青蓮華《しょうれんげ》刹(悲精進仏)、下方の水精刹《すいしょう》（浄命精進仏《じょうみょう》）、上方の欲林刹（至誠精進仏）をいう。『要略録』によれば「十方の浄土に生まれる」までが、閻魔王の言葉となっている。

## 震旦の并洲の石壁寺《せきへきじ》の鴿《はと》、金剛般若経《こんごうはんにゃきょう》を聞きて人に生《うま》るる語《ものがたり》、第十

今は昔、震旦の并《へい》州に一つの寺があった。名を石壁《せきへき》寺という。その寺に一人の老僧が住んでいた。若い時から身《しん》・口《く》・意《い》の三業《さんごう》において悪事を犯すことなく、つねに『法華《ほけ》経』と『金剛般若経』を読誦《どくじゅ》して怠ることがなかった。

あるとき、この僧の住んでいる僧坊の軒《のき》の上に鳩が来て巣を作り、二羽の子を産んだ。僧はこの鳩の子を哀れんで、食事の時ごとに自分の食い物を巣に持っていって養ってやった。鳩の子はしだいに成長していったが、まだ羽が十分生えそろわないのに、ためしに飛んでみようと巣から飛び立ったところ、そのひな鳥は飛ぶことができず地に落ち、たちどころに二羽とも死んでしまった。僧はこれを見てひどく哀れに思い、泣き悲しんでさっそく土を掘りこれを埋めてやった。

その後三月ほどたって、僧の夢に二人の子供が現われ、僧に向かって、「私達は前世にちょっとした罪を犯したため鳩の子と生まれ、聖人の坊の軒に住んでいましたが、聖人に養っていただいてすくすく成長しました。そこで巣から飛び立とうとしましたところ、思わず地に落ちて死んでしまいました。だが、聖人がつねづね『法華経』と『金剛般若経』を転読な

さっていたのを聞いた功徳により、いま人間界に生まれることができました。そして、この寺のあたりから十余里行って、□の方角にある某村の某という人の家に生まれようとしています」という。僧はこのような夢を見て目がさめた。

その後十ヵ月過ぎて、僧は夢で見たことが事実かどうか確かめるためにその場所を探しに行き、人に尋ねてみると、「こうこういう家に一人の女がいて、同時に二人の男の子を産んだ」という。それを聞いてその家を訪れると、二人の男の子がいた。僧は子供に向かって、「そなたたちは鳩の子か」と大声できくと、二人の子はともに返事をする。

僧は子供の答えるのを聞き、また夢で見たところとすこしも違っていないので、いいようもなく哀れに悲しい思いがした。そこでその母に向かい、もとあったことおよび夢に見て尋ねて来た次第を語った。母や家の者すべてがこの話を聞き、涙を流してこのうえなく感動した。僧はこの家の者と今後の深い交わりを約束してもとの寺に帰って行った。

このことから思うに、いかなる僧も経を読誦している時にいろいろの鳥獣が見えたなら、かならずそれらに読んで聞かせるべきである。鳥獣は物ごとの分別《ふんべつ》がないとはいえ、仏法が耳に触れたならばこのようにかならず利益《りやく》をこうむるものである、とこう語り伝えているということだ。

〈語釈〉

○**石壁寺**《せきへきじ》　未詳。

○**三業**《さんごう》　身業《しんごう》・口業《くごう》・意業《いごう》の三。人の身体の動作・言語・意識のすべてを合わせて三業という。身業の犯しの主たるものは殺生・偸盗《ちゆうとう》・邪淫（身三）、口業の犯しの主たるものは妄語《もうご》・綺語《きぎよ》・悪口《あくこう》・両舌《りようぜつ》（口四）、意業の犯しの主たるものは貪欲《とんよく》・瞋恚《しんい》・愚痴《ぐち》（意三）であってこれらを合わせて十悪とする。

**○法華《ほけ》経**　『妙法蓮華経』。

**○□の方角**　□は諸本一字分空格。方角を示す語を入れるべく設けられたもののようである。『法華伝記』「児等今於ニテ此寺側十余里ノ其ノ村其ノ姓ノ家ニ」。『弘賛法華伝』「児等今於ニテ此寺側十余里ノ某村某甲家ニ」。

**○分別《ふんべつ》**　分別智《ふんべつち》。無分別智の対で、有《う》分別智ともいう。生滅変化する物心諸現象を分別する知恵。物の是非善悪を考えわける知恵。相対的な知恵である。これに対し、無分別智は正しく真如（悟）を体得する智をいう。真如の相は文字・言語をもってはとらえがたいものであり、いっさいの情念の分別を離れた無相の真智をもってはじめて了解しうる。この真智を無分別智という。

## 震旦の唐《とう》の代、仁王般若《にんのうはんにや》の力に依《よ》りて雨を降らす語《ものがたり》、第十一

今は昔、震旦の唐の代宗皇帝の時代、永泰《えいたい》元年の秋のこと、国内に一滴の雨も降らず、すべての草木がみな枯れ失《う》せて、大臣・百官をはじめ人民ことごとくこのうえなく嘆き悲しんだ。

そのとき、代宗皇帝は心中で、仏法の力により雨を降らすべきであるとお考えになり、八

月二十三日をもって勅《みことのり》を下し、資聖寺《ししょう》・西明寺《さいみょう》の両寺に百人の僧を招き、新しい翻訳になる『仁王《にんのう》般若経』を講じさせ、三蔵法師不空《ふくう》をもって惣講師《そうこうじ》とした。九月一日に至って黒雲が空にたな引き、甘露《かんろ》の雨が降りだして、まこと国じゅうに満ち満ちた。国内あまねく潤《うるお》いえて、枯れうせた草木はことごとく生気をとりもどし、茂りに茂った。これを見て、皇帝をはじめ大臣・百官・人民に至るまでこのうえなく喜んだ。そこで人々は『仁王般若経』の威力の不可思議であることを信じた。

その後、羌《きょう》（西戎《せいじゅう》）や胡《こ》（北狄《ほくてき》）の蛮族が辺境を侵し、都にはまた星の異変が生じた。そこで宮中では『仁王般若経』二巻を持ち出して仁王講の道場を百ヵ所設けて講を行なったところ、いずれもあらたかな霊験を現わした、とこう語り伝えているということだ。

〈語釈〉

○**代宗皇帝**　唐の八代皇帝（七二六〜七七九）。玄宗の孫、在位七六二〜七七九。

○**永泰《えいたい》元年**　七六五年。

○**資聖寺《ししょう》**　浙江省寧波《ニンポー》西南、四明山《しめいざん》の一峰雪竇山《せっちょうざん》にある禅寺。

○**西明寺《さいみょう》**　唐高宗により顕慶《けんぎょう》三年（六五八）、長安に建てられた寺。

○**新しい翻訳になる……**　新たに翻訳した『仁王般若経』。不空（七〇五〜七七四）訳の『仁王護国般若波羅蜜多経』（二巻）をいう。旧訳は『仏説仁王般若波羅蜜経』（二巻）といい、姚秦《ようしん》の鳩摩羅《くまら》什《じゅう》（三三四〜四一三）の訳。この経を受持すれば、日月失度・雨水変異・悪風・旱天《かんてん》などの災厄を除き万民が豊かになると説く。護国三部経の一。

○**三蔵法師不空**《ふくう》　不空三蔵ともいわれる。三蔵は大蔵経の三部門、経蔵・律蔵・論蔵の総称で、これに精通した僧、またこの翻訳僧を三蔵、三蔵法師という。不空は天竺師子国《ししこく》（スリランカ）の人で金剛智の弟子となり、ともに中国に渡って訳経に従事した。中国密教の大成者といわれる。真言宗付法第六祖。

○**惣講師**《そうこうじ》　総講師。法会で経典を講じる者の最高責任者。

## 震旦の唐の代、大山《たいざん》の廟《みよう》に宿《やど》りして仁王経《にんのうきよう》を誦《じゆ》する僧の語《ものがたり》、第十二

今は昔、震旦の唐の徳宗皇帝の時代、貞観《じようがん》（正しくは貞元）十九年のこと、一人の僧がいた。その名も住所もわからないが、それが太山府君《たいざんふくん》の廟堂《びようどう》に行き、そこに宿って新訳の『仁《にん》王経《のうきよう》』の四無常の偈《げ》を唱えた。

夜になって、僧の夢に太山府君が現われ、「わしは昔仏前にいてまのあたりこの経を聞いたことがあるが、それは羅什《らじゆう》が翻訳した『仁王経』の文章や内容とまったく同じで、すこしも違っていなかった。わしはその経を聞いて、身心ともに清涼になることができ、喜ばしい思いがした。だが、新訳の経はそれに比して、文章ははなはだ美しいが内容が淡くて薄い。されば、そなたはやはり旧訳《くやく》の経をつねに座右において信仰すべきである」とお教えになった。そして毘沙門《びしやもん》がその経巻をお与えくださる、と、このような夢を見て目がさめた。

そののち、この僧は旧訳の『仁王経』をもいっしょに置いて、同様に読誦し信仰した、と

こう語り伝えているということだ。

〈語釈〉

○**徳宗皇帝**　唐の九代皇帝（七四二～八〇五）。在位七七九～八〇五。

○**貞観**《じようがん》**十九年**　貞観は二代皇帝太宗の年号。ここは貞元とあるべきところ。『要略録』「徳宗皇帝貞元十九年」。貞元十九年は八〇三年。

○**太山府君**《たいざんふくん》　泰山府君とも書く。中国山東省の泰山の山神で、この山を冥府とし、人の寿命・福禄をつかさどる神として道家で祭る。仏教では冥界の主宰者である閻魔王の記録官とし、梵名を質多《しった》羅笈多《らぐぶた》（Citragupta）と称し奉教官《ぶきようかん》と訳す。密教の胎蔵《たいぞう》界曼陀羅《まんだら》では外金剛部院閻魔《えんま》天主伴十六位の中にあって鬼衆を領し、閻魔天に侍しており、左手に人幢《にんどう》を持ち右手に筆を執る。つねに鬼類を使役して人々の善悪諸業を察知し、これを帳簿に記録しておき、人が死んで閻魔庁に至るとき、生前作るところの諸業がことごとくその記録によって証明されるという。また本地を地蔵菩薩ともされる。

唐の開成年間、わが国比叡山の円仁（慈覚大師）が求法《ぐほう》のために唐に赴き、山東省の赤山法華院に滞留したが、そこに祀《まつ》ってある太山府君を厚く敬い、帰朝のときの海上もこの庇護をこうむったとして、これをわが国に勧請《かんじよう》し、山王権現とともに天台宗の守護者とした。これが京都北山修学院北の赤山《せきさん》明神である（比叡山西坂本にも祭られている）。

また、平安中期から太山府君祭が行なわれ、延命・栄達を祈願した。これは天曹地府祭・属星祭とともに陰陽師の職掌とされた。保延四年に藤原実行がこの祭りを行なったことが『続本朝文粋《もんずい》』

に見え、『古今著聞集《ここんちょもんじゅう》』には、康治二年十二月三日藤原頼長が行なった記事があり、「安倍泰親を召し河原にて太山府君を祭らせて、自《みづか》ら南庭に向はせ給ひけり」とある。また一説には素戔嗚尊《すさのおのみこと》をこの神と付会させている。冥府十王の随一である太山王もまた太山府君に関する伝説に基づくものという。

○**廟堂《びょうどう》**　御霊屋《おたまや》。やしろ。

○**四無常の偈《げ》**　四非常偈ともいう。『仁王般若経』護国品《ごこくほん》第五に見えるもので、壊滅《えめつ》無常・転変《てんぺん》無常・本無《ほんむ》無常・別離《べつり》無常を説いた偈。八偈あり、四部に分けて一節各二偈ずつ、無常・苦・空・無我を説く。

劫焼終訖　乾坤洞燃　須弥巨海　都為レ灰颺　天竜福尽　於レ中凋喪　二儀尚殞　国有二何常一　生
老病死　輪転無レ際　事与レ願違　憂悲為レ害　欲深禍重　瘡疣無レ外　三界皆苦　国有二何頼一　有
本自無　因縁成レ諸　盛者必衰　実者必虚　衆生蠢々　都如二幻居一　声響倶空　国土亦如　識神
無レ形　仮乗二四馳一　無明宝象　以為二楽車一　形無常主　神無二常家一　形神尚離　豈有国耶

○**羅什《らじゅう》が翻訳した**　『仁王般若経』の不空の新訳に対する鳩摩羅什《くまらじゅう》の旧訳である『仏説仁王般若波羅蜜経』。

○**毘沙門《びしゃもん》**　四天王の一。多聞天《たもんてん》に同じ。六欲天の第一天である四王天の中の毘沙門天の王。インドで北方の守護者・福徳の鬼神とする。

# 恵表比丘《えひようびく》、無量義経《むりようぎきよう》を震旦《しんだん》に渡す語《ものがたり》、第十三

今は昔、震旦の斉《せい》の時代に、武当山《ぶとうさん》という山寺に恵表比丘《えひようびく》という比丘が住んでいた。熱心に仏道を求め、建元三年嶺南《れいなん》に行き、広州《こうしゅう》の朝亭寺《ちょうてい》において、中天竺から渡来した僧の曇摩《どんま》伽陀耶舎《かだやしゃ》に会って『無量義経』を授けてもらおうと思った。そこで熱意をこめてこれを授けていただいたが、わずかに一本だけであった。すぐに武当山にこの経を持ち帰りつねに座右において信仰した。

その後、永明三年九月十八日、恵表はこの経を世の中に広めようと、これを捧げ持って山を出て行った。途中、山の中で一夜を明かそうとすると、初夜のころ（午後八時ごろ）突然一人の天人が恵表の前に現われた。百千の天人を従者に従え、この『無量義経』と恵表比丘を供養する。

恵表が天人に、「いったい、いかなる天人が、どのようなわけがあってここに現われたのですか」と尋ねると、天人は、「われわれは武当山に住んでいた青い雀《すずめ》です。群がり集って比丘が『無量義経』を読誦しておられるのを聞いたがために、命を終えて忉利天《とうりてん》に生まれたのです。われわれはその恩に報いようと思い、ここに来て経と師を供養するのです。われわれのもとの身はかの山の西南のすみにあります。一同がひと所に群がり集まって、いっせいに身を捨てたのです」と答え、語り終わるやたちまち消えうせた。恵表はこれを聞いて、使

いの者をかの山にやって調べさせたところ、多数の青い雀が天人の言った所に死んでいた。その後、この経を世に広めた。

ところが、一人の人がこの経を信じようとせず、「この経がなんで『法華経』の序分でなければならぬのか」と、こう思っていると、その人の夢に一人の神が現われた。身の丈一丈余り（三メートルぐらい）で、黄金の鎧《よろい》を着けするどい剣を手に持ち、まことに恐ろしげである。それがこの不信仰の人を大声でしかりつけ、「おまえがもしこの経を信じないならば、まさにその頭と首を斬り落としてやる。この経はまさしく『法華経』の序分であるぞ。これを一度でも耳に触れた者は、かならず菩提心を起こし、その心が薄れることはないのだ」という。夢がさめてのち、この人はわが過ちを悔い謝罪した、とこう語り伝えているということだ。

〈語釈〉

○**武当山**《ぶとうさん》　湖北省北部にあり、太和山ともいう。中央に一峰があって参嶺といい、また謝羅山ともいう。標高一六一二メートル。山容美しく雲表にそびえる。その昔、神仙の人である真武がこの山に止住して修行したという。

○**恵表比丘**《えひょうびく》　未詳。

○**建元三年**　斉《せい》（南北朝時代の国。南斉。四七九〜五〇二）の高帝の治世（四八一年）。

○**嶺南**《れいなん》　五嶺の南の地。五嶺は湖南・広東両省の境にある大庾《たいゆ》・始安《しあん》・臨賀《りんが》・桂陽《けいよう》・掲陽《かつよう》の五山。

○**広州**《こうしゅう》　三国時代に呉《ご》が設置した州名で、今の広東《かんとん》省と広西壮族自治区を含む地をいうが、その中の、現在の広州市一帯であろう。

○**朝亭寺**《ちょうてい》　未詳。

○**中天竺**　天竺（インド）を東・南・西・北・中の五つに分けたその一。

○**曇**《どん》**摩**《ま》**伽**《か》**陀**《だ》**耶**《や》**舎**《しゃ》　『無量義経』の訳者。

○**無量義経**　一巻。斉の曇摩伽陀耶舎の訳。法華三部経の一で、『法華経』の序説ともいうべきもの。建元三年、広州の朝亭寺においてこれを訳し、武当山の恵表《えひょう》が伝受して永明三年世に広めた。劉虬《りゅうきゅう》が序を書いて経首に加えた。これよりさき、宋代の求《く》那《な》跋《ばつ》陀《だ》羅《ら》が本経を訳出したことが『李《り》廓《かく》録《ろく》』に見えるが、これははやく散佚したようである。無相の一法から無量の義を生じることを説いたもの。『法華経』の序品《じょほん》に「為ニ二諸菩薩ノ一説キ二大乗経ヲ一、名ヅク二無量義ト一」といっているのがこの経で、『法華経』の序品を開説したものであるから、古くからこれを『法華経』の開経としている。

この経に三品があり、徳行品・説法品・十功徳品である。徳行品では大荘厳菩薩《だいしょうごんぼさつ》が仏徳を賛嘆し、説法品では、大荘厳菩薩が速やかに菩提を得る法を仏に問うと、仏が、実相の一法から無量の義が生じることを説き、十功徳品では、本経の十の功徳を述べる。また、「性欲不バレ同シカラ種々説法ス、以テナリ二方便力ヲ一、四十余年未《いま》ダレ顕ハサ二真実ヲ一」の有名な一文は説法品に見える。前記、劉虬《りゅうきゅう》とわが国の最澄《さいちょう》（伝教大師）に本経の注疏《ちゅうしょ》がある。本話の出典である『要略録』巻中第六一話の冒頭に「此無量義経ハ、雖《いへど》モ三法花ノ首《はじめの》ニ載スト二其ノ目ヲ一、而中夏ニ未ダレ観《み》ニ二其説ヲ一云云」とある。

○**永明三年**　斉の二代皇帝武帝の治世（四八五年）。

○**忉利天**《とうりてん》　六欲天の第二天。須弥山《しゅみせん》の頂上にあり、中央に帝釈天《たいしゃくてん》の住む喜見城がある。

○**序分**　経の始めにおかれ、その経の趣旨を述べる序説部分をいう。

**○菩提心**　上は菩提（正覚・悟り）を求め、下は衆生を教化《きょうけ》しようとする心。

## 震旦の法花《ほけ》の持者《じしゃ》、脣《くちびる》・舌《した》を現《げん》ずる語《ものがたり》、第十四

今は昔、震旦の斉《せい》の武成帝《ぶせいてい》の時代、幷《へい》州の東にある看山《かんざん》のふもとで、一人の人が土を掘っていると、一ヵ所黄色く見えるところがあった。怪しく思い、よくよく目をこらして見ると、その形は人の上下の唇に似ている。その中に舌があって、鮮やかな真《ま》っ赤《か》な色をしていた。まわりにいた人々もこれを見て怪しく思い、国王にことの次第を申しあげた。国王はこのことをあまねく諸方にお尋ねになったが、だれ一人知っているという者がなかった。そのとき、一人の僧が、「これは『法華経』を読誦したため六根《ろくこん》が破れ朽ちずにすんだ人の唇と舌であります。『法華経』を読誦すること千遍に満ちた場合、その霊験がこのように現われるのです」と奏上した。国王はこれを聞いて驚き尊びなさった。

すると、『法華経』をふかく信仰している人々がこのことを聞いて、その唇と舌のあった所に寄り集まり、そのまわりをとり囲んで経を読誦する。みながわずかに声を出しはじめると同時に、この唇と舌がそれに合わせて動き、声を出す。これを見聞きした人は毛髪が逆立ち、驚くべきことだと思った。このことをまた国王に奏上すると、国王は勅命によって石の箱を遣わし、その中にこの唇と舌を納めて墓室に移し置かれた、とこう語り伝えているということだ。

〈語釈〉
○**斉**《せい》　北斉（五五〇～五七七）。前話は南斉。
○**武成帝**《ぶせいてい》　在位、五六一（太寧一）～五六四（河清三）。
○**看山**《かんざん》　未詳。
○**六根**《ろくこん》　あらゆる対境を認識させるものである眼根《げん》・耳根《に》・鼻根《び》・舌根《ぜつ》・身根《しん》・意根《い》の六つ。根は能生の意。六官。

## 僧、羅刹女《らせつによ》の為に嬈乱《にようらん》せ被《ら》れ法花《ほけ》の力に依りて命《いのち》を存《そん》する語《ものがたり》、第十五

今は昔、震旦の外縁のある国に一つの山寺があった。その山寺に一人の年若い僧が住んでいて、つねに『法華経』を読誦していた。ある日、夕暮れになって寺から出て行き、あちこちめぐり歩いていると、羅刹女《らせつによ》（女の悪鬼）に出会った。この鬼はたちまち人間の女の姿に身を変えた。その姿はまことにあでやかである。女は近づいて来て僧にしなだれかかる。僧はすっかり心奪われ、ついに鬼女と交わった。いったん交わってからは、僧の心は呆《ほう》けたようになり、まるで正気を失ってしまった。

すると鬼女は僧を自分の住み家《か》に連れて行って食ってしまおうと、背に負って空を飛んで行く。初夜（午後八時ごろ）に及ぶころ一つの寺の上を飛び過ぎた。僧は鬼に負われて飛んで行く途中、この寺の中で『法華経』を読誦している声をほのかに聞いた。そのとたん、僧

の呆けた心がすこしもとにもどり、正気づいて来たので、心の中で『法華経』を暗誦した。と同時に、鬼女が背負っている僧が急に重くなり、しだいしだいに空から下りて来て、地上に近づいた。ついには背負い切れず、鬼女は僧を捨てて去っていった。僧はすっかり正気にもどったが、自分がいまどこに来ているかわからない。そのうち、寺の鐘の音が聞こえて来た。僧はそれをしるべに寺にたどりつき門をたたくと、やがて門が開いた。

中に入ってくわしく事の次第を語ると、寺の僧たちはこれを聞き、「この人は重い罪を犯している。われわれはこの人と同席するもけがらわしい」といってつまはじきをした。そのとき、上席の僧が、「この人はいわば鬼神のためにたぶらかされたのである。けっして本心からのことではあるまい。まして、『法華経』の威力をその身で示した人である。さればこのまま寺にとどめて住まわせるべきである」といい、この僧に鬼女を犯した罪を懺悔させた。僧が自分のもと住んでいた寺のことを話したところ、その場所はここから数えて二千余里あった。僧がこの寺に住んでいる間、たまたまもとの土地の人がやって来て事の次第を聞き、僧をもとの寺に送り帰してやった。

このことから思うに、『法華経』の霊験というものはまことに不可思議である。鬼女が僧を自分の住み家に連れて行って食おうがために、それを背負って二千余里を一時《いっとき》の間に飛び渡って行ったけれども、僧が『法華経』を暗誦したことにより、たちまち重くなって、捨てて去って行ったことは、じつにまれにみる不思議なことである、とこう語り伝えているということだ。

〈語釈〉

○**羅刹女**《らせつによ》　羅刹（人を食う悪鬼）の女性であるもの。羅刹私《らせつし》。

○**鬼女**　羅刹女。

○**上席の僧**　寺内の僧を統轄して全ての事務を総覧する僧。ふつう、年長者で高徳の僧である。

## 震旦の定林寺《じようりんじ》の普明《ふみよう》、法《ほ》花経《けきよう》を転読《てんどく》して霊《りよう》を伏《ぶく》する語《ものがたり》、第十六

今は昔、震旦の上《じようじようりんじ》定林寺という寺に、一人の僧が住んでいた。名を普明《ふみよう》といい、臨渭《りんい》の人である。幼いとき出家したが、清らかな心を持ち続け、僧としての広い誓いを立てていた。そしてつねに懺悔《さんげ》の行法《ぎようぼう》を行なうことをもって勤めとしていた。また、寺から外に出歩くこともなかった。ひたすら『法華経』を読誦《どくじゆ》して余念なく、いっぽう『維摩経《ゆいま》』をも転読した。『法華経』の普賢品《ふげんぼん》を読誦するときには、普賢菩薩が六牙《ろくげ》の白象《びやくぞう》に乗り光を放ってその場に現われなさる。『維摩経』を読誦する時には、伎楽・歌詠が大空に満ち、その楽《がく》の音《ね》が聞こえてくる。また神呪《しんじゆ》を唱えて祈禱をすると、ことごとくあらたかな霊験があった。

ところで、王道《おうどう》という人がいたが、この人の妻が重病にかかり、堪えがたい苦痛に悩まされていたので、さっそく普明を招いて祈禱してもらおうとした。普明は王道の招きを受け、その家に出かけて行ったが、まさに門に入ろうとするとき、妻は悶《もだ》えるようにして絶息した。そのとき、普明は一匹の生きものが目に映ったが、それは狸《たぬき》に似ている。長さは数尺ほ

どで、犬の穴から出て来た。と見たとたん、妻の病気は治《なお》ってしまった。王道は喜んで普明を拝んだ。

また、普明が以前道を歩いていると、一人の人が水のほとりで神を祭っていた。そこにいた巫《みこ》が普明を見て、「神があなたを見て、みな逃げていってしまった」といった。これは神が普明を見て、恐れて逃げ去ったにちがいない。普明がついに命を終えるとき、病気にかかってはいたが、苦痛は少なく、きちんと正座したまま仏に向かい、香をたき仏を念じて息絶えた、とこう語り伝えているということだ。

**〈語釈〉**

**○上定林寺《じょうじょうりん》** 江蘇《こうそ》省江寧府《こうねいふ》にある。この地はもと金陵といい、上下両寺に分かれている定林寺の一。訳経・座禅の達人として知られた曇摩蜜多《どんまみった》（法秀。インド罽賓《けいひん》国の人、諸国を遊歴し、亀茲《きじ》国・敦煌《とんこう》・涼州に布教し宋の元嘉元年〈四二四〉蜀地に入り、荊州長沙寺に禅館を建て、建業《けんぎょう》の中興寺に止住し、晩年は祇洹《ぎおん》寺で訳経に従った）が、宋の元嘉十年（四三三）定林寺に入った。当時定林寺は下寺だけであったが、その場所が谷に臨み低いので、さらに高い地を占めて上寺を建てた。これ以来、上定林寺・下定林寺の称が生じた。

以後、高徳・碩学《せきがく》の来住する者すこぶる多く、斉末義学の泰斗であった僧柔《そうにゅう》は、晩年再三の招請により霊鷲寺《りょうじゅ》からこの寺に移住し、つねに安養国（極楽浄土）に往生することを願ったという。また、梁の始め、法通は上定林寺に入り、山を下らぬこと三十余年、もっぱら弟子を教え座禅・礼懺《らいさん》につとめた。のち大通二年、達磨《だるま》が示寂《じじゃく》するに及び、これを熊耳山《ゆうじさん》に葬り、塔を定林寺に建てた。

翌、中大通元年、法雲寂し、帝は哀惜のあまり定林寺で勅葬にした。その後、寺は廃頽したが、今の建築は明代弘治五年の重建のもの。昭明読書台・石竜池等の勝景がある。

○**普明**《ふみよう》　俗姓は張。宋の孝建年中（四五四～四五六）八十五歳で寂（『弘賛法華伝』）。

○**臨渭**《りんい》　甘粛省奉安県東南八里。

○**懺悔**《さんげ》　過去の罪悪を仏または人に告げること。懺悔の行法《ぎようぼう》には種々あり、布薩《ふさつ》・自恣《じし》、事懺《じさん》・理《り》懺《さん》、三種懺法《せんぽう》（作法懺・取相懺・無生懺）など。このうち、事懺は礼仏《らいぶつ》・誦経《じゆきよう》等の事相上の作法をもって過去の罪を発露懺悔するものであり、理懺は諸法実相、万法皆空の真理を観じ、罪悪は妄心《もうじん》の所造であり、しかも妄心は体なく罪悪は空なりと悟達して衆罪を滅除するものである。また、懺悔五法といって、比丘が罪を懺悔するときに用いる五種の作法がある。(1)右肩を袒《ぬ》ぐ、(2)右膝を地に着ける、(3)合掌する、(4)犯した罪の名をいう、(5)大比丘の足を礼する。『弘賛法華伝』「以テ二懺誦ヲ一為スレ業ト」。

○**普賢品**《ふげんぼん》　『法華経』最末の第二十八品《ほん》「普賢菩薩勧発品」。ここには普賢菩薩が法華の行人《ぎようにん》のために六牙の白象に乗って身を現わすことを述べている。『弘賛法華伝』等「毎ニレ至ル二勧発品ニ一」。

○**普賢菩薩**　釈迦牟尼仏の脇士《わきじ》。梵語、三曼多跋捺囉《さんまんたばどら》または邲輸跋陀《びしゆばだ》、訳して普賢・遍吉《へんきつ》という。ふつう、文殊師利《もんじゆしり》菩薩とともに釈迦如来の脇士として知られる。文殊師利は獅子に乗って如来の左側に侍し、普賢は白象に乗ってその右側に侍す。文殊師利は智《ち》・慧《え》・証《しよう》をあらわし、普賢は理《り》・定《じよう》・行《ぎよう》をあらわし、これらの理智・定慧・行証が円満完備したものが本尊の釈迦如来とするのである。そして文殊師利とともに普賢は一切菩薩の上首となり、つねに如来の化導摂益《けどうしようやく》のことを助成宣揚するとされている。そのためこの菩薩は多くの経典中に登場する。旧訳『華厳経』巻四九（普賢

行品）、同巻六〇（入法界品）、『華厳経』巻三八（普賢行願品）、『法華経』第二十八品（勧発品）、『占察善悪業報経《せんざつぜんあくごうほう》』巻上、『首楞厳経《しゅりょうごん》』巻五、等。

**○神呪《しんじゅ》**　梵文を翻訳せず、そのまま音写し読誦されるもの。真言。陀羅尼。『弘賛法華伝』「又善クシ二神呪ヲ一、所レ救フ皆愈《い》ユ」。

**○王道《おうどう》**　未詳。『弘賛法華伝』『法苑珠林』等「有リ二郷人ノ王道真一」。『鈴鹿本今昔』は「王遁」とする。「王道」は「王道真」とあったものが、書写過程で「真」が落ちたものか、または訳者の誤認か。『鈴鹿本』の「王遁」は「王道」の誤記であろう。

## 震旦の会稽《かいけい》山の弘明《ぐみょう》、法花《ほけ》経を転読《てんどく》して鬼《おに》を縛《ばく》する語《ものがたり》、第十七

今は昔、震旦の会稽《かいけい》県の山陰という所に一人の僧が住んでいた。名を弘明《ぐみょう》という。幼いとき出家し、戒律をたもち禅定《ぜんじょう》を修めた。山陰の雲門寺という寺に住んで、昼夜をわかたず『法華経』を読誦し、六時に礼拝《らいはい》・懺悔《さんげ》を行なって怠ることがなかった。また、だれも汲み入れないのに瓶《かめ》の水が毎朝しぜんにいっぱいになっている。これはじつに諸天童子が奉仕するのであった。

　また、弘明が以前雲門寺に住んで仏前に座し、静かに経を読んでいると、虎がやって来て堂内に入り、床の上に臥した。弘明が見ていると、虎は臥したまま身じろぎもしない。じっと経を聞いていて、しばらくして去っていった。

またあるとき、どこからともなく一人の幼い子供がやって来て、弘明が『法華経』を読むのを聞いている。弘明が「おまえはいったいだれだね」と聞くと、その子供は、「私は昔この寺にいた沙弥《しゃみ》です。ある日帳台の下に置いてあった食物を誤って盗み食いしましたが、その罪により、今、厠《かわや》の底に落ちてしまっているのです。ところで私はかねてお聖人《しょうにん》の日ごろのお勤めぶりを聞いておりましたので、ここにやって来て『法華経』を読誦なさっているのを聞いておりました。お聖人よ、なにとぞお慈悲をおかけくださって、私のこの苦しみをお救いください」という。弘明はすぐに仏法を説いてこの子供を教化《きょうけ》した。子供は仏法を聞いて悟りを開くや姿を消してしまった。

その後、弘明は永興に行き、石姥巌《しゃくむがん》において入定《にゅうじょう》した。すると、そこに山の精霊である鬼が現われて弘明を悩まそうとした。弘明はこれを捕え、縄で鬼を縛りつけた。鬼はわが過ちを謝罪し、解き放ってほしいと懇願して、「私は二度とふたたび聖人の所には現われますまい」という。弘明はこれを聞いてあわれに思い、解き放ってやった。以来、鬼はぷっつりと姿をくらましてしまった。

また、元嘉年間に、郡守である平昌《へいしょう》の孟顗《もうぎ》が弘明のまじめな人柄を重んじ、新安に出てくるように求めたので、弘明は新安に行き、そこの道樹精舎《どうじゅしょうじゃ》に止住した。その後、済陽の江斉が永興村に昭玄寺を建てて弘明を招いたので、そこに行って住むようになった。さらに大明年間の末になって陶里の董氏が、また弘明のためにその村に栢林寺《はくりんじ》を建てた。弘明はそこに帰って行って止住し、禅定と戒律を修行した。ついにはその栢林寺において命を終えた、とこう語り伝えているということだ。

〈語釈〉

○**会稽山**《かいけいざん》（表題中）『高僧伝』『法華伝記』『弘賛法華伝』『法苑珠林』等「会稽山陰人」とする。会稽は会稽県、山陰は山陰県で、山陰県は秦のときに設けられ、隋のときに廃せられて会稽県に入れられたが、唐の時また設けられたという。山陰は会稽の南に隣接し、そのまた南に会稽山がある（山陰は山の北の意）。会稽県は今の江蘇省呉県（蘇州）のあたりで、山陰県は今の浙江省杭州、紹興一帯。越《えつ》王勾践《こうせん》と呉《ご》王夫差《ふさ》とが戦った紹興の東南。

○**弘明**《ぐみょう》　俗姓、嬴《えい》。南斉の永明四年（四八六）栢林寺に寂、八十四歳（『高僧伝』『弘賛法華伝』等）。

○**雲門寺**　浙江省紹興県の南にある雲門山（東山）に、晋の安帝のとき建立された寺。この山に、斉の永明中、何子季《かしき》が隠居して教授をした。五代の南漢のとき、文偃《ぶんえん》禅師がこの寺に居り、大覚寺といった。その宗派を雲門宗という。

○**六時**　昼の三時（晨朝《じんちょう》・日中・日没）と夜の三時（初夜・中夜・後夜）を合わせて六時という。すなわち、ここでは一日のことで、上の「昼夜」を言いかえたもの。

○**礼拝**《らいはい》**・懺悔**《さんげ》　三宝（仏・法・僧）を礼拝《らいはい》して自分の造った罪を懺悔《さんげ》すること。『普賢観経《ふげんかんぎょう》』には「昼夜六時礼シ二十方仏ヲ一行ズ二懺悔法ヲ一」と見え、『大智度論』巻七には、「復《ま》た次に菩薩の法は昼の三時、夜の三時に常に三事を行ず、一に清旦偏に右肩を袒《ぬ》ぎ、合掌して十方仏を礼して言はく、我某甲若し今世、若し過去無量劫に於て、身口意《しんくい》の悪業の罪あらば十方現在仏前に於て懺悔し、願はくは滅除して復《ま》た更に作《な》さず、中暮も夜三も亦是の如し」とある。『法華経』「安楽行品」に「読《マン》ニ是ノ経一ヲ者ハ常ニ無クニ憂悩一……天諸童子以テ為サンニ給使一ヲ」とある。

○**諸天童子**　童形《どうぎょう》となって人に給侍する護法《ごぼう》の諸天人。

○**沙弥《しゃみ》**　七衆（比丘・比丘尼・沙弥・沙弥尼・式叉摩那《しきしゃまな》・優婆塞《うばそく》・優婆夷《うばい》）の一。出家して十戒を保つ年少の男子。二十歳以上になり、具足戒を受けて比丘となる。

○**永興**　浙江省蕭山県の西。

○**石姥巌《しゃくむがん》**　未詳。

○**入定《にゅうじょう》**　禅定《ぜんじょう》に入ること。すなわち、心を一境に定めて静慮すること。また出家人の死ぬことをいうが、ここでは前者。

○**元嘉**　劉宋の三代皇帝文帝の年号（四二四～四五三）。元嘉の治とよばれる南朝第一の平和な時代であった。

○**新安**　呉のときに新都郡を置き、晋のとき、新安と改めた。今の浙江省淳安県の西。隋のときに遂安郡とした。

○**道樹精舎《どうじゅしょうじゃ》**　未詳。精舎は寺院。

○**済陽**　河南省蘭封県東五十里。

○**江斉**　未詳。『弘賛法華伝』「江斉之」。

○**永興村**　未詳。

○**昭玄寺**　未詳。

○**大明**　劉宋の四代皇帝孝武帝の年号（四五七～四六四）。

○**陶里** 未詳。
○**栢林寺《はくりんじ》** 未詳。「栢」は「柏」の俗字。

## 震旦の河東《かとう》の尼、法花経《ほけきょう》を読誦《どくじゅ》して持経《じきょう》の文《もん》を改むる語《ものがたり》、第十八

今は昔、震旦の河東という所に、熱心に仏道修行をしている尼がいた。その身を清浄に保ち、長年の間つねに『法華経』を読誦し続けていた。あるとき、『法華経』を書写しようと思いつき、人を雇って書写させることにした。そこで、ひとりの書き手に丁重に依頼し、書き料を普通より多く与え、とくに浄らかな場所をしつらえて、この経を書く部屋とした。書き手は一度立って部屋の外に出ると、沐浴し香をたいたうえで改めて部屋に入り、書写を続けた。またその部屋の壁に穴を開け竹筒を通して、書き手が息を出そうと思うときにはその穴から出させた。このように清浄にして、方式どおりに書写し奉ったが、八ヵ年の間に七巻を書写し終わった。その後心をこめて供養し奉る。供養したあとでこのうえなくねんごろに礼拝《らいはい》し奉った。

ところで、竜門寺という寺に法端《ほうたん》という僧がいた。この寺で多くの僧を集めて『法華経』を講じようとしたが、かの尼が身を放たず信仰している経を借り、それをもって講じ奉ろうと思い、尼に借用を申し出たところ、尼はひどく惜しんで貸そうとしない。法端はぜひとも貸して欲しいと使いをやって熱心に頼み込むと、尼はどうにか貸し与えようという心が生じ

たものの、その使いの者には渡さず、自分で持って竜門寺に行き、経を法端に手渡して帰っていった。

法端は経を手にしてひじょうに喜び、僧たちを集めて講じようとし、さて経典を開いて見ると、ただ黄色い紙だけで文字が一字もない。これを見て怪しく思い、さらに他の巻を開いて見たが、これもまったく前の巻と変らない。七巻ともみな同じで、文字が一字もなかった。法端は不思議に思ってこれを僧たちに見せた。僧たちも見たが、すべて法端が見たのと同じであった。そこで法端と僧たちは恐れたじろいで、経を尼の所に送り返し申した。尼は経を見て泣き悲しみ、貸したことを後悔したがなんの甲斐《かい》もなかった。

このあとで、尼は泣く泣く香水《こうずい》を経箱にそそぎ、みずから沐浴して経をおしいただき、花を散らし香をたき、仏のまわりを七日七夜めぐりながら、しばらくも休むことなく真心こめて祈り続けた。その後、経を開いて見ると、文字がもとのように現われなさった。尼は泣く泣く心から供養し奉った。

このことから思うに、たとえ僧が取り扱ったことであっても、経の文字が隠れ消えなさったのは、真心がなかったからであろうか。いっかいの尼であっても、経の文字をもとのように祈り出したのは、深い真心があったからであろうかと、当時の人々は言いあった、とこう語り伝えているということだ。

〈語釈〉

○**河東**　河東郡（山西省永済県東南）。山西省の中、黄河の東の地をすべて河東という。

○**七巻**　『法華経』はふつう全八巻二十八品《ほん》であるが、はじめは七巻二十七品であった。南斉の武帝のとき、法献《ほうけん》により提婆達多《だいばだった》品が加えられ二十八品となった。その後八巻本も生じたが（南北朝）、ともに二十八品で内容は同一であり、中国・日本ともに現在まで二本が併用されている。ここは七巻本全巻の意。

○**竜門寺という寺**　山西省河津県（山西省西南）西二里の地を古く竜門といったが、そこにあった寺か。

## 震旦の僧、行きて太山《たいざん》の廟《みよう》に宿《やど》り、法花経《ほけきよう》を誦《じゆ》して神を見る語《ものがたり》、第十九

今は昔、震旦の隋の大業《だいぎよう》の時代に一人の僧がいて、仏法を修行するためあちらこちら巡り歩いているうち、太山廟《たいざんびよう》に行き当たった。ここで一夜の宿を借りようと思っていると、廟守《びようも》りが出て来て、「ここには廟以外の建物はない。それゆえ廟堂の廊の下で寝るがよかろう。ただし、さきざきもこの廟に来て宿をとった者はかならず死んでいるぞ」という。僧は、「死ぬということは人間だれしもさいごに到達する道です。私はあえて気にいたしません」というと、廟守りは僧に椅子《いす》を貸し与えた。そこで僧は廊の下に宿ることになった。

夜になり、椅子に座したまま静かに経を読誦していると、廟堂内で玉のふれあう音がする。僧は、あれはいったいなんの音だろうと恐ろしく思っていると、気高く尊げな人が出て来られ、僧を見て礼拝《らいはい》なさる。僧はその人に、「聞くところによれば、長いあいだ、この廟

に宿をとった者の多くは死んでしまうということです。だが、神が人を殺害なさるということはけっしてあるはずがありません。神よ。なにとぞ私をお守りください」という。

すると神は僧に対して、「わしはけっして人を殺害することはない。ただわしが出て行くと、人はわしが身につけている玉の鳴る音を聞いて、その恐怖心からしぜんに死んでしまうのだ。師よ、どうか私を恐れないでほしい」とおっしゃった。そして神は僧の間近にお座りになりお話しになったが、それはまるで人と変わらない。僧は神に、「世の中の人が前々から言っているのを聞きますと、『太山府君《たいざんふくん》は人の死後の魂を支配なさる神だ』ということです。これは事実ですか、いかがでしょう」とお尋ねする。神は、「それは事実だ。あなたは、以前死んだ人で、見たいと思う人がいますか」とおっしゃった。

僧が、「前に死んだ二人の同学の僧がいます。私はぜひ彼らを見たいと思います」とお答えすると、神は、「その二人の姓名はなんといいますか」とお聞きになる。僧は二人の姓名をくわしく申しあげた。すると神は、「その二人のうち、一人はすでにもとの人間界に生まれ変わった。あとの一人は地獄にいる。これはきわめて罪が重く、見ることはできない。しかし、わしについて地獄に行けば見ることができよう」とおっしゃった。

**〈語釈〉**

○**隋**　文帝～恭帝（五八一～六一八）に至る四代三十八年間の王朝。北周のあとを受けて中国を統一した。

○**大業《だいぎょう》**　煬帝《ようだい》の年号（六〇五～六一六）。

**○同学**　同法に同じ。いっしょに修行している者。

僧は喜んで神とともに門を出て行ったが、さほど遠く行かぬうちにある場所に着いた。見ればいちめん焰《ほのお》が燃えさかっている。神は僧をさらに別の場所に連れておいでになる。そこからはるかかなたを見ると、一人の人が火の中にいて、物もいえずにひたすら叫び声をあげていた。その姿はだれとも見分けがつかず、ただ血みどろである。見たとたん気も転倒し、その恐ろしさはいいようもない。神は僧に向かって、「あれこそあなたの同学の一人だ」とお教えになった。

僧はこれを聞いて、深い哀れみの念を抱いたが、神はこれ以外ほかの所を見巡りなさることもせずお帰りになるので、僧も同じように引き返した。もとの廟に帰り着いて、また神の近くにいっしょに座った。僧は神に、「私はあの同学の僧を救ってやりたいと思います」という。神は、「すぐに救ってやるがよい。それには彼のためによくよく『法華経』を書写し奉るべきである。そうしたならば即座に罪を免れることができよう」とおっしゃった。

僧は神のみ教えのままに廟堂を出て行こうとした。すると朝になり、廟守りがやって来て僧を見、その死んでいないのをいぶかしく思った。僧は廟守りに昨夜のことをくわしく語って聞かせた。廟守りはそれを聞き、不思議なことだと思い去って行った。その後僧はもと住んでいた所に帰り、さっそく『法華経』一部を書写して、かの同学の僧のために供養し終わった。

さらにその後、その経を持ってふたたび廟に出かけて行き、前のように宿った。するとその夜また神が前のように出て来られた。神は歓喜の面持ちで僧を礼拝され、ここに来たわけをお尋ねになる。そこで僧が、「私は同学の僧の苦しみを救うために『法華経』を書写し供養し奉りました」と申しあげると、神は、「あなたがあの同学の僧のために、最初に経の題目を書いたと同時に彼ははやくも苦しみから脱れることができた。今は別の所に生まれ変ってまだまもない」とおっしゃった。

僧はこれを聞いてこのうえなく喜び、「この経を廟に安置し奉りましょう」というと、神は、「ここは清浄な所ではない。されば、経を安置し奉るべきでない。師よ、なにとぞ故郷に帰って、経を寺にお納めください」とおっしゃった。そして長い間お話しなさったあと、神は廟の奥に入って行かれたので、僧は故郷に帰り、神のお言葉どおりに経を寺にお納めした。

このことから思うに、尊い神と申しても僧を敬いなさるのである。以前この廟に行った人人はどうにも生きて帰ることができなかったのに、この僧だけが神にも敬われ、同学の僧の苦しみをも救って帰って行ったのは尊いことである、とこう語り伝えているということだ。

## 沙弥《しゃみ》、法花経《ほけきょう》を読むに二字を忘れしが遂《つい》に悟るを得る語《ものがたり》、第二十

今は昔、震旦の秦《しん》郡の東寺に一人の沙弥が住んでいた。その姓名はまだよくわかっていない。この沙弥は『法華経』をよどみなく読誦することができた。だが、薬草喩品《やくそうゆほん》の「靉靆《あいたい》」の二字のところまで来ると、いくら教えても教えるはしから忘れてしまう。このようなぐあいで忘れることがすでに千度に及んだ。そこで師僧が、「おまえは『法華経』一部をりっぱにしかも明快に読誦することができる。それなのに、どうして『靉靆』の二字が憶えられぬのか」といっていく度となくしかりつけていた。

さて、ある夜のこと、師の夢に一人の僧が現われ、「そなたはあの沙弥が『靉靆』の二字を覚えぬのを責めてはならぬ。あの沙弥は前世、この寺の近くにある東の村に住む女であって、『法華経』一部を読誦した。だが、その家にあった『法華経』の薬草喩品中の『靉靆』の二字を、紙魚《しみ》が食ってしまっていた。そこでその経本にはこの二字がおありにならない。このため、女は沙弥に生まれ変わったとはいえ、『法華経』を読み習っても、『靉靆』の二字を忘れて憶えられないのである。その人とその経はいまもその所にある。もしこのことが信じられぬなら、そこに行って見るがよい」と告げる。と、このような夢を見て目がさめた。

翌朝、師僧はその村に行き、この家を尋ね聞いて主人に会い、「この家には供養するべき場所がありますか」と聞くと、主人は、「あります」という。そこで重ねて、「ではお経はあ

りますか」と尋ねると、「『法華経』一部があります」と答えた。師僧はそれを出してもらい、薬草喩品のところを開けて見ると、夢で教えられたように「靉靆」の二字が欠けていた。主人は、「このお経はだいぶ前に亡くなった長男の嫁が生存中に身を放たず信仰していたお経です」という。師僧はこれを聞いて、その人が死んでからの年月を数えると十七年たっていた。そこでかの沙弥の生まれた年月を数えてみるとぴたりと合っていた。

それ以来、沙弥は「靉靆」の二文字をはっきり記憶しうるようになった、とこう語り伝えているということだ。

〈語釈〉

○**秦**《しん》**郡**　南宋に置かれた。江蘇省六合県の北（南京のあたり）。

○**薬草喩品**《やくそうゆほん》　『法華経』第五品《ほん》。法華七喩《しちゆ》（火宅《かたく》・窮子《ぐうじ》・薬草《やくそう》・化城《けじよう》・衣珠《えしゆ》・髻珠《けしゆ》・医子《いし》）の一である薬草喩が説かれている一品。薬草喩は人間・天上を小草に、声聞《しようもん》・縁覚《えんがく》を中草に、菩薩を大草に喩《たと》え、薬草に大・中・小の差別はあるが、一度雨にうるおうと一時に繁茂して治病の目的を達するように、たとえ機根に声聞・縁覚・菩薩の別はあっても、ひとしく如来の法雨にうるおうときは、大医王となって衆生の苦を救い、よく楽の果を得させることを示したもの。

○**靉靆**《あいたい》　雲のたなびくさまをいう語であるが、薬草喩品の偈《げ》に、「雷声ハ遠ク震《ふる》ヒ、令《し》メ二衆ヲシテ悦予《えつよ》セ一、日光ハ掩《おほ》ヒ蔽《かく》シテ、地上ハ清涼《せいりやう》ニ、靉靆《あいたい》ハ垂布《すいふ》シテ、如シレ可キガ二承攬《しようらん》ス一」とある。

○**紙魚**《しみ》　衣類や書物などを食べる虫。衣魚《しみ》・蠹魚《しみ》。

## 予洲《よしゆう》の恵果《えか》、法花経《ほけきよう》を読誦《どくじゆ》して厠《かわや》の鬼を救う語《ものがたり》、第廿一

今は昔、震旦の予州に恵果和尚《えかわじよう》と申しあげる聖人《しようにん》がおいでになった。慈悲の心がまことに広く、人に利益《りやく》を与えること仏のごとくであった。宋代のはじめ都に行き、瓦官寺《がかんじ》という寺に止住して、『法華経』『十地経《じゆうじ》』などの経典を読誦《どくじゆ》することをつねのこととしていた。また以前から不空三蔵《ふくうさんぞう》を師として三密の大法を習い、真言教を世におひろめになった。

ところでこの和尚は、その昔、厠《かわや》の前で一匹の鬼に出会ったことがある。その姿はまことに恐ろしい。鬼は和尚を見て敬い、「私は昔、前世で多くの僧のために都維那《ついな》を勤めました。ところがいささか過ちを犯したため、いま糞《くそ》をくらう鬼の身に堕《お》ちてしまいました。お聖人《しようにん》は徳が高く、すぐれて人に利福を与え、慈悲の心が広くて利益《りやく》を施すこと殊勝であられると聞いております。なにとぞ私のこの苦しみをお救いください。私は昔、銭を三千持っていて、それをこれこれの所にある柿の下に埋めました。その銭を掘り出して、私のために功徳になることを営んでください」と申しあげた。

和尚はこれを聞き、深い哀れみの念を抱いて、ただちに寺の僧たちに告げ、鬼の教えた場所に行って掘ってみると、まさに言ったとおり三千の銭を掘り出した。そこでさっそく『法華経』一部を書写して、かの鬼のために斎会《さいえ》を営み供養した。

その後、和尚の夢にかの鬼が現われ、和尚をうやうやしく礼拝して、「私はお聖人のおか

げにより、すでに鬼道を免れて別の世界に生まれ変わることができました」と告げる、と、このような夢を見て目がさめた。

それ以来、和尚は『法華経』の威力のあらたかなることをますます尊び、寺の僧たちにこの話を語り広めなさった、とこう語り伝えているということだ。

〈語釈〉

○**予州**　古代九州の一。今の河南省または安徽省。

○**恵果**《えか》**和尚**《わじよう》　劉宋時代の人。瓦官寺にあって宣経・訳経に従事した。真言七祖の恵果《けいか》とは別人。しかし、本話ではそれと誤認しているので、「和尚」は真言宗の呼称の「わじよう」とした。

○**宋代**　諸本「宗」と誤記。宋は劉宋。東晋の譲りを受けた劉裕《りゆうゆう》（太祖武帝）が建てた国（四二〇〜四七九）。これ以来南北朝時代が始まることとなり、宋は八代六十年続いたが斉に国を奪われた。

○**瓦官寺**《がかんじ》　江蘇省江寧府（南京）鳳凰台にあり、瓦棺寺とも書く。東晋興寧二年（三六四）慧力の創建。竺法汰《じくほうた》・竺僧敷《じくそうふ》・竺道一《じくどういつ》・支遁林《しとんりん》等がここに住して講筵《こうえん》を開いた。太元二十一年（三九六）堂塔が焼失したため勅命によって復興し、以来、恵果《えか》・求那跋摩《ぐなばつま》・宝意《ほうい》等はここで、あるいは経・論を宣揚し、あるいは梵経を翻訳した。陳の光大元年（五六七）以後は天台智者大師もここで布教したという。唐の昇元元年（九三七）昇元寺と改称し、宋の太平興国年中（九七六〜九八四）また崇勝寺と改め、後は荒廃したが復興してふたたび瓦官寺といった。現今はまた荒廃しているという。

○**十地**《じゆうじ》**経**　九巻。唐の尸羅達摩《しらだるま》訳。『華厳経』十地品の異訳。

○**不空三蔵**《ふくうさんぞう》**を師として**　これ以下の一文は『弘賛法華伝』『法華伝記』『法苑珠林』などに見えな

い。本話訳者が恵果を真言七祖の恵果と誤認して加えたものであろう。後者の恵果（ふつう「けいか」という）は唐の永貞元年（八〇五）六十歳で寂。不空三蔵（七〇五〜七七四）について三密四《し》曼《まん》の秘奥を受けた。わが国の空海も入唐《にっとう》して師事した。

**○三密**　三密瑜伽《ゆが》に同じ。瑜伽は相応と訳し、真言の行法で、われわれの身《しん》・口《く》・意《い》の三業《さんごう》がもともと仏の三密（三業）と同等無差別であるのを知るために、実践的方法として、手に印《いん》を結び口に呪文（陀羅尼《だらに》・真言）を唱え、意に自己はもとより仏・菩薩たることを覚知し、衆生と仏とは本性同一（生仏一如）、凡夫と仏は本体同一（仏凡一体）の観をなし、ここにわれわれの三業が仏の三密と相応一致し、たがいに渉入《しょうにゅう》し障《さ》うることなく、われ仏に入り、仏われに入る一如の境に到達する、これを三密瑜伽《ゆが》または三密加持《かじ》という。

**○真言教**　詳しくは真言陀羅尼《だらに》教という。真言とは梵語 mantra（漫怛羅）の訳で、如義真実の言語の意。陀羅尼は総持と訳し、一字一句中に無尽の義趣を含む意で、ことに真言《しんごん》（口）・印契（身）・観想（意）の三密相応（三密瑜伽）を旨とするのが本教であるが、口密《くみつ》（真言）をもって教名とするのは、他の仏教に比して声字実相《しょうじじつそう》の深義を説き、よく密教の特色を発揮しているためである。

本教の主要典籍は『大日《だいにち》経』『金剛頂《こんごうちょう》経』で、これらを両部の大経といい、根本経典とするとともに、『蘇悉地《そしつじ》経』『瑜祇《ゆぎ》経』『要略念誦《ようりゃくねんじゅ》経』を加えて五部の秘経とする。相承《そうじょう》は、大日如来の教説を金剛薩埵が相承し、南インドの鉄塔中に秘蔵したが、仏滅後八百年、竜猛《りゅうみょう》（竜樹）がこれを発見し、竜智・金剛智に伝え、金剛智は不空《ふくう》とともに中国に来り密教をひろめ、不空はさらに恵果《けいか》に伝え、空海は延暦二十三年（八〇四）入唐《にっとう》して恵果から伝受された。以上を付法の八祖という。

**○都維那《ついな》**　寺中の事務をつかさどる役名。

# 瓦官寺《がかんじ》の僧恵道《えどう》、活《よみがえ》りて後法花経《のちほけきよう》を写《うつ》す語《ものがたり》、第廿二

今は昔、震旦の宋代に、瓦官寺という寺に一人の僧が住んでいた。名を恵道《えどう》という。予州の人であり、恵果和尚の同母の弟であった。この恵道は一生の間功徳の行ないをすることなく、物の売り買いが大好きで、それによって世を渡っていた。ほかのことはまったく知らない。

そのうち、恵道は重い病にかかって死んだ。だが二日めに蘇生し、「わしは死ぬと同時に閻魔庁《えんまちよう》の役人に追い立てられて、暗く遠い道を進んでいった。そのとき、一人の僧が現われ、私に向かって、『そなたが閻魔王の前に出たとき、王がもしそなたを尋問したならば、このように答えるがよい。「私は昔、法華経八部を書写しようという願を立てました」というのだぞ』。こう教えておいて、たちまち姿を消した。そこでわしは王の御前に出たが、王はわしを見て、『おまえはどのような功徳を行なったか』とお尋ねになる。

わしは僧から教えられたとおり、法華経八部を書写しようという願を立てましたと答えた。すると王はこれを聞いて頰笑み、『おまえはすでに願を立てたというが、もし法華経を書写して、それが八部に達したなら、かならず八つの地獄に堕《お》ちることを免れるであろう』とおっしゃった、と思ったとたん生き返った。わしは僧が教えてくれた一言によって人間界に帰ることができたのだ」。

恵道はこのように語り終わると、涙ながらに自分の所有する財宝をすべて投じて『法華経』八部を書写し、心をこめて供養し奉った、とこう語り伝えているということだ。

**〈語釈〉**

○**恵道**《えどう》　未詳。

○**八部**　一部は『法華経』八巻（七巻）二十八品。

○**八つの地獄**　八大地獄、すなわち、等活《とうかつ》・黒縄《こくじょう》・衆合《しゅごう》・叫喚《きょうかん》・大叫喚・焦熱《しょうねつ》・大焦熱・無間《むけん》（阿《あ》鼻《び》）の八地獄。八熱地獄ともいう。

## 震旦の絳洲《こうしゅう》の孤山《こざん》の僧、法花経《ほけきょう》を写《うつ》して同法《どうほう》の苦《く》を救う語《ものがたり》、第廿三

今は昔、震旦の絳州《こうしゅう》に一つの山があった。永徽《えいき》のころ、二人の僧がその山の寺にいて、同じ僧坊に住んでいた。一人は名を僧行といい、三階教《さんがいきょう》の仏法修行をしていたが、もう一人は名を僧法といって、法華《ほっけ》三昧《ざんまい》の修行をしていた。ともに仏法修行して悟りの道を求めていたのである。

ところが、僧行が先に死んだ。そこで僧法は観世音菩薩に対し、僧行が死後どこに生まれたか教えてほしいと祈請《きしょう》した。三年後、僧法は夢で地獄に行った。見れば猛火が燃えさかり、とても近付けたものでない。火の上は鉄の網で七重に覆ってある。その四面には開閉する鉄の扉があり、まことに堅固である。そしてその中に戒律を犯し、身心ともに仏法にかな

わぬ、百千に及ぶ僧どもがことごとく堕《お》とされて、言語に絶する苦しみを受けていた。

これを見た僧法は、獄卒に向かって、「この中に僧行という僧がいるだろうか」と聞いた。獄卒は、「いる」と答えた。僧法が、「私はその僧行を見たいのだが」というと、獄卒は、「あれは罪が重い。だから絶対見られない」といった。僧法は、「われわれは仏の子であるぞ。なにゆえ頑固に見せようとしないのだ」とつめよる。そのとき、獄卒は鉾《ほこ》をもって黒い炭を突きさし、「これが僧行だ」といって僧法に見せた。僧法はこの黒い炭を見て泣き悲しみながら、「沙門《しやもん》僧行よ、おまえは仏の子でありながら、どうしてこんな苦しみを受けるのか。どうか昔の姿を見せてくれ」といった。

そのとき、獄卒は、「生き返れ」と叫ぶ。と同時に、黒い炭はたちまち昔の僧行の姿に変わった。だが、身体は二目《ふため》と見られぬほどことごとく焼けただれていた。僧法はこれを見て声をあげて泣き悲しむ。すると僧行が僧法に、「そなた、ぜひともわしのこの苦しみを救ってくれ」という。僧法が、「どのようにしたら救ってやれるのか」というと、僧行は、「わしのために『法華経』を書写してくれ」といった。

僧法が、「どのように書写すればいいのか」というと、僧行は、「一日のうちに一部を書写してくれ」という。僧法が、「わしは修行が足らず、どうして一日のうちに書き終えることができよう」というと、僧行は、「わしのこの苦しみはどうにも堪え難く、一刹那《せつな》もがまんできないのだ。だから、一日の猛烈な行《ぎよう》によらなくてはどうして苦しみを除くことができよう」という、と、このような夢を見て目がさめた。

僧法は即座に自分の持つすべての物を投じて費用を備え、それによって書き手四十人を雇い、一日のうちに『法華経』一部を書写し終わり、心をこめて僧行のために供養した。その夜、ある人が夢で、僧行がたちまち地獄の苦しみから免れて忉利天《とうりてん》に生まれた、と見た、とこう語り伝えているということだ。

〈語釈〉

○**絳州**《こうしゅう》　山西省新絳県。山西省の南西、汾河が黄河と合流するあたり。

○**永徽**《えいき》　唐の三代皇帝高宗の年号（六五〇〜六五五）。

○**僧行**　未詳。

○**三階教**《さんがいきょう》　第三階仏法ともいう。隋の時代、信行禅師《しんぎょう》（五四〇〜五九四）が創始した一派で、宋の時代まで約四百年存続していた。その主張は、

(1)時代から仏教を分かち、三段階とし、仏入滅以後一千年あるいは一千五百年までを正法・像法、すなわち第一階・第二階とし、その後を第三階末法時代とする。

(2)仏教を信じる人（機）から見て、上（一乗機）中（三乗機）下（世間機）の三に分ける。

(3)場所から見て、現実に罪に穢《けが》れた世界（穢土《えど》）と理想の清浄の世界（浄土）との上にも三段階を分かち、末法澆季《まっぽうぎょうき》の時代に、濁った知恵と誤った批判に終始する人々に対しては、正法・像法の二季の人を救える教（一乗教・三乗教）では救済の目的を果たさないと見、ひとえに法華を念じ弥陀を念じる教法を時代錯誤の教えとして、われわれはあらゆる仏と経とに帰依し救済されるべきである、といって、いわゆる普法普仏の仏法を主唱した。

なお普仏とは、形像の仏、経中に説いた仏のほか、邪魔《じやま》仏（仏・菩薩の変化身《へんげしん》、仏教以外の人々の尊ぶ諸神諸尊）ならびに一切衆生をも含めている。その理由は、一切衆生は如来たる可能性があり（如来蔵仏）、仏性を有し（仏性仏）、まさに未来に仏たり得（当来仏）、また経に、一切衆生に対し仏の想をなせ（仏想仏）と説くから、彼らもまた仏だといっている。

○**僧法**　未詳。

○**法華三昧**《ほっけざんまい》　『法華三昧』。天台宗における三大部（『法華玄義』『法華文句』『摩訶止観《まかしかん》』）中『摩訶止観』所説の四種三昧《ししゅざんまい》（常坐《じょうざ》〈一行《いちぎょう》〉三昧・常行《じょうぎょう》〈仏立《ぶつりゅう》〉三昧・半行半坐《はんぎょうはんざ》〈方等《ほうどう》・法華〉三昧・非《ひ》行非坐《ぎょうひざ》〈随自意《ずいじい》・覚意《かくい》〉三昧）の一。懺悔《さんげ》滅罪のために修する法で、まず六時五悔と称し、晨朝《じんちょう》・日中・日没・初夜・中夜・後夜《ごや》の六時に懺悔・勧請《かんじょう》・随喜・廻向《えこう》・発願《ほつがん》の五悔を修する。この三昧（静慮・禅定）の方法に身開遮《しんかいしゃ》・口説黙《くぜつもく》・意止観《いしかん》の三がある。

一は行・坐の二を開して住・臥の二を遮し、二は大乗経典を誦して余事を交えず、三は有相行《うそうぎょう》と無相行《むそうぎょう》である。有相行は『法華経』勧発品《かんぼっぽん》により平常の散乱心をもって『法華経』を誦し、禅三昧に入らずに坐立行（半行半坐）して一心に法華の文字を念じ、日夜六時に六根《ろっこん》（眼・耳・鼻・舌・身・意）に造る所の罪障を懺悔する。無相行は『法華経』安楽行品《あんらくぎょうぼん》により、甚深《じんじん》の妙禅定に入って六情根を観じ、実相三諦《じっそうさんたい》の正空に達する。また文を歴《へ》て観ずるのは、普賢菩薩の乗り給う六牙《ろくげ》の白《びゃく》象《ぞう》を観ずるのである。

○**鉄の網**　『往生要集』に八大地獄中の阿鼻《あび》地獄の状を『観仏三昧経略抄』を引いて、「かの阿鼻城は縦横八万由旬《ゆじゅん》なり。七重の鉄城、七重の鉄網、下に十八の隔《へだて》あり、刀林周匝《しゅうさふ》し四角《すみ》に四の銅狗《どうく》あり、身長は四十由旬にして、眼《まなこ》は電《いなづま》の如く牙は剣の如し……」とある。

○**獄卒** 地獄で亡者を呵責《かしゃく》するという鬼。
○**仏の子** (1)仏の教法を信奉する者。(2)一切の衆生。ことごとく仏性（仏となるべき性質）を具有し、やがて仏となり得るから仏の子という。ここは前者。
○**一部** ここでは『法華経』全巻。八巻（または七巻）二十八品。
○**刹那《せつな》** きわめて短い時間。瞬間。
○**忉利天《とうりてん》** 六欲天の第二天。帝釈《たいしゃく》の居城がある。

## 恵明《えみよう》、七巻を八座《はちざ》に分かちて法花経《ほけきよう》を講《こう》ずる語《ものがたり》、第廿四

今は昔、震旦に恵明という人がいた。どこの出身の人か、また俗姓をなんというかはわからない。人に勝れた明晰《めいせき》な知恵の持ち主で、仏法を深く究め、つねに『法華経』を講じていた。

あるとき深山に入り、岩窟の中に座って『法華経』を講じたが、多くの猿が集って来てその教えを聞いた。その後三ヵ月たった夜のこと、岩窟の上に光明が射し、それがしだいに岩窟の前に近付いた。すると、光の中に声がして、恵明に向かい、「私はじつは師僧が『法華経』を講じたのを聞いた猿の中の、年老いた盲目の猿です。師僧が『法華経』を講じたのを聞いた功徳により、命を終えてのち忉利天《とうりてん》に生まれました。もとの猿の身はこの岩窟の東南、七十余歩行ったところにあります。あなたの恩に報いようと思って、いまここにやって

来たのです。どうかまた『法華経』を講じなさるのを聞かせていただきたく存じます」という。

　恵明が、「どのように講じたらよいのですか」というと、その天人は、「私はすぐ天上界に帰ろうと思っています。ですから師僧よ、一部を八つに分けて講じてください」という。恵明が、「私が捧持している経は七巻です。だから七講座に分けるのが妥当です。どうして八講座に分けられましょう」と答えると、天人は、「『法華経』はもともと釈尊が八ヵ年かけて説かれた教えです。ですが、もしそのように八年かけて講じるとなれば、あまり長すぎます。どうか八講座に分けて講説し、八年の説法としていただきたい」という。そこで即座に七巻を八軸に分け、天人のために講じてやった。

　そのとき、天人は八個の真珠を恵明に布施《ふせ》し、偈《げ》を唱えた。

　　釈迦如来《しゃかにょらい》、世を避《さ》ること遠く、妙法は流伝せるも、値遇《ちぐう》すること難し。値《あ》うと雖《いえど》も義を解《げ》すはまた難となす。解すと雖も講宣は最も難となす。

　この偈を唱え終わって、また、「もしこの偈をたとえ一句でも、一瞬間聞いた者は三世（過去・現在・未来）の罪をことごとく消し、しぜんに仏道を達成すること疑いない」といい、さらに、「私はいま経を講じるのを聞いて畜生の身からのがれ忉利天に生まれ、その威光はかつて住んでいた天上界に勝っています。このことはとても語り尽せないほどです」といって、忉利天に昇っていった。

恵明はこのことの一部始終を記録し、岩に穴を彫ってその中に納めた。これは今も残っている、とこう語り伝えているということだ。

〈語釈〉

○**恵明**　未詳。

○**忉利天**《とうりてん》　六欲天の第二天。帝釈《たいしゃく》の居城がある。

○**八講座**　『要略録』「願ハクハ開キ二八座一ヲ、擬《ぎ》セバ二八年ノ説一ニ略《ほぼ》可シ二仏旨一トス」。なお、『法華経』を八座に分けて講賛し供養する法会を「法華八講《ほっけはっこう》」「御八講《みはっこう》」と称する（ふつうは八巻の『法華経』による）。これは朝夕の二座に分け四日間に行なう。本話の恵明が、釈尊八年の法華説法に擬して八座に分けて講じたのを法華八講のはじめとし、わが国では延暦十五年（七九六）石淵寺《いわぶちでら》の勤操《ごんぞう》が同志七人とともに栄好《えいこう》の母の冥福を祈るために、四日八座にわたって『法華経』一巻ずつを講賛したのをはじめとする（石淵八講）。

村上天皇は天暦九年正月四日母后のために弘徽殿《こきでん》において御八講《みはっこう》を修し、天徳四年正月四日法性寺において八講会《はっこうえ》が設けられ、長元元年十二月四日藤原道長の一周忌にあたり法成寺《ほうじようじ》で八講が行なわれ、天承元年七月、白河天皇の一周忌に方勝寺《ほっしようじ》で法華八講が勅修された。これらは著名なものであるが、天台宗における法会に法華八講を行なうこと多く、延暦寺では五年ごとに行なうものを法《ほっ》華大会《けだいえ》と称する。

○**八ヵ年**　天台宗の五時説によれば、釈尊説法において、入滅前の最後の八年間に『法華経』を説いたとする。

○**天人のために**　「天人」は天上界の諸天人。天上界は欲界・色界・無色界の諸天。

○**偈《げ》**　仏徳または教理を賛嘆する詩。

○**釈迦《しやか》如来《によらい》、世を避《さ》けること……**　釈迦如来がこの世から去りなさって以来、すでに長い年月が経った。残された妙法（『妙法蓮華経』すなわち『法華経』）は四方に流伝していったが、その教えにめぐりあうのはむずかしいことである。たとえめぐりあったとしても、その教義を理解するのはまたむずかしいことであり、また理解しえてもそれを講じ述べるのはもっとむずかしいことである、の意。『要略録』ではこの最後の一句を「雖解《すいげ》講演《かうえん》衆為《しゆゐ》難《なん》」とするが、『法華伝記』は本話と同じである。

また『要略録』の偈はこのあと、「若聞是法一句偈　乃至須臾聞不謗　三世罪障皆消滅　自然成仏道無礙　吾今聞聴捨畜身　生在欲界第二天　威光勝於旧生天　勝利難思不可説」とあるが、本話はこの部分を偈とせず、天人の言葉として、「もしこの偈を……疑いない」「私はいま……語り尽くせないほどです」の二つに分けて訳している。

『法華伝記』はこの前半を偈文として初めの四句に続けて書き、後半を偈文からはずして書いて、そのあとに「説キ二此偈ヲ一已《をは》リ、還《かへ》リ二上《のぼ》ル本《もと》ノ天ニ一」としている。これらの点から、本話は『法華伝記』により近い本文をもつ前田家本『要略録』のようなものに拠ったのであろう。

# 震旦の絳洲《こうしゅう》の僧徹《そうてつ》、法花経《ほけきょう》を誦《じゅ》して臨終《りんじゅう》に瑞相《ずいそう》を現《げん》ずる語《ものがたり》、第廿五

今は昔、震旦の唐の高宗の時代に、絳州《こうしゅう》に一人の僧がいた。名を僧徹という。幼いときに出家したが、慈悲の心が深く、専心に仏法修行につとめ、またこのうえなく人を哀れんだ。ところで、彼は孫山の西の一隅に堂を造ったが、そこは樹木がいちめんに茂っていて、僧徹の住みかとするにはまことにふさわしい所であった。

ある日のこと、僧徹は住みかを出て諸所を巡り歩いていると、山の中で一つの土穴を見つけた。中に一人の病人がいた。体じゅう瘡《かさ》に覆われていて、その臭いことといいようもなく、とても近寄れたものでない。だがこの病人は僧徹が通り過ぎるのを見て呼びとめ、食い物を乞うた。僧徹は哀れに思い、穴から呼び出して食べ物を与えたうえ、「おまえをわしの住みかに連れていって養ってやろうと思うが、どうだね」といった。

病人はこれを聞いてこのうえなく喜ぶ。そこで僧徹はこの病人を自分の寺に連れて行き、さっそく土の穴を造り、そこに病人を入れ、衣食を与えて養ってやるとともに『法華経』を教えて読誦させようとした。病人は文字を知らず、愚鈍でなかなか覚えられなかったが、僧徹は心をこめて一字一句ごと力をこめて怠ることなく教えてやった。そこで病人はいつしか『法華経』の半分を覚えてしまった。

すると、病人の夢に一人の人が現われ、病人にこの経を教える。病人はおのずからよく理

解できるようになり、第五巻・第六巻を読誦した、と思うと同時に目がさめた。そのとき、わが身を見ると、瘡《かさ》はすっかり治っていた。「これはひとえに『法華経』のお力によるものだ」と信じ、じつに不思議なことと思うとともに尊く思うのであった。その後、『法華経』一部を読み終わると、髪・眉などすべてもとのようになった。それ以来、病人みずから人の病気を癒す人となり、僧徹の従者となった。そこで僧徹はこの人に命じ、どこかに病人がいるとそこにやって祈らせ治療をさせる。すると必ずその病人は癒った。というわけで、この人は、昔は自分の病気に悩んだが、今は他人の病気を治す身となった。

また、この僧徹の寺の近くには水がなかった。そこでいつも遠くの山の下まで下りていって水を汲んでいた。そのため、わずか一回の食事の準備ができるだけであった。だがある日、突然地面に凹みができ、そこに泉が涌き出た。それ以来、寺には水不足ということがなくなった。当時、房仁裕《にんゆ》という人がいて秦州の長官であったが、この泉が出たことから、僧徹の寺の名を陥泉寺と改めた。また僧徹はつねに人々に盛んに善事を行なうことを勧めた。そこで、遠くの者も近くの者も僧徹を父母のように尊び敬った。

さて、永徽《えいき》二年正月、僧徹は弟子たちに、「わしはもうすぐ死ぬだろう」といい、衣服を整えて縄床《じょうしょう》に正座し、目をとじて身じろぎもしない。そのときは空は晴れ上がっていたが雪のように花が降ってきた。香ばしいかおりが室内に匂い、いつまでも消えない。また、そのあたり二里ほどの樹木の葉の上には、ことごとく白い色が生じた。その軽いことはまるで粉のようである。三日たってふつうの色にもどった。僧徹の体はつめたく冷えたまま三年間同じように正座していたが、生きていた時とすこしも変らなかった。臭気もなく、身体がそこなわれることもなく、ただ目から涙が出ただけであった。
このことは、僧徹の弟子たちと州の人々が語るのを聞いてこう語り伝えたということである。

〈語釈〉

○**高宗**　唐の第三代皇帝。出典である『冥報記』には「唐の高宗の時代に」に当たるものはない。後文の「永徽《えいき》」という年号から導かれたものか。
○**僧徹**　未詳。
○**孫山**　前田家本『冥報記』には「孫山」とあるが、高山寺本は「孤山」。「孫山」は誤記であろう。孤山は一つだけ孤立している山（普通名詞）。
○**第五巻・第六巻**　八巻本の『法華経』なら、第五巻（提婆達多品《だいばだったほん》第十二、勧持品第十三、安楽行品第十四、従地涌出品《じゅうちゆうしゅつほん》第十五）、第六巻（如来寿量品第十六、分別功徳品第十七、随喜功徳品第十八、法師功徳品第十九）。
○**房仁裕《にんゆ》**　未詳。『冥報記』「後房仁裕為₂秦洲₁刺史₁」。
○**秦州**　甘粛省天水県西六十里。
○**陥泉寺と改め**　僧徹の寺を陥泉寺と改名したとするが、『冥報記』ではこの一段は叙述が逆になっており、初めに仁裕が僧徹のために精舎《しょうじゃ》（寺）を建ててやって陥泉寺と名づけたとし、ついでその命名の理由として僧徹の居所には水がなかったが、一朝たちまち地が陥《くぼ》んで泉が涌いたことを述べている。
○永徽《えいき》二年　高宗の治世（六五一）。
○縄床《じょうしょう》　僧が座臥するに用いる牀《しょう》の一種。上部に縄を張りつめたもの。インドでは座・臥ともに使用するように長方形に造ったが、中国・日本では多く椅子《いす》をいう。

## 震旦の魏洲《ぎしゅう》の史《し》、雀《じゃく》の産武《さんぶ》、前生《ぜんしょう》を知りて法花《ほけ》を持《じ》する語《ものがたり》、第廿六

今は昔、震旦の隋の開皇《かいこう》時代に、魏洲《ぎしゅう》の長官、博陵《はくりょう》の雀産武《じゃくさんぶ》という人がいた。あるとき、州を巡視して一つの村にやって来たが、産武は突然驚き喜び、供につれた一人の役人を呼んで、「わしは昔、前の世でこの村に女として生まれ、人の妻となっていたのだ。わしはいまその家のあった所を思い出したぞ」といい、乗馬の者一人を村に入れて、一軒の家に遣わし門をたたかせた。家の主人は老人であったが、産武が来たということを知らせると、主人は産武を家に招じ入れた。

産武は家に入って部屋に上がり、まず壁の上のほうを見た。床の上六、七尺ほどに高く盛りあがった箇所がある。産武はこれを見付けて、主人に、「わしは昔、読誦《どくじゅ》し奉った『法華経』と身につけていた金の簪《かんざし》五つをこの壁の中の高い所に隠しておいた。その経の第七巻の最後の一枚は火に焼けて文字がなくなっていた。わしはつねにこの経を読誦し奉っていたが、その第七巻の最後の焼けている所を書写し奉ろうと思いながら、家業の忙しさにまぎれ

て、ついに書かずに終わったのだ」といって、ただちに人に命じて壁に穴を開け、中から経箱をとり出した。すると、言ったとおり、第七巻の最後の一枚が焼けていた。また、金の簪もすべて産武の言葉どおりであった。

家の主人は産武の言葉を聞いたが、前世のいわれを知らないので不思議に思ってそのわけを尋ねた。産武は、「いいか、よく聞け、わしは昔おまえの妻としてこの家にいたのだ。そして産のために死んだのだ」という。主人はこれを聞いて涙を流して泣き悲しみ、「おっしゃるとおり、私の死んだ妻はいつもこの経を読誦し奉っておりました。簪も妻のものです。ほんとうにあなたさまは私の昔の妻でおいででした。ところで、妻は死ぬ前、自分で髪を切りました。だが、それをどこに隠したのか、その場所を私に言いませんでした。あなたさまがその髪をお置きになった場所をいますぐお教えください」といった。

すると産武は、庭先の槐《えんじゅ》の木を指さして、「わしは出産に際して自分で髪を切り、この木のこずえにある穴の中に入れておいた。今もあるかどうか、ためしに人を登らせて探させてみよ」という。そこでいわれたとおり、ただちに人を登らせて穴の中を探させ、その髪を取り出した。これを見た主人はひたすら泣き悲しむ。産武は前世のことを家の主人に教え知らせたあと、今後の深い交わりを約束し、むつまじく語り合ったが、それはまるで昔の夫婦のときのような様子であった。そして産武はさまざまな財宝を主人に与えて帰っていった。

このことから思うと、死んで別の世界に生まれずに人間界に生まれた人は、このように前世のことを思い出すものである。そして、ひたすら『法華経』を読誦したために、ふたたび人間界に生まれて前世の契りの深かったことを明らかに示したのである、とこう語り伝えているということだ。

〈語釈〉

○**隋**　文帝〜恭帝（五八一〜六一八）に至る四代三十八年間の王朝。北周のあとをうけて中国を統一した。

○**開皇**《かいこう》　第一代皇帝文帝の年号（五八一〜六〇〇）。

○**魏州**《ぎしゅう》　河北省大名県東。河北省の南端（魏県・大名のあたり）。

○**博陵**《はくりょう》**の雀**《じゃく》**産武**《さんぶ》　前田家本『冥報記』「縛陵崔産武」。高山寺本および『法華伝記』等「博陵崔彦武」。「博陵」は地名。今の河北省天津市薊県《けいけん》の西南。北京市の東方。「崔彦武」は未詳。本話は前田家本に近い本によりながら誤記したのである。

○**槐**《えんじゅ》　『冥報記』「槐樹」。槐（えんじゅ）はマメ科の落葉高木。初夏、蝶の形をした黄白色の花を開く。果実は長いさや状。材は器具に用いられ、花は黄色の染料になる。中国原産。

## 震旦の韋《い》の仲珪《ちゅうけい》、法花経《ほけきょう》を読誦《どくじゅ》して瑞相《ずいそう》を現《げん》ずる語《ものがたり》、第廿七

今は昔、震旦に韋仲珪《いちゅうけい》という人がいた。正直者で、父母に対する孝心がひじょうに深く、また兄弟を敬愛した。そこで、彼の住む郡・村の者はみな仲珪をこのうえなく愛した。

仲珪は十七歳のとき、郡の役人となった。ところで、彼の父は資陽《しよう》郡の丞《じょう》（郡庁の次官）

の役についていたので、老年になっても家に帰って来なかった。そのうち、武徳年間になって、その父が資陽郡で病気になった。子の仲珪は父のもとに出かけて行き、日夜帯も解かずに熱心に介抱した。父は長い間病床に臥していたが、ついに死んだ。その後、仲珪は妻子を残したまま父を葬った場所の近くに庵《いおり》を造り、そこにこもってひたすら仏法を信仰し『法華経』を読誦し奉った。昼は土を背負って来て墓を築き、夜はもっぱら『法華経』を読誦して父の後世を弔い、真心の薄らぐことなく三年が過ぎた。それでも家に帰ろうとしなかった。

そのころ、ある夜一頭の虎が庵の前に来てうずくまり、仲珪が読誦する経の声を聞いていた。いつまでたっても立ち去ろうとしない。仲珪はこれを見てすこしも恐れず、「私は恐ろしい獣に向かいあっていたいとは思わない。おまえはなにゆえここに来たのか」というと、虎はこれを聞いて即座に立ち上って去っていった。その翌朝、墓の周囲をまわってみると、蓮花《れんげ》が七十二本生えていた。墓の前面では順序正しく並んで生えている。まるで人がわざと植えたようである。茎は赤く花は紫色をしており、花の大きさは五寸もあって、色といい光沢といい、ふつうの花とは違っていた。

隣村の人がこのことを聞き、やって来てこれを見て、遠く近くの人々に告げ知らせた。州の刺史《しし》(長官)辛君昌《しんくんしょう》や別駕《べつが》(刺史の補佐官)沈裕《しんゆ》などがこれを聞いて、ともどもこの墓所にやって来てその蓮花を見ていると、突然一羽の鳥が飛んで来た。鴨《かも》に似ている。その鳥は一尺ほどの鯉を二匹くわえており、刺史君昌の前に来て、その鯉を地上に置いて飛び去った、君昌らはこれを見て不思議に思ったが、この蓮花を取って国王に奉り、事の次第を奏上した。このことを見たり聞いたりした人々は、これはひとえに『法華経』の霊験であるといってほめ尊んだ、とこう語り伝えているということだ。

〈語釈〉

○**韋仲珪**《いちゅうけい》　『冥報記』に「臨邛《りんきょう》韋仲珪」とある。臨邛は四川省邛崍《きょうらい》県。成都市の南西。邛竹《きょうちく》の産地。

○**資**《し》**陽**《よう》**郡**　四川省資中県北。成都市の南東。

○**武徳**　唐の高祖の治世（六一八〜六二六）。

○**別駕**《べつが》**沈裕**《しんゆ》　別駕は刺史の下で最高の職、刺史を補佐し、諸部局を総轄する。駕は乗り物で、刺史と乗り物を別にする意。沈裕は未詳。

## 震旦の中書令《ちゅうしょりょう》峯《ほう》の文本《ぶんぽん》、法花《ほけ》を誦《じゅ》して難を免《まぬ》かるる語《ものがたり》、第廿八

今は昔、震旦に、中書令《ちゅうしょりょう》を勤める峯《ほう》（岑《しん》）文本《ぶんぽん》という人がいた。幼いときから仏法を信じ、つねに『法華経』の普門品《ふもんぼん》を読誦《どくじゅ》していた。この人があるとき多くの従者とともに船に乗り、呉江の中流を渡っていると、突然船が壊れた。そこで、多くの船客はことごとく水に投げ出されて死んでしまった。

ただ文本ひとりだけ水に流されながら浮かんでいた。だが、すぐに死んでしまうだろうと、悲痛な思いでいるとき、ほのかに人の声が聞こえた。「いますぐ仏を念じたなら死なずにすむであろう」。このように三度いう。それを聞くと同時に、文本は波のまにまに水中か

ら押し出され、しぜんに川の北岸に流れついた。喜んで岸の上に上り、どうやらこの災難から脱れることができた。さっそく、「仏を念じ奉れ」と教えてくれた人を探してみたが、そういう人はどこにもいなかった。そこで、これはひとえに『法華経』のお力であり、観音のお助けによるものだとわかった。

その後ますます信仰心を起こし、江陵において斎会《さいえ》を営んだ。その席に多くの僧が集ったが、その中の一人の客僧が斎会が終わったあと一人居残って文本に向かい、「天下はまさに乱れようとしています。だが、あなたは仏法を敬っているので、その災難にまき込まれることなく、ついには太平の世にめぐりあって富貴の身になるでしょう」と告げたが、告げ終わるや走り去ってしまった。

その後、文本が食事しているとき、食器の中に舎利《しやり》二粒を見付けた。「これは不思議だ」と思い、このうえなく敬い供養し奉った。また、かの僧が告げた言葉とすこしも違わず、天下に動乱が起こったが、文本は災難にまき込まれず、太平の世にめぐりあい富貴の身となった。これもまたひとえに『法華経』のお力と観音のお助けによるものである。前には川を渡るとき、船が壊れて水中に投げ出されても死なずにすんだ。のちには天下に動乱が起こったが、その災難にまき込まれず、太平の世になって富貴の身となった。

されば、人はもっぱら仏法を信ずべきである、とこう語り伝えているということだ。

〈語釈〉

○中書令《ちゆうしよれい》　中書は中書省。三国時代魏《ぎ》の時にはじまった官庁名で、隋・唐の時代では、機密事項・

詔勅・民政などをつかさどり、中央官制の中心となった。令はその長官で、政務の枢機《すうき》にあずかり、権限が強く、唐では門下省の長官の侍中《じちゅう》とともに真宰相の官であった。

○**峯《ほう》（岑《しん》）文本《ぶんぽん》**　正しくは「岑文本《しんぶんぽん》」（『冥報記』等）。『攷証今昔物語集』（田中頼庸旧蔵本を底本に用いたもの）・『国史大系』本等は「岑文本」とするが、現存最古の写本とされる『鈴鹿本』など「峯文本」と記す。「峯」は「岑」の誤写。岑文本は棘陽《きょくよう》の人、字《あざな》は景仁《けいじん》。若いときから沈着・明敏、とくに文章に秀でていた。唐太宗の貞観《じょうがん》年中、中書舎人に抜擢されたが、詔勅文を書かされその早さで人を驚かせた。侍郎に移り、江陵県に封じられた。のち中書令となり、遼東の乱の征討に従ったが幽州で病没した。現代語訳では「峯文本」としておく。

○**普門品《ふもんぽん》**　詳しくは「観世音菩薩普門品」といい、「観音品」ともいう。『法華経』二十八品中の第二十五品。これを一経としたものを『観音経』（鳩摩羅什《くまらじゅう》訳）という。観世音菩薩がよく衆生の諸種の災難を救い、諸願を満たし、また三十三身を現わして説法することを説いている。

○**呉江**　蘇州河（江蘇省）のこと。

○**観音**　観世音菩薩。

○**江陵**　湖北省江陵県。荊州ともいう。揚子江沿岸、沙市市の西隣。

○**斎会《さいえ》**　僧を招いて施食する法会。

○**客僧**　旅僧。

○**天下はまさに乱れようと**　唐の則天武后の乱などをさすか。高宗の后である武后は麟徳《りんとく》元年（六六四）上官儀を殺して政治の実権を握り、さらに高宗没後、諸王を殺して自ら帝位についたため、唐朝は一時中断した。『冥報記』「天下方ニ乱レム」。

○舎利《しゃり》　釈尊の遺骨。

## 震旦の都水《とすい》の使者蘇長《そちょう》の妻、法花《ほけ》を持《じ》して難を免かるる語《ものがたり》、第廿九

今は昔、震旦の〔唐の〕時代に、都水《とすい》署の長官である蘇長《そちょう》という人がいた。武徳《ぶとく》年間に巴州の刺史《しし》（長官）であった。そこで蘇長は妻子や従者を伴ってその州に趣いたが、嘉陵江《かりょう》の中流を渡る途中、突如強風が吹き出して船はたちまち沈没してしまった。

このため、船に乗っていた男女六十余人はいっぺんに溺《おぼ》れ死んだ。だが、その中の蘇長の妻一人だけは死なずに水面に浮き上った。この妻は日ごろ『法華経』を読誦し奉っていたが、船中にいてまさに水に落ち込もうとする瞬間、身を放たずお持ちしていた『法華経』の経箱を急いで手に取り頭上にお乗《の》せして、御助けを願いながらともに水中に落ちた。

そして船が沈むと同時に船中の者も、蘇長をはじめことごとく水に沈んだが、この妻一人は沈まなかった。そこで、浪のまにまに浮かんでいるうち、しぜんに岸に流れついた。経箱もまた浮かび上った。その経箱を取って開けて見ると、中に入っておられる経はいささかもぬれたりよごれたりしておいでにならぬ。遠近の人々はこのことを聞いて、『法華経』の霊験のあらたかなことを思い、敬い貴び奉った。

その経は今もなお楊州におありになる。かの妻はその後別人の妻となっているが、『法華経』をいっそう深く信じ奉って読誦し、うやうやしく礼拝し奉った、とこう語り伝えている

ということだ。

**〈語釈〉**

○**〔唐の〕時代に**　「唐」を諸本は空格にする。下の「武徳」という年号から推定すれば「唐」が該当する。本話の出典である『冥報記』および『弘賛法華伝』等はたんに「武徳中」とするだけでその語なく、『法苑珠林』『法華霊験伝』等は「唐武徳中」とする。「武徳年間に」の語句は第二十七話、巻六第十三話に見えるが、いずれも『冥報記』を出典とする話で「唐」代と記していない。これは出典にないからであるが、訳者は「武徳」が唐代であることを知らず、本話のみ冒頭文を整えるため時代を空格にして記したのであろう。

○**都水署**《と すい》　秦・漢以後の役所で、主として治水の事をつかさどった。

○**蘇長**《そちょう》　未詳。

○**巴州**　四川省巴中県。

○**嘉陵江**《かりょう》　陝西《せんせい》省から出て四川省東部を南下し、南充市を経て重慶市で揚子江（長江）に合流する大河。

○**楊州**　「楊」は正しくは「揚」。揚州の地は時代によって異なるが『中国古今地名大辞典』「揚州」の項中に、「隋置ク、改メテ為ス二江都郡一ト、唐ニ曰フ二南兗州一ト、改メテ曰フ二邗州一ト、尋イデ復《ま》タ曰フ二揚州一ト、改メテ為ス二広陵郡一ト、後復タ為ス二揚州一ト」とあるから、今の江蘇省揚子江北岸の揚州市のあたりか。

## 震旦の右監門《うかんもん》の校尉《こうい》、李の山竜、法花《ほけ》を誦《じゅ》して活《よみがえ》るを得る語《ものがたり》、第三十

今は昔、震旦の〔唐の〕時代、右監門《うかんもん》の校尉《こうい》に李山竜《りさんりょう》という人がいた。馮翊《ひょうしょう》出身の人である。この山竜が武徳年間に突然死んだ。家の者はこのうえなく泣き悲しんだが、山竜の胸と手のひらだけはいつまでも暖かい。家の者はこれを怪しみ、しばらく葬らずにおいた。すると、七日過ぎてついに生き返り、親族の者にこう語った。「わしは死ぬと同時に冥途の使者に捕えられ一つの役所に連行された。その建物はじつに大きい。庭もたいそう広く、その中にひじょうに多くの人間が縛られてひき据えられている。ある者は手かせ足かせをされ、ある者は首かせをされ鎖《くさり》でつながれており、それらがみな顔を北に向けて庭じゅうに満ち満ちていた。

その中を使者はわしをひっ立てて役所内に連れ込んだが、見ると頭首とおぼしき大官が一人、高い椅子に座っておられる。そのまわりには多数の従者がいて、その様子は国王を百官が敬っているのと似ていた。わしが使者に、『あの中央におられるのはどういうお役の方ですか』と聞くと、使者は、『あれは王である』と答えた。わしは階段の下に進み寄った。

すると王が、『おまえは一生の間にどのような善根を積んだか』とおっしゃる。わしは、『私の村の者が仏法の講会を営みましたとき、そのたびごとにいつも供養の品を布施《ふせ》しましたが、それは講会《こうえ》の施主《せしゅ》とまったく同じでありました』とお答えした。王はさらに、『では

おまえ自身においてどのような善根を造ったか』と言われる。わしが、『私は「法華経」二巻を読誦いたしました』というと、王は、『それはまことに尊いことじゃ。すぐにその階段を上るがよい』とおっしゃった。

そこでわしは役所の床上に登った。その東北に当たって一段高い座席がしつらえてある。王はその座席を指さしてわしに座るようにすすめ、『おまえ、あの座席に上って経を読誦せよ』とおっしゃる。わしは王の命令をお受けしてその座席の側に行った。すると王は即座に立ち上がり、『読誦の法師よ、その座に上れ』とお命じになる。わしは座席に上り、王に向かって座った。そして、『妙法蓮華経序品第一《みょうほうれんげきょうじょほん》』と唱えるやいなや、王が、『読誦の法師よ、ただちに読誦をやめよ』とおっしゃった。わしは王のお言葉に従って即座に読誦をやめ、座席から下り、また階段の下に来て庭を見ると、縛ってひき据えてあった多くの罪人が忽然と消えうせて、一人も見えない。

〈語釈〉

○〔唐の〕時代　「唐」を諸本は空格にする。

○右監門《うかんもん》の校尉《こうい》　監門は宮城諸門の警衛に当たる役所で、左右の府に分かれる。わが国の衛門府《えもんふ》に相当。校尉は漢代以後設けられた官名で、天子・王族を警護する武官。ここでは右監門に詰めている武官をいう。

○李山竜《りさんりよう》　未詳。

○馮　翊《ひようしよう》　陝西省《せんせい》大茘県《だいれい》。

○**王**　閻魔《えんま》王。
○**善根**　善い果報を招くべき善因。
○**妙法蓮華経序品第一**《みょうほうれんげきょうじょほん》　『妙法蓮華経（法華経）』二十八品の最初が序品で、その冒頭の語である。
このあと本文が「如是《にょぜ》我聞《がもん》。一時仏在。王舎城。耆《ぎ》闍崛山《しゃくっせん》中。……」と続く。

　そのとき、王はわしに向かって、『そなたが経を読誦する功徳《くどく》は、ただ自分の利益《りやく》だけではない。庭にいた多くの受苦の衆生は経を聞いたため、ことごとく捕われの身を免れることができた。これこそ限りない善根ではないか。わしはいまそなたを放免する。すみやかに人間界に帰って行くがよい』とおっしゃった。わしはこの言葉を聞き、王を礼拝してその役所を出て帰って行ったが、数十歩行ったかと思う時、王はまたわしを呼びとめ、わしに付けた使者に命じ、『その人を連れてさまざまの地獄を巡り、見せてやるがよい』とおっしゃる。使者はただちにわしを連れて行った。
　百歩あまり行ったところで、一つの鉄の城廓があった。まことに広大である。上に屋根があって城廓を覆っており、その側面にたくさんの小窓がある。ある窓はその大きさが小さい盆のようであり、ある窓は大皿のようである。見れば、多くの男女がその窓の中に飛び込んでいる。だが、二度と出てこない。わしは不思議に思い、使者に、『ここはどういう所ですか』と聞いた。使者は、『これはね、大地獄という所ですぞ。この地獄の中には多くの仕切りがあり、罪によりそれぞれ異った罰を受けることになっている。ここに入る多くの者は、前世の業のいかんによってそれぞれの地獄に堕《お》ち、その罰を受けるのです』と教えた。

わしはこれを聞いて恐ろしくなり、思わず『南無仏《なむぶつ》』と唱えた。そして使者に、『もう帰りましょう』といったが、使者はさらに別の城廓の門前に連れていった。見れば、一つの釜に湯が沸き上っている。その傍らに二人の人がいて眠っていた。わしはこの二人にどうして眠っているのかと尋ねた。二人は、『私らはこの沸き立つ釜の中に入れられました。どうにもがまんのしようのない苦しさです。ところが、あなたが「南無仏」と唱えられたのを聞いたため、地獄の中の罪人はみな一日のあいだ釜に入れられずにすんで、ぐったりして眠っているのです』という。

そこでわしはいま一度『南無仏』と唱えた。そのとき、使者はわしに向かって、『冥途には多くの役所がある。王はいまあなたを放免なさったが、あなたが帰って行こうとするなら、王に赦免状を申請なさい。もしその書状をもらっていないと、他の役所の者が放免されたことを知らず、もう一度あなたを捕えますよ』という。そこで、わしはもとの所にもどって、王にその書状を申請した。王は紙に一行の文を書き、使者に渡したうえ、『五道（地獄道・餓鬼道・畜生道・人道・天道）等の役所の署名をもらえ』とお命じになった。

〈語釈〉

○**そなたが経を読誦する功徳《くどく》**　閻魔《えんま》王は山竜に対し、これ以前は「おまえ」といっていたが、ここから態度を改めたことを示す。『冥報記』も同様。

○南無仏《なむぶつ》 「南無」は帰依・帰命・頂礼の意。

使者はこの仰せを承わり、わしを連れて二つの役所を訪れた。双方それぞれの仕事を行ない、役人は前に見たのと同じである。そこの役人の署名をもらったが、ともに一行の文を書いてわしによこした。わしはこれを持って役所を出、門の所に来ると、そこに三人の役人がいてわしに向かい、『王があなたを放免して帰らせた。われわれはあなたをとどめることができない。だが、多かろうと少なかろうと、われわれが欲しいというものをあとで送ってくれ』という。

その言葉が終わるか終わらぬうちに、使者がわしに、『王があなたを放免されたが、この三人の者をあなたは見知っていませんか。この三人はじつは前にあなたを捕えたあの使者ですよ。一人は棒主といい、棒をもってあなたの頭を打つ役の者、一人は縄主といい、赤い縄をもってあなたを縛る役の者、一人は袋主といい、袋をもってあなたの気を吸う役の者です。これらがあなたの帰ることを知って、物をねだったのです』と教えた。

わしは恐れおののき、三人に向かって、『私は愚かなためあなたがたのことを知りませんでした。家に帰ったならお望みのものを用意いたしましょう。だがそれをどこに送ったらよろしいでしょうか、その手だてもわかりませんが』というと、三人は、『水のほとりか、木の下でそれを焼いてくれ』といって、わしを門外に出し帰らせた。そして家に帰りついたと思ったとき、わしはこの世にもどってきたのだが、見れば家の者が寄り集って泣きながら葬儀の道具を整えている。わしはわしの死体の傍らに行った、と思うやいなやわしは生き返った」。

蘇生した山竜はこのように親族たちに語ったが、その後、紙を切って祭祀《さいし》用の銭を作り、そのほか酒・肉を調え、それらを持って水辺に行き、みずから焼いた。すると突然三人の者がそこに姿を現わし、「あなたは約束を破らず、よくぞわれら冥途の使者に贈りものをしてくれた」といい終わるや、三人とも消え去った。

その後山竜は知恵も徳も高い僧に会ってこのことを語ったが、それを聞いた僧がこう語り伝えたということだ。

〈語釈〉

○**棒主**　棒をつかさどる獄卒。棒は処刑具。

○**縄主**　縄で罪人を縛ることをつかさどる獄卒。

○**袋主**　袋で罪人の息を吸いとることをつかさどる獄卒。前田家本『冥報記』「一ハ是レ袋主、当《まさ》ニ三以テレ袋ヲ吸フ二君ノ気ヲ一者」。

## 馬を救《すく》わんが為に法《ほ》花経《けきよう》を写《うつ》して難《なん》を免《のが》れたる人の語《ものがたり》、第卅一

今は昔、震旦の北斉の時代に一人の人がいた。姓は梁といい、家はたいそう裕福で、莫大《ばくだい》

な財宝を持っていた。この人が最後、死ぬときに臨んで妻子に向かい、「わしは生まれてこのかた、従者や馬を心からかわいがり養ってきた。だから、長いこと従者を使い馬に乗り続けてきたがどれもわしの気にいるものばかりだ。いまわしが死んだなら、これら従者も馬もみな同じように殺してくれ。もしそれらを殺さなかったなら、わしは死後なにを乗りものにし、だれを従者としよう」といった。そこで、いよいよ死のうとするときになって、家の者は遺言どおり袋に土を盛って従者である下人《げにん》の上に押し乗せ、圧死させてしまった。馬はまだ殺さずにおいた。

ところが四日たってその従者は生き返り、家の者にこう語った。「私は殺されると同時に、思いもよらず、たちまちある役所の門の所に来ていました。門前にいる人が私をその場にとどめ、そこで一晩明かしました。翌朝になってあたりを見ると、お亡くなりになったご主人がおいでになる。お体は鎖《くさり》で縛られ、恐ろしげな兵士が周りをとり囲みながら役所に連れ込もうとしていたが、ご主人は私を見て、『わしは死ぬ時、死後の従者にしようと思って、家の者に、おまえを殺せと言い置いた。家の者は遺言どおりおまえを殺したが、いまわし自身が苦を受けて、おまえを使おうにも使うすべがない。そこで、わしは役人にお願いしておまえを帰してもらうようにしよう』とおっしゃって兵士とともに中に入っていった。

私は塀の外で、中の様子をうかがっていると、中にいた役人がご主人をとり囲んだ兵士に、『昨日はこの男の体から油を絞り取ったか』と聞く。『八升絞り取りました』と答えた。すると役人は、『すぐに連れ帰って、一斗六升絞り取れ』と命じる。そこで兵士はまたご主人を役所の外に引き出した。こんどは私になにもおっしゃらずに出ていった。ご主人はその翌日また門の所にやって来たが、この時はご主人の顔に喜びがあふれ、私に向かって、『これからおまえのことをお願いするつもりだ』とおっしゃる。そこでまた前日のように役所の中の様子をうかがっていると、役人が警衛の兵士に、『油は絞り取ったか』と聞く。『絞れませんでした』と答えると、役人はそのわけを問いただした。

警衛の兵士は、『この男が死んで三日めに、家の者が僧を呼んで斎会《さいえ》を営みました。そのときの声明《しょうみょう》の声が響くごとに地獄の鉄の梁《はり》がやすやすと折れてしまったので、油を絞ることができなかったのです』と答えた。役人は、『ではしばらく連れ去れ』と命じる。そのとき、ご主人は役人に向かって、『私の従者を帰してやってください』とお願いした。すると役人はすぐさま私を呼んで、『おまえは罪がないから赦《ゆる》してやる。すぐに帰るがよい』といった。

そこでご主人といっしょに門を出たが、ご主人は、『おまえははやく帰ってわしの妻子にこの様子を話してくれ。そしてこう伝えてくれ、「おまえたちの追善の営みの力により、わしは堪え難い苦しみを免れることはできたが、まだすべて免れてはいない。おまえたちは心をこめて法華経を書写し、仏像を造ってわしの苦しみを救ってほしい。そうすれば免れることができよう。今後は神を祭ることをしてはならぬ。それをするとわしの罪はますます重くなるのだ」と、このようにだ』といい終ると、私と別れて行ってしまいました」。蘇生した従者はこのように死後のことをくわしく語った。

家の者はこの話を聞いていっそう信仰心を起こし、即日斎会を営んだ。家の財宝を傾けて功徳の仏事を行ない、一族一門力を合わせて善根を営んだ、とこう語り伝えているということだ。

〈語釈〉

○**北斉** 高洋（文宣帝）が東魏を滅ぼしてたてた国（五五〇〜五七七）。第六代高恒の代に北周に併《へい》呑《どん》された。

○**一斗六升** 『冥報記』『法苑珠林』は「一斛《こく》六斗」、『法華伝記』は「一斛六升」。もとは「一斛六斗」であろう。一斛は十斗で、周代は一九・四リットル、隋・唐代は約五九リットル。

○**斎会《さいえ》** 僧を招じて施食する法会。

○**追善** 正しくは追薦《ついせん》と書き、追福・追修・追厳ともいう。死者の冥福を祈るために善事を行なうこと。また、死者の冥福を祈ってその忌日などに仏事を営むことをもいう。

## 清斉寺《しょうせいじ》の玄渚《げんしょ》、道明《どうみょう》を救わんが為に法花経《ほけきょう》を写《うつ》す語《ものがたり》、第卅二

今は昔、震旦の〔隋の〕時代に、清斉寺という寺に道明《どうみょう》・玄渚《げんしょ》という二人の僧が住んでいた。ところが道明が先立って死んだ。

その後しばらくしてから、玄渚がどこかへ出かけて行く途中、ある寺の前を通りかかると、その寺の大門のわきに死んだ同門の道明が立っていた。玄渚はこれを見て怪しみ、そば

に寄っていって、「そなたは清斉寺に住んでいた道明ではないか」と聞くと、「そうだ」と答える。玄渚は、「その人はもう前に死んだはずだが」というと、道明は、「そのとおりだ。だが、死んでのちこの寺に住んでいるのだ」という。

これを聞いた玄渚は「これは不思議なことだ」と思っていると、道明は玄渚を誘って自分の住んでいる所に連れて行こうとする。玄渚は内心恐ろしく思ったが、言うままに道明と連れ立って寺の境内に入っていった。多くの堂舎が建っていたが、その後ろ手に当たっていくつかの僧坊がある。その一つに連れ込んだ。そしてたがいに数年来のつもる話などしていると、いつしか夜になった。

そのうち、道明が、「わしはこの前の堂で毎夜いささかお勤めをしているが、今からそれに出て、夜明けに帰ってくるつもりだ。だが、わしが堂にいる間はけっしてわしのお勤めを見てはいけない」といって出ていった。玄渚は、道明があのようなことを言ったが、いったいどんなことをしているのだろうと不審に思い、その堂に行って、後ろのほうの壁の穴からのぞいてみると、床の上にたくさんの僧が並んで座っている。

やがて、背の高い童姿《わらわ》の大男が大きな鍋になにか入れて持って来た。いっぽう、僧たち一人一人の前には大きな食器がおかれている。童姿の男は鍋の中のものを僧たちの食器ごとに汲み入れた。見ればそれは銅の湯であった。僧たちは食器に盛った湯を取り上げ、いっせいに飲みはじめた。と同時にものすごく苦しみもだえる。そして飲むに従って体は赤くなり、きらきらと光り出した。だれもかれも言いようもないほど苦しみのたうちまわる。

〈語釈〉

○〔隋の〕時代　「隋」を諸本は空格とする。『法華伝記』に、玄渚について「隋相州僧玄緒」とし、また道明について「以二テ大業元年三月一ヲ於二テ本寺一而卒《しゅつ》ス」とする。大業元年（六〇五）は隋煬帝《ようだい》の治世に当たる。これらによって補った。『三国伝記』「釈ノ道鳴ト云フ僧ハ隋ノ煬帝ノ時ノ人也」。

○清斉寺　未詳。

○道明《どうみよう》・玄渚《げんしよ》　未詳。『法華伝記』は玄渚を玄緒とし、二人は「同房師友」であって、道明の姓を「元」とする。『三国伝記』は玄渚（玄諸）を道明（道鳴）の弟子とする。

○大門　寺院などの総門。正門。

玄渚《げんしよ》はこの有様を見て、もといた僧坊にもどっていると、明け方に道明《どうみよう》が帰って来た。様子を見るとじつに苦しそうにしている。玄渚は道明に、「見てはいけないと言われたが、どうにも不審でならないので、堂に行って壁の穴からのぞき、君たちの様子をみな見てしまった。なんとも恐ろしいことだ。だが君は清斉寺に住んでいたとき、戒律をたもちなんの罪も犯していなかった。どういうわけでこれほどの罰を受けなければならぬのか」と尋ねた。

するとと道明は、「わしは君が見たとおり、これといった罪は犯していないが、ただ袈裟《けさ》を染めようとして人から湯を沸かす柴《しば》を一荷い《にな》借り、それを返さぬうちに死んでしまった。その罪によりあのような苦しみを受けるのだ。君はすぐに帰って、わしの苦しみを救うために『法華経』を書写し供養し奉ってくれ。こんなわけで君を呼び寄せたのだ」と答えた。そこで玄渚は清斉寺に帰り、哀れみの心を起こしてすぐさま『法華経』を書写し、かの道明のために供養した。

その夜、玄渚の夢に道明が現われ、「君が『法華経』を書写し供養し奉ったがために、わしはすでにあの苦しみを免れた。この恩は生々世々に忘れないぞ」といって、笑みを含んで帰って行った、と見て目がさめた。玄渚はその後、道明がいた寺のことが怪しく思われたので、その寺に行っていろいろ聞いてみようとしたが、僧は一人も住んでいなかった。もとからの荒れ寺であった。それと知った玄渚は、道明がわが死後の受苦の様子を自分に知らせようがために示したことだと思って帰って行った。

ほんのささいな罪によって恐るべき報いを受けたが、それも『法華経』の力によって免れえたのである、とこう語り伝えているということだ。

〈語釈〉

○**生々世々**　六道を輪廻《りんね》してつぎつぎと生まれ変ってゆく世ごとに。

〔底本、本文及び目録は第三十三語より第四十語まで欠〕

## 震旦の仁寿寺《にんじゅじ》の僧道愻《どうそん》、涅槃経《ねはんぎょう》を講《こう》ずる語《ものがたり》、第四十一

今は昔、震旦の蒲州《ほしゅう》という所に仁寿寺《にんじゅ》という寺があった。その寺に道愻《どうそん》という僧が住んでいた。この道愻は若いときから知恵がすぐれ、心も広く、多くの人に情けをかけた。そこで、その地方一帯の人々はだれもが道愻をこのうえなく敬い尊んだ。この人が一生の間に『涅槃経《ねはんぎょう》』を講じ奉った回数はじつに八千余回に及んだ。

その頃《ころ》、崔義真《さいぎしん》という人がいた。この人が虞郷《ぐきょう》の令《りょう》（長官）としてその郷にいたが、郷の人に命じて道愻を招き、経を講じさせた。

道愻は高座に登り、まず経の題目を読みはじめたが、それと同時に涙をはらはらと流し、ひたすらに泣く。そして居並ぶ人々に向かいこのように説いた。「仏が世を去られてからはるか長い時が経過した。であるから、仏の微妙なお言葉はすでに耳にすることができない。しかも愚かなわが身は、伝え受けた仏のみ教えを十分に説くことができない。ただ深い心をもってこの仏の説き残されたみ教えに向かい敬い尊ぶのみである。あなたがたご自身でお悟りくだされ。ただし、師子吼菩薩品《ししくぼさつほん》の所まで講じよう。そこまで講じたら説くことを止めるつもりである。日はすでにその時に近付いた。おのおのがた、どうか心にとどめておいてくだされ」。これを聞いた人々は道愻がなにごとを説いたのか理解できなかった。やがて師子吼菩薩品を講じる時になって、道愻は身に苦痛を覚えることなく息絶えた。

講会《こうえ》の場に連なっていた僧俗・男女はこれを見てみなひたすらに驚き騒ぐ。その後、義真をはじめ一族従者たちが道懲の身を南山という所に埋葬し、おのおの帰っていった。これが□月のことである。そののち十一月になって、地面はすっかり凍りついていたが、道懲の屍《しかばね》は地表に現われた。そのあたりに花が咲いたが、それは蓮花に似た小さい花である。花は屍の頭と手足のそばにそれぞれ一本ずつ咲いている。義真は不思議に思い、見張りの者をつけておいたが、これが夜、眠っている間にその頭のそばの花が何者かに折り取られた。だが、翌朝見ると、また屍の周囲に花が咲き、それは五十余本を数えた。そして七日たって萎《しぼ》み、枯れてしまった。

義真をはじめその郷の僧俗はみなこれを見て不思議なことよと思い、尊ぶことこのうえもなく、こう語り伝えたということだ。

〈語釈〉

○**蒲州**《ほしゅう》　山西省永済県（省の西南隅）。黄河畔。

○**仁寿寺**《にんじゅ》　未詳。

○**道懲**《どうそん》　前田家本『冥報記』は「道懲」。高山寺本は「道縣」。『法苑珠林』は「道慧、俗姓張氏、河東虞郷ノ人」とし、唐の代の人とする。

○**涅槃経**《ねはんぎょう》　『大般《だいはつ》涅槃経』の略称。釈尊の入滅に関して説いた経典。これに小乗の涅槃経と大乗の涅槃経とがある。小乗のそれは主として史的叙述であり、入滅を中心にしてその前後の出来事、すなわち遊行・発病・純陀の供養・最後の遺訓・滅後の悲嘆・舎利《しゃり》八分など（巻三末尾の諸話がほぼこれに該当）をその要目とするが、大乗のそれは教理が主であって、涅槃の一事実中に仏陀《ぶつだ》論の究極、仏教の理想を描こうとしている。

　すなわち、法身常住（常在霊鷲山《じようざいりようじゆせん》）の根底に立って仏性の本具（一切衆生悉有《しつう》仏性）普遍を力説し、積極的に涅槃を常楽我浄《じようらくがじよう》（四徳）となし、小乗の消極的涅槃論に反対の態度を示している。小乗の涅槃経と称するものには『仏般泥洹経《ぶつはんないおんぎよう》』二巻（西晋白法祖訳）、『大般涅槃経』三巻（東晋法顕訳）等があり、大乗の涅槃経で現存するものには『方等般泥洹経《ほうどうはつないおんぎよう》』二巻（西晋竺法護《じくほうご》訳）、『大般涅槃経』四十巻（北本、北涼曇無讖《どんむしん》訳）、同三十六巻（南本）等がある。

○**崔義真《さいぎしん》**　未詳。

○**虞郷《ぐきよう》**　山西省永済県の東南。

○**南山**　終南山。陝西《せんせい》省西安の南約五十支里にある山。『冥報記』は「送レリ二之ヲ南山之陰ニ一」とある。「陰」は山の北側。

○**□月のこと**　『冥報記』は「時ニ十一月、土地冰凍、下ス二屍ヲ於地ニ一、々即生ジレ花ヲ如クシテレ蓮ノ而小シ」とあって、「そののち十一月」の語はない（『法苑珠林』は貞観二年「十二月」とする）。すなわち、十一月に埋葬し、同時にその土地から蓮花が生じたのであるが、本話訳者は埋葬を十一月以前とし、十一月に道愻《どうそん》の死体が地から出、そこに蓮花が生じたと理解したため、埋葬の時を「□月」としたのである。「下屍於地」も誤訳しているが、それは埋葬した死体の頭と手足の所に一つずつ蓮花が生じていたと『冥報記』にもあるので、死体が地から出たと記したのである。

○**語り伝えたということだ**　本集説話の結びの文としては異例のものの一つ。

# 震旦の李《り》の思《し》一《いつ》、涅槃経《ねはんぎよう》の力《りき》に依《よ》りて活《よみがえ》る語《ものがたり》、第四十二

今は昔、震旦に李思一《りしいつ》という人がいた。趙郡《ちようぐん》の人で、大廟《たいびよう》の丞《じよう》として仕えていた。だが、貞観《じようがん》二十年正月八日、突然口がきけなくなった。そして同月十三日には死んでしまった。

ところが、数日たって生き返り、家の者に向かって語った。「わしは死ぬと同時に冥途の使者に捕縛され、南を指して行くうち、一つの門に入った。見れば、門内の南北にわたって一本の大通りが走っている。道の左右は狭い。それをどんどん行くと、役所の門があった。十里ほども歩いたであろうか。その前に東西に走る大通りがあり、幅は五十歩ぐらいであった。多くの使卒が多数の男女を追い立て、道いっぱいになって東へ向かって行く。

わしは使者に、『あの男女はいったいなんですか』と尋ねた。すると使者は、『あれはみな最近死んだやつらだ。それらを役所に連れていって裁こうというのだ』と答えた。わしはまっすぐ南に延びる大通りを進んで、ある役所についた。そこの役人がわしに向かって、『おまえは昔十九の時、人を殺したな』と聞く。わしは身に覚えがないと答えた。すると即刻、その殺された者を召し出し、殺害した年月日について訊問する。

そのとき、わしはその日の行動を思い出したので、『その殺したという日は、私は黄州の恵珉《えみん》法師の所で涅槃経が講じられていたのをお聞きしました。どうして、そんな場所で人を殺すことができましょう』というと、役人はこれを聞いて、恵珉法師の今の居場所をきく。

するとある人が、『恵珉法師はずっと以前に死んで、すでに金粟《こんぞく》世界に生まれています』と答えた。役人は、『おまえの言ったことが事実か否かはっきりさせるために、その恵珉法師が生まれた所に使者を出したいが、その世界は遠いのですぐには行きつけまい。そこでおまえを放免し、しばらく家に帰らせることにする』といってわしを帰してくれた」。蘇生した思一はこのように語ったが、冥途から帰ったとき、思一の家には玄通という僧が来ていた。

というのは思一の家は請禅寺《しょうぜんじ》という寺の近くにあり、その寺の僧である玄通は以前から思一と親交があって、始終家を訪れていたので、思一が死ぬと家の者が玄通を呼んで経を読ませ死後を弔っていたのである。

そのとき突然思一が生き返り、冥途のことを語ったのであった。

**〈語釈〉**

○**李思一**《りしいつ》　未詳。

○**趙郡**《ちょうぐん》　河北省趙県、俗称趙州。省の西部にある。後魏・隋の時代に趙郡といい、唐では趙州と称した。石家荘に近い。

○**大廟**《たいびょう》**の丞**《じょう》　「大廟」は天子の祖先を祭った御霊屋《みたまや》。「丞」は長官の補佐役。『冥報記』「仕ヘテ為ル二大廟ノ丞ト一」。『集神州三宝感通録』「大廟丞」。

○**貞観**《じょうがん》**二十年**　唐二代皇帝太宗の治世（六四六年）。

○**黄州**　隋の時永安郡と改められ、唐の時斉安郡と改めたが、また黄州と称した。湖北省黄岡県（省の東部）。

○**恵珉法師**《えみん》　未詳。『集神州三宝感通録』「安州旻法師」。
○**金粟世界**《こんぞく》　金粟仏土。金粟は維摩居士《ゆいまこじ》の前身をいい、維摩の住して説法する所をいう。
○**玄通**　未詳。
○**請禅寺**《しょうぜんじ》　未詳。『冥報記』『集神州三宝感通録』「清禅寺」。

そこで玄通は思一に懺悔《さんげ》の法を教え、戒を授けた。さらにこの家の者に勧めて、『金剛般若経《こんごうはんにゃきょう》』を五千遍転読させた。その後、日が暮れるころになって、思一はまた死んだ。翌日また生き返り、こう語った。「わしはこの前の時と同じようにまた追い捕われて、前の役所に行った。役人は遠くからわしを見てひじょうに喜び、『おまえは家に帰ってどのような功徳を行なったのか』という。わしは受戒のこと、読経のことをくわしく答えた。

するとその役人は、『それこそ大きな善根であるぞ』という。そのとき、わしは一人の人が一巻の経を手にして出てくるのを見た。その人はそれをわしに示し、『これはじつに金剛般若経である』という。わしはその経をわが手に乞い取り、巻を開いて題目を見ると、その文字は人間界で見たものとまったく同じであった。そこで目を閉じ、心中に、『願わくばこの経の意味をよく理解し、衆生のために説き示してやりたいものだ』との願を立てた。

するとその人は、『あなたがいま立てた願はまことに偉大である。その昔、あなたに殺された者はおのずから利益《りやく》を受けることになった』といった。いっぽう、役人は、『おまえの人間界での命はほんとうは尽きたのだ。そしてわしがおまえと代って当然人間界に生まれるはずになっているのだが、おまえの家の者がおまえのために善根を行なった。そのためおまえはいまだ人間界を去らず、わしは人間界に生まれられなくなった。そこでやむを得ずおまえをなんとか罪におとして、ここに長くとどまらせたいと思うのだ。ほんとうに、むりにおまえを罪に落とし入れようというのではない。どうか罪に服してくれないか』といった。

そのとき、突然二人の僧が出て来た。そして『われわれは恵珉《えみん》法師の使者としてここにやって来たのです』という。すると役人はこれを見て驚き恐れ、立ち上がって二人の僧のほうを向く。僧は役人に、『思一は昔、涅槃経を講じるのを聞いたことがある。しかも、他人の命を奪ったことはない。どうしていい加減な罪状を記録してよかろうか』という。そこで役人はわしを放免することにした。わしは二人の僧のあとについて役所を出た。僧はわしを家に送り帰したが、わしに対して、『そなたは清浄な心をもって善根を積むようにせよ』と教えるとともに消え失せた。と思うやわしはついに生き返ったのだ」。思一はこう語ったが、今見ればまさに生きていた。

さて、いちはやくこの話を聞いた大理卿《だいりきょう》李道裕《りどうゆ》は使者を玄通のもとにやり、改めて玄通に問いただして記録にとどめた、とこう語り伝えているということだ。


〈語釈〉
○**懺悔《さんげ》の法** 懺悔《さんげ》五法で、比丘《びく》が罪を懺悔するとき用いる五種の行法。
○**金剛般若経《こんごうはんにゃきょう》** 『金剛般若波羅蜜経』一巻。鳩摩羅什《くまらじゅう》訳。『金剛経』ともいう。一切法無我の理を説く。

○**転読**　祈願などのために大部分の経巻を読むこと。

○**大理卿**《だいりきよう》　「大理」は追捕・糾弾《きゆうだん》・裁判・訴訟などをつかさどる役所。秦では廷尉《ていじよう》、前漢に大理と改称した。「卿」は長官。わが国では検非違使《けびいし》別当をいう。

○**李道裕**《りどうゆ》　貞観の初めに将作匠となった。当時、張亮が謀反を企てたといわれ、誅せられようとしたが、道裕ひとりその無実を主張した。その硬骨を買われ、勅命により刑部侍郎《ぎようぶ》に任じられ、のち大理卿となった。

## 震旦の陳公《ちんこう》の夫人《ぶにん》、豆盧《ずる》の氏《し》、金剛般若《こんごうはんにや》を誦《じゆ》する語《ものがたり》、第四十三

今は昔、震旦に陳公の夫人《ぶにん》である女性がいた。豆盧《ずる》氏の出で、芮公寛《ぜいこうかん》の姉に当たる。この人は心の中で善根を積むことを願い、つねに『金剛般若経』を読誦していた。

このように読誦しながら年月を重ねていたが、ある日、夕暮れになって持仏堂にこもり経を読んでいると、まだ一枚ほども読み終わらないうちに、にわかに堪え難い頭痛に襲われるとともに手足が硬直し、倒れ伏したままひたすら苦しみ続けた。夫人は心中で、「私はにわかに重い病気にかかった。もしこのまま死んだなら、ついにこのお経を読み終えることはできまい」と思って、しいて起き上がり、経を読もうとしたが、前にある燭台の灯《ひ》はすでに消えていた。

夫人はみずから立っていって灯《ひ》をともすことができず、前にいる侍女をやってともさせようとした。だが、火種を取りにいった侍女はまもなく帰って来て、「家の中にはどこにも火種はありません」という。そこで夫人は、さらに他の人の家に火種をもらいにやったが、やはりない。夫人はこのうえなく嘆いていると、突然庭の中に灯《ひ》が見えた。その灯が持仏堂の前面の階段を上ってまっすぐ床《ゆか》の上に来る。灯は床から浮上がること三尺ばかり。灯を持っている人も見えず、その明るいことは昼のようであった。

夫人はこれを見ていいようもなく驚き喜んだが、それと同時に頭痛もおさまってしまった。そこですぐに経を取って読誦したが、しばらくして家の者が火の消えたことを聞いて、発火具を使って灯をともし、持仏堂に持って来ると、さきほど庭の中で出現した灯はいつのまにか見えなくなっていた。夫人はお経を読み終わり、心中じつに不思議なことだと思った。

その後は日ごと五遍の読誦を続けていた。そのうち、夫人の弟である芮《ぜい》公が病気になり、まさに死にそうになった。そこで夫人が見舞に行くと、芮公は夫人に、「私はあなたの読経のおかげで百歳の命を保ち、その後死んでついには善所に生まれるでしょう」といった。夫人が八十歳になった時、〔以下欠文〕。

〈語釈〉

○**陳公の夫人《ぶにん》**　未詳。『法苑珠林』は「唐寶家大陳公夫人」、『太平広記』は「唐陳国寶公夫人」とする。

○**豆盧氏**《ずる》　北周明帝（治世五五七～五五八）に仕え柱国大将軍となった豆盧寧の一族。

○**芮公寛**《ぜいこうかん》　「芮」は底本・鈴鹿本および『冥報記』に「芮」とするが誤り。豆盧寛のこと。寛は前項の寧の孫、通の子。通は隋の文帝開皇初年に南陳郡公となった。寛は隋煬帝《ようだい》の大業の末年に梁泉令となり、殿中監に進み、唐太宗の貞観《じょうがん》年中に左衛大将軍となり芮《ぜい》国公に封じられた。諡号《しごう》は定。「芮」は山西省にあった国名。

○**善所**　善趣。悪趣の対で、六趣（地獄・餓鬼・畜生・修羅《しゅら》・人・天）の中の人・天の二、あるいは修羅・人・天の三をいうが、ここでは天（天界）をさす。

## 河《か》東《とう》の僧、道英《どうえい》、法《ほう》を知《し》る語《ものがたり》、第四十四

今は昔、河東に一人の僧がいた。名を道英という。若いころから禅の修行を続け怠ることがなかった。そして、なりふりなどはすこしも気にかけようとしなかった。

だが、道英は勝れた知恵を持ち、経典の深い意味をことごとく理解し、まさに一を聞いて十を悟るというふうであった。そこで、遠近の僧尼たちは争って道英のもとを訪れ、経典の意味を問いただした。道英は一人一人に気安く、「あなたがたは疑問に思うところを自分でよくお考えなさい」といってその意味を教える。意味のわかった者は喜んで帰って行き、まだよくわからぬ者はまたやって来て意味を尋ねるが、道英は質問に応じてその要点を教えてやった。そこでみなよく理解して、喜んで帰って行った。

　このようにして年月がたったが、あるとき、道英は多くの人とともに船に乗り、黄河という川を渡っている途中、川の真ん中でにわかに船が覆り乗客すべて溺死《できし》してしまった。陸地にいた僧俗の者たちは道英が水に沈むのを見るや川岸に走り寄って大騒ぎをする。時はまさに冬の末で、川の水は凍りつき、しかも両岸は垂直にそびえ立っている。

　ところが、沈んだはずの道英は一人水の中を歩いて岸にたどりつき、氷を砕いて陸に上ってきた。岸にいた人々はこれを見て驚き喜び、争って自分の着ているものを脱いで道英のぬれた体に着せかけようとすると、道英はこれを制止し、「わしの体の中はひじょうに暖かい。あなたがたの着物を着せかけないでくれ」といって、ゆっくり歩いて帰っていった。まったく寒がる様子もない。その体を見ると、火にあぶったようであった。これを見た人々はじつに不思議なことだと思った。

　この道英は、あるときは牛を飼い、それに車を曳かせて人を乗せた。またあるときは、僧が食うことを禁じられている蒜《にら》を食い、時には俗人の衣服を着た。髪は二、三寸も伸ばし、すべてにおいて僧とも思われぬ姿をしている。またある時、仁寿寺《にんじゅ》のあたりを歩いていると、その寺の僧道愻《どうそん》がこの道英を見かけ、敬い貴んで寺に招き入れた。日暮れ時になって道英が食事を要求した。道愻は笑って、「聖人というものは食べものを要求なさらないということですが、あなたは人からそしりきらわれようとして要求なさるのですか」という。道英はこれを聞き、笑いながら、「あなたはどうも心臓が激しく波うってしばらくも安らいだ心をお持ちでない。それでは餓えて自分から苦しむことになりましょう」といった。この言葉を聞いた道愻は、このうえなく嘆き、ついに死んでしまった、とこう語り伝えているということだ。

〈語釈〉

○**河東**　山西省永済県（省の西南端。黄河東岸に当たる）。

○**道英**　唐時代、蒲州普済寺の僧。姓は陳氏（『法苑珠林』）。はじめ并州炬《きょ》法師について『華厳経』等を学び、隋の開皇十年（五九〇。十九年とも）大行山柏梯寺で止観を修行し、のち京の勝光寺に住し曇遷禅師から『摂論』を学んだ。『起信論』を講じているとき、また『華厳経』を講じている時などに奇瑞が生じたことで知られる。唐の貞観十年（六三六）九月、八十歳で寂（『華厳経伝記』）。

○**禅の修行**　真正の理を思惟《しゆい》し、念慮を安静にして散乱せしめぬ修行。心をよく一境に任せしめて寂《じやくじよう》静境に遊ぶ修行。

○**黄河**　たんに「河」ともいう。中国第二の大河で、その水が黄土を含み黄色く濁っている。青海省から流れ出て渤海に注ぐ。流域は歴史・文明の発祥地であるが、その水禍も古来大きなものであった。

○**仁寿寺**《にんじゅじ》　未詳。第四十一話にも見える。

○**道愻**《どうそん》　第四十一話にも見える。

## 震旦の幽洲《ゆうしゅう》の僧、知苑《ちおん》、石《いわ》の経蔵《きょうぞう》を造りて法門《ほうもん》を納《おさ》むる語《ものがたり》、第四十五

今は昔、震旦の幽州《ゆうしゅう》という所に、知苑《ちおん》という僧がいた。仏道に達していて、もっぱら経典を学び、広く人々を救おうという誓いを立てていた。

この人は隋《ずい》の大業《だいぎょう》の時代に、一念発起して岩の経蔵《きょうぞう》を造った。これはひとえに、法滅の世が到来したとき、仏法をはるか後代に伝えようがためである。すなわち、幽州の北の山に、岩壁に穴を掘って岩室《いわむろ》を造り、四方の壁を磨いて、各面に経文を書き写した。また、方形の石を磨き、その表面にも経文を書いて、それら多くの岩室に納めた。このようにしてどの岩室にもいっぱいに満たし、岩石で入口をふさいだが、まさに鉄でふさいだより堅固であった。

当時、内史省の侍郎《じろう》(次官)に蕭璃《しょうり》(瑀《う》)という人がいた。仏法の深い信者である。この人は、知苑が岩の経蔵を造って経典を納めようとする企てを尊び、皇后に申しあげて絹千匹の布施をさせ、また銭を布施させて、このことを援助させた。蕭璃もまた絹五百匹を布施した。これを聞いた国王をはじめとして民百姓に至るまで、みな先を争って雨のように金品を布施した。そこで知苑はこれらをとり集めて思いのように経蔵を完成させたのである。

その後、この工事にたずさわる仕事師たちの数が多く、また僧俗もさかんに集って来たので、その岩壁の前に木材をもって仏堂や食堂・廊を造ろうとした。だが、その場で木材や瓦

が手に入りにくいため困っていた。といって経への布施の品物を分けてそれらと交換するにしても、それでは物の費《つい》えが多すぎる。そこで建造を手控えているうち、一夜にわかに大雨が降り出し、雷が山を振わすように轟いた。翌朝見れば、山のふもとに大きな松や柏《かしわ》が千本も水に流されて道のわきに積み重なっていた。

山の東は樹木が少なく、松も柏もいたってまれである。いったいどこから流されて来たのかと僧俗一同驚き騒いだ。そこで流れつくまでの道筋をたどって行き、はるか遠い西の山に行き着いた。そこに山崩れがおき木を倒してここまで流して来たのだとわかった。遠近の人人はこのことを見聞きしてこのうえなく喜び感動して、これもひとえに神の助けによるものと思った。

知菀は仕事師をやってその木材を選び取り、余ったものを郡郷の人々に分け与えた。それらの人々はみな大喜びして、ともどもにこの堂の建造に助力したので、すべて思いどおりに建てることができた。知菀は経文を書いた石が七つの岩室に満ちたので、わが願いが遂げられたことを喜び、やがてその命を終えた。

その後は弟子が工事を引き継ぎ、仏事をも怠ることなく勤めた、とこう語り伝えているということだ。

〈語釈〉

○幽州《ゆうしゅう》　中国古代九州の一。今の河北省・山東省の一部と遼寧省に相当する。

○知菀《ちおん》　未詳。

○**大業《だいぎょう》**　煬帝《ようだい》の年号（六〇五～六一六）。
○**経蔵《きょうぞう》**　経巻を保存しておく蔵。
○**法滅の世**　仏法が滅びるとき。法滅のとき。仏法は正法時《しょうほうじ》（仏滅後五百年間または千年間で、法儀いまだ改まらず、証悟の人の多い時代）・像法時（つぎの千年間または五百年間で、仏法しだいに衰え正法変じて偽法の行なわれる時代）・末法時（つぎの一万年間で、教法の一分を残すが修行・証果のない時代）と順を追って衰微し、この三時を過ぎると仏法はことごとく滅尽するという。これを法滅の時とする。『冥報記』「以テ備フ二法滅ニ一」。
○**内史省の侍郎《じろう》に蕭璃《しょうり》**　『冥報記』「時ニ随《ずい》ノ煬帝《やうだい》幸《かう》シ二涿郡ニ一、内史侍郎蕭瑀、皇后之同母弟也、性篤《あつ》ク信ズ二仏法ヲ一」。「内史」は秦・漢代、都のあった長安地方をおさめる官、前漢時代は王国で内政をつかさどる官。「侍郎」は次官。「蕭璃」は正しくは「蕭瑀《しょうう》」。後梁の世宗孝明帝（巋）の子。蕭琮の弟。字《あざな》は時文。経学を好み文章を善くした。性は剛直で、隋朝に仕え河池郡司となり、のち唐の高祖に仕え寵を得、宋国公に封じられ左僕射《さぼくしゃ》となった。さらに御史大夫《ぎょしだいふ》を拝し、朝政に参与した。
○**千匹**　「匹」は布の長さの単位。一匹は布のふた織り、つまり四丈（約九・四メートル）。

## 真寂寺《しんじゃくじ》の恵如《えにょ》、閻魔王《えんまおう》の請《しょう》を得《う》る語《ものがたり》、第四十六

今は昔、震旦の都に真寂寺《しんじゃくじ》という寺があった。その寺に恵如禅師《えにょぜんじ》という僧が住んでいた。恵如は若いときから熱心に仏法を信じて怠ることなくひと筋に仏道修行を続けていた。

あるとき、弟子に、「けっしてわしに声をかけるな」といって、目を閉じて座ったきり微動だもしなかった。弟子はもう目を開くかと待っていたが、七日たっても身じろぎひとつしない。弟子たちがより集って嘆いていると、一人の智者が、「この人は禅定《ぜんじょう》に入っているのだ」と教えた。

さて七日めになって恵如は目を見開き、泣きはじめた。弟子たちやその他の寺僧たちがこれを見て不思議に思い、そのわけを聞いた。恵如は、「そなたら、まずわしの足を見るがよい」といって見せた。見ると、足はひどく焼けただれ、言いようもなく痛そうである。そこで、「いったいどうしたのです。前には足はなんでもなかったではありませんか。どうしてにわかに焼けただれたのです」と聞いた。

恵如は答えた。「わしは閻魔《えんま》王に招かれて王のもとに伺った。そして王の命により仏事を七日間営んだが、それが終わると、王が、『そなたは死んだ父母の今の様子を見たいと思うか』とおっしゃる。『ぜひ見たいと思います』と申しあげると、王は人をやってお呼び出しになった。すると、一匹の亀がやって来て、わしの足の裏をなめ、目から涙を流して去っていった。王がおっしゃる、『どうしてもう一人の者を連れて来ないのだ』。使いの者は、『もう一人はひじょうに罪が重いので呼び出すわけにはまいりません』と答えた。

それを聞いて、王はわしに向かい、『ほんとうに見たいのか』とおっしゃる。『ほんとうに見たいのです』と答えると、王は、『それならば使いの者といっしょに行って見るがよい』と言われた。そこで使者はわしを連れて地獄に行った。地獄の門は固く閉ざされていて開かない。使いの者が門外で大声をあげて呼ぶと、内側から答える声が聞こえた。そのとき、使いの者は恵如に向かって、『そなたはここから遠く離れていよ。この門の近くに立っていてはいけない』と注意した。わしは使いの者の注意に従って立ち去ると、地獄の門が開いた。とたんに大きな火が門から流れ出た。その火はまさに鍛冶工《かじ》の槌《つち》で打たれて飛び散る火玉に似て、星のようにほとばしった。その星の一つがわしの足に付いた。あわててこれを払い落とすとともに目をあげて地獄の門内を見た。そのとき、鉄の熱湯の中に百の頭があったと瞬間的に見ただけで、門はすぐに閉じてしまった。それでついにもう一人は見ることができずに終わった」。恵如がこう語るのを聞いた人はみな不思議に思うとともに、このうえなく尊び合った。

このあとでまた恵如は、「閻魔王はわしに絹三十疋をお与えくださったが、わしは固くおことわりしてお受けしなかった。だが、王のもとから帰ってのち、この絹が僧房の床《ゆか》の上に置いてあるのを見つけた」と語った。さて、恵如の足の火傷《やけど》の箇所は銭ほどの大きさがあり、百日余りで治った。

恵如のいた真寂寺は、のちには化度《けど》寺といわれた寺である。この話は、その寺の縁起文を見て書き伝えたものである、とこう語り伝えているということだ。

**〈語釈〉**

○**都**《みやこ》　本話がよった『冥報記』の話は隋の大業年間のできごととしている。隋の都は長安（陝西《せんせい》省西安）。

○**真寂寺**《しんじゃくじ》　長安にあった寺。隋の開皇九年（五八九）三階教の開祖信行が召されて京《みやこ》に入りこの寺に住したが、新たに化度寺《けどじ》・光明寺・慈門寺・慧日寺《えにちじ》・弘善寺の五寺を建て、信行は化度寺に住し、ここを本山として述作を事としたという。
○**絹三十疋**　「疋」は織物を数える単位。一疋は布二反のこと。昔は四丈の長さ（周・秦のころは九メートル）。『冥報記』「卅匹」。
○**化度寺**《けどじ》　前項「真寂寺」参照。ここでは真寂寺と同じ寺としている。

## 震旦の邵《しょう》の師弁《しべん》、活《よみがえ》りて戒《かい》を持《じ》する語《ものがたり》、第四十七

今は昔、〔唐の〕時代に、東宮《とうぐう》の右監門兵曹参軍《うかんもんひょうそうさんぐん》として邵師弁《しょうしべん》という人がいた。この人は若年のころ急病で死んだ。父母は泣き悲しんだが、どうするすべもなくあきらめた。

ところが、三日めの真夜中ごろ息を吹き返した。父母は言いようもなく喜んだ。すると師弁はこう語った。「私が死ぬと同時に、多くの者がやって来て私を捕えて連行し、ある役所の大きな門の中に入って行きました。見ればそこに、私のように捕えられた者が百人あまりいました。どれもみな重い足どりで、北向きに六列になって歩いて来る。その先頭に立っているのは、太って色が白く、りっぱな衣装をまとった気高く身分ありげな人でした。

この人のあとに、痩《や》せ細りみすぼらしい姿の者たちが、あるいは首かせをされ、あるいは帯もしめずに袖を連ねて歩いていました。恐ろしげな兵士がこれらをとり囲んで看視してい

る。私は三列めの所に行ってその中に入れられ、東側の三番めに立たされました。やはり帯もしめずに並びましたが、なんともいえず恐ろしい。そこで、どうしていいかわからぬままに、ただ心をこめて仏を祈念し奉りました。

そのとき、生前見知っていた僧の姿を見かけました。この僧は兵士のとり囲んだ中に入って来る。兵士は僧を見ても制止しないので、僧は平気で中に入り、私のそばに来て、『そなたは生前功徳になることをしなかったな。いまそのことをどう思っているか』という。私は、『なにとぞ私を哀れんでお助けください』と答えました。すると僧は、『わしはいまそなたを助けてやろう。ここから逃れることができたなら、以後心をこめてひたすら戒を保つがよい』と教えました。私は、『もしも逃れえましたならば、一意専心戒を保つことにいたします』と答えました。

すると、役人が現われて、この捕えられた者どもを引き連れて役所の中に入り、順々に尋問する。さきの僧はまだそこにいて、役人に向かい私の善業について弁明してくれました。役人はこれを聞いて私を放免しました。そこで僧は私を連れて役所を出る。門外に出て、僧は私のために五戒を説き聞かせ、瓶の水を私の額《ひたい》にそそいで、『そなたは日が西に傾くころ蘇《よみがえ》るであろう』といい、さらに黄色の衣服を私に与え、『そなたはこれを着て家に帰り、清浄な場所に置くがよい』といってから、帰り道を教えました。そこで私は教えられたとおり、その衣服を着て家に帰り着き、まず衣服を畳んで床の上に置きました」。蘇生した師弁はこのように語った。

〈語釈〉

○〔唐の〕時代　諸本、「代」の前は空格。『法苑珠林』『太平広記』の同話には冒頭「唐」とあり、それにより補った。『冥報記』にはない。

○**東宮**《とうぐう》　皇太子の住む宮殿。

○**右監門**《うかんもん》　宮城の諸門の警護に当たる役所、左右の府にわかれる。

○**兵曹参軍**《ひょうそうさんぐん》　兵曹は兵事をつかさどった役人。参軍は軍事参議官、参謀。

○**郃師弁**《しょうしべん》　未詳。

○**五戒**　出家・在家を問わず仏教徒すべての守るべき五つの戒律。不殺生・不偸盗《ちゅうとう》・不邪淫《じゃいん》・不妄《もう》語《ご》・不飲酒《おんじゅ》の戒。

ところで、師弁が冥途からふたたび家に帰って来るや、死んでいた師弁は突然目を開き体を動かした。父母や家の者たちはこれを見てひどく驚き恐れ、「やあ、死体が起き上がろうとしているぞ」といって、大騒ぎをする。だが、師弁の母は子のそばから離れようともせず、「おまえ、生き返ったのか」ときく。師弁は、「日が西に傾くころになれば私は生き返るでしょう」と答えた。師弁の心中ではいまは正午ごろだと思ってこういったのだ。すると母は、「いまは真夜中だよ」といった。こういうことで、冥界と現世とでは死と生および昼と夜が反対であることがわかる。

その後しだいに正気づき、やがて日が西に傾くころ、ついに飲み食いもするようになってふつうの身体にもどった。また、冥途でもらった例の衣服は床の端にあったが、師弁が起きあがるようになって、いつのまにか消え失せていた。だが、そこに光が残っていて、七日めに消えうせた。

その後師弁は熱心に五戒を保ち、破ることはなかった。ところが、数年後、一人の友人が、「猪《いのしし》の肉を食わないか」と勧めた。師弁は不覚にも一切れの肉を食った。すると、その夜、師弁は、わが身がたちまち鬼と化した夢を見た。爪・歯が長く、生きた猪を捕えて食う、と見て、明け方目がさめた。その後、口の中からなま臭い唾を吐き、血を出《あや》す。そこで従者を呼び見させたところ、口の中いっぱいに血がたまっていてひどくなま臭い匂いがする。師弁は恐れおののき、以来また肉食を断った。

ところがそののち、師弁の長く連れ添った妻が無理やりに肉食を勧めるので、また食ってしまった。このときはしばらくなんの支障もなかったが、五、六年たって師弁の鼻に大きな瘡《かさ》が生じた。数日してそれがひどく化膿し、治るどころかまさに死にそうになった。これはすべて戒を破った報いであると思い、昼も夜も一日じゅう恐れおののいていたが、どうしても治らなかった。

このことから思うと、来世の救いも期待できまい。意志薄弱なため、不覚にも食欲に心ひかれて、以前冥途であったことを忘れ、来世の苦しみを考えようとしなかったのはじつに愚かである、とこう語り伝えているということだ。

# 震旦の華洲《かしゅう》の張《ちょう》の法義《ほうぎ》、懺悔《さんげ》に依《よ》りて活《よみがえ》る語《ものがたり》、第四十八

今は昔、震旦の華州鄭県に張法義《ちょうほうぎ》という人がいた。若いときは貧乏で礼儀をわきまえなかった。

貞観《じょうがん》十年、華山に分け入って木を伐《き》っていたが、ふと見ると、一人の僧が岩窟の中にいた。法義は近付いていってこの僧といろいろ話をしているうち、いつしか日はとっぷり暮れ、帰ることができなくなって、そこで一夜を明かすことにした。

僧は松や柏の脂《やに》の粉を出して法義に食べさせ、「わしは仏道修行中の身で、ここに住むようになってからすでに年久しい。世間の人には知られたくないのだ。だからそなたは里に出ていっても、わしがここに住んでいることをしゃべらないでくれ」といい、そのあとで法義のために、在俗の生活には罪業の多いことを説き聞かせ、「人は死ぬとみな悪道に堕《お》ちる。さればそなたは真心をこめて懺悔し、罪を滅するようにしなければならぬ」と教えたうえ、沐浴《もくよく》させ体を清めてから自分の僧衣を脱いで法義に着せてやった。翌朝、法義は懺悔をして僧と別れた。法義は家に帰ってからも、このことをだれにも話さなかった。

その後十九年たって法義は病気になり、あっというまに死んだ。貧乏なため、家の者は法義の体を棺に入れず野に埋め、その上を薪《たきぎ》で覆った。ところが、しばらくして法義は生き返り、みずから薪をおしあけて地上に出、家に帰った。家の者は法義の姿を見て驚きおびえ、

どうしたわけかと問いただすと、法義は生き返ったわけを答えた。その言葉を聞いて家の者はみなこのうえなく喜んだ。

〈語釈〉

○**華州**　陝西《せんせい》省華県（西安市の東、渭河流域）。
○**鄭県**　陝西省華県の北。
○**張法義《ちょうほうぎ》**　未詳。
○**貞観《じょうがん》十年**　六三六年。唐二代皇帝太宗の治世。
○**悪道**　悪趣。地獄・餓鬼・畜生の三世界。

さて、法義はこう語ったのである。「わしが死ぬと同時に、二人の者がわしを捕え、空を飛んで役所のある一城市に連れて行った。その大門を入り、町の中を南に十里ほど行くと、道の左右に役所が並び建っていた。大きな建物が向かいあい、その数も多い。その一つの役所に入ると役人がいた。わしを捕えた青衣《しょうえ》の使者がその役人に向かい、『これは華州の張法義です』という。役人は、『はじめ、三日以内に連れて来いといったはずじゃ。なにゆえ、このように後れて七日にもなったのか』と詰問した。

するると使者は、『法義の家の犬がけしからぬやつで。また呪師《じゅし》がいて、呪神《じゅしん》を使ってわれわれを打たせました。それで、はなはだ苦しんだのです』といって、片肌ぬいで背中を見させた。背中には青痣《あおあざ》がつき腫《は》れあがっている。役人は、『それはおまえの怠慢というもので、大失態である。されば、おまえたちを杖打ち二十度の刑罰に処する』といって刑を行なう。血が流れ地にしたたった。役人はさらに、『この件も法義の罪、と記録しておけ。書記はそれに署名し、文書に作って判官のもとに回せ』と命じた。

判官は主典《しゆてん》を召して法義の罪状記録を取り寄せた。その記録書はひじょうに多く、床いっぱいに満ちた。主典はわしを前に立たせてこの書類を開き調べにかかる。記載条項は多く、中に朱筆をもって線を引いた箇所があった。だがまだ罪状を記録してないものがあったので、主典は、『貞観十一年、法義の父が粟を刈らせたが、法義は目をいからせて心中ひそかに父をののしった。これは不孝に当たる。その罪は杖打ち八十度に相当しよう』と記録しようとした。そこでこの一条項を記録しはじめたところ、わしは、昔岩窟に居た僧がやって来るのを見た。

判官はその僧に立ち向かって、『あなたはなに用でここに来たのですか』と聞く。僧が、『張法義は私の弟子である。この男は罪をすべて懺悔し終わり、罪を滅することができた。そのことは役所の罪状記録の中の一記録としてすでに書きとどめてあるはずだ。いまこの男を追い立てて連行したが、殺してしまわないでほしい』と弁明すると、主典は、『懺悔したことはたしかにこの記録の上に書きとどめてある。とはいえ、目をいからして父をののしったことは、じつに懺悔したのちのことである』と反論した。

僧は、『そのようにいうのなら、記録に基づいてよく調べてみよう。もし善業があれば、それをもって悪業と相殺《そうさい》にしようではないか』と提言する。判官は主典に命じてわしを王のもとに連れて行かせた。王の宮殿は大きく、数千の侍衛官が居並んでいる。僧も法義について王の前に行った。王は僧を見るや立ちあがって、『師よ、そなたは今日は当直として来たのであるか』とおっしゃる。

僧は、『まだ当直の日ではないのですが、わが弟子に張法義という者がおり、その者が罪を記録されてここに来ました。この男は病気中であり、また私がこの男の罪が滅したことを記録しておきました。この男はまだ死ぬことには該当しません』と答えた。すると主典はまた、法義が目をいからせて父をののしったことを王に訴える。王は、『目をいからせて父をののしったのは懺悔のあとでしたことだ。許すわけにはいかぬ。しかしながら、師が来て七日ほどの延期を乞うたからには、すぐに七日間の蘇生を許してやるがよい』とおっしゃった。

そこでわしは僧に対し、『生き返っても七日間とはじつに短い。そののち、私がまたここに連れて来られたとき、師がおいでくださらないのは恐ろしい。どうかここにいてくださいまし』とお願いした。僧は、『七日というのは娑婆《しゃば》世界の七年である。そなたははやくもとの家に帰るがよい』とおっしゃる。そこでわしはこの師僧にそこから出て行きたいとお願いした。

すると僧は王から筆を借りてわしの手のひらに一字を書き、また王の印をいただいてそこに押してから、『はやく出て行くがよい。家に帰ったなら、ひたすら善根を積めよ。もしのちにここに来てわしの姿が見えなかったなら、ただちに手のひらの印を役人に見せよ。わしは心からおまえをあわれんでやるぞ』とおっしゃった。わしはこの言葉を聞いてすぐに出て行くことにした。僧はわしの家を教え、中に入らせたが、まっ暗でとても入れない。送って来た冥途の使者がわしを中に押し込んだとたん、わしは生き返った。そしてしだいに意識がもどって、『わしは土の中にいるのだ』とわかった。身の上に覆ったものはひじょうに軽くて薄い。そこで、手でそれを押し開いて出て来たのだ」。

蘇生した法義はこのように語ったが、その後山に入り、前に会った僧についてひたすら仏道修行に努めた。手のひらの印は見えなくなり、すべて瘡《かさ》となった。そして最後まで治ることがなかった、とこう語り伝えているということだ。

〈語釈〉

○**呪師**《じゅし》　大法会で呪法《じゅほう》を行なった僧。加持祈禱《きとう》の法師。法呪師。

○**判官**　ここは閻魔庁の属官。裁判官。

○**主典**《しゅてん》　判官の下位の役人。

○**王のもとに**　閻魔王の所に。

○**軽くて薄い**　さきに法義が死んで埋葬されたとき、棺に入れず薪を上に覆っただけだったからである。

# 巻八（欠巻）について

さて、つぎの巻八は欠巻となっている。巻七までで法（法宝）霊験談が終わったのであるから、巻八は当然、僧（僧宝）霊験談が収められなくてはならない。三宝霊験談のうち、仏（仏宝）・法（法宝）の霊験談は巻六第十一話から巻七末話に及び、その主たる出典は『要略録』の上巻「仏宝聚」・中巻「法宝聚」所収話であった。となれば巻八は当然その下巻「僧宝聚」所収話を出典とした説話で構成されるはずである。ところで僧宝の僧とはこの場合「菩薩」である。

『要略録』下巻には、文殊《もんじゅ》・普賢《ふげん》・弥勒《みろく》・観音・勢至《せいし》・地蔵のほか、五大力《ごだいりき》・薬王・薬上・馬鳴《めみょう》・竜樹・世親《せしん》等の諸菩薩の霊験談が、天竺・震旦話を合わせて四十二話収められているが、震旦の話は二十三話。そのうち、極端に短い話や内容上とりあげにくい話が何話かあるから、それらを除くとすれば収載すべき話の数はさらに少なくなる。それらだけでは一巻（四、五十話）は構成できない。必然的に他書から相当数の説話の補充を仰ぐ必要がある。その補充が困難であるうえ、全説話を二話一類の配列様式に従いながら並べるとすればいっそうの困難がともなう。こういう点から巻八の作成は手の施しようもないままに終わったのであろう。すなわち巻八は未成立の巻と考えられる。

# 巻九

## 震旦《しんだん》の郭巨《かくきよ》、老母《ろうぼ》に孝《つかまつ》りて黄金《こがね》の釜《かま》を得《う》る語《ものがたり》、第一

今は昔、震旦の〔後漢の〕時代に、河内《かだい》という所に郭巨《かくきよ》という人がいた。父はすでに死んでいたが、母は健在であった。

郭巨は心をこめて母を養ってはいたものの、貧乏なためつねに飢えに苦しんでいた。そこで食物を三つに分け、母と自分と妻にそれぞれ三分の一を当てた。このようにして長年母を養っていたが、そのうち妻が男の子を産んだ。その子がしだいに成長して六、七歳になると、三つに分けていた食物を四つに分けることにした。そこで母の食物はいよいよ少なくなった。

郭巨はこれを嘆いて、妻に、「長年食物を三つに分けて母を養っていたが、それでも少なかった。ところが男の子が生まれてからは四つに分けるようにしたので、ますます少なくなった。おれはもともと親孝行を深く心にかけている。だから、老母を養うためにこの男の子を穴に埋めて亡きものにしようと思うのだ。これはありえないようなひどいこととは思うが、ひとえに親孝行のためだ。そなた、惜しんだり悲しんだりしてくれるな」という。妻はこれを聞いて雨のように涙を流しながら、「人がわが子を愛することは、仏も一子の慈悲というお言葉で説いておられます。私もだんだん年老いてきて、たまたま男の子を一人もうけました。懐から離すのでさえ、なお堪え難く悲しい思いがするのです。それをまして、遠い

山に連れて行って埋めて帰ってくるなんて、なんと言っていいかわかりません。といって、あなたがひじょうに深い孝心からこうしようとお考えになったことを私が妨げたならば、天の罰は免れえないでしょう。ですからどのようにもあなたの思うとおりになさってください」といった。

そこで夫は妻の言葉に感激し、妻に子を抱かせ、自分は鋤《すき》を持ってはるか遠い深山に行き、子を埋めようと泣く泣く土を掘りはじめた。三尺ほど掘ったとき、底のほうで鋤の先端がなにか固いものに当たった。石かと思い、掘り捨てようとぐいぐい深く掘る。さらに力をこめて深く掘り、中を見ると、石ではなく、一斗ほどはいる大きさの黄金の釜があった。ふたがあるのでそれを取って表面をみると、そこに一文が記されていた。その文には、「黄金の釜一個、天が孝子郭巨に賜う」とある。郭巨はこれを見て、「私の孝心の深いことにより、天がこれをくださったのだ」と喜び感激し、妻は子を抱き、夫は釜を背負って家に帰っていった。

その後、この釜をすこしずつ割って売りながら老母を養い、生計を立てたが、なんの不自由することもなく、いつしか裕福な身となった。すると国王がこれを聞いて怪しまれ、郭巨を召して問いただされた。郭巨がさきの事情を述べると、国王は聞いて驚かれ、釜のふたを取り寄せてごらんになると、まさにその文がはっきりと書かれていた。

国王はこれをごらんになって感激し尊ばれ、ただちに郭巨を国の重臣に登用なさった。世間の人々もまたこれを聞き、親孝行は尊いことであるといってほめたたえた、とこう語り伝えているということだ。

〈語釈〉

○〔後漢の〕時代　〔　〕内は底本空格。『蒙求《もうぎゆう》』『注好選抄《ちゆうこうせん》』は「後漢」とし、謡曲『郭巨』は「漢」とする。後漢は劉秀《りゆうしゆう》が王莽《おうもう》の新を滅ぼしてたてた王朝で、西暦二五〜二二〇。

○河内《かだい》　河南省沁陽。なお、河南省のうち、黄河以南を河外というのに対し、黄河以北の地方を河内という。『劉向孝子伝』は「郭巨、河内温人《かだいうんのひと》」とし、『捜神記《そうじんき》』は「郭巨、隆慮人也、一云河内温人」とする。温県《うんけん》は沁陽の南、黄河のほとりにある。

○郭巨《かくきよ》　後漢の孝子（一二八〜一六九）。二十四孝の一。「巨」は漢音「キョ」、慣用音「コ」。『宝物《ほうぶつ》集』（三巻本）の傍訓に「くわくきよ」、同（久遠寺本）の傍訓に「クワツキヨ」とある。『注好選抄』「字《あざな》文挙、後漢河内人」。

○仏も一子の慈悲と……　仏も、自分がわが子の羅睺羅《らごら》をとりわけ愛しいつくしむようなものだと例えて説いておられる。仏は釈尊、一子は釈尊の出家以前の子である羅睺羅をさす。釈尊の羅睺羅に対する愛情については、巻三第三十話に見え、釈尊が入滅に際して羅睺羅を近くに呼び寄せ、「此の羅睺羅は、此《これ》、我が子也。十方の仏、此《これ》を哀愍《あいみん》し給へ」といって入滅した話のあとに「然《しか》れば、此《これ》を以つて思ふに、清浄《しやうじやう》の身に在《ま》します仏そら、父子の間は他の御弟子《みでし》等には異《ことなり》也、何《いか》に況《いはむ》や五濁《こぢよく》悪世《あくせ》の衆生《しゆじやう》の、子の思ひに迷《まど》はむは理《ことわりなり》也かし。仏も其《そ》れを表《あらは》し給ふにこそはとなむ語り伝へたるとや」とある。妻が子に対する仏の愛情を引いて自己の心情を述べるこの部分は、『孝子伝』その他の類話には見えない。

○**天の罰**　天の叱責《しっせき》。天の与える罪。天は宇宙の主宰者、造化の神、造物主の意。『爾雅《じが》』（釈天、釈文）「天之為ルレ言、神也」。『論語』（陽貨篇）「天何ヲカ言ハン哉《や》。四時行ハン焉、百物生ズ焉」。『孟子』（離婁上）「順フレ天ニ者ハ存シ、逆フレ天ニ者ハ亡ブ」。

○**釜**　飲食物を煮たきする金属製の大なべ。また、量をはかる器《うつわ》（ます）の意もある。『舟橋本孝子伝』（以下『舟橋本』と略称）「底ニ金一釜アリ」、『蒙求』「忽見ルニ黄金一釜ヲ一」などの「一釜」は六斗四升（約十二リットル）の量をいう。「釜」のよみは『名義抄』「カナへ、マロカナへ」、『色葉字類抄《いろは》』「カナへ、カマ」。後世、「マロカナへ、カマ」の意に解するようになった。本話もその意。「ふたがある」とするのもそれによる。『孝子伝』『蒙求』などには「ふた」のことはない。

## 震旦の孟宗《もうそう》、老母に孝《つかまつ》りて冬《ふゆ》に笋《たかむな》を得《う》る語《ものがたり》、第二

今は昔、震旦の□の時代に、江都《ごうと》に孟宗《もうそう》という人がいた。父はすでに死んでいたが、母は健在であった。彼はいたって孝心深く、なんの落ち度もなく母を養っていた。この母は前々から、竹の子がないと食事をとろうとしない。そこで孟宗は長年の間なんとかしてこれを手に入れ、朝夕の食膳に供えて欠かすことがなかった。竹の子の出盛りのときは手に入れやすいが、生えない季節には四方八方走りまわってやっと掘り出し、母に食べさせていた。

ところが、ある冬のころ、雪が深く降り積もり、地面がすっかり凍りついて、とても竹の子など掘り出せそうもない朝があったので、とうとう母の食膳に竹の子を供えられなかっ

た。そのため母は食事の時間が過ぎてもなにも食べようとせず嘆いていた。孟宗はこの様子を見てひどく嘆き、天に向かって、「私は長年母に食べさせるために、朝夕竹の子を探し出して供え、一度も欠かすことはありませんでした。だが今朝は雪が深く、地面が凍りついて、竹の子を手に入れようとしてもどうにもなりません。そのため、母は食事どきが過ぎてもなにも食べようとしません。老弱の身で食事をとらなければきっと死んでしまうでしょう。なんと悲しいことか、今日竹の子を供えられないとは」といってこのうえなく悲しんだ。

このとき、庭に目をやると、突然紫色の竹の子が三本にょっきり頭を出した。孟宗はこれを見て、「私が孝心深いために、天があわれに思って与えてくださったのだ」と思い、喜んでこれを掘り取って母の食膳に供えると、母も喜んでいつものとおり食事をとった。

このことを聞いた人は、孟宗の深い孝心を尊びほめたたえた、とこう語り伝えているということだ。

**〈語釈〉**

○**□の時代**　空格は中国史の時代名からいえば「三国」が当たるが、王朝名では「呉」が当たる。

○**江都**《ごうと》　江蘇省《こうそ》にある（揚州市の東方）。『舟橋本』『陽明文庫本孝子伝』（以下『陽明本』と略称）『蒙求』などは「江夏ノ人」とする。「江夏」は湖北省漢陽県魯山《ろざん》。

○**孟宗**《もうそう》　『舟橋本』「孟仁」、『陽明本』「孟仁、字《あざな》ハ恭武」、『蒙求《もうぎゅう》』は説話表題を「孟宗寄鮓《きさ》」とし、孟宗の孝母談二話を収め、冒頭に「孟仁、字《あざな》ハ恭武、本名宗」、末尾に「仕ヘ二孫皓《そんかう》ニ一至ル二司空ニ一」と記す。孫皓は呉の孫権の孫、四代皇帝。司空は三公の一。孟宗の没年は建興三年（二五四）。

## 震旦の丁蘭《ていらん》、木《き》の母《はは》を造りて孝養《こうよう》を致《いた》す語《ものがたり》、第三

今は昔、震旦《しんだん》の〔漢の〕時代に、河内《かだい》に丁蘭《ていらん》という人がいた。幼い時に母が死んだ。十五歳になったとき、丁蘭は母の姿を慕い、彫工に頼んで、木をもって母の姿を造らせ、帳台の中に据えて朝夕の食事を供えたが、それは母の生きているときとすこしも変らなかった。木像の母をほんとうの母のように思い、朝外出する時は帳台の前に行って、「いってまいります」と挨拶《あいさつ》をし、夕方帰って来ると、「ただいま帰りました」という。そして、今日一日あったことをかならず報告した。自分が見聞きした世間のことはことごとく話してきかせる。このように心をこめて怠ることなく孝行の誠をつくしながら三年の月日がたったが、丁蘭の妻は性悪者《しょうわるもの》で、夫のこういう態度がねたましく憎くてしようがない。

ある時、丁蘭が外出中、妻は火を持ってきて木像の母の顔を焼いた。丁蘭は夜になって帰宅したが、暗いので母の顔は見えなかった。その夜、丁蘭の夢に木像の母が現われ、「おまえの妻が私の顔を焼いた」という。目がさめて不思議に思い、朝になって行ってみると、ほんとうに木像の母の顔が焼けていた。これを見てからのちは、丁蘭はその妻を憎み続け、愛情を示すことがなくなった。

またあるとき、隣人が丁蘭に斧《おの》を借りに来た。丁蘭は木像の母に、貸していいかどうか尋

ねたが、母が不賛成の顔付きをしていると見てとって、斧を貸すのを断わった。隣人はひどく怒り、丁蘭が外出しているすきを窺ってそっと家に忍び込み、刀を振るって木像の母の一方の臂《ひじ》に斬りつけた。すると血が吹き出し床をひたした。丁蘭が帰宅すると、帳台の中で痛みを訴える声がする。驚いて帳《とばり》を引き開けて中を見ると、まぎれもない赤い血が床の上に流れていた。怪しく思い近づいて見ると、木像の母の一方の臂が斬り落とされている。これを見た丁蘭は泣き悲しみ、まさに隣人の仕業《しわざ》であると思い、ただちに出かけていって隣人の首を斬り落とし母の墓前に供えた。

　これを国王がお聞きになり、殺害の罪による処罰を行なうべきところ、これも孝行のためにしたことであるという理由でその罪を不問に付しただけでなく、丁蘭に褒美《ほうび》の品と官位を与えた。

　このようなわけで、ただの堅い木とはいえ、それを母と思って孝行の誠をつくせば、天地が感動して赤い血が木の中から出るのである。しかも孝の行ないは重んじらるべきものであるがゆえに、殺害の罪がかえって慶事となったのである。だから、この孝行による尊い話は長く伝えられて朽ちることがない、とこう語り伝えているということだ。

**〈語釈〉**

○**〔漢の〕時代**　〔　〕内は諸本空格にするが、時代が「漢」に当たるので補った。『法苑珠林《ほうおんじゆりん》』所載の丁蘭話に、『鄭緝之孝子伝』を引き、「宣帝嘉《シテ》レ之《ヲ》、拝《スル》二太中大夫《たいちゅうだいぶ》ニ一者也」とある。宣帝は前漢第九代皇帝（前六〇年ごろ）。また、『太平御覧』『初学記』は『孫盛逸人伝』を引き、「郡県嘉《シ》三其至孝ノ通ズルヲ二於神明一ニ、図二スル其形像ヲ於雲台《うんだい》一ニ也」と記す。雲台は後漢の二代皇帝明帝が孝子の像を画かせた台。
○**丁蘭**《ていらん》　前漢の孝子。二十四孝の一。
○**帳台**　わが国王朝時代、寝殿造りの母屋《もや》に一段高く台を設けて、その四隅に帳《とばり》をたれた座敷。母の木像を置く場所をわが国風にとりなして「帳台の中に」としたもの。『舟橋本』『陽明本』には見えず、『注好選抄』には「居《お》二キ室内一ニ下レシ帳ヲ」とする。『竹取物語』で、かぐや姫の生いたちを語るところに、「帳の内よりも出さず、いつきかしづき養ふ程に」とある。

## 魯洲《ろしゅう》の人、隣《となり》の人《ひと》を殺して過《とが》を負《お》わざる語《ものがたり》、第四

今は昔、震旦の魯州《ろしゅう》に二人の兄弟がいた。弟は母とその先夫との間に生まれた子であり、兄は父の先妻が産んだ子である。兄は幼少のころ実の父母に死なれた。そこで弟の母に対し、弟とともに孝行にはげんだ。母の実子である弟がその母に孝行するのは当然であるが、この父の先妻の子である兄は継母に対して実母以上に孝行の誠をつくした。

あるとき、隣家の人が酒に酔って兄弟の家におしかけ、母をののしりはずかしめた。兄弟はこれを見て、そのののしっている男をなじり、なぐりつけているうち、その男を打ち殺してしまった。兄弟は重罪を犯してしまったが、母のことを思って逃げもせず、門を開けたまま家にじっとしていた。やがて役人がやって来てこの兄弟を捕え、死刑を行なおうとした。

そのとき、兄は役人に、「このたびのことは私一人のしたことです。私をすぐ死刑に処してください。弟にはなんの罪もありません」という。すると弟が、「兄は絶対に殺してはいません。あれは私が殺したのです。だから私を死刑にしてください」といい、このようにたがいに自分が死刑に当たるといってかばい合った。

役人は二人の言い分を聞いて不思議に思い、たちどころに処罰を決定することができず、いったん役所に帰り、国王に事の次第を奏上した。国王は、「兄弟の母を呼び出して尋問すべきである」とおっしゃって呼び出すと、勅命に応じて即刻母は参上した。そこで、「おまえの子たちはいかなる理由でともにすぐ死刑にしてほしいと言い張り、たがいにかばい合って自分の命を惜しまないのか」とお尋ねになる。母は、「このたびの罪はひとえに私自身にあるのです。私が二人の子に命じて殺させたのです」と答えた。すると国王は、「刑罰は法どおりに行なわれるべきものであり、私情をさしはさむわけにはゆかぬ。おまえが子の罪に代わるということはあってはならぬ。おまえはどちらの子を愛し、どちらを憎んでいるか」とおっしゃる。ただし、一人を殺し一人は許してやる。おまえはどちらの子を愛し、どちらを憎んでいるか」とおっしゃる。

母は、「この二人の子のうち、弟は私が産んだ子で、兄は父の先妻の子であります。その父が亡くなるとき、私はもう後添《のちぞ》いとなっていましたので、私に対し、『この子には産みの母がいない。わしもまた死のうとしている。死ねばこの子は天涯孤独の身となって頼るところもあるまい。わしは死を前にしてこれを思うと心配でならない』といいました。私は夫に、『あなたのおっしゃったことを肝に銘じて、この子をおろそかに扱うことはせず、実の母のようにかわいがりましょう。あなたはこの子のことを心配して、この世に思いをとどめることのないようになさってください』と答えますと、夫はこれを聞いて、喜んで死んでいきました。そこで、その約束を違えまいと思うがために、私はわが実の子を殺して亡夫の先妻の子を助けようと思うのです」と申しあげた。

国王はこの母の言葉をお聞きになり、夫との約束を忘れぬことに深く感動して母子ともども無罪放免なさった。母は喜んで二人の子を引き連れ、家に帰っていった。

亡夫との約束を違えることなく、わが実の子を殺しても継子《ままこ》のほうを助けようとした母の心はじつにまれにみるりっぱなことであると、これを聞いた人はみな感激し尊んだ、とこう語り伝えているということだ。

## 〈語釈〉

○**魯州**《ろしゅう》　河南省魯山県（河南省のほぼ中央）。『舟橋本』「魯ニ有リ二義士兄弟二人一」。『陽明本』「魯国義士兄弟二人」。「魯国」は周の武王が、弟の周公旦《たん》の領地として与えた国で、その子伯禽《はくきん》が成王によって封ぜられてから三十四代約八百年続き、前二四九年楚《そ》に滅ぼされた。都は曲阜《きょくふ》（山東省曲阜県）。孔子の生まれた国である。『注好選抄』は「曾《かつ》テ有リ二義士兄弟二人一」とする。「曾」は「魯」の誤記か。『古列女伝』巻五第六話「魯ノ義姑姉《ぎこし》」、同第八話「斉ノ義継母」は類話であるが、これらによれば「魯」は春秋時代（前七七〇～前四〇三）に斉と抗争した魯国（山東省から江蘇省・安徽省にかけての一帯）と見られる。

## 会稽洲《かいけい》の楊威《ようい》、山《やま》に入《い》りて虎《とら》の難《なん》を遁《のが》るる語《ものがたり》、第五

今は昔、震旦の会稽《かいけい》という所に楊威《ようい》という人がいた。幼いころその父は死んだ。そこで、母と二人で家に住み、母に対してこのうえなく孝行をつくした。だが、楊威はひじょうに貧しかったので、孝心は深いとはいいながら、十分満足できるような世話もできなかった。ある日のこと、楊威は親孝行をするため山に行き薪《たきぎ》を取っていると、突然虎に出会った。虎は楊威を見るやたちどころに襲いかかろうとする。それを見た楊威は虎の前にひざまずき、涙を流しながら、「私の家には年老いた母がいます。私一人を頼みにしてその日その日を送っているのです。ほかにめんどうみてくれる子供はいません。もし私がいなくなれば、母はきっと飢え死にしてしまうでしょう。虎よ、なにとぞお慈悲をもって私を殺さないでくれ」といった。虎は楊威の言葉を聞いていたが、聞き終わると、目を閉じ頭を垂れ、楊威を捨てて去っていった。楊威は家に帰りついてから、「今日、虎の災難から脱れることのできたのは、ひとえにわが孝心が深いため、天の助けをこうむったのだ」と思い、前にもまして怠ることなく母に孝行の誠をつくした。

このことを聞いた人はみな、たとえ畜生であっても孝心に感動して食い殺さずにそのまま捨てて去っていったのだ、といって楊威をほめたたえた、とこう語り伝えているということだ。

〈語釈〉

○**会稽洲**《かいけい》（表題中）　浙江省紹興のあたり。郡名または県名としてあるが、州（洲）名にはない。

○**楊威**《ようい》　伝未詳。

## 震旦の張敷《ちょうふ》、死《し》にたる母《はは》の扇を見て母を恋《こ》い悲《かな》しむ語《ものがたり》、第六

今は昔、震旦《しんだん》に張敷《ちょうふ》という女がいた。生まれて一歳になった時、その母が死んだ。その後、成長して十歳になったとき、張敷は家の使用人に向かって、「ほかの人にはだれもみな母上がいます。どうして私だけに母上がないのでしょう」と尋ねた。使用人は、「お嬢さんは覚えていらっしゃらないと思いますが、あなたのお母上はあなたが一歳のとき、すでに亡くなられたのです」という。張敷はこれを聞いて泣き悲しんだが、やがて、「私が母上のお顔を見たこともないとは、なんと悲しいことでしょう。ところで、母上が生きておいでのとき、私のためになにかお品を残しておかれたでしょうか」という。使用人は、「絵をかいた扇が一つございます。これは母上がまだご存命中、あなたが成長なさったときお渡しするようにとおっしゃってしまっておかれたものです」といって、扇を取り出して渡した。張敷はこれを見て一層泣き悲しみ、ひたすら母を恋い慕った。

それからというもの、日ごとにこの扇を取り出し、見ては涙を流し恋い悲しみ、そのあと、玉の箱に納めておいた。張敷は、母の姿を見たことはなく、またかわいがってもらった

記憶もないが、おのずと母の愛情を知っていちずに心から恋い慕っていた。

たとえその姿を見、その言葉を聞いていてさえ、年月がたてば忘れてしまうのは世の習いである。ところが、張敷はいつもその扇を見て母を忘れず、一生の間恋い慕い続けた。

これを聞いて張敷をほめたたえ感嘆しない者はなかった、とこう語り伝えているということだ。


**〈語釈〉**

○**張敷**《ちょうふ》 「張」は姓、「敷」は名。劉宋《りゅうそう》（四二〇〜四七九）の人。邵の子。字《あざな》は景胤。官は黄門侍郎。性は高潔にして風雅、老荘の書を好んだ。本話ではこの人を「女」とするが、それは話中で亡母の扇を見て恋い悲しんだことを女性的とみて誤認したのであろう。『舟橋本』『陽明本』『注好選抄』等、女とはしていない。

## 会稽《かいけい》洲の曹娥《そうが》、父《ちち》の江《え》に入《い》りて死《し》せるを恋いて自《みずか》らも亦《また》身を江《え》に投ずる語《ものがたり》、第七

今は昔、震旦の会稽《かいけい》に曹娥《そうが》という女がいた。その父は音楽を好み、日ごろ演奏を事とするとともに、つねに友人に誘われて他所に出かけその楽しみを満喫していた。

あるとき、曹娥の父は音楽をなりわいとする女たちに誘われて川辺に行き船遊びをしていたが、突然船が転覆して水中に投げ出された。曹娥の父も同船していた人たちもみな水に呑まれて死んでしまった。遺体はひとつも浮かびあがらない。

その折、曹娥は十四歳であった。この惨事を聞いて川辺にかけつけ、父を恋い慕って七日七夜の間、声をかぎりに泣き悲しむ。その泣く声はいつ絶えるともなかった。だが、父の遺骸は見ることができず、ついに七日めになって曹娥はわが衣裳を脱ぎ、「もし私が父の遺骸を見ることができるなら、いま川に投げ入れるこの衣裳は沈むでしょう。そうでなければ衣裳の沈むことはないはずです」と誓言を立てて川に衣裳を投げ入れたところ、即座にその衣裳は沈んだ。それを見て曹娥もまた川にわが身を投じた。

されば、子が父母の死を悲しみ慕うのは普通のこととはいえ、わが命を捨ててまで思慕するとはまことに類を見ない孝心である。それゆえ、このことを見聞きした人は、曹娥に深く感動するとともに、いっぽうでじつに珍らしいことと思った。また、県令もこれを聞いて稀《け》有《う》の美談であると思い、曹娥のためにその地に碑文を建て、深い孝心を末長く顕彰した、とこう語り伝えているということだ。

〈語釈〉

○**県令**　県の長官。ここでは県は会稽県。『舟橋本』「女人悲シミレ父ヲ不レ惜マ二身命一ヲ、懸命聞キレ之ヲ俄娥立テレ碑ヲ表セリ二其孝一ヲ」（懸命の懸は県の通字、命は令の誤記か、また俄娥は為レ娥ノの誤記か）。『後漢書《ごかんじょ》』「至リ二元嘉元年一ニ、県長度尚、改メ二葬シ娥ヲ於江南ノ道傍一ニ、為ニ立ツレ碑ヲ」（元嘉元年は一五一年）。

## 欧尚《おうしよう》、死《し》せる父《ちち》を恋い墓《はか》に菴《いおり》を造《つく》りて居住《いす》む語《ものがたり》、第八

今は昔、震旦に欧尚という人がいた。幼いころから孝心深く、父母に仕えることまことに至れりつくせりという有様であった。

その父が世を去った。すると欧尚は父の墓の傍に庵《いおり》を造り、そこに入って朝夕父を恋い慕っていた。

ところがある日のこと、一頭の虎が山から出て来た。村人がこれを見つけ、多くの者が集って、あるいは槍《やり》を手に取り、あるいは弓矢を持ち、虎を追いつめて殺そうとした。虎は攻め立てられて逃げ場を失い、命からがら欧尚の庵に走り込んだ。欧尚はこれを見て哀れみの心を起こし、虎を隠してやろうと自分の着物を脱いで虎の体を覆い隠した。その時、村人たちが虎を追って庵に踏み入り、ある者は槍で突き、ある者は弓で射ようとする構えを見せながら、「まぎれもなく虎はこの庵に入ったぞ」と叫ぶ。欧尚は、「私は虎など隠すはずはありません。虎はじつに悪い獣です。虎がいるなら私もみなさんといっしょに殺しますよ。なんですき好んで虎など隠すものですか。虎は絶対にこの庵にやって来はしません」といって出さない。村人たちはこれを聞いてみな帰っていった。

その後、日暮れになって、虎は庵を出て山に入っていったが、この時の恩を深く感じてつねに欧尚の庵に死んだ鹿を持って来た。それ以来欧尚は自然に裕福な身となった。これもほ

かではない、ひとえに孝心の深さと、殺されようとしたものの命を救ったことにより、天がお授けくださった富であると思い知るのであった。

　されば、父母に孝行をつくすことは天が哀れみなさるのである。不孝の人はだれであろうと天がお憎みになるのだ。また、人がもしものの命の奪われようとする場にちょうど居合わせたならばかならず助けてやるべきである、とこう語り伝えているということだ。

**〈語釈〉**

**○欧尚**　伝未詳。『太平御覧』に「王孚安成記曰ク平都ノ区宝者後漢人」とする。平都は江西省安福県東南。

## 震旦《しんだん》の禽堅《きんけん》、夷《えびす》の域《さかい》自《よ》り父《ちち》を迎《むか》えて孝養《こうよう》する語《ものがたり》、第九

　今は昔、震旦の蜀郡《しょくぐん》の都に禽堅《きんけん》という人がいた。この人の父は信といい、県の役人であった。

　この人の妻が禽堅を懐妊して七ヵ月めに夫の信は勅命によって夷《えびす》の国に出かけた。夷は信を捕え、奴隷として酷使した。信は家に帰ることができず、朝な夕な故郷を偲んでひたすら泣き悲しんでいたが、いつしか十一年が過ぎた。妻はもとの家にいたが、やがて月満ちて禽堅を産んだ。そして夫がいつまでたっても帰って来ないことを嘆き悲しんでいたが、ついに他の夫のもとに嫁いだ。

さて、禽堅は九歳になったとき、母に向かって自分の父はどこにいるのかと尋ねた。すると母は、「おまえの父である信は、おまえが生まれた年、勅命によって夷《えびす》の国に行ったのです。ところが、夷のために捕えられ、いまもって生死のほどもわかりません。たとえ生きているにせよ、そこまでの道のりははるか遠くで、会うことはできないでしょう」と答えた。

禽堅はこれを聞いて涙を流して泣き悲しみ、なんとかして父のいる所に尋ねて行こうと決心して、はるかかなたの異国を目ざして歩いて行ったが、道中は果てしなく遠く、身は疲れ食糧も底をついた。だが、七年かかってついに父のいる所にたどりつくことができた。禽堅は父にめぐり会うやこう言った、「この私はあなたの子です。母が私を身ごもり、まだ出産しないうちに、あなたはこの地に向かわれました。私は出生後、どうやら東西がわかる年ごろになりましたので、あなたを尋ね求めていいようもなく苦しい道を堪え忍び、七年かかってやっとたどりついたのです」。父はわが子の姿を見るやその手を取り、涙を流して悲嘆にくれるばかりであった。その場にいる人もこの様子を見て、ともに悲しみの涙にむせんだ。

これを見た夷《えびす》の王はいたく同情し、信を解き放って故国に帰すことにしたが、それに加えて食糧までも与えた。そこで信は喜び、子の禽堅とともに故郷に向けて旅立った。その道程は五万里、途中の山は険しく川は深い。虎・狼などの獣が至る所に現われて人に襲いかかる。そのため行き来の者が命を全《まっと》うすることはないのだが、禽堅は天地に祈請をこめ、数年かかってついに故郷に帰りついた。これを聞いた人は奇異の念を抱いたが、親属や友人たちはこのうえなく喜んだ。

禽堅はその深い孝心によって父を故国に帰らせ、親属・友人と再会させたばかりでなく、母を呼びもどして昔のように父と住まわせたのである。

それで、世をあげて禽堅をほめ尊んだ、とこう語り伝えているということだ。


〈語釈〉
○**蜀郡**《しよくぐん》　四川《しせん》省成都。
○**夷**《えびす》**の国**　夷の地。夷は、もとは中国東部に住む未開民族のことをいったが、のちには未開人の総称に用いいた。

## 震旦の顔烏《がんう》、自《みずか》ら父《ちち》の墓《はか》を築《つ》く語《ものがたり》、第十

今は昔、震旦の東陽という所に顔烏《がんう》という人がいたが、幼いころから孝心が深かった。

さて、その父が死んだ。顔烏はこれを葬り墓を立てようと、自分一人で土を背負って運び、まったく他人の力を借りようとしなかった。そのためなかなか完成しない。

ところが、天地の神が力を貸し、立ちどころに千万羽の鳥がそこに集って来て、めいめい土くれを口にくわえ、顔烏が墓を建てている所に置いた。そこで、墓は思いどおりにはやく完成した。そのとき、顔烏がその鳥を見ると、一羽ごとに嘴《くちばし》から血が流れている。そのためくわえて来た土くれもみな血がついていた。これを見た人は奇異の念にうたれ、顔烏の深い孝心を尊く思った。

このことにより、この県を烏陽県《うよう》と名づけた。その後、王莽《おうもう》の時代に烏孝県《うこう》と改めた。孝心の深いことを烏が示したので烏孝県というのである、とこう語り伝えているということだ。

〈語釈〉

○**東陽** 浙江省《せっこう》のほぼ中央にある（浙江省金華道）。

○**烏陽県**《うよう》 『舟橋本』に「以テレ是ヲ為スニ県名ヲ烏陽県トー」とあるのに従って記したもの。『陽明本』は「遂ニ取ルニ懸名ヲ烏傷懸トー、秦時立ッ也」とする。烏が口を傷つけたことからの命名であるから「烏傷県」が正しい。浙江省義烏県。『異苑』（宋、劉敬叔撰）中の類話は、烏が鼓をくわえて孝子顔烏のいる村に集ったが、その口が傷ついたので、県名を烏傷県としたとあり、そのあとに「王莽改メテ為スニ烏孝県トー」とある。この県名はのちに義烏県と改められたという。『舟橋本』には「王莽之時改メテ為スニ烏者県トー」とあるが、「者」は「孝」の誤写であろう。

○**王莽**《おうもう》 前漢末の簒立者《さんりつ》。字《あざな》は巨君。孝元帝の后の弟の子。儒教政治を標榜《ひょうぼう》して人心を収攬、平帝を弑《しい》し、孺子嬰を立ててみずから摂皇帝の位にいること七年、ついに真皇帝と称し、国を新と号した。在位十五年、漢の劉秀が長安に入るに及んで敗死。前四五〜二三。

## 震旦の韓《かん》の伯瑜《はくゆ》、母《はは》の杖《つえ》を負《お》いて泣《な》き悲《かな》しむ語《ものがたり》、第十一

今は昔、震旦の宋の時代に、韓伯瑜《かんはくゆ》という人がいた。まだ幼いころその父が死んだ。そこ

で母といっしょに住み、心をこめて母を養っていたが、伯瑜にすこしでも至らぬ点があると、母は怒って杖《つえ》で伯瑜を打ち痛めつけた。伯瑜は杖で打たれ、痛くてしかたがないが、じっと堪え忍んで泣こうとはしない。これが常日ごろのことであった。

やがて母が年をとり体も衰えてくると、打たれても痛みを感じなくなった。だがこうなってから、伯瑜は打たれるたびに泣いた。母はこれを怪しんで伯瑜にきいた。「私は長いこといつもおまえを杖でたたいていたが、おまえはたたかれてもけっして泣かなかった。ところが、今になってどうして泣くのか」。すると伯瑜は、「以前はお母さんに杖で打たれると、痛くてしようがありませんでしたが、じっとがまんをして泣き声を立てませんでした。ところが、今は杖で打たれても、杖の当たりどころが前とちがってさほど身にこたえません。これはお母さんが年を取り力が衰えたためこたえなくなったのだと思うと、悲しくなって泣くのです」と答えた。母はこれを聞き、「私に杖で打たれ、その痛さのために泣くのだと思っていたが、私が年を取り力が弱ったのを悲しんで泣いているのだ」とわかり、いいようもなく感動して涙を流した。このことを聞いた人はみな伯瑜の孝心をほめたたえた。

伯瑜はその深い孝心によって、わが身の痛さを堪え忍び、母の力が衰えたのを悲しんだのである、とこう語り伝えているということだ。

### 〈語釈〉

○**宋**　劉宋。東晋の譲りを受けた劉裕《りゅうゆう》（太祖武帝）が建てた国（四二〇〜四七九）。
○**韓伯瑜**《かんはくゆ》　「瑜」は「兪」ともする。漢時代梁の人ともいう。

# 朱《しゅ》の百年《はくねん》、悲《かな》しき母《はは》が為に寒《さむ》き夜《よ》に衾《ふすま》を脱ぐ語《ものがたり》、第十二

今は昔、震旦の〔宋の〕時代に朱百年《しゅはくねん》という人がいた。幼いころから孝心深く、心から父母に仕えていた。

さて、その父ははやく世を去り、母一人子一人の生活を続けていたが、この百年の家はひじょうに貧しく、塵《ちり》ほどの蓄えもない。

あるとき、百年は友人の家に出かけていった。その友人は百年が来たので、食膳の用意をして酒をふるまった。百年は酒を飲んですっかり酔い、家に帰れなくなってその家で寝込んでしまった。

ちょうど大寒《だいかん》のころでひじょうに寒かった。そこで友人は布団《ふとん》を出してきて百年の上に掛けてやった。しばらくして百年はふと目をさました。見れば自分の上に布団が掛けられている。百年は、自分が寒そうな様子をしているのを友人が見て布団を掛けてくれたのだと気づいたが、即座にその布団を脱ぎ捨て、二度と掛けずにそのまま寝ていた。やがて友人が部屋に入って来たが、百年が布団を脱ぎ捨て掛けていないのを見て不思議に思い、百年に向かって、「このような寒い夜、君はどうして掛けてやった布団を脱ぎ捨てて、掛けようともしないのだ」ときいた。

すると百年は、「私はこの寒い夜、外出先で寝てしまった。君は私が寒がっているのを知

って私の上に布団を掛けてくださった。これはあなたのご厚情によるもので、私は心から感謝しております。しかし、私の母はこのきびしい寒さの中、ひとり家で寝ています。私はこれを思うと気がかりでなりません。私は、母が寒い一夜を過しているのを知らぬ顔して、自分ひとり布団にくるまれて暖かく寝るなど、どうしてできましょう」と答えた。

友人はこれを聞き、涙を流して感激し、「君の深い孝心はじつにたぐいまれなことだ。私は心から尊敬する」といった。その後、夜が明けて百年は家に帰った。母ものちにこれを聞いて涙を流し、このうえなく感激した。

この話を聞いた人もまた百年を心からほめたたえた、とこう語り伝えているということだ。

〈語釈〉

○**〔宋の〕時代**　〔　〕内は諸本空格にするが、時代が「宋」に当たるので補った。『舟橋本』冒頭は「朱百年ハ者至孝也」。

○**朱百年**《しゅはくねん》　劉宋時代、山陰（浙江《せっこう》省杭州・紹興のあたり）の人。父は濤、揚州主簿。孝をもってきこえ、詩に巧み。親の没後、妻孔氏と会稽《かいけい》の南山《なんざん》に入り樵《きこり》採を業とし、つねに薪を路傍に置く。行人は朱隠士（百年）の売るものであることを知り、銭を置いて去った。官につくことをしきりに求められたが、ついに仕えず、山中に卒した。孝建元年（四五四）、年八十七。『注好選抄』は「白年」とする。

○**大寒**《だいかん》　きびしい寒さ。二十四気の一で、小寒（陰暦十二月の初めから中旬まで）から数えて十五日め。太陽暦では一月二十日ごろから節分までをいう。『舟橋本』「時ニ大寒也」。『注好選抄』「時ニ寒」。

## □人、父《ちち》の銭《ぜに》を以《も》て亀《かめ》を買い取り、河《かわ》に放つ語《ものがたり》、第十三

今は昔、天竺《てんじく》に一人の人がいて、商品を仕入れて来させるために、息子に五千両の銭を持たせて隣国にやった。そこで、息子はその銭を手にして出かけたが、途中、大きな川があり、その川にそって歩いて行った。

ちょうどそのとき、一艘《そう》の船に人が乗って川を進んでいた。この息子がその船のほうに目をやると、亀が五匹船ばたから首をさし出している。息子は立ちどまって、「その亀はなんですか」と声をかけた。すると船の人は、「これは殺して、あることに使うのだ」と答えた。それを聞いた息子は、「その亀を私に売ってください。買いたいのです」という。だが、船の人は、「この亀はこのうえない必要にせまられて、やっとのことで釣りあげたものだ。だからいくら高い値をつけようと、売るわけにはいかぬ」という。それを息子は拝むようにしてむりに譲ってもらい、持っている五千両の銭を渡して五匹の亀を買い取り、川に放ってその場から立ち去った。

こうはしたものの、息子は心中で、「父が隣国で商品を仕入れさせようと私に持たせた銭で亀なんか買ってしまったが、これを父が聞いたらどんなにかお腹立ちになるだろう。それ

を考えると家に帰りにくい」とは思うものの、そうかといってまた、父のもとに帰って行かぬわけにもいかないので帰って行ったが、その途中で出会った人が、「あなたが銭を払って亀をお買いになったその相手の人は、川の真ん中で不意に船が転覆して死んでしまいましたよ」と告げた。これを聞いて父の家に帰りつき、あの銭で亀を買ってしまったことを父に話そうと思っていると、父が、「どうしてあの銭を返してよこしたのか」という。

息子は、「私はけっして銭をお返ししてはおりません。じつはあの銭で亀を買い、こうして亀を川に放ってやりました。それでそのことを申しあげようと帰って来たのです」という。すると父が、「それはおかしい。さきほどここに黒い衣裳をつけた同じ姿の人が五人めいめい千両ずつ持って来て、『これはお子さんにお持たせになった銭です』といって置いていったぞ。それは水に濡れていたが」という。息子はそれを聞いて、「さてはあの買って放してやった五匹の亀が、川に銭が落ちたのを見て、めいめい千両ずつ拾いあげ、自分がまだ帰りつかぬ前に父の家に持って来て渡したのにちがいない。じつに不思議なことだ」と思った。父もそうと聞いて、息子のしたことをこのうえなく喜んだ。これはただ亀の命を助けただけでなく、たいそうな孝心でもある。

このことを聞いた人はみな、亀を買って放ってやった息子をほめたたえた、とこう語り伝えているということだ。

〈語釈〉

○□（表題中）　諸本欠字。次項参照。

○**天竺**《てんじく》　本巻は「震旦」説話であって、「天竺」とあるのはおかしい。話の主人公である「息子」を『冥報記』では「揚州厳恭」（揚州は江蘇省江寧県、揚子江北岸、今の南京）とするが、この話がわが国でいったん口頭話に流れて主人公の名を失い、「天竺」の人となってのち記録されたのが『打聞《うちぎき》集』『宇治拾遺物語』所収話の形で、ともに「天竺」の人とされている。その種の記録をもとに本話は書かれたものだが、これを『冥報記』所載話であることを知って本巻に収めたものの、表題をつけるに際して矛盾を感じ、表題の部分は欠字にされたのであろう。
○**五千両**　『冥報記』「五万」。『打聞集』「五千巻」。『宇治拾遺』「五十貫」。
○**隣国**　『冥報記』は厳恭を「本衆（泉）州人也」（泉州は福建省）とし、「往二ク揚州ノ市物（易）一」とする。
○**大きな川**　『冥報記』に「江」とあり、揚子江か。

## 震旦の江都《ごうと》の孫宝、冥途《めいど》に於《おい》て母を済《すく》い、活《よみがえ》る語《ものがたり》、第十四

今は昔、震旦の江都に孫宝という人がいた。この人は年若くして死んだが、体にまだ暖かさを残したまま四十日余りたった。

そしてついに蘇生し、こう語った。「私が死ぬと同時に人がやって来て、私を捕えてある役所の中に連行した。見ればそこに死んだ私の母がいて責め苦を受けている。私は母の姿を見つけてうれしく思ったものの、責め苦を受けているのを見ると悲しくてしかたがなかっ

た。母は私を見て、『わたしは死んでから長いあいだの責め苦にあい、苦しみの休まる折はいっときもないのだよ。といって自分からこのことを訴えようとしても、どうにもならないのだ』といった。

翌朝、一人の役人が私を引きつれて裁判官の前に出た。裁判官は私を見て、『おまえには罪がなかった。即座に放免する。出て行け』という。だが私は出て行かず、裁判官に向かって、『人間が生きているときに造った罪業にも善業にも、ともにその報いがあるのですか』と聞いた。裁判官は、『双方ともにかならずある』と答えた。『では、罪業と善業と両方造っていれば、その量の多いほうから少ないほうを差し引いて報いが決められるのですか』というと、裁判官は、『そのとおりだ』という。そこで私は、『それならばお尋ねしますが、私の隣り村の某《なにがし》は、生きているとき、罪業は多く造ったが善業は少なかった。それなのにいま見ますと、その人は受刑場の外にいます。私の母は生きているとき、善業は多く罪業は少なかったのに、こちらは受刑場に長い間留められています。もし善悪の報いがいまおっしゃったように定められているならば、どうしてこのようなことがあるのでしょう』といった。

〈語釈〉

○**役所**　ここでは道教における冥界の役所。道教の冥界思想は仏教のそれと交わっているので、閻《えん》魔《ま》王庁のようなところと思われる。

裁判官はこれを聞いて驚き、書記官を呼び出して事情をただした。書記官は、『この者の生前の善悪を記した書類はありません』という。裁判官はさっそく私の母を召し出して改めて尋問し、その結果善業が多く罪業が少ないことがわかった。そこで書記官を呼んで叱りつけると、書記官は、『書類が紛失したため、善業悪業のどちらが重くどちらが軽いかわからないのです』という。裁判官はさらに別の書類によって調査したところ、母がいったとおりであった。

そこで裁判官は、『孫宝の母を解き放ち、楽堂に移すようにせよ』とお命じになる。これによって母子ともども門を出た。私は母を送ってその楽堂に行った。その楽堂というのは、壮大で、美しく飾られた宮殿・楼閣が立ち並び、多くの男女がその中にいて楽しく生活をしている所である。私はこれらの堂閣を見てまわり、すっかり遊びほうけて帰る気持もなくなった。その間に四十日たった。

こうしているとき、私はまた伯父に会った。伯父は私を見て、『おまえはまだ死期が来ておらず、放免された。なぜはやく帰って行こうとしないのだ』としかりつける。私が、『私はこのまま楽堂にいたい。帰りたいとは思いません』というと、伯父は怒り、『ばかなことをいうな。人は死ねば各自生前の所業によってその報いを受けるのだ。おまえは死後悪報を受ける身で、絶対に楽堂には生まれられまい。ただおまえはまだ死期が来ていないので、かりそめに楽堂で遊ぶことができただけだ。もしほんとうに死んだなら、冥途の裁判官が正しくおまえの受けるべき報いを記録にとどめるであろう。そうなればとうてい母を見ることなどできるはずもない。おまえはじつに愚かなやつだ』というや、瓶《かめ》の水を取って私の頭から足の裏に至るまで、くまなく全身にそそぎ掛けた。だが、臂《ひじ》のあたりをすこし掛け残して水が尽きてしまった。そのあとで、近くにあった一つの空き家を差し示し、私をその中に入らせた。入ったと思うと同時に私は蘇生した」。孫宝はこのように語ったが、冥途で伯父が掛けた水の掛け足りなかった臂の辺は、ついに肉が爛《ただ》れ欠け落ちて、今も骨が露出している。

とはいえ、孫宝が冥途の裁判官に訴えて、母の苦しみを救ったのは、このうえない孝行ではなかろうか、とこう語り伝えているということだ。

〈語釈〉

○**楽堂**　未詳だが、あとに説明されている。いわゆる極楽浄土ではないが、冥界にあって生前善業を積んだ者の行く場所とされていたか。

## 河南《かなん》の元の大宝、死して報を張《ちょう》の叡冊《えいさく》の夢《ゆめ》に告ぐる語《ものがたり》、第十五

今は昔、河南《かなん》に元大宝《げんたいほう》という人がいた。貞観《じょうがん》年間に大理《だいり》の丞《じょう》であった。この人は因果の理法を信じようとしなかった。同僚に張叡冊《ちょうえいさく》という人がおり、二人はたがいに友人として親交を結んでいた。

大宝は日ごろ叡冊に向かって、「われわれ二人のうち、もし一人が先に死んで、死後善悪の果報を受けたなら、その者はかならず相手にそのことを告げ知らせることにしよう」と約

束していた。その後、貞観十一年、大宝は車に乗って洛陽《らくよう》に行く途中、病気になって急死した。叡冊は長安の都にいて、大宝の死んだことを知らなかった。ところが、その夜叡冊の夢に大宝が現われ、「おれはもう死んでしまった。おれは生前、善悪の報いがあることを信じなかった。死んでのち、今はじめて善悪の報いはかならずあるとわかった。それゆえおれはここに来て、君に知らせるのだ。君はひたすら善業を修めなさい」といった。

叡冊はその夢の中で、大宝が語ったことをさらに詳しく尋ねると、大宝は、「冥途における果報はもともと詳細に述べるわけにはいかないのだ。ただ君に対して、死後の報いはかならずあるのだということを告げ知らせるだけにとどめる」という、とこのように夢に見て目がさめた。その後、叡冊は同僚に向かってこの夢のことを語ったが、それが事実か否かわからないので、つぎの日、出かけていって大宝のことを聞いてみると、大宝はすでに死んだということがわかった。そこで、夢でこのような告げがあったことを、大宝の家の者に伝え聞かせた。

叡冊は、「生前おれと親交を結んでいた仲だから、死後も約束を忘れずに、このように告げ知らせてくれたその好意はじつにありがたいことだ」といって、大宝を心から恋い慕った、とこう語り伝えているということだ。

〈語釈〉

○**河南**《かなん》　河南省洛陽県西五里。

○**元大宝**《げんたいほう》　伝未詳。

○**貞観**《じょうがん》　唐太宗の年号。名主・賢臣がそろい、太平であった（六二七～六四九）。

○**大理**《だいり》**の丞**《じょう》　大理は追捕《ついぶ》・糾弾《きゅうだん》・裁判・訴訟などをつかさどる役所。秦では廷尉《ていじょう》。前漢に大理に改称した。丞は長官である大理卿の補佐役。次官。

○**因果の理法**　因果応報の理。善因には善果、悪因には悪果が報い現われて誤りがないという道理で仏教の基本的理法。

○**張叡冊**《ちょうえいさく》　伝未詳。

○**果報**　果と報との并称。同類因（性質の同じ結果を招くべき原因）より生じる結果を果といい、異熟因（異なる結果を招くべき原因）より生じる結果を報という。

○**洛陽**《らくよう》　東周時代の都洛邑《らくゆう》の地で、河南省にある。戦国時代以後、洛陽と呼び、後漢・晋・北魏・後唐もここを都とした。北に邙山《ぼうざん》を負い、南に洛水を控えた形勝の地。唐の都長安からは東方に位する。

## 索胄《さくちゅう》、死して沈裕《しんゆ》の夢に官《かん》を得可《うべ》き期《ご》を告《つ》ぐる語《ものがたり》、第十六

今は昔、震旦に、民部尚書《みんぶしょうしょ》の役にある武昌公載索胄《ぶしょうこうさいさくちゅう》という人がいた。いっぽう、舒州《じょしゅう》の別駕《べつが》である沈裕《しんゆ》という人がいた。この二人は親交を結び、長年の間たがいに仲よく過ごしていたが、貞観《じょうがん》七年、索胄が急死してしまった。

同八年八月になって、舒州にいた沈裕がこのような夢を見た。わが身が長安の都にいて、

義寧里《ぎねいり》の南のはずれを歩いていると、はからずも、古ぼけよごれた着物を着、すっかり憔悴《しょうすい》した索冑に出会った。索冑は沈裕を見て喜びながらも悲しげな顔をしている。

そこで索冑に、「君は生前善根を積んでいたが、死後、今はどのようにしているのか」と聞くと、索冑は、「おれは生前、誤って一人の人を国王に訴えて殺してしまった。また死後のことではあるが、ある人が一頭の羊を殺しておれの葬式の供え物にした。この二度の罪により、いま言語に絶する責め苦を受けている。とはいえ、もうすぐその罪の報いは終わるだろう」といい、ついで、「おれは生前君と仲がよかった。ところが君はまだしかるべき官位を得ていない。おれはそれをひどく残念に思っていた。しかし、君はやがて五品《ごほん》に任命される文書を手に入れてかならず天子に会うだろう。これはたがいに喜びとするところだ。こういうわけでおしらせするのだ」といった、という夢であるが、索冑がこのように言い終わるや沈裕は目をさました。

その後、沈裕は親しい人にこのことを語り、夢で見たことが実現するのを期待していた。ところが、その年の冬、沈裕は都に行き、任官の選考に応じたものの、禁錮《きんこ》刑を受けたことがあって任官できなかった。そこで沈裕は人に、夢の告げもむなしいものだったと語った。ところで、同九年の春、沈裕は江南に帰って行ったが、途中、舒州まで来ると、急に詔書をいただき、五品を授けられ、務州の治中に任じられた。そのとき、沈裕は索冑が夢で告げたことがほんとうだったとわかり、索冑の友情にこのうえなく感動した。

されば、生前に友情を契り、仲のよかった人は、死後も友のことを忘れず心にかけてくれるものである、とこう語り伝えているということだ。

〈語釈〉

○**民部尚書**《みんぶしょうしょ》　民部省の長官。民部省は国中の人民を管轄し、戸籍・租税・賦役をつかさどる官庁。

○**載索冑**《さいさくちゅう》　正しくは「戴冑《たいちゅう》」。『冥報記』前田家本は「戴素曹」、高山寺本では「載冑」、『法苑珠林』は「戴文冑」とする。前田家本「戴素冑与《と》二舒洲別駕沈裕一善《シ》」の「素」は本来は「冑」と「与」の間にあって「もともとより」の意をもつものであったのが、誤って「冑」の前に置かれ、「素冑」という名のようにされたものであろう。それを本話はさらに誤って「索冑」としたと思われる。高山寺本は「素」を「載冑」のあとに置いている。この「載」は「戴」の誤写。「戴冑」は安陽の人。字《あざな》は玄胤《げんいん》。性は清廉剛直、はじめ隋王に仕え、よく諫正したが聞き入れられなかった。のち唐太宗に重用された。言説に長じ、尚書左丞、検校吏部尚書《けんぎょうりぶしょうしょ》に至った。卒後、道国公に封じられた。

○**舒州**《じょしゅう》　安徽《あんき》省懐寧県。

○**別駕**《べつが》　州の刺史《しし》（長官）の下で最高の職。刺史を補佐し、諸部局を統轄する。駕は乗り物で、刺史と乗り物を別にする意。

○**沈裕**《しんゆ》　伝未詳。巻七第二十七話にも「別駕《べつが》沈裕《しんゆ》」の名が見える。

○**貞観**《じょうがん》**七年**　唐太宗の治世（六三三年）。

○**義寧里**《ぎねいり》　『冥報記』前田家本「義寧坊里南街」、高山寺本「義寧里南街」、『法苑珠林』「義寧坊西南街」。義寧坊は長安の開遠門に近い街区。

○**五品**《ごほん》　「品」はわが国では令に定められた親王の位階に用い、一品から四品までであるが、中国では北魏文帝のとき、九品《くほん》が定められたという。五品は五位というほどの意。『冥報記』「君今自ラ得テ二五品文書ヲ一、已《すで》ニ遭《あ》ハレ二天曹《てんそう》ニ一、相助ケ欣慶《きんけい》トス、故ニ以テ相報ズ」。五品以上は貴族的待遇を受ける。

○**江南**　揚子江以南一帯の地をいうが、ここでは特定の地名のように扱っている。

○**務州**　貴州省婺川県（省の東北方）。

○**治中**　刺史（州の長官）の補佐官。

## 震旦の隋《ずい》の代《よ》の人、母の馬と成《な》れるを得《え》て泣《な》き悲《かな》しむ語《ものがたり》、第十七

今は昔、震旦の隋《ずい》の大業《だいぎよう》年間に、洛陽《らくよう》に一人の人がいたが、ある人がこの人に馬を一頭与えた。

この人はその馬をもらい、長年家で飼っていたが、ある冬の寒い日、墓に供えるための酒と食物をたずさえ、この馬に乗って出かけていった。途中に川があり、それを渡ろうとしたが、馬がどうしても渡ろうとしない。そこで、鞭《むち》をもって馬をたたいたところ、馬は頭や顔を傷つけられて血を流した。それでもどうにか墓に行きつき、馬を解き放っておいて墓におまいりしているうち、馬がいつのまにかいなくなった。

この人の家には以前から一人の妹がいた。妹は兄が墓参りに外出しているあいだ、家でひとり留守居をしていると、突然、死んだ母が入って来た。

頭や顔から血を流し、すっかり憔悴《しようすい》した姿でひたすら泣きくずれながら、娘に向かって、

「私は生前、おまえの兄さんの米を五升盗んでおまえに与えた。その罪の報いでいま馬の身に生まれ、すでに五年の間、おまえの兄さんに対して罪のつぐないをしているのです。ところが、今日川を渡ろうとして水が深いのに恐れ立ちすくんでいると、おまえの兄さんが鞭《むち》で私をたたき、頭や顔をさんざんに傷つけ血だらけにしました。家に帰ろうとすると、なおも強く私を打ちたたきました。そこで私は走り帰っておまえに訴えたのです。私のつぐないはもう終わりにきています。どうして、なんの理由もない苦痛を受ける必要がありましょうか」といい終わるや走り去った。娘は驚き騒いで母のあとを追ったが、ついに見つからなかった。そこで娘は母が傷をうけたところを書き留めておいた。

そのうち兄が帰って来た。妹はすぐ兄が乗っている馬の頭と顔に血が流れている傷あとを見つけ、それを母の傷あとと照らし合わせたところ、完全に一致した。そうと知った妹は馬に近づき、その首を抱いて言いようもなく泣き悲しむ。兄はこの様子を見て不思議に思い、そのわけをきくと、妹はさきほど亡き母がやって来たことを涙ながらにくわしく語った。兄は、「この馬ははじめどうしても川を渡ろうとしなかった。そしていつのまにかいなくなった。それが、帰って来る途中で姿を現わしたのだ。いまおまえのいったことを聞くとすべて話が合う」といって、ともに馬を抱いてひたすら泣き悲しんだ。馬もまた涙を流し、水も飲まず草を食おうともしなかった。

兄と妹はともにその場にひざまずき、馬に向かって、「おまえがもしほんとうに母でいらっしゃるなら、どうかこの草を食べてください」というと、馬は即座に草を食った。そしてまた食べ〔るのをやめた〕。そこで妹は粟と豆の食物を持ち、五戒を守っている人の所に馬を連れていって、馬に食べさせたところ、馬は即座にこれを食ったが、そのあとで馬は死んでしまった。兄と妹はこれを引き取って葬ったが、それはほんとうの母を葬るのと変わりなかった。

このことから思うと、人が飼っている牛・馬・犬・鶏などは、みな前世にしたことのつぐないをしようとして家に来ているのではないかと考えて、ひどい仕打ちは加えるべきでない、とこう語り伝えているということだ。

**〈語釈〉**

○**隋**《ずい》　文帝〜恭帝（五八一〜六一九）、四代三十八年間の王朝、北周のあとを受けて中国を統一した。

○**大業**《だいぎょう》　煬帝《ようだい》のときの年号（六〇五〜六一六）。

○**洛陽**《らくよう》　隋の都。

○**川**　『冥報記』は「伊水」とする。伊水（伊河）は洛陽の東を流れ洛水と合して黄河《こうが》にそそぐ川。

○**一人の妹**　『冥報記』話のはじめのほうに、馬を得た人の言葉として、「早喪《うしな》ヒレ父ヲ、其ノ母寡《やもめ》ニシテ養フ二一男一女ヲ一々々嫁シテ而母亡ズ」とある、その「一女」のこと。「是ノ日妹独《ひと》リ在リレ家ニ、忽ニ見ル二其ノ母ヲ一」。

○**五戒を守っている人**　『冥報記』は「遂《つひ》ニ備ヘ二粟豆ヲ一送ル二王五戒ノ処ニ一」とする。「姓ハ王、常《つね》ニ持ス二五戒ヲ一」人で、通称「王五戒」といわれていた。この人が馬をもらう時、与えた人は馬の飼料の粟豆をそえて馬についての自分の体験談を語ったのである。本話は馬を貰った人（王）の体験談としたため、「王五戒」を「五戒を守っている人」として、第三者にしたのである。五戒は殺生・偸盗《ちゅうとう》・邪淫・妄語《もうご》・飲酒《おんじゅ》の五つの戒め。

## 震旦の韋《い》の慶植《けいしょく》、女子《にょし》の羊と成れるを殺して泣《な》き悲《かな》しむ語《ものがたり》、第十八

今は昔、震旦《しんだん》の貞観《じょうがん》年間に、魏王府の長史《ちょうり》で、長安の人である韋慶植《いけいしょく》という人がいた。この人には娘が一人いて、かわいい子であったが、まだ幼くて死んでしまった。父母はこのうえなく惜しみ悲しんだ。

その後、二年ほどして、慶植は遠くに出かけて行くことになり、親しくしている親類一同を集めてこのことを告げるとともに宴席を設けてみなと食事をともにしようとした。そこで家の者を市《いち》にやり一頭の羊を買って来させた。これを殺して食卓に供するためである。

ところが、その前夜、母の夢に死んだ娘が青い衣裳をつけ、白い布で頭を包み、髪に玉のかんざし一対を差して現われた。これはすべて生前身につけていた衣裳・飾りと同じである。そして母に向かって泣きながら、「私が生きていたときはお父様お母様は私を心からかわいがり、私の思うままにさせてくださいました。そこで私はお二人にことわらずに好きかってにお金を持ち出して使ったり、人に与えたりしました。これは盗みを犯したことにはならないと思って両親におことわりしなかったのですが、その罪によっていま羊の身と生まれたのです。そして前世のつぐないをするため、明日ここに来て殺されることになりました。

お母様、どうぞ私の命をお助けください」という、と、このように夢を見て目がさめた。母は言いようもなく哀れに思った。

〈語釈〉

○**魏王府**　魏王のことを扱う役所。魏王は唐太宗の四子、李泰。文章をよくし、府に文学館を置いた。

○**長史**《ちようり》　漢代に丞相の下におかれ、役人の監督にあたる官名。魏・晋以後は王公府の上席の官となり、後には各州の刺史の副官のこととされた。

○**韋慶植**《いけいしよく》　伝未詳。唐尚書省郎官石柱題名考に名が見えるという（日本古典文学大系）。

翌朝、母が調理場に行ってみると、そこに頭が白く青い色をした羊がいた。頭上の白いところに二つの斑点がある。そこは人ならばかんざしを差すところである。母はこれを見て、「しばらくこの羊を殺さないでください。主人はいま外出していますが、帰って来たら主人に言って命を助けてやろうと思います」と頼んだ。

そのときこの家の主《あるじ》が帰って来たが、まだ家の中に入らぬうちに、「どうしてお客さんに出す料理がこんなに遅いのか」としかりつける。調理人が、「じつは、この羊を殺してお客様にお出ししようと思っておりましたところ、奥様が、『殺してはいけない。主人がお帰りになったとき、お願いして命を助けてやるつもりだ』とおっしゃったので、お帰りを待って遅くなったのです」と答えたが、家の主人はどうしても客たちに早く料理を出そうと思い、妻にはなにも言わず羊を殺させようとし、さっそくこれを吊《つ》りさげた。

そのとき、客たちがこの場にやって来た。見れば十歳ぐらいのかわいい女の子の髪に縄をつけて上から吊りさげている。女の子は大声をあげ、「私はいまは羊になっていますが、前はこの家の娘です。みなさんどうか私を助けてください」と叫ぶ。客たちはこれを聞いて、「この羊は絶対殺してはいけない。このことをここの主人にお話ししよう」といって、家の主人の所に行ったが、調理人には吊りさげたものがただ普通の羊としか見えなかったので、家の主人はきっと料理の遅いのを怒っているだろうと思い、これを殺してしまった。これがまさに殺されようとする時に泣き叫んだその声は、殺した者の〔耳には〕ただの羊の鳴き声と聞こえたが、他の人たちの耳には幼女の泣き声に聞こえた。

羊を殺してしまってから、これを蒸物《むしもの》にこしらえたり焼物に作ったりした。だが、客たちは食べずにみな帰っていった。慶植は客たちが帰って行くのを見て不思議に思い、そのわけを尋ねた。すると一人の人が事の次第をくわしく語った。これを聞いた慶植は泣き悲しみ、嘆き悩み続けていたが、数日たって病気になり死んでしまった。そこで出かけて行こうとする所へもとうとう行かずじまいになった。

思うに、これはすべて飲食にもとづく過ちである。されば、飲食というものはすこし時間をおいて料理して出すべきである。思いつくままに、やたら急いで料理して人に出してはならぬものである、とこう語り伝えているということだ。

# 震旦の都長安の人の女子、死して羊《ひつじ》と成り、客《まろうど》に告ぐる語《ものがたり》、第十九

今は昔、震旦の都長安の市井の風習に、毎年の行事として元日のあと自宅に飲食を整え、近隣の者をたがいに招待し合って交歓するということが行われていた。宴席を設けるのは年ごとに順番になっている。

ところで、長安の東の市《いち》に住む筆作り師の趙士が今年の順番に当たったので、宴席を設けることになった。やがて客がやって来て、まず厠《かわや》に行き、近くにあった唐臼《からうす》の上を見ると、そこに一人の女の子がいる。年は十三、四ぐらいで、青い裳《も》をつけ、白い上衣を着、首には級木で編んだ縄が掛けられている。顔といい姿といいまことに美しい。それが唐臼の柱につながれてひたすら泣きくずれていたが、その客を見て、「私はここの家《うち》の〔主《あるじ》の〕娘に当たる者です。何年か前、まだ私が生きているとき、父〔母の〕お金を百銭盗み、それで紅脂《べに》と白粉《おしろい》を買おうと思いました。だが買わないうちに私は死んでしまいました。そのお金は今も台所の西北のすみにあたる壁の裏に隠してあります。私はお金をまだ使ってはいませんが、まちがいなく父母のものを盗みました。そのため罪を得て、父母に対して生前のつぐないをすることになったのです」と言い、言い終わるやたちまち姿を変えて、頭の所が白く、青いからだの羊となった。

客はこれを見てひじょうに驚き、家の主人にこのことを告げ知らせた。主人はこれを聞い

て客が見た女の子の顔かたちを尋ねると、客は自分が見たとおりを語って聞かせる。主人はただ言いようもなく泣き悲しんだ。その女の子は死んでからすでに二年たっていた。主人はただちに台所の西北のすみの壁の裏を見させたところ、その百銭が見つかった。それはほんとうに人がわざわざ入れておいたもののようである。さてこの羊はかの宴席の料理に出すために買って来たのではあったが、主人は客の話を聞いて殺すことをやめ、これをすぐに寺に送った。

以来、この家《や》の者はすべて肉食を断って食わなくなり、またもっぱら仏法を信じ、心をこめて善根を修めるようになった、とこう語り伝えているということだ。

〈語釈〉

○**長安**　前漢・隋・唐などの都。今の陝西《せんせい》省西安の西北。

○**趙士**《からうす》　伝未詳。

○**唐臼**　「ふみうす」ともいい、足でふむかまたは水力によって杵《きね》を動かしてつく臼。

## 震旦の周の代、臣伊尹《いいん》が子、伯奇《はくき》、死して鳴鳥《なきとり》と成り、継母《ままはは》に怨《あた》を報ずる語《ものがたり》、第二十

今は昔、震旦の周の時代に伊尹《いいん》という大臣がいた。男の子が一人いてその名を伯奇《はくき》といい、容姿端麗であった。その母が没してのち、父の伊尹は後妻をめとり、男の子が一人生まれた。

伯奇がまだ幼いころ、この継母は伯奇をことさら憎んだ。あるとき、蛇を取ってきて瓶に入れ、それを伯奇に持たせて自分の子の幼児の所へやった。幼児はこれを見て恐れおののき、大声をあげて泣き叫ぶ。そのとき継母は父の大臣の所に行って、「伯奇はかねてから私の実の子を殺そうとしています。あなたはお気づきになりませんか。もしこれを疑わしくお思いなら、いますぐおいでになってうそかほんとうかご自分でお確かめください」といい、瓶の中の蛇を見せた。父はこれを見たが、「わが子の伯奇は幼いが、まだ一度も人に悪事を働いたことがない。これはなにかのまちがいであろう」といった。

するると継母は、「あなたがもしこのことを信じないのなら、伯奇のすることをはっきり見せてあげましょう。私と伯奇とが家の裏庭に行って菜を採《つ》んでいます。あなたは木陰から見ていらっしゃい」といってから、ひそかに蜂を取ってきて袖の中に隠し入れ、伯奇とともに庭に行き、菜を採んで遊んでいるうち、継母は突然地上に倒れ、「懐《ふところ》の中に蜂が入っていて私を刺した」と叫ぶ。伯奇はこれを見るや継母の懐をさぐり、蜂を払い捨てた。父はこの様子を見ていたが、遠く離れていて継母の叫び声が耳に入らず、伯奇になにかよからぬ下心があってあんな行為をしたのだと信じた。

継母は起きあがり、家に帰って父に、「あなたはあれを見ましたか」という。父は、「はっきり見たぞ」といって伯奇を呼び、「おまえはわしの子だ。上は天を恐れ、下は地に恥ずべきである。それなのに、おまえはなにゆえ継母を犯そうとするのか」と責めた。伯奇はこれを聞いて弁解に努めたが、父はまったく信じようとしなかった。

そこで伯奇は、自分はまちがったことをしてはいないが、継母の讒言《ざんげん》によって父がそれを深く信じてしまっている。こうなれば自分はもう自害するほかはない、と決心した。するとこれを知った人が伯奇に同情し、「あなたにはこれといった罪もないのだから、いたずらに死のうなどと思わず、思いきって他国に逃げて行ってそこに住むがいい」と教えた。そこで伯奇はついに他国に逃げ去った。

**〈語釈〉**

○**周** 武王より恵公に至る王朝の名（前十二世紀ごろ～前二四九）。

○**伊尹**《いいん》 殷《いん》の湯王に仕えて桀《けつ》を討ち、王より阿衡《あこう》といわれた名臣のことでなく、周時代、房陵の人。宣王の賢臣で玁狁《けんいん》（北方民族）を北伐したことで知られる。『舟橋本孝子伝』「伯奇者周丞相伊吉甫之子也」とある伊吉甫のこと。

父は、ひとたびは伯奇を責めたものの、なおもよく考えてみると、あれは継母の讒言ではなかったかという疑いがしだいに強くなってきていた。その折、伯奇が逃げ去ったという知らせを聞き、驚き騒いで車に乗り、大急ぎで伯奇を追いかけた。その途中、ある川の岸まで来て、そこの渡し場にいた人をつかまえ、「ここから子供が渡っていったか」ときくと、その人は、「たいそう美しい子が泣きながらこの川を渡りましたが、川の真ん中まで来て、天を仰ぎ、『私ははからずも継母の讒言にあい、家を出て流浪することになった。これからどこに行ってよいのやらわからない』といって嘆いたが、そのまま川に身を投げて死んでしまいました」と答えた。

　これを聞いた父は胸騒ぎがして気も転倒し、ひたすら後悔の涙にくれるばかりであった。そのとき、一羽の鳥が父の前に飛んで来た。父はこの鳥を見て、「これはもしやわが子伯奇が鳥と化したものではなかろうか。そうであるならばここに来てわしの懐に入れ。わしはおまえを恋い慕い、深く後悔して追って来たのだよ」といった。

　そのとたん、鳥は即座に飛び上がって父の手にとまり、その懐に入り袖から出た。これを見た父は、「わが子伯奇が鳥となったのなら、わしの車の上にとまり、わしといっしょに家に帰ってくれ」という。鳥はすぐに車の上にとまった。そこで父は家に帰っていった。家に帰りつき、中に入ろうとすると、継母が出てきて、鳥が車の上にとまっているのを見るや、「これは悪心のある怪鳥です。なぜはやく射殺さないのですか」という。父はまた継母のいうままに弓を取って鳥を射た。するとその矢は鳥のほうには飛ばず、継母のほうに飛んでその胸に当たり、継母は即死した。その時、鳥は飛びあがって継母の首にとまり、口ばしで顔や眼《まなこ》をつつき破ったのち、大空高く飛び去った。

　されば、死んでのち仇討ちをする、いわゆる鳴鳥《なきとり》というのがこれである。ひな鳥の時は継母に養われ、成長してからはかえって継母を食い殺す。このように、たがいに敵となって生生世々絶えることなく繰り返すのである、とこう語り伝えているということだ。

# 震旦の代洲《だいしゅう》の人、畋猟《かり》を好みて女子《にょし》を失う語《ものがたり》、第廿一

今は昔、震旦の隋《ずい》の開皇《かいこう》年代の末のころ、代州《だいしゅう》の人で姓は王という人がいたが、帝に仕えて驃騎《ひょうき》将軍となり、また荊州《けいしゅう》の守備に任じていた。この人は生まれつき狩猟が好きで、朝な夕な生きものの命を取ることを仕事のようにしていた。その殺した数といえば莫大で、数え切れぬほどである。

この人にははじめ男の子が五人いて、女の子は一人もいなかったが、のちたまたま一人の女の子をもうけた。その子はひじょうに美しく、まさに絵にかいたようである。そこで、父母をはじめとして、見る者はすべてこのうえなくかわいがった。ところで、父母がこの子を連れて荊州から故郷に帰って来ると、郷里の者や親族たちはきれいな着物を作って持って来てこの子に着せ、一同寄り集ってなにくれとなくかわいがる。まして父母がこの子をかわいがったのは当然のことであった。

さて、この女の子が七歳になったとき、どこに行くともなく突然姿を消してしまった。父母は驚き騒ぎ、あちこち探しまわったが、見つからない。はじめはおもしろ半分に隣り村にでも隠れたのかと思ってさほど気にしなかったが、のちには必死になって、ここぞと思う遠方まで探し求めたけれど、ぜんぜんそのありかを発見できなかった。姿を見たという人もまるきりいない。父と母は言いようもなく嘆き悲しんだ。五人の兄たちも馬に乗って遠く近く

走りまわって探したが、どうしても見つからなかった。

ところが、家から三十里余りも離れた、とある藪《やぶ》の中でこの女の子を見つけた。怪しんで近づいてみると、まさにこの子である。喜んでそばに寄り、抱き上げようとすると、驚いて走りだし、遠くに逃げ去ってつかまえることができない。馬を走らせて追いかけたが追いつけない。そこで兄弟や多くの人が馬を走らせながら周りをとり囲み、やっとのことで女の子を捕えた。つかまった女の子は口の中から声を出したが、それがうさぎの鳴く声とそっくりである。ともかく抱きかかえて家に帰って来た。だが、まったく言葉を発することなく、体じゅういばらのとげで傷だらけになっていた。母はこの様子を見て、泣く泣く体に刺さったとげを抜いてやった。

その後一月余り、この女の子はまったく物を食べず、ついに死んでしまった。父母はひどく嘆き悲しんだが、どうすることもできなかった。こんなことになったのも、すべて長年の間殺生をし続けていた罪の報いであると思い、その後は長年の殺生の罪を深く後悔し、ふっつりと殺生をやめ、家の者ことごとくが戒を守り善根を積むようになった。

このことから思うと、殺生の罪は現報と思わなければならない、とこう語り伝えているということだ。

〈語釈〉

○**開皇**《かいこう》　隋の文帝時代の年号（五八一～六〇〇）。

○**代州**《だいしゅう》　山西省代県（太原と大同の中間、五台山の北麓の辺）。

○**王**　伝未詳。
○**驃騎将軍**《ひょうき》　漢代にはじまり、三公に次ぐ高官であったが、のち名だけで実務のない散官となった。漢の武帝が霍去病《かくきょへい》をこの官に任じた。秩禄は大将軍に等しい。隋の煬帝《ようだい》は改めて鷹楊郎《ようようろう》とした。
○**荊州**《けいしゅう》　湖北省江陵県（揚子江沿岸、沙市の近く）。
○**故郷**　代州をいう。
○**現報**　果報を受ける時期を三つに分け、これを三報（現報・生報・後報）とする。現報は、現世になした善・悪の行為の報がこの肉身にむくいること。生報は、現世の行為のむくいを次の世に受けること。後報は、第二世以後に受けること。

## 震旦の兗洲《えんしゅう》の都督《ととく》の遂安公《すいあんこう》、死《し》にし犬《いぬ》の責《せめ》を免《まぬか》るる語《ものがたり》、第廿二

今は昔、震旦の兗洲《えんしゅう》の都督《ととく》である遂安公李寿《すいあんこうりじゅ》は、もともと唐の王室に連なる者であったから王に封じられたが、貞観《じょうがん》初年、職を辞して京の屋敷に帰った。この人は生まれつき狩猟が好きで、常日ごろ多くの鷹《たか》を飼っていた。そのためいつも犬を殺して鷹の餌にすることを仕事のようにしていた。

こうしているうち、李寿は突然重い病にかかり、すでに死んだかと思われた。そのとき彼は夢を見ているかのように目の前に五匹の犬が現われ、彼の命をよこせと迫る。彼が犬に向かって、「おまえらを殺したのはわしの従者通達のしわざだ。絶対わしの罪ではない」とい

うと、犬は、「いや、通達がなんで自分ひとりの考えでするものか。われわれは人の食い物など盗んだりはしない。ただ門の前を過ぎていっただけなのに、無体に殺したではないか。この敵《かたき》はきっととってやるぞ」という。

彼が、「わしの犯した罪はおわびし、おまえたちのために追善供養しよう」といって許しを乞うと、四匹の犬は許したが、白い犬一匹だけは許そうとせず、「おれはまったく罪もないのに殺された。そのうえまだ息のあるのに、おまえはおれの肉を裂いた。その苦しさ痛さといったら例えようもなかったぞ。その恨みは忘れることができない。おれはそれを思い出すと、とうてい許すことなどできるものか」といった。

そのとき突然一人の人が出てきて、その犬に向かい、「そなたたちは敵《かたき》をうち、この人を殺したからとて、そなたたちのためにけっしていいことはあるまい。許してやりなさい。この人がそなたたちのために追善供養をしたなら、そのほうがよいことではないか」とさとした。それをきいて、許そうとしなかった一匹の犬も許してくれた、とこのようなことを夢うつつに見たと思うと同時に彼は生き返った。だが、五体はまだ自由でなく、気分もすぐれなかった。その後、彼は犬のために心をこめて追善供養を営んだ。しかし病気はついに全快しなかった。

されば、殺生の罪というのはきわめて重いと知るべきである。人はこの話を聞いたなら、絶対に殺生はやめなくてはならぬ、とこう語り伝えているということだ。

〈語釈〉

○兗州《えんしゅう》　古代中国九州の一。華北の中央部。今の山東・河北両省の一部。『法苑珠林』「交州」。
○都督《ととく》　全軍の司令官。軍務と政務をつかさどる地方官。唐代には節度使のことをもさした。
○遂安公《すいあんこう》　姓名のようにとらえているが、誤認であり、「李寿」（王族）に与えられた称号で、「遂安」というのは浙江省の地名。

## 京兆《けいちょう》の潘果《はんか》、羊《ひつじ》の舌《した》を抜《ぬ》きて現報《げんぽう》を得《う》る語《ものがたり》、第廿三

今は昔、震旦の〔唐の〕時代に、都に潘果《はんか》という人が住んでいた。武徳年間に、まだ年少の身でありながら都水署の小吏に任じられた。

ある日、役所から帰って来る途中、近くの村里の少年たちが数人田の中で遊んでいた。見ればそのあたりに羊飼いに置き去りにされた羊が一頭いて草を食っている。潘果はそこにいた少年たちといっしょにこの羊をつかまえて、そっと家に曳《ひ》いてこようとすると、羊が道の途中で鳴いた。潘果はその声を人に聞かれては大変だと思い、急いで羊の舌を抜き取って捨てた。そこで羊は声も出さなくなり、そのまま家に曳いて帰った。そして夜になってこの羊を殺して食ってしまった。

その後一年たって、潘果の舌がしだいに欠け落ち、ついに消え失《う》せてしまった。そのため潘果は辞表を提出して職を退いた。これを聞いた冨平県の尉《い》、鄭余慶《ていよけい》という者が、潘果の舌のことはうそではないかと疑い、その口を開かせて中を見るとまったく舌がなかった。舌の

あったところにはわずかに大豆ほどのものが見えるだけであった。

それを見て不思議に思い、わけを聞いてみると、さきにいったように、羊の舌を抜いて捨てたと答えた。余慶は、「おまえは重罪を犯した。こうなったのはまさにその罪の報いといわざるをえまい。さっそくその羊のために追善供養を営むがよい」という。潘果はその教えに従い、羊のために大々的に追善供養を営み、また進んで五戒を受け熱心に仏法を信じるようになった。

それから一年たって、潘果の舌はしだいに生じ、やがてもとのように回復した。そこで潘果はひじょうに喜び、県庁に出かけて行って、みずから余慶にこのことを語った。余慶はこれを聞き、このうえなく喜び、潘果を村長に採用した。このことを聞いた人は、いっぽうで悪業がたちどころにこの世で悪報となって現われることの恐ろしさを思い、いっぽうで善根《ぜんごん》がはっきりと善報となって現われることを尊く思った。

貞観《じょうがん》十八年、監察御史《かんさつぎょし》となっていた余慶がこのことを語ったのを聞いて、こう語り伝えているということだ。

〈語釈〉

○**潘果《はんか》**　伝未詳。

○**武徳**　唐の高祖時代の年号（六一八〜六二六）。

○**都水署の小吏**　都水署（監）の長官。秦・漢以後、主として治水の事をつかさどった官。小吏は属官。

○**冨平県**　陝西《せんせい》省富平県。省のほぼ中央で、長安（今の西安）からは渭河を越えてすこし北方に位置する。
○**尉**《い》　軍事・警察・処刑をつかさどる官。
○**鄭余慶**《ていよけい》　唐の人。字《あざな》は居業。若いときから文に達し、中書侍郎《ちゅうしょじろう》となる。一時、事に座して郴州司《し》馬《ば》となったが、のち憲宗のとき、相となり、滑渙《こっかん》の権を弄することを面叱《めんしつ》して太師少師となる。榮陽県公に封じられ、穆宗《ぼくそう》のとき、検校司徒《けんぎょうしと》となる。
○**五戒**　不殺生・不偸盗《ちゅうとう》・不邪淫・不妄語《もうご》・不飲酒《おんじゅ》の戒。
○**監察御史**《かんさつぎょし》　役人の曲直を調べ、農業を監督し、盗賊の取締まりに任じる官。

## 震旦の冀洲《きしゅう》の人の子、鶏《にわとり》の卵《かいご》を食《じき》して現報《げんぽう》を得《う》る語《ものがたり》、第廿四

今は昔、震旦の隋の開皇《かいこう》初年のころ、冀州《きしゅう》のはずれにある村に一人の人が住んでいた。その人には子供が一人いて、年は十三であった。この子はいつも隣の家に出かけて行っては、鶏の生んだ卵をそっと盗んで持ち帰り、それを焼いて食っていた。

ある朝はやく、まだ村の人が起き出さないころ、この子の父が寝室にいると、門をたたいて子を呼んでいる声が聞こえた。父は子を起こして門の所に行かせた。子が出ていって見るとそこに一人の人がいて、「役所でおまえをお呼び出しだ。すぐに来るがよい」という。子は、「お役所は私をなにかご用に召使おうとしてお呼び出しになるのですか。それならば、

私はいま裸《はだか》でいます。家に入って着物を着てきましょう」といったが、使者は許さず、子を引っ立てて出て行った。すでに村の入口を出ようとしたが、この村の南は前から桑田のままになっている。これから思えば、この時は三月ほどである。桑田というのは田を耕したあとまだ何も植えていない田のことをいうのである。

さてこの子が村の入口から出ると、道のわきに小さな城のあるのが目に入った。四方に楼門があり、柱・桁《けた》・梁《はり》・扉などみな赤く塗ってまことにものものしい様子である。いつもはまったく見たことのない城なので、子は不思議に思い、使者に向かって、「いつからここにこの城はあるのですか」と尋ねると、使者は一喝《いっかつ》しただけで答えようともしない。城の北門にやって来て、子を城に入れた。子は入って敷居を越えると同時に城門はたちまち閉じたが、あたりに人ひとり見えず、城の内側には家一つない。これこそまったく無人の城である。使者も入って来なかった。

**〈語釈〉**

○**冀州《きしゅう》**　河北省冀県（省の南部に位置する）。

この城の中の地面はすべて熱い灰で、粉々に砕けた火があつく積っている。足を踏み入れると踝《くるぶし》がもぐってしまうほどであった。子は城に入ったとたん大声をあげて叫ぶや無我夢中で走り、南門まで行ってそこから出ようとしたが、その門は閉じていた。そこで東門・西門と走り、また北門に来たが、どれも南門のように閉じている。どの門もそこに行かないときは開いているのに、行き着くと閉じた。このように四つの門を夢中で走り回ったが、ついに出ることができなかった。

このとき、村人の男女が、大人といわず子供といわず、田に出て来て見ると、この子が桑田の中で、まるで動物が鳴いているような声をたてて四方に走り回っていた。人々はこの様子を見て顔を見合わせ、「この子はどうしたのか、田の中をひとりで走り回っている」と言い合った。このように走り続けていつまでもやめない。そのうち日も高くなり昼飯《めし》時になったので鍬《くわ》を持っていた者たちもみな家に帰った。

子の父はこの者たちに会って、「あなた方はわしの子を見なかったか。今朝がた早く人が来て呼び出したまま姿を見ないのだが」と聞く。鍬を持った男が、「あなたの子は村の南の田の中で、たったひとり走り回って遊んでいましたよ。いくら呼んでもやって来ません」という。父はこれを聞き、村を出て、はるかかなたに子が走りまわっているのを見ると、大声で子の名を呼んだ。すると一声ですぐにやって来た。

と同時に子の目の前から城の中の状景も地面の灰も忽然《こつぜん》と消えて、まわりはただの桑田となっていた。子は父の姿を見るや倒れ伏し、身をもんで泣きに泣く。そして事の次第を語った。父は驚くとともに不思議に思い、子の足を見ると、脛《すね》の半分から上は血みどろに焼けただれていた。膝《ひざ》の下はひどくただれて焼きざかなのようである。父はこの子を抱いて家に連れ帰り、嘆き悲しみながらも治療に専念しているうち、腿《もも》の上は肉が盛りあがって傷口をふさぎ、どうやらもとのようになおった。だが、膝から下はついに白骨となりもとにもどらなかった。隣家の者や村人たちはこれを見たり聞いたりして、この子が走り回った所に行って調べてみると、足跡はたくさんあったが、灰や火はまったく見つからなかった。

これはひとえに鶏の卵を焼いて食い、その卵を孵《かえ》させなかった罪の報いである。このことを見聞きした村人の男女は、大人といわず子供といわずみな、このような殺生は現報を受けるのだと思い、戒を守り善根を営んで、絶対に殺生しないようになった、とこう語り伝えているということだ。

## 震旦の隋の代、天女の姜略《きようりやく》、鷹《たか》を好みて現報《げんぽう》を感ずる語《ものがたり》、第廿五

今は昔、震旦の隋の時代に、鷹楊郎将《ようようろうしよう》である天水の姜略《きようりやく》という人がいた。若いときから狩猟が好きで、鷹を放って鳥獣を取るのをつね日ごろの遊びとしていた。

こうしているうち、姜略は重い病気にかかり、その苦痛は言語に絶するほどであった。その病床に臥しながら夢うつつに多くの鳥が目の前に現われた。その数は千羽ほどである。どの鳥も頭がない。これらが姜略の寝ている床の回りをまわって声々に、「いますぐわれわれの頭を返せ返せ」と鳴きさわぐ。

これを聞いた姜略はものすごい頭痛に襲われてついに息が絶えた。だいぶたってから生き返り、「たくさんの頭のない鳥が集ってきて『われわれに頭をよこせ』といった。だが私は

頭を返すことができないので、鳥たちのために追善供養を営ませてほしいと頼んだところ、鳥たちはこれを聞いて許してくれ、みなどこかに行ってしまった、と同時に私の病気はすっかりよくなった」といった。その後ほんとうに病気がなおった。

そののち、姜略は鳥たちのために心をこめて追善供養をするとともに殺生をまったく止めてしまった。そして命の終わるまで酒肉を断ち生きものを殺すことをせず、つねに善根を積んだ、とこう語り伝えているということだ。

〈語釈〉

○**鷹楊郎将**《ようようろうしょう》　驃騎《ひようき》将軍に同じ。

○**天水の姜略**《きようりやく》　『冥報記』前田家本「天女姜略」。高山寺本「天水女姜略」。『法苑珠林』「天水姜略」。「天女」は「天水」か。天水は甘粛省にある（省の東南部、渭河の流域）。「姜略」は未詳。「姜」は姓、「略」が名であろう。

○**酒肉**　飲酒と肉食。

## 震旦の隋の代、李寛《りかん》、殺生《せつしよう》に依《よ》りて現報《げんぽう》を得る語《ものがたり》、第廿六

今は昔、震旦の上柱国《じようちゆうこく》の位にある蒲山《ふざん》の恵公《けいこう》、李寛《りかん》という人がいた。この人は生まれつき狩猟が好きで、つねに鷹狩りを事としていた。鷹数十羽を飼って、昼夜を問わず、まるで仕事のように生きものの命を奪った。

こうしているうち、この人の妻が懐妊した。やがて月満ちて、出産を今や遅しと待っていると、男の子が生まれた。ところが、その子の口はなんと、鷹の口ばしそっくりである。父はこれを見て、この子を取りあげもせず捨ててしまった。

これはまったく長年の殺生の罪によって生じた現報として、鷹の口ばしをもった男子が生まれたのである、とこう語り伝えているということだ。

〈語釈〉

○**上柱国**《じょうちゅうこく》 北周に置かれ、隋・唐以後、もっとも重い勲位とされる。

○**蒲山**《ふざん》 山西省永済県南（省の西南端）。別名、雷首山。

○**李寛**《りかん》 唐の時、太常卿隴西公となる。

## 震旦の周の武帝、鶏《にわとり》の卵《かいご》を食《じき》せるに依《よ》り、冥途《めいど》に至《いた》りて苦《く》を受くる語《ものがたり》、第廿七

今は昔、震旦の周の武帝は鶏の卵を好んでお食《め》しあがりになった。食事のたびごとにたくさんの卵をおあがりになったので、その数は長年の間に積もり積もって莫大《ばくだい》なものとなった。

当時、監膳《かんぜん》の儀同《ぎどう》で、その名を抜彪《ばつひゅう》という人がいた。国王の食膳にいつもこの鶏の卵をお供えしたので格別のご寵愛をこうむった。その後、隋の文帝が即位されたが、そのときも抜彪はやはり監膳として、お食事に鶏の卵をお供えした。

その後、開皇年代にこの抜彪は急死した。ところが、胸のあたりがいつまでも暖かであった。そこで家の者が怪しみ、葬らずにおいた。三日後、監膳は生き返り、「わしは国王に申さねばならぬことがある。わしを輿《こし》に乗せて王に拝謁させてくれ。周の武帝のために冥途で見たことをお伝えしたい」という。家の者はこのことを国王に申しあげると、国王は監膳を召し出してお聞きになる。

監膳はこう語った。「私は死ぬと同時に私を呼んでいる人を見ました。その人について一筋の道をたどって行くと、ある所に着きました。そこには穴があり、ただちにその穴に入ろうとしました。どうやら穴の入口まで来ますと、はるか西のほうに馬に乗った百余騎の人がいるのが見えました。なにかをとり囲んでこちらに向かって来る様子でしたが、まるで国王を護衛しているかのようでした。それがすぐに穴の入口まで来ましたが、見ればなんと周の武帝を護衛しているのでした。私は、この方《かた》はわが国の王であったと思い、頭をさげて拝しました。

すると武帝は、『おまえを呼んだのはわしのことについて証言させようがためである。おまえ自身にはまったく罪がない』といい終わるや、すぐ穴の中に入って行かれました。私を呼び出した冥途の使者も私をつれて穴の中に入りました。穴の中には城郭があり、門がありました。私を引き連れてその門を入り、庁舎の庭にやって来ました。武帝はどうしているかと見ると、一人の気高い方と同座しています。だが武帝はその王とも思われる方をたいそう敬っている様子です。使者は私を連れてその王を拝させました。

　すると王は、『おまえはこの武帝のために食膳を整えたが、そのはじめから終わりまで食膳に供えた白団《びゃくだん》の数はどれほどであるか』とお尋ねになる。私は白団というものがなんであるかわからず、左右を見まわすと、そばにいた人が、『鶏の卵のことを白団というのだ』と教えてくれました。そこで私は以前のことを思い出し、『武帝が白団を食べたその数はまったく記録しておきませんでした』と答えました。すると王は武帝に向かい、『監膳は白団の数を記録しておかなかった。されば武帝、そなたはすみやかに食べた卵を全部ここに吐き出すがよい』とおっしゃる。武帝は悲しげな苦渋に満ちた様子をして立ち上りました。

　その時庭前を見ると一枚の鉄の床が持ち出されていました。それとともに獄卒が数十人出て来ました。どれもみな牛の頭をして体は人間の姿をした者です。これを見たとたん言いようのない恐怖に襲われました。武帝は即座にその場に引き出され床の上に伏しました。獄卒はその前後に立ち、鉄の梁《うつはり》で武帝を圧しつけます。圧されて武帝の両脇は裂けてしまいました。その裂けたところから鶏の卵がこぼれ落ち、あっという間にその床の高さまで積み重なりました。その数は十石余りもあったでしょう。

　その時、王は臣下に命じその数を数えさせたが、数え終わると忽然《こつぜん》として床も獄卒も消え失せました。武帝は起きあがってまたもとのように王の座に登られました。王は私に、『おまえはすぐに帰って行け』とおっしゃる。すると、一人の人がやって来て私を引き出し、もとの穴の入口に連れて行こうとしました。そのとき、武帝が私のそばに寄り、『おまえは帰ったなら、さっそくわしのこの苦しみをみなに聞かせてくれ。大隋の天子文帝はその昔わし

だ。

とともに倉庫のことを担当していたとき、わしもまた玉帛《ぎょくはく》の用意をしたものだ。わしはその後皇帝となり仏法を滅ぼしたため、このうえない苦痛を受けている。だから文帝に言ってわしのために追善供養をするようにしてくれ』とおっしゃいました」と、生き返った監膳はこのように文帝に語ったが、これを聞いた文帝はこのうえなく哀れに思い、天下の人に勅命を下して、人ひとりごとに一銭を出させ、かの武帝のために追善供養を営まれた。

されば、世を〔治める〕人はかって気ままに殺生してはならぬものである。そのようなことをすれば死後の苦痛はじつに堪え難いものがあろう、とこう語り伝えているということだ。

〈語釈〉

○**周**　この「周」は北周（後周）。中国南北朝時代の北朝の一つ。宇文覚（孝閔帝）がたてた。五代二十五年で隋（文帝）に滅ぼされた（五五六～五八一）。

○**武帝**　宇文邕《うぶんよう》。泰の第四子。はじめ魯国公に封じられたが、明帝の遺詔により立つ。北周第三代の帝。斉の衰微に乗じてこれを滅ぼし、北方を統一して国政おおいに振るう。帝は儒教を重んじ、仏教・道教・民間祠廟を廃止し、政治が厳正であったから、世に賢主と称せられた。在位十八年（五六〇～五七八）。

○**監膳**《かんぜん》　宮廷用の膳部の調進、臣下に対する宴膳などをつかさどる官。わが国の大膳職《だいぜんしき》と同じもの。

○**儀同**《ぎどう》　準大臣の称（儀礼の格式が大臣と同じという意）。

○**拔彪**《ばつひゅう》　伝不詳。

○**文帝**　楊堅。隋初代の天子（五四一〜六〇四、在位五八一〜六〇四）。北周武帝の孫にあたる静帝にかわり隋をおこし、北方の突厥《とっけつ》をおさえ後梁をくだし、南朝の陳を滅ぼしたが、天下統一の寸前に息子広（煬帝）に殺された。

○**王**　閻魔《えんま》王をさす。

○**牛の頭をして体は人間**　いわゆる牛頭鬼《ごずき》である。

○**玉帛《ぎょくはく》**　玉ときぬ。天子に会ったり、諸侯の集会のときに用いた贈り物。

○**仏法を滅ぼした**　北周武帝の廃仏をいう。中国で、朝廷が仏教に対して加えた迫害の主要なものが四つあり、これを三武《さんぶ》一宗《いっそう》の法難という。すなわち、北魏の太武帝《たいぶてい》、北周の武帝、唐の武宗（会《え》昌《しょう》）、後周の世宗《せそう》の四代の法難である。このうち北周武帝の法難（周武の法難）についていえば、武帝は深く讖緯《しんい》（神秘的予言書）を信じ、当時行なわれた「黒人まさに王たるべし」の讖言《しんげん》（予言）を不祥として、僧侶の黒衣を改めて黄衣を用いさせた。

この時、道士張賓《ちょうひん》・衛元嵩《えいげんすう》など権勢があり、仏教を廃しなければ国が危ういであろうと進言したので、ついに即位後十四年、建徳三年（五七四）五月、廃仏の詔を発した。これ以前に帝は勅命によって衆僧・名儒・道士および文武百官二千余人を召して儒・仏・道の三教の優劣を論ぜしめ、道教を最上とし、つぎに儒、最後に仏を置こうとしたが、衆議紛々《ふんぷん》として決しえなかった。その後またこれらを集めて論議せしめ、儒・道二教を立てて仏教を退けた。

そののち一時廃仏の議を中止したが、建徳三年五月十七日、詔勅によって仏・道の二教を廃し、沙門・道士を還俗《げんぞく》させ、寺塔を王公に与えた。そして別に通道観を設け、有徳の沙門・道士百二十人を選んで通道観学士とし衣冠を着けさせた。大中興寺の高僧道安もこれに任じられたが死をもって拒《こば》み、食を絶って終わった。願果寺《がんかじ》の僧猛《そうみょう》は帝に対して廃仏の不可を説き、静藹《じょうあい》も帝に応報の恐るべきことを述べ諫言したが、ついに終南山に入り、号泣七日ののち自決した。

建徳六年、武帝は北斉を滅ぼし、仏教も廃棄しようとしたが、慧遠《えおん》は敢然と廃仏の不可を直言し、「帝は今王力を恃《たの》んで三宝を破滅しようとする。これ邪見人である。阿鼻《あび》地獄は貴賤をえらばぬ。帝とて恐れざるをえまい」といったが、帝の決心をひるがえすに至らず、北斉の旧地にまで廃仏の令を及ぼした。武帝が没して宣帝が即位し、仏教の回復を望む声が多くなって、東西二京（洛陽・長安）に陟岵寺《ちょくこじ》を建てて国家の平安を祈らせるようになった。

## 震旦の遂洲《すいしゅう》の捴管《そうかんく》孔恪《かく》、懺悔《さんげ》を修《しゅ》する語《ものがたり》、第廿八

今は昔、震旦の武徳年間のはじめのころ、遂州総管府《すいしゅうそうかんふ》の記《き》室参軍《しつさんぐん》に孔恪《くかく》という人がいたが、にわかに病気にかかって死んだ。

一日たって生き返り、こう語った。「おれは死ぬと同時にある役所に行った。すると役人がおれに向かって、『おまえはどういうわけで牛二頭を殺したのか』ときく。おれは、『私は牛を殺したことなどまったくありません』と答えた。役人は、『おまえより先に死んだおまえの弟は、おまえが殺したと証言しているぞ。なにゆえにおまえは自分の罪を認めようとしないのか』といい、このことによっておれの弟を召喚した。

弟は死んでからすでに数年たっていた。召し出されて来た弟を見ると、首かせ足かせをさ

れ、厳重に縛られている。役人は弟に、『おまえが申し立てた、兄が牛を殺したということはうそなのか、ほんとうなのか』と尋問する。弟は、『兄の孔恪が獠賊《ろうぞく》を招き、私に牛を殺させて獠賊に食わせました。だから私は兄の命令によって牛を殺したので、自分から殺したのではありません』といった。

私は、『自分が弟に牛を殺させて獠賊に食わせたのは国の仕事としてしたことで、自分に罪はありません』というと、役人は、『おまえが牛を殺し獠賊に食わせたのは、賊を手なずけた功績でほうびをもらおうとしたからで、それをどうして国の仕事といえよう』といい、弟に向かって、『おまえを証人とするために長い間ここに留めておいたが、おまえの兄が今やって来て、牛をおまえに殺させたということが明白になった。おまえには罪がない。すぐに放免する。もはや自由に人間界に立ちもどるがよかろう』といった。弟はこれを聞いてほかになにも陳述することなく、たちまち姿が見えなくなった。

**〈語釈〉**

○**武徳**　唐高祖時代の年号（六一八〜六二六）。この年号の前に「唐」を記入しなかったのは『冥報記』に記していないからでもあるが、本話訳者がこの年号を唐代と知らなかったためでもあろう。第二十三話にも「武徳」が出ているが、その前を「□代に」と空格にしている。

○**遂州**《すいしゅう》　四川省遂寧県（省のほぼ中央。成都の東方、涪江河畔）。

○**総管府**《そうかんふ》　辺要の地に置かれた司令官（唐書、百官志注）。

○**記室参軍**《きしつさんぐん》　記室は書記・秘書官。参軍は軍事にあかるい顧問役。記室参軍は文書を起草する書記官で、参軍の中で最も名誉な職とされた。
○孔恪《くかく》　伝不詳。
○役人　ここでは冥府（官府）の裁判官で閻魔《えんま》王のような役割をもっている。
○功績　その功績によっておまえは役所からほうびをもらい、自分の利得とした。それをどうして国事（お上《かみ》の仕事）だというのか。この孔恪の弟に対する言葉は『冥報記』前田家本の本文と同じであるが、「国事」が唐突である。高山寺本では、孔恪が「自分が弟に牛を殺させて獠賊に食わせたのは国事で、自分に罪はない」というと、冥官が、「おまえが牛を殺し獠賊に食わせたのは、賊を手なずけた功績でほうびをもらおうとしたがためで、どうして国事といえよう」と反論する叙述になっている。

すると、役人はまたおれに向かい、『おまえにはまだほかに罪がある。おまえの家に客が来たとき、おまえは鴨を殺して食膳に供え、客から賞美された。これも罪ではないか。また、鶏の卵六つを殺したな』と詰問する。私は、『私は生前まったく鶏の卵を食べておりません。だが、九歳のとき、寒食《かんじき》の日に、私の母が六個の卵を私にくれたので、それを煮て食ったことがあります』と答えると、役人は、『そのとおりだ。しかしその罪を母に着せようと思うのか』という。

私は、『いえ、けっして母に罪を着せるつもりはありません。ただありのままを述べただけです。卵は私が殺したのです』と答えた。すると役人は、『おまえは他のものの命を殺した。まさに罪を受けるべきである』という。そのとたん、たちまち数十人の者が現われた。みな青い衣裳をつけており、おれを捕えて連行しようとする。

　そのときおれは大声をあげ、『お役所はまったくでたらめだ』と叫んだ。これを聞いた役人はおれを呼び返し、『どこがでたらめなのだ』という。そこでおれが、『私が生まれて以来の罪は一つも残らず記録しながら、生まれて以来の善行はいっさい記録していない。どうしてこれがでたらめといえぬだろうか』と答えると、役人は記録係の主任を呼び出し、『この孔恪はどのような善行をしたか、またどんなことを記録しなかったか』と問いただした。記録係は、『善行も悪事もみな記録にとどめてあります。ただし、善と悪との多い少ないを比較して、もし善が多く罪が少ない者は、まず善い報いを受けることになり、罪が多く善が少ない者は、まず罰を受けます。ところで孔恪は善は少なく罪は多い。そこでその善のことは申し述べなかったのです』と答えた。

　それを聞いた役人はおおいに怒り、『そなたがいうとおり、善行が少なく罪の多い者はまず罰を受けるとはいえ、どうして善行のあったことをとり上げなかったのか』といって記録係を百度鞭《むち》で打ちたたかせた。打ち終るや流れ出た血が地を赤く染める。そこで記録係はおれの行なった善行を残らず申し述べた。すると役人はおれに、『おまえはまず罰を受けるはずだが、わしはおまえを放免してやる。すぐさま人間界に帰り、七日間追善供養を営むがよい』といって、人をつけておれを送り役所から出させた、と思うと同時に生き返ったのだ」

と、孔恪はこのように語った。

その後孔恪はただちに僧尼を招き集めて、七日の間ともに行道《ぎようどう》し懺悔《さんげ》をした。こうして心をこめて熱心に仏事を営んだが、七日目に至り、家の者に万事を言い置いてにわかに死んでしまった、とこう語り伝えているということだ。

〈語釈〉
○寒食《かんじき》　冬至から百五日目に行なう中国の風習。この日は火を使わないので、煮炊きをしない冷たいものを食べる。春秋時代、晋の介子推《かいしすい》が焼死したのを悲しみ、この日は火を用いないという。
○行道《ぎようどう》　仏道を修行すること。また、仏を敬礼するために、その周囲を仏の右方に向かってまわること。誦経《ずきよう》しながらまわることが多い。
○懺悔《さんげ》　過去の罪悪を仏または人に告げること。『冥報記』前田家本「懺悔精勤苦行シ、自ラ説キ二其事ヲ一、至リテ二第七日ニ一家人ト辞決シ、俄ニ而命終《みやうじゆ》ス」。

## 震旦の京兆《けいちよう》の殷《いん》の安仁《あんじん》、冥途《めいど》の使《つかい》に免さるる語《ものがたり》、第廿九

今は昔、震旦の唐の時代に、都に殷安仁《いんあんじん》という人がいた。家がたいそう裕福で多くの財宝を蓄えており、以前から慈門寺の僧への奉仕を続けていた。

ところで、義寧《ぎねい》年間のはじめのころ、安仁の家に一人の客が来て泊った。その客は人の馬を盗んで来て安仁の家で殺し、その馬の皮を家の主人である安仁に与えた。

その後、貞観《じようがん》三年になって、ある日安仁が道を歩いていると、一人の人に出会った。その

人が安仁に向かって、「わしは、冥途の役所がおまえを召し出すために遣わした使者である。明日になったらおまえを殺すことになろう」という。安仁はこれを聞いて恐れおののき、慈門寺に走り込んで仏堂の中に座り、一晩じゅうそこから出ようとしなかった。翌日、食事時になって、騎乗の者三人と徒歩の兵士数人がやって来た。

各自弓矢をたずさえ、安仁が仏堂の中に座っているのを遠くから見て、「すぐ出て来い」と叫ぶ。安仁はそれに答えようともせず、ただひたすらに仏に祈り続けた。すると、使者の鬼どもは近づいて来ず、「昨日安仁を捕えなかったから、いま安仁はこのように善根を修めている。とてもこの男は捕えられない」といってみな去って行った。だがその中の一人だけ残して安仁を見張らせた。

その見張りの鬼が安仁に向かって、「あなたは昔、馬を殺したことがある。その馬がいまあなたを訴えたのだ。そのためわれわれは使者としてあなたをつかまえようとしているのだ。結局はあなたを迎え取ることになろう。あなたがそこを動かなくとも最後はのがれえないのだ。なんの役に立つものか」と声をかける。

安仁はそれに対して遠くから、「おれは馬など殺していない。だが、昔ある男がおれの家に来て泊ったとき、その男が人の馬を盗んで殺し、その皮をおれによこしたことがある。けっしておれが殺したのではない。そのことでどうしておれが召し出されるいわれがあろう。そこでおれがあんたを雇おう。あんたは帰っていって、おれのためにその馬にいま言ったことを話してくれ。おれはまたその馬のために追善供養するつもりだ。そのほうがあんたにとっても都合がよかろう」といった。

するとと鬼は、「ではわしはさっそく帰っていってこのことをその馬に話して聞かせよう。わしが馬に対して『あの男を許してやれ』といって、もし許さなかったなら、わしは明日またやって来るつもりだ。もし許したなら、わしは二度とやって来ないぞ」と答えて去って行った。その翌日、安仁はずっと待っていたが鬼はやって来なかった。そこでこのうえなく喜んだ。

その後、安仁はかの馬のために追善供養を営むとともに、家じゅうの者が戒をたもち斎会《さいえ》を設け、さまざまの善根を積んだ、とこう語り伝えているということだ。


〈語釈〉
○**京兆**《けいちょう》（表題中）　宮城のある地。首都。ここでは長安。
○**慈門寺**　未詳。
○**義寧**《ぎねい》　隋、恭帝（楊侑）時代の年号（六一七〜六一八）。
○**貞観**《じょうがん》**三年**　唐太宗の治世。六二九年。
○**斎会**《さいえ》　僧を招いて施食《せじき》する法会。『冥報記』「挙ゲテレ家ヲ持戒菜食ス之」。

## 震旦の魏《ぎ》郡《ぐん》の馬生嘉運《ばしょうかうん》、冥途《めいど》に至《いた》りて活《よみがえ》るを得《え》たる語《ものがたり》、第三十

今は昔、震旦の〔唐の〕時代に、魏《ぎ》郡に馬嘉運《ばかうん》という人がいた。通称は馬生。貞観《じょうがん》六年正

月、家に居たが、日暮れになって門に出たところ、思いもかけず二人の人がおのおの馬一頭を引いて門外にある木の下に立っているのが目に入った。そこで嘉運が、「あなた方はいったい、だれですか」ときくと、「われわれはじつは東海公の使者として馬生を迎えに来た者です」と答えた。

嘉運はもともと広い学識を備えていてこのあたりの州や村では名声が高かった。そのため台閣の使者としてつねづね四方の貴人と交際があり、彼に面会を求める者が多かったが、いまこの使者の名を聞いてもまったく心あたりがなかった。不審に思いながらその使者に、「私は馬を持っていないのですが」というと、使者は、「この馬をさしあげましょう。これであなたをお迎えします」といった。そこで嘉運は即座に木の下で馬に乗り出かけて行こうとした。

その時、突然嘉運はその木の下に倒れ伏し、そのまま死んでしまった。と同時に、嘉運はある役所の前に来ていた。その大きな門を入ろうとすると、門の内外には男が数十人集っていて何事か訴えようとしているかのようである。ただ一人だけ女性がいたが、この女性は以前から嘉運を見知っており、彼に向かって、「昔、私は張総管《ちょうそうかん》と親密な関係にあり、始終会っていました。ところが、この総管がなんの理由もなく私を殺してしまいました。私は天帝に訴えているのですが、もう三年になります。だが王天主が総管の張公瑾《こうきん》の味方をするので、私はいつも抑えつけられてきました。とはいえ、やっといま役所で取り上げられ、総管が呼び出されることになりました。やがて彼もやって来るでしょう。こんなわけで、私一人が殺されたと思っていたのに、馬生さん、どうしてあなたもここに来ることになったのです」という。

そこで嘉運ははじめてこの女性、萑氏《すいし》が殺されたわけを知った。そしてその話から、自分もまさしく死んだものとわかった。さて、使者は嘉運を連れて門内に入り、連行してきたことを東海公に報告したが、公は眠っていて尋問にいたらない。そこで霍司刑《かくしけい》の前に連れていって座らせた。嘉運が司刑を見ると、それはなんと益州《えきしゅう》の行台朗中《ぎょうだいろうちゅう》である霍璋《かくしょう》であった。霍璋は嘉運を見てそのそばに座し、「この役所は書記が欠員になっている。東海公があなたの学識を聞いて、ぜひともこの役についていただこうとあなたをお呼びしたのです」という。

それを聞いた嘉運は、「私は家が貧しいため、妻子を養うことさえ思うにまかせません。ですからあなたがなんとか私を放免するようお取りはからいくださいませんか。そうしていただければ私は幸いに思います」というと霍璋は、「もしそういうことであるなら、あなた自身、『私は学問が浅くなんの知識もありません』と陳述しなさい。そのとき私がわきからそのことを説明しましょう」といった。

**〈語釈〉**

○**〔唐の〕時代**　〔　〕内は諸本空格。あとの「貞観」の年号から補った。『法苑珠林』は「唐」とある。

○**魏《ぎ》郡**　河北省魏県（省の南端）。

○**通称は馬生**　『冥報記』に「魏郡馬嘉運」とあり、嘉運の姓は「馬」であり、「馬生」は通称であろう。『冥報記』では人が嘉運をさして「馬生」といっている。馬嘉運は唐時代、繁水の人、若いとき沙門《しゃもん》となり、還俗《げんぞく》して儒を学ぶ。官は貞観の初め、越《えつ》王東閤祭主。白鹿山に退隠し、受業者千人に至る。のち召されて弘文館学士を授けられ、さらに国子博士となる。

○**貞観《じょうがん》六年**　唐太宗の治世（六三二年）。

○**東海公**　冥界の支配者をさしているかと思われる。東海は山東省・江蘇省・福建省にかけての海岸沿いの地をいうが、中国で古来冥界を支配する神とされる太山府君が山東省泰山に居り、それが閻魔《えんま》王の眷属《けんぞく》ともされていることなどから、太山府君を現世の貴人に見立てて東海公と称したのか。

○**台閣の使者**　尚書省をさすか。『冥報記』「毎ニ有リ二台ノ使四方ノ貴客一、多ク請フレ見《こ》ンコトヲ之ヲ」。

○**張総管《ちょうそうかん》**　張公瑾のこと。「総管」は官職名。

○**天帝**　道教でいう天帝（元始天尊・玉皇）で、それは天の主宰者であるとともに、六道すべての支配者と考えられている。前の「東海公」は天帝に代わって冥界を支配する。

○**王天主**　あとに「あれは公瑾の故郷の人で、姓は王といいます。……」と説明がある。天主は六欲天（欲界）・四禅《しぜん》十八天（色界）・四無色《しむしき》天（無色界）等の諸天の帝王。道教では天主も天曹（天帝）の支配下にある。

○**公瑾《こうきん》**　張総管の名。唐、繁水の人。字《あざな》は弘慎。諡《おくりな》は襄。封は雛国《すうこく》公。官は襄州都督。突厥《とっけつ》を経略した。

○**霍司刑《かくしけい》**　刑獄をつかさどる役人。『冥報記』「霍司刑」。

○**益州《えきしゅう》**　四川省成都。

○行台朗中《ぎょうだいろうちゅう》　行台は尚書省の仕事を行なう地方役所。朗中は長官。

やがて人がやって来て、「公はいま目が覚められた」といい、嘉運を引き連れて中に入っていった。見ると一人の人が裁判官の席についている。その姿は太って背が低く、色黒である。嘉運を近くに呼び寄せ、「あなたの学識を聞いてぜひとも書記におねがいしようと思っている。このことを引き受けてくれぬだろうか」といった。嘉運は慎しんで礼を述べ、「幸甚の至りでございます。しかし私は片田舎の者、田野においてまことにとりとめのないその日その日の仕事をしながら後輩たちを教えておるのみです。とうてい書記の任には適しません」と辞退した。

すると東海公は、「あなたは霍璋を知っているか」ときく。嘉運は、「霍璋ですか。この人のことはよく知っております」と答えた。そこで人をやって霍璋を召し、嘉運の学力を問いただしたところ、霍璋は、「私はふだんから嘉運の日常の生活についてよく知っていますが、文章を作るのは見たことがありません」と答えた。すると公は、「では他にだれか文章に達した者はいないか」と尋ねる。嘉運が、「陳子良という者がいます。これは文章に精通しております」と答えると、公は、「それでは馬生を放免するがよい。そして即座に子良を呼び出すよう命じよ」といった。そこで嘉運は帰ることができて、その場を立ち去った。

霍璋は嘉運と別れるとき、「あなたが家に帰ったなら、どうかわが家の犬めにこう言ってください、『おれはおまえに、おれがいつも乗っていた馬を売って、おれのために仏塔を造れといっておいたはずだ。ところがおまえはどうしてその馬を売って好き気ままに使うのだ。いますぐおれの言いつけどおり仏塔を造れ』と、このようにです。いまいったわが家の犬というのは私の長男のことです」という。嘉運は、「さきほど会った張公瑾の妻のいっていた王天主というのはいったいだれですか」ときいた。

霍璋は、「あれは公瑾の故郷の人で、姓は王といいます。五戒を保っていたので、死後天主となり、つねに公瑾を守護しているので、公瑾は今まで罪を免かれていたが、これからはそうもいかないだろう」と言い終わって別れて行ったが、そのとき使者をつけて嘉運を送らせた。やがて一つの小さな階段状の道になっている所まで来ると、使者はそれを指し示し、この道を行くようにと教えて帰らせた。そこで嘉運は生き返ったが、すぐさま霍璋の家にやって行き、詳しく冥途であったことを伝えた。

〈語釈〉

○**犬**《いぬ》　霍璋の長子に対する罵称。

その年の七月、綿州《めんしゅう》の人で姓は陳、字《あざな》は子良という者が突然死んだ。一晩たって生き返り、「私は東海公にお目にかかった。公は私を書記にしようとしたが、私は文字を知らないからといっておことわりして別れて来た」とみずから語った。その後また、呉の人で陳子良という人が死んだ。公瑾も死んだ。

この二人が死んでのち、嘉運がある人といっしょに道を歩いていると、突然冥途の役人を見かけた。嘉運はぎくっとして顔色も青ざめ、いいようもなく恐れおののいて、一目散《いちもくさん》に走って逃げた。しばらくして立ちどまったが、いっしょにいた人があとを追って来て、「いったいどうしたのだ」と聞く。嘉運は「あれは前に見たことのある東海公の使者だ。使者は、『益州に行って霍璋を召し出すために来たのだ』と言い、また、『陳子良が口を極めてあなたを訴えている。霍司刑はあなたのためにうその証言をしたのでひどく責められている。あなたは死を免れえないはずであったが、かつてあなたが生きものの命を助けてやったので免れることができたのだ』と言った」と答えた。

この生きものの命を助けたということは、以前嘉運が蜀《しょく》にいた時、蜀の人が池の水をかい出して魚を捕っていた。嘉運はたまたま人に書を講じてやって絹数十疋をお礼にもらっていたので、それでその池の魚を買い逃がしてやった、そのことをいうのである。

ところで、貞観《じょうがん》年中に天子が九成宮に行幸していたときこのことを聞き、改めて中書侍郎《ちゅうしょじろう》岑文本《しんぶんぽん》にご下問になった。文本はこれを詳しく記録して以上のように奏上した。嘉運はのちに国子博士となり、在任中に死んだ、とこう語り伝えているということだ。

**〈語釈〉**

○**綿州《めんしゅう》**　四川《しせん》省綿陽（成都の東北方、涪江流域にある）。

○**姓は陳、字《あざな》は子良**　この陳子良はさきに嘉運の言った男とは同姓同名の別人で、さきの子良はあとの呉人である。

○**呉** 江蘇省泰県。

○**蜀**《しょく》 蜀州。四川省崇慶（成都の西方）。

○**九成宮** 隋、開皇十三年に岐州（陝西《せんせい》省鳳翔県、省の西部）に造営された仁寿宮を唐時改名したもの。「九成宮醴泉銘《れいせんめい》」で知られる。

○**中書侍郎**《ちゅうしょじろう》 中書省の次官。中書省は機務・詔書・民政などを掌る。

○**岑文本**《しんぶんぽん》 隋、大業の頃、邯鄲《かんたん》の令であった岑之象《しんししょう》の子で、眭仁蒨《すいにんせん》について学問を学んだ。

○**国子博士** 国子学の博士。国子学は晋以後、貴族の子弟や全国の秀才を教育した学校。都にあった大学。国子監ともいう。博士は大学の教授。

## 震旦の柳《りゅう》の智《ち》感《かん》、冥途《めいど》に至りて帰り来る語《ものがたり》、第卅一

今は昔、震旦の河東《かとう》に柳智感《りゅうちかん》という人がいた。貞観《じょうがん》初年のころ、長挙《ちょうきょ》県の県令となったが、ある日突然死んだ。

翌日生き返ってこう語った。「わしは死ぬと同時に、冥途の使者に追い立てられて大きな役所に連れて行かれた。使者はわしを王の面前に引き出した。王はわしを見て、『ここの役人に一人欠員がある。そのためおまえを呼んでその欠けた役に任じようとしたのだ』という。わしは、『私には年老いた親がおります。また私は善根を積んでいますので、まだ死ぬ

はずはありません。どうして急に死ぬことなどできましょうか』といった。

するとＥ王は、『考えてみればまさにおまえのいうとおりだ。おまえはまだ死に該当しない。だからこのまま死んでしまうわけではないのだ。ただ、かりそめにこの役所に来ただけのことで、ここで書記として裁判に加わってくれ』とおっしゃった。わしはこの命令に従うことを承知した。すると役人がわしをある役所に連れて行った。

その役所には五人の裁判官がいた。わしを加えて六人となった。この役所の建物を見ると、細長く造られている。これが三間《みま》に仕切られ、おのおのの間《ま》に机と椅子が置いてあり、裁判官はひどく忙しそうに執務していた。いちばん西の端の座席だけが空席で裁判官がいない。かの役人がわしを連れていってその座席に着かせた。別の数人の役人が文書や帳簿を持ってきてわしの机の上に置き、そのまま退いて階段の下に立った。わしはこのわけを尋ねた。すると役人は怒ったような様子でわしに仕事を急がせた。

そこでわしは書類の中に書かれた事を答えた。わしがその書類をよく読んでみると、人間界の書類と同じようなものであった。そのうち、これら裁判官のために酒食が出された。裁判官たちはやって来てこれを食べはじめた。わしもその席についた。そのときほかの裁判官たちが、『あなたは仮りの役人だ。これを食べてはならぬ』という。わしはその言葉に従って食べなかった。やがて日暮れになり、役人はわしを送って家に帰らせた、と思ったとたん生き返ったのだ」と智感はこのように語った。

〈語釈〉
○**河東《かとう》** 山西省永済県（省の西南端、黄河畔）。
○**柳智感《りゅうちかん》** 伝未詳。
○**長挙県《ちょうきょ》** 陝西《せんせい》省略陽県西北（省の西南端）。
○**三間《みま》** 柱でしきられた三つの座席。
○**これを食べてはならぬ** 人間界の者が冥界のものを食べると、人間界にもどれなくなるという信仰にもとづくものか。

その後、日暮れになると冥途の使者がやって来て智感を迎え、かの役所に連れて行って、夜が明けるとまた家に帰らせた。これが連日連夜のことである。夜は冥途の裁判をし、昼は県の仕事にたずさわるのを日常の事としていたが、このようにしていつしか一年余りたった。

ところで、智感が冥途に行っている時のこと、そこの厠《かわや》に行ったところ、堂の西の方で一人の女を見かけた。年は四十ほどである。容貌《ようぼう》といい姿といいたいそう美しく、目にもあざやかな衣裳をつけていて、身分ある人のようであった。それが立って泣いている。智感はこの様子を見て、「あなたはいったいどういう方ですか」と尋ねた。すると女は、「私は予州《よしゅう》の司倉参軍《しそうさんぐん》の妻でございます。捕えられてここにまいりました。夫や子と別れてしまったのです。それで悲しくてしかたがないのです」という。

そこで智感はこの女のことを役人に聞いた。役人は、「役所の書類に記載されていることによると、尋問すべき筋があるので捕えて来たのだ。あれの夫のことについて問い質《ただ》すためである」という。智感はこれを聞いて女に、「あなたは私のことを知っていませんか。私は長挙県の県令です。この役所ではあなたに尋問すべきことがあって、あなたを呼び出したのです。それはあなたの夫のことについて問い質《ただ》そうというのです。だがあなたは夫をここに連れて来るようなことを言ってはなりません。あなたの夫である司倉といっしょに死ぬようなことになってはあなたにとってなんの得《とく》にもなりませんからね」というと、女は、「おっしゃるとおり私は夫をここに連れて来るようなことは申しません。ただ役人に責められることが恐ろしいのです」という。智感は、「夫を連れて来るようなことを言わなければ、責められる恐れはないでしょう」といってやった。女はこれを聞いてうなずいた。

〈語釈〉
○予州《よしゆう》　安徽省亳県、または寿県。あるいは河南省汝南県。『冥報記』前田家本は「与州」とし、高山寺本・『法苑珠林』は「興州」とする。
○司倉参軍《しそうさんぐん》　州にあって戸口・簿帳・婚嫁・田宅・雑徭・道路の事をつかさどる。

その後、智感はこの世に帰り、予州の役所にいって司倉《しそう》に会い、その妻がなにか病気をしていないかと尋ねた。すると司倉は、「私の妻はまだ年も若く病気になるようなことはありませんが」と答えた。そこで智感は冥途で自分が見たことを話して聞かせ、司倉の妻の着ていた衣裳のこと、容貌や姿のことなどを語ったうえ、善根を積むように勧めた。司倉はこれを聞き、急いで家に帰ってみると、妻は機《はた》を織っていた。すこしも死ぬような様子には見えない。そこで司倉は智感の言ったことをまるで信用しないでいたところ、十日余りたって、妻は突如病気にかかり死んでしまった。そのときになって司倉ははじめて恐れおののき、善根を行なった。

そののち、予州の役人が二人、任期が満ちて新たな官職に選任されるために、都に帰って行くことになったので、智感に会って、「あなたは冥途の裁判官として冥途のことに通じておいでです。私たちは今度の人事異動でどういう官職につくのでしょうか」と尋ねた。智感は冥途の役所に行き、この二人の役人の姓名を言って副書記官に問いたずねた。すると副書記官は、「その名前と記録簿は封をして石の箱の中に置いてある。二、三日してそれについてお答えしよう」という。その日になると副書記官がやって来て答えた。二人が今年任じられる役職の名を挙げる。

智感はこれを聞いてからこの世にもどり、二人にこのことを話してやった。二人は都に行き人選の場に臨んだ。吏部《りぶ》の役人は二人の官職を書きつけたが、いずれも智感が知らせてやった官職ではなかった。二人はこれを聞き、智感にこのことを話した。智感はまた書記官に問い質《ただ》した。すると書記官はまた記録簿をよく調べ、「まさしく、さきに答えたとおりであって間違いはないはずだ」という。

そうこうするうち、選任される者の名簿が門下省に提出されたが、門下省は審査の結果これを退けた。そこで吏部の役人がもう一度名簿を書き改めたところ、結局かの書記官が調べて言ったとおりであった。このことを聞いた者はみな感嘆し信服した。智感はつねに冥途の役所に備えてある記録簿に書かれている彼の親戚知人の姓名・行状およびその死ぬべき年月日を見て、それらの人々に善根を修めさせ、それによって多くの人を死から免れさせた。

〈語釈〉

○**吏部**《りぶ》　中央行政官庁の名で、六部（吏・戸・礼・兵・刑・工）の一。文官の選考・賞罰などをつかさどる。

さて智感が冥途に行って権判官の任についていた期間は三年に及んだ。ところがあるとき、冥途の吏部の役人がやって来て、「このたび隆州《りゆうしゆう》の李司戸《りしこ》を正判官に任ずることができたので、あなたと交代することになった。これからはあなたが裁判することはあるまい」という。そこで智感はこの世に帰って来て李刺史《しし》にこの事を話した。刺史の李徳鳳は人を遠く隆州に遣わし李司戸について尋ねさせたところ、その司戸はすでに死んでいた。その死んだ日を聞いてみると、まさにかの吏部の役人が来て告げた時と一致していた。それ以来、智感が冥途に行くことはなくなった。

その後、州の刺史が智感に囚人を護送させて都にやった。そのとき、鳳州の境で四人の囚人が逃亡した。智感を恐れたからである。これを捕えようと追いかけたが、捕えず、数日たった。ある夜、宿駅の旅館に泊っていると、以前見た冥途の吏部が突然やって来て、「あなたは囚人を捕えられますよ。一人は死ぬでしょうが、あとの三人は南の山の西の谷にいます」という。はたして智感は四人の囚人を見つけた。囚人はとうてい逃げおおせないと思い、向かって来て激しく抵抗する。智感はこれと格闘し一人を殺した。こんなわけで吏部が告げたとおりになった。

智感は今もなお官職についていて、茲州《じしゅう》の司戸でいる。

これは光録卿《こうろくきょう》の柳京が伝えて語った話である。柳京は邛州《きょうしゅう》の刺史として智感と会い、直接この話を聞いたのである。しかも御史《ぎょし》の斐《ひ》同節《どうせつ》もまた、「数人の人の説を聞いてみたが、すべてこれと同じであった」といった、とこう語り伝えているということだ。

〈語釈〉

○**隆州**《りゅうしゅう》　四川省閬中県西。
○**李司戸**《りしこ》　伝未詳。司戸は民戸をつかさどる官。
○**李刺史**《しし》　あとの李徳鳳のこと。伝未詳。刺史は州の長官。
○**都**　長安。
○**鳳州**　陝西《せんせい》省鳳県。智感が県令である長挙県の東北に位し、長安への途中になる。
○**茲州**《じしゅう》　山西省吉県。
○**光録卿**《こうろくきょう》　祭祀・朝会等をつかさどる官。光禄寺卿ともいう。「録」は「禄」に同じ。

○**柳京**　字《あざな》は嘉礼。高祖のとき、左衛《さえい》中郎将、寿陵県男となった。罪により邛州《きょう》刺史となったが、のち光禄少卿となり、ついで検校岐州刺史となった。
○**邛州**《きょうしゅう》　四川省邛崍県（成都の西南）。『冥報記』高山寺本「曹州」。
○**御史**《ぎょし》　官邪を察し、綱紀を正すことをつかさどる官。
○**斐同節**《ひどうせつ》　『冥報記』高山寺本・『法苑珠林』は「裴同節」とする。「裴《はい》」が正しいか。

## 侍御史《じぎょし》、遜《そん》の迥璞《けいはく》、冥途《めいど》の使《つかい》の錯《あやまり》に依《よ》りて途従《みちよ》り帰《かえ》る語《ものがたり》、第卅二

今は昔、震旦の〔唐の〕時代に侍御史《じぎょし》の任にあった遜迥璞《そんけいはく》という人がいた。済州の人である。貞観《じょうがん》十三年には天子の行幸に従って九成宮に出かけている。この人は三善谷に家をかまえていたが、魏《ぎ》大師と隣どうしであった。

ところで、ある夜、十時をまわったころ迥璞《けいはく》の家の門外で、「遜侍御史」と呼ぶ声がする。迥璞が出て行くと、そこに二人の人がいたので、「いま呼んだのは隣の大師のおいいつけですか」と尋ねると、この二人は迥璞に、「役所でおまえを呼んでいる。すぐに出頭せよ」という。迥璞が、「私はとても歩いて行けません」と答えると、その使者は、「それならば馬に乗ってやって来い」といった。そこで迥璞は家にいた馬をひき出し、それに乗って二人のあとからついていった。見まわすと、天も地も昼のように明るい。「太陽が照り輝いているのだ」と気がつくと迥璞は恐ろしくなってものも言えなくなった。

二人の使者は迥璞を北の谷の入口に連れて行き、そこから朝堂の東北を経て六、七里歩き、苜蓿《ぼくしゅく》の谷までやって来た。すると、はるか彼方《かなた》にまた二人の人が見え、それらが韓鳳方《かんほうぼう》という人を連行して来ている。この二人が迥璞を連行している二人の使者に向かい、「おまえたちは間違っているぞ。連行すべき相手はこの男だ。おまえたちはすぐにその男を放免せよ」といった。その言葉に従って、この二人の使者は迥璞を放免し、その場に置き去りにして行ってしまった。そこで迥璞はやって来た道をそのまま帰って行ったが、普通の道を通っているのとすこしも変らなかった。家に帰りつくと馬を下りて中に入った。

馬をつないで寝室に入って行こうとすると、その途中に一人の下女が眠りこんでいた。声を掛けたが答えない。これを乗り越えて寝室に入ってみると、わが身が妻といっしょに眠っている。そこで、その自分の体に付こうとしたが、付くことができない。しかたなく、南側の壁に添って立ち、大声で妻を呼んだが妻は答えない。部屋の中はひじょうに明るい。壁のすみを見ると、蜘蛛《くも》が網を張っており、網の中に二匹の蠅《はえ》がかかっていた。一匹は大きく一匹は小さい。また梁《はり》の上を見ると、薬が置いてあった。どこといって明るくないところはまったくない。だが自分で寝床に行くことはできなかった。

そのとき、自分は死んでいるのだと気がつき、ひどい恐怖に襲われた。そして妻といっしょにおられないことがなんとも恨めしく情けなく思われた。そこで妻と離れて南の壁に寄りそっているうちに眠り込んでしまった。しばらくしてふと目がさめると、わが身はいつのまにやら寝床の上におり、あたりはまっ暗でなにも見えない。わきに妻が眠っている。妻をゆりおこしてこれまでのことを話して聞かせた。妻はこれを聞いて灯《あか》りをつけて見ると、迥璞の全身は汗にまみれていた。起き上がって、さきほど見た蜘蛛の網に目をやったが、そのようなものはまるでない。馬を見に行ったところ、馬も汗をかいていた。この夜、韓鳳方《かんほうぼう》はにわかに死んでしまった。

〈語釈〉

○**〔唐の〕時代**　〔　〕内は諸本欠字。あとの「貞観」の年号から補った。

○**侍御史**《じぎょし》　『冥報記』前田家本「殿中侍御史」。天子の側近にあって文書をつかさどり、官吏の非違《ひい》を摘発する官。高山寺本・『法苑珠林』「殿中侍御医」。後文からみれば、侍御医《じぎょい》（侍医）が適するか。

○**迥璞**《けいはく》　伝未詳。『冥報記』前田家本「遜迥璞《そんけいはく》」。高山寺本・『法苑珠林』「遜迥璞《そんけいはく》」。底本は「迥瑛」と記すが「迥璞」が正しいとみて改めた。

○**済州**　山東省済寧（省の西部）。『冥報記』高山寺本・『法苑珠林』「済陰人也」。

○**貞観**《じょうがん》**十三年**　唐太宗の治世（六三九年）。

○**三善谷**　未詳。

○**魏**《ぎ》**大師**　魏徴《ぎちょう》のこと。大師は太師に同じ。魏徴は曲城の人で、字《あざな》は玄成。唐太宗の時、周・隋の各史を編纂する。鄭《てい》国公に封じられた。剛直の士で知られ、のちに太子の太師となった。諡《おくりな》、文貞。九成宮醴泉銘《きゅうせいきゅうれいせんめい》を撰文した。

○**朝堂**　天子が政治を行なう建物。ここでは九成宮の中のそれか。

○苜蓿《ぼくしゅく》の谷　「苜蓿」はうまごやしのこと。
○韓鳳方《かんほうぼう》　伝未詳。

　その後、貞観《じょうがん》十七年になって迥璞《けいはく》は勅諚《ちょくじょう》により斉州に行き、その地の長官の衰弱する病気を治療した。そこから帰ってくる途中、洛州《らくしゅう》の東にある孝義《こうぎ》の駅まで来ると、突然一人の人が現われて、迥璞に、「あなたは遜迥璞でしょうか」ときく。「そうです。ところで、あなたが私のことをお尋ねになるのはどういうわけですか」と聞き返すと、その人は、「私は鬼です。ここに魏《ぎ》大師の文書があります。これをあなたに見せよとのことです」といった。

　迥璞がこれを取って見ると、「鄭《てい》国公魏徴《ぎちょう》」と署名してある。迥璞は驚き、「鄭公はまだ死んではいない。それなのにどうして冥府から私を呼び出し連れて行こうとするのか」というと、鬼は、「鄭公はすでに死んでいる。いまその人は大陽の都録大監になっているので、私を遣わしてあなたを召し出したのだ」と答えた。

　これを聞いた迥璞はその鬼のために席を設けて食事をふるまった。鬼はひどく喜んで迥璞に礼を述べた。迥璞は鬼に向かって、「私は勅諚によって斉州に行ったが、まだ都に帰着していない。鄭公は私を召すが、いまは具合が悪い。いったん都に帰り、事の次第を奏上し終わるまで待ってくれ。そのあとであなたの命令に従おうと思うがどうだろう」という。鬼はこれを承知した。

そこで改めて帰途についたが、この鬼は昼の間は迴璞といっしょに歩き、夜は同じ宿に泊った。そして開郷まで来ると、鬼は、「私は関所の通行手形を手に入れて関所を通って行くつもりだ。その間にあなたは事の次第を奏上し終えて帰って来てくれ。私はそれを待ってまた会うことにしよう。それまであなたは韮《にら》・蒜《ひる》に類する食物を口にしないでほしい」という。迴璞はそれを承知した。

さて迴璞は都に帰りつき、事の次第を奏上し終えてから鄭公の家を訪ねたところ、すでに亡くなっていた。その亡くなった日を考え合わせると、それはまさにかの孝義の駅にいた日の前日であった。鬼の言ったこととすこしも違わない。そこで迴璞はかならず自分は死ぬであろうと思い、家の者と相談して僧を招き仏事を営ませ、仏像を造り経巻を書写した。このようなことをして六、七日たった夜、迴璞の夢にさきの鬼が現われて迴璞を呼び出し、引き連れて高い山に登った。山の頂上には大きな宮殿があり、その中に入って行くと多くの人がいて、迴璞を見て、「この人は善根を修めた。これをここに留めておくわけにはいかない。放免すべきである」といい、即座に迴璞を押し出して山から落とした、と思うと同時に夢がさめた。

そのとき、迴璞は、「わしは善根を修めた結果、いま死を免れえたのだ」と思い、このうえなく喜んだ。それ以来、なんの病気にもかからず、長命を保った、とこう語り伝えているということだ。

〈語釈〉
○**洛州《らくしゅう》**　河南省洛陽。
○**孝義《こうぎ》の駅**　「孝義村」は河南省鞏県の西南二十里。鞏県は洛陽の東に位置する。孝義村は、亡父の財産分けをした三人の兄弟が荊《いばら》の木を三分しようとしたところ、すぐに枯れてしまったため、兄弟は財産分けをやめて、祖先からの財産を守ることに決心した、ということから名付けられた村名である。
○**大陽の都録大監**　大陽県は山西省平陸県東北十五里（省の南端、黄河流域、洛陽に近い）。「都録大監」は未詳。冥界の官職名であろう。

## 震旦の大史令《たいしりよう》、傅奕《ふやく》、冥途《めいど》に行く語《ものがたり》、第卅三

今は昔、震旦の〔唐の〕時代に太史令《たいしりよう》の任にあった傅奕《ふやく》という人がいた。太原《たいげん》の人である。隋の時代の末ごろ扶風《ふふう》について学び、幼少から博学のほまれが高かった。天文・暦数に通達し、聡明にして談論風発の才は人に抜きんでるものがあった。このため武徳《ぶとく》・貞観《じようがん》年代以来つねに太史令に任じられていた。ところがこの人はまったく仏法を信じようとせず、まるで僧尼を敬うことがない。時には石の仏像を見付けてきて敷瓦《しきがわら》に使ったりした。このようにしているうち、貞観十四年の秋になって、傅奕は突然病気になり死んでしまった。

ところで、傅奕がまだ太史令であったとき、仁均《にんきん》という人および薩賾《さつさく》という人もともに太

史令であった。その薩賾が仁均から銭を五千借りたが、まだそれを返済しないうちに仁均が死んでしまった。その後、薩賾は夢の中で仁均に会った。仁均は生きていた時のようにいろいろと話をする。そこで薩賾が以前借りた銭について、「これをだれに託して返したらよいか」と聞くと、仁均は、「泥人《でいじん》に託してくれ」という。薩賾が「泥人というのはいったいだれなのだ」というと、仁均は、「泥人というのはあの太史府の令《りょう》のことだ」と答えた、という夢を見て目がさめた。

この夜、少府監憑《しょうふげんひょうちょうめい》 長命という人も、かつて同じ所にいてすでに死んだ人の夢を見た。夢の中で長命がその人に、「経文には善悪の業には報いがあると説いているが、まだそれがほんとうかどうか知らない。ほんとうにあることなのか」ときくと、その人は、「それはすべてほんとうのことだ」と答えた。そこでまた、「経文には罪について説いている。かの傅奕のごとき者は、生前に仏法を信じようとしなかった。死後はどのような罪を受けるであろうか」ときくと、その人は、「善悪の業にはかならず報いがあるのだ」と答えた、という夢を見て目がさめた。その後傅奕は越州に流されて泥人となった。

この長命が役所でかの薩賾に会い、自分が見た夢のことをくわしく語った。薩賾もまた夢に見た泥人のことを語った。同じ夜にこの二人の見た夢が偶然に一致し、ともにこのことを嘆きあった。

薩賾は夢に見たとおり、銭を傅奕に返済したが、傅奕はその夢のことを聞いてから、数日後に死んだ、とこう語り伝えているということだ。

〈語釈〉

○〔唐の〕時代　〔　〕内諸本欠字。あとの「武徳・貞観」の年号より補う。『冥報記』前田家本には時代名なし。『法苑珠林』に「唐」とある。

○太史令《たいしりよう》　朝廷の法令記録・天文・暦術をつかさどる官。「令」は長官。

○傅奕《ふやく》　鄴《ごう》の人。唐の武徳年中、太史令となる。仏法を排し、老荘を重んじた。反仏教論集『高識論』の著者。貞観年中卒（五五五～六三九）。『冥報記』前田家本「得弁」。『法苑珠林』「傅奕」。「奕」は呉音「ヤク」漢音「エキ」。

○太原《たいげん》　山西省太原市のあたり（省の中央）。

○扶風《ふふう》　ここでは人名にしているが、『冥報記』は「徙《うつ》リ二扶風ニ一」とあって、地名である。「徙」を「従」と読んだためである。扶風は陝西《せんせい》省の中部、渭《い》河（水）の北。

○武徳《ぶとく》・貞観《じようがん》　唐高祖・太宗の治世。『冥報記』「自《よ》リ二武徳貞観一廿年許《ばかり》」。

○仁均《にんきん》　伝未詳。『冥報記』「傅仁均」。

○薩賾《さつさく》　伝未詳。『冥報記』前田家本「薩贖」。『法苑珠林』「薛賾《げつさく》」。

○泥人《でいじん》　不明。雨ごいに用いる泥人形を泥人というが、『法苑珠林』は「泥梨《でいり》人《じん》」とする。泥梨はふつう「ないり」と読み、地獄のこと。泥囉耶 Niraya・捺洛迦（奈落）Naraka の略音。

○太史府の令《りよう》　前の太史令に同じで、傅奕をさす。

○少府監《しようふげん》　唐の少府監は百工技巧の政令をつかさどり、中尚・左尚・右尚を統《す》べる。

○憑長命《ひようちようめい》　伝未詳。

○越州　浙江省紹興。

# 震旦の刑部侍郎《けいぶじろう》、宗《そう》の行質《ぎょうしつ》、冥途《めいど》に行く語《ものがたり》、第卌四

今は昔、震旦の〔唐の〕時代に、尚書刑部《しょうしょけいぶ》の侍郎《じろう》であった宗行質《そうぎょうしつ》という人がいた。傅陵《ふりょう》の人である。この人は仏法を信じようとせず、ひたすら傲慢の言葉ばかり吐いていた。

ところがこの人が永徽《えいき》二年五月、病気にかかって死んだ。また、同年六月九日になって、尚書都省の令史《れいし》であった王璹《おうじゅ》という人が、にわかに病気になって死んだ。

王璹は二日後に生き返り、こう語った。「わしが死ぬやいなや四人の人がわしの所にやって来て、『役所でおまえをお召しだ』といってわしを追い立てた。そこでわしはそれらについていった。ある大きな門を入り、中の建物を見ると、じつに壮大な構えで北向きに建てられている。この建物の階上の西の間に一人の官人が座っていた。肥えた色の黒い人である。東の間には一人の僧が座っており、さきの官人と対等の様子である。この両人とも顔を北に向けていた。そしておのおのの席に椅子《いす》・机・敷物がある。そのほか召使の者が二百人ほどいたが、冠や衣裳をきちんとつけ、容姿端正である。また、階段の下に書記役の机がおかれていた。

さていっぽう、一人の老人が首枷《かせ》をつけられ縛られた姿で、東の階段の下にいた。わしもまた縛られたまま庭前に引き立てられた。一人の書記役が紙と筆を取ってわしに向かい、『おまえは貞観《じょうがん》十八年に長安の佐史に任じられていたとき、いかなるわけでここにいる李須《りしゅ》

達《だっ》に関する記録を書き改めたのか』と問う。わしは、『私は以前長安の佐史に任じられていました。貞観十六年に人事異動で役職が変わり、十七年に至って司稼寺《しかじ》の書記に任じられました。十八年に李須達の記録を書き改めたということですから、それは私の罪ではありません』と答えた。

そのとき、役所の床の上に座していた大官がその陳述の記録を読み、目を転じて東の階段の下にいる老人に向かい、『おまえはなに故にいつわりを申して訴えたのじゃ』という。老人は、『私の年はじじつまだ寿命に達していません。それなのに王璹が記録を書き改めたため私の年が多くなり、はやく寿命に達してしまったのです。年のことはけっしてうそではありません』と言い張る。そこでわしは、『私は十七年にすでに転任しており、その辞令書は家にあります。それを取りよせて証明させてください』といった。

そこで、大官はわしを連行してきた三人の者を呼び、わしを縛ってある縄を解かせ辞令書を取りよせた。辞令書が届くと、大官みずからこれを読み、そして老人に対し、『彼の転任はまったく明白である。おまえの申し条は理由がない』といって、即刻老人を北門から連れ出させた。わしがはるかに北門の外を見ると、そこはまっ暗で、多くの城があった。一つ一つの城の上にはすべて小さい垣がある。これらはみな地獄のようであった。

大官はまた机上の書類を見てわしに対し、『おまえは罪がない。そこでおまえは放免する。すぐ出て行くがよい』といった。わしは大官を拝した。すると役人がわしを連れて東の階段の前に行き僧を拝させた。僧はわしの臂《ひじ》に印を押し、『そなたははやく帰って行きなさい』という。役人はまたわしを連れて東南のほうから出ていった。つぎつぎと三つ並んだ門を過ぎる。その門ごとに門衛がいて、臂の印を検査する。通行が許されて、その後第四の門まで来た。その門はひじょうに大きく幾層もあって、赤と白に塗りわけられていた。門を開けるさまは宮城の門のようであった。門衛はまことに厳しい。そこでもまた印を検閲して通行を許した。

〈語釈〉

○〔唐の〕時代　〔　〕内は諸本欠字。あとの「永徽《えいき》」の年号から補った。『冥報記』前田家本は時代名なし。『法苑珠林』は「唐」とする。

○**尚書刑部《しょうしょけいぶ》の侍郎《じろう》**　「尚書」は尚書省。隋・唐の時代は中書・門下と並ぶ三省の一。行政の中央最高機関で、吏・礼・兵・刑・戸・工の六部《りくぶ》を統轄した。刑部は律令・訴訟・刑罰などをつかさどる。侍郎は次官。

○**宗行質《そうぎょうしつ》**　伝未詳。『冥報記』前田家本「宗行質」。高山寺本・『法苑珠林』「宋行質」。

○**傅陵《ふりょう》**　『冥報記』前田家本「傅陵」。高山寺本「曹陵」。『法苑珠林』「博陵」。博陵は河北省定県（北京の西南）。

○**永徽《えいき》二年**　唐の三代皇帝高宗（名は治、在位六四九〜六八三）の年号。六五一年。

○**尚書都省の令史《れいし》**　令史は尚書都省の属官で、文書事務を掌る。『冥報記』「尚書都官令史」。

○**王璹《おうじゅ》**　伝未詳。

○**一人の老人**　あとにある「李須達《りしゅだつ》」のこと。

○**貞観《じょうがん》十八年**　六四四年。
○**長安**　唐の都。
○**佐史**　州の長官である刺史の属官。○**李《り》須達《しゅだつ》**　伝未詳。『冥報記』「因リテレ何ニ改メシ二李須達ノ籍ヲ一」。
○**司稼寺《しかじ》の書記**　「司稼寺」は稼穡《かしょく》（農事倉庫のこと）をつかさどる。後魏《ぎ》には大司農といい、北斉には司農寺という。唐に至り、司農を改めて司稼といった。
○**いつわりを申し**　真実でない虚妄の言を吐くこと。十悪（殺生・偸盗《ちゅうとう》・邪淫・妄語《もうご》・綺語《きぎょ》・悪口《あっく》・両舌《りょうぜつ》・貪欲《とんよく》・瞋恚《しんに》・邪見）、また口の四過《しか》（妄語・綺語・悪口・両舌）の一。『冥報記』前田家本「何因リテレ妄ニ訴フル二耶《や》」。

門を出終って東南を指して十歩ほど行くと、後ろのほうでわしを呼んでいる声が聞こえた。振り向いて見ると、侍郎《じろう》の宗行質《そうぎょうしつ》という人であった。悲しそうな顔をして、それがまるで湿った大地のように黒ずんでいる。頭にはなにもかぶらず、しどけない姿で古びた赤色の上着をつけ、短い頭髪を垂らし、胡《ご》人《ひと》のような格好をして役所の階段の下に立っていた。役人がこの人を監視している。またその西のほうの城壁近くに大きな木の札《ふだ》が立てられていた。高さは一丈、幅は二尺ほどもある。その札の上に大きな字で、『これは罪によって罰を与えようとしている五人である』と書いてある。字の大きさは一尺四方以上もあって、ひじょうにはっきりと見えた。役所の床には椅子が立てられ机もあって、役人の席のようだがだれも座っていない。

さてその行質はわしを見て、悲しげながらも喜んで、『あなたはどうしてここに来たのですか』という。わしは、『役人が私を呼び出して査問された。だが記録を書き替えた点については無罪ということで放免されました』と答えた。すると行質はわしの両手をとらえて、『私は役人に責めたてられ、功徳の記録の有無をきかれましたが、そのとき役人は「おまえの手の中には功徳の記録がない」といって私のそばにより、このうえない痛苦を与えました。そればかりでなく、飢えや寒さの苦しみといったら言語に絶するほどでした。あなたはぜひとも私の家に行ってこのことを話し、私のために善根《ぜんごん》を営むよう言ってください。どうぞ熱心に頼んでください』という。

わしは承知してすぐその場を去っていった。十歩ほど行くと、行質はまたわしを呼びもどした。そしてなにか言おうとしてその言葉もまだ出さぬうちに、役所の床に座していた役人がやって来て、怒気荒らかに、『わしはよく調査しおまえを放免したのだ。それなのにおまえはどうしてかってに囚人の所に近づくのか』といい、警護の士卒に命じてわしの耳をたたかせ追い出させた。わしはつぎの門に向けて走っていった。するとそこの門衛がわしを見て、『おまえは耳をたたかれたな。きっと耳が聞こえなくなるだろう。わしがおまえのために耳につまったものをとってやろう』といって、手でわしの耳の中のものをくじり取った。そのとき耳が聞こえるようになった。ここでも臂《ひじ》の印を検査して通行を許した。

門を出ると、門外は真《しん》の闇《やみ》であった。どこがどこやらまったく見当もつかない。なにひとつ見えないので、西か南かと思われるほうを手探りすると、そこはすべて垣がめぐらしてあった。しかし東のほうには手に触れるものがない。だがまっ暗で、歩いて行けそうもないので、しばらく立ち止まっていると、突然、はじめわしを呼び出した使者の役人の姿が見えた。門から出て来てわしに向かい、『私はあなたと親しい間柄だ。ここであなたを待っていた。私に銭一千を与えてくれ』という。

わしはそれに答えず、心中で、『わしは罪がないので放免されたのだ。どうしてこの使者に賄賂《わいろ》を使う必要があろう』と思っていると、役人は、『あなたがそれをよこさなければ、ここから先は行かせないつもりだ。どうしてもよこさないというのなら、おまえを連れもどし、もう二日間とどめておくぞ。どうだ言うとおりにしないわけにはゆくまい』といった。

〈語釈〉

○**胡人《ごひと》**　中国西方の異民族。

わしはあれこれ考えたすえ謝罪し、『おっしゃるとおりにいたしましょう』というと、役人は、『私は銅銭を必要としない。白紙の銭がほしいのだ。十五日めにやって来て受け取ろう』といった。わしは承知して帰り道を聞いた。役人は、『ここから東に二百歩行くと、古い垣根に穴があいて破れたところがあるのを見つけるだろう。そこから出て明るいほうに向かって歩いて行くがいい。そうすればすぐにあなたの家に行き着くはずだ』と教えた。わしはこの役人のいうとおりに進んで行くとその垣根があった。それを押すと、しばらくして垣根が倒れた。わしはその倒れたところから外に出た。出た所はわしが住んでいる隆政坊の南の門だと気がつき、すぐに家に帰りついた。そして戸口から中に入った、と思うと同時に生き返った。その時、家の者がみなで泣いていた」。このように王璹《おうじゅ》は語った。

その後、十五日たったが、王璹は冥途で役人に銭を与えようと言ったことを忘れてしまっていた。その翌日、王璹はにわかに病気になって息絶えた。すると王璹の目の前にさきの役人が現われ、怒気を含んで、「あなたは『銭を与えよう』と約束したことを守らず、とうとう銭をよこさなかった。だからあなたをまた連れて行くことにする」といって、金光門から連れ出し、穴に入らせた。王璹は役人に心から過ちをわび百遍以上頭をさげて拝んだ。するとやっと許して帰してくれた。そこでまた生き返った。王璹は家の者に命じてさっそく紙百枚を買って来させ、それで銭を作ってこれをかの役人に贈った。

その翌日、王璹はまた病気で苦しんだ。そのとき、またさきの役人の姿が見えた。役人は、「あなたはありがたいことに私に銭を与えてくれたものの、その銭の質がよくなかった」という。王璹は謝罪して、もう一度作りたいと願った。役人は承知した。するとまた生き返った。二十日めに王璹は六十の銅銭で白紙百余枚を買って紙銭を作り、酒食を整えてみずから隆政坊の西門の溝の水の上でこれを焼いた。

それ以来、王璹は体が軽くなり、病気がすっかり治って苦しむこともなくなった、とこう語り伝えているということだ。

〈語釈〉

○**銅銭** 現世で使う本物の銅銭。

○**白紙の銭** 白紙を切って作った銭で、これは冥界で使うもののようである。巻七第三十話に、冥途の使に送られて蘇生した男が、その使の要請で、紙を切って銭を作り、それを水辺で焼いたという記事がある。

○**隆政坊** 未詳。長安の街区の一であろう。

○**金光門** 『冥報記』前田家本に「金光明」とあり、「明」は「門」の誤写。高山寺本は「含光門」、『法苑珠林』は「金光門」とするが後者とみておく。金光門は長安城の西壁にある門。含光門は皇城の正面、朱雀門の西にある門。

## 震旦の庾抱《ゆほう》、曾氏《ぞうし》に殺さ被《れ》て怨《あた》を報ずる語《ものがたり》、第卅五

今は昔、震旦の隋の時代に庾抱《ゆほう》という人がいた。江南における貴族の出である。幼いころから学問を学んだ。この庾抱やその兄はみな人に知られた者たちである。

ところが、大業《だいぎょう》九年、楊州の玄感という者が反乱を起こして帝に敵対し奉るという事件が生じた。このとき、庾抱の兄は玄感と共謀者であるということで殺された。そのため庾抱も兄の巻きぞえで殺されるだろうということを聞き、ひそかに逃げて都に隠れた。翌年になって、秘書省に行き、昔からの知人を訪れようとした。だが当時、煬帝《ようだい》は王城においでにならら

なかったので、諸門は閉じられていた。ただ安上門一つだけは開いていて、人がここから出入りしていた。

庾抱はおそるおそるその門から入って行こうとすると、一人の古い知り合いに出会った。その人の姓は曾《ぞう》、南方の人である。庾抱を見て、「私は王城の留守をしています。あなたはいまどこにいるのですか」と尋ねた。庾抱は、知人がいるので秘書省に行くのだと答えた。曾氏はこれを聞いて別れて行った。そこで庾抱は入って行った。ところが曾氏は人をやって庾抱を捕えさせ秘書省に連行し、そこの役人に庾抱を捕えたと報告した。

ところで、王劭《おうじよう》という人がいたが、この人は秘書省の少監で、庾抱と旧知の間柄であった。そのため、ただちに庾抱を処罰しようとはせず、庾抱を捕えた者に向かい、「おれは昔から庾抱をよく知っている。この男は庾抱ではない」という。庾抱はこの言葉の意味をさとり、それを受けて、「私は南方行きの兵役を逃げて来た者です」といった。そこで王劭は庾抱を追い出し逃げさせた。捕えた者は帰っていって曾氏にこのことを話した。すると曾氏は安上門の所で待ちうけていて、また庾抱を捕えた。

庾抱はついに逃げられないと知って、曾氏に向かい、「私はかならず役人に殺されるだろう。死ぬのはわが身に備わった前世の報いである。だが、私はあなたから恨まれるようなことはしていない。あなたと私とは古い知り合いでありながら、あなたは私を助けようとはせず、どうしても見逃がしてくれないのを心から恨めしく思う。だから私が死んだなら、このことを心に深く刻みとめて、かならず報復するつもりだ」といった。だが、曾氏はついに庾抱を放免せず殺してしまった。

〈語釈〉

○**庾抱**《ゆほう》　伝未詳。『冥報記』前田家本は同じ。高山寺本「康抱」。
○**大業九年**《だいぎょう》　隋煬帝《ようだい》の治世（六一三年）。
○**玄感**　楊玄感。隋代の人。司徒素の子。父の軍功により柱国となり、郢州刺史となる。煬帝《ようだい》のとき、礼部尚書《しょうしょ》。性、高慢、文学を重んじ、盛名を得るとともに驍勇多力であった。大業九年河南省で叛乱をおこしおおいに戦ったが敗れ、弟積善に命じてみずから切り殺させた。『冥報記』高山寺本は「楊玄武」。
○**都**　長安。
○**秘書省**　宮中の文書・記録を扱う役所。梁《りょう》代以後、隋・唐・宋に設けられ、その長官を秘書監という。
○**煬帝**《ようだい》　隋の第二代皇帝。父を殺し即位したが、国を乱し臣下に殺された。
○**安上門**　朱雀門の東にある。
○**王城の留守**　天子の行幸中、国都にとどまって朝廷を守る重臣。
○**王劭**《おうじょう》　伝未詳。『冥報記』前田家本「王劭」。高山寺本「王邵」。
○**秘書省の少監**　秘書省の次官。

その後数日して、曾氏は王城の留守の役につくために太平坊にある家を出たが、途中、善科里に立ち寄ったところ、西門のうちで突然庾抱《ゆほう》を見かけた。庾抱は馬にまたがり衣冠を着けた姿である。まことに晴れやかであった。青衣《しょうえ》をまとった者が二人そのあとに従っている。曾氏はこれを見てひどく驚き怪しんだ。

庾抱は曾氏に向かい、「私はいま太山の主簿に任じられている。あなたの命はもはや尽きようとしている。あと三年の命があるはずだったが、あなたは私を殺した。そこで天帝に願って仇を報じるためにあなたを殺そうと思う」という。曾氏はこれを聞き、頭を地につけて謝罪し、ひたすら悔い悲しんで、「私はあなたのために追善供養を営みます」といって許しを乞うた。庾抱は恨み心は深かったが、追善供養を営むといって許しを乞うたので、これを許してやった、と同時にたちまちその姿が見えなくなった。

そののちまた数日たって、曾氏は前のように庾抱に出会った。庾抱は、「私はあなたを殺そうとは思ったが、許してやる。私のために七日間追善供養を営め。もしこれに違背しようものなら、私はあなたの頭を取って持ち去るつもりだ。これを信じなければ、あなたは死ぬ時になって、顔が背中の方に向くことになろう」という。曾氏はこれを聞いて言いようもなく恐れおののいた。庾抱は曾氏の約束をとりつけると、姿が見えなくなった。曾氏は家に帰り、ただちにかの庾抱の言ったとおり追善供養を営んだ。しかしながら、曾氏は死ぬ時になって、顔が背中の方に回ってしまい、まさにかの庾抱の言葉どおりになった。これもひとえに人を殺害した罰である。

このことから思うと、たとえ仇を報じるのであっても、人を殺害してはならない。まして仇を報じる心もなくて人を殺害するようなことはけっしてすべきでない。曾氏はこの罪により悪報から免れることはむずかしいであろう、とこう語り伝えているということだ。

〈語釈〉

○**太平坊**　長安の朱雀門の西に当たる街区。

○**善科里**　『冥報記』前田家本「善科理」。高山寺本「善和里」。前項太平坊の東に善和坊、別名光禄坊があるが、それをいうか。

○**青衣《しょうえ》をまとった者**　青衣は冥界の使者や精霊などの衣裳。

○**太山の主簿**　「太山」は「太山府君《たいざんふくん》」のこと。泰山府君とも書き、中国泰山（五岳の一）の山神。人の寿命・福禄をつかさどる神として、道家で祭る。また閻魔《えんま》王の眷属《けんぞく》である質咀羅笈多《しったらぐぷた》にあてる。さらには仏教と習合して、本地は地蔵菩薩といい、日本では比叡山西坂本に赤山権現《せきさんごんげん》として祭られ、素戔鳴尊《すさのおのみこと》と付会することがある。「主簿」は帳簿をつかさどる役人。

○**天帝**　道教でいう天帝。宇宙全体の主宰者であり、太山府君に冥界の支配をまかせているとされる。次の第三十六話にその性格について記している。

## 震旦の眭《すい》の仁蒨《にんせん》、冥道《めいどう》の事《こと》を知らんと願う語《ものがたり》、第卅六

今は昔、震旦の隋の時代に眭仁蒨《すいにんせん》という人がいた。幼いときから経書を学び、鬼神の存在を信じなかった。そこで日ごろ鬼神のありなしをはっきりさせようと思い、鬼神を見るとい

う人についてその術を学んだ。十余年間、学んだものの鬼神を見ることができなかった。

ある日、仁蒨が家を出て県の役所に行く途中、道で一人の人に会った。いかめしい役人ふうの人である。冠をつけ赤い上着を着てりっぱな馬に乗っている。今までまったく見たこともない人であった。従者を五十余騎従えている。この人は仁蒨を見てもなにも言わなかった。その後このようにして数十度出会い、十年ほどたった。

ところがあるとき、この人が馬を止め仁蒨を呼んで、「私はあなたを見ていてすっかり尊敬の心を持つようになりました。なにとぞ私とご交際願いたいのですが」という。仁蒨も一礼し、「あなたはいったいどういう方ですか」と尋ねた。すると、「私はじつは鬼《き》なのです。私は姓を成、名を景といいます。もとは弘農《ぐのう》県に住んでいました。西晋の時代には州の次官をしていましたが、今は胡国《ごこく》の長史に任じられています」と答えた。

仁蒨がまた、「その国はどのような国ですか。王の姓名はなんというのですか」と尋ねると、「黄河の北はすべてわが胡国です。国の都は楼煩《ろうはん》の西北にある沙漠地帯がそれです。王を趙の武霊王といいます。今はこの国全土は太山府君《たいざんふくん》の統治下にあって、毎月偉い鬼神たちを太山に集めさせています。そのため、私はしばしばここを通り過ぎ、いつもあなたに出会っていたのです」と答えた。

そこで仁蒨が、「人間と鬼神とでは世界が別です。どうして私があなたと交際などできましょう」というと、景は、「あなたが私を恐れて親密な間柄になれないなどいうことはけっしてありませんよ。私は人間にはおおいに役に立ちます。というのは、もしあなたに災難がふりかかるようなことがあればそれを避けさせ、思わぬ災害から免れさせてあげることができます。ただし、前世から定められた命と、この世で大きな罪を犯した場合はどうすることもできませんが」と言う。仁蒨は、それこそ人間にとって最も望むべきことであると思い、おそるおそる景の申し出に従った。

　すると景は従者一人を仁蒨につけ、「この人の身の上に生じることはつねに知らせてあげよ」と命じておいて去っていった。そこで従者は賤しい下僕のようなふりをして仁蒨の身辺から離れず付きそい、仁蒨自身にはわからぬ将来の身の上のことを告げ知らせた。

**〈語釈〉**

○**眭仁蒨**《すいにんせん》　伝未詳。『冥報記』前田家本「眭仁蔶《セン》者故趙郡邯鄲《かんたん》人也」。高山寺本「眭仁蒨者趙郡邯鄲人也」。『法苑珠林』「唐眭仁蒨、趙郡邯鄲人也」。底本・鈴鹿本は前田家本と同じく「眭仁蔶」とするが、文字としては「眭仁蒨」が正しいのでそれに改めた。

○**弘農県**《ぐのう》　河南省霊宝県南（省の西北部、黄河の南）。

○**西晋**　三国時代の魏に仕えた司馬炎が五代元帝に迫って位を譲らせ、武帝と称して建てた王朝。北方民族の侵入によって滅びた（二六五〜三一六）。都は洛陽。

○**胡国《ごこく》の長史**　「胡国」は中国の北方や西方にすむ民族の国。「長史」は刺史《しし》（地方長官）の属官。

○**黄河**　中国第二の長河。青海省から流れ出て渤海にそそぐ。

○**楼煩**《ろうはん》　唐の初め監牧地とされ、楼煩県となった。山西省太原市の西北。

○**趙の武霊王**　中国の戦国時代、趙《ちょう》の君主であった武霊王（在位、前三二五〜前二九九）。粛侯の子、恵文王の父。名は雍。当時五国はみな王と称したが、趙はひとり国人に令しておのれを君といわしめ、北方民族をまねて胡服騎馬して戦うことを人々に教えた。領土の拡大をめざし、北は燕代より西は雲中九原に及んだ。在位二十七年、子の何《か》を立てて王とし、長子章を代の安陽君に封じ、自ら主父と号した。いつわって使者となって秦に入り、怪しまれて逐《お》われ関を脱した。のち、章が乱をなし、敗れて主父のもとに至る。公子成・李兌、主父の宮を囲む。章は死に、主父は脱出しようとしてできず、また食なく、三ヵ月で沙丘宮に死んだ。

ところで、大業年間《だいぎょう》のはじめのころ、岑之象《しんししょう》という人がいた。邯鄲《かんたん》の令《れい》である。その子に文本《ぶんぽん》という人がいたが、まだ若年であった。親の之象はかの仁蒨《にんせん》を迎えてこの文本に学問を教えさせた。そこで仁蒨と文本は師弟としてたがいに隔て心ない間柄となっていた。

あるとき、仁蒨が文本に向かって、「私は成長史という鬼を知っている。その鬼が私に会って、『私の言うことを他の人に話してはいけない』といった。だが私はあなたと師弟の間柄となり親しく交わっている。だから言わないわけにはいかぬ。その鬼は、『冥界の鬼神の所にも食物はあるが満腹することができない。そのためつねにいいようもない飢餓に苦しめられている。だがもし人間の一度の食物を得たならば、一年間満腹しうるのだ。そこで多くの鬼は人間の食物をもっぱら盗んで食っている。しかし私は身分が高く自尊心があるので人間の食物を盗むようなことはしない。ただあなたに一度だけご馳走《ちそう》をしてほしい』といった」と、このように語った。

文本はこの話を聞いて、自分がその鬼に食物を与えようと思い、食膳の用意をして珍らしい品々を整えた。それを見て仁蒨が、「鬼はけっして人の家には入って来ない。ただ、屋外の水辺に幕を張り席を設け、その上にすべての酒食を置くがよい」という。文本は仁蒨の言うとおりにその席を設けた。そのとき、仁蒨は鬼の景が二人の客を連れてやって来てそこに座ったのを見た。ほかに百余騎の従者も来てその席に着いた。文本は席に向かって再拝し、食事のそまつなことをわびて、「お納めいただきたい」と申しあげた。仁蒨もまた景の心を知って、その旨《むね》を申してわび言《ごと》をいう。

ところで文本がはじめこの食事の用意をしているとき、仁蒨が金箔を贈った。文本はこれを手にして、「これはなんですか」と聞くと、仁蒨は、「鬼が用いる物は人間と違ってはいるが、鬼はもっぱら黄金と絹を用いるので、これをあなたに贈ったのです。これらは本物でなくてもいいのです。むしろ錫《なまり》を黄色に塗って金のように作り、紙を絹布として用いるのがいちばんいいのです」という。文本はこの教えに従ってこれらを作り整えた。

景は自分が食べ終ってのち、つぎに従者の騎馬の者たちを代わって座らせ食事をさせた。文本は金の銭と糸絹を与えてもてなす。その時、景はたいそう喜び感謝して、「私はこのもてなしを心に深く刻みつけておこう」といって笑みをたたえて去っていった。

〈語釈〉

○大業《だいぎょう》　隋、煬帝《ようだい》の時の年号。

○岑之象《しんししょう》　経史に通じ散騎常侍となった岑善方《しんぜんぽう》（字《あざな》は思義）の子。隋文帝に仕え、相対参軍、尚書《しょうしょ》虞部員外郎となり、邵陵《しょうりょう》・上宜・渭南・邯鄲《かんたん》の県令を歴任した。『冥報記』「江陵岑之象」。
○**邯鄲《かんたん》の令《れい》**　邯鄲は河北省南端にある。戦国時代には趙の都であった。令は県令（県の長官）。
○**文本《ぶんぽん》**　棘陽の人。字《あざな》は景仁。岑之象《しんししょう》の子で性沈敏、文辞をよくし、貞観中、中書舎人となり、進んで中書令となったが、遼東の討伐に従い、幽州において卒した。第三十話にも見える。
○**錫《なまり》**　ふつうは「すず」であるが、『冥報記』前田家本に「ナマリ」と傍訓があり、『名義抄』等にもその訓がみえる。

その後数年たって仁蒨《にんせん》は重い病気にかかりひどく苦しんで、いつまでも起き上がれずに月日がたった。そこで仁蒨はわが身に付きそっている鬼に、「これはいったい、なんの病気ですか」と尋ねたところ、鬼はこれがわからず、主人の成長史（景）に聞く。長史は、「仁蒨のこの病気のことは国じゅうだれも知らない。翌月になると太山に鬼神が集まることになっている。そのとき、詳しい事情を問い尋ね、教えてやろう」といった。

そして翌月になり、長史がみずからやって来て仁蒨に、「この病気のことを聞いてみたところ、あなたと同郷の趙某が太山の主簿となっていますが、主簿が一人欠員になっているので、あなたにその役をやってもらうことになったのです。そのため主簿に任命する文書を作り、規則どおりの手続きをふんで召し出そうとしているのです。そこであなたは病気になったのです。文書ができあがると、あなたはかならず死なれるでしょう」という。仁蒨は、「いったいどのようにしたら死を免れることができましょうか」と聞いた。

するとと景（長史）は、「あなたの寿命は六十余りだと思います。現在は四十歳です。だが、かの趙主簿が無理やりにあなたを召し出させようとしているのです。だが、あなたが許されるように私が頼んであげよう」といったが、その後、景が来て、「じつは趙主簿から聞いたことだが、彼がいうには『私は昔、眭《すい》さんと同学の友で、たがいに深い友情をわけあった仲です。私はいま幸いに主簿となることができました。ところが、たまたま主簿に一人欠員が生じました。冥府の長官がその人選をしているので、私が眭さんを推薦しました。だからあの人の命は長くないでしょう。きっと死にます。死んで会ったところで、眭さんはかならず官職につけるとは限りません。このさき、たかが十年二十年の命をあなたはどうしてそんなに惜しんで死ぬことを怖れるのです。主簿に任命する文が出てしまったなら、死をとどめることはできません。だから、私の好意を疑わないでほしい』といっていた」と語った。

仁儁はこれを聞いて恐怖を催し、病気はますますひどくなった。景は仁儁に、「趙主簿はかならずあなたを召し出します。なお、あなたが鬼を見ようと思うのなら、すぐにも見ることができましょう。太山廟《びょう》の東陵に行くと小さい峰があります。それを越えると平地があります。そこがその都です。あなたはそこに行って自分で会いなさい」という。仁儁はこのことを文本《ぶんぽん》に語った。その後数日して、また景がやって来て仁儁に向かい、「文本があなたのために冥府に訴えようとしています。それでもなお許されなかったなら、ただちに仏像を造りなさい。そうすればかの文書はしぜんに消失するでしょう」といった。仁儁はまた文本にこのことを話した。文本はこれを聞き、三千の銭をもって堂の西の壁に一体の仏像を描き上げた。

**〈語釈〉**

○**太山廟《びょう》**　山東省にある太山（泰山）は一六〇〇メートル。古来この山は人の死後その魂魄《こんぱく》の集る所とされ、これを治める者が太山府君である。山中には碧霞宮・東嶽廟などの霊廟がある。

その後また景が来て、「あなたはもはや死を免れました」という。仁蒨《にんせん》はこう聞いても心中ではまだ疑って信じられず、景に対して、「仏法には三世《さんぜ》の因果があると説いています。これはいつわりですか、それとも真実ですか」と尋ねた。景は、「それは真実です」と答える。そこで仁蒨が、「真実なら、人は死ねば六道のどこかに生まれるはずでしょう。すべての者が鬼となるはずはありません。趙の武霊王やあなたがいま鬼となっているのは何故ですか」と聞くと、景は、「あなたの県内にどれほどの家がありますか」という。「一万余りです」と答えた。

景はさらに、「牢獄につながれている者はどれほどいますか」ときく。「つねに二十人以下です」と仁蒨がいうと、景は、「その一万余りの家の中で、五品《ごほん》の人はどれほどいますか」ときく。「五品の人はいません」。「では九品《くほん》以上の役人はどれほどですか」。「十人ほどです」。

すると景は、「六道もそれと同じようなものです。天道に生まれる者は一万人に一人もいません。それはあなたの県内に五品の人のいないのと同じです。人道に生まれる者は一万人中数十人います。あなたの県内にいる九品の人と同じぐらいです。地獄に堕《お》ちる者も数十人いますが、それはあなたの県内で牢獄につながれている者と同様です。しかし、鬼道と畜生道に入る者がもっとも多いのです。それはあなたの県内で賦役《ふえき》を課せられている家と同じです。この鬼道の中にもまた差別があって、主人と従者に分けられます。これらの数が最も多いのです」といった。

**〈語釈〉**

○**三世《さんぜ》の因果**　過去世・現世・来世にわたる善悪の因果。道教の『玉歴鈔』にも三世因果の思想が説かれている。

○**六道**　地獄・餓鬼《がき》・畜生・修羅《しゅら》・人間・天上（六欲天）のこと。六趣ともいう。三界の一。

○**五品《ごほん》**　五位。五品以上は貴族として扱われる。

○**天道**　六道のうちの天道（天上界）。

そこで仁蒨《にんせん》が尋ねた、「鬼でも死ぬことがあるのですか」。すると景は、「死ぬことはあります」という。仁蒨が、「死んだらどういう道に入るのですか」と聞くと、景は、「知りません。人が死んでからのちのことを知らないのと同じです」と答えた。仁蒨がさらに、「道教徒が行なう章醮《しょうしょう》は役に立つのですか、いかがです」ときく。

景は、「道教の天帝は六道を統轄しており、これを天曹《てんそう》といいます。閻魔《えんま》王は人間界の天子のようなものであり、太山府君《たいざんふくん》は大臣のようなものです。われわれの住む国は人間界の州や郡のようなもので、人間になにかの事があるたびに、道士が天曹に対して福が与えられるように奏上すると、天曹はこれを受けて閻魔王に詔勅を下し、『某月某日、何某の訴えを受けた。よろしく道理を尽くして無体なことを行わぬように』と命じるのです。閻魔王は謹んでこれを奉じ実行します。これはまさに人が詔勅を受けるのと同じです。もし道理に外れておれば罰を免れることはできません。あやまちがあれば、かならず罰せられます。こういうわけで、章醮は無益ではありません」と答えた。

すると仁蒨は、「では仏教徒の家で善業を修めることはどうでしょう」ときく。景は、「仏は偉大な聖人です。文書を下すことはありません。善業を修める者には天帝が敬って寛大な許しを与えます。もし善業の厚い者があれば、たとえ天帝が罪ありとして閻魔王に下した文書があっても、これを捕縛することはできません。これについては私はよく知りませんし、またその理由も知りません」と、このように言い終えて去っていった。さて、仁蒨は一日二日のうちに起き上がれるようになり、病気はすっかりなおった。

その後、貞観《じようがん》十六年九月八日、玄武門で、文本《ぶんぽん》は中書侍郎として、その兄の大府卿や治書府の御史《ぎよし》馬周・給事中《きゆうじちゆう》の韋琨《いこん》らと対座していた折、文本みずから人々に語ったのを聞いて、こう語り伝えているということだ。

〈語釈〉

○道教徒　あとの「仏教徒」と対応。道教はもともと原始的な自然宗教からおこった中国独自の宗教で、多神教である。内容はきわめて複雑でしかも雑然としており、長い歴史の間に広い国土の中でその様相も種々に変化しているので、その実態をとらえることは困難であるが、ともあれ、古代民間の雑多な信仰を基盤とし、神仙説を中心としてそれに老荘思想・易《えき》・陰陽《おんよう》・五行《ごぎょう》・卜筮《ぼくぜい》・巫《ふ》祝《しゅく》・讖緯《しんい》（予言）・天文・占星・儒家などの説を加え、方術（不老不死の術）・呪術をも総合し、仏教の組織や体裁にならって宗教的な形にまとめられたもの。ふつう、老子を道教の教祖とするが、成立史からは誤りで、特定の教祖はきめられない。

教法についていえば、まず、宇宙の本体を「道」とする。これはすべてのものの根元であり、「無」である。「無」から「一」が生じ、さらに三元、三気と変化して万物ができたとする。そして、人間は無為清浄な生活を行なえば、道教の目的である「道」に帰一することができ、天地とともに長生すると説く。この目的に達する方法として、(1)避穀の法（飲食を節し、火食を避け、草根木皮からとった薬をのむ）、(2)服餌《ふくじ》の法（服薬または食養生）、(3)胎息または調息の法（深呼吸法）、(4)導引の法（マッサージに似たもので、体内の気を損ぜぬ法）、(5)房中の法（性交の禁忌や薬物の説明）、(6)平生徳をつむこと、(7)災いをさけ、長寿を保つためにすべきことや、まじないの方法、(8)福を招き、災いをさけ、魔物をおさえ、鬼神を使うお札《ふだ》、(9)おはらいや祈禱《きとう》の儀式、などがある。

道教の神々の最高神は元始天尊（玉皇大帝・天帝）で、常に天界の最高天である大羅天（都は玉京）にいてすべての神を統率する。天界は三界三十六天にわかれるが、大羅天の下に玉清・上清・太清の三天がある。それぞれに左・右・中の三宮があり、各宮ごとに王・公・卿《けい》・大夫《たいふ》がいる。三天の下が四種民天（四梵天《ぼんてん》）で、ここは三災の輪廻《りんね》のない浄土境である。その下が四天ある無色界、ついで十八天ある色界、最下が六天ある欲界で、これら三界では生死は免がれない。この三界説は仏教にならったもので、神はこの外に多くあるが、その序列は現世の帝王と臣下の関係に則って定められている。中国の天子も元始天尊の部下の一官吏にすぎず、これに人間の統治をまかしている。

道教にも地獄があるが、その数は三十六、その有様も仏教とよく似ているので、仏教のまねであろう。

さて、本集巻九中の説話の出典となっている『冥報記』の冥界記事は、道教の冥界説が濃厚に現われており、この書は唐高宗の永徽年間の作であるから、それまでの道教の展開を簡単に記しておこう。前漢の末ごろ仏教が中国に伝わりはじめ、古来の雑多な民間信仰・呪術・方術などがこれをうけて組織化されてきた。そして後漢の順帝のころ、太平道・五斗米道《ごとべい》が成立した。

この両教団はお札やまじないによる治病が中心で、神仙説や道家の思想ははっきり認められない。太平道はその後中絶したが、五斗米道は栄えた。後漢末から三国時代にかけて仏教が力をもつにつれ、道教は道家の思想や仏教教理をかりて教理の確立をはかるようになった。また易の原理をかりた延命長寿の説や方術などもとり入れ、道教の集大成が行なわれたが、このころ仏教と道教との間にはげしい論争も行なわれた。

この論争を通じて、インド仏教が中国仏教となり、また道教教理も整えられた。道教が宗教として大成するのは北魏《ほくぎ》の寇謙之《こうけんし》による。彼は太武帝の信仰をえてお札や儀式などを制度化し、国家公認の宗教につくりあげ、一時仏教を圧倒した。道教の僧を道士と呼ぶのもこのころからである。南北朝時代には勝れた道士が多く出て教理が確立され、多くの道教教典が作られた。元始天尊（玉皇大帝・天帝）の信仰、おはらいの儀式、道教像の形などもこの時代にしだいに整った。

唐の王室は老子と同じ李姓だったので道士に利用され、老子を教祖とし、道教を同族の宗教として信仰した結果、道教の勢力はこの時代に大きくのびた。官立の道観（道教寺院）が設置され、『道徳経』を科挙《かきょ》の一科目として加え、道教の学校もできた。道教をもっとも厚く信仰したのは玄宗で、道士を官吏に任用したり、家ごとに『道徳経』を蔵させたり、さまざまの保護を加えた。そのため道士の不正が行なわれたりした。五代には儀式の制度化が行なわれ、ますます複雑化した。宋以後にも種々の変化があるがこれにはふれない。

また、宗教的組織と体裁を持たない民衆道教も広く行なわれているがこれにもふれない。道教はアジア各地に伝わり、ベトナムの高台教にも入っており、朝鮮にも伝わった。日本も例外でなく、陰陽道・修験道に入るとともに、民間の年中行事や習俗にも影響を与えている（主として平凡社『世界大百科事典』による）。

○**章　醮**《しょうしょう》　消災度厄の法。天曹に祈請を奏上する際、夜中に星辰《せいしん》を祀《まつ》る、その祭儀をいう。章は星辰に祈請すること、醮は酒などを供えて祭祀すること。

○**道教の天帝**　『冥報記』は「道者天帝惣㆓統ス六道㆒ヲ」とする。道家においては天帝が六道をすべて支配している、の意。天帝は元始天尊、玉皇大帝ともいい、道教における最高神で宇宙全体を支配し、すべての神を統率するとされる。

○**天曹**《てんそう》　天帝およびそれに直接伺候する諸官、またはその役所。

○**閻魔**《えんま》**王は人間界の天子のような**　仏教において、人の死後の冥界を支配する閻魔王を、道教では天帝の下にあって冥界支配をまかせているものとする。そしてその支配のありようを人間界の天子の如しといったのである。

○**太山府君《たいざんふくん》は大臣のような**　泰山府君とも書き、東岳大帝・嶽帝・泰山神ともいう。道教ではこれを玉皇（天帝）の孫とし、天孫と称することがあるが、玉皇に代わって人間界を支配し、人間死後の冥界をも主宰するものとする。『法苑珠林』は「太山府君ハ如ニシ尚書令録一ノ（総理大臣）、五道神ハ如ニシ諸尚書一ノ（各大臣）」とする。すなわち閻魔王の下にあって総理大臣の役をうけもつものとしている。

○**仏教徒**　前の「道教徒」に対する。

○**仏は偉大な聖人**　ここでは仏を天帝とは別格のいちだん高い聖者としてみている。

○**玄武門**　北方である玄武に当たる門をいう。唐の大明宮の北面の一門。紫宸殿の北に位する。

○**大府卿**　国庫財物をつかさどる官である大府の長官。

○**治書府の御史《ぎょし》**　『冥報記』高山寺本の「治書侍御史」が正しい。漢の宣帝が侍御史二人に書をおさめさせ、廷尉《ていじょう》の奏事を扱わせたのが後に官名となる。疑獄を評決し、六品以下の官を糾察《きゅうさつ》することをつかさどる。魏・晋から隋に至る間は治書侍御史といい、唐には御史中丞という。

○**馬周**　荘平の人。字《あざな》は賓王。学を好み、詩・春秋を善くした。監察御史に任じ、中書侍郎を拝した。岑文本は馬周の文章を大いに賞した。のち中書令に還り、銀青光録大夫に進み卒した。治書侍御史に任じたこともある。

○**給事中《きゅうじちゅう》**　秦・漢時代には殿中の奏事をつかさどり、つねに宮中にあって天子の左右に侍したのでこの名があるが、隋・唐以来、門下省に属し、詔勅を検討する大事をつかさどる。

○**韋琨《いこん》**　伝未詳。

## 震旦の周の善通《ぜんつう》、戒《かい》を破《やぶ》れるに依りて現《げん》に財《たから》を失い、遂《つい》に貧賤《ひんせん》を得《う》る語《ものがたり》、第卅七

今は昔、震旦の長安に周善通という人がいた。もともと貧乏で、きわめて下賤の家の者であった。そこで日々の生活にこのうえなく苦しんでいた。

夫妻ともども都の中のあちこちの寺に行き、そこの僧に使われてその日その日を過ごしていたので、僧や尼はいつもこの善通を見ていた。そこで善通に対して懺悔《さんげ》をし、仏を礼拝するように勧め「戒行を保つがよい」と教えた。善通は教えに従ってこれを勤めるようになった。

その後、善通は市に行き商売をするようになったが、しぜんに利益があがるようになり、しだいに財産がふえて、いつしか一千万ほどの資産家になった。そこで遠い村に行き、家を買い求めてそこに住みついたが、生活は豊かであった。この善通には女の子が一人あるきりで、男の子はいなかった。

さてそのころ、善通夫婦は持仏堂の中で銭を四つの瓶《かめ》に入れ、それを地中に埋めてその上に瓦を覆い、泥で固く封をした。またたくさんの衣類を買って櫃《ひつ》に入れ蓄えておいた。このように裕福な身となっていた。ところがその後善通の善心がしだいに薄らいできて、戒行をすっかり保たなくなった。するとある時、櫃のわきに帯が垂れさがっているのを見つけた。善通は怪しんで、すぐ鍵《かぎ》を持ってきて櫃を開け、中を見ると、入れておいた物がすっかりな

くなっていた。まったくの空っぽである。善通は驚き嘆くとともに、たちまち怒気心頭に発した。その頃かの一人娘がよそに嫁いだが、善通はこの娘が盗んだに違いないと疑いをかけた。娘は泣いてわが身の潔白を申し立てた。

そのとき妻が善通に、「あなた、ためしにあの銭を入れた瓶を開けてごらんなさい」という。善通は妻の言うとおりすぐに地面を掘り瓶の封を開いた。封には異状がなくもとのままであったが、瓶の中を見ると銭は一つもない。これを見た夫妻は驚くと同時にいいようもなく嘆いた。そして、これもみな前世の悪業の報いであり、また今生《こんじょう》において善心を失った結果であると思い知った。

それ以来、衣食にもこと欠きもとのように貧しい身の上となった。そこで家を売り払って命をつないでいた。そして寄るべもなく、ただぼんやりと光福坊に住んでいた、とこう語り伝えているということだ。

〈語釈〉

○**周善通**　伝未詳。

○**戒行**　戒を受けて、法のごとく三業《さんごう》（身・口・意による所作）に励むこと。

○**光福坊**　長安の中央部に位する街区。

## 後魏《こうぎ》の司徒《しと》、三宝《さんぼう》を信ぜずして現報《げんぽう》を得《え》て遂に死ぬる語《ものがたり》、第卅八

今は昔、震旦の後魏の時代に、司徒崔浩《しとさいこう》という人がいた。博学でなかなかの知恵者であった。

この人は太武帝に仕えたが、帝はこの人の進言を一つとして退けることはなさらなかった。そこで国じゅうの者がみなこの人を模範にし、この人の言うことに従わぬ者はなかった。ところで、この人は道士《どうじ》の寇謙之《こうけんし》についてその道を修めた。仏道はまったく信じようとせず、「これはでたらめな教えである」という。すべての民衆はこの言葉を信用した。

ところがこの司徒の妻は仏法を信じ、つねにこっそり経を読んでいた。あるとき司徒はこれを見つけ、経を奪い取って井戸の中に投げ入れてしまった。

その後、司徒は太武帝に随従して長安に行き、ある寺に入った。するとその寺に弓矢・刀・楯《たて》などが置いてある。これを見た帝はおおいに怒り、寺の僧を捕えて殺してしまった。司徒は進んで帝に対し、「僧侶という僧侶はすべて殺し、経蔵を焼き、『天下ことごとく長安で行なったとおりに行なえ』との勅命をお出しください」と申しあげた。ところが寇謙之は司徒に反対して、僧を殺すことを許さなかった。しかし司徒はその命に従おうとしない。すると寇謙之は司徒に向かい、「あなたは今後重い死罪をこうむり、一族一門は亡びることになろう」といった。だがその後四年たっても、司徒はいっこうにその罪を身に受けることが

なかった。

ところが、司徒ははからずも一族の犯した罪に連座するはめになり、車に乗せられて連行されたが、車の前に立って司徒を警固する役人たちはたがいに司徒の口に小便を流し込んだ。こうしてはるか遠くに連れて行ったが、司徒は苦痛に堪えられず、大声をあげ叫び、「私を哀れと思って助けてくれ」と頼んだが、ついに助けてくれる者もなく、五刑《ごけい》に処せられた。昔から今に至るまでこのような刑罰に処せられたものはなく、前代未聞のことであった。

その後、帝はまた太子を虐殺したが、宦官《かんがん》である宗愛のために殺された。このようなわけで、当時の人は、「帝も司徒もともに仏法を信じようとせず、僧を殺し経蔵を焼いたその罪の報いが覿面《てきめん》に現われたのだ」と言い合った。

これを思うと、国王や大臣はけっして重い罪を犯すことなく、ぜひとも仏法をあがめるべきである。そうでなくてはこのような現報を感じることになる、とこう語り伝えているということだ。

〈語釈〉

○**後魏**　鮮卑《せんぴ》の拓跋珪《たくばつけい》（太祖道武帝）が建てた国で、北魏・元魏・拓跋魏ともいい、山西省平城（大同）に都を営んだ。拓跋氏はのち元氏に改め、北魏十二代百四十九年（三八六〜五三四）、西魏三代二十三年、東魏一代十七年の間続いた。

○**司徒**《しと》　周代は六卿《りくけい》の一で教育をつかさどる官であったが、後漢以後、隋・唐では三公の一。

○**崔浩**《さいこう》　後（北）魏に重用された漢人名族の中でもとくに二代太宗明元帝、三代世祖太武帝の功臣として名高く、六十年にわたって国政をもっぱらにした。道教を隆盛に導き排仏に努めたが、のち太武帝により誅殺された（三八一〜四五〇）。
○**太武帝**　後魏三代皇帝、世祖太武帝。名は燾。華北を統一し、排仏で名高い（四〇八〜四五二）。
○**道士**《どうじ》　道教を修めた人。道教の僧。
○**寇謙之**《こうけんし》　寇謙之は寇讃の弟で嵩山《すうざん》（五岳の一、河南省にある）の道士。仙薬を食い、ついに松陽に隠棲した。太武帝は崔浩の勧めにより始光年中にこれを宮中に召して重用し、天師道場を起こさせ、以来道教はおおいに栄えた。
○**長安**　本話の時代からいえば前時代（漢・前秦）の都。
○**経蔵**　三蔵（経・律・論）の一で、仏がその弟子ならびに衆生教化のために説いた教法を記した「経」をいう。また広く三蔵（仏教聖典の叢書）をもいう。『冥報記』は「経象（像）」とする。
○**五刑**《ごけい》　墨《ぼく》（いれずみ）・劓《ぎ》（鼻切り）・刖《げつ》（足切り）・宮《きゅう》（男女ともその生殖器を切る）・大辟《たいへき》（首切り）の刑。『冥報記』「竟ニ備フ二五刑一ニ」。
○**宗愛**　北魏の宦官。太武帝に仕え、中常侍となる。天性険暴で非法が多かった。太師・都督中外諸軍事を経て馮翊王《ひょうしょうおう》に封じられたが、帝を弑《しい》してのち、呉王余を即位せしめて権をにぎった。文成帝が立ち、誅せられた。

# 震旦の卞《べん》の士瑜《しゆ》の父、功《く》を価《あか》わずして牛《うし》と成《な》る語《ものがたり》、第卌九

今は昔、震旦の楊《よう》州に卞士瑜《べんしゆ》という人がいた。父は隋の時代の人で、陳を平げた功績で儀同《ぎどう》を授けられたが、この人は生まれつき吝嗇《りんしょく》であった。

ところで、この人はその昔、人を雇って家を造らせたが、その代金を払わなかった。造った人がやって来て支払いを要求すると、この士瑜の父はその人を殴りつけた。その人はこれを恨んで、「あんたは、じじつ私に借りがありながらそれを払おうとしない。このことにより、あんたは死んだらきっと私の家の牛に生まれかわるだろう」といった。その後、士瑜の父は死んだ。すると、家を造った人が飼っていた母牛が孕《はら》み、一頭の黄色の子牛を産んだ。その子牛の腰に黒い模様があった。それが胴を横にひとめぐりしていて、ちょうど人が腰に帯をしているようであった。また左の腿《もも》には白い模様があり、斜《ななめ》に貫いていて、その大きさや形はまさに笏《しゃく》そのものであった。牛の持ち主がこれを見て牛に呼びかけ、「卞《べん》公よ、私に借りがありながら、どうしてそれを払わず、牛なんぞに生まれたのか」といった。

そのとき、牛の子は即座に前足の両膝《ひざ》をかがめ、頭で地面をたたく。牛の持ち主はこの様子を見て、「この牛はまさに士瑜の父の生まれかわりにちがいない」と思った。士瑜はこのことを聞き、ただちに銭十万をもってこの牛を買い取ろうとしたが、牛の持ち主は承知しなかった。すると牛はすぐに死んでしまった。

　このことから思うに、人を使ったからにはかならずその代金を支払うべきである、とこう語り伝えているということだ。

〈語釈〉

○**楊《よう》州**　「楊」は正しくは「揚」。揚州は今の江蘇省揚子江北岸の揚州市のあたりか。

○**卞士瑜《べんしゆ》**　伝未詳。

○**陳**　南北朝時代、南朝の一王朝。陳覇先《ちんはせん》の建てた国。五代三十二年で隋の文帝に滅ぼされた（五五七〜五八九）。

○**儀同《ぎどう》**　儀同三司。後漢以後、将軍の高位の者に授けられた官名。儀礼の格式が三司（三公）と同じ待遇の意。

○**黒い模様**　以下は牛が儀同（士瑜の父）の正装に似た様子をして生まれたことを述べる。

○**形はまさに笏《しやく》**　『冥報記』は「斜貫大小正《まさ》ニ如シ㆓象笏ノ㆒」とあり、「象」に「かたち」の意があるので「形」として誤訳したもの。「象笏」は象牙でつくった笏。笏は官位ある者が礼装した時に手に持つ細長い板。もとは備忘用の文字などを書いたが、のちは容儀を整える用具。長さ一尺六寸（約四八センチメートル）、幅三寸（約九センチメートル）、厚さ五分（約一・五センチメートル）という。

## 震旦の梁《りよう》の元帝、誤《あやま》ちて珠《たま》を呑《の》みて一目眇《いちもくすが》める語《ものがたり》、第四十

　今は昔、震旦の梁の時代に元帝という国王がおられた。六歳のときに母の宝石箱の中を見

ると、大きな真珠が入っていた。元帝はその一つを取って口に入れたところ、誤って呑み込んでしまった。その後、母がその真珠を取り出そうとしたが見つからない。元帝が呑み込んだとは知らず、側近の者が盗んだに違いないと疑い、それらを呼んで訊問したが白状する者はなかった。そこで生きた魚の目を焼いて呪詛《じゅそ》したところ、その翌日、元帝が大便した際、それといっしょに真珠が出てきた。そのとき、はじめて母は元帝がこの真珠を呑んだことに気がついた。

その後、元帝の一方の目がすがめになった。これはかの呪詛の祟《たた》りであるとみなが言いあった、とこう語り伝えているということだ。

**〈語釈〉**

○**梁**《りょう》　高祖武帝（巻六第三話に見える）が南斉を滅ぼして国を興し、四代敬帝方智に至って陳に滅ぼされた。その間五十六年（五〇二〜五五七）。

○**元帝**　梁第三代の王（在位五五二〜五五四）。江陵（湖北省中部、揚子江沿岸）に即位して後、西魏に殺された。

## 隋の大業《だいぎょう》の代、獄吏《ごくり》、悪行《あくぎょう》に依《よ》りて、子の身に疵《きず》有《あ》りて死ぬる語《ものがたり》、第四十一

今は昔、震旦の隋の大業《だいぎょう》年間に、京兆郡に一人の獄吏がいた。その姓名はわからない。この男は多くの囚人を虐待した。そこで囚人たちはいいようもない苦痛を味わわされたが、こ

の獄吏はこれを遊び半分の楽しみとしていた。

その後、獄吏は一人の子をもうけた。その子は頤《あご》の下と肩の辺に肉が盛りあがって、まるで首かせのようであり、どこが頭やら頸《くび》やら区別がつかない。そのうえ、年月がたってもその子は歩くことができず、死んでしまった。これはひとえに父の獄吏が囚人に哀れみをかけることなく、思いのままにいじめぬいた長年の罪が、今報いとなって現われたのだと人々は言い合った。

だから、たとえそれが自分の職務だといっても、慈悲の心をもち、理不尽な責め苦を加えてはならぬものである、とこう語り伝えているということだ。

〈語釈〉

**○京兆郡** 『中国地名大辞典』「京兆尹」の条に「漢置、為ス㆓三輔（三つの行政区域）之一㆒ト、今陝西《せんせい》長安《ちやうあん》以東華県之地ナリ、……首都曰《い》フ㆓京兆㆒ト、猶《な》ホ㆓之㆑京師㆒ノ也、三国魏為ス㆓京兆郡㆒ト、故治ハ在リ㆓今ノ陝西長安県西北㆒ニ、隋徙ル㆓今ノ長安県治㆒ニ」とある。

## 河南《かなん》の人の婦《よめ》、姑《しゆうとめ》に蚯蚓《みみず》の羹《あつもの》を食《じき》せ令《し》めしに依《よ》りて現報《げんぽう》を得る語《ものがたり》、第四十二

今は昔、震旦の隋の大業《だいぎよう》年間、河南という所に住んでいた人の嫁が姑《しゆうとめ》のめんどうをみていたが、その嫁はひたすら姑を憎みきらっていた。その姑は両眼が盲《めし》いていた。嫁はやたら姑を憎むあまり、みみずを刻んで吸いものを作り姑に食べさせた。姑はこれを

食べてその味を怪しく思い、そっとその肉を隠しておき、やって来た息子にこれを見せて、「これはおまえの妻が私に食べさせたものだ」という。息子はこれを見て、これはみみずを吸いものにしたのだと知って、たちどころにその妻を離別し、実家に帰そうと送って行った。だが、地方の実家にまだ帰り着かぬうちににわかに雷が鳴り響いた。

　と同時に、連れだっていた妻が突然消えうせた。夫が不思議に思っていると、しばらくして空から何ものかが落ちてきた。見れば、それが着ている着物は妻が着ていた着物であり、その体ももとの妻の体だが、頭だけが変って白い犬の頭になっていた。だがその言葉は妻と変らない。夫はこれを見てどうしたことかと聞くと、妻は、「私は姑に対して不孝を働き、みみずの吸いものを食べさせたために、たちまち天の神に罰せられたのです」と答えた。夫はこれを聞き終って、妻を実家に送りとどけた。家の者たちは妻の姿を見て不思議に思い、そのわけを聞いたので、夫は事の次第を語った。それからのち、妻は市《いち》に出て行って人に物乞いをして世を渡っていたが、その後はどこに行ったかわからなくなった。

　このことから思うと、女は愚痴《ぐち》であるためこのような悪業を造ることがあり、そしてこのような現報を得るのである。たとえ現報を得ずにすんでも、天の神がみなお憎みになるのだと知って、悪心をやめ善業を修めるべきである、とこう語り伝えているということだ。

〈語釈〉
○愚痴《ぐち》　おろかなこと。事象にまどい、真理をわきまえぬこと。三毒の一。

## 晋《しん》の献公《けんこう》の王子中生《しんせい》、継母《ままはは》麗姫《りき》の讒《ざん》に依《よ》りて自《みずか》ら死ぬる語《ものがたり》、第四十三

今は昔、震旦の晋の時代に献公《けんこう》という国王がいた。その皇子に中生《しんせい》という人がいたが、これは献公の三人の子のうちの第三皇子である。母は斉姜《せいきょう》といった。ところがこの人が死んでしまった。そこで中生は母を恋い慕いひたすら嘆き悲しんだ。

父王は斉姜の死後、一人の女に姓を賜うて后とした。驪《き》氏というのがこれで、名は麗姫《りき》という。この后の腹に王子が生まれ、その名を奚斉《けいせい》といった。

まま母にあたる麗姫は嫉妬《しっと》心からまま子の中生を憎み、実の子の奚斉を皇太子に立てようと思い、あるとき中生に向かって、「私は昨夜夢を見ました。あなたの母、斉姜が死後飢渇《きかつ》に苦しんでおられるのです。あなたはさっそく酒を持って母上の墓に行き、それをお供えなさい」といった。中生はこれを聞いて泣き悲しみ、すぐに酒を持って墓に行こうとすると、麗姫はひそかにはかりごとをめぐらして、その酒の中に毒を入れた。そして中生に、「あなたは酒をお供えし終わったあとで、余った酒をあなたが飲んでしまわず、持ち帰って父王にさしあげなさい」という。

中生はこのようなたくらみがなされているとも知らず、その指示どおりに酒を供え終わって、余った酒を持ち帰り父王にさしあげた。さて、父王がこれを飲もうとしたとたん、麗姫はおしとどめ、「外から持ち込んできたものを気やすくお飲みなさいますな。ためしに人に

飲ませてみましょう」といって、罪人に飲ませた。罪人はこれを飲むやたちまち死んでしまった。これを見た麗姫は心にもない悲鳴をあげ、「父は子をたいせつに育てようとしているのに、子はその父を殺そうとした。この酒は毒だったのです。私がちょっとお止めして王にこれをお飲ませしなかったのはほんとうに幸いでした」という。

中生はこれを聞いて即座に自害しようとした。すると一人の人が申生をさとして、「あなたはここで死んで罪を認めるよりは、生きて無実であることを証明するに越したことはありません」という。中生は、「だが、私がこの事実を究明したならば、麗姫の罪がかならず発覚するでしょう。ですから私は孝のためにわが命を捨てることにします」といって、ついに自害して死んだ。

これはひとえにまま母のわるだくみによって死んだのだと人はみな思った、とこう語り伝えているということだ。

〈語釈〉

○**晋**　春秋時代の十二列国の一。姫姓。都は絳《こう》（山西省南部の翼城または新絳）。文公に至って楚《そ》を破り周を助けて国力おおいに振るい、領土は河北の南部、河南の北部に及んだ。前四〇三年、韓・魏・趙（三晋）の独立によって衰え、三十九世約七百年で三国に滅ぼされた。

○**献公**《けんこう》　武公の子。名は詭諸《きしょ》。絳に都した。在位二十六年（前六七六～前六五〇）。

○**申生**《しんせい》　？～前六五六。

○**第三皇子**　『舟橋本』「申生晋献公之子兄弟三人、中者重耳、小者夷吾」とあり、これによれば申生は長子となる。

○**斉姜**《せいきよう》　伝未詳。

○**麗姫**《りき》　『舟橋本』「於時《ときに》父王伐《う》ツ二麗戎《りじゆう》一ヲ、得二一ノ女一ヲ便《すなは》チ拝シテ為《な》シレ姫トレ賜フレ姓ヲ、則チ騏《き》氏、名ハ即チ麗姫《りき》」。ふつう驪姫とかく。献公が驪戎を討ち、その娘驪姫を夫人とし、前夫人が生んだ太子中生を自殺せしめ、さらに重耳《ちようじ》、夷吾の二子を追放したが、献公の死後、里克に殺された。重耳はのち秦の穆公《ぼくこう》の力をかりて晋に帰り、賢臣を用いてついに斉《せい》の桓公《かんこう》についで諸侯の覇者《はしや》となった。春秋時代の五覇のひとりである。

○**飢渇**《きかつ》　飢えとかわき。腹がすき、のどがかわくこと。

## 震旦の莫耶《まくや》、剣《つるぎ》を造《つく》りて王《おう》に献じ、子《こ》の眉間尺《みけんじやく》を殺さ被《る》る語《ものがたり》、第四十四

今は昔、震旦の〔春秋〕時代に莫耶《まくや》という人がいた。この人は鍛冶《かじ》の工匠である。

そのころ、国王の后が夏の暑さに堪えられず、日ごと鉄の柱を抱いて涼をとっておられた。そのうちこの后が懐妊して出産した。見れば生まれたのは鉄の玉であった。国王は不思議に思われて、「いったいどうしたことか」とお尋ねになると、后は、「私はけっしてよからぬことはしておりません。ただ夏の暑さに堪えられず、いつも鉄の柱を抱いておりました。もしかするとそのためでありましょうか」とお答えした。国王もきっとそのためであろうとお思いになり、かの鍛冶の工匠である莫耶を召して、その生まれた鉄をもって宝剣をお造ら

せになった。

莫耶はその鉄を賜って剣を二振《ふたふ》り造り、一振りを国王に奉り、一振りを隠しておいた。国王は莫耶が奉った一振りの剣をしまっておかれたところ、その剣がいつも鳴り続けている。国王は怪しく思われ、大臣を呼んで、「この剣が鳴るのはどういうことか」とお尋ねになった。大臣は、「剣が鳴るにはかならずなにかわけがあるのでしょう。思うにこの剣はきっと夫婦二振り造られたものだと思われます。そこで一方がもう一方を恋い慕って鳴るのに違いありません」と申しあげる。

国王はこれを聞いておおいに怒り、ただちに莫耶を召して処罰なさろうとしたが、使者がまだ莫耶の家に行きつかぬ前に、莫耶は妻を呼んで、「わしは今夜悪い夢を見た。きっと国王の使者がやって来るだろう。わしが死罪に処せられるのは疑いない。そこで、今おまえの身ごもっている子がもし男子ならば、それが成人したとき、『南の山の松の中を見よ』と伝えてくれ」といって、北の門から出て南の山に入り、大きな木の空洞の中に隠れ、そこでついに死んでしまった。

**〈語釈〉**

○**莫耶《まくや》**　「莫」は呉音「マク」、漢音「バク」。「耶」は「邪」ともかき、「鏌鋣」ともかく。『呉越春秋』に「干将」について、「善《よ》ク作ルレ剣ヲ、其妻ハ莫耶《まくや》、断《た》チレ髪ヲ翦《き》リレ爪ヲ、投ズ二於炉中一ニ、金鉄乃《すなは》チ濡ル、遂ニ成ス二二剣一ヲ、陽ヲ曰ヒ二干将一ト、陰ヲ曰フ二莫邪一ト」とあり、莫邪は刀匠干将の妻とされている。干将は呉《ご》（楚《そ》または韓ともいう）の人で、妻莫邪と協力して呉王闔閭《こうりよ》のために干将・莫邪の二名剣を作ったとする。『孝子伝』『捜神記《そうじんき》』は冒頭「干将莫耶」を一人名とするが、あとではこれを「莫耶」と記している。『三国伝記』『太平記』は夫妻の名とする。
○**国王**　『孝子伝』『捜神記』『三国伝記』『太平記』では「楚王」。

その後、妻は男の子を産んだ。その子が十五歳になった時には、眉間《みけん》が一尺（約三〇センチメートル）もあった。そこでその名を眉間尺とつけた。母はこの子に父の遺言をくわしく話してやった。子は母に教えられたように南の山に行ってみると一振りの剣があった。これを手に取り、かならず父の仇を討ってやろうと思った。いっぽう、国王は、眉間一尺ある者がこの世にいて謀反を起こし自分を殺そうとしている、という夢をご覧になった。目がさめて恐れおののき、即座に四方に勅命を下した。「この世に眉間一尺ある者がかならずいるであろう。それを捕えて差し出すか、もしくはその首を取って差し出した者には千金を与え、賞品を賜うであろう」。

眉間尺は風聞にこのことを知り、逃げて深い山中に隠れた。勅命を奉じた者たちは四方を歩き回り手を尽くして探していたが、眉間尺は山中でその者たちとぱったり出会った。それらがふと見るとそこに眉間が一尺ある男がいる。喜んで、「あなたは眉間尺という人か」と聞いた。「そのとおりです」と答えると、「われわれは勅命をうけてあなたの首と持っている剣とを探し求めている者だ」という。これを聞いた眉間尺はその場でみずから剣を抜いてわが首を切り落とし、この者たちに与えた。この者たちは首を手に入れ、帰って行って国王に奉った。国王はお喜びになってこれらの者に賞をお与えになった。

その後、眉間尺の首を臣下の者に与え、「ただちにこれを煮てしまえ」と仰せられた。そこで仰せに従ってその首を大釜に入れ、七日間煮たが全然形がくずれない。そこでこのことを奏上すると、国王は怪しく思われて、みずから釜の傍に行ってご覧になった。そしてその首を見ておられるうち、国王の首もしぜんに落ちて釜の中に入った。二つの首は釜の中で上になり下になり、たがいに食い合って戦う。臣下の者はこれを見て奇異の念を抱き、眉間尺の首を弱らせようと、剣を釜の中に投げ込んだ。とたんに二つの首はともに形がくずれてしまった。臣下の者も釜の中を見ているうち、その首がしぜんに落ちて釜の中に入った。そこで三つの首が入り交って、どれがどれやらわからなくなった。そのため墓を一つ造って三つの首を葬った。

その墓は今も宜春県という所にある、とこう語り伝えているということだ。

〈語釈〉

○**その子**　『捜神記』は子の名を「赤」とする。

○**宜春県**　『舟橋本』「汝南宜南県」。『陽明本』「淮南宜春県」。宜春県は江西省中西部にある。

# 震旦の厚谷《こうこく》、父《ちち》を謀《たばか》りて不孝《ふこう》を止《とど》むる語《ものがたり》、第四十五

今は昔、震旦の〔春秋〕時代に厚谷という人がいた。楚《そ》の人である。

厚谷の父は不孝者であって、その父がいつまでも死なずに生きていることをいつも不満に思っていた。そこであるとき、厚谷の父は輿《こし》を一つ作って年老いた父を乗せ、わが子の厚谷とともにそれを担《かつ》いで深い山の中に連れて行き、父を捨て置いて家に帰っていった。

そのとき厚谷は祖父を乗せた輿を家に持ち帰った。父はこれを見て厚谷に「おまえはなんのためにその輿を持ち帰ったのか」と聞いた。すると厚谷は、「子というものは年老いた父を輿に乗せて山に捨てるものだと知りました。そこで私の父も年老いたなら、この輿に乗せて山に捨てようと思ったのです。別にもう一つ輿を造るよりはこうしたほうがいいでしょう」と答えた。

父はこれを聞き、それでは自分も年老いたならかならず捨てられるだろうと思い、むしょうに恐ろしくなって即座に山に行き、父を迎えて連れ帰った。その後厚谷の父は年老いたその父に対し至れりつくせりの孝行をするようになった。これはひとえに厚谷のはかりごとによるものである。

それで、世を挙げてこのうえなく厚谷をほめたたえた。祖父の命を救い、父に孝行をさせるようにした、これこそ賢人というべきである、とこう語り伝えているということだ。

〈語釈〉

○**厚谷**　『孝子伝』で「孝孫原谷」とするのをはじめ諸書の多くは「原谷」とする。『沙石集』は「元啓」（米沢本は「源谷・元啓ト云二人ノ子」）。『令集解』は「原穀」。

○**楚**《そ》　春秋戦国時代、揚子江中流の地を領有した国。郢《えい》（今の湖北省江陵県付近）に都を置いた。戦国時代には七雄の一となったが、のち秦に滅ぼされた（前二二三）。

## 三人、樹下《じゅげ》に来《きた》り会いて、其《そ》の中《うち》の老《おいたる》に孝《つかまつ》る語《ものがたり》、第四十六

今は昔、震旦のある時代に三人の人がいた。この三人はそれぞれ家を捨て故郷を離れ、しぜんに一本の木の下に集って来て、そこでいっしょに宿るようになった。

さて、このうち一人が、「あなたがたはどこの人ですか。これからどこの国に行こうとしているのです」と聞くと、他の二人がともどもに「わたしらはなんとか生きてゆくために、家を離れて流浪しているのです」と答えた。「ではわれわれ三人はみな前世からの約束ごとがあってこのように出会うことになったのですね」といって、三人は親交を結び、末長くむつみ合う間柄となった。そこで三人の中の一番年をとった者を父とし、年の若い二人を子として、子は父をこのうえなくもてなした。二人の子が手に入れたものはあれこれ区別せず、すべてこの父に供えて孝行の誠を尽くすこと、実の父母以上であった。

あるとき、父が二人の子の心を試してみようと思い、二人に向かって、「わしは川の中に

家を建てそこに住みたいのだが」という。二人の子はこれを聞いてのち、土を運んで来ては川に入れる。いくら入れても流れてしまって、どうしても土がたまらない。三年の間このように運び入れたが地盤ができなかった。「わたしらはほんとうに不孝者となった。父の言いつけを果たせない」といって寝たその夜の夢に、一人の人が来て土の塊《かたま》りを取って川の中に投げ入れた、と見て目がさめた。

翌朝見れば、川の中に高さ数十丈の土が埋め立てられ、その上に数十軒の家が建っていた。これを聞き知った人々は不思議に思い、われ先にと争って見に来た。これは孝行の志の真実であることを知って天の神が感応し、一夜のうちに川の上に岡を築き、数多くの家を建てて父を住まわせたのである。このことを聞いて賞賛し尊ばぬ者はなかった。

ほんとうの父でないとはいえ、真心をもって孝行すれば天はかならず感動するものである。まして骨肉を分けた父に孝行したならば、受けるところの恩恵は想像に余るものがある、とこう語り伝えているということだ。

# 巻十

## 秦《しん》の始皇《しこう》、感楊宮《かんようぐう》に在《あ》りて世を政《まつりご》つ語《ものがたり》、第一

今は昔、震旦の秦《しん》の時代に始皇《しこう》という国王がおいでになった。知恵が勝れ剛毅《ごうき》な心をもって世を治めたので、国内に服従しない者はなかった。この王はすこしでも自分の命令に従わぬ者があるとその首を断ち手足を切った。そこで人々は風になびく草木のように恐れ従った。

さて王は咸陽宮《かんようきゅう》という宮殿を造り、そこを都城とした。その都の東に関があり、函谷関《かんこくかん》といった。そこは函《はこ》の凹部のようになった所なので函谷関というのである。また都城の北には高い山を築いた。これは胡国《ごこく》と震旦との間の隔てとして築いたもので、胡国の者が押し寄せて来る道を防ぐためである。この山の震旦側は普通の山のようになっていて、人々はそこに登って遊ぶ。その頂上に登ってはるか胡国のほうを見ると、目をさえぎるものもなく一望千里である。胡国側は高く垂直に切り立って壁を塗ったようであり、人が登ろうとしても登りえない。山の東西の長さは千里あって、高さは雲と等しい。そのため、雁が飛び渡るときこの山が高すぎて飛び越えられないので、山の中腹に雁が通れるほどの穴を開けてある。雁はこの穴を通って飛んでゆくそれが習いとなって、雁は大空を飛ぶ時も一列になって飛ぶのである。

これは□胡国を□政令を発し、「わが子孫があい次いでこの国を治〔めるべき

である。他の何者の」統治も許さぬ」と厳命した。また、前代に行なわれていたことをすべて破棄し、自分独自の政治に改めた。そしてまた、前代の書籍をみな取り集めて焼き捨て、自分で書籍を作りそれを世に残しておこうとした。そこで孔子の弟子たちは前代の書籍のうち、とくに重要なものをそっと取り隠して、壁の中に塗りこめておいた。

〈語釈〉

○**表題について**　底本の表題は「秦始皇時従天竺渡利房等語」とある。これに応じる話は巻六第一話で、本話には適しない。『鈴鹿本』により改めた。

○**秦**《しん》　中国古代史上はじめて出現した統一帝国（前二二一～前二〇六）で、首都は咸陽（陝西《せんせい》省西安市の北西、渭水《いすい》の北岸に位置する。秦の孝公がはじめて都としたが、のちに楚の項羽《こうう》によって焼かれた。前漢では渭城といった）。

○**始皇**《しこう》　始皇帝。秦の荘襄王《そうじょうおう》の子。姓は嬴《えい》、名は政。戦国の六国を滅ぼし、天下を統一して自分を初代の皇帝という意味で始皇帝と称した。三十六郡を置き、度量衡を定めるなど、中央集権の制を確立した。また、匈奴《きょうど》を黄河の北に追い、万里の長城を築き、咸陽宮・阿房《あぼう》宮・驪山《りさん》陵を築いて、威を天下に示したが、きびしい法治主義を行ない、焚書坑儒《ふんしょこうじゅ》などの暴政を行なったため、民心は離反した。在位三十七年で沙丘に崩じた（前二五九～前二一〇）。

○**都城**　天子や諸侯が住む、国の中心となる所。

○**函谷関**《かんこくかん》　関所の名で、その深険さを函《はこ》にたとえて名づけられた。旧関は秦の設けたもので、今の河南省霊宝県の西南に、新関は漢の武帝の代に移され、同省新安県の北にある。ともに咸陽の東方。

**○高い山**　あとの「山の東西の長さは千里」と考え合わせ、万里の長城のことと思われる。万里の長城は北方民族の侵入を防ぐために中国の北辺に築いた城壁。中国の戦国時代、秦・趙・魏・韓・燕の諸国がつくった城壁を、秦の始皇帝が天下統一後に増築して完成したもの。渤海《ぼっかい》に面する山海関から西の甘粛《かんしゅく》省臨洮《りんとう》にまで連なる長城。現在のものは明《みん》代に築かれた。

**○胡国《ここく》**　中国の北方や西方にすむ遊牧民族の国をいうが、ここでは北方のえびすの国、蒙古地方をいう。

**○それが習いとなって……**　山の中腹に穴をあけ、そこを雁がくぐりぬけたことを、雁が一列になって飛ぶ自然現象の由来にしている。『平家物語』巻五「咸陽宮」、『源平盛衰記』巻一七「始皇燕丹并咸陽宮の事」には、咸陽宮の四方に高い築地をめぐらしたので雁が往来できず、築地に雁門という穴を開けた、というように記しているが、雁の一列に飛ぶ由来のことはない。なお、山西省代県の西北にある山を雁門山といい、山上に雁門関（一名、西陘関《せいけい》）があって、北方大同方面と南方太原との間の要衝とされている。これと万里の長城・咸陽宮が混り合ってこれらの伝承が生じたものか。雁が一列に飛ぶことを詠じたものに黄庭堅の「雁字一行書ク二絳霄《こうしょう》ニ一（夕焼空）」の句がある。

**○これは□胡国を□政令を**　この空格は『鈴鹿本』の破損に基づくもの、諸本みな欠字。ただし、二番目の空格の第一字目を『鈴鹿本』は「恐」としている。

**○焼き捨て**　いわゆる「焚書坑儒《ふんしょこうじゅ》」をさす。始皇帝は学者が時の政治を批判するのを憎んだが、丞《じょう》相《しょう》の李斯《りし》が上書して、「かつては諸侯がたがいに争って厚く遊学の士を招いたが、今や天下が定まり、法令は確立し、百姓は家にあって農工に努め、士は法令を学習している。ところが諸生は今を師とせず古を学び、令の下るごとに各自その学ぶところを以てこれを論議し、心中これを非として巷《ちまた》に出てはこれを誹謗《ひぼう》している。いまこのことを禁じなかったならば帝威が下降し王命に従わぬ者が徒党を組むようなことになるであろう。よって秦の記でないものは、博士官の職とする所のもの、および医薬卜筮《ぼくぜい》種樹の書を除いて、他はことごとく焼きすてるべきである。またあえて詩書を語る者は死刑に処し、古を以て今を謗《そし》る者は一族を誅殺するがよろしい」と建言した。帝はこれに従い、天下の詩書百家の書を集めことごとく焼棄した。だが政治を非難する学者がなお跡を絶たなかったので、禁を犯した書生《しょしょう》四百六十余人を捕えてこれを坑殺した（『史記』「秦始皇本紀」）。

**○壁の中に……**　『古文尚書』『古文孝経』など、のちに壁から取り出されたものという。

　ところで、始皇帝が昼も夜も寵愛している一頭の馬がいた。その名を左驂馬《ささんま》という。この馬の体軀は竜とそっくりであった。これを朝な夕なかわいがって飼っていたが、ある夜始皇帝は夢で、この左驂馬を海に連れて行って洗っているうち、高大魚という大きな魚が突如海中から現われ、左驂馬に食いついて海に引きずり込んだ、と見て目がさめた。始皇帝は言いようもなく不思議に思ったが、「わしが宝のようにしてかわいがって飼っている馬を高大魚が食うとはなにごとか」と怒って、国じゅうの者に、「大海に高大魚という大魚がいるが、それを射殺した者には所望どおりの賞を与えるであろう」と勅命を下した。人々はこの勅命を聞き、おのおの大海に行って船に乗り、はるかの沖に漕ぎ出した。そして高大魚の現われるのを待っていたが、ちらりと高大魚の姿を発見しても射ることはできなかった。そこで引き返して王に対し、「大海に船を出して高大魚の姿は見ましたが、射殺すことはできませんでした。それは竜王によって邪魔されたためであります」と奏上した。

始皇帝はこのことを聞いたのち、まずわが身の死の恐れを除こうと思い、方士《ほうじ》という者を召して「おまえはただちに蓬莱山《ほうらい》に行き、不死の薬といわれている薬を取って来い。蓬莱はまだ見たことのない所だが、昔から今に至るまで世々言い伝えられてきている。さあ、急いで行け」と仰せられた。方士はこの仰せをうけたまわってすぐさま蓬莱に出かけた。こうして方士が帰って来るのを待っていたが、数ヵ月たって帰って来て、王に向かい、「蓬莱に行くことはさして難儀ではありませんが、大海に高大魚という大きな魚がいます。これが恐ろしいので蓬莱に行き着くことができません」と申しあげた。始皇帝はこれを聞き、「かの高大魚はわしに対してなにかと悪を働く奴だ。だからどうあってもその魚を射殺さなくてはならぬ」と仰せられて、勅命を下したが、出かけて行って射殺そうという者は一人もいなかった。

〈語釈〉

○**左《さ》驂馬《さんま》**　馬の名であるが、「驂」には四頭立ての馬車の、外側の二頭の馬の意がある。『史記』にもこの馬の名は見えるが、それは始皇帝の死後のことで、「二世夢ム下白虎齧《か》ンデ二左驂馬ヲ一殺スヲ上之ヲ」とあり、二世皇帝胡亥《こがい》が権臣趙高《ちょうこう》の反意をこの夢で知ったことになっている。

○**高大魚**　『史記』では、始皇帝の命により方士徐市《じょふつ》が蓬莱の神薬を求めに海に出たが数年たっても手に入らず、始皇の叱責《しっせき》を恐れ詐《いつわ》って、大鮫魚に苦しめられたためであるからこれを射殺してほしいと言上した。また帝は海神と戦う夢を見、占夢博士にこれを尋ねると、水神は見ることができぬが、大魚鮫竜が物見に出ているからこれを見たら射殺すようにといったので、帝はみずから海に出、琅邪《ろうや》から栄成山に至り、ついに之罘《しふ》という所で巨魚を発見して射殺した、と記している。『太平記』には、始皇帝が道士徐福・文成に命じ、蓬萊にある不死薬を取りにやったが果たせず、竜神の祟りのためだと報告したので、帝自身数万艘の大船を率いて出かけると、竜神が鮫大魚に変じて現われた。帝は毒矢をもってこれを射殺させたが、翌日より病を得、沙丘の平台で没した、とある。

○**方士《ほうじ》**　人名のようにしているが、『史記』によれば「方士徐市《ぢょふつ》」。方士は方術（不老不死をもたらす術）を修めた者。道教ではこの術をとり入れているので、道士ともいう。『太平記』は「徐福・文成ト申《まうし》ケル道士」とする。

○**蓬萊山《ほうらいさん》**　想像上の山の名。中国の東の海にあり、仙人が住んでいて不老不死の地とされる霊山。『史記』には「斉人除市《ぢょふつ》等上書シテ曰ク、海中ニ有リ二三神山一、名ヅケテ曰《い》フ二蓬萊・方丈・瀛洲《えいしゅう》一ト、仙人《せんにん》居ルレ之ニ」とあり、その場所は山東半島の沖の島と考えられていたようである（前の「高大魚」の項に記した「琅邪」「栄成山」「之罘」は山東半島の沿岸にある地名で、現在、この半島の北の角に蓬萊県があるが、これは唐代に置かれたものである）。

そこで始皇帝は、「ではわしがただちに大海に行き、みずから高大魚を見つけて射殺すことにしよう」とおっしゃって、さっそく［　　　］かの所に行き、始皇帝みずから船に乗りはるか大海〔に漕ぎ出して高大魚を探しているると、やっと〕見つけることができた。始皇帝は喜んで即座に射たところ、魚は矢に当たって死んだ。始皇帝は満足して帰って行ったが、天の責めをこうむったのであろうか、途中〔平原津〕という所で重い病にかかった。

そのとき、始皇帝はわが子の二世および大臣趙高《ちょうこう》を呼び寄せ、声をひそめて、「わしははからずも重い病にかかった。きっと死ぬであろう。わしが死んだとわかると、大臣・百官は一人としてわしに付き添って王城に帰りはしまい。ここでみなわしを見捨てて行ってしまうだろう。だからわしが死んでも、ここで死んだということをみなに知らせず、ただ生きて車の中にいるようにとりなして王城に連れ帰り、そこで公に葬儀を営むべきである。行幸の途中で大臣・百官が離れ去ることは恥と思うからだ。けっしてこのことに背いてはならぬ」と言い終るやすぐに死んでしまった。そののち、遺言どおりにこの二人は始皇帝が生きているかのようにとりなして帰途についたが、人々に命ずべきことがあると、二人が言い合わせて、王のじきじきの仰せのようにして勅命を下した。

ところが、ちょうど夏のころのことで、数日たつうち、車の中がひどく臭くなった。これを知ったかの二人は、話し合って一つの対策を考えた。それは、急遽《きゆうきよ》方魚《ほうぎよ》という魚を数多く集めて何輌もの車に積み、行列の前後に曳き続けさせるとともに、始皇帝の車の前後にも置かせるというものである。この魚は腐ると、その匂いは他の魚と比べものにならぬくらい臭いからであった。そこで車の中の臭い匂いがその方魚の匂いにまぎれて、だれ一人このことに気付かない。始皇帝が生きておられるときにも、このような変ったことをいつも行なっておられたので、これを怪しく思う人はなかった。数日して王城に帰り着いたので、そこで喪を発表した。そのとき人々ははじめて始皇帝の死を知ったのであった。

〈語釈〉

**○さっそく**［　　］　この空格は諸本欠字。このあたりは『史記』に「乃《すなはし》チ令メ下入ル海ニ者ヲシテ齎《もたら》シ中捕ルニ二巨魚一ヲ具上ヲ、而シテ自《みづか》ラ以テ二連弩《れんど》ヲ一候《うかが》ヒテ二大魚出《い》ヅルヲ一射ントシ之ヲ、自リ二琅邪一至ルモ二栄成山一ニ、弗《ず》レ見、至リ二之《し》罘《ふ》一ニ、見二巨魚一ヲ、射テ殺ス二一魚一ヲ」とある。

**○二世**　始皇帝の長子は扶蘇《ふそ》といい、父の非政を諫めたため重んじられず、寵姫の腹に生まれた次子胡亥《こがい》が愛された。帝の死後これが即位し二世皇帝と称する。胡亥も父と同じく暴政をもっぱらにした。

**○趙高**《ちょうこう》　秦の宦官《かんがん》の出身。このときは中車府の令。二世皇帝胡亥を立てて自分は宰相となり権力をふるったが、胡亥を殺したのちに立てた三世皇帝子嬰《しよう》に一族皆殺しにされた（?〜前二〇七）。

**○声をひそめて……**　『史記』によれば始皇帝は太子である長子の扶蘇《ふそ》を呼んで「自分が死んだら発喪と同時に咸陽に会して葬れ」と書いた遺言状を与えたが、それは封をして中車府の令である趙高が預った。その後、帝は沙丘平台（河北省平郷県東北）で崩じた。丞相李斯《りし》は帝の死を聞き、天下に変が生じるのを恐れて死を秘し喪を発せず、帝の棺を轀涼車《おんりょうしゃ》（車上に窓を設けてこれを開閉し、温と涼を調節するように造った車）に乗せて都に帰った。始皇帝の死を知っている者は李斯・趙高・胡亥《こがい》のほか宦官《かんがん》五、六人だけである。趙高はひそかに胡亥と李斯にはかり、亡帝の遺言状を破り、李斯が遺詔を受けているといつわって胡亥を太子に立て、扶蘇に罪ありとしてこれを殺した、とある。

○**方魚**《ほうぎょ》　正しくは「鮑魚」。塩づけにした魚や、ひもの。『句読』「釈名ニ曰ク、鮑魚、鮑ハ腐ル也、埋蔵淹《ひさ》シク使二ムル腐臭一セ也」。『説苑』「与《とも》二ニ悪人一ト居ルハ、如レシ入二ルガ鮑魚之肆《し》一ニ、久シクシテ而不レ聞二カ其ノ臭一ヲ、亦与《と》レ之化ス矣」。普通名詞であるが、ここでは固有名詞のように扱っている。『名義抄』には鮑を「アハビ・ナマツ・マス」と訓じる。『史記』「会レヒ暑ニ、上ノ轀者臭シ、乃チ詔二シ従官一ニ、令下ム車《し》ニ載二セ一石ノ鮑魚一ヲ、以テ乱中サ其ノ臭上ヲ、行キテ従《よ》リ二直道一至リ二咸陽《かんやう》一ニ発スレ喪ヲ」。

その後、二世が位に即《つ》いた。そして大臣趙高と相談して全般の政治を執《と》り行なった。そのうち国王は、「わが父始皇帝は国内の事を勝手気ままに行ない、何事によらず思うがままに振舞った。わしもまた父のようにしよう」と思って、そのような政治を行なっているうちに、大臣趙高と不仲になった。趙高は、「この国王は始皇帝の子ではあるが、位に即いてまだ長くはない。ほんのわずかであってでさえこのような状態だ。まして位に即いて長い年月を経たなら、おれにとって良いことはあるまい」と思い、たちまち謀反を企てた。

だが趙高は、世の人がどのような心を持っているかわからず、それが気にかかったので、まず人々の心を試してみようと、鹿一頭を国王の前に引き出して、「こういう馬がおります」と奏上したところ、国王はこれを見て、「これは鹿という獣である。馬ではない」とおっしゃった。すると趙高は、「これはまちがいなく馬です。世間の人にお尋ねになるとよろしかろうと存じます」と申しあげた。そこで国王が人を召してお尋ねになると、これを見た者はことごとく、「これは鹿ではありません。馬でございます」と申したので、そのとき趙高は、「さては世の中の者はみなわしに心を寄せているのだ。謀反を起こしてもさしつかえあるまい」と判断してひそかに大軍を集め、相手のすきをうかがい弱点を見きわめて王宮にうち入り国王を攻めようとした。

国王はこのことを聞き知り、「わしは王とはいえ、まだ政権を行使して日も浅く軍勢も少ない。趙高は家臣であるとはいえ、長年にわたって国内に勢威を振るった者であり、強大な軍勢を支配下においている。だからわしは逃げるほかはあるまい」と思ってひそかに都城を脱出し、望夷宮《ぼういきゆう》という所にこもった。すると趙高は大軍を率いて望夷宮を取り囲み攻め立てる。国王はわが軍勢をもって防戦に努めたが、兵力が劣っているので防ぎ切れない。それを見て趙高の軍勢が強力に攻める。国王はなすすべもなく、「大臣、わしの命を助けてくれ。わしは今後決して大臣をおろそかに扱うことはいたさず、国王ということでなく、ただあなたの臣下としてお仕えしましょう」と嘆願した。

だが趙高は承知せず、ひたすら攻めたてた。すると国王はまた、「それではわしを小国の王として遠い国に追いやってくれ。なんとしてでも命だけは助けてほしい」と頼んだが、やはり趙高は承知せずに攻めた。国王はさらに、「ではわしを何者でもないただの人間にして放り出してくれ。わしはけっして地位のある人間でいようとは思わない。だから、なんとか命だけは助けてくれ」といい、このように重ね重ね助命を乞うたが、趙高は強引にこれを攻めてこれを討伐してしまった。そこで趙高は軍を引いて王城に帰った。

その後、始皇帝の孫の子嬰《しよう》という者が位に即《つ》いた。子嬰は、「自分が位に即いて国を治めることは喜ばしいが、わが伯父の二世は国王であっても趙高のために殺され、長く国を維持できなかった。自分もまたそのようになるかもしれぬ。すこしでも彼の心に染まぬことがあれば、疑いなく臣下のために殺されるはめになるであろう」と思いついて、ひそかに謀をかまえ趙高を殺した。

そののちは恐れなく国政を行なおうとしたが、子嬰は孤独の身で味方をする者が少ないのを見て、項羽《こうう》という者がやって来て子嬰を殺し、即座に咸陽宮を破壊して始皇帝が□□秦の王宮を焼いたが、その火は三月《みつき》の間消えなかった。子嬰が帝位に即いていた期間は四十六日であった。このとき、秦の王朝は滅亡した、とこう語り伝えているということだ。

〈語釈〉

○**望夷宮**《ぼういきゆう》　陝西《せんせい》省咸陽・涇陽《けいよう》二県の境の畦村がその跡という。『史記』によれば、趙高はその女婿閻《えん》楽《がく》に命じて望夷宮にいる二世を攻めさせたとする。

○**子嬰**《しよう》　「しえい」ともいう。「えい」は漢音、「よう」は呉音。三世皇帝。二世皇帝胡亥の兄である扶蘇《ふそ》の子。

○**そのように**　二世と同じ運命になるだろう。『史記』によれば、趙高が子嬰を帝位につけるため、祖先の廟《びよう》の前で皇帝の印璽《いんじ》を受けさせようとしたが、子嬰はそれを趙高が自分を殺して王位につくための謀略であると思い、病気と称して廟に行かなかった。すると趙高のほうからやって来て非難した。そこで子嬰は趙高を刺殺した、と記している。

○**項羽**《こうう》　さきに秦を倒したのは劉邦《りゅうほう》（沛公《はいこう》、のちの高祖）である。

○**始皇帝が□**　空格は諸本欠字。

○**秦の王宮**　いわゆる阿《あ》房《ぼう》宮である。渭《い》水《すい》の南上林苑に営んだ朝宮。規模広大で、東西五百歩、南北五十丈、上には万人を座せしめ、下には四丈の旗を立てえたという。

## 漢の高祖、未《いま》だ帝王《ていおう》に在《まし》まさざりし時の語《ものがたり》、第二

今は昔、震旦に漢の高祖という人がいた。この人の母はもともと氏素姓《うじすじょう》の卑しい者であった。父は竜王である。

高祖の母が、その昔道を歩いていて、たまたま池の堤を通っているとき、にわかに雷が鳴りあたりが闇《やみ》のようにまっ暗になった。母は恐れて堤にうつ伏せに伏した。すると雷は突如この女の上に落ちかかり女を犯した。その後女は懐妊して男子を産んだ。そののちまた女子を産んだ。

この男子は数年たつうち、しだいに成長していったが、あるとき母がみずから田に下りて田植えをしていると、一人の老人がそのあたりを過ぎ、田植えしている女を見て、「そなたにはとりわけ優れた相がある。かならず国母《こくも》となるであろう」といった。女は、「私にはけっしてそのような相があるべきはずはありません。私は貧しく卑しい素姓の者です。どうし

て国母の相などありましょう」と答えたが、そのときそこに、この女の男女二人の子がやって来た。老人はまたこの二人の子を見て、「そなたはこの二人の子があるによって国母の相を備えているのである。兄の男子はかならず国王となろう。妹の女子は后となるであろう」といって去って行った。この兄の男子というのが漢の高祖その人であり、妹の女子が□という后である。

さて、のちに高祖となったこの子はこれを聞き、老人の言った相を頼みにして、心のうちで自分は国王になりうるという期待を抱いていたが、世の人に知られることもなく、芒碭山《もうようせん》という山に隠れ住んでいた。ところが秦の始皇帝の世に、その山につねに五色の雲がかかった。始皇帝はこれを見て怪しく思い、「わしこそ天下の最高権力者として世を支配しているのに、あの山につねに五色の雲がかかるとは、わし以外のいかなる者がそこに住んでいるのか」と疑って、臣下に、「あの芒碭山につねに五色の雲がかかっている。間違いなくあの山に行ってそれを確かめ、もし人がいたならそれを殺せ」と勅命を下した。勅を受けて出かけて行き、探し求めること数度に及んだが、そのたびごとに高祖は逃げ去って、ついに討たれずに終わった。

芒碭山の、高祖が隠れ住んでいた木の上にはつねに五色の竜王が姿を現わした、とこう語り伝えているということだ。

〈語釈〉

○**漢**　劉邦《りゅうほう》（漢の高祖）が秦を滅ぼして建国。これを前漢または西漢という。都は長安。前二〇二

〜八。

○**高祖**　劉邦《りゅうほう》。字《あざな》は季。秦の都咸陽をおとして漢王となり、さらに項羽を垓下《がいか》に破って皇帝となる（前二五六〜前一九五、在位十二年）。

○**父は竜王**　雨を降らす雷が竜身あるいは蛇身となって人間と通じ、英傑を産む話は多い。

○**国母《こくも》**　天子の母と皇后との両意があるが、ここでは前者。しかし『前漢書』の叙述は後者のこととする。すなわち、単父の呂《りょ》公という相人が高祖の顔を見て、のちに大をなす人物と相し、自分の娘を与えたが、それが高祖の后、呂后である。この呂后が孝恵帝と魯元公主を産んだが、后になる前、この二人の子とともに田にいるとき、一老父が呂后と二人の子を見て、三人とも貴人の相があり、呂后の貴い相はこの男子（孝恵帝）がいるためだといった、という内容。

○**女の男女二人の子**　「女」はここでは高祖の母だが、『前漢書』では前項のように高祖の后「呂后」で、「二人の子」は孝恵帝と魯元公主。

○**□という后**　空格は諸本欠字。

○**芒嵎山《もうようせん》**　『前漢書』「芒碭山《ばうたうせん》」。芒山と碭山のこと。ともに、今の安徽省碭山県（省の最北端）にある。

○**五色の雲**　「五色」は青・黄・赤・白・黒、または緑・紅・碧《へき》・紫・皁《そう》（黒）などの五種の色。『前漢書』「秦始皇帝嘗《かつ》テ曰ク、東南ニ有リト二天子之気一、於レテ是ニ東游《とういう》シ以テ厭二当ス之ヲ一、高祖隠ル二於芒碭ノ山沢ノ間一ニ、呂后与《と》レ人倶《とも》ニ求メテ常ニ得《う》レ之ヲ、高祖怪ミテ問フ二呂后一ニ、后曰ク、季ノ（高祖）所レノ居ル上ニ常ニ有リ二雲気一、故ニ従ヒ往キテ常ニ得ルトレ季ヲ」。

## 高祖、項羽《こうう》を罰《う》ちて始めて漢の代に帝王《ていおう》と為《な》る語《ものがたり》、第三

今は昔、震旦に漢の高祖という人がいた。秦の世が滅んだとき、その王宮である咸陽宮を討《う》ち従《したが》えていたが、当時一方に項羽《こうう》という者がいた。これは国王の血筋を受けた者で、われこそかならず国王の位に即《つ》くべきであると思っていたので、高祖が咸陽宮を討ち従えていると聞いてこのうえなく不満に思った。

するとある人が項羽に向かい、「高祖はすでに咸陽宮を討ち取って国王然としています。そして、『〔項羽〕を臣下にしよう』といっています。あなたはどのようになさいますか」という。項羽はこれを聞いておおいに怒り、「わしこそ王位に即くべき者である。どうして高祖などがこのわしを越えて王位に登ってよいものか。されば、咸陽宮に行って高祖を討つべきである」といって、家臣を集めてこれを議決し、ただちに出発した。もとより項羽は剛毅な心の持ち主で弓射の腕は高祖に勝っており、そのうえ四十万人の軍勢を従えていた。高祖の軍勢は十万人である。

項羽はその軍勢を整えてすでに出発しようとした。ところで、ここに項羽と親密な間柄にある、名を項伯という者がいた。これは項羽の一族とはいえ、長年項羽につき従い家臣として仕えていたが、勇猛心があり、世にまたとない武芸の達者であった。

ところが、高祖の第一の家臣に張良《ちょうりょう》という者がおり、これはかの項伯と長年の親友とし

て腹蔵のない間柄であって、たがいに心を通わし合っていた。さて、項羽が怒りを発して軍勢を整え、高祖を討とうと咸陽宮さしてまさに出発しようとするその軍容を見た項伯は、「高祖はかならず討たれるであろう。高祖が討たれたならば、わが親友である張良も命をまっとうすることはできまい。これを思えばどうにも堪え難い」と思い、すぐさまひそかに張良の所に出かけて行き、張良に会って、「君は項羽が高祖を討つために軍勢を整え咸陽宮に出発しようとしていることを知っているか。項羽の剛毅な気性はだれにも勝っており、また軍勢の数からいっても高祖は敵対できるものでない。だから高祖が討たれるのは火を見るよりも明らかだ。高祖が討たれたならば君もまた命をまっとうできない。そうなれば君とおれとの長年の親交も永久に絶えてしまう。それゆえ君はぜひとも高祖のもとを去ってくれ。それ以外に道はない」といった。

張良はこれを聞いて、「君の言うことはまことにもっともだ。長年の友情からそのように言ってくれてじつに感謝に堪えない。おれは□である。□君の忠告に従うべきではあるが、おれは長年高祖の臣となって不満をおぼえさせられたことは一度もなく、またおれも高祖に対して何一つ隠しごとなく年月を過してきたのに、いま高祖が命を失おうとする時に臨んで去って行くというのは、たがいの恩情を忘れることであり、これは思いもよらぬことである。それゆえ、たとえ命を捨てても、ここでにわかに高祖を見捨てて去って行くなど、ありうべからざることである」と答えた。項伯はこれを聞いて帰って行った。

〈語釈〉

○**咸陽宮を討《う》ち従《したが》えて**　『史記』『前漢書』によれば、沛公《はいこう》（高祖）の軍が諸侯に先立って秦の都咸陽の近くの覇水《はすい》のほとり（覇上）に陣をしくと、秦王子嬰がそこに来て降服した。沛公はそれを殺さず、家臣に預けたまま咸陽宮に入り休息しようとしたが、樊噲《はんかい》と張良が諫めたので、秦の重宝財物を収めた倉庫に封をしただけでまた覇上に帰り、諸県の父老豪傑を召して、自分がまず関中に入って王となろうといい、「法三章」（「人を殺す者は死し、人を傷つけ、および盗む者は罪に至らん、余《よ》はことごとく秦の法を除き去らん」）を約してそこにとどまっていたのであるが、本話はその間の事情はとらえず、項羽は沛公が自分よりさきに咸陽宮に入って国王然としていることに不快の念を抱いた、とする。

○**項羽《こうう》**　項籍。羽は字《あざな》。楚国の武将。漢の高祖と天下を争って負け、烏江《うこう》（安徽《あんき》省和県の東北）で死んだ。虞美人《ぐびじん》との別れを惜しんだ「垓下《がいか》の歌」（力抜キレ山ヲ兮気ハ蓋《おほ》フレ世ヲ、時ニ不《ず》レ利アラ兮騅《すい》（愛馬の名）不レ逝《ゆ》カ、騅ノ不ルヲレ逝カ兮可《べ》キ二奈何《いかん》ス一、虞《ぐ》ヤ兮虞ヤ兮奈二若《なんじ》ヲ何《（いかにせん）》一）は有名。前二三二〜前二〇二。

○**項伯**　項羽の叔父。名は纏《てん》。伯は字《あざな》。鴻門の会で高祖をかばい、のち漢に仕えて射陽侯に封じられた。『史記』「楚ノ左尹《さいん》項伯者項羽ノ季父《きふ》也」。季父は父の末弟。

○**張良《ちょうりょう》**　蕭何《しょうか》・韓信とともに漢の創業の三傑といわれる。字《あざな》は子房《しぼう》。圯上《いじょう》（圯橋の上）で秦の隠士、黄石公（黄石老人）から兵法を授かった話は著名で、高祖に仕え知謀の将として種々功績があった。のち留侯に封じられた。

○**おれは□である。**□　空格は諸本欠字。

その後、張良は高祖のところに行って、「項羽はすでにわが君を討とうがために軍勢を整えて攻めよせて来る、と聞いております。かの者は武勇人に勝れているうえ、軍勢の数は四十万人あります。わが君のほうは十万人です。戦われたならばかならず討たれなさいましょう。ですから、ただ降伏なされませ。命にまさるものがありましょうか」という。

高祖はこれを聞いて驚き、張良の言葉に従って使者を項羽のもとにやり、「あなたは人の作り話を信じて悪事を行なわれてはなりません。私は絶対に帝位に登ろうと思う心はありません。ただ、子嬰《しよう》のあと秦の世が乱れたので、世を平定しようとして咸陽宮を討ち従え、あなたが帝位に即《つ》くためにやって来られるのを待っているに過ぎません。人の根も葉もない言葉をけっしてお信じになってはいけません。私はこの宮殿にいるとはいえ、まだ国璽《こくじ》および国家の財宝には手を付けさせておりません」といわせた。

項羽はこれを聞き、「高祖の言うところはよくわかったが、これについては直接対面して語り合おう。されば、たがいに鴻門《こうもん》に至り、その地で会談することにいたそう」といい、その日を約束して使者を帰した。さて当日になって、高祖は家臣を多くなく伴って鴻門に出かけていった。項羽は兵車千輛《りよう》、騎馬一万の家臣を率いてやって来た。その中にあって、項伯は項羽の第一の臣下として、なんとしてでも今日不祥事が生じてはならぬ旨《むね》を項羽に言い聞かせた。これはひとえに張良と親友だからである。

〈語釈〉

○**人の作り話**　あとにある「根も葉もない言葉」に同じ。本話のはじめに、ある人が項羽に告げた言葉、「高祖はすでに咸陽宮を討ち取って国王然として……」をさす。

○**子嬰《しよう》**　この時の秦王。

○**国璽《こくじ》および国家の財宝には……**　天子の印と皇室の財宝には手をつけさせていない。すなわち、まだ帝位についたわけではない、という意。『史記』「吾入レリテ関ニ、秋毫《がう》モ不ニ敢テ有レラ所レ近ヅク、籍ニシ吏民一ヲ封ニジテ府庫一ヲ、而待ニツ将軍一ヲ、所ニ以ハ遣レリ将ヲ守レル関ヲ（函谷関）者、備三フル他ノ盗之出入ト与ニ二非常一也。日夜望ニム将軍ノ至一ルヲ、豈《あ》ニ敢《あへ》テ反《そむ》カン乎」。

○**鴻門《こうもん》**　陝西《せんせい》省臨潼《りんどう》県付近（咸陽・長安の東方）。現在の県城（唐以後のもの）の東方約十七支里に鴻門阪があり、項羽・劉邦（高祖）会合の地という。現県城の北約三十支里にある櫟陽城は高祖が初めて都したところ。本話は鴻門を大きな門と解している（鴻は大の意がある）。

さて高祖と項羽は鴻門に至り対面した。鴻門というのは大きな門である。そこに大幕を引き、その中にまず項羽《こうう》と項伯が東向きに並んで座った。そのそばに南向きに項羽の臣である范増《はんぞう》が座る。范増は老齢で武芸に達した者である。それに向きあって北向きに高祖が座る。高祖の臣張良はすこし離れて西向きに座った。さて両者はたがいに今回の件についての会談に入った。

高祖は、自分は項羽に敵対する考えはないと〔いったが、家臣たち〕はみな門の下にいて、心を奮《ふる》い立たせ腕によりをかけて、事の起る〔のを待ちもうけていた〕。このとき、范増は、「今日こそかならず高祖を討ち取らねばならぬ。もし今日討ち取らなかったなら、のちに大きな後悔を残すことになろう」と思い、項羽の親しい家臣である項荘という者をそっと呼び寄せ、「高祖は今日かならず討ち取らねばならぬ。どのような手はずを取ったらよかろう」と相談し、「さっそくこの会談の席において舞楽を行なうことにしよう。項荘、おまえはその舞人になって剣を抜いて舞い、みなが座っているあたりを舞って歩いて高祖の近くに行った時、舞っているようなふりをして高祖の首を斬るがよい」と手はずをきめた。それから話し合ったとおり舞楽をはじめさせた。

これを見た項伯はことの次第を察知し、ともあれ張良を気の毒に思うあまり、すぐさま自分も立ち上がって舞いはじめ、高祖の前に立ちふさがって討たせない。そのとき高祖も事情をさとり、ちょっと立ち上がるふりをしてこの場から逃れ出た。だが正式に辞去の挨拶《あいさつ》をしようがためにふたたびもとの席にもどろうとするのを、高祖の家臣樊噲《はんかい》が強く制止してもどらせず、そのまま連れて逃げてしまった。しかし張良一人を席に帰し、「これはわが君からの贈り物であります」といわせて白璧《はくへき》一朱を項羽に奉り、玉斗を范増に与えた。范増はこれを取らず、打ち壊して捨ててしまった。いっぽう、かの樊噲のほうも、人とはいえ鬼のごとき男である。一度に猪の片股《もも》を食ってしまい、酒一斗を一口に飲んだ。

**〈語釈〉**

○**范増《はんぞう》**　居巣（安徽省巣県）の人。項羽の参謀として信任され、亜父《あふ》（父に亜《つ》ぐ人）と尊称されたが、のち疑われて去った（?～前二〇四）。
○**項荘**　項羽の従弟。
○**白璧**《はくへき》　「璧」は輪の形をした平らな玉をいう。
○**玉斗**　玉で造った酒器。『史記』「玉斗一双欲《ス》レ与《ヘント》二亜父《ニ》一」。

　その後、項羽は軍を引いて帰っていった。そののち項羽は高祖のもとに使者を遣わした。高祖ははじめ、まことにりっぱな食膳を整えてこれをもてなそうとしたが、この使者が項羽じきじきの使者であると知って、りっぱな食膳をやめてそまつなものに改め、「あなたを范《はん》増《ぞう》の使者だと思ってりっぱな食膳を用意したのだが、項羽の使者と知ってはりっぱな食膳を出すわけにはゆかぬ」という。使者は帰って来て項羽にこのことを伝えた。項羽はこれを聞いておおいに怒り、「そういうことであれば、范増は高祖と親密な間柄であったのだ。わしはそれに気がつかなかった」という。それを聞いた范増は、「わが君は思慮のない人だ。まえまえからわかってはいたが」といって項羽のもとを去っていった。

　また項羽は、張良と項伯が親友であると知って、項伯に向かい、「なにゆえにそなたはわしと親しくしながら、いっぽうで張良と親友になっているのか」と尋ねた。項伯は、「昔、始皇帝の時代に、私は張良とともに仕官しておりましたが、あるとき私は人を殺しました。張良はそれを知りながら、今もってだれにも話しておりません。その恩が忘れられないからです」と答えた。

さて、高祖は咸陽宮にこもり、〔軍勢〕を集め、項羽を討とうと決意して、張良・樊噲《はんかい》・陳平などと軍議を重ねたうえ出発した。その途中の道に白い蛇が出て来た。高祖はこれを見るや即座に切り殺させた。そのとき一人の老婆が現われ、白い蛇を殺すのを見て泣きながら、「白竜の子が赤竜の子のために殺された」といった。

これを聞いた者はみな、高祖は赤竜の子だということを知った。

〈語釈〉

○**そののち項羽は高祖のもとに**　前の鴻門の会は「漢元年冬十月」のことであり、項羽本紀はその記事を載せたあと、項羽は咸陽《かんよう》をおとし秦王子嬰《しよう》を殺し、宮室を焼く。ついで種々の記事を載せ、「漢之三年」の箇所にこの一段の内容に応ずる記事が載せられている。それは項羽が范増とともに高祖を滎陽《けいよう》に包囲した時の話で、高祖は謀略に長《た》けた家臣陳平の建言を納《い》れ、項羽と范増の仲を裂こうと反間の策を用いたのがこれである。

○**陳平**　陽武（河南省陽武県）の人。貧家に育ったが、少時より読書を好んだ。高祖に仕え、奇策をもって功を立てた。項羽と范増との離間策も彼の建言によるものとされる。恵帝の時、左丞《じょうしょう》相となり呂氏の乱を平らげた。没後、献公と諡《おくりな》された。

## 漢の武帝、張騫《ちょうけん》を以《も》て天《あま》の河《かわ》の水上《みなかみ》を見令《みし》むる語《ものがたり》、第四

今は昔、震旦の漢の武帝の時代に張騫《ちょうけん》という人がいた。帝《みかど》がこの人を召して、「天の川の川上まで行ってこい」と仰せられてお遣わしになったので、張騫は勅命により浮木に乗り天の川の川上を求めて出かけて行った。はるか遠くさかのぼって行くうち、ある所にやって来た。そこは見たこともない所であった。そしてそこに普通に見る人とは違った様子をした人が機《はた》を数多く立てて布を織っている。また、見知らぬ翁がいて、牛を曳《ひ》いて立っていた。

張騫がこの翁に、「ここはどういう所ですか」と聞くと、「ここは天の川という所じゃ」と答えた。張騫がまた、「ここにいる人々はどういう人々ですか」と聞くと、「われわれは織女《たなはた》と彦星《ひこぼし》という者だ。それにしてもおまえはいったいだれか」というので、張騫は、「私は張騫といいます。帝の『天の川の川上まで行って来い』という仰せをこうむってやって来たのです」と答えた。するとこの人々が、「ここがその天の川の川上ですよ。もう帰りなさい」といったので、張騫はそれを聞いて帰っていった。

そして帝に、「天の川の川上まで行き、いま帰ってまいりました。じつはある所まで行ったところ、織女は機を立てて布を織り、彦星は牛を曳いていて、『ここが天の川の川上だ』と申しましたので、そこから帰ってまいりました。そこの様子は普通の所とは違っておりました」と奏上した。

ところで、張騫がまだ王宮に帰って来ないときに、天文をつかさどる者が、七月七日王宮に参上して、帝に、「今日天の川の川辺に見たこともない星が現われました」と奏上した。帝はこれを聞いて不思議に思われたが、この張騫が帰って来て奏上した言葉をお聞きになって、「さきに天文の者が見も知らぬ星が現われたといったのは、張騫がそこに行ったのがそのように見えたのだ。張騫はほんとうに探してそこに行ったに違いない」とお信じになった。

であるから、天の川は天にあるが、天に昇らない人もこのように天の川を見ることができたのである。このことを思うと、かの張騫はまったく、なみなみの者ではないのではなかろうかと世の人は疑った、とこう語り伝えているということだ。

〈語釈〉

○**武帝**　第七代皇帝。名は徹（前一五九〜前八七、在位前一四一〜前八七）。国内を統一して専制体制を確立し、周辺の民族を征服して西方との交通を開いた。即位後初めて年号を制定し、建元という。

○**張騫**《ちょうけん》　漢中（陝西省《せんせいしょう》）の人。建元年中月氏（西域の一国）に使したが、途中匈奴《きょうど》（中国西北方に根拠地をもっていた強大な遊牧騎馬民族）に捕われ十余年とどめられた。だが、逃げて大宛国《だいえんこく》（フェルガナ地方にあった国。漢代、西域の代表国とされていた。良馬の産地）・康居国（漢代、西域の一国。トルコ族に属し、中央アジアのシル河下流域からキルギス広野を中心として領有した）に至り、さらに大月氏（月氏に大月氏・小月氏がある）に行った。帰途また匈奴に捕われたが、逃げ帰り、大中大夫に任じられ、大将軍に従って匈奴を征討し、博望侯に封じられた。大宛・康居・大夏（今のアフガニスタン北部、当時のバクトリア）等の西北の国々の事情は彼によって始めて漢に知られるようになった（?～前一一三）。

○**機**《はた》　布を織る機械。

○**織女**《たなはた》**・彦星**《ひこぼし》　「織女」は織女星にあたる。琴座の首星ベガ。織姫星。糸織姫。「彦星」は牽牛星にあたる。鷲座の首星アルタイル。『俊頼髄脳』（以下『髄脳』とする）「たなばたひこぼしといへる人々なり」。

○**天文をつかさどる者**　天文博士などをいうか。天文・気象に関する現象を観察し、その変異によって吉凶を判断する職の者。

## 漢の前帝の后王照君《おうしょうくん》、胡国《ごこく》に行く語《ものがたり》、第五

今は昔、震旦の漢の元帝のとき、帝《みかど》は大臣・公卿の娘で、容貌《ようぼう》といい姿といいとりわけ美しい女性を選んで宮中に召し、ご寵愛《ちょうあい》になるとともにそれらをみな宮廷に住まわせなさったが、その数は四、五百人にも及んだので、あまり多くなりすぎて、のちにはかならずしもすべての女性をおそばに呼んでご寵愛になることはなくなった。

ところで、この頃胡国《ごこく》の者たちが都にやって来た。これは辺境にすむ野蛮人のような者どもである。このため帝《みかど》をはじめとして、大臣・百官たちはみなこれをどのように取扱ったら

よいか思いわずらって協議を重ねたが、よい考えが浮かばない。すると一人の賢い大臣がいて、一策を思いつき、「この胡国の者どもの来朝は、当国にとってきわめて不都合なことである。さればこれらをなんとかして本国に返さなくてはならぬが、そのためにはこの宮廷にやたら多くいる女たちのうち、容貌のすこし劣っている者一人をこの胡国の者にお与えになるがよろしかろうと思います。そうすればきっと喜んで帰るでしょう。これ以上の策は絶対ありますまい」と進言した。

帝はこれをお聞きになり、そのとおりだとお思いになったので、ご自分でこの女たちを見て、この女とお決めになろうとしたが、女たちがあまり多いためどれにするか迷ってしまわれた。その時、ふと思いつかれた。それは、たくさんの絵師を召し出してこの女たちを見せ、その姿を絵に描かせたうえ、それを見て、より劣っている女を胡国の者に与える、という方法であった。

そこで絵師たちを召してかの女たちを見せ、「これらの姿を絵に描いて持って参れ」と仰せられた。絵師たちが描きはじめると、女たちは自分が野蛮人の持ち物となってはるか見も知らぬ国に連れて行かれることを嘆かわしく思い、めいめいわれもわれもと絵師に対して、あるいは金銀を与え、あるいはさまざまの財宝を遣わしたので、絵師はそれに心ひかれて、あまり美しくもない容姿であってもそれをしいて美しく描いて持参した。ところが、この女たちの中に王昭君《おうしょうくん》という女がいた。その美しさは他の女たちが足もとにも及ばぬほどであったので、王昭君はそれに自信をもって、絵師に財宝を与えることをしなかった。それで絵師はありのままの姿を描かず、ひどく卑しげに描いて持参したので、「この女を与えるべきである」と決定された。

だが帝《みかど》はなんとなく気にかかったので、この王昭君を召し出してご覧になると、それこそ光を放っているようにまことに美しい。まさに玉のようである。これに比べると他の女はみな土くれのようであった。帝は驚かれて、これを野蛮人に与えてしまうことを嘆いておられたが、数日たつうち野蛮人は、「王昭君が与えられる」という決定をしぜんに耳にして、宮廷にやって来て、頂戴《ちょうだい》いたしたい旨《むね》を申し出たものだから、二度とその決定を改めることなく、ついに王昭君を胡国の者にお与えになった。そこで胡国の者は王昭君を馬に乗せ本国に連れて行くことにした。

王昭君は泣き悲しんだが、いまさらどうするすべもなかった。帝もまた王昭君を恋い慕われるあまり、この女のもと住んでいた所に行ってあたりをご覧になった。すると、庭には春の柳が風になびき、うぐいすがもの寂しげに鳴いている。そして秋ともなれば木の葉が庭いちめんに散り積もり、軒の〔忍草《しのぶぐさ》が〕所狭しと葉を茂らせて、言いようもなくもの哀れであったので、女を慕う悲しさはいっそう深まるばかりであった。

さて、かの胡国の者たちは王昭君をいただき、喜んで琵琶《びわ》を弾きさまざまな楽を奏しつつ連れて行った。王昭君は泣き悲しみながらもこの楽の音を聞いてすこし心がなぐさめられる思いがした。こうして胡国に着くと、これを后としてこのうえなくたいせつにもてなした。だが王昭君の心はすこしもなぐさめられなかったであろう。こういうことになったのも、自分の容姿に自信をもち過ぎて、絵師に財宝を与えなかったからであると、そのころの人は王昭君を非難した、とこう語り伝えているということだ。

〈語釈〉

○**元帝**　前漢第十代孝元帝（名は奭《せき》。在位、前四九～前三三）。

○**胡国**《ごこく》　『西京雑記』『文選』「匈奴」。本集では匈奴を多く胡国とする。

## 唐の玄宗の后《きさき》上陽人《しょうようにん》、空《むな》しく老ゆる語《ものがたり》、第六

今は昔、震旦の唐の玄宗の御代に后や女御《にょうご》が数多くおいでになった。その中には帝《みかど》のご寵《ちょう》愛《あい》を受けられる方もあり、また帝にじかにお目にかかることのない方もあったが、いずれもみな宮中に住まいを賜っていた。

さて、ある公卿の娘に、容貌《ようぼう》といい姿といい、並ぶ者のないほど美しい人がいたが、帝はこの娘のことを聞いてぜひとも出仕させるように仰せられたので、父母はことわることもできず、年〔十六〕の娘をさし出した。その参内の様子はこのうえなく美々しいものであった。この国の習いとしては、女御になった人は二度と退出することがないので、父母はこの娘との別れを嘆き悲しんだ。

ところで、この女御は帝の御座所になっている同じ御殿の内でなく、離れた別の御殿に住まいを賜った。その御殿の名を上陽宮《しょうようぐう》という。ところが、いったいどのようなことがあった

のか、この女御は参内したのち、帝はおそばに召し出されることもなく、御使いさえ通《かよ》って来ることもなかったので、女御はひとり寂しく宮殿の中で物思いに沈んでおいでになった。しばらくの間は、もうお召しがあるか、もうお召しがあるかと待っておられたが、年月はただ過ぎに過ぎて、すばらしかった容貌も衰え、美しかった姿もすっかり変ってしまった。はじめて参内したその昔は、家の者たちは、お嬢さまが宮中にお仕えになられたなら、われわれはきっとよいお陰をこうむるにちがいないと思っていたので、このうえなく落胆した。

この帝が、召し出した女御はどうしているかとさえ思い出されないそのわけは、他の女御たちが、この女御の並びなく美しい容姿に劣っていることを知って、策略をめぐらしてこの女御を押しこめてしまったからであろうか、または国が広く政務が繁多なため、帝がこの女御のことを忘れており、思い出させてさしあげる人がなかったからであろうか、いずれにしても世間の人々はひどく不思議に思った。

この女御はこうして帝に親しくお目にかかることもなく嘆き暮らしながら、宮中の奥深くで多くの年を重ねていたが、年月にそえて十五夜の月を見るたびごとに、数えてみれば自分ももうこんな年になってしまったと深い感慨を禁じえないのであった。春の日は歩みが遅くていつまでも暮れず、秋の夜は長くてなかなか夜が明けない、とつれづれを嘆きつついく年過してきたことか。こうして、かつての紅《くれない》の顔はすっかり色つやを失い、その昔の柳の髪は黒い筋一つなくなってしまった。そこで、日ごろ身近に仕えている者以外には姿を見られたくないと恥じ隠れておいでになった。その昔十六歳で参内なさって、今やすでに年六十になっておられたのである。

この時になって帝は、「昔こういうことがあったぞ」とこの女御のことを思い出してこのうえなく後悔なさった。そして「どうあってもかの女御を見ずにはおられぬ」とおっしゃって、お召し出しになったが、恥じて、ついに出ておいでにならなかった。この女御を上陽人という。

世間のことを知っている人は、こういう話を聞いても本当だとは思うまい、とこう語り伝えているということだ。

**〈語釈〉**

○**唐**　高祖から哀帝に至る二十代二百九十年に及ぶ王朝（六一八～九〇七）。長安を都とする。

○**玄宗**　唐の第六代皇帝（六八五～七六二）。名は隆基。睿宗の第三子。韋皇后が中宗を弑《しい》するや、隆基は兵を起こしてこれを誅《ちゅう》し、その功により平王となりついに天子となった。即位後、開元と改め（七一三）、おおいに政務に励み、姚崇・宋璟などの賢相を任じた、そのため天下はよく治まり、開元の政は貞観《じょうがん》（太宗時代）の治に並ぶほどであったが、崇・璟があいついで官をやめ、のち宰相となるものおおむね凡庸で、帝もまたしだいに政務に倦《う》んできた。

帝は即位のはじめは奢侈《しゃし》をきびしくいましめたが、在位久しきに及んでようやく奢慾をほしいままにするに至り、張九齢は強くこれと争ったが結局罷免された。帝は奸臣李林甫を信任し、また楊《よう》貴妃《きひ》を寵愛したがために、唐の綱紀は紊乱《びんらん》した。天宝十四年（七五五）に安禄山が乱を起こし、長安が陥《お》ちるに及んで帝は蜀に逃れ、太子粛宗が霊武（甘粛省武県）で即位した。在位四十五年。巻六第七話・第八話に玄宗が善無畏《ぜむい》・金剛智に帰依《きえ》し、胎蔵《たいぞう》界・金剛界の曼陀羅《まんだら》を画かせた話がある。
○**女御**《にょうご》　元来、周代の女官名で、天子の食事や寝所に付き添ったものをいったが、そのよみは「ジヨギョ」。ここではわが国の後宮に仕え、天皇の御寝所に侍する女性としてとらえているので「ニョウゴ・ニョゴ」とよむ。桓武天皇の御代に始まる。もと、夫人《ぶにん》の下に位し嬪《ひん》と同待遇だったが、しだいに地位が上がり、摂関大臣の女子から選ばれ、皇后・中宮に次ぐ位となった。第四話の漢の武帝、第五話の漢の前帝（元帝）、本話の玄宗など「帝《みかど》」と呼んで、中国の朝廷をわが国のそれになぞらえて語っている。
○**上陽宮**《しょうようぐう》　河南省洛陽県にある。隋のもとの洛陽城の西南隅。南は洛水に臨み、西は穀《こく》水を隔て、北は西苑に連なる。みな、唐の高宗が建て、武后が修築したもの。

## 唐の玄宗の后《きさき》楊貴妃《ようきひ》、皇寵《こうちょう》に依《よ》りて殺《ころ》さ被《る》る語《ものがたり》、第七

今は昔、震旦の唐の時代に玄宗と申しあげる帝王がおいでになった。この帝《みかど》はご性格がもともと色好みで、女を愛されるお心が強かった。

さて帝には寵愛なさっている后と女御《にょうご》があったが、その后を〔元献〕皇后といい、女御を武淑妃といった。帝はこの方々を朝に夕にたいせつにおもてなしなさっていたが、お二人が相続いて亡くなられた。帝はこのうえなく嘆かれたがどうするすべもなく、なんとかしてこの方々に似ている女性を見つけたいものと熱心に捜し求めなさったが、人に命じて探させる

のもまだるくお思いになったのであろうか、帝みずから王宮を出てあちらこちらとお歩きになり、諸所に行って見て回られるうち、弘農《ぐのう》という所に行き着かれた。

そこに一つの楊《やなぎ》の庵《いおり》があった。その庵に一人の翁がいた。その名を楊玄琰《ようげんえん》という。帝は家臣をその庵にやり、中を見させなさったが、楊玄琰には一人の娘がおり、容貌といい姿といいたぐいまれな美しい女性であった。まるで光を放っているようである。家臣はこれを見て帝にご報告すると、帝は喜んで、「すぐ連れて来い」と仰せられたので、家臣はこの女を連れて来た。帝がこれをご覧になると、さきの后や女御の美しさに勝ること数倍である。

そこで帝は喜びながらこの女を輿《こし》に乗せて王宮に連れてお帰りになった。宮女三千人のうち、この人こそ最高の美人であった。名を楊貴妃《ようきひ》という。そこで帝はなにもかもうち捨てて夜も昼も寵愛なさったので、政務をお執りになることとてなく、ひたすら春は花をともに賞で、夏は泉に並んで涼み、秋は月をいっしょにながめ、冬は雪を二人でごらんになるというご日常であった。このようにして過ごされるほかはいささかの御いとまもなかったので、政務いっさいはこの女御の御兄である楊国忠《ようこくちゅう》という人にお任せになった。こういうことが世人のたいへんな嘆きの種となった。そこで人々は、「この世に生きてゆくからには、男の子は産まず、女の子を産むほうがいい」と陰口をたたき合った。

このようにして世間の非難が囂々《ごうごう》と高まってきたが、当時大臣に安禄山という人がいた。賢明で思慮のある人物だったので、この女御偏寵によって天下が乱れることを憂え、なんとかしてこの女御を亡きものにして世を正そうと思い、ひそかに軍勢を集めて王宮に押し入ろうとした。帝は恐れおののき、楊貴妃を伴って王宮から逃げ出された。楊国忠もともに逃げたが、帝のお供をしていた陳玄礼という者がこの楊国忠を殺してしまった。

〈語釈〉

○**弘農**《ぐのう》　弘農県は河南省霊宝県南（省の西北部）。『長恨歌伝《ちょうごんかでん》』（以下『歌伝』とする）「得ニタリ弘農ノ楊玄琰ノ女ヲ于寿邸ニ」。

○**楊玄琰**《ようげんえん》　蜀州《しょくしゅう》（四川省崇慶県）の司戸（戸籍・土地のことを掌る官名）。

○**楊貴妃**《ようきひ》　幼名は玉環、号は太真。はじめ玄宗の皇子寿王の妃であったが、のち玄宗の貴妃（女官の名）となった。安禄山の乱に玄宗と蜀（成都）へ逃げる途中、馬嵬《ばかい》（陝西《せんせい》省興平県の西）で殺された（七一九〜七五六）。『歌伝』「明年冊《さく》シテ為ニスト貴妃ニ」。

○**楊国忠**《ようこくちゅう》　楊貴妃の一族（またいとこ）。名は釗《しょう》。玄宗の寵をえて国忠の名を賜り、安禄山と争い宰相になったが、国忠打倒の名目で挙兵した安禄山に殺された（?〜七五六）。『髄脳』「この女御の御兄の楊国忠といへる人になむ、その政治をばまかせてせさせ給ひける」。『歌伝』「兄国忠盗ニミ丞相《じようしやう》ノ位一ヲ、愚ニ弄《ぐろう》ス国柄《こくへい》一ヲ」。

○**安禄山**　ソグド人を父、突厥《とっけつ》人（トルコ人）を母とするイラン系胡人。玄宗に重用され、楊貴妃の養子となり、平盧・范陽・河東の三節度使を兼ねて強大な権力をにぎり、楊国忠と宰相の座を争った。天宝十四年（七五五）に反乱を起こし、洛陽をおとしいれて帝位についたが、子の慶緒に殺された（?〜七五七）。

○**陳玄礼**　玄宗時代、宮中の宿衛に任じていた。安禄山の反乱のとき、楊国忠を宮中で殺そうとしたが果さず、帝に従って蜀に逃れる途中、馬嵬まで来てこれを斬り、楊貴妃にも死を賜らんことを請うた。のち蔡国公に封じられた（『唐書』）。『髄脳』にはその名を出しておらず、楊貴妃を殺すことを進言して殺したのは安禄山となっている。『唐物語』には陳玄礼が東宮に楊国忠の誅殺を進言している。

陳玄礼はそのあとで、鉾《ほこ》を腰に差したまま帝《みかど》の御輿《みこし》の前にひざまずいて一礼し、「帝は楊貴妃を愛されるあまり政務をお執りにならなくなられた。そのため天下は乱れました。国じゅうの嘆きこれに過ぎるものがありましょうや。なにとぞその楊貴妃を賜って天下の怒りをやわらげるべきかと存じます」と申しあげた。だが、帝は楊貴妃に対する深い愛着の思いに堪えられず、お与えになろうとしなかった。

いっぽう、楊貴妃はこの場から逃げ出して近くのお堂の中に走り込み、仏像の光背《こうはい》の陰に身を隠したが、陳玄礼はこれを見つけて捕え、練絹《ねりぎぬ》で楊貴妃の首をしめて殺してしまった。帝はこれを見て心臓も砕けるほど動転し、雨のように涙を流した。愛妃の変り果てた姿を目の前にして堪え難い思いがしたからであろう。だがこうなるのも道理至極のことなので、怒りの心は生じなかった。

さて、安禄山は帝を追い出し、みずから王宮に入って天下を治めたが、すぐに死んでしまった。そこで玄宗は御子に位を譲り、わが身は太政天皇《たいじょうてんのう》となっておられたが、やはり楊貴妃のことが忘れられず、嘆き悲しみ続けておられた。春は花の散るのも心にかけず、秋の木の葉の落ちるのも見ようとなさらない。木の葉が庭に積っても掃く人もないというような荒涼とした日々を送りながら嘆きのみ日増しにつのっていった。そのころ、方士《ほうじ》という蓬萊《ほうらい》に行き通うことのできる人が玄宗のもとに参上して、「私が帝の御使いとして、かの楊貴妃の行っておられる所に尋ねて行ってまいりましょうか」と申しあげた。帝はこれを聞いてたいそう喜び、「しからばそちは楊貴妃の居場所に尋ね行き、その様子をわしに聞かせよ」と仰せられた。方士はこの仰せを承って、上は大空の果て、下は底の根の国まで探し求めたが、ついに探しえなかった。

〈語釈〉

○**方士《ほうじ》**　方術（不老不死の術）を使う者。神仙の術を修めた者。道士。『髄脳』「まぼろしといへる道士の、参じて申さく」。

○**蓬萊《ほうらい》**　蓬萊山。蓬萊島。神仙が住む不老不死の地。

○**底の根の国**　地下の国。『日本書紀』第一、素戔嗚尊《すさのおのみこと》が高天原を追放される条に、「汝ガ所行甚ダ無レ頼、故《かれ》不《ず》レ可《べ》カラレ住ム二於天上一ニ、亦不レ可カラレ居ル二於葦原ノ中ツ国一ニ、宜シクレ適《ゆ》ク二於底根之国一ニ」とある。『髄脳』「上は大空をきはめ、下はそこの根の国までもとめけれど」。『長恨歌』「排シレ空ヲ馭《ぎよ》シテレ気ニ奔《はし》ルコトレ如クレ電ノ、昇リレ天ニ入リレ地ニ求ムルコトレ之ヲ遍シ、上ハ窮メ二碧落《へきらく》ヲ一下ハ黄泉《くわうせん》ヲ、両処茫々《ばうばう》トシテ皆不レ見」。『歌伝』「方士乃《すなは》チ竭《つく》シテ二其ノ術ヲ一以テ索《もと》ムルニレ之ヲ不レ至ラ」。

するとある人が、「東の海に蓬萊という島がある。その島の上に大きな宮殿があり、その中に玉妃の大真院という御殿があるが、そこにかの楊貴妃がおいでになるということだ」と教えた。方士はこれを聞いてその蓬萊に尋ねて行った。ちょうどそのとき、山の端《は》に日が落ちかかり、海の面はしだいに暗くなっていこうとしていた。御殿の花の扉もみな閉じ、人声もしなかったので、方士がその扉をたたくと、青い衣裳を着て、髪をみずらに結い上げた乙女が出てきて、「あなたはどこから来た方ですか」と聞く。方士が、「私は唐の帝《みかど》の御使いです。楊貴妃に申すべきことがあって、このようにはるか遠くまで尋ねて来たのです」と答えると、乙女は、「玉妃は今お寝《やす》みになっておられます。しばらくお待ちください」といった。そこで方士はしかたなくそのまま待っていた。

やがて夜が明け、玉妃は方士の来たことを聞いて近く召し寄せ、「帝はご無事でいらっしゃいましょうか。また、天宝十四年よりこのかた今日に至るまで、国内にどのようなことがありましたか」とお尋ねになる。方士はその間にあったことをお話しした。そのあとで玉妃は方士に玉の簪《かんざし》を与え、「これを持っていって帝に差しあげてください。そして帝に、『これを見て昔のことを思い出してください』と申しあげてください」とおっしゃる。方士は、「玉の簪などは世間によくあるものです。これだけでは帝はほんとうに私があなた様にお会いしたとお信じなさいますまい。ですから、どうかあなた様が昔帝と忍んでお話しになった、だれも知らないことをおっしゃってください。それを帝に申しあげれば、帝はほんとうだとお信じくださいましょう」と申しあげた。

そのとき、玉妃はしばらく思いめぐらして、「昔、七月七日、帝とともに織女をながめていた夕暮に、帝は私に寄り添って、『織女と牽牛星の約束はあわれなことだ。わしもまたこのようでありたいと思う。もし二人が天にいるならばかならず翼を並べて飛ぶ鳥となろう、もし地上にいるならばかならず枝を並べて立つ木となろう。天は長く地は久しく保つとはいえ、時が来れば尽きるが、わがこの思いは綿々として続いて絶える時はないであろう』と仰せられた。このお言葉を帝に申しあげてください」とおっしゃった。方士はこれを聞いて王宮に帰り、事の次第を帝に奏上すると、帝はいっそうお悲しみになり、ついに悲嘆に堪えかねていくばくもなくお亡くなりになった。

さて帝は悲しみのあまり、かの楊貴妃が殺された場所に行ってあたりをご覧になると、野辺には浅茅《あさじ》が風に吹かれてなびき、あわれを催す風情であった。帝はどれほど強く心を打たれなさったであろうか。

このような次第で、あわれなことの例にはこの話を引き合いに出すのであろう。ところで、安禄山が楊貴妃を殺すはめになったのも世の中を正そうがためであったから、帝もこれをさして非難はなさらなかった。昔の人は帝も大臣も道理を心得ていたのでこのような行為を示したのである、とこう語り伝えているということだ。

〈語釈〉

**○玉妃の大真院**　「玉妃」は仙女となった楊貴妃の美称。「大真」正しくは「太真」。楊貴妃の号であるが、「大真院」はその住居をいう。『髄脳』「玉妃の大真院といふ所あり」。『長恨歌』「忽《たちま》チ聞ク三海上ニ有リト二仙山一、山在リ二虚無縹緲《へうべう》ノ間一ニ、楼閣玲瓏《れいろう》トシテ五雲起リ、其中ニ綽約《しやくやく》トシテ多シ二仙子一、中ニ有リ二一人一字《あざな》ハ太真、雪ノ膚花ノ貌《かんばせ》参差トシテ是レ」。『歌伝』「東極メ二天海一ヲ跨《また》グ二蓬壺一ヲ、見ル二最高ノ仙山一ヲ、上ニ多シ二楼闕《ろうけつ》一、西廂《ひさし》ノ下ニ有リ二洞戸一、東ニ向キテ闔《と》ヅ二其門一ヲ、署シテ曰ク玉妃太真院」。

○**みずら**　みずら髪（角髪）は髪を左右に分けて、おのおの両耳のあたりにたばねるもの。『髄脳』「青きぬ着たる乙女の、鬟《びん》づらあげたる」。『歌伝』「有リ二双鬟《さうくわん》ノ童女一出デテ応ズレ問ニ」。

○**天宝十四年**　玄宗の治世（七五五）。安禄山の乱のおこった年。『歌伝』「揖シ二方士一ヲ問フ二皇帝ノ安否一ヲ、次ニ問フ二天宝十四年已還ノ事一ヲ」。

## 震旦の呉の招孝《しょうこう》、流《なが》るる詩《し》を見て其《そ》の主《ぬし》を恋《こ》うる語《ものがたり》、第八

今は昔、震旦の□の時代に呉招孝という人がいた。たいそう聡明な人であった。この人が若い時、王宮内から流れ出ている川の岸辺に行って遊んでいると、木の葉が水に浮かんで流れ下っていた。それを取り上げてみると、赤く紅葉した柿の葉で、その表に詩が書いてある。見れば女の筆蹟であった。いったい、どういう人がこの詩を作って書いたのだろうと思ったが、だれともわからぬまま、その人柄や姿かたちが想像されてこのうえなく慕わしく思われた。その思いがいつしかはげしい恋心となり、どうにも堪えられなくなったので、その詩に対する唱和の詩を作り、これも柿の葉に書いてその川の川上に行き流したとこ

ろ、王宮内に流れ込んだ。その後、招孝はその女性がどうにも恋しくてならぬときは、かの柿の葉の詩を取り出し、それを見ては泣いていた。

こうして何年かたったが、王宮内には御殿の奥深く住まわせられたままいつしか長い年月の過ぎてしまった女御《にょうご》がたくさんいた。だが帝《みかど》はこれら女御たちのすべてをお召し出しになることはなかった。そこで、のちに帝は「これらは〔わしを〕頼みにしていたずらに年を過ごしてきたが、じつにかわいそうなことだ。この中の少々の者はそれぞれ親もとに返し、夫を持たせるがよい」と仰せられて、何人かをお返しになった。

その中の一人の女御はなかなか美しい人であったが、帝が親もとにお返しになったので、親はかの招孝をその女御と妻合《めあ》わせて聟《むこ》にした。だが招孝はかつて柿の葉に詩を書いた人がだれか知らぬままにずっとその人を恋い続けていたので、他の人とは絶対結婚するつもりはなかったが、親同士の決めたことだからしかたなく聟になった。ところがこの妻がじつに理想的な女で、しだいにかわいくなり、いたわしくも思われたので、夜も昼も恋い慕ってい た、柿の葉に詩を書いたかの人のことはいつしか忘れるようになった。するとある時、妻が夫に向かって、「あなたはかねてからなにか物思いにふけっているように見うけられ、不思議に思っておりましたが、それはどういうことですか。隠さず私に話してくださいませんか」という。

招孝は、「私がかつて王宮の外の川岸にいて水の流れをながめていたところ、木の葉が流れてきたので、それを取って見ると、赤く紅葉した柿の葉に女の筆蹟で詩が一つ書いてあった。それを見て以来、その筆蹟の主に会いたくてしかたがなかったが、それがだれともわからず、尋ねるすべもないので会うことができず、今日に至るまでまだ忘れかねていたのだ。だがあなたと親しくなってからは、いつかすっかりこの思いがなぐさめられるようになった」と答えた。

妻はこれを聞いて、「その詩はどういう詩ですか。あなたはそれに対する唱和の詩をお作りになりましたか」と聞く。招孝は、「それはこうこういう詩だった。想像したところ、これは王宮内の女性が作ったものだと思い、その川の上流に行って唱和の詩を作り、あるいはこれを見てくれるかも知れぬと思って流しておいた」と答えた。妻はこれを聞いて涙を流し、因縁の浅からぬことを知って、招孝に、「その柿の葉の詩は私が作って書いたものです。あなたの唱和の詩も、あとで私が見つけましたので、今でも私のところにあります」といい、二人がめいめいに取り出して見せ合ったところ、それらがたがいに自分の筆蹟であったから、まさに浅い因縁でないということがわかって、泣く泣く前にも増した愛情を誓いあった。

さて女は、「私がこの詩を作ったのはこういうわけなのです。私は帝《みかど》のお召しによって王宮に参るようになりましたが帝のお側に侍ることもなく、いたずらに月日を送っていました。それを嘆いて川辺に行きあちこちと歩きまわっておりました時、一つの詩が思い浮かびました。それを柿の葉に書いて川に流したのです。その後またその川辺に行きましたところ、岩の間に流れとどまっている木の葉を見つけましたので、取り上げて見ますと、それは柿の葉で、詩が一つ書いてありました。これはもしや前に私が書いた詩を見つけた人が作った詩ではないかと思い、それを取っておいたのです」といった。夫はこれを聞いてさぞや感無量に思ったことであろう。

そこで二人はたがいに、夫妻の結びつきというものは前世からの深い因縁によるものだと思うようになった、とこう語り伝えているということだ。

〈語釈〉

○**□の時代**　空格は諸本欠字。話の主人公、呉招孝の時代のわからぬまま、形式を整えようと欠字にしたもの。

○**呉招孝**　伝未詳。

## 臣下孔子《くじ》、道を行き、童子《どうじ》に値《あ》いて問い申す語《ものがたり》、第九

今は昔、震旦の周の時代、魯《ろ》の国に孔丘《くきゅう》という人がいた。父は叔梁といい、母は顔《がん》氏の出である。世に孔子《くじ》というのはこの孔丘のことである。身長は九尺六寸余り、ひじょうに聡明で、物の道理に通達していた。

幼い時、老子について学問を学んだが、理解しえないことはなに一つなかった。成人してのちは身につけた学才はいよいよ広く、多くの弟子を持つようになった。こうして、公に仕えては政治のあり方を正し、私的にはみずから出向いていって人に教えたが、なにごとによ

らず精通していないことはなかった。そこで、国じゅうの者はみな頭を垂れてこのうえなく尊んだ。

さてあるとき、この孔子が車に乗ってどこかに出かけておられる途中、七歳ぐらいの男の子が三人路上で遊んでいるのを見かけた。その中の一人の子は飛び回って遊ぶようなことはせず、車の行く手にかがみ、土を手に取って城のようなものを作っている。それを見た孔子はそばに近寄り、この男の子に向かって、「おまえ、道からどいてわしの車を通してくれ」といった。するとその子は笑って、「まだ聞いたことがないなあ、車のためにどいた城なんて。だが、車が城をよけて通るというのは聞いたことがあるけれど」と答えた。そこで孔子は城をよけてそのわきから車をやり、通り過ぎて行かれた。

そのとき、孔子はその子に、「おまえの姓名はなんというのだ」と尋ねた。その子は、「姓は長だ。だがぼくは八歳だから字《あざな》はまだないよ」と答える。孔子は、「おまえ知っているかな。枝のない木などないよ。子牛のない牛もいないよ。子馬のない馬もいないよ。妻のない夫もいないし、夫のない妻もいないよ。石のない山もない。魚のいない水もないよ。そして字《あざな》のない人なんていないよ」といった。するとその子は、「枯れ木には枝がないさ。土で作った牛には子牛はいない。木の馬には子馬はいない。仙人には妻がいない。玉女には夫がない。大山には石がない。井戸水の中には魚がいない。無人の城には役人がいない。子供には字がない」と言い返した。孔子はこれを聞いて、この子はただ者ではないと思い、通り過ぎて行かれた。

またあるとき、孔子が道を通っておられると、途中で七、八歳ぐらいの男の子二人と出会った。ちょうどそのとき、一人が、「日が出はじめる時は日は近い。日中になると日は遠い」というと、もう一人が、「日が出はじめる時は日は遠い。日中になると日は近い」といい、さらに前の子がまた繰り返して、「日の出る時は熱くて湯の中に手を入れるようだ。日中になれば涼しいというと、あとの子も繰り返し、「日の出る時は涼しい。日中になれば熱くて湯の中に手を入れるようだ。どうして日の出る時は近く、日中が遠いなどといえようか」といってたがいに言い争っていたが、たまたま孔子に出会ってどちらが正しいか尋ねた。だが孔子は裁定することがおできにならなかった。

すると二人の子は笑って、「孔子はご聡明で、知らないことはおありにならないとうかがっておりましたのに、じつに無知な方でいらっしゃる」といった。孔子はこれをお聞きになり、二人の子に感服して、これはただ者でないとおほめになった。昔は小さな子もこのように賢かったのである。

また、孔子が多くの弟子たちを引き連れて道を歩いておいでになると、道ばたの垣根から馬が頭を突き出した。孔子はこれをご覧になって、「ここに牛が頭を突き出している」とおっしゃったので、弟子たちは、「わが師は今間違いなく馬を牛とおっしゃった。おかしなことだ」と思ったが、なにかわけがあるのだろうと思い、おのおの道を歩きながらその意味を知ろうと考えた。すると顔回《がんかい》という第一の御弟子が一里ほど行ってから気がついた。暦の「午《うま》」という字の頭を突き出して書くと「牛」という字になるから、あの馬が頭を突き出したのを見て、みなの知恵を試そうと、それを「牛」とおっしゃったのだ。こう思って師にお尋ねすると、「そのとおりだ」とお答えになった。ほかの御弟子たちもそこから十六町行く間に賢い者から順々に気がついた。

　こんなわけで、人には知恵の回りの早い者と遅い者があることがはっきりわかる。孔子はこのように聡明でいらっしゃったから、世の人はみな頭を垂れて尊び敬った、とこう語り伝えているということだ。

**〈語釈〉**

○**表題の「臣下孔子」について**　巻頭の目録表題は「孔子、道レキ行ヲ値《あ》二ヒテ童子一ニ問ヒ申ス語」となっていて、「臣下」の語はない。第一話から第八話までは震旦の国王・后などに関する話、すなわち朝廷関係説話を並べたが、本話以下はそれに対する臣下の話であるということを示すために、メモ的に表題冒頭に書かれたものが、書写の過程で表題に直接付いてしまったものであろう。だから「臣下」は「孔子」の修飾語ではなく、第十話の表題の「孔子」には「臣下」は付かずに全体が対立的表現をとっている。

○**周**　武王より恵公に至る王朝の名（前十二世紀ごろ～前二四九）。

○**魯**《ろ》　春秋時代（前七七〇～前四〇三）の国名で、周の武王の弟、周公旦が封ぜられた国。国都は曲阜《きよくふ》（山東省）にあった。孔子の出身国。

○**孔丘**《くきゆう》　普通、孔子《こうし》という（「孔」は呉音「ク」、漢音「コウ」）。春秋時代、魯の人。孔は姓、丘は名。字《あざな》は仲尼《ちゆうじ》。儒教の始祖として長く尊敬されてきた。はじめ魯に仕えたが、のち諸国を回って古代の仁義の政治を復活することを諸侯に説いたが、受け入れられなかった。晩年は故郷の魯に帰って、子弟の教育、詩や書などの古典の整理、「春秋」の執筆などを行なった。前五五一（五五二とも）〜前四七九。

○**孔子**《くじ》　よみは『源氏物語』（胡蝶）・『枕草子』など。

○**老子**　周代の人。姓は李《り》、名は耳《じ》、字《あざな》は伯陽、諡《おくりな》は聃《たん》と伝えられる。人為が仮相であるとし、自我をすてて無為自然であることを尊んだ。のち（唐時代）道教の祖とされた。生没年不明。「老子について……」は、『史記』（「孔子世家」）「魯ノ南宮敬叔言ヒテ二魯君ニ一曰、謂《い》フ下与《と》二孔子一適《ゆ》カント上レ周ニ、魯君与フ二之ニ一乗車・両馬・一豎子《じゆし》一ヲ、倶《とも》ニ適《ゆ》キレ周ニ問フレ礼ヲ、蓋《けだ》シ見《まみ》ユト二老子ニ一云フ、辞シ去ルトキ、而老子送リテレ之ヲ曰ク、吾レ聞ク富貴ノ者ハ送ルニレ人ニ以テスレ財ヲ、仁人者ハ送ルニレ人ニ以テスレ言ヲ、吾不レ能《あた》ハ二富貴ナル一、窃《ぬす》ム二仁人之号一ヲ、送ルニレ子ヲ以テセンレ言ヲ、曰ク、聡明深察ナルモ而近ヅク二於死一ニ者ハ、好ムレ議スルヲレ人ヲ者也、博弁広大ナルモ危フクスル二其身一ヲ者ハ、発《あば》ク二人之悪一ヲ者也、為《た》ル二人ノ子一者ハ毋《な》カレ二以テ有スルレ己《おのれ》ヲ、為ル二人臣一者、毋カレトレ以テ有スルレ己ヲ」とあるのに応じる。

○**字**《あざな》　男子が二十歳で元服してから、本名のほかにつける名。格式ばった時のほかは、日常は字《あざな》を呼んだ。字は本名に関連した名をつけることが多い。女子は婚約してから笄《こうがい》をつけ、字をつける。

○**土で作った牛**　立春の日に、これを笞《むち》で打って農耕の事始めを祝う。

○**大山**　大山は樹木に覆われ岩石を見ないからか。

○**顔回**《がんかい》　魯の人。字《あざな》は子淵。貧苦のうちにも道を求めてやまず、孔子の門弟の中で徳行第一にあげられる。孔子の後継者として嘱望されたが早世した（前五一三〜前四八二）。『論語』（「雍也篇」）「孔子曰ク、賢ナル哉回也《や》、一箪ノ食《たんし》、一瓢ノ飲《いん》、在リテ二陋巷《ろうかう》一ニ、人不レ堪ヘルモ二其ノ憂一ニ、回也不レ改メ二其ノ楽一ヲ、賢ナル哉回也《や》」。

○**暦の「午《うま》」**　「午」は十二支の七番目の午。時刻では今の正午およびその前後の二時間、方角では南、動物では「馬」に当てる。「馬」に当てたのは、農民がおぼえやすいように十二支に動物を配した秦・漢の農暦の影響で、本来は「馬」とはなんの関係もない。

## 孔子《くじ》、逍遥《しょうよう》して栄啓期《ようけいご》に値《あ》いて聞く語《ものがたり》、第十

今は昔、震旦の孔子が□という所に行き、そこの林の中の、岡のある所に行って園遊会を催された。孔子は琴をお弾きになり、引き連れてきた弟子たち十余人ほどを囲《まわ》りに座らせて書物を読ませなさった。

その時、海のほうから帽子をかぶった翁が小船を漕いでやって来て、船を葦につなぐと岸に上がり、杖をつきながら近づいて、孔子が弾いておいでになる琴の調べを終わりまで聞いていた。孔子の弟子たちがこの翁を見て不思議に思っていると、翁は弟子の一人をさし招く。だが弟子たちは知らんふりをして行こうともしなかった。

だが翁がなおも強くさし招くので、一人の弟子が近寄ると、翁は弟子に、「あの琴を弾いておいでの方はだれですか。もしかしたら国王ではないですか」ときく。弟子は、「いや、国王ではない」と答えた。すると翁は、「それでは国の大臣ですか」という。弟子が、「大臣でもない」というと、翁は、「国の役人ですか」という。弟子は、「国の役人でもない」と答

えた。翁は、「ではどういう人ですか」ときく。弟子は、「あの方はね、国の賢人として国の政治を正し、悪事を制止し、善事をお勧めになる方ですよ」と教えた。翁はこれを聞くと嘲笑し、「あれはこのうえない馬鹿者だ」といって去っていった。

弟子は翁の言葉を聞き、帰っていって孔子にこのことを告げた。孔子はこれを聞き、「その翁はたいへん賢い人に違いない。すぐに呼び返して来るがいい」という。弟子は走っていって、翁がまさに船に乗り漕ぎ出そうとするのを呼び返した。翁は呼び止められて引き返し、孔子と対面した。

孔子は翁に、「あなたはどういう方ですか」と尋ねた。翁は、「私はこれというほどの者ではありません。ただ船に乗って心を楽しませるためにあちこち出かけて行く老人に過ぎません。ところであなたはなにを仕事にしておいでの方ですか」という。孔子が、「私は国の政治を正し、悪事を制止し善事を行なわせようがために諸方を歩いている者です」と答えると、翁は、「それはまことにつまらぬ事ですな。世間には影をきらう人がいる。日なたに出て自分の影から離れようと走る時は影から離れることができない。自分から影に近寄って心静かに座っていれば影は離れうるのに、そうはせず、日なたに出て影から離れよう離れようとすると、体力こそ消耗し尽してしまうが影から離れることは不可能だ。

また、犬の死骸が川を流れ下っている。これを手に入れようとして追いかける者がいるとすれば、その者はただちに水におぼれて死んでしまう。これらの例えのように、あなたのしていることはまったくむだなことです。ただ然るべき所に住居を定めて静かに一生を送ろうとすること、これこそ生涯の望みというべきです。それを考えずに心を俗事にわずらわせて騒々しく生きてゆかれるなど、じつにつまらぬ事ですよ。私には三つの楽しみがある。人として生まれた、これが第一の楽しみ。人には男と女があるが、男と生まれた、これが第二の楽しみ。私は今年九十五歳になる、これが第三の楽しみです」といって、孔子の返答を聞かずに立ち返り、船に乗るやそのまま漕ぎ去ってしまった。

孔子はその漕いで行く翁の後ろ姿を見て再拝なさった。そして船の棹《さお》の音が聞こえなくなるまで深く頭を下げておいでになったが、棹の音が聞こえなくなってやっと車に乗り帰って行かれた。この翁の名を栄啓期《ようけいご》というと人は語り伝えているということだ。

〈語釈〉

○□という所　空格は諸本欠字。『荘子《そうじ》』（巻六「漁父篇」）「孔子遊ビ二乎緇《し》帷《ゐ》之林ニ一、休ミテ坐ス二乎杏壇之上ニ一、弟子読書シ、孔子絃歌鼓琴ス」。『列子』（巻第一「天瑞第一」）「孔子遊ブ二於太山《たいざん》ニ一、見ル下栄啓期行キ二乎郕《せい》之野ニ一、鹿裘帯索シ鼓シテレ琴ヲ而歌フヲ上」。『宇治拾遺』「今は昔、もろこしに孔子、林の中の岡だちたるやうなる所にて、逍遥《せうえう》し給」。

○栄啓期《ようけいご》　『宇治拾遺』の同話ではこの人名を出していない。『列子』『淮南子《えなんじ》』などに見える。伝未詳。『和漢朗詠集』（雑）につぎの二首が載っている。一は「栄啓期ガ之歌フモ二三楽ヲ一未ダレ到ラ二常楽之門ニ一、皇甫謐《くわうほひつ》ガ之述ブルモ二百王ヲ一、猶シ暗シ二法皇之道ニ一」（後江相公《のちのごうしょうこう》）、一は「若《も》シ使メバ二栄期ヲシテ兼ネテ解《さと》ラ一レ酔ヲ、応《まさ》ニレ言フベク二四楽ト一、不ザラマシレ言ハ三トハ一」（白居易）。

## 荘子《そうじ》、〔監河侯《かんかこう》に〕粟を請《こ》う語《ものがたり》、第十一

今は昔、震旦の周の時代に荘子《そうじ》という人がいた。聡明で該博な知識の持ち主であったが、家がひじょうに貧しくなんの貯えもなかった。

あるとき、その日食べるべき物がなに一つなかった。どうしたらよいか思いわずらっていたが、隣家に〔監河侯〕という人が住んでいたので、この人にその日一日食べるだけの黄色の粟を恵んでほしいと頼みこんだ。すると〔監河侯〕は、「あと五日するとわが家に千両の金が入って来ることになっている。その時においでなさい。そうしたらその金をさしあげましょう。あなたのようにごりっぱで賢い方に、どうして今日一日食べるだけの粟などさしあげられましょうや。そのようなことをすれば、かえって私の恥になりましょう」といった。

それを聞いた荘子はこう言った。「私がある日道を歩いていると、突然うしろで私を呼ぶ声がしました。振り返ってみましたが呼びとめた人の姿はありません。不思議に思ってよく見ると、車のわだちの跡の窪《くぼ》んだところに、大きな鮒《ふな》が一匹いました。見ればそれは生きてさかんに身もだえしています。いったいどうした鮒であろうかと思い、近寄ってさらによく見ると、そこには水がすこしばかりあって、その中で鮒は生きて動いているのです。

私はその鮒に、『こんなところに鮒がいるとはどういうわけか』と聞きました。すると鮒は、『私はじつは河伯《かはく》神の使者として高麗に行こうとしていたのです。私は東海の波の神で

す。ところが、思わず飛びそこねてこの窪《くぼ》みに落ちてしまいました。ここは水が少なくのどが乾いて今にも死にそうです。そこで助けてほしいと思ってあなたを呼んだのです』と答えました。

これを聞いて、私は、『あと三日すればおれは〔江湖〕というところに遊びに行くことになっている。そのとき、そこにおまえを連れていって放ってやろう』といいました。すると鮒は、『私はとても三日は待てません。ぜひとも今日一滴の水を私に与えて、まずのどの渇きを救ってください』といったので、鮒のいうとおり一滴の水を与えて助けてやりました。こういうわけで、この鮒がいったのと同様に、私もいま物を食べなければ今日の命はとうてい保つことができません。後《のち》の千金はなんの役にもたたないのです」。

これ以来「後の千金」という諺《ことわざ》が生じるようになった、とこう語り伝えているということだ。

**〈語釈〉**

○**荘子《そうじ》**　荘周の尊称。戦国時代の思想家。周に滅ぼされた殷《いん》の子孫の国、宋（？～前二八六）に生きた人で、一時は地方官となったこともあるが、世俗を離れて悠々自適の生涯を送ったといわれる。『荘子』（十巻、三十三編）は荘周自身の著作とみられる内篇七編、後人の作といわれる外篇十五編、雑篇十一編から成る。内篇のうちもっとも重要なものは逍遥遊・斉物論の二編で、斉物論では『老子』の中心思想である「道」の概念を継承・発展させた宇宙観・世界観を説き、逍遥遊ではその「道」を体得した「至人」「真人」がどんなに自由な生活を送ることができるかを、多くの譬喩《ひゆ》によって描写している。

『荘子』によれば、「道」は一切の差別・対立・是非を超越・包括しつくしたもので、これを知ることは普通の分別的知識ではできず、人知を離れた天然自然の理に従わねばならない。自我を捨て功名心を放棄してしまえば、万物に順応して天地に遊ぶことができる。功名を求めず世間の用に立たないことがかえって身をまっとうしうるので、これが「無用の用」であるとする。基本的には『老子』の思想を継承したものだが、人間が自己の知性にふりまわされるむなしさ・かなしさを鋭くとらえ、人生の安らぎについて、より一歩進んだ境地（虚無・無為自然の地としての「無何有《むかう》の郷《さと》」など）を提供している。こういう思想が中国古来の民間信仰や神仙思想、方術などと結びつき、仏教の組織にならうなどして、道教という中国独自の宗教を形成した。

○**〔監河侯〕という人**　〔　〕内は諸本欠字。『荘子』（巻五）「荘周家貧シ、故ニ往キテ貸《か》ル二粟ヲ於監河侯ニ一」によって補った。『宇治拾遺』には「監河侯」を「かんあとう」「かんかこう」とする本もある。本話は『宇治拾遺』所収話と同話で、この人名をかな書きにしたものによって作られたと思われ、そのかなに適する漢字がわからぬまま欠字としたのであろう。原本では本文・目録の表題もともに「監河侯」に相当する文字が欠けている。『説苑』は「魏文侯」とする。

○**河伯神《かはく》**　河を守護し統轄する神。『和名抄』「河伯、一ニ云フ水伯、河之神也、和名、加波乃加美《かはのかみ》」。『荘子』には「河伯神《かはく》……」の一文はない。

○**高麗**　朝鮮の別称。『宇治拾遺』「がうこ（江湖）」。

○**後《のち》の千金**　せっかくの強い援助も、時機を失すれば効果がないことのたとえ。『荘子』にはこの語句はなく、「君乃チ言フモレ此ヲ、曾《かつ》テ不レ如カ三早ク索《もと》ムルニ二我ヲ於枯魚之肆《し》ニ一（店）」として話を終えている。わが国で出来た諺であろう。後世では「後の千金より今の百文」ともいわれる。

## 荘子《そうじ》、人《ひと》の家に行き、主《あるじ》、雁《がん》を殺して肴《さかな》に備《そな》うる語《ものがたり》、第十二

今は昔、震旦に荘子という人がいた。聡明で該博《がいはく》な知識の持ち主であった。

この人が道を歩いていて、材木を切り出す山のあたりを通っていると、材木にする多くの木の中に一本の曲った木があった。相当の年月を経た木である。荘子はこれを見てそこにいた樵《きこり》に、「この木が長い年月の間切り倒されずに命を保っているのはどういうわけかね」と尋ねた。すると樵《きこり》は、「材木にするにはすらりとまっすぐに伸びた木を選んで切るが、この木はゆがみ曲っているため役に立たず、材木として切り倒さないのでこのように長い年月立っているのです」と答えた。荘子は「なるほどそういうものか」と納得して通り過ぎた。

翌日、荘子がある人の家を訪ねたところ、その家の主人が食事の用意をしてもてなした。まず酒を勧めようとしたが、あいにく肴《さかな》にするものがなかった。この家には二羽の雁を飼っていたので、主人が、「あの雁の一羽を殺してお肴を作ってさしあげよ」と命じると、その雁を預って飼っている者が、「よく鳴く雁のほうを殺すのでしょうか、それとも鳴かない雁を殺したほうがいいでしょうか」と聞く。主人は、「鳴く雁は生かしておいて鳴かしておけ。鳴かないほうを殺してお肴にしてあげよ」といった。そこで主人のいうとおりに鳴かない雁の首をひねって殺し、お肴に調理して食膳に出した。

そのとき荘子がいった。「昨日の材木山の曲った木は役に立たないために命を保つことができた。今日の主人の鳴く雁は才能があるために命をまっとうした。このことから思うと、賢い者も愚かな者も、命を保つのはその賢愚によってきまるものではない、ただしぜんにそのようになるのだ。だから、才能があるから死なないとも、また役に立たぬから死ぬともきまっていない。役に立たぬ木も長命を保つ。鳴かぬ雁もたちまち死んでしまう。諸事万端こういうものだと知るべきである」。

これが荘子の言葉である、とこう語り伝えているということだ。

## 荘子《そうじ》、畜類《ちくるい》の所行《しょぎょう》を見て走り逃《に》ぐる語《ものがたり》、第十三

今は昔、震旦に荘子という人がいた。聡明で該博な知識の持ち主であった。

この人が道を歩いていると、沼地に一羽の鷺《さぎ》がいてなにかをねらっていた。これを見るやこの鷺を打ってやろうと思い、杖《つえ》を取ってそっと近づいて行ったが、鷺は逃げようともしない。荘子は不思議に思っていっそう近寄って見ると、鷺は一匹の蝦《えび》を食おうとしてじっと立っているのであった。そのため人が打とうとしているのも気がつかずにいるのだとわかった。ところで、その鷺が食おうとしている蝦を見ると、これも逃げようとはしていない。それもまた一匹の小虫を食おうとして鷺がねらっているのも気づかないのであった。

これを見た荘子は杖を投げ捨てて逃げ出し、心中で、「鷺も蝦もみな自分を害しようとす

るもののいることに気がつかず、おのおの他のものを害しようとのみ思っている。自分もまた鷺を打とうとして、自分にまさるものが自分を害しようとしているのに気がつかぬのかもしれぬ。されば逃げ出すに越したことはない」と思い、そこから走り去った。これは賢明なことである。人はみなこのように思うべきである。

またあるとき、荘子が妻とともに川を見ていると、一匹の魚が水面近く浮かび上がって泳いでいた。妻はこれを見て、「あの魚はきっとなにかうれしいことがあるのでしょう、あんなに自由自在に泳ぎ回っています」という。これを聞いた荘子が、「おまえはどうして魚の心を知っているのか」と聞くと、妻は、「あなたはどうして私が魚の心を知っているか知っていないかがおわかりになるのですか」といった。そのとき荘子は、「魚でなくては魚の心はわからない。自分でなくては自分の心はわからない」と答えた。これは賢明なことである。ほんとうに親しい間柄であっても、人は他人の心を知ることはできないのだ。

であるから、荘子はその妻とともに賢明で思慮深い人であった、とこう語り伝えているということだ。

## 費長房《ひちょうぼう》、夢に仙法《せんぼう》を習《なら》い蓬萊《ほうらい》に至りて返《かえ》る語《ものがたり》、第十四

今は昔、震旦の〔後漢〕の時代に費長房《ひちょうぼう》という人がいた。

あるとき道を歩いていると、途中にすっかり白骨化してはいるがどうにか人の形をとどめ

ている野ざらしの死体が横たわっていた。これが行き来の人に踏みにじられるままになっているのを見た費長房はかわいそうに思い、この骨を取りあげて道から離れた場所に持って行き、土を深く掘って埋めてやった。

その後、費長房の夢に、だれともわからないが、普通の人とは違った様子をした者が現われ、費長房に向かって、「私は死んでのち、その死体が道ばたにあって行き来の人に踏みにじられていました。それを取りあげて隠してくれる人がないためこのように踏まれるままになっていたのを嘆き悲しんでいましたが、あなたがこれを見て哀れに思い、土の中に埋めてくださいましたので、私はこのうえなくうれしく思っております。私は死んでから、ほんとうの魂は天に生まれ、言いようもない楽しみを味わっています。だがもう一つの魂は死骸を護《まも》るために、死骸のあたりを去らず、その場に付き添っていました。ところがあなたがあのように土の中に埋めてくださいましたので、そのお礼を申しあげにいまここにうかがった次第です。私はこのご恩に報いるすべを知りません。だが、私は以前生きていた時、仙人の術を習得していました。昔、習ったその術はまだ忘れていません。ですからそれをご伝授いたしましょう」という。

費長房はそれに答えて、「私はその死骸をだれとも知らなかったが、道ばたにあって人に踏まれていたのを哀れに思ったので土の中に埋めてやったに過ぎません。それなのに今ここにやって来て仙人の術を伝授してくれるとはありがたい。さっそく習いましょう」といった。そして夢の中でこれを習ったが、習い終ったと思うや目がさめた。

その後費長房は夢で習ったように行なってみると、たちまち体が軽くなり、即座に大空を飛び回ること自由自在であった。以来、費長房は仙人となった。

　されば、もし道ばたに死骸があって、人に踏まれる恥かしめを受けているのを見たならば、それを土に埋めてやるべきである。その魂はかならず喜ぶにちがいない、とこう語り伝えているということだ。

〈語釈〉

**○表題について**　表題には「蓬萊《ほうらい》に至りて返る」とあるが、本文中にそのことは記されていない。費長房が仙人の術を習い虚空を飛んだことを仙境である蓬萊に行ったとしたのか。

**○費長房《ひちょうぼう》**　後漢時代（二五～二二〇）の著名な仙人。『後漢書《ごかんじょ》』『蒙求《もうぎゅう》』に「汝南《じょなん》ノ人」で「市ノ掾」であったとする。汝南は河南省。

**○ほんとうの魂**　「魂」は人の生命のもとになる、もやもやとして、きまった形のないもので、人が死ぬと肉体から離れて天にのぼると考えられていた。これは人の精神をつかさどるものであり、陽《よう》の精気とする。これに対し、人の肉体をとりまとめてその活力のもととなるものが「魄《はく》」であり、陰《いん》の精気とする。『淮南子《えなんじ》』注に「魄ハ人ノ陰神、魂ハ人ノ陽神」とある。だから、魂が天に生まれたのであるが、あとの「もう一つの魂」とあるのは「魄」のほうであろう。

## 孔子《くじ》、盗跖《とうせき》に教うる為に其《そ》の家《いえ》に行き、怖《お》じ返る語《ものがたり》、第十五

今は昔、震旦の〔周の〕時代に柳下恵《りゅうかけい》という人がいた。世に賢人として知られ、人々から重んじられていた。

その弟に盗跖《とうせき》という人がいた。この男はある山の中に住家をかまえ、多くの獰猛《どうもう》な連中を呼び集めて配下とし、人の物を用捨なく奪い取って自分の物にした。外に出歩くときには、この獰猛な連中をひき連れて行くが、その数はじつに二、三千人に及んだ。行くさきざきの家を荒らし人々を苦しめ、あらゆる悪事の限りを尽くすことを好んで、これをわが仕事としていた。

さてあるとき、兄の柳下恵が道を歩いていて、孔子《くじ》とぱったり出会った。孔子が柳下恵に、「あなたはどちらへおいでですか。私はあなたに直接お目にかかってお話ししたいことがあったのですが、さいわいお会いすることができました」というと、柳下恵は、「どういうご用件でしょうか」という。孔子は、「お会いしてお話ししたいと思っていることはほかでもありません、あなたの弟御《ご》の盗跖はさまざま悪事の限りを尽くし、多くの獰猛な連中を集め徒党を組んで人々を嘆かせ世間を荒らし回っている。あなたは兄としてどうして忠告してやらぬのですか」といった。柳下恵はそれに対し、「盗跖は弟とはいえ、私の忠告に従うような人間ではありません。そこで長年嘆きながらも忠告は与えていないのです」と答え

た。

　すると孔子は、「あなたが忠告を与えないのなら、私が盗跖の所に行って忠告してやろうと思いますが、いかがでしょう」という。柳下恵は、「いや、あなたは絶対盗跖の所に行って忠告なさってはいけません。たとえあなたがあらゆるごりっぱな言葉を尽くしてご忠告なさったところで、けっして言うことを聞くような人間ではありません。かえってまずいことが起こりましょう。絶対にそのようなことをなさらないでください」と答えた。

　だが孔子は、「悪人とはいえ盗跖も人の子として生まれた者ですから、正しい道を教えたなら、あるいは善道に赴くこともありましょう。それをはじめから忠告は聞くまいといって、兄として教えもせず、知らん顔をしてしたい放題にさせておいでになるのはじつによろしくないことです。よしよし、見ておいでなされ。私が行って教え、正道に就くようにしてさしあげましょう」と大言を吐いて去って行かれた。

　そのあとで孔子は盗跖の所においでになった。馬から下りて門前に立って見ると、庭に並みいる者はすべて、あるいは甲冑《かっちゅう》をつけ弓矢を持ち、あるいは刀剣を帯び槍《やり》を手にしている。あたりには鹿や鳥などさまざまのけものを殺す道具がすき間もなく置き散らされていた。このようにあらゆる悪事を行なう用意が整っている。孔子は近くにいる一人の男を招き寄せ、「魯の孔丘《くきゅう》という者が参った」と家の中の盗跖に伝えさせた。

　男はすぐにもどって来て、「首領はこう言われた。『おまえは世に名高い人間と聞き及んでいる。まずもってここにやって来たのはいかなるわけがあるのか。おれはおまえが諸方に出かけて人を教える者と聞いているが、もしやおれを教えようがために来たのではないか。ならば来て教えるがよい。おれの心にかなったならば言うことを聞いてやってもいい。かなわぬものならおまえの肝《きも》を引き抜いて膾《なます》に作ってやるぞ』、このような仰せだ」と孔子にいった。

孔子はこれを聞いて門を入り、盗跖の前に進み出て、庭前からまず盗跖に一礼なさる。それから屋内に上がって座席に着いた。さて盗跖を見ると、甲冑を身に着け剣を帯び矛《ほこ》を手にしている。頭の髪は三尺ほども逆立ち、蓬《よもぎ》のように乱れていた。目は大きな鈴をはめ込んだようで、その目であたりを見まわし、鼻息も荒々しく、歯をくいしばり鬚《ひげ》をつっぱらせて座っていた。これが孔子を見るや、「おまえがやって来た理由はなんだ。はっきり申し述べよ」という。その声は怒りを帯び、周囲に響きわたって言いようもないほど恐ろしい。

〈語釈〉

○**〔周の〕時代** 〔 〕内は諸本欠字。説話内容によって補った。

○**柳下恵《りゆうかけい》** 魯の人。姓は展。名は禽または獲。字《あざな》は季。諡《おくりな》は恵。柳下に居たので柳下恵と呼ぶ（よみは『宇治拾遺』に「りうかくゑい」とするので、それに従った）。『荘子』は「柳下季」とする。僖《き》公に仕え、高徳偉材で知られた。士師（司法官）となって正しい道を行なったが、しばしば小人《しようじん》に妨げられ官を追われた。人が気の毒に思って、「あなたはこれほど恥辱をうけてもここを去って他国に行こうとしないのか」というと、「今は道がすたれ小人が権力をほしいままにしているから、正しい道を行なおうとすれば、どこの国に行っても退けられる。道をまげて人に仕えるくらいならば、むしろこの父母の国を去らずにいたい」といって三たび黜《しりぞ》(斥)けられても恨まなかったという(『論語』微子篇、『蒙求《もうぎゅう》』巻上)。『宇治拾遺』「これも今は昔、もろこしにりうかくゑいといふ人ありき。世のかしこき物にして人におもくせらる」。
○盗跖《とうせき》　伝説的大盗。
○孔丘《くきゅう》　孔子。『宇治拾遺』「魯の孔子と云《いふ》ものなん参りたる」。『荘子』「魯人孔丘聞二キ将軍ノ高義一ヲ、敬ヒテ再拝シ謁スル者ナリ」。

孔子はこれを聞き、心中、「こんな恐ろしい男とは前々から思ってもみなかった。姿かたちを見、その声を聞くと、まったく人間とも思われない」とお思いになり、心も肝も砕けるばかりで、思わず体がふるえてきた。だが孔子はじっとがまんして説きはじめた。「人がこの世に生きて行くには、すべて道理をもって身の装いとし心のおきてとしなくてはならぬものである。今日、天を頭上に頂き、地を足下にふまえ、四方を堅固に保ち、公を敬い奉り、下の者を哀れみ、人に情けをかけるのを事としなくてはならぬ。ところがあなたは、聞くところによれば、心のおもむくままに好んで悪事ばかりなさるということだ。悪事というものはそのときは満足した気持になるが、結局はよくないことに終わるものです。だから人はやはり善いことを行なうのをよしとするのです。こういうわけですから、あなたも私が申したとおりになさるべきです。このことを申そうと思って参ったしだいです」といった。

盗跖はこれを聞いてからからとうち笑い、雷のような大声を発して、「おまえが言っていることは一つとして当たっていない。そのわけは、昔、堯《ぎょう》・舜《しゅん》と申す二人の国王がおられた。このうえなく世に貴ばれなさった。だが、その子孫は針ほどの領地を持つこともできなかった。また、世に賢人として知られているのは伯夷《はくい》・叔斉《しゅくせい》である。これも〔首陽《しゅよう》〕山《ざん》に隠れ臥したため飢え死にしてしまった。また、おまえの弟子に顔回《がんかい》という者がいた。おまえは彼を教えて賢人に仕立てあげたが、思慮が足らず、短命で終わった。さらにまた、おまえの弟子に子路《しろ》という者がいたが、衛の〔東〕門のほとりで殺されてしまった。これらを見てみよ、賢人といってもその最後は賢いといえぬではないか。

また、おれは悪事を好んでするが、この身に災いは生じておらぬぞ。人にほめられたところで、四、五日のことに過ぎず、そしられてもそれと変らない。だから、善事を行なって永久にほめられることも、悪事を行なって永久にそしられることもないのだ。こんなわけで、善事であれ悪事であれ、ただ自分の好むままに行なえばよい。おまえも木を刻んで冠とし、皮を着物にしている。世間のおもわくを恐れ、公に仕えたが二度も魯を追われ〔衛〕からも追放されている。まったくもって賢いことだよ。こう見てくれば、おまえのいうことはことごとくでたらめだ。おまえなんかとっととここから走り出てどこかへ行ってしまえ。役に立つことなんかなにひとつない」という。こう言われて孔子は言い返す言葉も思いつかず、座を立つやほうほうのていで出て行かれた。そして馬にお乗りになったが、よくよく怖かったのであろう、轡《くつわ》を二度も取り〔そこない〕、鐙《あぶみ》を何度も踏みはずしなさった。世間ではこれを「孔子倒《くじ》れなさる」といった、とこう語り伝えているということだ。

〈語釈〉

○**堯《ぎよう》・舜《しゆん》と申す二人の国王**　『宇治拾遺』「げうしゆむと申《まうす》二人のみかど、世にたうとまれ給ひき」。「堯」は中国古代伝説上の聖天子。陶唐《とうとう》氏。姓は伊祁《いき》。帝嚳《ていこく》の子、在位七十年で位を舜にゆずる。「舜」は堯と並称される聖天子。有虞《ゆうぐ》氏。孝徳で知られる。『荘子』「堯舜有《たも》二ツモ天下一ヲ、子孫無レシ置二ク錐《きり》之地一ヲ、湯武《とうぶ》立チテ為二リ天子一ト、而シテ後世絶滅ス」。

○**伯夷《はくい》・叔斉《しゆくせい》**　殷《いん》末（前一一〇〇ごろ）、今の河北省の一部から熱河のあたりを領有していた孤竹君（墨胎初《ぼくたいしよ》）の二王子（兄の伯夷は、名は元、字《あざな》は公信。弟の叔斉は、名は致、字は公遠）。父の歿後、たがいに国を譲りあい、また周の武王が殷《いん》の紂《ちゆう》王を討とうとするのを諫めて聞き入れられず、首陽山《しゆようざん》（山西省永済県の南の雷首山とも、河南省偃師《えんし》県の北西の首山とも、甘粛省隴西《ろうせい》県の南西とも伝えられる）に隠れ住んで餓死した。『荘子』「世之所謂《いはゆる》賢士伯夷叔斉、辞二シテ孤竹之君一ヲ、而餓二死シ於首陽山一ニ、骨肉不レ葬《はうむ》ラ」。

○**〔首陽《しゆよう》〕山《ざん》**　〔　〕内は諸本欠字。『宇治拾遺』「首陽山にふせり」とあるのにより補った。

○**顔回《がんかい》**　孔子の高弟。『荘子』のこの箇所には顔回にふれていない。

○**子路《しろ》**　孔門十哲のひとりで、姓は仲、名は由、字《あざな》は子路または季路。勇を好み信義を重んじ、衛に仕えて南子の乱で死んだ（前五四三〜前四八〇）。

○**衛の〔東〕門**　〔　〕内は諸本欠字。『荘子』「子路《しろ》欲レシテ殺二サント衛君《ゑいくん》一ヲ而事不レ成ラ、身ハ菹《しよ》二ス於衛ノ東門之上一ニ、是レ子ノ教之不レル至ラ也」（菹《しよ》は殺して塩づけにすること）によって補う。『宇治拾遺』「れい（衛）の門にしてころされき」。「衛」は周代に今の河北・河南両省にまたがる地にあった。殷の中心部で、殷が滅びたあと、周の武王が弟の康叔を封じた。

○賢いことだよ　これは皮肉である。

## 養由《ようゆう》、天の十日《とおのひ》を現《げん》ずる時、九《ここのつの》日《ひ》を射落《いお》す語《ものがたり》、第十六

今は昔、震旦の〔周の〕時代に養由《ようゆう》という人がいた。きわめて勇猛心があり、弓術に優れていて、なんであれ射るところのものは掌《たなごころ》を指すように確実に命中した。そこで国王はこの養由を武芸の道で仕官させたが、なにをさせてもおくれを取ることはなかった。このため国を挙げて養由を重んじた。

あるとき、天に十の太陽が出現した。一つだけで照らしてさえ、雨が降らなければ旱魃《かんばつ》になる。まして十の太陽が出て照らすとなれば、草木はたまったものではない、みな枯れうせてしまった。そのため、国王をはじめ大臣・百官、民百姓に及ぶまでみな言いようもなく嘆き悲しんだ。

そのとき、養由は心中で、「天には一つの太陽が出るというのは、まさしく人の所業によって定められた仏意にもとづくものである。それなのにいま突然十の太陽が出た。このうち九つの太陽はかならずや国家に対して祟《たた》りをしようとするものであろう」と思い、弓を取り上げ矢をつがえて天に向かって射たところ、九つの太陽を射落とした。一つだけはそのまま天にましまして、もとのように照り輝いていた。そのときはじめて養由に射落とされた九つの太陽が国家に祟りをするものだということがわかった。そこですべての人が養由をこのう

えなく賛《ほ》めたたえた。

このことから思うと、勇猛な人には変化《へんげ》のものも化けの皮をはがされるのだと人々は言いあった、とこう語り伝えているということだ。

〈語釈〉

○〔周の〕時代　〔　〕内は諸本欠字。『史記』巻四、周本紀に「楚《そ》ニ有リ二養由基《やうゆうき》ナル者一」とあるのによって補う。楚は周王朝の春秋戦国時代、揚子江中流の地を領有した国。戦国時代には七雄の一となったが、のち秦に滅ぼされた。

○養由《ようゆう》　正しくは「養由基」（姓は養、名は由基）。楚の大夫。弓射の名人として知られる。『史記』「楚ニ有リ二養由基ナル者一、善クスルレ射ヲ者也。去ルコト二柳葉ヲ一百歩ニシテ而射ルレ之ヲ、百発ニシテ而百中《あた》ルレ之ニ、左右ノ観《み》ル者数千人、皆曰フ二善射ト一、有リテ三一夫立テル二其ノ旁《かたはら》ニ一曰ク、善シ、可シトレ教フレ射ヲ矣、養由基怒リ釈《す》テレ弓ヲ搤《やく》シテレ剣ヲ曰ク、客安《かくいづく》ンゾ能《よ》ク教フルヤト二我ニ射ヲ一乎、客曰ク、非ズ三吾能ク教フル二子《し》ニ支《ささ》ヘレ左ヲ詘《くつ》スルコトヲレ右ヲ也、夫《そ》レ去ルコト二柳葉ヲ一百歩ニシテ而射ルレ之ヲ、百発ニシテ而百中ルレ之ニ、不ニ以テレ善キヲ息《や》マ一、少《しばら》クシテ焉気衰ヘ力倦《う》ミ、弓撥《そ》リ矢鉤《かが》マリ、一発シテ不《ざ》ルレ中《あた》ラ者アラバ、百発尽《ことごと》ク息《や》マント」。

○変化《へんげ》のもの　ここでは妖怪《ようかい》、化け物。

## 李広《りこう》が箭《や》、虎《とら》に似たる巌《いわお》に射立つる語《ものがたり》、第十七

今は昔、震旦の〔漢の〕時代に李広《りこう》という人がいた。勇猛心に富み弓術に優れていた。

あるとき、一頭の虎が現われて李広の母をかみ殺した。人が李広にこのことを告げた。李広はこれを聞いて驚き、駆けつけて見ると、ほんとうに母が虎にかみ殺されていた。李広はただちに弓矢を取り、虎の足跡を探しながらそのあとを追って行った。こうしてある山のふもとにある野原の中まで追って来ると、かなたに虎が伏している。李広はこれを見るや喜んで矢を放つと、見事虎に射立てた。矢は矢筈《はず》のつけ根まで立ち込んでいる。李広はわが母を殺した虎を射当てたことを喜び、近づいて見ると、射た虎はなんと虎の姿に似た岩であった。不思議なことだと思い、あとでこの岩を射てみたが、矢は立つことなくはね返った。

そのとき李広は、わが母を殺した虎を射取ろうと思う心の深さによって岩にも矢が立ったのだ、はじめから岩だと思って射れば矢は立たぬのだ、と思って泣く泣く家に帰って行った。そののちこのことが広く世間の評判になり、李広が虎を追って射取ろうとした心根をほめたたえた。

されば、誠意をもってことに当たったならば、何事によらずこのようなこともあるものだと世の人々は言いあった、とこう語り伝えているということだ。

**〈語釈〉**

○**表題について**　諸本、表題の「虎」を「母」と記す。母を害した虎に似た岩を射たということを、あやまって母に似た巌と記したのであろう。ここでは「虎」に直しておいた。

○**〔漢の〕時代**　〔　〕内は諸本欠字。「李広」は漢代の人なので補った。

○**李広《りこう》**　漢代、成紀（甘粛省奉安県）の人。文帝の時に匈奴《きょうど》を討った功で郎騎常侍《ろうきじょうじ》となり、武帝の時、北平太守となった。猿臂《えんぴ》で弓射に長じ、匈奴はこれを恐れて、飛《ひ》将軍と称した。匈奴と戦うこと七十余度。しかし侯に封じられることなく、のち大将軍衛青に従って匈奴を征したとき道に迷い、その責任を問われてついに自殺した。全軍の将兵はこれを知って泣き、国じゅうの者も涙を流したという（?〜前一一九）。

## 霍《かく》大将軍、死《し》せる妻《め》に値《あ》い、打《う》た被《れ》て死ぬる語《ものがたり》、第十八

今は昔、震旦の漢の武帝の時に霍《かく》大将軍という人がいた。勇猛心と知恵を兼ね備えていたが、この人は国王の御娘を妻としていた。

ところがその妻が死んだ。将軍はこのうえなく恋い悲しんだが、二度と妻の姿を見ることはできない。そこで将軍はさっそく柏《かえ》の木を切って一つの殿を建て、死んだ妻をその殿のうちに葬った。

その後、将軍はどうしても悲しみの心に堪えられず、朝な夕なその殿に行っては食物を供え礼拝して帰るという日を重ねていた。このようにしていつしか一年たった。ある日、将軍がかの殿に行き、いつものように食物を供えようとしていると、昔の妻が生前の姿のまま現われた。将軍はこれを見るや、恋い慕う心は深いとはいいながら、言いようのない恐怖におののいた。妻は将軍に、「あなたが私を慕ってこのようにしてくださることをほんとうにありがたく尊く思います。私は心から喜んでおります」という。将軍はこの声を聞いていっそ

う恐怖心がつのった。ま夜中のことであたりに人もいない。逃げ出そうと思った瞬間、妻は将軍をつかまえてその場で共寝しようとする。将軍は恐ろしさにあわてふためいて逃げようとすると、妻は手をあげて将軍の腰を打った。将軍は打たれて逃げ帰った。家に帰りついてからすぐ腰に痛みを覚え夜中に死んでしまった。

その後、帝《みかど》がこのことをお聞きになり、この女の霊《りょう》をあがめ尊んで五百戸の封地をお与えになった。以来、国に災厄が起ころうとする時には、かの殿の内に雷のような音が鳴り響いた。それのみでなく、さまざまな不思議なことが起こった。その殿が鳴るときは、世間の人は、いつもの柏霊殿《はくりょうでん》の音が鳴ると言いあった。

であるから、人を恋い慕う心がいかに深くともかようなことはしてはならぬ、その人が霊となってしまえば生前の心はうせて、きわめて恐ろしいことが生じるのだ、とこう語り伝えているということだ。

〈語釈〉

○**霍《かく》大将軍**　霍去病《かくきょへい》あるいは霍光《かくこう》か。霍去病は漢の武帝の時の名将。衛青の甥《おい》で、驃騎《ひょうき》将軍としてしばしば匈奴《きょうど》を討伐し大功を立てた（前一四五〜前一一七）。霍光は前漢の政治家。平陽の人。霍去病の異母弟。字《あざな》は子孟。諡《おくりな》は宣成。官は大司馬大将軍。武帝歿後、その遺詔により少子昭帝の摂政となって権力を誇ったが、死後、反逆の計画があったとして一族が滅ぼされた（?〜前六八）。

○**柏《かえ》**　『名義抄』「カヘ」。榧《かや》の古称。イチイ科の常緑高木。高さ二〇メートルに達し、葉は線形で先がとがり堅い。実は食用油・燃料油の原料、材は建築・器具用。

○霊《りょう》　形ある肉体とは別の、冷たく目に見えない精神、また、死者のからだからぬけ出たたましい。
○かようなこと　死者を邸内に葬することをさす。

## 不信蘇《そ》規《き》、鏡《かがみ》を破《わ》り妻に与えて遠くに行く語《ものがたり》、第十九

今は昔、震旦の□の時代に蘇規《そき》という人がいた。

この人が国王の使者としてはるか遠い国に行くことになったとき、妻に向かって、「わしは国王の使者として遠い国に行くことになった。おまえの顔は長いこと見られないだろう。だがわしはほかの女と膚をかわすことはしないつもりだ。おまえもほかの男に近づくようなことがあってはならぬぞ。そこで、ここに鏡が一つあるが、これを二つに割り、その半分をおまえに預け、あと半分はわしが持って行く。もしわしがほかの女と膚をかわすようなことがあれば、わしの半分の鏡はかならず飛んで来ておまえの鏡に合体するであろう。またもし、おまえがほかの男と情を通じるようなことがあれば、おまえの持っている半分の鏡が飛んで来て、わしの半分の鏡に合体しよう」と約束を交わすと、妻は喜んで半分の鏡を持って行って箱の中にしまっておいた。蘇規も半分の鏡を取って家を出、これを膚身はなさず持ってかの国に行った。

その後しばらくして、妻は家にいてほかの男と関係を持つようになった。蘇規はそれを知らぬまま他国にいたが、妻に与えた半分の鏡が突然飛んで来て、蘇規の半分の鏡にまるで砂

ならししたようにぴったりと合体した。それを見た蘇規は、自分の妻が約束を破ってほかの男に情を通じたということを知り、妻を恨んだ。

だから、誠意をもってことに当たったならば、無心のものでさえこのようなことがあるのだ、とこう語り伝えているということだ。

〈語釈〉

○**表題について**　「不信蘇規」の「不信」は本話の内容からみて蘇規を形容するものでなく、むしろ妻の行為にあたる。思うにこの語は本話の主題としてとらえたもので、次話の主題である「直心」と対応的に並べ配置するためのメモとして傍書されたものが、書写過程で表題の上につけられたものかもしれない。

○**□の時代**　空格は諸本欠字。

○**蘇規《そき》**　伝未詳。『注好選抄』「蘇規」。『太平広記』『古今詩話』に類話があるが、「陳太子舎人徐徳言」とする。

## 直心紀札《きさつ》、剣《つるぎ》を猪君《ちよくん》の墓《はか》に懸くる語《ものがたり》、第二十

今は昔、震旦の〔周の〕時代に紀札《きさつ》という人がいた。武芸に達し、正直な心の持ち主であった。

この人が国王の命によって謀反を起こした者どもを征討しようがために他国に出かけて行

っている途中、突然大雨に逢った。そして洪水になったので先に進むことができず、猪君《ちょくん》という人の家に宿を借りた。二ヵ月たって雨がやみ空も晴れたので、紀札は猪君の家を出て行こうとしたが、そのとき猪君に向かって、「私はあなたの家に宿をとらせていただいてすでに二ヵ月たちました。このご恩返しをしなければなりません。ところで私には命と同じくらいたいせつにしているものがあります。ここに帯びている剣がそれです。これをあなたにさしあげようと思います。だが私はこれから謀反の者どもを討ちにかの国に行きますので、その帰りにこれをさしあげましょう」といって出ていった。

その後敵地に入り、一年かかって思いどおりに敵を討ち平らげ、その首を取って帰って来る途中、猪君の家に立ち寄り剣を与えようとすると、猪君の家の門前はいつのまにやら荒れはてて野原となっていた。紀札はこれを見て不思議に思い、一人の老人をつかまえて猪君のことを尋ねた。すると老人は、「猪君でしたらずっと前に亡くなりましたよ」という。紀札が、「ではその墓はどこにありますか」と聞くと、老人は手を挙げて指し示し、「墓はあれです」と教えた。その墓のそばを見ると、三尺ほどの榎が生えていた。紀札は教えられたとおり墓に行き帯剣を解いて榎に掛け、約束を果したことの挨拶《あいさつ》をし、恩を報じ終って去っていった。

だから、誠実な心の持ち主とはこのようなものである。身の護りともし、家の宝ともするべき剣ではあるが、約束を忘れていないがために、その相手がいなくなったとはいえ、墓の木に掛けて帰って行ったのだ、とこう語り伝えているということだ。

〈語釈〉
○**表題について**　直心は前話の不信に対し、約束を重んじる心の意。
○**〔周の〕時代**　〔　〕内は諸本欠字。話の内容によって補った。
○**紀札**《きさつ》　正しくは「季札」。春秋時代（周王朝）、呉《ご》王寿夢の第四子。父が季札の賢なるを見て位を譲ろうとしたが固辞して受けず、のち延陵に封ぜられ、延陵の季子といわれた。しばしば諸国を歴訪して当世の賢大夫と交った。『注好選抄』「紀札」。
○**国王**　呉《ご》王余祭（季札の兄）。
○**二ヵ月たって**　二ヵ月は雨期をさす。

## 長安の女、夫《おっと》に代《かわ》り枕《まくら》を違《たが》えて敵《かたき》の為《ため》に殺《ころ》さ被《る》る語《ものがたり》、第廿一

今は昔、震旦の〔漢の〕時代に、長安に一人の女がいた。容姿端麗で正直な心の持ち主であった。

この女には夫があり、その夫に敵がいた。その敵の男がこの女の夫を殺そうとして家にやって来た。そのとき夫はよそに出かけて家にいなかった。敵は家の中を見ても夫がいないので、妻の父を捕えて縛りあげた。妻は父が縛られたと知って奥から出て来た。敵は妻を見て、「おれはおまえの夫を殺すためにここに来たのだ。だがおまえの夫が見えない。もしおまえが夫を出さぬのなら、おまえの父親を殺してしまうぞ」という。妻はその敵に向かっ

て、「夫がいないからといって、どうして父を殺す理由などありますか。それではこうしましょう。あなたはあとでこの家にやって来て私のいうとおりにして夫をお殺しなさい。寝室に夫は東枕に伏し、私は西枕に伏しています。あとで来た時に東枕に伏している夫をお殺しなさい」といった。敵の男はこれを聞き、父の縄を解いて帰っていった。

そのあとで夫が帰って来た。妻は夫に、「今夜は私は東枕に寝ます。あなたは西枕に寝てください」といって伏した。すると敵の男が入って来て、東枕の妻を、これが夫であると思って殺した。殺してしまったのは妻であり、夫は命をまっとうした。敵の男はこれを知っていたく悔んだ。そしてこれは妻が夫の身代りになり、枕を替えて殺されたのだとさとった。

その後、敵の男は心からこれを哀れに思い、夫に対する害心をすっかり捨て去って、夫と義兄弟の契りを結んだ。

されば昔は、このようにわが身を捨てて夫の命を救った女がいたのである。じつにまれに見るりっぱなことであるとこの話を聞く者はみな言いあった、とこう語り伝えているということだ。

**〈語釈〉**

○〔**漢の**〕**時代**　〔　〕内は諸本欠字。次項の理由により補った。

○**長安**　漢の恵帝がはじめて都とし、漢・前趙《ちょう》・前秦・後秦・西魏《せいぎ》・北周・隋《ずい》・唐など各王朝の主都であった（今の西安市を含む一帯）。本話の原話は『古列女伝』に見え、冒頭は「京師ノ節女者、長安大昌里人之妻也」とある。該書の著者劉向（名は更生、のちに向と改めた。字《あざな》は子政）は前漢の昭帝元鳳四年~哀帝建平元年（前七七~前六）の人であるから、この長安は漢の都である。『注好選抄』（「郎女代フレ枕ヲ」）「此女ハ長安里人也」。

## 宿駅《しゅくえき》の人、遺言《ゆいごん》に随《したが》いて金《こがね》を死《し》にし人《ひと》に副《そ》え置《お》き、徳を得る語《ものがたり》、第廿二

今は昔、震旦の〔漢の〕時代に一人の人がいたが、他国に出かけて行く途中日が暮れたので、ある宿駅で宿をとることにした。その宿には前からある男が泊っていて病気で臥せっていた。この二人はたがいに相手がどういう者か知らなかった。

ところが、前から泊って病《やまい》に臥している男が、今泊った人を呼んだ。呼ばれるままにそばに寄ると、病人が、「私は旅の途中病気になって何日もここに泊っています。だがもはやこよい限りの命です。ところで私の腰に二十両の黄金がつけてあります。私が死んだあとでかならず私のなきがらといっしょにその黄金を棺に納めてください」という。

今泊った人はこれを聞き、「あなたの姓は何ですか。名はなんといいますか。どこの国の人ですか。親はいますか」と尋ねようとしたが、尋ねるまもなくこの病人の息が絶えてしまった。その人は不思議に思って、死んだ人の腰をさぐるとほんとうに二十両の黄金があった。この人はもともと哀れみの心がある人で、死人の言ったとおりその黄金を取り出し、一部をもってこの死人を葬るために必要な道具を買い整え、その残りを約束に従ってすこしも残さずこの死人の身に添えて棺に納めた。どういう人かは知らないがこのようにして家に帰

った。

その後、思いがけず、飼主のわからぬ離れ馬が家にやってきた。この人はその馬を見て、これはきっとなにかわけがあるのだろうと思い、捕まえてつなぎ、飼っていた。だが、だれ一人、「自分がこの馬の飼主だ」といって来る者がない。その後またつむじ風が刺繍をした夜具を巻き上げてきて庭に落とした。これもなにかわけがあるのだろうと思い、取り納めておいたが、「自分のものだ」といって探しに来る者もなかった。

それからしばらくして、ある日、見知らぬ人がやって来て、「この馬はわが子であるこういう者の馬だ。その夜具も彼の夜具がつむじ風に巻き上げられたものだ。その馬も夜具も両方ともいつのまにやらあなたの家にある。これはどういうわけか」という。この家の主は、「この馬は思いがけずどこからか綱を離れてやって来たのです。探している人もないのでここにつないで飼っています。夜具もまたつむじ風が巻き上げてここに持って来たのです」と答えた。するとやって来た人が、「そういうことなら、馬もしぜんに綱を離れてやって来たし、夜具もつむじ風が持って来たことになる。あなたにはいったいどんな善行があるのですか」という。

家の主は、「私にはすこしも善行などありません。だが、こうこういう宿駅で、ある夜宿をとったとき、前から泊っていてわずらっていた人が死んでしまいました。死ぬ前にその人が私に頼んだとおり、その人の腰につけていた二十両の黄金のうちの一部で葬送に必要な道具を買い整え、残りを全部遺骸と一緒に棺に納めて帰って来ました。その時、私が、『あなたの姓は何ですか、名は何といいますか、どこの国の人ですか』と聞いているうちに息が絶えてしまいました」と答えた。やって来た人はこれを聞くや地に倒れ伏し身をもんでひたすら泣き崩れた。

そして涙ながらに、「その死んだ人はまさしくわが子なのです。この馬も夜具もみなその子のものです。あなたがわが子の遺言をほごになさらなかったので、その隠れた善行ゆえによい報いが生じて、天がわが子の馬も夜具もあなたにお与えになったのです」といって、馬も夜具も取りあげず泣く泣く帰って行こうとしたので、家の主はそれらを持って帰らせようとしたが、とうとうもらわずに去っていった。

その後このことが広く世に知れ渡り、この人は曲った心がなく正直な人物だという評判が立って、世間の人々から重んじられるようになった。

この出来事を最初にして、以後つむじ風が巻き上げて持って来た物はもとの持ち主に返すことがなくなった。また、持ち主もそれを自分の物だとはいわなくなった。そして、巻き上げて持ってきた場所をもよい場所とするようになった、とこう語り伝えているということだ。

〈語釈〉

○〔漢の〕時代　〔　〕内は諸本欠字。この話は『後漢書』『蒙求《もうぎゅう》』に見え、それによれば時代は「後漢」であるが、第二十五話が、後漢を「漢」としているので、それにならって補った。

○こうこういう者　『蒙求』によれば、前に記した「金彦」である。

# 病《やまい》、人《ひと》の形《かたち》と成り、医師《くすし》其《そ》の言《こと》を聞《き》きて病《やまい》を治《じ》する語《ものがたり》、第廿三

今は昔、震旦の〔周の〕時代に重い病気にかかっている人がいた。当時、優れた医師がいたので、病人は治療してもらうためその医師の往診を乞うたところ、医師は承知した。

医師はその夜夢を見た。その人の病が突然二人の童子の姿となり、その一人が嘆きながら、「われわれはこの医師のために傷つけられようとしている。どうしたらよかろう。どこに逃げたらいいだろうか」というと、もう一人の童子が、「われわれが肓《こう》の上、膏《こう》の下に入ったなら、医師はどうしてわれわれを傷つけることができよう」という、と、このような夢を見て目がさめた。その後、医師はかの病人の家に行き、診察したうえで、「私はこの病気をなおすことはできません。針も届きませんし、薬も役に立ちません」といって、治療もせず帰っていったので、病人はすぐ死んでしまった。胆嚢《たんのう》の下を肓《こう》といい、胆嚢の上を膏《こう》という。この場所に入った病気は治療法がないので、こう言ったのであろう。

その後また重病にかかった人がいた。同じ医師の往診を乞うて治療させようとしたので、医師は招かれるまま病人の家に行く途中、突然二人の鬼と行き会った。鬼の一人が嘆きながら、「われわれはついにこの医師のために傷つけられようとしている。どうすればよかろう」というと、もう一人がまた前に夢で言ったように、「われわれが肓の上、膏の下に入っ

たならまったくどうにも手のうちようがあるまい」という。すると前の鬼が、「だがもしかすると八毒丸を飲ませるかもしれないぞ」という。もう一人の鬼は、「その時こそわれわれはどうするすべもあるまい」といった。こう話し合っているのを聞いた医師は病人の家に急いで行き、こんどは八毒丸を飲ませた。病人はこれを飲んで病気が即座になおった。

だから、病気にもみな心があって、このように話をするものである、とこう語り伝えているということだ。

〈語釈〉

○**〔周の〕時代**　〔　〕内は諸本欠字。原話と見られる『春秋左氏伝』（『左伝』）の話によって補った。「成公十年」とあり、成公は周王朝第二代の王である成王、名は誦《しょう》、幼くして即位したため、叔父の周公旦に助けられて周代の治世の基を築いた、在位三十七年。

○**医師**　名は緩《すい》。『左伝』「秦伯使ム二医緩ヲシテ為サレ之ヲ」。

○**肓**《こう》　「肓」は鬲（横隔膜）の上のかくれた部分。

○**膏**《こう》　心臓の下の部分。『左伝杜注』「心下為スレ膏ト」とあるが、後文は「胆嚢の上」とする。肓・膏はともに身体のもっとも内側で、薬も針もとどかず治療しにくいところとされる。『左伝』「其一曰ク、居レバ二肓《くわう》之上膏《かう》之下一若我ヲ何《いか》ンセン」。

○**治療法がない**　治療法がないから「病《やまい》、膏肓《こうこう》に入《い》る（至る）」というのであろう。

○**二人の鬼**　中国では魂魄がからだをはなれてさまようものを鬼とし、三国・六朝以降は泰山（太山）の地下に鬼の世界があると信じていた。だが、この鬼は前の「二人の童子」と同じもののようで、病気の変化《へんげ》を鬼としたものか。
○**八毒丸**　未詳。『日本古典文学大系』本の注は『中国医学大辞典』に見える「八毒赤丸」がこれに当たるかとする。

## 震旦の賈誼《かぎ》、死して後、墓《はか》に於《お》いて文《ふみ》を子《こ》に教うる語《ものがたり》、第廿四

今は昔、震旦の漢の時代に賈誼《かぎ》という人がいた。知恵が豊かで、どんな書物を読んでも理解に苦しむということがなかった。

この人には一人の男の子がいて、名を薪《しん》といった。薪がまだ幼い時、父の賈誼が死んだ。そのため薪は学問をすることができなかった。薪は、学問がなくてはどうしてこの世に生きていけようかと心細く思い嘆いて、夜父の墓に行きさまざまに訴えて拝んだ。すると賈誼が子の薪を見て姿を現わし、「そなたは学問をしなくてはならぬ」という。薪が、「私は学問しようと思っていますが、だれを先生として学んだらよろしいでしょう」というと、賈誼は、「学問がしたいのなら、このように毎夜ここに来て、わしについて学ぶがいい」といった。

そこで薪は父のいうとおり、夜な夜な墓に行って書物を学んだが、いつしか十五年たった。そして学び続けているうちやがてその道に熟達した。国王がこのことをお聞きになり、召し出して仕官させたが、まことにその道に精通している。そこで重くお用いになり、つい

に薪は素志を達成した。その後は薪が墓に出かけて行っても、賈誼の姿はまったく現われなかった。

賈誼が死後まのあたり子に会って学問を教え素志を遂げさせたのはじつに不思議なことであり、世にもまれな深い親心である、とこう語り伝えているということだ。

〈語釈〉

○賈誼《かぎ》　前漢、洛陽の人。世に賈生と称せられた。若くして詩文をよくし、文帝（第五代）に重んじられ、博士、大中大夫、帝子梁王の大傅《たいふ》となる。治安策として推恩の令を帝に上疏《じょうそ》したことで知られる。三十三歳で没した（前二〇一～前一六八）。

## 高鳳《こうほう》、筭洲《さんしゅう》の刺史《しし》に任《にん》じ、旧妻《ふるきめ》を迎うる語《ものがたり》、第廿五

今は昔、震旦の漢の時代に高鳳《こうほう》という人がいた。幼い時から知恵があって、昼も夜も学問に努め、それ以外のことは見向きもしなかった。

ところが高鳳は家がきわめて貧しく、妻一人よりほかは使用人などまったくいなかった。だが高鳳はそれでも世間の俗事には見向きもせず、学問一筋に年月を送っていたが、ある時、その日の夕餉《ゆうげ》に食べるものがなくなった。

そこで妻が隣の家に行って麦をもらい、夕餉の食に当てようと思って庭に曝《さら》しておいた。そして高鳳に、「夕食にする物がないので、私が隣の家に行き麦をもらって来て庭に曝《さら》して

おきました。もし鶏が来てその麦を食べようとしたならば遠くへ追い払ってください。私は火を取りに行ってきます」といい、出ていった。そのあとで鶏がやって来て庭の麦を食べはじめた。だが高鳳は学問に没頭して余念がなかったので、それに目をやることもなく、鶏は思うがままに麦をみな食べてしまった。妻が帰って来て見ると、麦が一粒もなくなっている。「どうしたの、麦が一粒もないわ」と聞くと、高鳳は知らないと答えた。

　それを聞いて妻はひどく怒り、「あなたは学問をするといっても、世間のことには無知で、ほんとうに愚か者だ。たった今私は離婚させてもらいます」という。高鳳は、「おれはあと三年すると富貴の身となるだろう。その時まで待ってくれないか」といったが、妻はその言葉をまったく信じようともせず去っていってしまった。その後妻は竿州《さんしゅう》という所に行き再婚した。

　やがて四年たって、高鳳はついに竿州の刺史に任じられた。そこで高鳳は富貴の身となりその州に下って行くと、竿州の住民たちはこぞって道の掃除をし役宅を磨きあげ、大騒ぎをして歓迎の準備を整えたうえ、貴賤の別なく男女たちが数知らず集って来て刺史の下って来る行列を見物した。その中に刺史の昔の妻がいた。今の夫とともに藪の中に入って見ていたが、刺史がそれをちらっと見つけ、輿《こし》をとどめて従者をそこにやり、「わしはそなたの前の夫ではないか。そなたはわしの前の妻ではないか」と言わせたところ、妻はこれを聞いてひじょうに喜び、藪の中から出て来た。そこでそば近くに召し寄せ、よく見るとほんとうにそうであったので、このうえなく哀れに思った。

刺史は昔の心を失っておらず、その昔の妻を呼び取ってもとのように家に迎え養うことにしたので、今の妻は恥じて去っていった、とこう語り伝えているということだ。

〈語釈〉

○**漢**　本話の原話は『後漢書《ごかんじよ》』に見えるので、この漢は後漢（二五～二二〇）である。

○**高鳳《こうほう》**　『後漢書』「高鳳、字《あざな》ハ文通、南陽葉《せふ》ノ（河南省）人也、少クシテ為《な》リ二書生一ト、家ハ以テ二農畝一ヲ為スレ業ト、而シテ専ラ精シ誦読一ニ、昼夜不《ず》レ息《やす》マ」。章帝の建初年中（元年は七六年）将作大匠《しようさくだいしよう》となる。のち隠退し、釣魚に生涯を終えた。

○**竿州《さんしゆう》**　未詳。「竿」は「算」の俗字。

○**刺史**　州の長官。高鳳が刺史に任じられたことは『後漢書』にない。『蒙求』の朱買臣は会稽太守《かいけいたいしゆ》を拝している。「富貴ニシテ不《ざ》ルハレ帰ラ二故郷一ニ、如シ下衣《き》テレ繍《しう》ヲ夜《よる》行クガ一」はその時のこと。

## 文君《ぶんくん》、箏《しようのこと》に興《きよう》じ、相如《しようじよ》に値《あ》いて夫婦《めおと》と成《な》る語《ものがたり》、第廿六

今は昔、震旦の漢の時代に文君《ぶんくん》という女がいた。容姿が世に並びないほど美しかったので、国王に仕えてこのうえないご寵愛《ちようあい》を受けた。また、文君を見た人はことごとくその美しさをほめたたえた。そこで、文君を妻にしようと思いを寄せる者も世間に多くいたが、文君はまだ年が若いので、男に近づくこともなく宮中に住んでいた。

当時、相如《しようじよ》という男がいた。年が若くなかなかの美男子であった。しかも世にまたとない

ほどの箏《そう》の名手であった。この箏の音を聞く人はだれもみな感嘆した。あるとき、相如が簾《すだれ》の外で箏を弾いているのを文君が簾の内で聞いていたが、言いようもなく哀れですばらしかった。文君は感に堪えず、夜もすがら寝もせず聞きほれていると、相如はこれを知って妙手の限りを尽くして弾き続ける。

夜が明けるころまで聞いていた文君は、身にしみて哀れに思われたので、簾の外に出ていって相如と会った。相如は長い間文君に思いを寄せていたので、このように会えたことを言いようもなくうれしく思い、文君をかき抱いてひそかに宮中から出て行った。そして家に連れていって末長き愛を契り、いっしょに住んでいたが、世間ではこのことに気づかなかった。すると文君の父が、文君がいつのまにかいなくなったと聞き、東西南北走り回って探したが、どうしても探し出せなかった。その後二年たって、文君の父はついに事情を聞き及び、喜んで夜具と銭三万を送り与えた。

文君が箏の音を聞いて感に堪えず、身を捨てて相如に会いに行ったその心情はどれほどのものであったろうかと、その当時の人は言い合った、とこう語り伝えているということだ。

〈語釈〉

○**文君**《ぶんくん》　『前漢書』に「卓文君ハ、蜀郡《しょくぐん》臨卭ノ富人卓王孫ノ女ナリ、新《あらた》ニ寡《やもめ》トナリ好ムレ音ヲ」。すなわち、やもめとなって生家に帰っていたが、音楽の才があったということ。

○**相如**《しょうじょ》　司馬相如《しばしょうじょ》。前漢の文人。成都（四川省）の人。字《あざな》は長卿《ちょうけい》。少時より書を好み剣を学ぶ。有名な戦国時代の趙《ちょう》の名臣、藺相如《りんしょうじょ》を慕い、名を相如と改めた。景帝に仕え武騎常侍《ぶきじょうじ》となったが、一時遊説《ゆうぜい》にあこがれ梁《りょう》に客遊《かくゆう》した。その後家に帰り武帝に仕えた。詩賦《しふ》にすぐれ、「子虚賦」「上林賦」「大人賦」「美人賦」「長門賦」「哀二世賦」「封禅文」などを作り、その華麗な賦は、漢・魏・六《りく》朝《ちょう》時代の文人の模範となった（前一七七〜前一一七）。

○**箏**《そう》　十三絃の琴。

## 震旦の三人の兄弟、家《いえ》を売り、荊《うばら》の枯《か》るるを見て直《あたい》を返して返り住む語《ものがたり》、第廿七

今は昔、震旦の□の時代に三人の兄弟がいた。長兄は田達、次兄は田旬、末弟は田烟といった。父母が死んでのち、三人は一つの家に住んで世を過ごしていたが、この家にはいばらが植えられていて四季折々に花を咲かせ、言いようもないほど美しい。これは世にもまれなものだといって、これを見る人はみな感嘆していた。

ところが、どういう事情があったのか、この三人の兄弟の意見が合って、「さあ、われわれはこの家を売ってその金を三つに分け、三人でそれを分配してここから出て行こう」といい、即座に家を売り払い、おのおの自分の取りまえを分け取って家を出て行こうとしたが、庭のいばらも翌朝早く三つに分けて掘り取り持って行こうと思っていると、その夜のうちにいばらが忽然《こつぜん》と消えうせた。朝になって庭を見るといばらがなくなっている。

これを見た三人の兄弟は、「このいばらがだれに取られたわけでもないのにすっかりなくなっている。それはわれわれがこの家から出て行こうとしているからだ。となると、草木さ

え別離を惜しんでいるのだ。まして人が別離の情を持たないではいられまい。われわれはやはりこの家から出て行くのはやめよう」とたがいに話し合い、ただちに家を売った代金を返却して三人いっしょにもとのように住むことになった。すると、いばらがまた前のように美しく咲き出した。

されば草木もまた、昔はこのようなものであった、とこう語り伝えているということだ。

**〈語釈〉**

**○□の時代**　空格は諸本欠字。

## 震旦の国王、江《え》に行き、魚《うお》を鉤《つ》りて大魚《おおきなるうお》を見、怖れ返る語《ものがたり》、第廿八

今は昔、震旦の□の時代に、国王が大臣・公卿および百官を従えて□という大きな入江に行幸し、魚を釣って一日楽しく遊ぶことを企てられた。

そこでさっそく入江のほとりに多くの建物をたて、それを美しく飾り立てた。やがて数え切れぬほどの魚を釣りあげてくる。国王はこれを見て、大臣・公卿とともにこのうえなくお喜びになった。そこでこの多くの魚を膾《なます》にしたり、その他さまざまに料理してお上がりになろうとしているうち、いつしか日暮れになった。

そのとき、入江の水面を見ると、なんとも恐しげな様子を呈してきた。国王をはじめすべての人々はこれを見て怪しみ、言いようのない恐怖におののいた。すると、突然水中から浮

かび出たものがある。見れば大きな魚の姿をしたもので、長さ一丈あまりもあった。それは魚の姿をしているといっても頭を見れば童子の頭である。目がきらきらと輝いてじつに恐ろしい。鼻も口もみなついていて人間のものと変らない。それが国王に向かって大声で、「なんと悲しいことか、今日、国王がこの入江においでになって多くの魚を殺しなさった。国王よ、どうか今後殺生をなさらないでください」という。その声がなんとも恐ろしい。そこで、残りの魚も作った膾もことごとく入江に投げ捨ててしまった。

その膾は入江に入るとすべて生き返り、水中にもぐっていった。そのあとで、かの大きな魚も水中に没し見えなくなった。これを見て国王はますます恐怖を覚え、即座に大臣・百官を率いて王宮に帰って行かれた、とこう語り伝えているということだ。

〈語釈〉

○**□の時代**　空格は諸本欠字。

○**□という大きな入江**　空格は諸本欠字。

○**膾**《なます》　魚や貝などの肉を細かく切ったもの。のちにはこれを酢にあえた料理をいう。

## 震旦の国王、愚《おろか》にして玉造《たまつくり》の手《て》を斬《き》る語《ものがたり》、第廿九

今は昔、震旦の〔周の〕時代に一人の玉造りがいた。名を卞和《べんか》といった。ある時、玉を造って帝《みかど》に奉ったところ、帝はほかの玉造りを召し出してこの玉をお見せに

なった。するとその玉造りはこれを見て、「この玉は光もなくつまらぬものでございます」と申しあげたので、帝はたいそうお怒りになり、「なにゆえにこのようなつまらぬものを奉って国王を欺くのか」と仰せられて、前の玉造りを呼び出して左の手を斬ってしまわれた。

その後、代が替わって次の帝が位に即《つ》かれ、また前の玉造りを召して玉を造らせなさったので、造って奉ったところ、前の帝のように、ほかの玉造りを召してこれをお見せになった。今度もまた前のように、「この玉は光もなくつまらぬものです」と奏上したので、また前のように帝はお怒りになり、今度は右の手をお斬りになった。そこで卞和は言いようもなく泣き悲しんだ。

そのうちまた代が替わって、次の帝が即位された。卞和はなお懲《こ》りもせずに玉を造って帝に奉ったところ、またほかの玉造りを召してこれをお見せになったが、それにしてもこれにはなにかわけがあるかもしれぬとお思いになり、その玉を磨かせてごらんになると、世にまたとない美しい光を放ち、どことい って照らさぬ所なく照り輝いたので、帝はお喜びになって卞和に褒美《ほうび》を賜った。

こうして、卞和は前の二代の帝の時には涙を流して悲しんだのに、三代目になってはじめて褒美を賜りおおいに喜んだ。このことから世間の人はみな前の二代の帝を非難し、今の帝に対しては、「賢明な方でおありだ」とほめ申しあげた。これは二代の帝が愚かでおありで、卞和が奉った玉を見て、なにかわけがあるのだろうと思いめぐらしなさるべきであるのに、簡単に手をお斬りになったことがよくないのである。また卞和も、懲りもせず玉を奉ったのはあまりに無造作すぎた。だから前の二代の帝には左右の手を斬られてしまったのだ。今度ももし前の二度の時のようであったならば首を斬られるであろうと世間の人は心配したが、卞和がしいて奉ったことにはなにか考えでもあったのだろう。

されば、なにごとによらず、このように意志を強くもつべきであると人は言い合った、とこう語り伝えているということだ。

〈語釈〉

○**〔周の〕時代**　〔 〕内は諸本欠字。いわゆる春秋時代の話であるが、第九・十一話など春秋・戦国の時代は「周」としているので、それにならって補った。

○**卞和**《べんか》　春秋時代の楚《そ》（揚子江中流の地を領有した国）の人。一般にすぐれた玉造りとして知られるが、そのもとである『韓非子』は玉造りとしていない。伝未詳。「卞」は姓。『韓非子』「楚人和氏得二玉璞《ぎょくばく》ヲ楚ノ山中一ニ、奉リテ而献ズ二之ヲ厲《れい》王一ニ、厲王使ム二玉人ヲシテ相セ一レ之ヲ」。（厲王は周王朝第十代の王）。『俊頼髄脳』（以下『髄脳』とする）「もろこしに卞和といひけるたまつくりのありけるが」。

○**帝**《みかど》　前項で記したように、周の厲《れい》王。

○**前の玉造り**　卞和をさす。

○**左の手を斬って**　『髄脳』「左の手をきらせ給ひけり」。『韓非子』「而シテ刖《き》ル二其ノ左足ヲ一」。周代の五刑は、墨《ぼく》（いれずみの刑）・劓《ぎ》（鼻切りの刑）・刖《げつ》（足切りの刑）・宮《きゅう》（生殖器を切る刑）・大辟《たいへき》（首切りの刑）の五種。

○**次の帝**　『韓非子』は「文王」とする。「武王薨ジ文王即位、和乃《すなは》チ抱キ二其璞ヲ一而哭《な》クコト二於楚山之下一ニ、三日三夜、涙尽キテ而継レグニ之ニ以レテス血ヲ、王聞レキ之ヲ使三メテ人ヲシテ問二ハ其ノ故一ヲ曰ク、天下之刖《あしき》ル者多シ矣、子奚《いづくん》ゾ哭レキ之ヲ悲シムヤ也、和曰ク、非レザル悲レシムニ刖ラルルヲ也、悲二シムナリ夫《か》ノ宝玉ニシテ而題レシテ之ヲ以レテスルヲ石ヲ、貞士ニシテ而名レヅケテ之ヲ以レテス誑ヲ、此レ吾ノ所二以悲一シム也、王乃《すなは》チ使三メ玉人ヲシテ理《をさ》二メ其璞一ヲ而得レタリ宝ヲ矣、遂ニ命ジテ曰二フ和氏之璧《たま》一ト」。『髄脳』「また世の中変りて、また新しくみかどいでおはしましたりけるに、なほこりずまに、さきざきわろしとて返したまはりける玉をたてまつりたりければ、みかど玉つくりを召して、やうあらんとてみがかせ給ひたりければ、えもいはず光をはなちて、照らさぬ所なかりけり」。

## 漢の武帝、蘇武《そぶ》を胡塞《ごさい》に遣《つか》わす語《ものがたり》、第三十

今は昔、漢の武帝の世に蘇武《そぶ》という人がいた。帝は□よってこの人を胡塞《ごさい》という所に遣わしたが、いつまでも帰ることができず、数年そこにとどまっていた。その後また衛律《えいりつ》という者がその地に行ったが、行き着くやいなやそこにいる人にまず、「蘇武は生きているか、それとも死んだか」ときくと、その人は蘇武が生きているのを隠そうがために策略をかまえ、「蘇武はすでに死んでもう何年もたった」と答えた。だが衛律はそれが蘇武の生存を隠してうそを言っているのだと心得、「蘇武はまだ死なずに生きているはずだ。この秋、蘇武が手紙を雁《かり》の足に結びつけ帝に奉ろうとしたところ、その雁が王城に飛んできて、その手紙を帝に奉った。帝はそれをごらんになって、蘇武はまだ生きているとおわかりになったのだ。そなたがいま言ったことはわしをだまそうとす

る計りごとであろう」といったので、その人は自分のいったことがだますためのはかりごとに過ぎぬものだったから、隠してもしかたがないと思い、「ほんとうはまだ死なずにいる」といって蘇武を衛律に会わせた。

雁の足に手紙を結びつけたといったのは、じつは衛律の策略による作りごとではあるが、これによって蘇武が出て来たので、世の人はこれを聞いて衛律をほめたたえた。

だから、うそであっても事と次第によっては言うべきものである。衛律の策略による作りごとは賢明であった、とこう語り伝えているということだ。

〈語釈〉

○**武帝**　漢の第七代皇帝。

○**蘇武**《そぶ》　前漢の武将。杜陵《とりよう》（陝西《せんせい》省長安県の東南）の人。字《あざな》は子卿《しけい》。武帝の時匈奴に使者として行き、十九年後に帰国したという（前一四〇〜前六〇）。『俊頼髄脳』（以下『髄脳』とする）「漢武帝と申しける帝の御時に、胡塞といへる所に、蘇武といへる人を遣したりけるが」。『前漢書』「蘇武字ハ子卿、杜陵ノ人ナリ、武帝ノ時、以テ二中郎将ヲ一持シレ節ヲ使ス二匈奴ニ一」。

○□よって　空格は諸本欠字。

○**胡塞**《ごさい》　胡国《ごこく》の城塞。すなわち、普通名詞であるが、固有名詞のように捉えているのは『髄脳』に同じ。胡国は中国西・北方の異民族の国をいうが、ここでは北方の遊牧民族匈奴の国をさす。『和漢朗詠集』（巻上、春氷）「胡塞ニハ誰カ能《よ》ク全ウセン二使節ヲ一、滹沱《こだ》ニハ還ッテ恐ルレ失ハンコトヲ二臣ノ忠ヲ一」。

○**衛律**《えいりつ》　父はもと胡人だが、漢で成長した。友人李延年の推薦で匈奴に使者となったが、帰国後李延年が誅せられたのを見て恐れ、匈奴に亡命した。匈奴はこれを重んじ丁霊王とした。
○**雁《かり》の足に**　書簡を雁書・雁帛《がんぱく》・雁札などというのはこの故事にもとづく。『髄脳』「雁の足」。『前漢書』『蒙求』「天子射テ二上林中一ニ得レ雁ヲ、足ニ有レリ係《かか》ルニ帛書《はくしょ》一ノ」。『平家物語』『源平盛衰記』「雁のつばさ」。『宝物集』「雁の首」。

## 二国互《たがい》に合戦《かっせん》を挑《いど》む語《ものがたり》、第卅一

今は昔、震旦に二つの国があった。一つを□といい、一つを□といった。

この両国は仲が悪く、たがいに相手を倒そうと必死になっていた。双方ともに自国がうち勝とうとするが、国力も軍勢の数も匹敵して勝負がつかぬまま何年も経つうち、□国の王が死んだ。その王には王子がいたが、まだ幼少であったので隣国の攻撃をくいとめられそうもなかった。

そこでその国の軍兵はみな、「われわれはこのままこの国にいていたずらに命を失うより、敵国についたほうがましだ。国王がご健在の時こそ、そのご威勢によって国は破られずにいたのだ。太子がいらっしゃるとはいえ、まだ幼少で何事もよくおわかりになるまい。われわれは敵国につかなければ殺されること疑いあるまい。だから、攻められてから投降するより、ただ自分たちの方からすすんで降服しに行こう。それもあとになって投降するよりすこしでも早くすればお褒《ほ》めにあずかるだろう」と口々に言って、われ劣らじ負けじと多くの者が敵国に脱出して行ったので、国内には人がいなくなった。たまたま残った者も剛毅な心はなく、敵国の王が攻めて来たならば首を伸ばして投降しようと思っている様子がありありと見えた。

敵国の王はこの様子を見てとって、「わしがかの国に攻め込むより、ただその国の太子を召しにやったならば、絶対逃げ去ることはできまい」といい、使者をやって、「そちらの国には太子とかいう者がいると聞いている。いますぐやって来て投降せよ」と命じるとともに、「そのようにしたならば、国を任せて治めさせてやろう。もし来なかったならその首が飛ぶであろう」と伝えた。

国に残っている者はこれを聞いて恐れおののき、大臣・公卿は太子に向かって、「わが君よ、国を治めようとお思いなら、まず命をまっとうなさるべきです。命がなくなれば国王の位もなんの役にも立ちません。またこの国の王子としておいでになりたくとも、国内はすっかり弱体化して、たとえこの国に千人の軍勢があったにしても、隣国の兵一人に立ち向かえもしません。隣国は今や俎《まないた》であり、われわれはその上にのせられた魚に過ぎぬと見られて攻め寄せられたなら、正面切って迎え撃《う》つことなどできはしません。ですから、今すぐにも敵国にやって行かれ、命をまっとうして国を任せられたならば、どうにか国を維持することがおできになれましょう」と勧めた。

これを聞いた太子は、「恥を知るのを人とする。命をまっとうしたからといって、ついには死なぬ者はない。賢人であった孔子も死んだ。勇猛であった盗跖《とうせき》も死んだ。されば、死は人にとってついに逃れえぬ道である。わしがこの世に生き残ったとて、親の墓を人に踏ませて何の意味があろう。だからわしはけっして投降せず、殺される日を待って国位を捨てようと思う」といって投降する気もなかった。

大臣・公卿はこれを聞き、そのある者は、「わが太子は、年を数えればまだ襁褓《むつき》を離れぬほどの弱年である。だがその心は大国に余るほど剛毅でおいでだ。われわれは長年帝に仕えて怠りなく忠勤に励んで来たと思っていたが、今日この幼君にはほとほとかなわぬと知った。はるかな前途のおありになる君さえこのように命を惜しみなさらない。われわれがなまじ命を惜しんでどうするものか」といい、またある者は恐怖のあまりあわてふためいた。

〈語釈〉

○一つを□といい、一つを□といった　空格は諸本欠字。

○□国　空格は諸本欠字。

○太子とかいう者　本集でしばしば用いられる、普通名詞を固有名詞として扱った用法。なおまた、「太子と名乗る者」の意で、相手を軽蔑《けいべつ》したいい方ともとれる。

さて、太子は敵国から来た使者を召し出し、一人の家臣に首を斬る剣を持たせてからその使者に向かい、「この場でおまえの首を斬るはずだが、おまえがここで死ぬと、おまえの国の王にこのことを話して聞かせる者がいなくなる。さればおまえは殺さずにおくから、よく見ておけ」といって、草をもって人形を作り、それに敵国の王の名を書きつけ、大声で太子みずからの名をいい、「これこれの国の太子が敵国の王の首を斬る」と叫んでこの草の人形を斬り落とした。そして自国の将軍を召し出し、使者の首をも斬る格好だけさせて追い返した。使者は本国に帰ってこのことを話した。これを聞いた王は激怒し、雲霞のごとき大軍を率いて攻め寄せた。国境内に攻め入るや使者をやって太子を召し出す。太子は兵士一人も連れず、また怖れた様子もなく、「すぐに参ろう」といって使者を帰した。

そのとき、さきに投降すべきであると勧めた大臣・公卿は、「それ、いわぬことではない」といって、みな敵国の王に投降したが、中には残りとどまって太子とともに命を捨てる時を待ちながら、茫然《ぼうぜん》と空を仰いでいる者もいた。

太子がいよいよ出て行こうとするときに持参した物がいくつかあった。高い足のついた椅《い》子《す》が二脚、水差し一個、硯《すずり》・墨・筆などである。これらをみずら髪の童子二人に持たせて敵陣に行き、一つの椅子を立ててそれに太子が腰をおろした。その前に二つの椅子を立て、その一つには水差しを置き、もう一つには硯を置いて墨をすらせた。これを見た敵方の多くの兵士たちは楯《たて》をたたいて声を限りに笑う。王は、「わしに投降するために文書を書いてよこそうとするのだ、このように硯や墨や筆を持って来たのは」と思い、「もし防戦する気があるなら、このようにここまで出てくるはずはない。ただ何をしでかすか様子を見たうえで首を斬ってやろう」と思って見ていると、太子は墨を濃くすらせ筆をぬらして水差しの首にぐるりと線を引きめぐらした。

そのあとで筆を置き、剣を抜いて水差しの首に当て、敵の王に向かって、「おまえの多数の軍勢はわしの一振りの剣に敵対することができぬ。おまえたち、王をはじめとして将兵ども、みなその首を見よ。この水差しの首に書きめぐらした墨はおまえたちすべての者の首にも引きめぐらされているだろう。この水差しの首を一刀のもとに打ち落としたなら、おまえたちの首も墨で書きめぐらしてある所からことごとく落ちてしまうであろう」と叫んだ。敵の王をはじめ多くの将兵はこれを聞き、たがいにその首を見ると、一人として墨の引きめぐらされていない者はなく、水差しの首と同様であった。太子は目に怒気をみなぎらせ、あわや水差しの首を打ち落とそうとした。

その途端、敵国の王はあわてて馬から飛びおり、両手を合わせて太子の前にひざまずく。多くの将兵はことごとく弓の弦をはずし太刀を捨て、顔を地につけて平伏した。王は、「私は今日よりのち太子を主君として丁重にお仕え申しあげましょう。太子よ、なにとぞ首だけはお許しください」と哀願した。

そのとき太子は柴を焼いて手につけ、「わしは帝位についたぞ」と名乗る。敵国の王は、「私は家臣である」と名乗って新帝に従って帰っていった。

それで、まれに見る優れた国であった、とこう語り伝えているということだ。

**〈語釈〉**

**○みずら髪**　髪を左右に分けて、それぞれ両耳のあたりにたばねた髪形。

# 震旦の盗人、国王《こくおう》の倉《くら》に入《い》りて財《たから》を盗《ぬす》み、父を殺す語《ものがたり》、第卅二

今は昔、震旦の□の時代に、国王の財宝を納めておく大きな蔵があった。その蔵に、財宝を盗み取ろうとして二人の盗人が忍び込んだ。この二人は親子である。親のほうは蔵の中に入って財宝を取り出す。子は蔵の外に立って親が取り出す物を受け取っていた。

すると、蔵の番人がやって来た。外に立っている子はその気配を察して、「番人が来てもおれは逃げるからつかまらない。だが、蔵の中のおやじは逃げ出せずにかならずつかまるだろう。おやじが生き恥をさらすより、いっそのこと殺してだれだかわからぬようにしてしまうにこしたことはあるまい」と思いつき、蔵に近く寄って、「番人がやって来た。どうしたらいいだろう」とささやく。親はこれを聞くと、「どこだ、どこにいるか」といいながら、蔵の中に立ったまま顔をさし出した。そのとたん、子は太刀を抜いて親の首を打ち落とし、それを持って逃げ去った。

そのあとで番人たちが蔵の前に来て見ると、蔵の戸が打ち破られて、人が入ったように見えた。驚き騒いで中に入ってみると、蔵の中に血がおびただしく流れている。怪しく思いよく見ると、首のない死人が横たわっていた。また、蔵の財宝が多く失われている。そこで国王にことの次第を奏上した。

国王は、「その蔵の中にあった首のない死人はまぎれもなく蔵に入った盗人である。それがもし親子だとすれば、親は蔵の中にいて財宝を取り出し、子は外にいてそれを受け取っていた。番人がやって来たが、蔵の中から逃げ出そうにもそのいとまがなく捕えられそうになって、だれだかわからせないために子が父親の首を取って逃げたのだろう」と思いつかれた。ところで、この国の風習には、昔から親が死ぬと日の善悪をえらばず三日以内にかならず葬ることになっている。そこで国王はその首のない死人を取り出して辻道のあたりに捨てておかせ、ひそかに人をやって様子をうかがわせた。

子のほうの盗人は、自分の親の死体が蔵から持ち出され辻道に捨てられたことを知り、これはきっと人に見張らせているにちがいないと判断し、日が暮れるころになって人を十分に酔わせる酒をたくさん買い求めてきて瓶に入れ、それに肴《さかな》を添え、自分は姿を変えてこれを担ぎ持ち、その死人の近くを通り過ぎた。死人を見張っている連中は一日じゅうの見張りに疲れ、すっかり腹をすかせていたので、この担いで通り過ぎようとする酒・肴を奪い取り、たらふく飲んだ。

その後この盗人は、ほんのすこしでも火に近づけるとすっかり燃え切ってしまうような十分に乾いた薪《たきぎ》を車に積み牛に曳かせて死人のわきを通り過ぎた。そして夜の暗さに車を曳きそこなったように見せかけて、薪を死人の上に落としかぶせてしまい、「やあ、えらい失敗をやらかした。すぐ人を呼んできて取りのけよう」といったまま去っていった。

〈語釈〉
**○□の時代** 空格は諸本欠字。本話はもとジャータカから出た話であるが、それを震旦話ととらえ、形式を整えるために時代を欠字として置いたもの。

見張りの連中はすっかり酔いつぶれ、あおのけざまにみな寝込んでいて、だれ一人このことに気づかない。そこで見とがめる者もいなかったが、そこへ火を手にしてやって来た男が死人のそばを火をうち振りながら通り過ぎざま、薪《たきぎ》に火をつけた。見張りの連中が寝込んで気がつかぬうちに死人はすっかり焼けてしまった。

見張りの者は自分たちが寝込んでいたため、探している犯人はみつからず、灰ばかり残っているのを見て、「われわれはおとがめをこうむり、首を斬られるだろう」と思い、恐れおののいたが、事の次第を国王に申しあげた。国王は見張りの者をおとがめにならず、「その盗人はじつに利口な奴だ」とおっしゃった。

またこの国の風習として、昔から父母を葬って三日以内にかならず水浴する川がある。国王は、「あの盗人はその川でかならず水浴するであろう。されば今日から三日の間、その川で水浴する者をかならず捕えてしょっ引いてこい」と勅命を下され、さらに、「人がその場で見張っていると見たならばきっと水浴するまい。そこで、捕縛する軍勢を遠くにおき、若い女を一人川のそばに座らせておいて見張らせよ。どこからか現われて川で水を浴びる者がいたら、女の報告に従って取り囲み、近づいて捕縛せよ」とお命じになった。

　そこで一人の女を川辺に置いて見張らせているうち一人の男が現われ、女にむつまじく語りかけたすえ、抱き合って横になった。やがて男は起き上がり、「いやあ、ひどくあつい。汗を流してこよう」といって川に下り、水を浴びて岸にあがり、また女としっかり交わった。そして、「こうこういう所でまた会おう」と十分に約束をかわして去っていった。女はこの男がただ水浴に来ただけだと思い、だれにも告げず三日過ぎた。

　さて国王は家臣を召し、「どうであった」とお尋ねになる。「川で水を浴びた者はまったくございません」とお答えした。すると国王は、「じつに不思議なことだ」とおっしゃって、かの女に直接このことをお尋ねになる。女は、「水を浴びに来たものはまったくございません。しかし、一人の男が来て、私と夫婦になろうと約束をかわし、二人で共寝をしたあとで、男が『ああ熱《あつ》い、汗を流してこよう』といって川に下り、岸に上がって帰って行くとき、『こうこういう所でまた会おう』と申して去って行きました。その人はなにか考えがあって水を浴びたとも思いませんでした」とお答えした。

　国王はこれを聞き、「まさにその男だったのだ。そいつの策略にそのたびごとに負けたのはじつに口惜しい」といって、その女を閉じこめ、他の男にも嫁がせず留め置いた。というのは、もしかしたらその男の子供でも身ごもっていはせぬかとの疑いをもったからであろう。その疑いどおり、この女は身ごもった。国王は言いようもなくお喜びになった。やがて月満ちて子供が生まれた。

ところで、その国の風習では、昔から子が生まれると、それをわが子と知らなくても、父は三日以内に子のところに行ってかならずその子と口づけをすることになっている。そこで、この女がもし身ごもって子を産んだなら、その子に口づけするために男がやって来るはずだ。それを捕縛しようと思って、女を他の男に嫁がせずにおいたのである。さて、その生まれた子を母に抱かせて市《いち》にやった。「もし男がやって来てこの子に口づけしたら、かならず捕縛せよ」と命じて見張らせていたが、やって来て子に口づけする男はまったくない。

〈語釈〉

○**水浴する川**　死のけがれをおとすためのみそぎをする川。

やがて、一人の餅売り男がやって来た。この子を見て、「おや、なんとかわいい子だ。この餅を食べさせてあげよう」といって、自分で餅を噛《か》み柔らげ、口移しに子に食べさせた。母はただわが子をかわいがって食べさせるのだとばかり思ったし、捕縛しようとする者たちもそのように思って捕えなかった。母にとっては見ず知らずの男に見えた。さて国王がまた見張りの者にその後の様子をお尋ねになると、「口づけする者もおりませんので捕縛できませんでした。ただ、この子をかわいがって餅を嚙み柔らげて口移しにした男がいました」とお答えした。国王はこれを聞いて奇異にも口惜しくもお思いになったが、今さらどうしようもなくそのままに終わった。

その後、年月がたって、国王は、「隣国に戦が起こって、どこのだれやら知らぬ男が国王を討って位に即《つ》いた」といううわさを耳にされた。その男の策略は想像もつかぬほど優れたものだとお思いになっていると、その隣国の新しい王が、この国の王の娘を后に申し受けたいと言ってよこした。この国の王はすぐに承知し、日を定めてめあわせることになさった。当日になって隣国の王は無数の大軍を率いてやって来た。この国でも結婚の準備は大変なもので、娘を美しく着飾らせ結婚式を無事終わらせた。

三日後、隣国の王が后を連れて自国に帰って行こうとする時、舅《しゅうと》の王が婿の王に向かい会って雑談をかわしたが、そのついでに舅の王が婿の王のそばににじり寄って、「あなたは先年私の蔵に入って財宝を取って行かれた方ですか。あなたのお知恵のほどを聞くとそのように思われます。けっしてお隠しなさらないでください」という。婿の王はこれを聞いてほほ笑み、「さよう、そのとおりです。だが古いことは仰せ出されますな」といい、后を伴って自国に帰っていったので、舅の王は、「とんでもない奴の知恵についに負けてしまい、娘をまでめあわせてしまったなあ」とお思いになったが、そののちは婿の王は他の国の王にもあなどられることなく過した。これは婿の王の人徳の然らしめるところである、とこう語り伝えているということだ。

## 生贄《いけにえ》を立つる国王、此《これ》を止《とど》めて国《くに》を平《たいら》かにする語《ものがたり》、第卅三

今は昔、震旦の〔周の〕時代に□という人がいた。そして、震旦の北方に□という大きな国があった。

さて、この人がその国の王となって出かけて行ったが、国境を越えるとすぐ王はその国の住民を呼び寄せ、「この国には今年になってからどういうことがあったか。また、国は広いのにどうして住民が少なく、土地は荒れているのか」と聞いた。すると住民は、「この国は昔から今に至るまで、毎年一度たいへんな出来事があります。そのため国には人が少なく家もからっぽなのです」と答えた。

王が、「それはどんなことだ」と聞くと、住民は、「この国には昔から強い神がおいでになります。そして年に一度その御祭りがあります。その祭りには、この国でも家柄がよく裕福な人の娘で容貌の美しい十五、六の未婚の女を選んで、前の年の御祭りの日から潔斎させ御注連縄《しめなわ》をいただき、一年間精進を続けたうえ、翌年の御祭りの日になってさまざまの御神宝を持ち、その女を飾り立てて輿《こし》に乗せ、大海の岸辺に連れて行って船に乗せ海に流すのです。そうするとすぐに海底に沈みます。そのようにしてその女を神の御使人として差し出しますと、神はそれをご自分の御妻《みめ》になさるのです。こういうわけで、住民はこれをつらく思って国から出て行ってしまうのです。また、精進がいい加減だとその家は亡び、国じゅうが

洪水になって人を流し村々を潰滅させてしまいます。そこで住民は住みつくことが難しいのです」という。すると王は、「それなら、潔斎を十分にやってよく祭るべきだ」といった。住民はこれを聞いていよいよ恐れおののいた。

その後、月日が過ぎてつぎの年の御祭りの日になった。王は、「この御祭りにはわし自身参ってみよう」という。そこで国じゅうが大騒ぎをして娘を輿《こし》に乗せ錦《にしき》を張り、玉の瓔珞《ようらく》で飾り立てた。王の御行事のはじめというので、そのりっぱなことは例年とは比べものにならぬほどである。多くの役人は一人も欠けずお供に従った。国を挙げてこれを見物する。

王が見ると、玉の輿《こし》に色とりどりの錦《にしき》を張り、さまざま財宝の限りを尽くして飾ってある。多くの人々がその前後をとり囲んでいた。わきには巫子《みこ》たちが馬に乗って従い、そのほか幡《はた》を持つ者、鉾《ほこ》を捧げている者、翳《は》をさし上げている者、榊《さかき》を手にしている者など、数知らず続いていた。そのあとに、娘の父母や親族の者が多くの車に乗って泣く泣く送って行く。王はこれを見て、あの父母の心中はいかばかりであろうと思いやり、なんとも哀れで胸もはり裂けるほどであった。

そこで王は、「その御輿しばらくとどまれ。わしがこの国を治めることになってはじめてさし出す生贄《いけにえ》は、わしが一度見たうえでさし出すことにしよう」と声を掛け、輿《こし》をとどめさせた。そこで巫子《みこ》はみな馬を下りてうやうやしく御輿にかしずいた。そのとき、王は近づいて御輿の垂れ衣《ぎぬ》をかき上げ、中を見ると、その錦の垂れ衣の内に金の牀机《しょうぎ》を立て、その上に十五、六歳ほどの美しい女が、髪を結いあげ玉の飾りをつけ、玉の扇で顔を隠して座っていた。ひたすら泣きくれている。
王はこの様子を見ると言いようもなく悲しくなり、落ちる涙をおし止めて、人々に向かい、「しばらく待て。この女はじつに奇怪である。これはまったくもってわしを侮《あなど》るというものじゃ。わしのはじめての御祭りをよく勤めよと命じて、わし自身出て参ったのだ。わし以前の人は御祭りにこのようなことをしたのか。こんな怪しい女を選んで神に奉るから、国も滅び神もお怒りになるのであろう。こんな女はわれわれにさえ近づき仕えられる者ではないぞ。ただちに取り替えて奉るようにせよ」といったので、人々はみな恐れて震えあがった。

**〈語釈〉**

○**〔周の〕時代**　〔　〕内は諸本欠字。本話の原話と見られる『史記』中の話（『蒙求』が引用している）は「魏ノ文侯ノ時」とする。この魏は戦国時代の七雄の一国。春秋時代の晋の国が韓・魏《ぎ》・趙《ちょう》に分かれたもので、今の河南省北部・山西省西南部の地を領したが、のちに秦の始皇帝に滅ぼされた（前四〇三～前二二五）。春秋・戦国時代は本集では「周の時代」としているようなので補った。

○**□という人**　空格は諸本欠字。『史記』「西門豹《さいもんへう》為ル二鄴《ごふ》ノ令一ト」。西門は姓、豹は名。鄴は春秋時代、斉の町の名。春秋五覇の一、斉の桓公がはじめてこの地に鄴《ごう》城を築いたとされる。今の河南省臨漳《りんしょう》県の西。令は県の長官。本話では国王になったとするので、欠字のままにした。

○**□という大きな国**　『史記』では前項の「鄴」であり、「大きな国」とするのは当たらない。わが国でそれを中国北方の大国ととらえなおしたのであろうから、そのまま欠字にしておいた。

○**その国の王となって**　前項によれば「鄴ノ令」である。
○**潔斎**　日を限って飲食行為を慎み、沐浴《もくよく》などして心身を清めること。
○**精進**　身を清め不浄なことをしないこと。
○**輿**《こし》　屋形の内に人を乗せ、その下にある二本の長柄で肩にかつぎあげ、または手で腰のあたりに持ちあげて運ぶ乗り物。
○**翳**《は》　かざし。車や輿などにかざしてかげをつくる。羽毛で飾った絹ばりのものなど。
○**生贄**《いけにえ》　犠牲。神に捧げるための、まだ命ある人や獣。

その時、王は一人の巫子《みこ》を召し、「御神はどこにおいでになるか」と尋ねる。巫子は、「御神は海の底においでになります。だが祭りの日にはこのあたりに近づいておいでになり、この女をお受けとりなさいます。その時には風が吹き波が立って、海面がひどく恐ろしげになります。それによってお受けとりになるとわかるのです。そうならなければ、お受けとりにならないのだとわかります」と答えた。

王が、「よしわかった。しかし、今日はこの御祭りをやめ、事の次第を申しあげて延期をお願いし、後日よい日を選び生贄《いけにえ》をさし替えて奉ることにしようと思う。さっそくこのことを神に申しあげよ」というと、巫子は、「どのようにして申しあげましょうか」という。王は、「おまえらは長年神にお仕えしなれて、『御神が仰せられることは』など言っているではないか。どうして神のおいでになる所がわからぬのだ」としかりつけた。

やがて海面がひどく恐ろしげになって高波が立ちはじめた。王は、「それ、御神がお出ましにならぬうちにすぐにこちらから出て行って、このことを申しあげて帰ってこい」といって、一人の巫子《みこ》を破れ船に乗せ海に放った。見る見るその船は漂っていって、巫子は海に落ち込んだ。しばらくして王は、「もう神の所に行き着いただろう。ばかに帰りが遅いではないか」といってつぎの巫子を召し、「日も高くなった。どうしてこんなに遅いのか。ではもう一度おまえ行ってこい」というや首根っ子を突いて海につき落とした。二度と浮き上がらない。「不思議だなあ」といいざまつぎつぎと巫子を残らず海につき落とした。

その後、「御神のご返事を聞いたうえでお気に召す女を探し、御祭りを勤めるべきである」といって、この女を連れて帰り、わが妻としてそばに置いた。住民はこれを見てひどく恐れおののいた。王はさらに国内に池を掘らせて水をたたえ、「日でりの時はこの水で田を作れ。もし雨が降って大水が出たならば、溝を掘って水を流してしまえ」と命令した。さてこの女の父母・親族はこのうえなく喜んだ。女は后となってまたとないほどたいせつに扱われた。

それ以来、雨風は四季に応じて国土をうるおし、国のまつりごとは思いのままに行なわれ、民は平和に過ごし国は栄えて、なんの恐れもなかった。そしてこの国には巫子《みこ》が一人もいなくなった、とこう語り伝えているということだ。

# 聖人、后《きさき》を犯して国王《こくおう》の咎《とが》を蒙《こうぶ》り、天狗《てんぐ》と成る語《ものがたり》、第卅四

今は昔、震旦の□の時代、□という所の、人気をはるか遠く離れた深山の奥の谷間に、柴《しば》の庵《いおり》を結び戸を閉じて、長い年月人にも知られず修行を重ねている聖人がいた。

この聖人は長年の修行の力により、護法《ごほう》を使い鉢を飛ばして日々の食物を手に入れ、水瓶《すいびょう》を遣《や》って水を汲ませていた。そこで、別に召し使う者などいないが、何ごとにつけても思いのままで不自由はなかった。

あるとき、この聖人は経文の中に国王の后の有様が説かれているのを読んで、どうしてこんなにほめたたえているのだろうと思い、にわかに会ってみたいという心が生じた。天女は自分とは違う世界の者だ、ただ身近な所の后を見たいものだと、それ以来ずっと思い続けていたが、どうすることもできなかった。そのうち、真言《しんごん》秘密の経典を見ると不動尊の誓いを説いている箇所があり、そこに、「不動明王の使者は国王の后といえどもみずから負うて行き、修行者の願いをかなえてやる」と述べられている。この誓いの言葉を見て、愛欲の情おさえ難く、試みに使者にお願いしてみようと思いついた。

そこで、宮迦羅《くうから》という不動明王の使者がやってきて聖人といろいろお話しになるとき、聖人が、「私には長年思い続けていることがあります。それをかなえてくださいましょうか」というと、使者は、「私には、もともと私に頼みを掛けている者の願いを一つとしてかなえ

ぬことなく、かなえてやろうという誓いがあります。私が修行者に仕えるのは仏に仕えるのと同じです。仏の世界にはうそいつわりはありません。どのようなことであろうと、誓いを破ることなどあろうはずはありません」とおっしゃる。

　聖人はこれを聞いて喜び、「私は以前から不動尊に頼みをお掛けして、ひとり深山に住んで修行に励んでおります。それ以外に二心はありません。ところで、国王の后と申されている女性はどのようなお姿なのでしょうか。ぜひとも会ってみたいのですが、昨今お仕えしている三千人の后の中で容姿端麗な方を背負って来てくださいませんでしょうか」とお願いすると、宮迦羅《くうから》は、「いともたやすいことです。では明日の夜、かならず背負って連れて来ましょう」と約束して帰って行かれた。

〈語釈〉

○**□の時代、□という所**　空格は諸本欠字。本話はもとは天竺種《だね》の話で、それを震旦話にしたてたものかと思われる。それをとらえて形を整えるために欠字をおいたものであろう。

○**護法**《ごほう》　仏・法・僧の三宝を護持するため、よく行者を擁護し、また霊地を守護する善神の使者で、法力ある人に使役される。多く童子であって護法童子・護法天童といわれる。

○**鉢を飛ばして**　山中で修行する聖人・仙人の話にしばしばみえる。『信貴山縁起』の飛鉢の話は著名。

○**水瓶**《すいびょう》　飲料水を入れる細長い瓶《かめ》。比丘《びく》十八具の一で、修行僧の持ち物。

○**不動尊**　不動明王。五大尊明王（不動・降三世《ごうさんぜ》・軍荼利《ぐんだり》・大威徳《だいいとく》・金剛夜叉《こんごうやしゃ》）の一。阿哩耶阿奢《ありやあじゃ》

羅那他《らなた》と音訳し、不動尊・無動尊と意訳する。大日如来が一切《いっさい》の悪魔を降伏《ごうぶく》せんがために身を変じて忿怒身《ふんぬしん》を現わしたもの。その形像には二臂像・四臂像・六臂像など数種があるが、ふつう見る像は二臂像で、右手に剣、左手に羂索《けんさく》（端に金剛杵《こんごうしょ》の半形をつけたなわ）を執り、頂髪は左の肩に垂れ、左眼は斜視の相をなし、身は火焰《かえん》の中にあって磐石《ばんじゃく》の上に安座している。異像には、同じく二臂像で、右手に金剛杵《こんごうしょ》、左手に宝棒を持するもの、右手に金剛杵、左手に羂索《けんさく》のもの、二臂五鈷杵《こしょ》のもの、二臂金輪《こんりん》のもの、二臂剣索《けんさく》を持って自在天に乗るものなどがある。また身の色にも黒色・青色・赤黄など種々不同がある。胎蔵界曼荼羅《まんだら》では五大院にこれを画いている。

○**誓い**　不動使者陀羅尼秘密法に矜羯羅成就《こんがらじょうじゅ》の法が見え、法の如くに行なうと矜羯羅童子（不動明王の使者）が現われて、欲界上の天女等を見たいと思うと、連れて来て見させる、などのことがある。

○**宮迦羅**《くうから》　矜羯羅《こんがら》（梵語 Kiṃkara）に同じ。能作者・界下・恭敬者・僕婢・随順と意訳する。八大童子（慧光《えこう》・慧喜《えき》・阿耨達《あのくた》・指徳《しとく》・烏倶婆誐《うぐばが》・清浄《しょうじょう》・矜羯羅・制吒迦《せいたか》）の一。不動明王の眷属《けんぞく》として、ふつう制吒迦童子とともにその両側に侍し、行者のために駆使される。形像は十五歳の童子のようで、身体は白肉色、蓮華《れんげ》の冠・天衣袈裟《てんえけさ》を着け、二手合掌して、第二大指と触指との間に横に一股杵《いっこしょ》をはさんでいる。

そのあと、聖人はうれしくてならず、夜が明けるのも遅く、日が暮れるのももどかしい思いがした。約束を聞いてからというものそのこと以外なにも考えず、ひたすら思い乱れていた。いよいよその夜が来て、いまやいまやと待っていると、夜がすこし更けるころ、この世のものとも思われぬほどの香ばしいかおりが山いっぱいに満ち満ちた。これはどうしたことかと思っていると同時に、柴《しば》の戸を押し開けて入って来る。天女といわれているような女を宮迦羅《くうから》が背負い、そこに置いて出て行かれた。

聖人がそれを見ると、黄金の玉、銀の〔玉〕のほか、色とりどりの玉をもって美しくその身が飾られており、また百千の瓔珞《ようらく》を掛けている。そして、さまざまの錦《にしき》の衣裳をまとい、種々の造花を首に付け衣裳にも付けているというようにありとあらゆる財宝をもって身を飾っていた。香ばしいかおりは例えようもない。震旦の后はそのかおりがかならず三十六町の遠くまで香るというから、まして小さな庵のうちではその香ばしさはどれほどのものであったか想像に余りある。瓔珞や玉はたがいに触れあって微妙な音色をひびかせていた。

后の結い上げた髪に挿されている簪《かんざし》は、色とりどりの瑠璃《るり》をもって蝶や鳥の形に作ってあったが、その飾りの美しさは言葉も及ばぬほどである。仏前の御灯明《みあかし》の光りにこれらもろもろの玉が光り合い、后ご自身が光を放っているかのようであり、扇で顔をさし隠したお姿は天人が空から下って来たかと思うばかりであった。その后の顔は月がいま山の端からさし上って来たかのようであったが、思いもよらずこのような所に連れて来られて恐れを抱かれているご様子はまことに哀れに思われるとともに、たぐいなくおごそかであった。

聖人はこのような后を見て胸もつぶれ魂もけし飛ぶような思いがした。数年来の修行もたちまち破れてしまい、どうにもがまんがしきれない。三千人の后の中でも、年が若くとくに美しい女を宮迦羅《くうから》が選んで背負って来たのだから、世にまたとあろうはずもない。少々見劣りのする女であっても、聖人の目にはどう映ったであろうか。ましてこの后はこの世に二人となく、国じゅうにこれと等しい人はいないので、聖人は魂を抜きとられたような思いで后の手を取ったが、后は振り切るすべもない。山中の人も通わぬ所に夢のように連れて来られたので、ただ呆然《ぼうぜん》として泣いておられた。見たこともない柴《しば》の庵《いおり》になんとも恐ろしげな聖人がいるので、どうしようもなく恐ろしく思っていたのに、手まで取られたので、生きた気もせずひたすら泣いていた。それは桜の花が雨に濡れたような有様であった。

さて聖人は、仏がどのようにお思いになるであろうかと恐ろしく思いながら、長年の思いに堪えかねて、泣く泣くもついに后を犯した。やがて夜が明けると、宮迦羅《くうから》がやって来られて后を背負い帰って行かれた。その後聖人はほかのことはなにも思わず、ひたすらこの后のことばかりを心にかけて恋い嘆いていた。ところが日暮れころになって、宮迦羅がまたやって来られた。そして聖人に会って、「もう一度あの人を連れてまいりましょうか。それとも別の后が見たいと思われますか」とおっしゃる。聖人は、「ただ昨日の方をお連れしてください。そうでないと、夜もろくろく眠れません」といった。そこで前のように背負っておいでになり、また、夜明けにやって来られて后を背負い帰って行かれた。このようにして数ヵ月たつうち、后はいつしか身ごもられた。

〈語釈〉

○**夜が明けるのも……**　待ちきれない様子をいう。

○銀の〔玉〕〔 〕内は諸本欠字。意によって補った。
○瓔珞《ようらく》　インドの上流階級の人々が、頭・頸・胸にかける装身具。

ところで国王には三千人の后がいるので、その一人一人のことについてはかならずしもすべてご存じではない。ある日、国王がこの后の所にお渡りになると、后が身ごもっている様子である。

国王は、「そなた、后の身でありながらほかの男に近づいたな。こうなったのはだれのしわざじゃ」とおっしゃる。后は、「私はけっして自分から男に近づきはいたしません。じつはまことに不思議なことがあったのです」という。国王が、「それはどういうことか」とお尋ねになるので、后は、「こうこういうころからここ数ヵ月の間、真夜中ごろになると十五、六歳ほどの童子がにわかにやって来て私を背負い、飛ぶようにして深い深い山の中に連れて行きますと、そこに一つの柴《しば》の庵《いおり》があって、中に恐ろしげな聖人がいます。なんとも恐ろしくわびしくて仕方ありませんが、逃れるすべもないので近づくようになりました。そのうちこのようになってしまったのです」とお答えなさった。

国王は、「どちらの方角に行ったように思うか。どのくらい時間がかかったか」とおっしゃる。后は、「どちらともまったくわかりません。ただ、鳥が飛ぶよりもっと早く飛んで行きましたが、二時間ほどもかかって行き着いたところから思えば、ずい分遠い所なのでしょう」と答えられた。すると国王は、「今夜行くときには、手の裏に墨を濃く塗り濡らした紙を持っていって、その庵の襖《ふすま》に押しつけるがよい」とお命じになったので、后は国王のご指示どおりにご用意なさった。

いっぽう、宮迦羅《くうから》は聖人の所にやって来て、「今後はこのようなことはおやめください。よくないことが起こりましょう」とおっしゃる。だが、聖人は、「いや、たとえどのようなことがあっても、いままでのようにお迎えください」といった。宮迦羅は、「あとでけっしてお恨みなさいますな」とおっしゃって、前のように后を背負ってお連れした。后はそしらぬふりをして、濡れた紙で手の裏の墨を濡らし襖《ふすま》に押し付けた。翌朝、いつものように宮迦羅がやって来て背負って帰って行かれた。

その朝、国王が后の所にお渡りになってお尋ねになると、后は、「こうこうして、押し付けてまいりました」とお答えになる。そこで国王はまた后の手の裏に墨を塗り、多くの紙に押し付けさせ、多くの人を召してこれをお与えになり、「この国の中の、深く人気のない山中に住んでいる修行者の庵を探しまわり、これに似た手の跡のある庵を確実に探し出して見きわめて来い」と勅命を下された。

使者たちは勅命を受けて四方八方の山々を捜しまわり、ついにかの山の聖人の庵を尋ね当てた。庵の中を見るとこの手形があり、寸分狂いはない。そこで使者は帰って来てこのことを報告した。国王はこれをお聞きになって、「その聖人はまぎれもなく后を犯した。その罪たるや重大である。だからすみやかに遠地に流すべきである」とお定めになり、□という所に流罪《るざい》に処した。聖人は配所で嘆き悲しみ、恨みを抱いて死んだ。そして即座に天狗《てんぐ》となり、多くの天狗を家来にして天狗の王となった。

ところが、一方に別の天狗がいて、「あの天狗は国王の罰をこうむって流罪にされ死んだ奴である」といってつき合おうとしない。そこでこの天狗は十万人の家来の天狗を引き連れて他国に移り住んだ、とこう語り伝えているということだ。

〈語釈〉

○**お定めになり、□という所に**　原文は「被定レテト云フ所ニ」とあるが、もと「被定《さだめら》レテ□ト云フ所ニ」とあったものの空格をおとして書写したのであろう。

○**天狗**《てんぐ》　通力があって天空を飛び仏法の妨げをなす怪物。本集巻二十に多く登場するものは鳶《とび》の類で羽をもち、通力を失えば屎鳶《くそとび》になるとする。中国では彗星《すいせい》・流星の類を天狗と称していた。天狗を「あまつきつね」とよみ、「天狐」とかくこともあり、山中に住んで狸に似て首の白い獣を天狗とする経典もある。わが国中世以降、世に災害をもたらし天下を乱すものとされ、また修験道信仰とも結びついた。

## 国王、百丈《ひやくじよう》の石《いわ》の卒堵婆《そとば》を造り、工《たくみ》を殺さんと擬《す》る語《ものがたり》、第卅五

今は昔、震旦の□の時代に百丈の石の卒堵婆《そとば》を造る石工がいた。

時の国王がその石工に命じて、百丈の石の卒堵婆を造らせなさったが、すでに造り終わっ

た時、国王は、「わしはこの石の卒堵婆を期待どおりに造りあげた。じつに喜ばしいことだ。だが、この石工はまた他国に行ってこのような卒堵婆を建てるやもしれぬ。だからこの石工をすぐに殺してしまおう」と思いつかれ、この石工がまだ卒堵婆の上にいるとき、下に降ろすまいとして足場を一ぺんにばらばらと壊させた。

石工は降りることもできず、おかしなことだと思いながら、「このままぼんやり卒堵婆の上にいてもしかたがない。おれの妻や子はなにはともあれこのことは聞いているだろう。聞いていれば必ず見にくるにちがいない。なに、このおれがむざむざ死ぬなんて思いもよらぬことだ」と思ってはみたものの、地上まで声が届くほどの距離ならば妻子がきたとき叫んでもみようが、目にも見えず声も届かぬほどの高みにいるので、どうにも手の施しようがなかった。

やがてこの石工の妻子がこのことを聞きつけてやって来た。そして卒堵婆の下を行ったり来たり、ぐるぐる回ってみたりしたが、どうするすべもない。だが妻は、「こんなひどい目にあわされたところで、私の夫はなんの手もうたずにむざむざ死ぬような人ではあるまい。きっと、なにかよい工夫を思いつくに違いない」と期待をかけて卒堵婆を回りながら見ていると、石工は卒堵婆の上にいて、着ている着物をみな脱ぎ、それを裂いてひもを作った。そしてその紐をつなぎ合わせ、そろそろと下に垂らした。細い紐なので、風に吹かれてひらひらしながら降りて来るのを、妻が下にいてこれを見て、これは夫がなにかの合図に降ろしたものに違いあるまいと思い、これをつかんでそっと動かすと、上で夫がこれを見て合点してまた動かす。

妻はやっぱりそうだったと思い、家に走り帰って紡《つむ》いでおいた［　］を取ってきて前のひもに結びつけた。上のほうで動かすと同時に下のほうでも動かす。やがて上のほうでこれを引きあげたので、こんどは切ったひもを結びつけた。それをまたたぐり取ったので、つぎには糸のような細い縄を結びつけた。そうするとまたそれをたぐり取ったので、つぎはさらに太い縄を結びつけた。それもたぐり取ると、そのつぎは三、四本より合わせた縄を上げさせた。それをたぐり取ったあと、その縄をつかみ、どうやら伝いおりて来るや、すぐに逃げ去った。

この卒堵婆をお造りになった国王ははたして功徳《くどく》を得なさったであろうか。世の人はこぞってこの国王を非難した、とこう語り伝えているということだ。

〈語釈〉

○**□の時代**　空格は諸本欠字。本話の原話は『大荘厳論経』に見える話であり、それを震旦話にしたので、その文章形式を整えるために話の時代を欠字として置いたもの。

○**百丈**　中国周代では一丈は二二五センチメートル。近代の日本では三〇三センチメートル。

○**卒堵婆**《そとば》　梵語 stūpa 率堵婆・卒塔婆などとも書き、略して塔婆または塔と称する。インドでは、もと仏・阿羅漢《あらかん》・帝王などの墓標であったが、のちには聖地の標示または伽監《がらん》建築の荘厳《しょうごん》として建設された。通常は三重・五重等の屋根をもつ高塔を塔といい、追善供養のために用いる小形の板塔婆をさして卒堵婆・塔婆といっている。『大荘厳論経』「石柱」。

○**紡《つむ》いでおいた□**　空格は諸本欠字。
○**功徳《くどく》**　卒堵婆を造った善根によるよい報い。

## 嫗《おうな》、毎日《ひごと》に卒堵婆《そとば》に血の付くを見る語《ものがたり》、第卅六

今は昔、震旦の□の時代に、□州という所に大きな山があった。その山の頂きに卒堵婆があった。またその山のふもとに一つの村があり、そこに一人の老婆が住んでいた。年は八十ほどである。

その老婆は日に一度はかならずその山の頂きに登り卒堵婆を拝んだ。山は大きな高い山なので、ふもとから頂きに登って行く道はけわしく苦しく遠い。だが、雨が降ろうとかまわず、風が吹こうと取りやめず、雷にも恐れず、凍りつくような寒い冬であれ、堪え難いような暑い夏であれ、一日も欠かさずかならず登ってこの卒堵婆を拝む。このようにして長い年月がたった。

人々はこれを見ても、なにゆえにこのようなことをするかその理由をしいて詮索《せんさく》はせず、ただの信仰心から卒堵婆を拝むのであろうと思っていたが、ある夏のきわめて暑いころ、数人の若者がこの山の頂きに登り、卒堵婆の下に座って涼んでいると、この老婆が腰を二つに折り曲げ杖にすがって、汗をふきふき卒堵婆のところまで登って来た。そして卒堵婆の周りを回りながら見ている。若者たちはただ信心のための卒堵婆めぐりであろうと思ったが、そ

れにしてもその回り方がどうにも不思議に思われた。これがこのとき一度だけでなく何度もこのようなことを見たので、その後若者たちが山に登ったとき、「あの婆さんはどういうつもりでこうも苦しい思いをしてこんなことをするのだろうか。今日やって来たらそのわけを聞こう」と言い合わせて待っていると、毎日のことなので老婆は這《は》うようにして登って来た。

若者たちは老婆を見て、「お婆さんはどんなわけがあって毎日ここに来るのですか。われわれのような若者が涼みに来るのでさえ苦しいのになあ。お婆さんも涼みに来るのだとは思うが、涼みもせず、といってほかにすることもないのに年を取った体で毎日上ったり下りたりしているのはなぜです。まったく不思議だ。わけを教えてくださいな」という。老婆は、「近ごろの若い人はほんとうに不思議に思うじゃろうね。わしがこうして登って来て卒堵婆を見るのは近ごろはじめたことではないのだよ。わしは物心がついてから七十年余り、毎日このように登って来ては見ているのじゃ」と答えた。

若者たちは、「だから、そのわけを教えてくださいといっているのです」というと、老婆は、「わしの父は百二十歳で死んだ。祖父は百三十歳で死んだ。またその父や祖父などは二百歳余りで死んでいる。それらが言い残したことは、『この卒堵婆に血が付いたその時こそ、この山は崩れて深い海となってしまうのだ』という言葉じゃ。それをわしの父がわしに言い残しておいたので、この山のふもとに住む身では、山が崩れたならそれに襲いかかられて死ぬだろう。もし血が付いていたら逃げ去ろうと思って、このように毎日卒堵婆を見に来ているのじゃ」といった。若者たちはこれを聞いてばかにし、嘲弄《ちようろう》して、「やれ恐ろしや。崩れるときには教えてくだされ」といって大笑いした。だが老婆は自分が笑われたとも思わず、「よしわかった。なんでわしひとり生き残ろうと思ってあなたがたに教えずにおくものかね」といって卒堵婆をめぐって見てから山を降りていった。

**〈語釈〉**

**○□の時代に、□州という所**　空格は諸本欠字。『淮南子《えなんじ》』『述異記《じゆついき》』『捜神記《そうじんき》』に類話があるが、それによれば、下の空格に当たる地名は、前二書では「歴陽」「和州歴陽」（安徽《あんき》省和県）とし、『捜神記』では「由拳県、秦時長水県」（浙江省嘉興県西）とする。本話と同話である『宇治拾遺』の話は「むかし、もろこしに大なる山ありけり」とする。

そのあとで若者たちは、「あの婆さんは今日はもうやって来まい。明日またやって来て卒堵婆を見るときに、おどして走らせ、みなで笑ってやろう」と相談し、血を出してこの卒堵婆に塗り付けてから山を降り、村人たちに、「ふもとの老婆が毎日山に登って頂きの卒堵婆を見ているのが不思議でならず、わけを聞いてみると、こうこうだと答えたので、明日おどして走らせてやろうと思い卒堵婆に血を塗って降りて来た」と語った。村人はこれを聞き、「きっと崩れてしまうだろうね」といって大笑いした。

さて老婆が翌日山に登ってみると、卒堵婆に濃い血がたくさん付いている。これを見たとたん老婆は驚き倒れ、転がるように山を降りて来て叫んだ。「この村の衆よ。すぐにこの村から出ていって命が助かるようにするのじゃ。この山は今すぐ崩れて深い海になろうぞ」。こういいながらあちらこちらふれまわり、家に帰って来て子や孫に家財道具を背負わせ、この村から出ていった。この様子を見て、血を塗り付けた若者たちがいっせいに笑いころげていると、格別これといった前触れもなく、あたりいちめん、ざあっという音がひびき渡った。風が吹き出したのか、雷が鳴ったのかと不思議に思うまもなく、大空がまっ暗になりなんとも恐ろしい気配である。

途端に、この山がゆれ動きはじめた。「どうしたんだ、どうしたんだ」と騒ぎ合っているうち、山は崩れに崩れていった。その時になって、口々に、「婆さんのいったことはほんとうだった」といいながら逃げ出した。たまたま逃げおおせた者もあったが、おおかたは、子は親の行くえを知らず、親は子の逃げた道もわからないという有様。まして家財道具など見むきもせず、だれもかれも大声をあげて叫びちらすばかりだった。ただこの老婆だけは子や孫を連れ、家財道具を一つも失わずに事前に逃げ去り、ほかの村に静かに避難していた。老婆を笑った連中はついに逃げおおせずみな死んでしまった。

だから、老人の言うことは信じなくてはならぬ。このようにして、この山はすっかり崩れて海になってしまった。不思議なことである、とこう語り伝えているということだ。

# 長安の市《いち》に、粥《かゆ》を汲みて人《ひと》に施《せ》する嫗《おうな》の語《ものがたり》、第卅七

今は昔、震旦の長安の市場で、粥をたくさん煮て市場に来る人々に食べさせる老婆がいた。

この市場を行き来する人は数知らず、日の出るころから日の入るころまで市場の門を出入りしたが、老婆はその門前でたくさんの粥を煮ておき、百千の椀《わん》を並べ、その粥を椀に盛って人に食べさせるという功徳を行なっていた。

ところで、はじめはその粥を柄杓《ひしやく》で汲んでていねいに椀に入れていたが、年月がたつにつれて年期が入り、一、二丈（約三～六メートル）離れた所から柄杓に粥を汲んで椀に投げ入れても、すこしもこぼすことがなかった。さらに長い年月がたつと、四、五丈（約一二～一五メートル）の遠くから柄杓に粥を汲んで投げ入れても、すこしもこぼさなかった。これを見る人は、「されば何ごとであれ長年の年期を積めばこのようになるにちがいない」と言いあった、とこう語り伝えているということだ。

〈語釈〉

○**功徳**　現世・来世の幸福をもたらすものとなるよいおこない。善根。

## 海中《かいちゅう》に於《お》いて二竜戦い、猟師、一竜《いちりゅう》を射殺《いころ》して玉《たま》を得《う》る語《ものがたり》、第卅八

今は昔、震旦に一人の猟師がいた。

ある日、海岸に山が突き出しているあたりに行き、鹿が出て来るのを待ち受けて射とめようと思い隠れていたが、ふと見ると、海の中から二匹の竜が現われた。一つは青く、一つは赤い。この二匹の竜がたがいにかみ合って戦っている。猟師は不思議なこともあるものだと見ているうち、二時間ほど戦ったすえ、青い竜が負けて逃げていった。猟師はその後そのあたりで仮り寝したが、翌日また同じ時刻になると、この二匹の竜が海から出て来て、前のようにかみ合って戦う。やがてまた青い竜が負けて逃げていった。すでに二日も青い竜が負けた。猟師はもう一度これを見ようと、その夜も同じ所で仮り寝をした。さて三日めになってまた二匹の竜が出て来た。そして前のようにかみ合ったが、また青い竜が負けそうに弱々しく見えた。見ていてかわいそうでしかたがない。

そのとき猟師は、「ここ二日の間見ていたが、二日はすでに青い竜が負けた。あれを助けるために赤い竜を射殺してやろう」と思い、矢をつがえるや赤い竜にねらいをつけて射放つと、みごと命中した。赤い竜は逃げて海の中にもぐった。そのため青い竜は傷つくことなくまた海に入っていった。

しばらくして青い竜が海から出て来た。玉をくわえて陸をさしてやって来る。それを見た

猟師は、「青い竜は、敵である赤い竜が射られたために勝つことができた。これはおれの恩によるものだ。だからその恩に報いようと、宝珠を持ってきておれにくれようとするのだ」と合点し、海岸に近寄って行くと、青い竜は猟師を見てますます近づいて来て、玉を陸の上に吐いたまま海中にもどっていった。そこで猟師は玉を取って家に帰った。

そのとき以来、猟師は多くの財宝が思うままに手に入り、なにひとつ不自由することがなかった。そこで家は豊かになり、いやというほどの財宝に恵まれた。

これは不思議な話であるといって世に語り伝えているということだ。

〈語釈〉

**○二匹の竜**　『捜神後記』の類話（『法苑珠林』に収載）によれば、二匹の大蛇で、一は白鱗《はくりん》、一は黄鱗である。

**○宝珠**　如意宝珠のこと。摩尼珠《まにしゅ》ともいう。この珠は意のごとく種々の欲求するものを出すから如意という。またこの珠は竜王の脳中より出で、人がこの珠を得ると、毒も害することができず、火に入れても焼くことができないなどの功徳《くどく》がある。

## 燕丹《えんたん》、馬《うま》に角《つの》を生《お》い令《し》むる語《ものがたり》、第卅九

今は昔、震旦の秦の時代に燕丹《えんたん》という人がいた。この人は勇猛心があり、聡明であった。幼い時、燕の国王について秦に行った。その後、自分の国に帰ろうと思ったが帰ることが

できず、父母に会うこともかなわなかった。そこで燕丹は父母を恋い慕い、秦国の王に帰国を願い出たがどうしても許されなかった。

だがなおも涙ながらに帰国を願い続けると、国王は、「そなた、それならば頭の白い白鳥と角のはえた馬をわしに見せよ。そうすればそなたを自由にして帰してやろう」とおっしゃる。燕丹はこれを聞き、泣き悲しみながら天を仰いで祈願をこめると、白い頭の白鳥が現われた。地に伏して祈願をこめると、角のはえた馬が現われた。これをもって国王の所に行きお願いすると、国王は不思議なことだと思ってすぐに燕丹を帰国させた。

それで、燕丹は希望どおりに故郷に帰り、父母に会って喜びの涙にくれた、とこう語り伝えているということだ。

〈語釈〉

○**燕丹**《えんたん》　中国の戦国時代、燕の太子、丹の通称。燕王喜の子。荊軻《けいか》に秦の始皇帝を暗殺させようとしたが失敗し、秦にわびるため父は丹を斬って秦に献じた。本話では燕丹を本名のように扱っている。

○**秦国の王**　秦王政（後の始皇帝）。はじめ政が人質として趙《ちょう》にある時、同じく趙に人質となっていた丹と仲がよかったが、政が秦王になると、丹は秦の人質となった。だが、秦王の待遇が悪いので、丹は怒って逃れ帰った。本話はこの時の話。その後、丹は荊軻に秦王暗殺を命じたが、前項のように失敗した。

# 利徳《りとく》・明徳《めいとく》、酒《さけ》に興《きょう》じて常に行き会う語《ものがたり》、第四十

今は昔、震旦の□の時代に利徳・明徳という二人の酒好きがいた。この二人は三日にあげずいつもたがいに行き来して、酒を飲むのを仕事のようにしていた。

あるとき、利徳は狩をするため家を出た。明徳は、利徳が家を出たのも知らず、利徳の家にやって来た。だが家の主がいないので、家の者に杯を借り受けて庭の池に掛けられた橋の上に座り、池の水を杯に汲んではさしつさされつして、水を飲んで帰っていった。

その夕暮れ、利徳が帰宅すると、妻が利徳に、今日明徳がやって来たことを話した。利徳はこれを聞いて翌朝池の橋の上に行き、昨日明徳がしたように杯に水を汲んで飲み、「御酒ノ非ズレ欲シキニ、明徳ガ芬《こうば》シキ也（御酒が飲みたいわけではない。明徳がした振舞いが名酒のように香ばしいのだ）」と口ずさんだ。

昔は酒好きもこのようであった、とこう語り伝えているということだ。

**〈語釈〉**

○**□の時代**　空格は諸本欠字。下の利徳・明徳は架空の人物だが、実在人物として形式的に欠字の時代を置いたもの。

○**明徳**　利徳とともに架空の人物。『注好選抄』には「昔有リ二二人ノ上戸《じゃうこ》一、謂《い》フ二利徳・明盞《めいさん》一ト也」とあり、この「明盞」を「利徳」と対照させて「明徳」と変えたものか、または「明徳」とある話によ

ったものか。『宴曲集』巻第五「酒」中に「酒に明徳の誉《ほまれ》あり」の句がある。明徳については『書経』君陳篇に「黍稷《しょしょく》非ズレ馨《けい》ニ、明徳惟《こ》レ馨」（黍稷はもちきびとうるちきび。馨はかおり）の句が見え、君主の徳をたたえるものであるが、これを酒の芳醇《ほうじゅん》の意に用い、「利徳」と対照させるに適当な酒好きの名と考えたか。

本書は一九八三〜八四年刊の講談社学術文庫『今昔物語集』(六)〜(九)より抜粋、再編集したものです。

国東文麿（くにさき　ふみまろ）

1916-2012。旧制早稲田大学文学部卒業。専門は日本文学。早稲田大学名誉教授。著書に『今昔物語集成立考』『今昔物語集作者考』，訳書に『今昔物語集 天竺篇 全現代語訳』。

講談社学術文庫

定価はカバーに表示してあります。

今昔物語集《こんじゃくものがたりしゅう》　震旦篇《しんだんへん》

全現代語訳

国東文麿《くにさきふみまろ》 訳

2020年2月10日　第1刷発行

発行者　渡瀬昌彦

発行所　株式会社講談社

東京都文京区音羽 2-12-21 〒112-8001

電話　編集（03）5395-3512

販売（03）5395-4415

業務（03）5395-3615

装　幀　蟹江征治

印　刷　豊国印刷株式会社

製　本　株式会社若林製本工場

本文データ制作　講談社デジタル製作



ISBN978-4-06-518693-0

# 「講談社学術文庫」の刊行に当たって

これは、学術をポケットに入れることをモットーとして生まれた文庫である。学術は少年の心を養い、成年の心を満たす。その学術がポケットにはいる形で、万人のものになることは、生涯教育をうたう現代の理想である。

こうした考え方は、学術を巨大な城のように見る世間の常識に反するかもしれない。また、一部の人たちからは、学術の権威をおとすものと非難されるかもしれない。しかし、それはいずれも学術の新しい在り方を解しないものといわざるをえない。

学術は、まず魔術への挑戦から始まった。やがて、いわゆる常識をつぎつぎに改めていった。学術の権威は、幾百年、幾千年にわたる、苦しい戦いの成果である。こうしてきずきあげられた城が、一見して近づきがたいものにうつるのは、そのためである。しかし、学術の権威を、その形の上だけで判断してはならない。その生成のあとをかえりみれば、その根は常に人々の生活の中にあった。学術が大きな力たりうるのはそのためであって、生活をはなれた学術は、どこにもない。

開かれた社会といわれる現代にとって、これはまったく自明である。生活と学術との間に、もし距離があるとすれば、何をおいてもこれを埋めねばならない。もしこの距離が形の上の迷信からきているとすれば、その迷信をうち破らねばならぬ。

学術文庫は、内外の迷信を打破し、学術のために新しい天地をひらく意図をもって生まれた。文庫という小さい形と、学術という壮大な城とが、完全に両立するためには、なおいくらかの時を必要とするであろう。しかし、学術をポケットにした社会が、人間の生活にとってより豊かな社会であることは、たしかである。そうした社会の実現のために、文庫の世界に新しいジャンルを加えることができれば幸いである。

一九七六年六月

野間省一

次田真幸全訳注
**古事記**　(上)(中)(下)

本書の原典は、奈良時代初めに史書として成立した日本最古の古典である。これに現代語訳・解説等をつけ、素朴で明るい古代人の姿を平易に説き明かし、神話・伝説・文学・歴史への道案内をする。(全三巻)

207〜209

上坂《うえさか》信男全訳注
**竹取物語**

日本の物語文学の始祖として古来万人から深く愛された「かぐや姫」の物語。五人の貴公子の妻争いは風刺を盛った民俗調が豊かで、後世の説話・童話にも発展する。永遠に愛される素朴な小品である。

269

佐藤一斎著／川上正光全訳注
**言志四録**《げんししろく》　(一)〜(四)

江戸時代後期の林家の儒者、佐藤一斎の語録集。変革期における人間の生き方に関する問題意識で貫かれた本書は、今日なお、精神修養の糧として、また処世の心得として得難き書と言えよう。(全四巻)

274〜277

川口久雄全訳注
**和漢朗詠集**《わかんろうえいしゅう》

王朝貴族の間に広く愛唱された、白楽天・菅原道真の詩、紀貫之の和歌など、珠玉の歌謡集。詩歌管絃に秀でた藤原公任の感覚で選びぬかれた佳句秀歌は、自然の美をあまねく歌い、男女の愛怨の情をつづる。

325

中田祝夫《のりお》全訳注
**日本霊異記**《りょういき》　(上)(中)(下)

日本霊異記は、南都薬師寺僧景戒の著で、日本最初の仏教説話集。雄略天皇(五世紀)から奈良末期までの説話百二十篇ほどを収めて延暦六年(七八七)に成立。奇怪譚・霊異譚に満ちている。(全三巻)

335〜337

阿部俊子全訳注
**伊勢物語**　(上)(下)

平安朝女流文学の花開く以前、貴公子が誇り高く、颯爽と行動してひたむきな愛の遍歴をした。その人間悲哀の相を、華麗な歌の調べと綯い合わせ纏め上げた珠玉の歌物語のたまゆらの命を読み取ってほしい。

414・415

## 日本の古典

**啓発録《けいはつろく》** 付 書簡・意見書・漢詩
橋本左内《さない》著／伴 五十嗣郎全訳注

明治維新史を彩る橋本左内が、若くして著した『啓発録』は、自己規範・自己鞭撻の書であり、彼の思想や行動の根幹を成す。書簡・意見書は、世界の中の日本を自覚した気宇壮大な思想表白の雄篇である。

568

**養生訓《ようじょうくん》** 全現代語訳
貝原益軒著／伊藤友信訳

大儒益軒は八十三歳でまだ一本も歯が脱けていなかった。その全体験から、庶民のために日常の健康、飲食飲酒色欲洗浴用薬幼育養老鍼灸など、四百七十項に分けて、噛んで含めるように述べた養生の百科である。

577

**百人一首**
有吉 保全訳注

わが国の古典中、古来最も広く親しまれた作品百首に明快な訳注と深い鑑賞の手引を施す。一首一首の背景にある出典、詠歌の場や状況、作者の心情にふれ、さらに現存最古の諸古注を示した特色ある力作。

614

**五輪書**
宮本武蔵著／鎌田茂雄全訳注

一切の甘えを切り捨て、ひたすら剣に生きた二天一流の達人宮本武蔵。彼の遺した『五輪書』は、時代を超えて我々に真の生き方を教える。絶対不敗の武芸者武蔵の兵法の奥儀と人生観を原文をもとに平易に解説。

735

**とはずがたり** (上)(下)
次田香澄全訳注

後深草院の異常な寵愛をうけた作者は十四歳にして男女の道を体験。以来複数の男性との愛欲遍歴を中心に、宮廷内男女の異様な関係を生々しく綴る個性的な手記。鎌倉時代の宮廷内の愛欲を描いた異彩な古典。

795・796

**日本書紀** (上)(下) 全現代語訳
宇《う》治《じ》谷《たに》 孟《つとむ》訳

厖大な量と難解さの故に、これまで全訳が見送られてきた日本書紀。二十年の歳月を傾けた訳者の努力により全現代語訳が文庫版で登場。歴史への興味を倍加させる、現代文で読む古代史ファン待望の力作。

833・834

# 日本の古典

宇治谷　孟訳
続日本紀《しょくにほんぎ》（上）（中）（下）全現代語訳

日本書紀に次ぐ勅撰史書の待望の全現代語訳。上巻は全四十巻のうち文武元年から天平十四年までの十四巻を収録。中巻は聖武・孝謙・淳仁天皇の時代を、巻三十からの下巻は称徳・光仁・桓武天皇の時代を収録した。

1030〜1032

杉田玄白著／酒井シヅ現代語訳（解説・小川鼎三）
新装版解体新書

日本で初めて翻訳された解剖図譜の現代語訳。オランダの解剖図譜『ターヘル・アナトミア』を玄白らが翻訳。日本における蘭学興隆のきっかけをなし、また近代医学の足掛りとなった古典的名著。全図版を付す。

1341

三木紀人全訳注
今物語

埋もれた中世説話物語の傑作。全訳注を付す。和歌・連歌を話の主軸に据え、簡潔な和文で綴る。風流譚・遁世譚・恋愛譚・滑稽譚など豊かで魅力的な逸話を五十三編収載し、鳥羽院政期以降の貴族社会を活写する。

1348

荻原千鶴全訳注
出雲国風土記

現存する風土記のうち、唯一の完本。全訳注。古代出雲の土地の状況や人々の生活の様子はもとより、出雲の神の国引きや支佐加比売命の暗黒の岩窟での出産などの神話も詳細に語られる。興趣あふれる貴重な書。

1382

上坂信男・神作光一全訳注
枕草子（上）（中）（下）

「春は曙」に始まる名作古典『枕草子』。自然と人生に対する鋭い観察眼、そして愛着と批判。筆者・清少納言の独自の感性と文才とが結実した王朝文学を代表する名随筆に、詳細な語釈と丁寧な余説、現代語を施す。

1402〜1404

片桐一男全訳注
杉田玄白蘭学事始

一八一五年杉田玄白が蘭学発展を回顧した書。『解体新書』翻訳の苦心談を中心に、蘭学の揺籃期から隆盛期までを時代の様々な様相を書き込みつつ回想したもの。日蘭交流四百年記念の書。長崎家本を用いた新訳。

1413

# 日本の古典

## 江口孝夫全訳注
## 懐風藻

国家草創の情熱に溢れる日本最古の漢詩集。近江朝から奈良朝まで、大友皇子、大津皇子、遣唐留学生などの佳品百二十編を読み解く。新時代の賛美や気負に燃えた心、清新溌剌とした若き気漲る漢詩集の全訳注。

1452

## 秋本吉徳全訳注
## 常陸国風土記

古代東国の生活と習俗を活写する第一級資料。筑波山での歌垣、夜刀神をめぐる人と神との戦い、巨人伝説・白鳥伝説など、豊かな文学的世界が展開する。華麗な漢文で描く、古代東国の人々の生活とこころ。

1518

## 古川　薫全訳注
## 吉田松陰　留魂録

大文字版

死を覚悟して執筆した松陰の遺書を読み解く。志高く維新を先駆した思想家、吉田松陰。安政の大獄に連座し、牢獄で執筆された『留魂録』。松陰の愛弟子に対する最後の訓戒で、格調高い遺書文学の傑作の全訳注。

1565

## 興津《おきつ》　要《かなめ》編（解説・青山忠一）
## 古典落語

名人芸と伝統——至高の話芸を文庫で再現！　人情の機微、人生の種々相を笑いの中にとらえ、庶民の姿を描き出す言葉の文化遺産・古典落語。「目黒のさんま」「時そば」「寿限無」など、厳選した二十一編を収録。

1577

## 興津　要編（解説・青山忠一）
## 古典落語（続）

日本人の笑いの源泉を文庫で完全再現する！　大衆に支えられ、名人たちによって磨きぬかれた伝統話芸、古典落語。「まんじゅうこわい」「代脈」「妾馬」「酢豆腐」など代表的な十九編を厳選した、好評第二弾。

1643

## 森田　悌《てい》訳
## 日本後紀（上）（中）（下）全現代語訳

『日本書紀』『続日本紀』に続く六国史の三番目。延暦十一年から天長十年の四十年余、平安時代初期の律令体制再編成の過程が描かれていく貴重な歴史書。漢文編年体で書かれた勅撰の正史の初の現代語訳。

1787〜1789

# 日本の古典

松尾芭蕉著／ドナルド・キーン訳
英文収録 **おくのほそ道**

元禄二年、曾良を伴い奥羽・北陸の歌枕を訪い綴った文学史上に輝く傑作。磨き抜かれた文章、鏤められた数々の名句、わび・さび・かるみの心を、いかに英語にうつせるか。名手キーン氏の訳で芭蕉の名作を読む。

1814

白石良夫全訳注
**本居宣長「うひ山ぶみ」**

「漢意《からごころ》」を排し「やまとたましい」を堅持して、真実の「いにしえの道」へと至る。古学の扱う範囲や目的と研究方法、学ぶ者の心構え、近世古学の歴史的意味等、国学の偉人が弟子に教えた学問の要諦とは？

1943

倉本一宏訳
**藤原道長「御堂関白記」**（上）（中）（下）全現代語訳

摂関政治の最盛期を築いた道長。豪放磊落な筆致と独自の文体で描かれる宮廷政治と日常生活。平安貴族が活動した世界とはどのようなものだったのか。自筆本・古写本・新写本などからの初めての現代語訳。

1947〜1949

糸賀きみ江全訳注
**建礼門院右京大夫集**

建礼門院徳子の女房として平家一門の栄華と崩壊を目の当たりにした女性・右京大夫が歌に託した涙の追憶。『平家物語』の叙事詩的世界を叙情詩で描き出した日記的家集の名品を情趣豊かな訳と注解で味わう。

1967

馬場光子全訳注
**梁塵秘抄口伝集** 全訳注

今様とは何か。歌詞集十巻・『口伝集』十巻、現存すれば『万葉集』にも匹敵した中世一大歌謡集の編纂に、後白河院は何を託したのか。今様の「正統」を語りつつ心情を吐露した希代の書。「今様辞典」など付録も充実。

1996

森田　悌訳
**続日本後紀**（上）（下）全現代語訳

『日本後紀』に続く正史「六国史」第四。仁明天皇の即位（八三三年）から崩御（八五〇年）まで、平安初期王朝社会における華やかな国風文化や摂関政治の発達を解明するための重要史料、初の現代語訳。原文も付載。

2014・2015

《講談社学術文庫　既刊より》

市村　宏全訳注
**風姿花伝**　全訳注

「幽玄」「物学（物真似）」「花」など、能楽の神髄を語り、美を理論化した日本文化史における不朽の能楽書を、精緻な校訂を施した原文、詳細な語釈と平易な現代語訳で読解。世阿弥能楽論の逸品『花鏡』を併録。

2072

倉本一宏訳
**藤原行成「権記」**（上）（中）（下）全現代語訳

一条天皇や東三条院、藤原道長の信任を得、能吏として順調に累進し公務に精励する日々を綴った日記。宮廷の政治・儀式・秘事が細かく記され、平安中期の貴族の多忙な日常が見える第一級史料、初の現代語訳。

2084～2086

慈円著／大隅和雄訳
**愚管抄**　全現代語訳

天皇の歴代、宮廷の動静、源平の盛衰……。摂関家に生まれ、仏教界の中心にあって、政治の世界を対象化する眼を持った慈円だからこそ書きえた稀有な歴史書を、読みやすい訳文と、文中の丁寧な訳注で読む！

2113

横井　清訳（解説・藤田　覚）
**新井白石「読史余論」**　現代語訳

「正徳の治」で名高い大儒学者による歴史研究の代表作。古代天皇制から、武家の発展を経て江戸幕府成立にいたる過程を実証的に描き、徳川政権の正当性を主張。先駆的な独自の歴史観を読みやすい訳文で。

2140

尾藤正英抄訳（解説・高山大毅）
**荻生徂徠「政談」**

近世日本最大の思想家、徂徠。将軍吉宗の下問に応えて彼が献上した極秘の政策提言書は悪魔的な統治術に満ちていた。反「近代」の構想か。むしろ近代的思惟の萌芽か。今も論争を呼ぶ経世の書を現代語で読む。

2149

奈良本辰也著・訳
**吉田松陰著作選**　留魂録・幽囚録・回顧録

至誠にして動かざる者は未だ之れ有らざるなり――。幕末動乱の時代を至誠に生き、久坂玄瑞、高杉晋作、伊藤博文らの人材を世に送り出した、明治維新の精神的支柱と称される変革者の思想を、代表的著述に読む。

2202

《講談社学術文庫　既刊より》

上田秋成著／青木正次訳注
新版 **雨月物語** 全訳注

崇徳院や殺生関白の無念あれば朋友の信義のために命を捨てる武士あり。不実な男への女の思い、現世への執着と愛欲を捨てきれぬ苦しみ。抑えがたい情念は幽冥を越える。鬼才・上田秋成による怪異譚。（全九篇）

2419

杉本圭三郎訳
新版 **平家物語** （一）～（四） 全訳注

「おごれる人も久しからず」――。権力を握った平清盛の栄華も束の間、源氏の挙兵により平家一門は都落ち、ついには西海に滅亡する。古代から中世へ、日本史上最も鮮やかな転換期を語る一大叙事詩。（全四巻）

2420～2423

菅野覚明・栗原　剛・木澤　景《けい》・菅原令子訳・注・校訂
新校訂 全訳注 **葉隠** （上）

「武士道と云ハ死ヌ事と見付たり」――この言葉で知られる『葉隠』には、冒頭に「追って火中すべし」（燃やしてしまえ）と指示がある。本文の過激さと思想的深さを、懇切な訳・注とともに贈る決定版！（全3巻）

2448

高橋　貢・増古和子訳
**宇治拾遺物語** （上）（下） 全訳注

鎌倉時代前期に成立した代表的説話集。貴族・僧、下級官人、侍、庶民、子供など多様な人物が登場、奇譚・情話・笑話など世の人の耳目をひく話を集める。古本系統『伊達本』を底本として全訳・解説。

2491・2492

## 玄奘三蔵《げんじょうさんぞう》 西域・インド紀行

慧立《えりゅう》・彦悰《げんそう》著／長澤和俊訳

天竺の仏法を求めた名僧玄奘の不屈の生涯。七世紀、大唐の時代に中央アジアの砂漠や天に至る山巓を越えて聖地インドを目ざした求法の旅。更に経典翻訳の大事業に生涯をかけた玄奘三蔵の最も信頼すべき伝記。

1334

## 呂氏春秋

町田三郎著

秦の宰相、呂不韋《りょふい》が作らせた人事教訓の書。始皇帝の宰相、呂不韋と賓客三千人が編集した『呂氏春秋』は天地万物古今の事を備えた大作。天道と自然に従い人間行動を指示した内容は中国の英知を今日に伝える。

1692

## 戦国策

近藤光男著

前漢末、皇帝の書庫にあった国策、国事等の竹簡を校定し編まれた『戦国策』。陰謀渦巻く一方、壮士・将軍・能臣が活躍、賢后・寵姫が微笑む擾乱の世を、人物編・術策編・弁説編の三編百章にわけて描出。

1709

## 孝経

加地伸行全訳注

大文字版

この小篇は単に親孝行を説く道徳書ではない。中国人の死生観・世界観が凝縮されている。『女孝経』「法然上人母へのことば」など中国と日本の資料も併せ、精神的紐帯としての家族を重視する人間観を分析する。

1824

## 「朱子語類」抄

三浦國雄訳・注

儒教・仏教・道教を統合した朱子学は、万物の原理を求め、縦横無尽に哲学を展開する。理とは？ 気とは？ 宇宙の一部である人間は、いかに善をなしうるのか？ 近世以降の東アジアを支配した思想を読む。

1895

## 十八史略

竹内弘行著

神話伝説の時代から南宋滅亡までの中国の歴史を一冊に集約。韓信、諸葛孔明、関羽ら多彩な人物が躍動し、権謀術数は飛び交い、織りなされる悲喜劇――。簡潔な記述で面白さ抜群、中国理解のための必読書。

1899

## 中国の古典

**三国志演義**（一）〜（四）
井波律子訳

中国四大奇書の一冊。後漢王朝の崩壊後、群雄割拠の時代から魏、蜀、呉の三つ巴の戦いを活写する。時代背景や思想にも目配りのきいた、最高の訳文で、劉備、関羽、張飛、諸葛亮たちが活躍する物語世界に酔う。

2257〜2260

**杜甫全詩訳注**（一）〜（四）
下定雅弘・松原 朗編

国破れて山河在り、城春にして草木深し――。「詩聖」と仰がれ、中国にとどまらず日本や周辺諸国の文化や文芸に影響を与え続ける中国文学史上最高の詩人。その全作品が、最新最良の書きおろし全訳注でよみがえる！

2333〜2336

**『老子』** その思想を読み尽くす
池田知久著

老子の提唱する「無為」「無知」「無学」は、儒家思想のたんなるアンチテーゼでもニヒリズムでもない。最終目標の「道」とは何か？ 哲学・倫理思想・政治思想・自然思想・養生思想の五つの観点から徹底解読。

2416

**荘子**（上）（下） 全現代語訳
池田知久訳

「無」からの宇宙生成、無用の用、胡蝶の夢……。宇宙論から人間の生き方、処世から芸事まで。幅広い思想を展開した、汲めども尽きぬ面白さをもった『荘子』を達意の訳文でお届けする『荘子 全訳注』の簡易版。

2429・2430

**水滸伝**（一）〜（五）
井波律子訳

中国武侠小説の最大傑作にして「中国四大奇書」の一つ。北宋末の乱世を舞台に、好漢百八人が暴力・知力・胆力を発揮し、戦いを繰り広げながら、「梁山泊」へと集結する！ 勢いのある文体で、完全新訳！

2451〜2455

**顔氏家訓**
顔之推著／林田愼之助訳

王朝の興亡が繰り返された乱世の古代中国を生き抜いた名門貴族が子孫に書き残した教えとは。家族の在り方、教育、養生法、仕事、死をめぐる態度まで、人生のあらゆる局面に役立つ英知が現代語で甦る！

2476

《講談社学術文庫 既刊より》